개정증보

원본 나혜석 전집

나혜석기념사업회 간행

서정자 엮음

푸른사상
PRUNSASANG

원본 나혜석 전집

2013년 11월 1일 2판 1쇄 인쇄
2013년 11월 10일 2판 1쇄 발행

간   행 · 정월나혜석기념사업회 회장 유동준
엮은이 · 서 정 자
펴낸이 · 한 봉 숙
펴낸곳 · 푸른사상사
주간 · 맹문재
편집/교정 · 지순이 · 김재호 · 김소영 | 마케팅 · 이상만

등록   제2−2876호
주소   서울시 중구 충무로 29(초동) 아시아미디어타워 502호
대표전화   02) 2268−8706~7 | 팩시밀리 02) 2268−8708
이메일   prun21c@hanmail.net
홈페이지   www.prun21c.com

ⓒ 정월나혜석기념사업회 · 서정자, 2013

ISBN 979−11−308−0041−7 93810
 값 57,000원

사진으로 본 나혜석

나혜석

▲ 삼일여학교 학생들(1909, 독립기념관 소장)

▲ 진명여학교 시절

學籍簿

姓名 羅明順
生年月日 明治二十九年四月十八日
父母又ハ後見人 羅基貞
從前ノ教育 水原三一女學校卒業
入學年月日 明治四十三年九月一日
退學年月日 明治 年 月 日
住所 本校寄宿舍
族籍 平民
父母姓名年齡 父羅基貞 年五十九 生存 / 母崔是議 年五十一 生存
家族人員 父、母、兄二、兄妻二、妹一、姪一
保證人 姓名 羅基貞 / 住所 京畿道龍仁郡廳 / 職業 總督府郡守 / 本人ト關係 親子
原籍 京畿道水原郡新豊洞
出生地 上仝
卒業後狀況 卒業後直ニ東京ヘ留學シテ美術ヲ修メタリ

이 사본은 원본과 상위 없음을 증명
진명여자고등학교장

▲ 나혜석 진명여학교 학적부

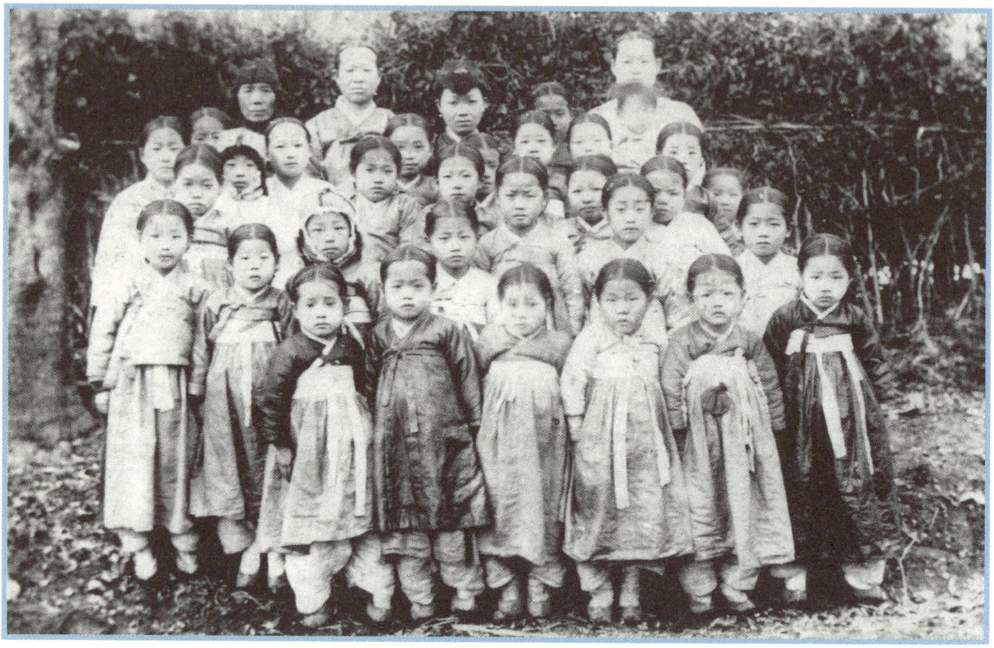

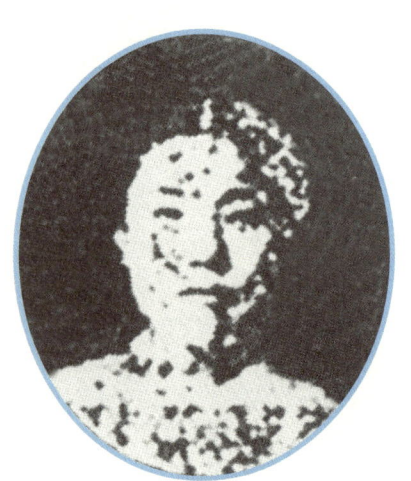

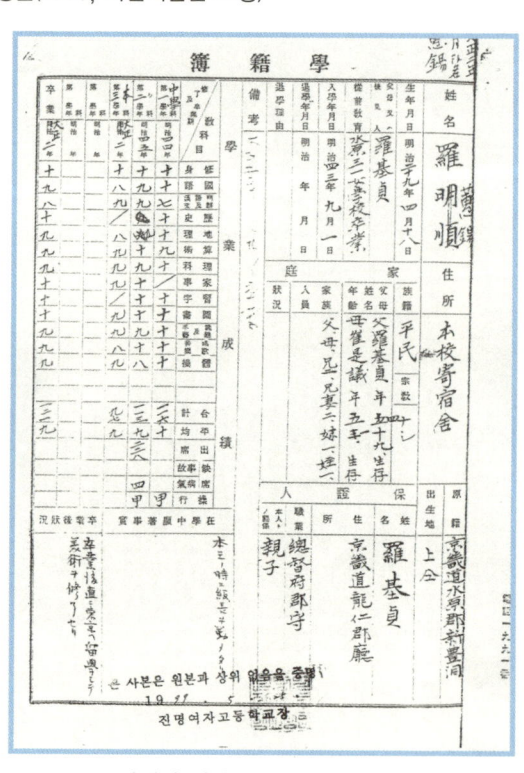

삼일여학교 김메례 선생 송별식에 참석한 나혜석(1916, 뒷줄 가운데, 독립기념관 소장)

동경여자유학생 소식에 실린
나혜석 신문 기사
(『매일신보』, 1914. 4. 7)

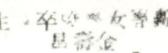

동생 나지석의 결혼식에서 나혜석(둘째줄 오른쪽, 수원박물관 소장)

도쿄 여자미술학교 학적부

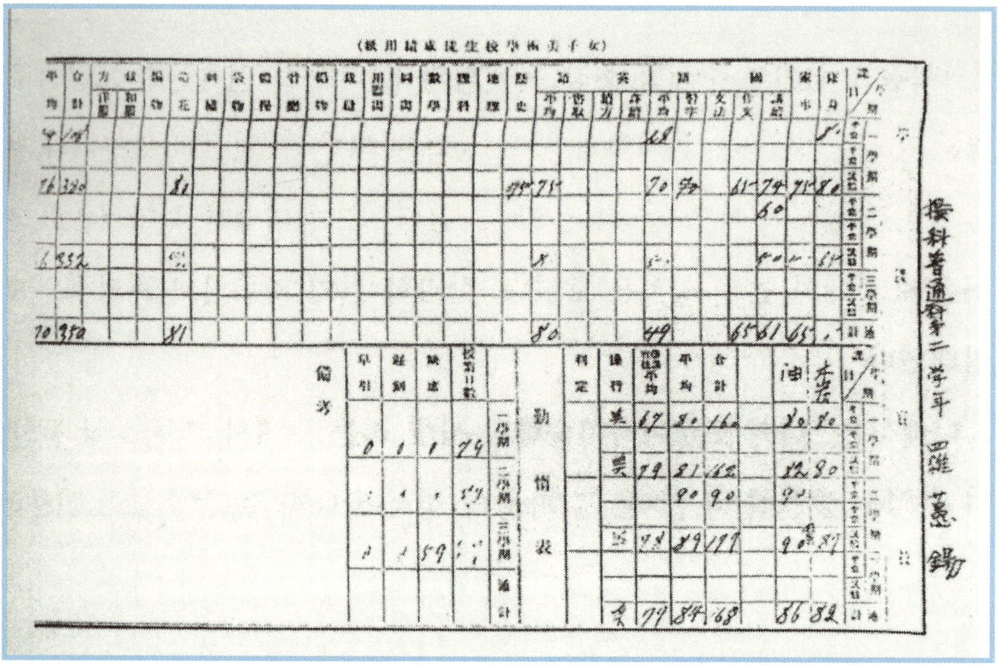

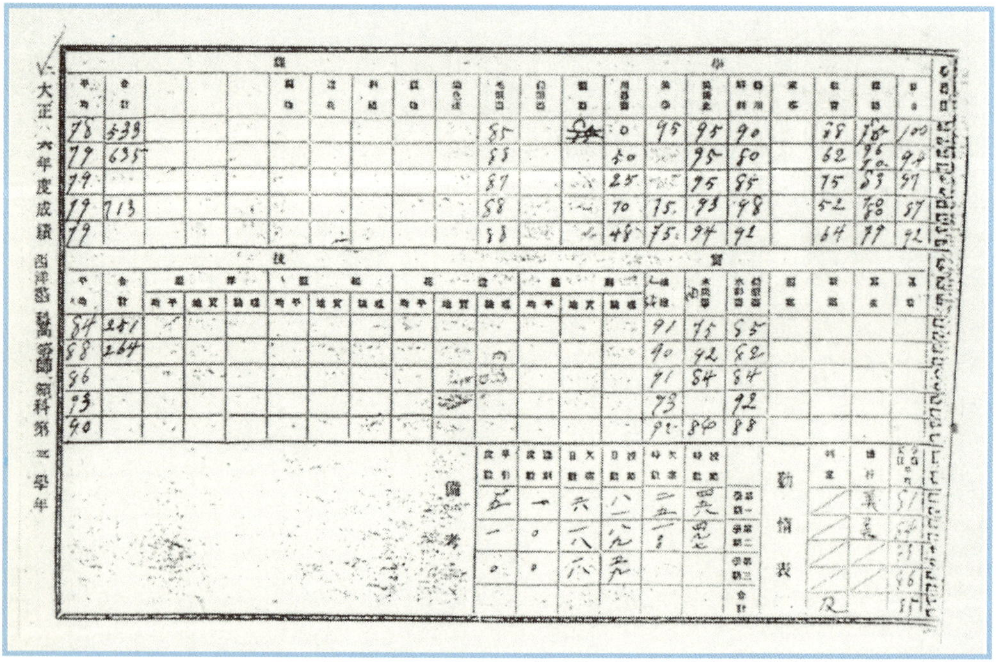

도쿄 여자미술학교 성적표

도쿄 여자미술학교 졸업앨범의 나혜석 사진(1918년 3월)

도쿄 여자미술학교 동학들과 함께 찍은 사진(둘째줄 왼쪽에서 세 번째)

도쿄 혼고에 있는 오늘날의 여자미술대학 입구의 교명

도쿄 여자미술학교 현판

여자미술대학 건물 중앙의 중정에 세워진
승리의 여신 니케아 조각상

나혜석 재학시절의 도쿄 기꾸사카(菊坂)의 여자미술학교 캠퍼스

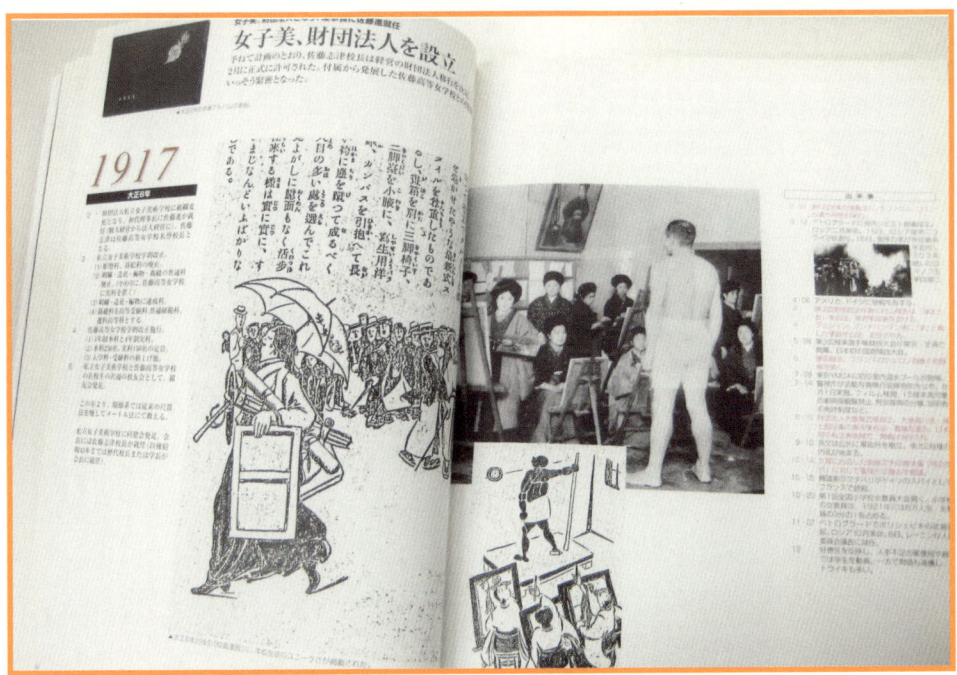

『여자미술대학 백년사』에 실린 1913년, 1917년 톱 뉴스
나혜석이 입학하던 해와 재학시절이다.

LUX SCIENTIAE

學之光

第一卷

在日本東京朝鮮留學生學友會發行

『학지광』 제1권 표지

理想的婦人

羅蕙錫 孃

먼저 理想이라 힘은 何를 云힘인고. 所謂理想이라.
理想의 欲求의 思想이라. 以上을 感情的 理想이라. 即
此所謂理想은 靈智의 理想이라. 然하면 理想的 婦人이라
힘婦人은 그누구인고. 過去 及 現在를 通하야, 理想的 婦
人이라 힘婦人은 읍다 고 生覺하는바요. 나는 아즉 婦人의
個性에 對하야充分히 硏究치못한까둙, 非常히 高位에 在힘이라.
個性으로 理想을 삼을것이며, 眞의 戀愛로 理想을 삼을가하노니,
利己로 理想을 삼을것이라. 革身으로 理想을 삼을은가하노니,
宗敎的의 平等主義로 理想을 삼을스럽으로 夫人, 天才의 夫
人. 노라나 史 諾氏와 如히, 多方面의 理想으로 活動하는 婦
요사 노女史 諾氏와 如히, 閒潤한 家庭의 理想을 가진
人이現在에도 不少히로다. 나 又此 諾氏의 凡事는 最히 理
하야崇拜힐수는읍스나, 다만現在나의 境遇에 對하야 理
想에 近히 하야, 部分的으로 崇拜하는바라. 何故오
彼等의 一般은 運命에 支配되여, 一生發展即 現實히 自身
을發展힐힘을 恐怖하야, 恒常平易히 固定한 安逸外에, 絶
對의 理想을 가지지못힌弱者임이라. 然하나, 우리는 此

十三

長所의 凡事를 取得하야셔, 日日히 修養힐自己의 良心으로
築出힐것인바, 最히 理想에 近接힌 新想像으로 生長치 안이 허
면안이 힐것도다. 習慣에 依하야 道德上 婦人, 即 自己의
世俗의 本分만 取守힐 婦人, 안이로를 노生覺힌바이
更進하야此以上의 進備가 업스면, 안이말힐수읍도다. 一步를
요. 單히 良妻賢母라 하야 理想을 定힐도, 안이오를 노生覺힌바
인가 하노라. 다만此를 主張하는者는 現在敎育家의 商買
的의 一好策이안인가 하노라. 男子는 夫요父라. 良夫賢父
의 敎育法은아즉 至今도옷듯지못하얏스며, 다만女子에 限하야
附屬物된敎育主義라. 精神修養上으로만 理想이라
힐도, 必取힐바가 안인가 하노니, 至히면女子를 奴隸視하
로滋味는읍는말이라. 實
熱힌主義로婦德의 養成힌結果, 溫良柔順에 過度하야 其理想
刑하는主義로 養成힌結果, 溫良柔順히 必要하야만 其務
키하는主義를 取함이라. 長長時間에 男子間에 屬힌其盡
然히면 如何히 하며各各 自適힌女子가 될지요. 無論知識
校藝가 必要하힐것도다. 何事에 當히 든지 常識으로 左右
를處理힐 理힐 實力이 잇지안이히면안이 되힐것도다. 一定힌 目
的으로 有意義하게, 自己個性을 發揮코져하는 自覺으로 가

15

나혜석의 「이상적부인」, 『학지광』 제1권 3호, 1914년

최승구
(수원박물관 소장)

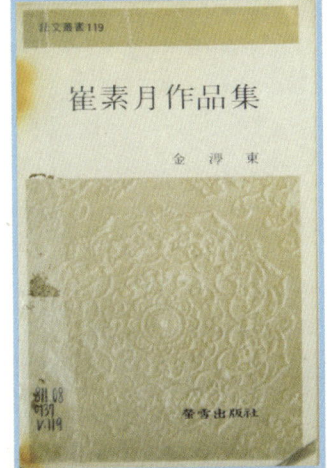

최승구의 유고집
(형설출판사,
1982).
소월(素月)은
최승구의 호이다.

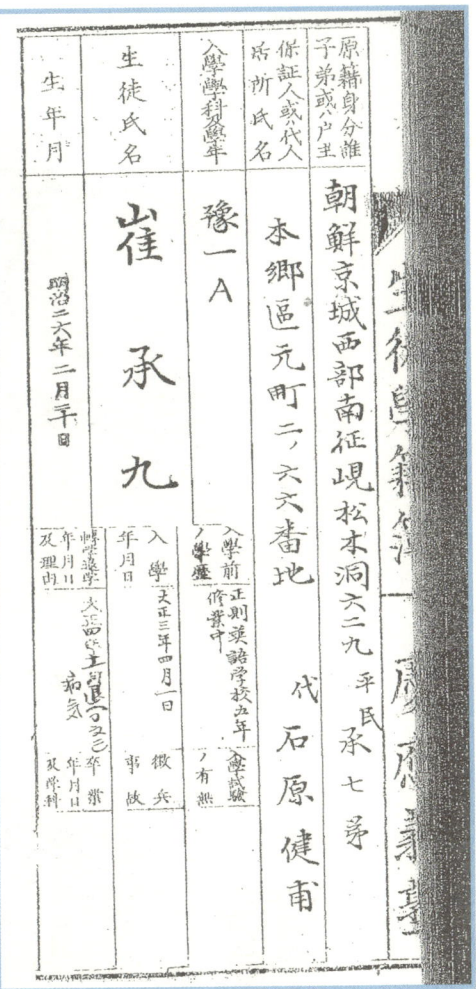

최승구 경응의숙(현 게이오대) 학적부
입학 전에 정칙영어학교 5년 수업 중이었다고
되어 있다.

게이오대 도서관(후쿠자와연구소가 있다)
작가 함정임이 이 도서관 앞에서 전율을 느꼈다고 한다.

교토대 YMCA회관 전경

김우영이 교토제대 재학시 기숙하던 교토대 YMCA회관 "지염요" 입구
나혜석이 교토로 찾아와 풍경화를 그리기도 했다.

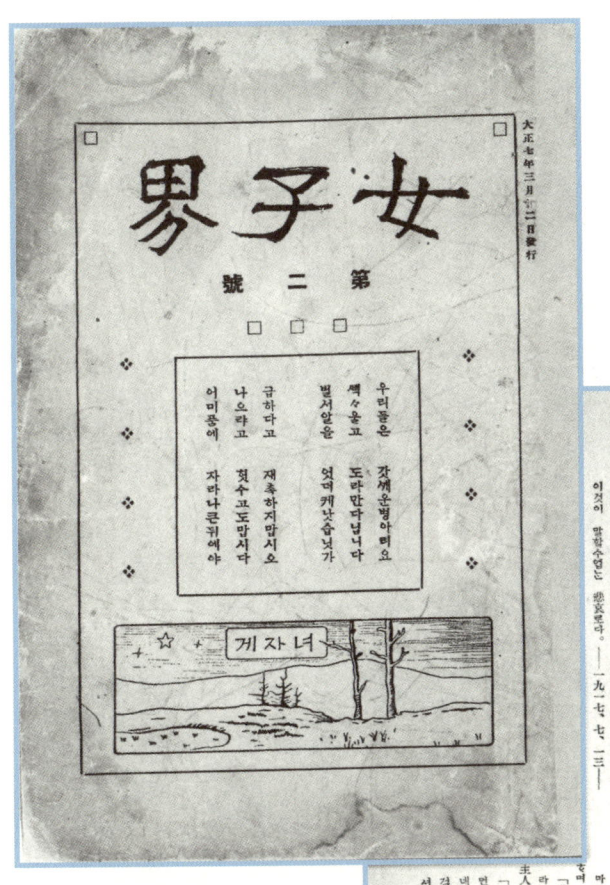

나혜석의 단편 「경희」
『여자계』 2호, 1918년 3월
(아단문고 소장)

1920년 4월 10일 정동 예배당에서의 결혼식 광경

결혼식을 마치고 나혜석과 김우영

결혼식을 마친 후 동래 시가로 가서 친족들과 함께한 모습

▲　**나혜석과 형제들**(수원박물관 소장)
(왼쪽부터 나혜석, 김우영, 오른쪽부터 나지석, 나경석)

**나혜석에게 가장 큰 영향을 끼친
작은 오빠 나경석**(독립기념관 소장)

나혜석의 아버지 나기정

큰 오빠 나홍석과 작은 오빠 나경석(우)

노 라

羅蕙錫
白禹鏞
曲作

나는人形이엇네
아바지쌸인人形으로
남편의안핸人形으로
그네의노리개이엇네.
◇
노라를노하라
순순히노하다고
놉흔墻壁을헐고
김혼園門을열고
自由의大氣中에
노라를노하라.
◇
나는사람이라네

남편의안해되기전에
子女의어미되기전에
첫재로사람이라네.
◇
나는사람이로세
拘束이수미순헷도다
自由의길이열렷도다
天賦의힘은넘치네.
◇
아아少女들이여
세상에뛰놀다라오라
일거나힘을앗하여라
새날의光明이빗첫네.

입센 작, 양백화 역 『노라』 표지(1922)

『노라』에 실린
나혜석 작사 〈노라〉

노 라

白禹鏞曲

andante (♩.=92)

나는人形이엇네 아바지쌸인人形으로 남 편 의안핸
人形으로— 그네의노리개이엇네 노라를노하라 순
순히노하다고 놉흔墻壁을헐고 김혼園門을열고 自由의——
大氣中에— 노라를노하라 나는사람이라 네
나는사람이로 세
남편의안해되기전에 子女의어미되기전에— 첫天
拘束이수미순헷도다 自由의길이열렷도다
재로사람이되랴네— 나ㄴ少女들이여 세
賦의버힘은넘치네—
여서위를따라오라 일어나힘을앗하여라 서
날의光明이빗첫네

나혜석 작사, 백우용 곡
〈노라〉 악보

선전 특선작가 기념촬영(1926)(둘째줄 왼쪽에서 네번째)

만주 안동현에 찾아온 친지들과 함께

아랫줄 가운데 아기를 안고 있는 사람이 나혜석. 그 뒤에 서 있는 남자가 김우영, 아랫줄 왼쪽에서 두 번째가 우리
나라 최초의 여기자 최은희, 뒷줄 오른쪽 끝은 소설가 이광수의 부인 허영숙. 허영숙은 서울에서 병원을 개업한 최
초의 여의사이다.

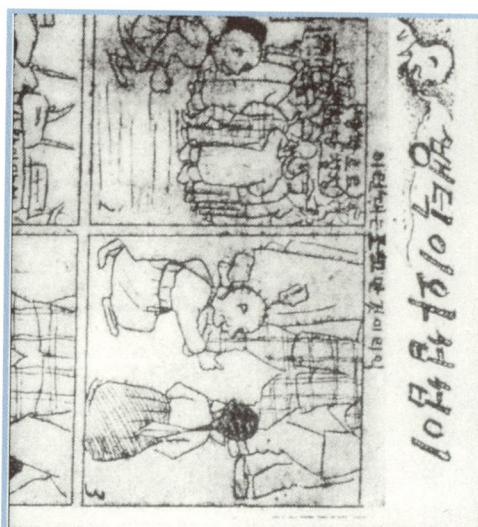

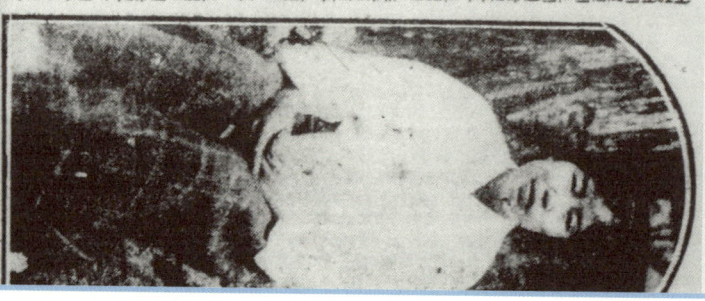

〈천후궁〉이 선전에 특선한 후의 인터뷰 「나를 예술가 려혜석」, 『동아일보』, 1926년 5월 18일

세계일주

세계일주를 떠나기 전 나혜석과 김우영(1927년 6월 19일)

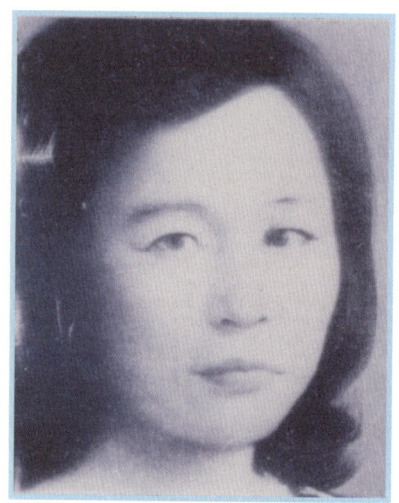

세계일주를 마치고 돌아와서
(1929년 무렵)

파리 유학시절의 나혜석(1928년 무렵)

최린
3·1만세운동을 계획한 독립운동가로, 3년의
옥살이를 하였다. 그러나 1933년 말에는 대동
방주의를 내세우며 광복 때까지 친일 활동을
하였다.

제네바에서 이왕 전하와 함께(1927)

영국으로 가는 배에서(1928)

영국 참정권운동가들과 함께(1928)

미국에서 귀향시 대서양을 횡단하는 여객선상에서(1929)

1929년 세계일주를 마치고 귀국해
2번째 전시회를 연 당시 수원성 내 남수리 불교 포교당(현 수원사)의 일부

이혼 무렵 자녀들과 마지막 사진(1930)

9회 선전(鮮展)에 출품하는 채를 작품 파리의 《화가촌》을 잡고 선 나혜석(1930)

화실에서 나혜석(1931)

여자미술학사에서 작업 중인 나혜석(1933)

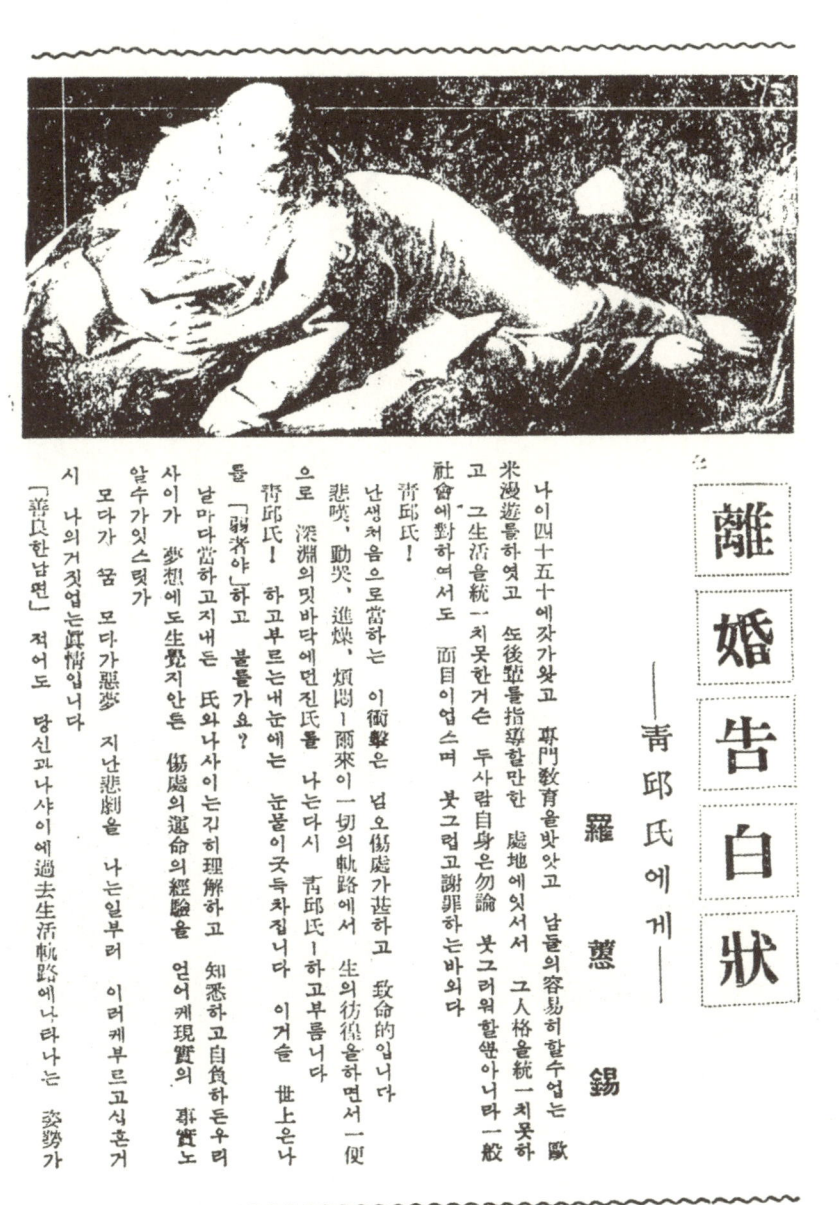

離婚告白狀

—青邱氏에게—

羅蕙錫

青邱氏!

나이四十五十에작가왔고 米漫遊를하였고 專門敎育을밧앗고 남들의容易히할수업는 고 그生活을統一치못한거는 두사람自身은勿論 米後輩를指導할만한 處地에잇서서 그人格을統一치못하 社會에對하여서도 面目이업스며 붓그럽고謝罪하는바와다

青邱氏! 난생처음으로當하는 이衝擊은 넘오傷處가甚하고 致命的입니다 悲嘆, 勤炎, 進燥, 煩悶ㅣ爾來가一切의軌路에서 生의彷徨을하면서一便 으로 深淵의밋바닥에떤진氏를 나는다시 青邱氏ㅣ하고부름니다 青邱氏ㅣ 하고부르는내눈에는 눈물이굿득차집니다 이거슬 世上은나

틀 「曙靑야」하고 불틀가요? 날마다當하고지내든 氏와나사이는긴히理解하고 知悉하고自負하든우리 사이가 夢想에도生覺지안튼 傷處의運命의經驗을 얻어께現實의 華貴ㄴ

알수가잇스릿가 모다가꿈 지난悲劇을 나는일부러 이러케부르고십흔거

시 나의거즛업는眞情입니다

[어느한남편] 적어도 당신과나샤이에過去生活軌路에나 라나는 交勢가

—（84）—

▶ 해인사에서 승려복을 입은
　나혜석

▼ 같은 날 해인사에서. 동행이
　누구인지 알려지지 않았다.

나씨 족보에는 나혜석의 기록이 없으나 족보의 부록인 羅州 羅氏를 빛낸 인물(아래 24)에 "羅蕙錫:府使公의 后요 郡守 基貞의 女이니 韓國女流畵家이다"라고 기록되어 있다.

22、午淵 府使公의 后요 聖鎬의 子이니 東京帝大를 卒業하고 同大學教授를 歷任하였다。

24、燕錫 報恩公의 后요 의 子이니 水原農科大 學校教授에 在任中이다。

24、世振 潘溪公의 后요 蒼集의 子이니 醫學博士로

24、蕙錫 府使公의 后요 郡守 基貞의 女이니 韓國女流畵家이다。

25、正緒 松島公의 后요 宙永의 子이니 順天 麗水 郵遞局長 電信電話局長等 歷任하였다。

25、正絢 松島公의 后요 宙永의 子이니 全前道教育會 理事長等 歷任하고 現서울宗親會長이다。

25、純採 報恩公의 后요 燕錫의 子이니 司法考試合格 判事 地方法院長等 歷任 現在 辯護士開業中이다。

26、東錫 通政公의 后요 炳均의 子이니 醫學博士로 現 群山에서 病院開業中이다。

26、益榮 松島公의 后요 元鼎의 子이니 서울大工科大 教授歷任하고 史學에도 權威者이다。

26、運榮 松島公의 后요 元鼎의 子이니 延世大教授로

26、建榮 松島公의 后요 元和의 子이니 醫學博士로

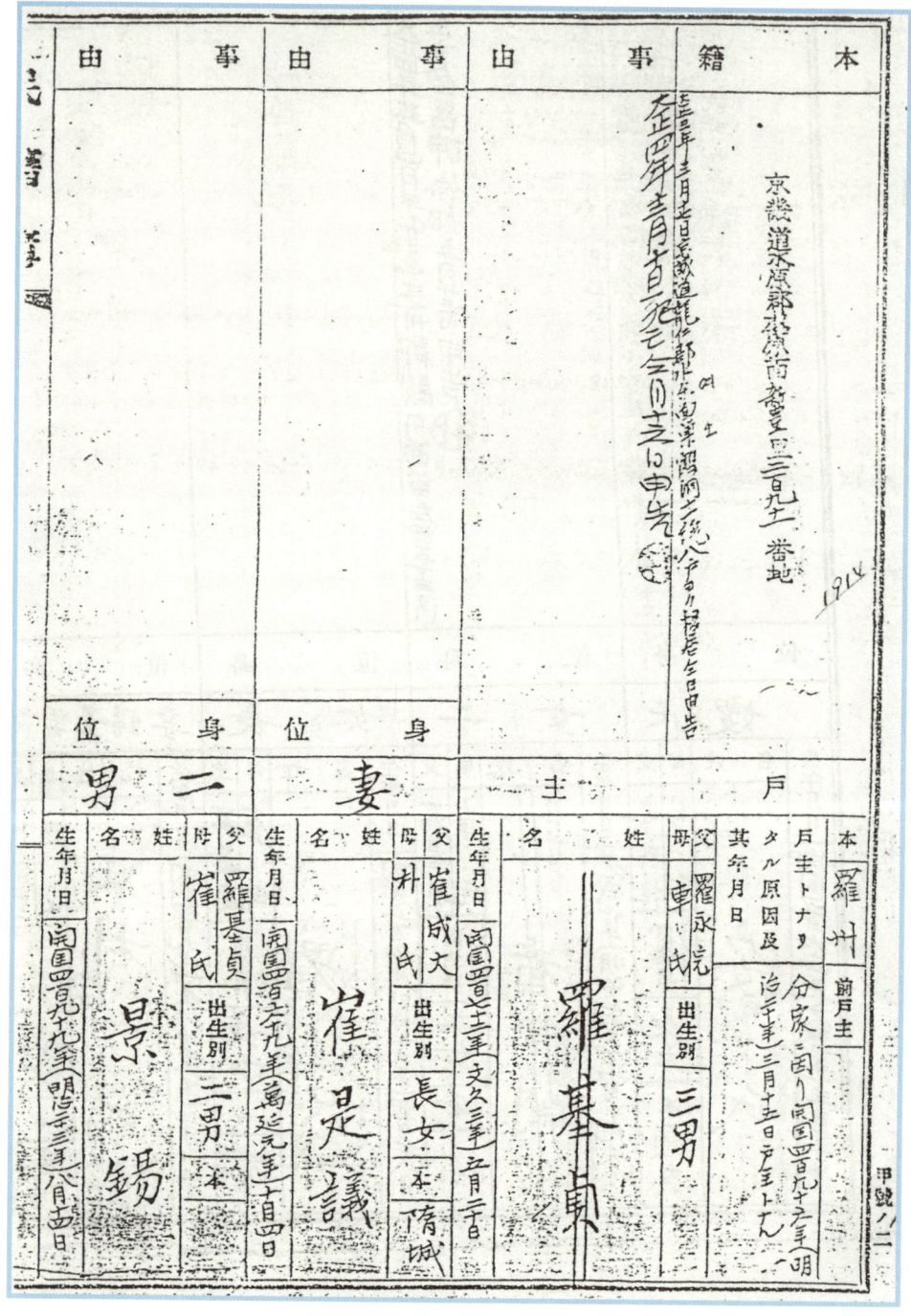

나혜석의 민적 1

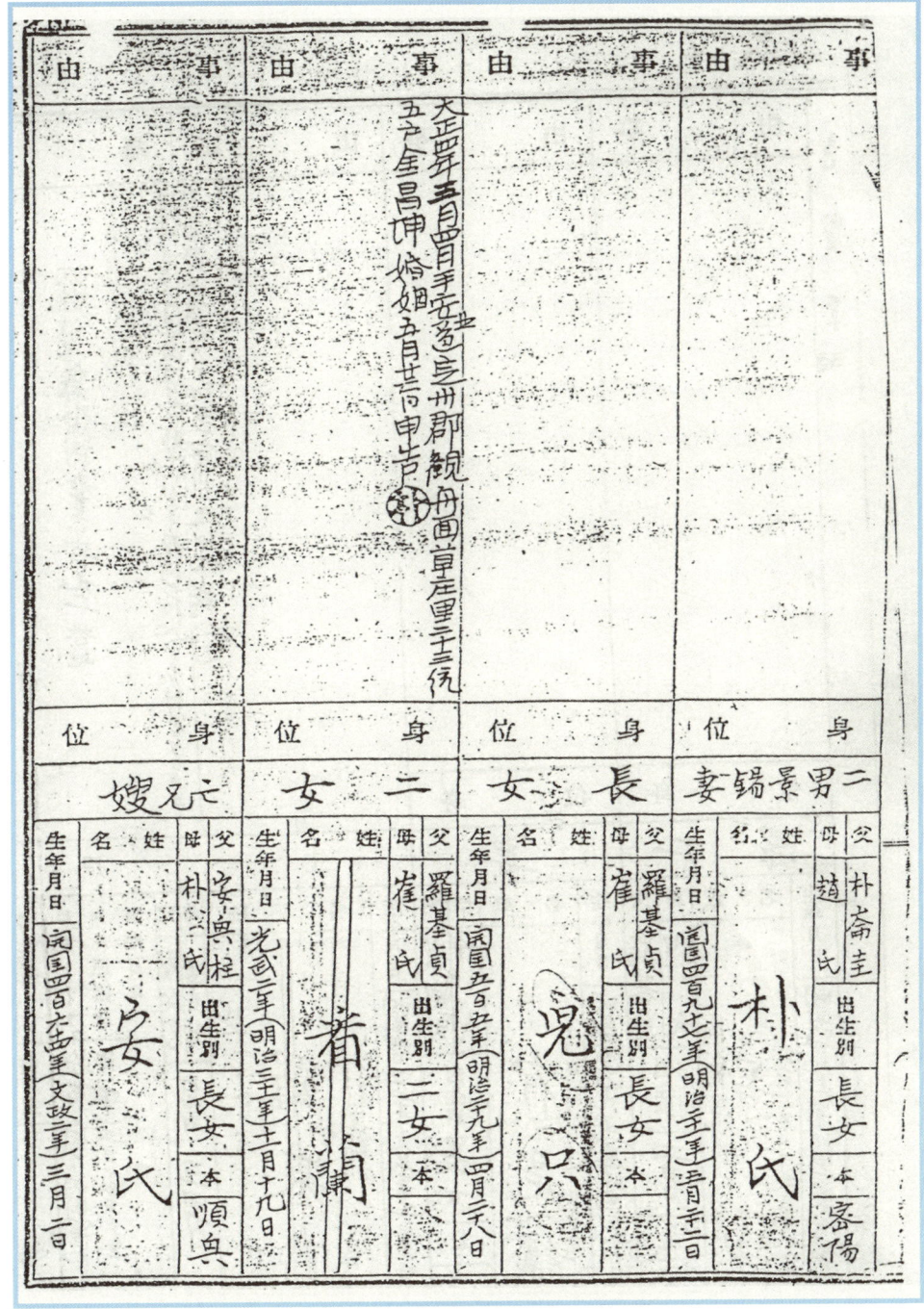

나혜석의 민적 2

事	由	事	由	事	由	事	由

大正三年七月十五日京畿道水原郡水原面二樓里十九統一戸二號
仙長女姜トシ入家
大正三年青日水原郡水西西新豊里三百十番地實
父白明仙家入籍

身	位	身	位	身	位	身	位

姜

姓	名	父	母	生年月日			

父	白明仙
母	崔氏
姓	白
名	弘山
出生別	長女
生年月日	國音三里明治二〇年十月十四日
本	水原

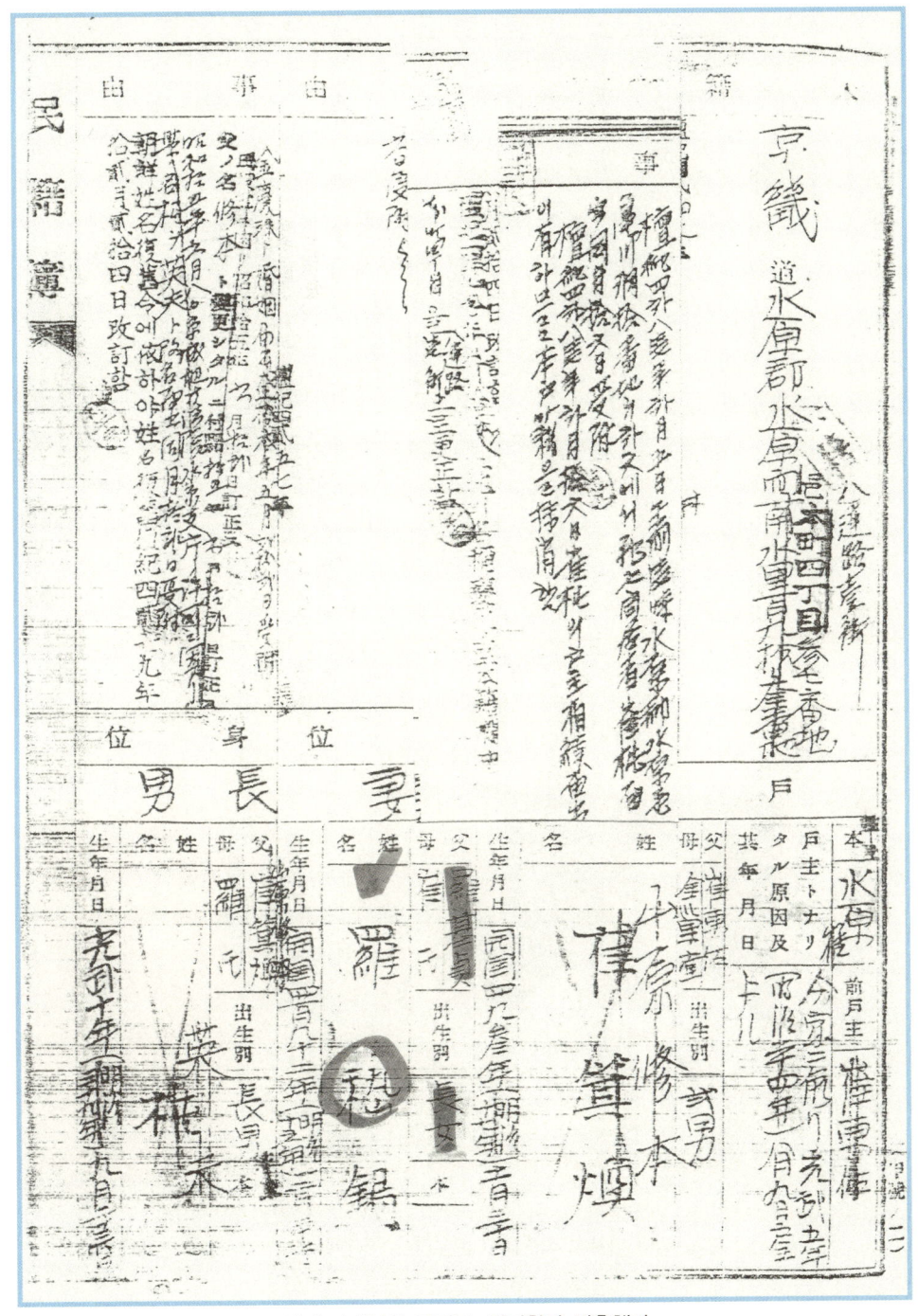

언니 나계석의 민적부. 최기환과 결혼했다.

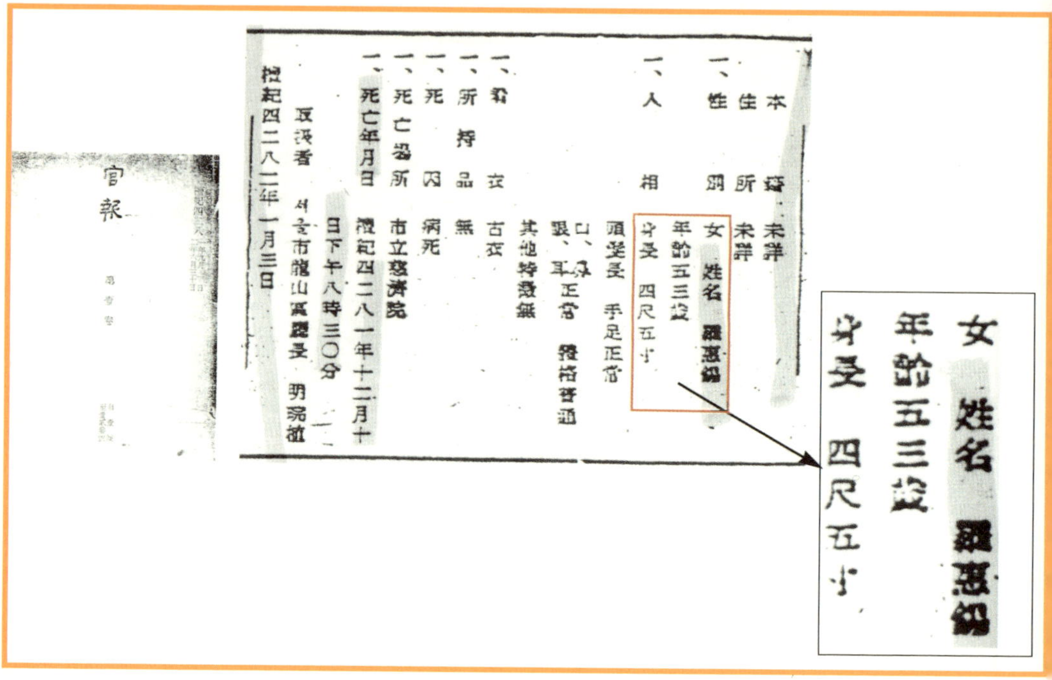

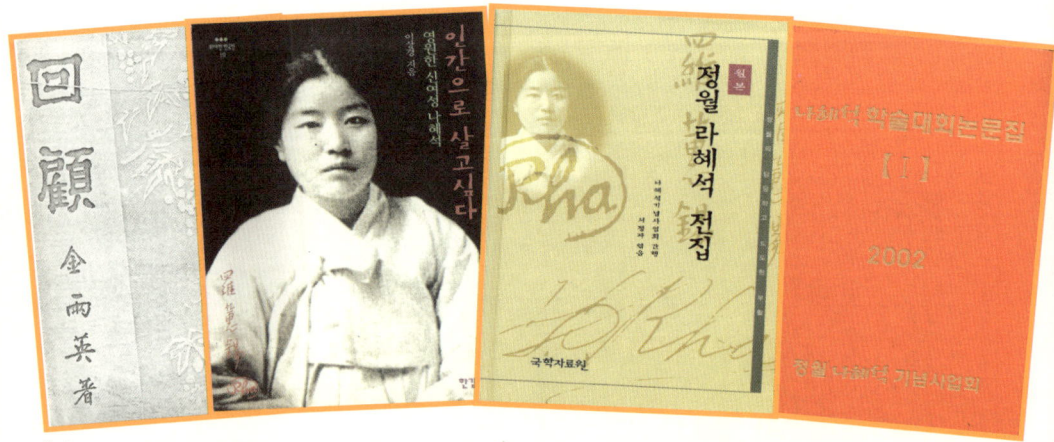

官報

本籍 未詳
住所 未詳
一、性別 女 姓名 羅蕙錫
年齡五三歲
一、人相 身長 四尺五寸
頭髮長 手足正常
口、鼻、耳 正常 發育普通
其他特徵無
一、着衣 古衣
一、所持品 無
一、死因 病死
一、死亡場所 市立慈濟院
一、死亡年月日 檀紀四二八一年十二月十日下午八時三〇分
取扱者 서울市龍山區長 明亮植
檀紀四二八二年一月三日

女 姓名 羅蕙錫
年齡五三歲
身長 四尺五寸

나혜석의 사망(1948년 12월 10일 하오 8시 30분)을 알리는 관보.
그의 이름과 연령, 신장이 기록되어 있다.

『회고』, 김우영(1954)/『인간으로 살고싶다』, 이상경(2000)/『정월 라혜석 전집』, 정월나혜석기념사업회 간행, 서정자 편(2001)/『정월 나혜석 학술대회 논문집 I』, 정월나혜석기념사업회 편(2002)

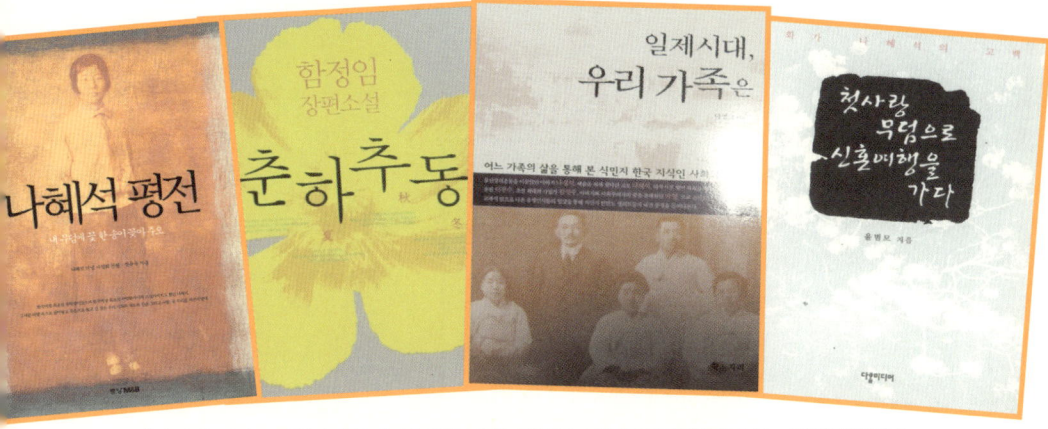

『나혜석 평전』, 정월나혜석기념사업회 간행, 정규웅 지음(2003)/『춘하추동』, 함정임(2004)
『일제시대, 우리 가족은』, 나영균 지음(2004)/『첫사랑 무덤으로 신혼여행을 가다』, 윤범모(2007)

『저것이 무엇인고』, 한상남 글, 김병호 그림(2008)/『정월 나혜석 학술대회 논문집Ⅱ』, 정월나혜석기념사업회 편(2009)
『나혜석, 한국 근대사를 거닐다』(2011), 정월나혜석기념사업회 간행, 윤범모 외/『나혜석 연구』 창간호, 나혜석학회(2012)

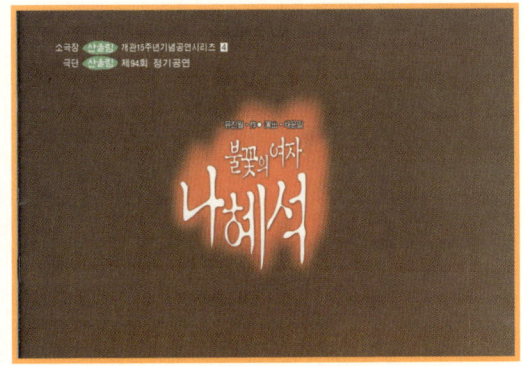

〈불꽃의 여자, 나혜석〉 유진월 작, 채윤일 연출,
극단 산울림(2000)

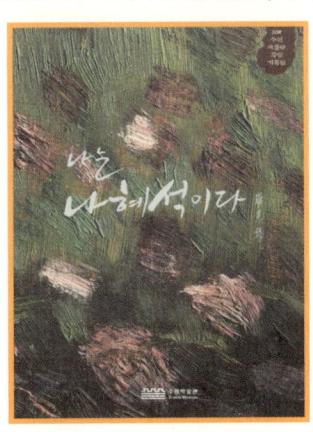

『나는 나혜석이다』, 수원박물관 전시 도록(2011)

박태원이 지은
『약산과 의열단』에 나오는
나혜석이 의열단을 도왔다는
증언.

> 동지는 아니면서 의열단에 대하여 은근히 동정을 표하여 온 사람은, 그 수가 결코 적지 않다. 그 가운데 여류화가로 한때 이름이 높던 나혜석(羅惠錫)이 있다. 약산은 면식이 없었으나, 단원 박기홍(朴基弘)이 그를 잘 알고 있었던 것이다.
>
> 일찍이 박기홍은 처치하기에 곤란한 한자루 단총을 그에게 맡겼던 적이 있다. 나혜석은 당시 안동현 부영사의 부인이었으므로 그의 집처럼 안전한 은닉장소도 드물 것이었다. 그로써 얼마 지나지 않아 박기홍은 계획한 일이 사전에 드러나, 왜적의 손에 검거되고, 이어 형을 받았다.
>
> 형기를 마치고 다시 세상구경을 하게 된 그는, 그 뒤 우연한 길에 나혜석을 찾았다. 그가 가장 뜻밖이었던 것은 이 여류화가가, 전에 맡겼던 그 위험하고 불온한 위탁물— 단총을 그때까지 보관하였다가 도루 내어준 일이다. 나혜석은 의열단의 비밀을 위하여 이 사실을 자기 부군에게도 알리는 일없이 밤마다 베고자는 베갯속에 이를 간직하여 지내온 것이었다……

나혜석 바로알기 심포지엄 표지들(1회(1999), 2회, 3회, 15회, 16회(2013))

제1회 정월나혜석기념사업회 주최 국제심포지엄 광경(1999년 4월 27일)

〈남성 중심 사회에서 희생된 첫 근대 여성 나혜석〉 고영훈 화(2002)

〈나혜석 초상〉 이정민 화(2002)

1999년 12월 열린 나혜석 바로알기 심포지엄에서 영정에 분향하는 모습

문화관광부 2000년 2월
문화인물로 선정된 나혜석 브로슈어 표지

정월나혜석기념사업회가 문화관
광부 후원으로 예술의 전당과 함
께 연 〈나혜석의 생애와 그림전〉
도록(2000년 1월) 표지

▲▶ 전시회 광경

화가 나혜석 (1896~1948)

수원시는 나혜석 선생이 태어난 곳으로 그 역사성을 기념하여 여기에 표석을 세운다.
문화체육부 / '95 미술의 해 조직위원회

수원시 신풍동 화령전 옆에 세워진 나혜석 표석 및 나혜석 생가터 안내도

2000년 6월 수원시 인계동에 조성된 나혜석 거리의 나혜석 동상과 연보
2000년 2월 이달의 문화인물에 선정된 배경설명이 들어 있다. (사진-스튜디오 마로 박상필)

조각 김도근

조각 임송자

조각
이윤숙

나혜석 거리에 선 조각상과 조형물

2000년 6월 나혜석 거리 준공 축제

앞줄 좌로부터 이구열(한국근대미술연구소 소장), 이계경(전 여성신문사 사장), 고 조경
희(예술원 회원), 뒷줄 중앙 유동준(정월나혜석기념사업회 회장)

위대한 근대 여성으로 김마리아, 최은희,
박에스더, 백선행, 유관순 등과 함께
나혜석이 전시되어 있다.

개정증보

원본 나혜석 전집

1. 이 책은 띄어쓰기만을 현행 맞춤법에 맞게 고친 것을 제외하곤 원문의 표기방식을
   따랐다. 그러나 독자의 편의를 위해 한자에 한글 토를 붙였다.(예: 集會所집회소). 원문
   속의 ( ) 속 한자는 원문에 씌어진 대로이다. 또한 원문에서 일관성 없이 부호가 사
   용된 것을 현행 표기에 맞게 고쳤다. 인용부호는 ' '와 " "을, 작품 및 논고는 「 」,
   저서는 『 』로 통일하였다. 나혜석의 글에서 본디 오기·오식으로 여겨지는 원문을
   그대로 두었고, 각주를 통해 잘못을 밝혔다.

2. 한글 위주로 되어 있는 본문 속에 부분적으로 영어, 일어, 한문이 사용되었을 경우,
   그대로 표기하였고, 필요에 따라 번역하였다.

3. 원전에서 판독이 불가능한 낱말이나 부분은 동그라미(○) 기호를, 원전이 공백으로
   놔둔 낱말이나 어구는 네모(□) 기호를 사용하였다.
   또한 본래부터 원전에 사용되던 기호들이나, 잘못 표기된 것이라고 오해받을 소지
   가 있는 부분들에 대해서는 각주를 통해 '원문대로'라고 설명하거나 그 이유를 밝
   혀 독자와 연구자의 혼돈을 막으려 했다.

『원본 나혜석 전집』 제2판을 출간하면서

정월 나혜석 선생은 1896년 4월 28일 수원 신풍동(당시 수원군 수원면 신풍리)에서 태어나서 1948년 12월 10일 유명을 달리하셨습니다.

정월에겐 최초의 미술전공 여성유학생, 여성최초의 소설가, 여성최초의 세계일주 등등 최초라는 수식어가 많이 붙습니다.

또한 서울에서 최초의 미술전시회를 개최한 사람이기도 합니다. 남녀를 통틀어 정월이 최초로 서울 『경성일보』 내청각에서 임신 9개월의 무거운 몸으로 1921년 3월 19일 개최한 제1회 유화 개인전람회는 하루 관람객이 3,500명 내지 5,000여 명이란 대단한 인파가 몰렸고 비싼 값에 그림이 팔렸다는 기록을 남긴 채 성황리에 마쳤습니다.(당시 서울 인구는 약 30만이었습니다.)

그리고 정월은 3·1운동에 가담하여 5개월 옥고를 치룬 독립운동가이면서 여성의 지위 향상을 위해 끊임없는 노력을 한 여성운동가이기도 합니다.

정월은 2000년 2월 정부가 선정한 문화인물이 되었습니다. 문화인물이 된 연유로 정부시책에 따라 수원시 인계동에 〈나혜석 거리〉가 조성되어 경향각지에서도 많은 사람들이 〈나혜석 거리〉를 방문하고 그분의 업적을 기리고 있습니다.

한편 매년 4월이면 〈나혜석 바로알기 심포지엄〉을 개최하여 금년 제16

회에 이르렀습니다.

　무덤마저 알 길 없는 아쉬움과 그로 인해 저승에서마저 정착 못하고 구천을 헤매지 않을까 하는 가슴 아픈 생각에 경기도 문화예술회관에 대형 영정을 안치한 정월추모제를 마련하고 분향재배한 게 지금부터 14년 전인 1999년 12월 10일 해질 무렵이었습니다.

　1929년 9월 23일 〈구미사생화 전람회〉라는 제목으로 제2회 작품전시회를 고향 수원의 남수동 당시 용주사 포교당(현 수원사)에서 『동아일보』와 공동주최하고 『중외일보』가 후원한 것을 기념하기도 할 겸 지난 10월 29일 저녁엔 추모 강연회 전야제를 가졌으며, 11월 10일에 정월 서거 65주기를 한 달 앞당겨 추모 강연회를 갖게 되었습니다.

　『원본 정월 라혜석 전집』 제1판은 2000년 2월 문화인물로 선정되기를 바라는 마음을 담아 정월 나혜석을 바로 알리기 위한 일환으로 전집을 발간하기로 하였던 것입니다. 2001년 2월에 제1판을 출간한 이후 추가 발굴된 자료를 수록하여 『원본 나혜석 전집』으로 제2판을 출간하게 되었습니다.

　정월 나혜석 선생의 영전에 올립니다.

　전집 제2판 출간을 위해 편집교열을 맡아주신, 「경희」를 처음 발굴한 서정자 교수께 감사의 뜻을 표합니다. 아울러 푸른사상사 한봉숙 사장 이하 전 직원들의 노고에도 감사의 뜻을 표합니다.

　감사합니다.

2013년 11월
晶月羅蕙錫記念事業會
정월 나혜석 기념사업회

會長　俞東濬
회장　유동준

나혜석의 필적과 제2판 전집

2001년에 출간한 『원본 정월 라혜석 전집』이 절판되어 제2판을 내게 되었다. 당시 정월나혜석기념사업회는 나혜석이 2000년 2월 문화인물로 선정된 것을 기념하여 예술의 전당과 공동으로 〈나혜석의 생애와 그림 전〉을 열고 있었으므로 전집 제1판의 화보는 전시된 그림과 자료들을 그대로 싣는 것이 되었다. 이 자료들은 정월나혜석기념사업회 유동준 회장이 평생을 기울여 수집하고, 동시에 나혜석 연구자들을 찾아내 발굴한 것을 모은 것이다. 편자로서는 나혜석의 글을 모아 편(編)한 정도의 수고를 했다는 기억이다. 그로부터 어언 14개년의 성상이 흘렀다. 새천년의 화두로 빛처럼 떠오르던 나혜석은 학위논문만 1백 편이 넘는, 문학계에서나 미술계, 여성계에서 가장 높은 관심을 보인 여성문인이자 화가가 되었다.

나혜석과 만난 때로부터 사반세기가 지난 지금 되돌아보니 나혜석 연구와 관련하여 나만큼 큰 은의(恩義)를 입은 학자가 없을 것 같다. 나혜석의 단편 「경희」와 「회생한 손녀에게」를 발굴하여 학계에 처음 보고하였다고 하지만 나의 수고에 비해 너무 많은 대접을 받았다. 그 모두가 나혜석 선생의 후광이었음은 두말할 것이 없지만 내가 굳이 의도했던 일도 아니고 보니 '그분'의 뜻을 생각하는 일이 많았다. 나혜석 연구뿐만이 아니라 여성소설 및 작가연구를 필생의 일로 다짐한 이래 나는 이에 대한 그 어떤 보답도 바랐던 적이 없었다. 오직 할 일을 다하고 삶을 마친다면 더할 나위 없는 보람이라고 생각했을 뿐이었는데 학자로서 최상의 영예를 입혀주고 봉사할 기회도 마련해주었다. 나는 어떻게 이 은혜에 답할 것인가. 흔한 말이지만 한 알의 밀알이 되어야 할 것을 생각하게 된다. 그런 가운데 다시 제2판의 전집을 출판하게 되었다. 선뜻 수락한 것은 제1판의 잘못된 부분을 수정하고 그동안 발굴된 자료를 더하고 싶었기 때문이다.

작가로서의 연구나 문학 또는 그 어느 시각의 연구라 할지라도 작가가 처음 발표한 원본을 보아야 하는 것은 부동의 대원칙이다. 그런 점에서 나혜석의 글을 원본 그대로의 표기를 살려 전집을 만든 것은 의의가 있는 작업이었다. 그러나 『원본 정월 라혜석 전집』은 그렇게 널리 읽히지는 못한 것 같다. 한자에 한글 토를 단다고 하였으나 많은 한자와 옛날 철자 그대로의 표기는 독자가 쉽게 읽기에는 불편한 것이 사실이었을 터이기 때문이다. 이번에도 당시 표기한 원본 그대로 내보내면서 과연 일반 독자들이 얼마나 읽어줄까 슬며시 걱정을 한다. 한자에 붙인 한글 토를 믿어보는 수밖에 없다. 한편 이 책은 나혜석 자신이 이름을 "라혜석"으로 표기하였기에 제목을 『원본 정월 라혜석 전집』이라 해서 "나혜석"으로 검색하는 연구자나 독자에게 이 책은 '뜨지 않는' 불리를 감수한 책이었다. 따라서 이번 제2판의 제목은 『원본 나혜석 전집』으로 표기하도록 하였다.

제1판 서문에서도 밝혔듯이 나혜석 전집을 내는 등 나혜석과 관련한 일을 많이 하게 된 것은 정월나혜석기념사업회 유동준 회장 덕택이다. 나혜석이 2000년 2월, 이달의 문화인물로 선정된 후, 수원시의 브랜드 인물이 되기까지, "나혜석 바로알기" 심포지엄의 타이틀에서 보듯이 나혜석을 바로 알리기에 한마음으로 외길을 걸어온 분이다. 나혜석기념관 건립도 유동준 회장이 오랫동안 숙원사업으로 추진해온 것으로 알고 있다. 기념관이 건립되면 나혜석의 그림도 돌아와줄 것으로 기대한다. 조선조의 강력한 가부장사회의 고정관념이 그대로 확고하게 온존한 사회에서 솔직하고 정직하게 사람의 길을 걸어간 나혜석은 솔직하지 않고도 도덕적이라고 불리는 모든 사람으로부터 외면을 당했다. 자랑스럽게 사서 소장했을 그림들은 전쟁을 겪어서 만이라고 말하기 어렵도록 남아 있지 않아, 나혜석의 이혼과 관련한 스캔들에 그 원인을 물을 수밖에 없는가 한탄을 하게 한다.

그런 가운데 작년 일본 모모야마학원 자료실로부터 입수한 나혜석의 편지들은 아마도 그동안의 나혜석 자료 발굴성과로서 첫손가락으로 꼽아야 할 것이다. 이구열 미술평론가도 나혜석의 편지 글씨를 대하고 "아, 참 잘 쓴 글씨다." 감탄하는 말을 곁에서 들었다. 모모야마학원 자료실에 소장된 나혜석의 편지와 엽서는 모두 6통이며 편지 외에 사진과 나혜석의 선전 특선작 〈천후궁〉을 인쇄한 기념엽서가 있다. 야나기하라 기치베는 나혜석의 〈천후궁〉을 구입하여 소장했었다. 이 나혜석의 서한 자료들을 전집에 실릴 수 있도록 허락하신 모모야마학원 자료실에 감사를 드린다.

일본 구마모토대학 우라카와 선생의 논문에 인용된 것을 보고 연락하여 입수하게 된 과정은 『나혜석연구』 창간호에 썼으므로 여기에서는 생략하겠다. 같은 시기 나혜석의 장남되시는 김진 교수가 김나열 선생이 소장하고 있었던 나혜석의 한글서한 복사본을 보내주시어 역시 『나혜석연구』 창간호에 공개하였으나 전집에 실리는 것에 허락하는 서신이나 메일을 주시지 않아 전집에서 빼게 되어 아쉽다. 필요하다면 나혜석학회의 저널 창간호를 참고하기 바란다.

이번 전집 제2판에 새 자료로 나혜석의 수필 「영원히 이저주시오」(『월간 매신』, 1934. 4)를 싣게 된 점 매우 기쁘게 생각한다. 이 수필은 수원박물관 한동민 팀장이 발견한 자료로 그동안 분명치 않았던 최승구의 사망 시기와 당시 나혜석의 행보를 증언해주는 중요한 자료이다. 선뜻 파일을 보내주신 한동민 수원박물관 팀장에게 감사를 드린다. 또한 1926년 나혜석이 『시대일보』에 발표한 시 「中國과 朝鮮의 國境」을 발굴 게재하게 된 것도 보람찬 일이다. 이미 알려지기는 했으나 전집 등 출판물에는 처음 수록하는 작품이다. 화보에 실린 「노라」 노래가사는 전집의 박화성 소설에 나오는 노래가사 「노라」와 같음을 확인했다(『노라』, 영창서관, 1922. 6). 확인하지는 못했으나 새로 발굴된 글로 「부인문제의 일단」(『曙光』, 1920. 7), 「『부인』의 탄생을 축하하여」(『婦人』, 1923. 4), 「예술가의 생활」(『靑年』, 1927. 6)이 있는데 계속 찾아볼 작정이다.

한편 이구열, 김종욱, 이상경의 전집 이미지는 제1판에 소개하였으므로 이번에는 빼기로 했다. 대신 나혜석 평전과 나혜석 관련 책, 그리고 전시 도록들을 소개하기로 했다. 지난여름 수원시가 지원하여 나혜석 관련 지역 답사를 하는 중 게이오대학을 방문했을 때 김명호 교수와 후쿠자와 연구소의 니시자와 나오코 선생이 최승구의 학적부 등을 보여주어 새 자료를 소개하게 된 점 지극히 감사하게 생각한다. 도쿄의 여자미술학교에서 다카하시 나오코 선생의 후의로 나혜석의 앨범을 배견하게 된 감격도 잊을 수 없다. 나혜석 연구에 지원해주신 수원시의 관계자 여러분께 감사를 드린다. 신세를 진 여러분께 미처 인사를 다 드리지 못했을는지 모르겠다. 도와주신 모든 분들에게 감사드리며 특별히 『원본 나혜석 전집』 제

2판 간행을 위해 애쓰신 유동준 정월나혜석기념사업회 회장님께 심심한 감사를 드린다. 푸른사상사 한봉숙 사장과 편집실 여러분께도 좋은 전집을 만들어주시어 감사하게 생각한다.

2013년 11월 5일
서 정 자

제1부 그림

농촌 풍경/만주(滿洲) 봉천 풍경/무희(舞姬)/파리 풍경/스페인 국경/불란
서 마을 풍경/스페인 해수욕장/인천 풍경/자화상(自畵像)/선죽교(善竹
橋)/다솔사/화령전 작약/수원 서호(水原 西湖)/별장/해인사 석탑/불란서
교외 풍경/농가/춘(春)이 오다/봉황성의 남문/봉황산/가을의 뜰(秋의
庭)/초하(初夏)의 오전/낭랑묘(娘娘廟)/천후궁(天后宮)/지나정(支那町)/
봄의 오후/김우영(金雨英) 초상/나부 습작/녹동 풍경/어린이들/화가촌
(畵家村)/나부(裸婦)/정원(庭園)/작약(芍藥)/소녀/창가에서/금강산 만상
정(金剛山 萬相亭)/나혜석 사인들/조조(早朝)/만화 저것이 무엇인고/김
일엽 선생의 가정생활/개척자/견우화/섣달대목/초하룻날/인형의 家/이
상을 지시하는 계명자/총석정 어촌 풍경/경성역, 전동식당, 계명구락부

제2부 발굴자료

제3부 소설

제7부 수필

제8부 여성 비평

제9부 페미니스트 산문

제10부 미술 관계 에세이 · 인터뷰 · 기사

제11부 구미 여행기 · 구미유기

제13부 부록

제1부

그림

羅蕙錫

그림으로 본 나혜석

〈농촌 풍경〉 캔버스에 유채, 27x39cm, 제작연대 미상, 개인 소장

〈만주(滿洲) 봉천 풍경〉 합판에 유채. 23.5x32.5cm, 1923년대, 개인 소장

〈무희(舞姬)〉 캔버스에 유채, 39x33.5cm, 1927~28년대, 국립현대미술관 소장

〈파리 풍경〉 목판에 유채, 23x33cm, 1927~28년대, 개인 소장

〈스페인 국경〉 목판에 유채, 23.5x33cm, 1928년, 개인 소장

〈불란서 마을 풍경〉 유채, 30x45.5cm, 1928년, 개인 소장

〈스페인 해수욕장〉 캔버스에 유채, 32.5x43cm, 1928년대, 개인 소장

〈인천 풍경〉 합판에 유채, 15x22cm, 제작연대 미상, 개인 소장

〈자화상(自畵像)〉 캔버스에 유채, 62x50cm, 1928년대, 개인 소장

〈선죽교(善竹橋)〉 목판에 유채, 23x33cm, 1933년대, 개인 소장

〈다솔사〉 합판에 유채, 54x69cm, 제작연대 미상, 개인 소장

〈화령전 작약〉 목판에 유채, 34x23cm, 1934년, 리움삼성미술관 소장

〈수원 서호(水原 西湖)〉 목판에 유채, 30x39cm, 1934년대, 개인 소장

〈별장〉 목판에 유채, 22.5x33cm, 1935년, 개인 소장

〈해인사 석탑〉 합판에 유채, 32x33cm, 1938년 무렵, 개인 소장

〈불란서 교외 풍경〉 캔버스에 유채, 8호 개인 소장

〈농가〉 유채, 1922년 제1회 입선

〈춘(春)이 오다〉 유채, 1922년 제1회 입선

〈봉황성의 남문〉 유채, 1923년 제2회 4등 입상

〈봉황산〉 유채, 1923년, 제2회 입선

〈가을의 뜰(秋의 庭)〉 유채, 1924년 제3회 4등 입상

〈초하(初夏)의 오전〉 유채, 1924년 제3회 입선

〈낭랑묘(娘娘廟)〉 유채, 1925년 제4회 3등 입상

〈천후궁(天后宮)〉(중국 심양(瀋陽) 소재) 유채, 1926년 제5회 특선

〈지나정(支那町)〉〈중국 거리〉 유채, 1926년 제5회 입선

〈봄의 오후〉 유채, 1927년 제6회 무감사 입선

〈김우영 초상〉
유채, 1927년 무렵, 개인 소장

〈나부 습작〉유화, 1927년 무렵

〈녹동 풍경〉 유채, 1929년
30년 무렵, 개인 소장

〈어린이들〉 유채,
1930년 제9회 입선

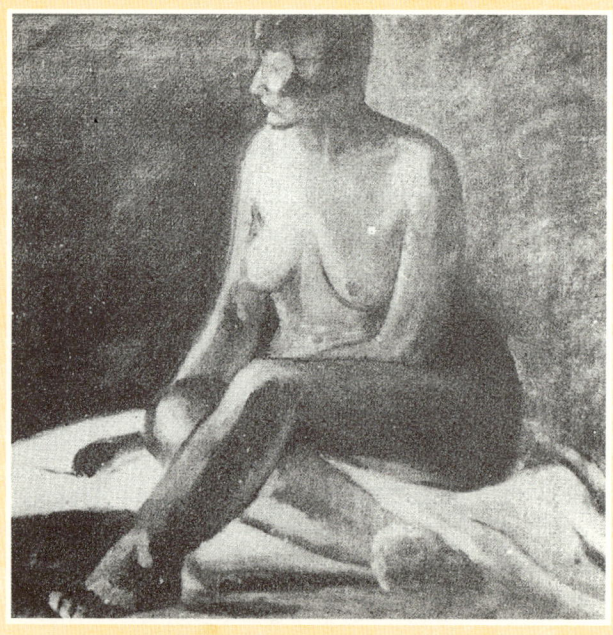

〈화가촌(畵家村)〉 유채, 1930년 제9회 입선

〈나부(裸婦)〉 유채, 1931년 제10회 입선

〈정원(庭園)〉 유채, 1931년 제10회 특선, 제12회 제전 입선

〈작약(芍藥)〉
유채, 1931년
제10회 입선

〈소녀〉
유채, 1932년
제11회 무감사 입선

〈창가에서〉 유채, 1932년 제11회 무감사 입선

〈금강산 만상정(金剛山 萬相停)〉
유채, 1932년
제11회 무감사 입선

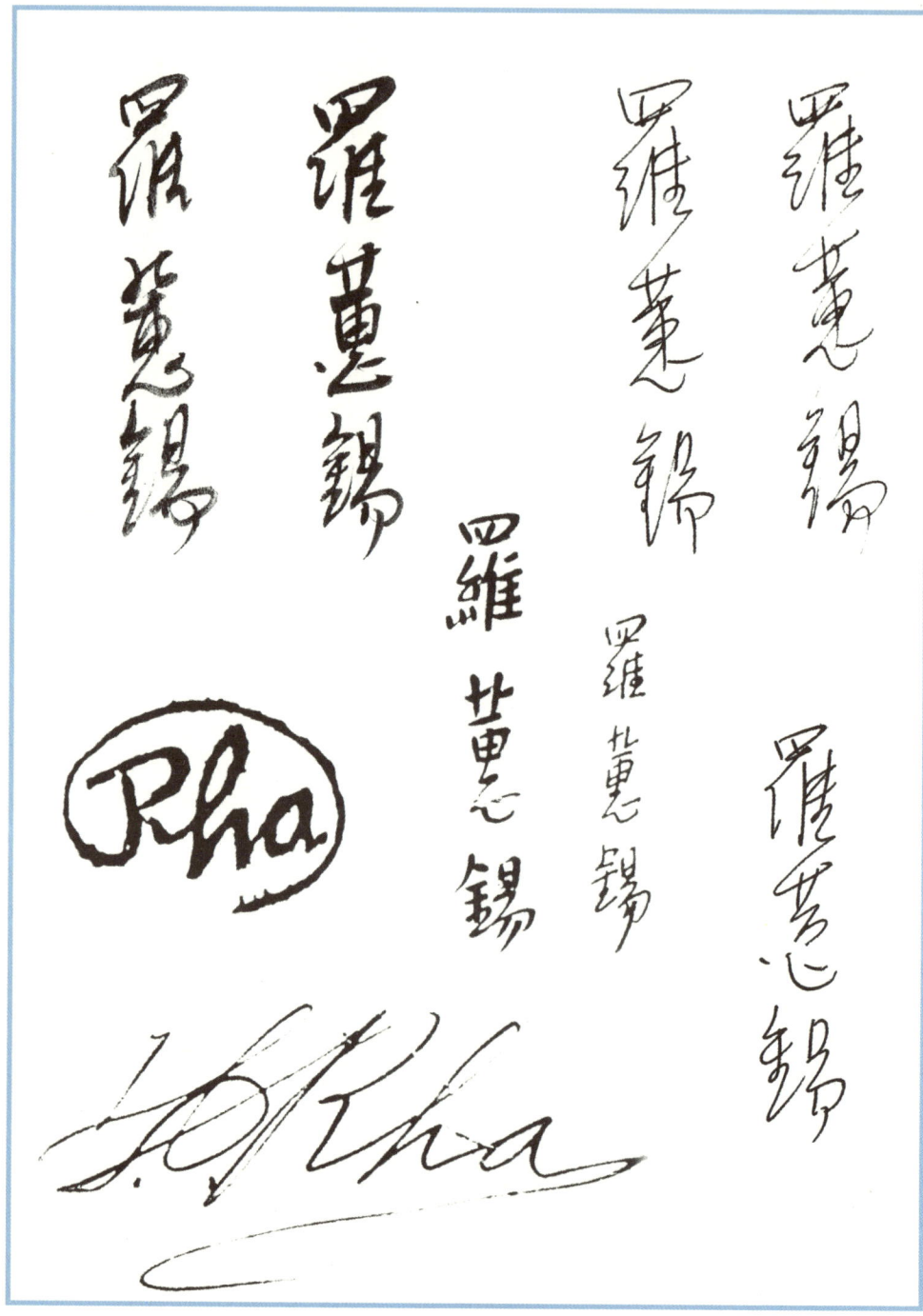

나혜석 사인들

〈조조(早朝)〉(이른 아침) 1920년 1월, 『공제』

〈저것이 무엇인고〉『신여자』제2호(1920년 4월)에 게재된 나혜석의 목판화
원래는 창간호에 실을 예정이었으나 편집 사정으로 한 호 밀렸다.

『신여자』 제4호(1920년 6월)에 실린 나혜석의 연속 목판화 〈김일엽 선생의 가정생활〉
『신여자』를 주재했던 김일엽의 바쁜 하루를 경쾌하게 묘사했다.

〈개척자〉
1921년 7월, 『개벽』 13호

〈견우화〉 1924년
염상섭(廉想涉) 작품집 표지

섯달대목

섯달대목 1919년 1월 21일자, 『매일신보』

섯달대목 1919년 1월 30일자, 『매일신보』

섣달대목 1919년 1월 31일자, 『매일신보』

섣달대목 1919년 2월 1일자, 『매일신보』

초하룻날 1919년 2월 2일자, 『매일신보』

초하룻날 1919년 2월 3일자, 『매일신보』

도잇는구나」『보통학교일한년반이야 요인늬을삼월에 늬학년된다

숙성도허지인척멋살인노……』『아홉살이야요늘멋한년이 여밤낫드러

할아버지세빈왓쇠요, 할머니세빈왓쇠요, 남이는넙적넙적철을한다

오늘 그게다무슨소리냐닛스식이란스셔삼겻다 늙어야 속이넓어지

딘 그러허구소 아홉살ㅡ열셰살만되면 장가드려야지 여보만누라우리

이 그때선가ㅡ노아이구별탈을한다홈시요그린 그때선지살어엇지

게 높으니란속히가야지……

초하룻날 1919년 2월 4일자, 『매일신보』

다 어이고만뒤우렴 『기어논지금막놀나셧는딕 그린낙표곰만뒤고주워웅 나는덕순이허고

다음에 눈나다아니다봉순이눈잇가 너 저눈안뒤엇남』쇠허허는 셔로좍

린영순아니 허고뒤지웅…… 그다음에 느릴회야 나놀고뒤자……』 그다음에 눈영덕야

떡 네아희눈딕이떠러저모륵기다 리고잇고 영덕허고 얌젼이허고 잇눈

맛개절도웻드라』

초하룻날 1919년 2월 6일자, 『매일신보』

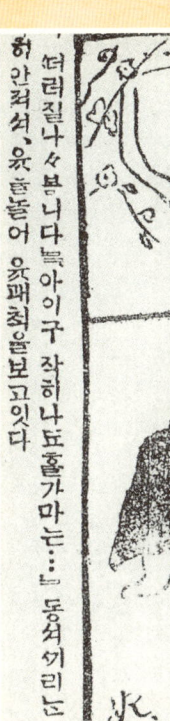

초하룻날 1919년 2월 7일자, 『매일신보』

인형의 家 삽화 1921년 3월 4일자, 『매일신보』

인형의 家 삽화 1921년 3월 5일자, 『매일신보』

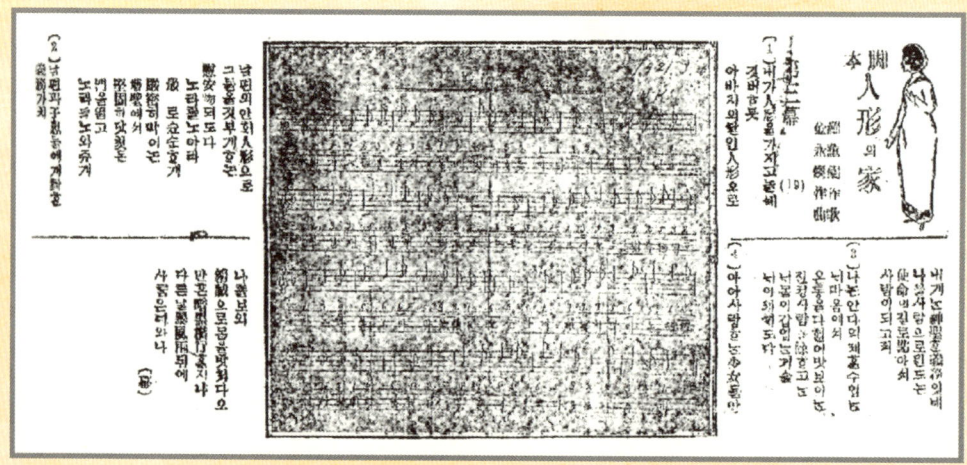

시「**인형의 家**」 1921년 3월 5일자, 『매일신보』

〈이상을 지시하는 계명자〉
나혜석의 계명구락부 기관지 『계명』 1932년 12월호에 실은 그림

해금강에서 스케치한 총석정 어촌 풍경, 1932년

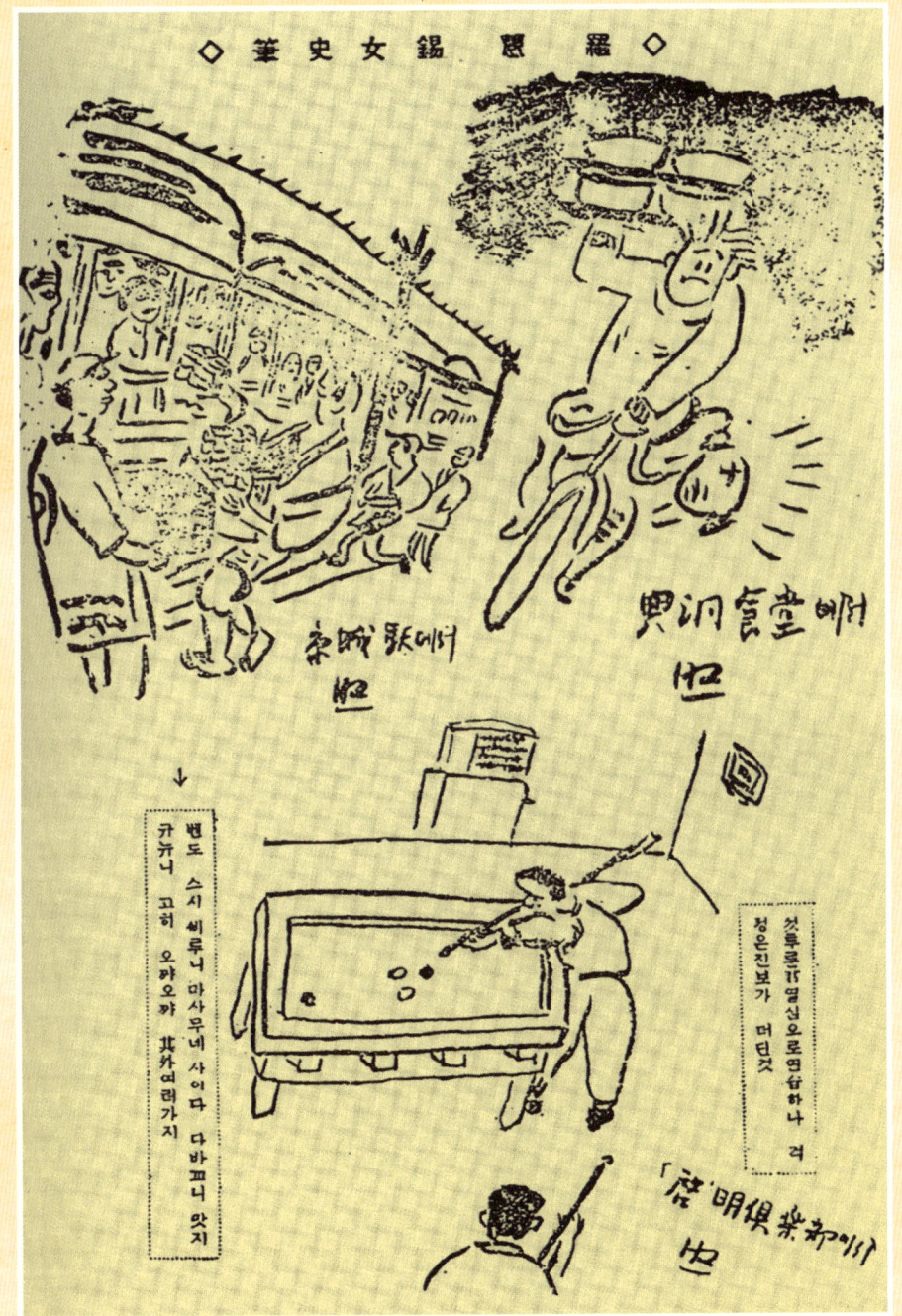

경성역, 전동식당, 계명구락부의 풍경을 스케치했다.
김종욱 편, 『라혜석─날아간 청조』에 소개되어 있다.

제2부

발굴자료

시-中國과 朝鮮의 國境
나혜석의 서신들
수필-永遠히 이저주시오

시

中國과 朝鮮의 國境국경

羅蕙錫

北境북경에 있는 平北道

벌건 煉瓦연와의 道廳도청은

市街도 새로운 新義州신의주

東으로 보이는 白馬山백마산

西으로 나리면 開巖浦개암포

언덕으로 닷는 鴨綠江압록강

겨울은 골작이

눈우에 버여논 材木재목이

미끌어 나려와

江은 얼어서『소리』닷는다

사람의 往來왕래도 自由스럽다

二百里남는 瀨○川뢰○천

이내의 한겹으로 支那지나의 나라

川의 恩惠은혜로 살아가는 사람

三國통하야 幾百萬기백만

기럭이와 비닭이도

朝夕조석으로 땟목짱구는 섬을 짓는다

開閉自由개폐자유의 鐵橋철교는

東洋의 一로 부르도다

이 다리 넘으면 安東縣안동현

山中에 뚜렷한 領事館영사관

西便에는 烏帽子山오모자산

東으로 보이는 元寶山원보산

산으로 가는 鎭江山진강산

명산 물으면 이가다야기

丘上구상에 놉히 잇는 太神宮태신궁

家運가운의 幸福을 빌고 빈다

옴겨다 심근 꽃도 잇고

사구라가 피면 만주의 ○一

한 잔 먹고지고

이름조차 조흔 스미러 栗○율○

由良之助유양지조 마루고에 太陽樓태양루

(『시대일보』 1926. 6. 6.)

* ○는 판독 불능.

나혜석 관련 사진과 서신

1927년 4월 나혜석을 찾아 동래를 방문한 야나기하라 기치베 부부
야나기하라는 나혜석의 1926년 선전 특선작 〈천후궁〉을 사서
기념엽서를 발행하기도 했다.

나혜석의 서신들

판독 및 번역 우라카와 도쿠에(구마모토대 비상근 강사)

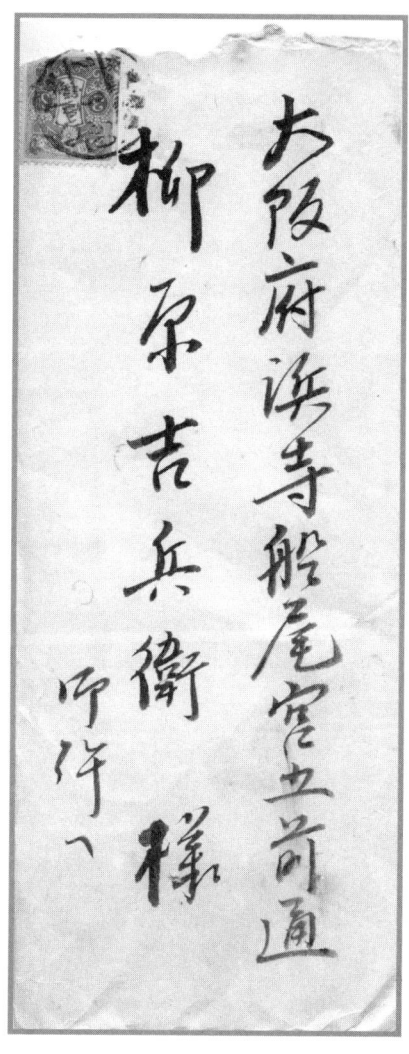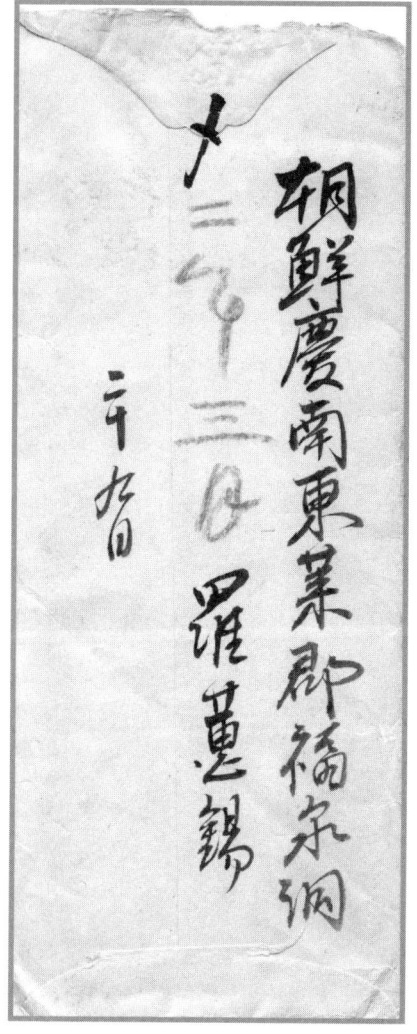

1927년 3월 29일자 편지

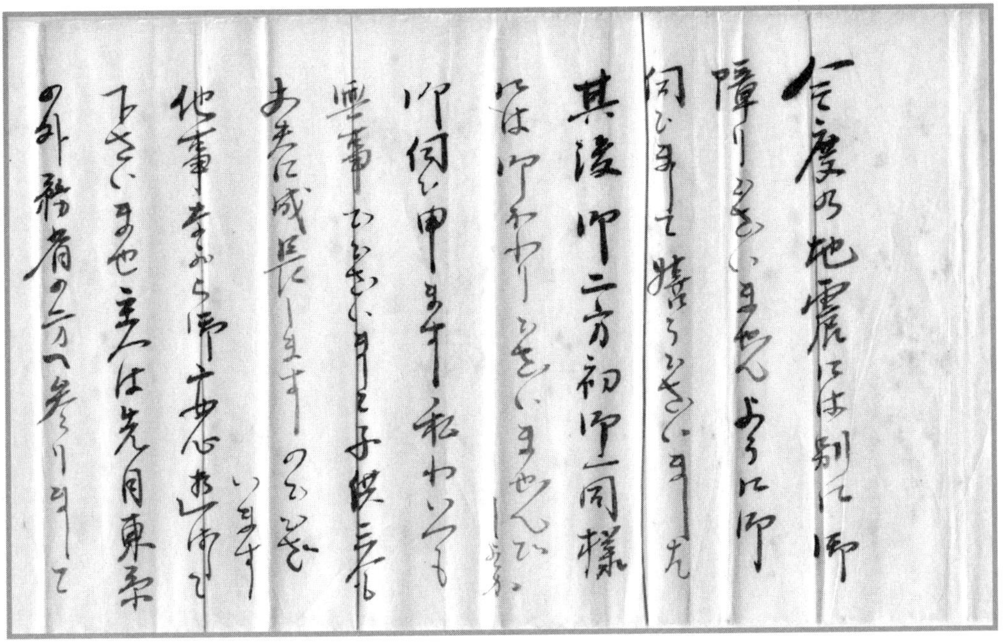

今度の地震は別に御
障りも御座いませんやうに
聞ひまして嬉しく御座います

其後御二方初御一同様
...御申上ますが
...申上私からも
...申上...子供も
...成長致します
他事ながら...主は先月東京
の外務省の方へ参りまして

私も赤ん坊の外出して
...ます...御任地
...は昨十月より御座ます

...鮮展出品準備に
いそがしくして居るのでございます

...年の方は純朝鮮
式農家の一部分を...
画面...て居るので
...幸開会中に御覧
鮮展...と思い居ます

後援は無事に到着致し
二十日の旅行で...本...
参りました本當にあの人の

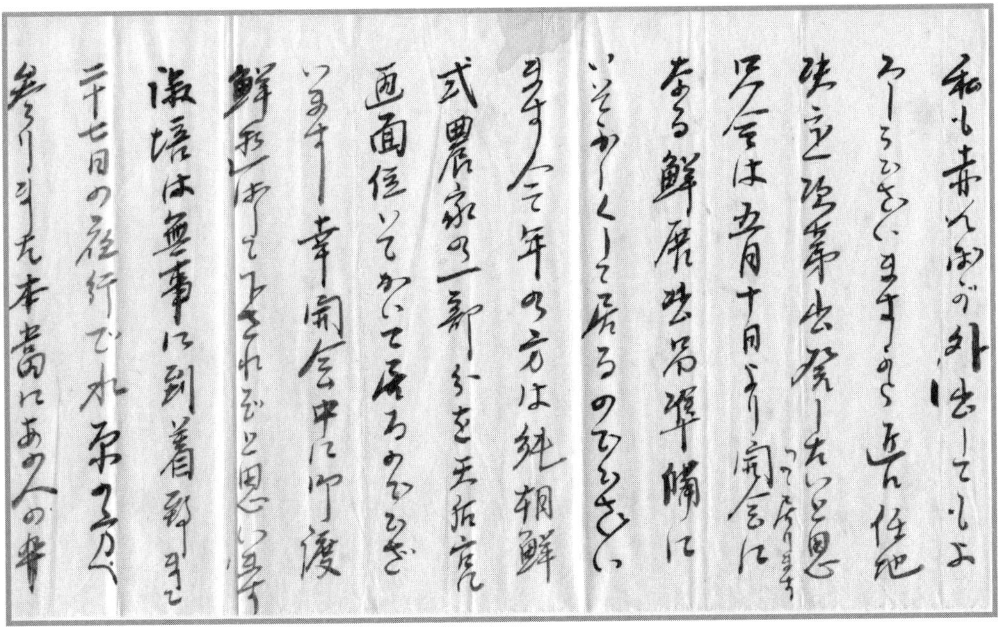

1927년 3월 29일자 편지-3

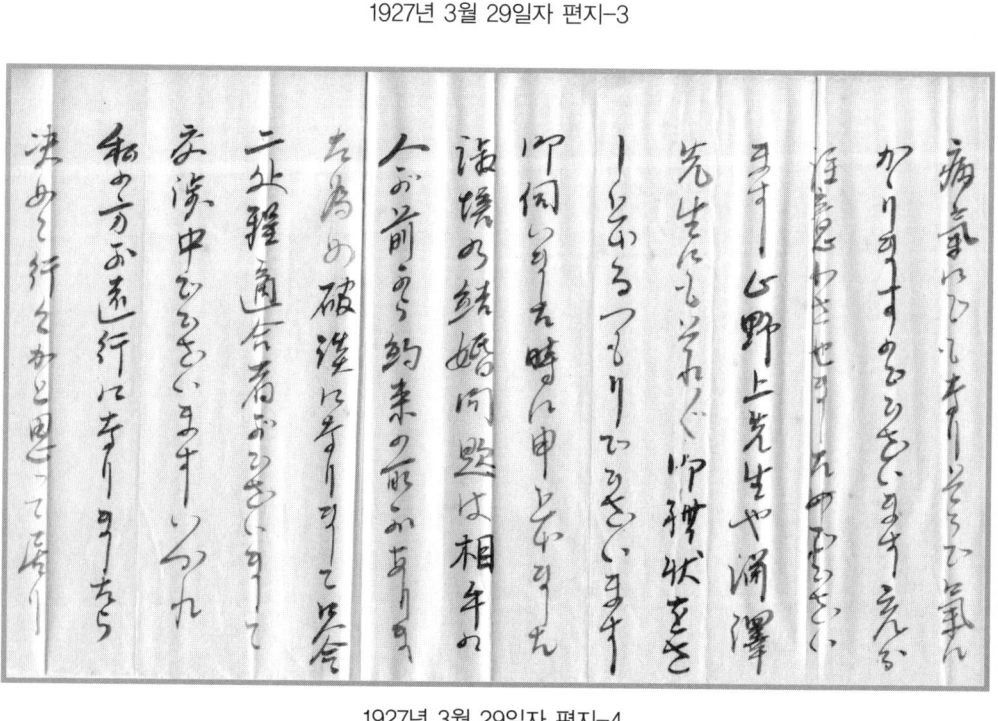

1927년 3월 29일자 편지-4

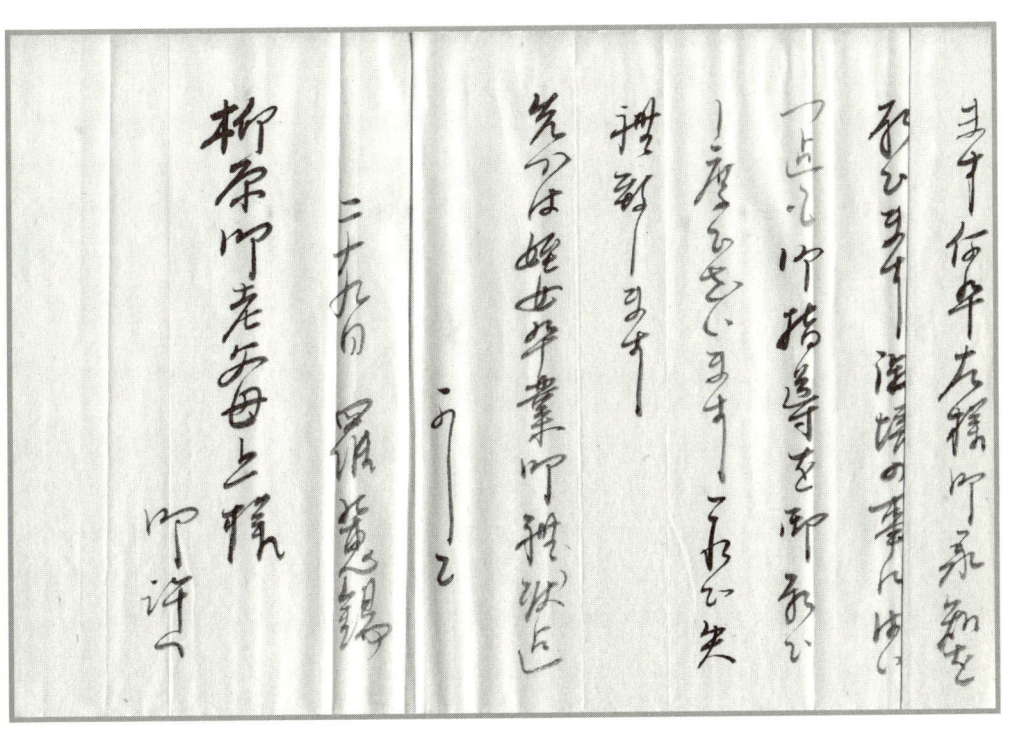

1927년 3월 29일자 편지-5

No.1166

1927년 3월 29일

이번 지진으로 별 피해는 없었다고 들어서 기뻤습니다.

그 후 어르신 댁내 두루 평안하십니까? 덕분에 저도 잘 있고 세 아이들도 건강하게 자랐습니다. 별일 없으니 안심하여 주십시오.

바깥양반은 지난달에 도쿄 외무성에 갔습니다. 저도 아기가 외출해도 괜찮게 되었으므로 머지않아 임지가 결정되는 대로 출발하려고 합니다.

지금은 5월 10일부터 열릴 선전 출품준비 때문에 바쁘게 지내고 있습니다.

이번 그림은 순조선식 농가의 일부분을 천후궁 화면 정도의 크기로 그리고 있습니다.

개회 중에 꼭 조선에 오셨으면 합니다.

숙배는 무사히 도착해서 27일 밤기차로 수원으로 갔습니다.

참으로 그 사람 4년간 재학 중에는 대단한 신세를 졌습니다.

숙배도 진심으로 감사의 말씀을 드린다고 했습니다.

그리고 이 은혜는 평생 잊지 않겠다고 했습니다.

저는 아무 도움이 되지 않았던 것을 부끄럽다고 생각합니다.

어르신의 육영사업에는 충심으로 감사할 따름입니다.

숙배는 비교적 선량한 사람이라 교육에 전력을 다하겠지만 좀 몸이 약해서 병이 들 것 같고 걱정입니다. 몸조심하라고 타일렀습니다.

야마노가미 선생님이나 후치자와 선생님께도 감사의 편지를 드리려고 합니다.

이전에 찾아뵈었을 때 말씀 드린 숙배의 결혼문제는 상대가 되는 사람이 전부터 약속한 혼처가 있었기 때문에 파담이 되었고 지금은 두 군데쯤 적합자가 있어서 교섭 중입니다. 제가 떠나기 전에는 정하고 가려고 합니다.

아무쪼록 알아보아주십시오.

숙배에 관한 일에는 앞으로도 지도를 부탁드리겠습니다.

이만 줄입니다.

간단하오나 이것으로 인사에 대신코자 합니다.

앞의 것은 질녀 졸업 예장

29일 나혜석

야나기하라 어르신께

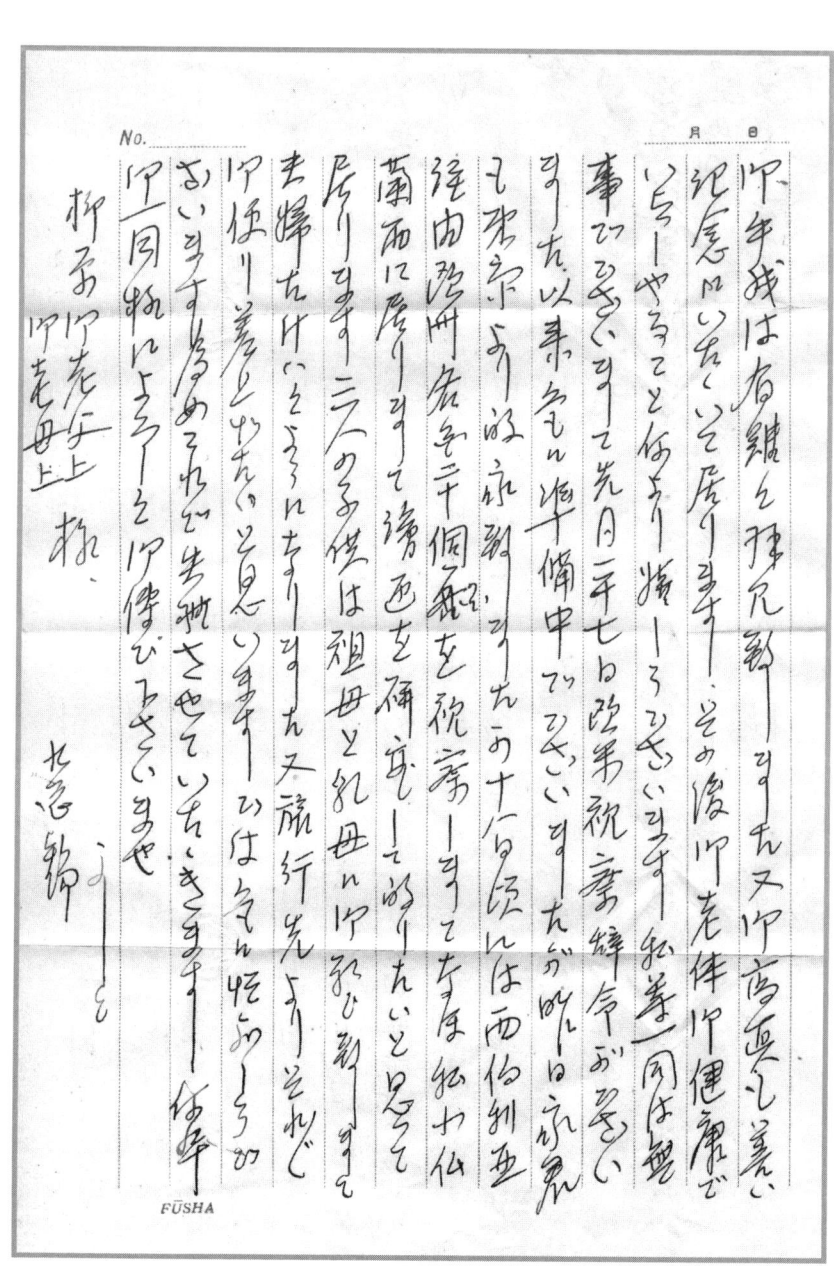

FŪSHA

1927년 6월 15일자 편지-1

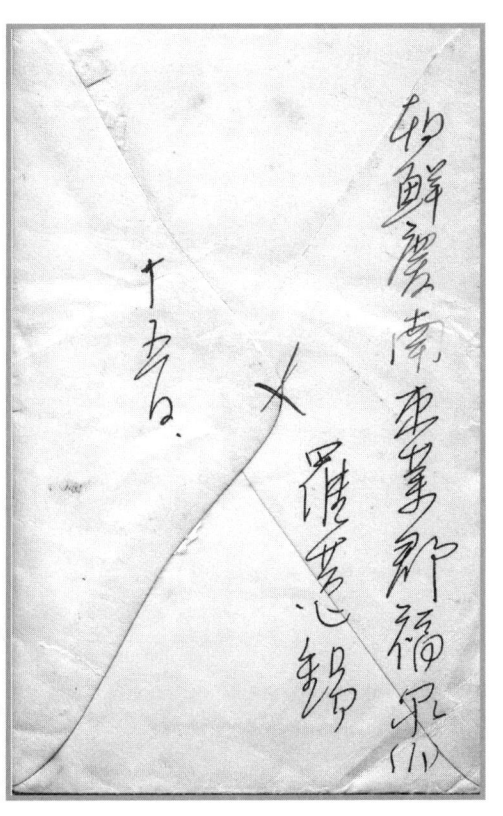
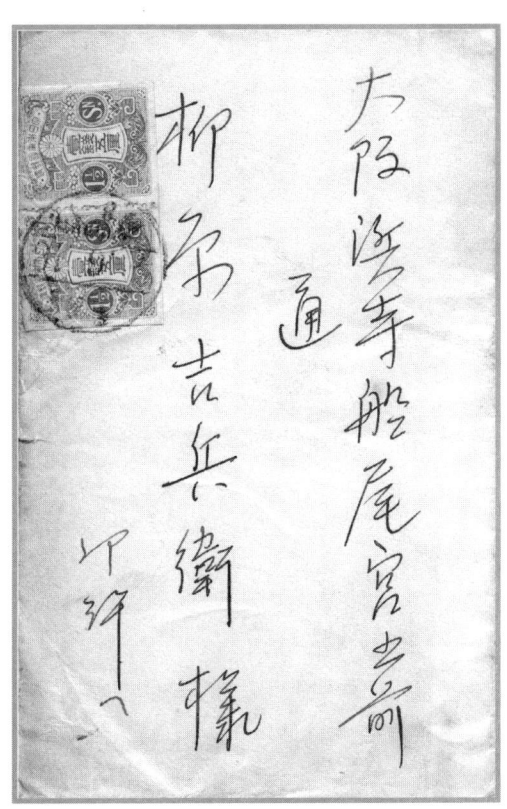

1927년 6월 15일자 편지-2

No.1165

1927년 6월 15일

편지, 잘 받았습니다. 감사드립니다. 보내주신 사진도 좋은 기념이 됩니다.

어르신네께서 건강하게 지내시는 것 무엇보다 기쁩니다.

저희는 별고 없이 지내고 있습니다만 지난달 27일 구미시찰사령을 받았습니다.

그 후 여러 가지 준비하고 있는 중인데 어제 남편도 도쿄에서 돌아왔습니다.

18일쯤에는 시베리아를 경유하여 구주 각국 20개국을 시찰하고 또 저는 프랑스에 체재해서 회화를 연구하려고 합니다.

세 아이들은 시어머니와 유모에게 맡기고 부부만 가기로 했습니다.

나중에 여행지 각지로부터 편지를 드립니다.

그럼, 바쁘기 때문에 이만 줄입니다.

부디 댁내 모두에게 안부 전해 주십시오.

야나기하라 어르신께

조선 경남 동래군 복천동 나혜석

60487 J.V.   YEOMAN WARDERS OF THE TOWER. TOWER OF LONDON

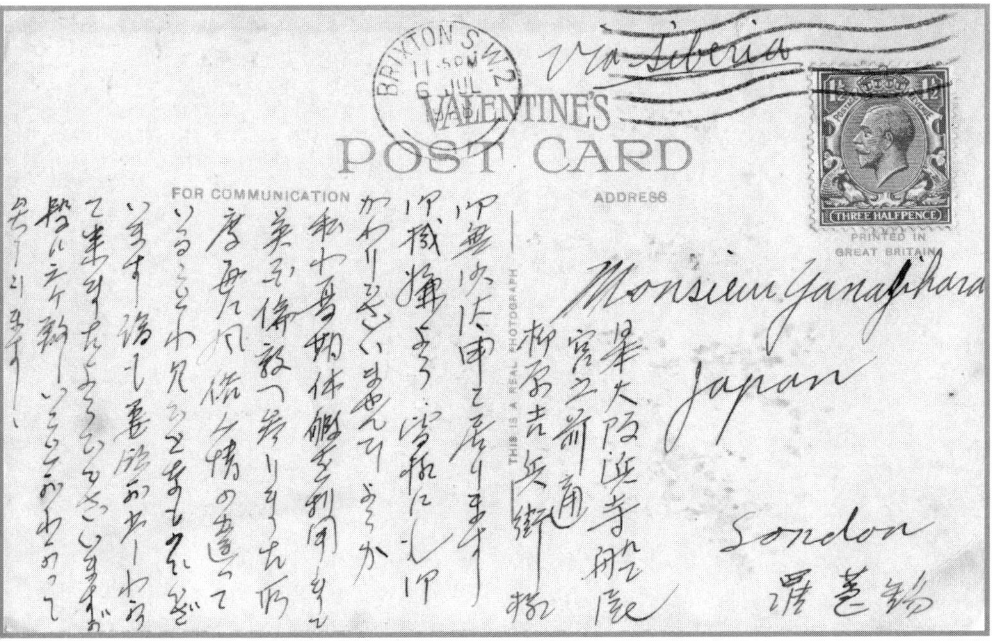

Via Siberia

BRIXTON S.W.2

VALENTINE'S
POST CARD

ADDRESS

FOR COMMUNICATION

THIS IS A REAL PHOTOGRAPH

THREE HALFPENCE
PRINTED IN
GREAT BRITAIN

Monsieur Yanagihara

Japan

London

세계일주 중 런던에서 야나기하라에게 보낸 사진 엽서

No.1167

1928년 7월 6일

오랫동안 격조했습니다. 댁내 두루 안녕하신지 궁금합니다.
저는 하기휴가를 이용해서 영국 런던에 왔습니다.
가는 곳마다 풍속, 인정이 차이가 나는 것이 볼 만하고 재미있습니다.
그림도 요령을 조금 알아온 것 같지만 점점 어려운 것이 많아서 힘듭
니다.

Via Siberia

London 羅蕙錫

Monsieur Yanagihara Japan

日本 大阪 濱寺船尾宮之前通

* 주 ― 일부 선명하지 않은 부분은 판독 불가

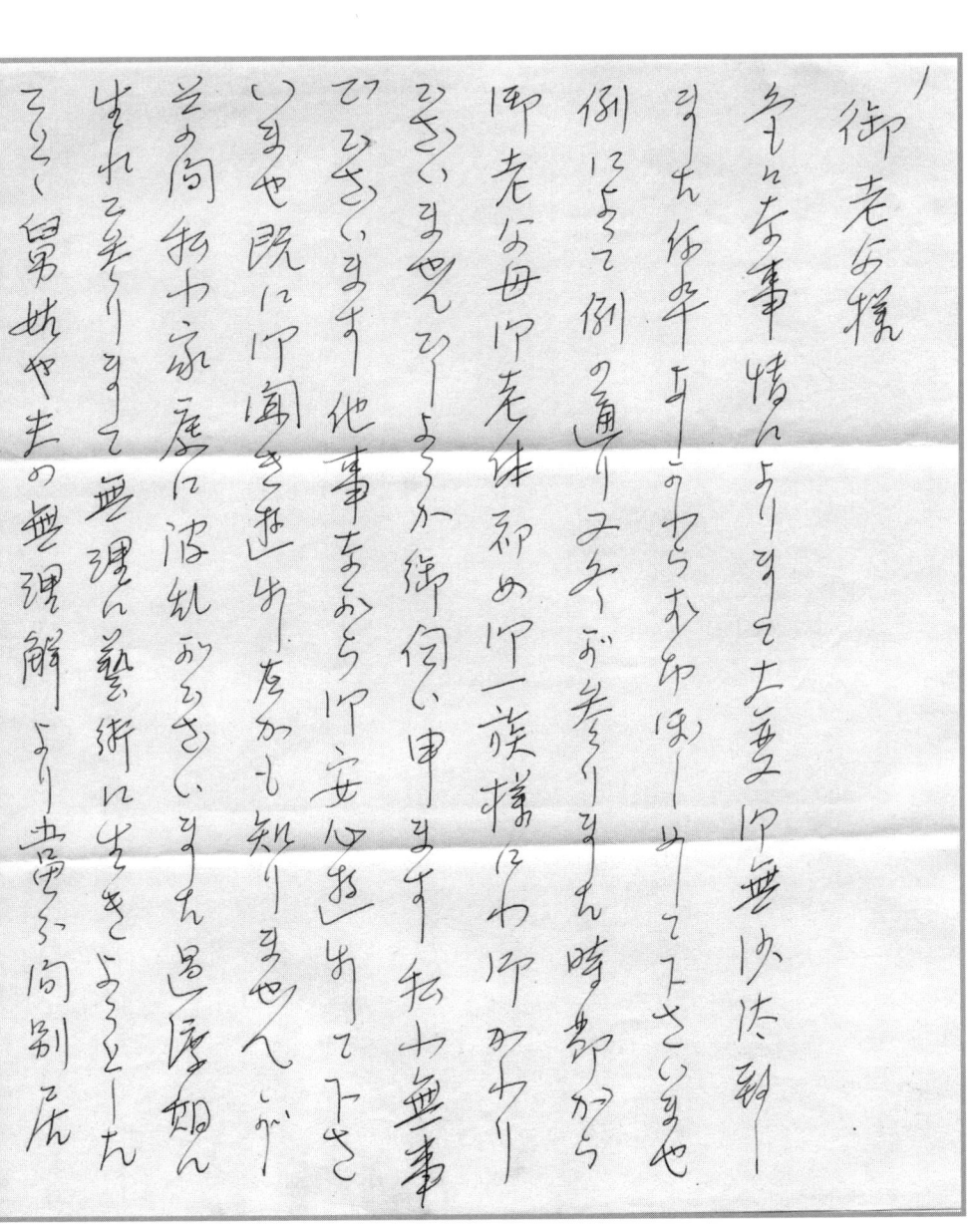

御老女様

色々な事情により今度大変御無沙汰致し
ました年末の折柄御ほ—して下さいませ
例によって例の通りみそぶ参りました時節から
御老な母や老体初め御一族様にわ御変り
ございませんようか御句い申します私も無事
でございます他事ながら御安心下さい
いまや既に御聞き遊ばしたかも知れませんが
此の家庭に波乱あるさい居屋姉
生れて参りまして無理に芸術に生きようとーん
てらく弟姉や夫の無理解より尚ほ同別居

1931년 11월 29일자 편지-1

するようになりました。それは皆私の不徳の

為だと思ひます。今更申すのもどうもいやな

完全に惟業よく成や

新聞紙上にて御覧になりましたでせうが

今度帝展に刀留不乱

為め先日東京の方へ参りまして本年の四至

目次に展れいと思って居りまして東京の方は

終りまして足合れ弄都の方で開いて居るとの通知

お参りました今日惟党の上に惟彼等を御祝ひ

されれ以光栄たと存じます

□□い今にて居ますが惟電の方で惟畐ひ下

これは幸福たと存じます儘括れ□

1931년 11월 29일자 편지-2

るのに敢ておきますけれども二〇三五四月位いで
よろしうございますその庭園は矼畏帯在中
からもないでございますして割合に歴史的影響を
以ますれ作ぶでございますして今迄の化の中自信の
ある作ぶでございますして誠に勝手を御願いでございい
ますが何れ御一方一ヶ年位ぶ布恵ふございますたら
他に無い点で一方々をる方を世伝って居りません
りますか御願い致します それが書れますたら
研究雲に催れいと思ひて居ります
京都市長柏より送ってきますれ招待券
と奥茶券を御送り善ますれますで何年ね

盎に御便ひ出して下さいませ

いつれ歸る際には是非御歴覧にあらせられませ

き度ございます　色々積りました御話わ御目

もじの上で讓りまして　それで失禮致します

阿部充家先生に色々御世話樣になること

りまして実に御目んかくりますのもうさいます先

生よりもよろしく申します様に御やつて居りまして や

います　ではこれで失禮致します　時節から

御老体御大切に遊され

深くよろしく御便ひ下さいませ

十一月二十九日　　羅蕙錫

柳宗悦老父母様　御許へ

1931년 11월 29일자 편지-4

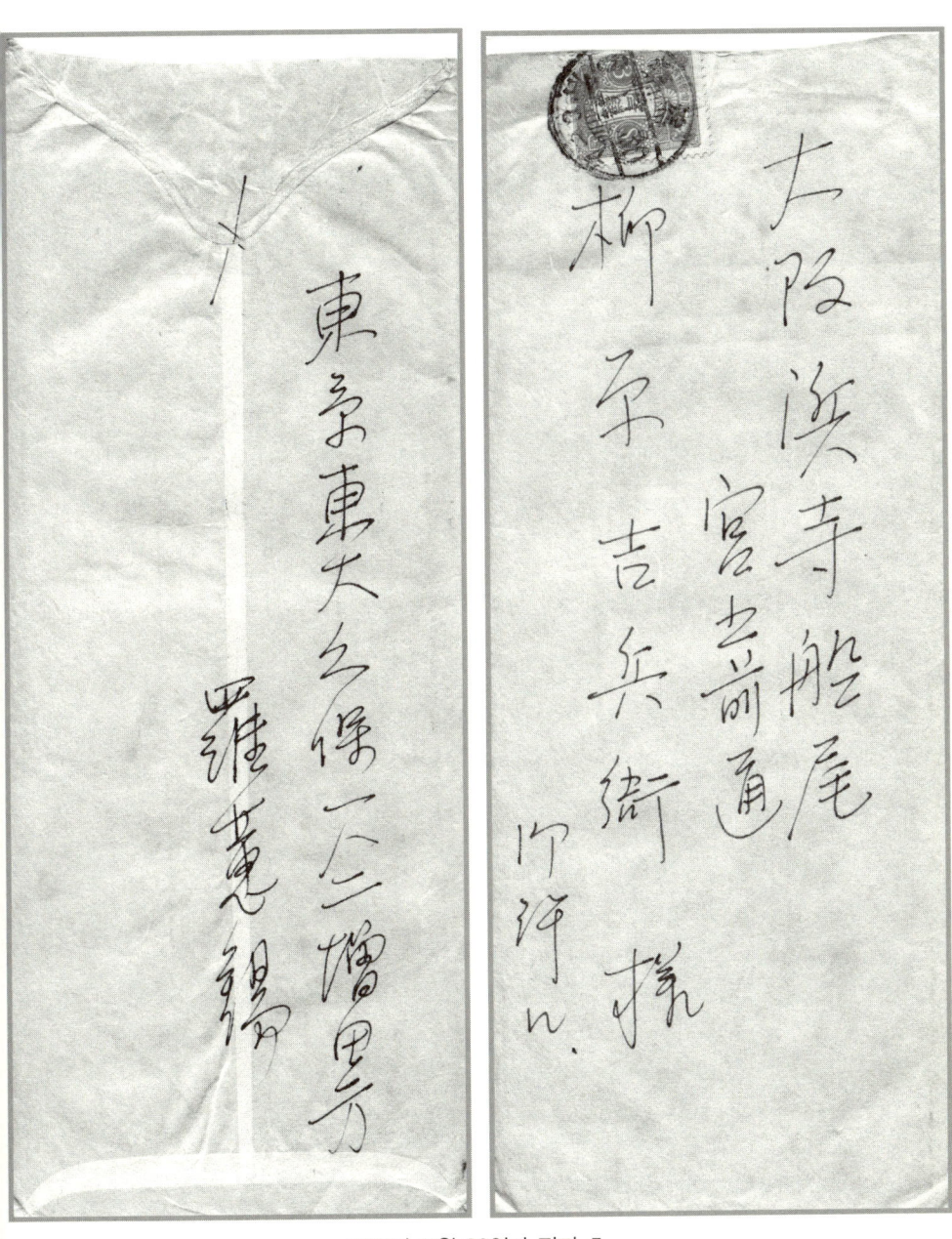

1931년 11월 29일자 편지-5

No.1168

1931년 11월 29일

어르신네께

여러 가지 사정이 있어서 오래 격조하였습니다. 언짢게 여기지 마시고 양해해 주십시오.

예년과 같이 또 겨울이 왔습니다. 때가 때인 만큼 어르신네 두루 안녕하신지 궁금합니다. 저는 무사히 지내고 있습니다. 안심하여 주십시오.

이미 들으셨을지도 모르겠지만 그간 저는 가정에 파란이 있었습니다.

과도기에 태어나서 예술을 위해서 살려고 했으나 시어머니, 남편의 몰이해 때문에 당분간 별거하기로 했습니다.

이것은 다 저의 부덕의 소치라고 생각합니다. 아무쪼록 널리 헤아려 주십시오.

신문에서 보셨을지도 모릅니다만 이번에 제전에 입선했습니다.

그것을 출품하기 위해서 지난달 도쿄에 왔사오며 내년 4, 5월경까지 있고 싶습니다.

제전은 도쿄는 끝났고 지금은 교토에서 열리고 있다는 통지가 왔습니다.

부디 보시고 비평을 해 주신다면 광영으로 생각하겠습니다. 더구나 염치없는 청이어서 죄송합니다만 댁에서 사주시면 행복하겠습니다.

가격은 삼백 원이 되어 있지만 이백오십 원쯤에도 괜찮습니다.

그 〈정원〉은 파리 체재 중에 그린 것이어서 역사적 영향을 받은, 자신 있는 회심작입니다.

참으로 뻔뻔스러운 부탁입니다만 만약 어르신 댁이 안 되면, 따로 사주실 분을 소개해 주시지 않겠습니까? 잘 부탁드립니다.

　그것을 팔 수 있다면 연구비로 쓰려고 합니다.

　교토 시장님으로부터 보내온 초대권과 끽다권을 보내드리니 부디 유익하게 써주십시오.

　머지않아 돌아갈 때에는 꼭 찾아뵙고 싶습니다.

　여러 드릴 말씀은 그 기회로 미루고 이만 실례합니다.

　아베 미쓰이에 선생님에게도 여러 가지 신세를 져서 자주 만나 뵙고 있습니다.

　선생님께서 안부 전해 달라십니다.

　그럼 이만 줄이겠습니다. 때가 때인 만큼 옥체 보중하시기를 빕니다.

　댁내 모든 분들께 안부 전해 주십시오.

11월 29일　羅蕙錫

야나기하라 어르신께

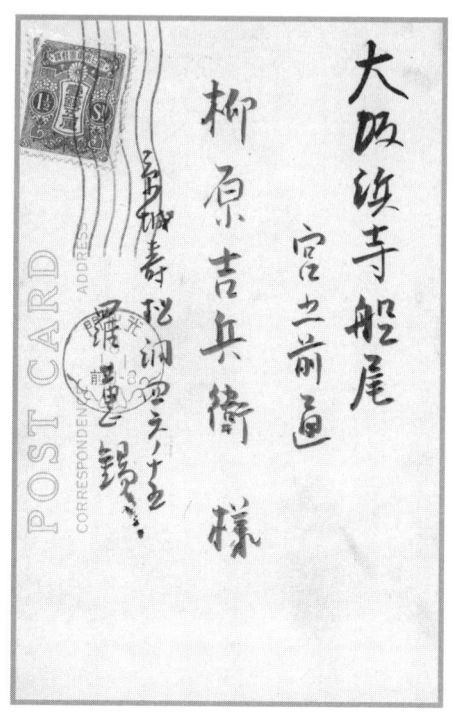

1933년 1월 연하엽서

No.1169

1933년 1월

오래 격조하였습니다.

새해 복 많이 받으십시오.

작년에는 대단히 신세를 졌습니다.

올해도 잘 부탁드리겠습니다.

日本 大阪 濱寺船尾宮之前通

柳原吉兵衛 樣

京城壽松洞46—15   羅 蕙 錫

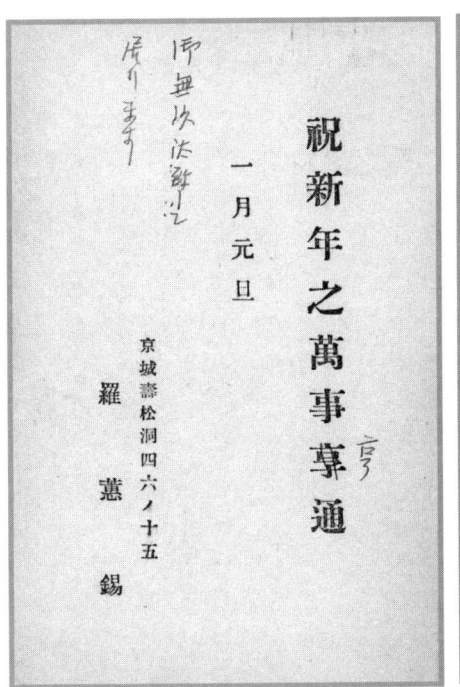
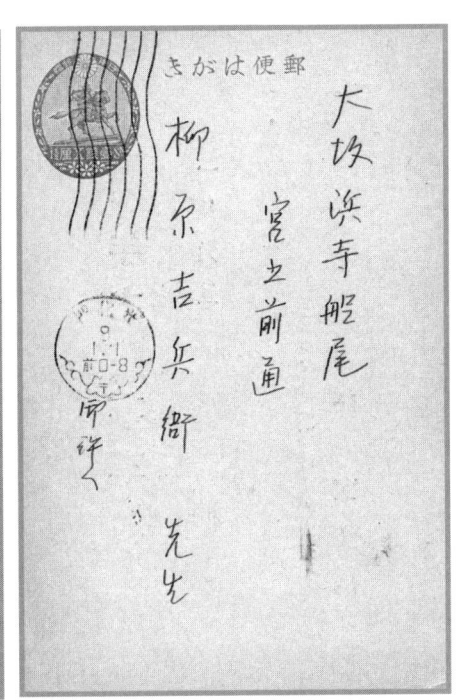

1934년 1월 연하엽서

No.1170

1934년 1월
祝新年之萬事亨通
일월 원단
오래 격조하였습니다.

京城壽松洞46―15　羅蕙錫

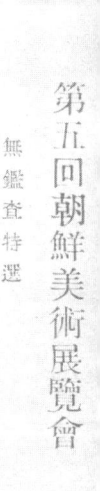

第五回朝鮮美術展覽會

無鑑査特選

安東縣

羅惠錫氏畵

天后宮

羅惠錫氏は安東縣副領事金雨英氏の夫人にして
奈良女子高等師範在學の金淑堵女の叔母なり

柳原靑霞洞所藏

야나기하라 기치베가 구입 소장한 것으로 알려진
나혜석의 그림 〈천후궁〉 입상 기념 그림엽서(일본 모모야마학원 자료실 소장)

永遠히 이저주시오

내 나이 19歲 때 東京 學窓時節이였다.

"チチシキヨス スグコイ ○オクル"("부친 사망 곧바로 와라 ○보내다")

라는 電報전보를 받았다. 울며불며 歸國귀국하엿다. 머리를 풀고 잇슬 때

한 장 서류편지를 밧앗다.

"千萬意外에 當喪당상하신 訃音부음을 接하니 罔極망극하오며 나는 ○○

의 舍兄사형되는 사람인데 舍弟의 病이 점점 危期위기에 이르러 아모도 接

近케 못하고 朝夕으로 울며불며 H씨만 부릅니다. 한 사람의 生命을 救해

주서야겟습니다. 이번에 마침 歸國하섯스니 東京으로 向하실 때 들러 주

십시오. 꼭 밋고 바람니다."

울던 내 눈은 말똥말똥해젓다.

그 편지를 옵바에게 보였다. 옵바는 성을 내며

"미친 놈들이로군"

하면서도 입맛을 쩍쩍 다신다.

"옵바 어떠케 할까?"

"가긴 게집애가 어듸를 가"

내가 누구보다도 信任하는 옵바의 말이엇다.

그리하여 釜山에 나렷슬때 南海남해를 바라보며 몃번 주저하다가,

"ツゴ ニヨツテイカレヌ"("사정이 있어 못간다")

電報를 치고 매정히 東京으로 向하엿다.

到着도착하니 電報가 와잇다.

"コマル スグコイ ○オクル"("곤란하다 급히 오라 ○보냄")

이어 잇흔날 書留便紙서류편지가 왔다.

"올듯한 希望희망이 보엿슬 때는 잠을 좀 자드니 못온다는 電報를 밧고 病이 더 危重위중해젓소. 당신은 工夫를 잘하야 女流畵家여류화가가 되지 말고 一個 죽어가는 사람을 살니시오. 그거시 무엇보다 큰 일일것이오. 곳 떠나오지 안으면 내 아오는 속절업시 죽게 되오."

내 눈에는 불이 번쩍 낫다. 사흘이나 뼈친 몸을 쉬지 못하고 되겁허 東海道線동해도선 車中 사람이 되엇다. 只今으로부터 二十年前 일이라 男女交際가 무엇인지 사랑이 무엇인지 듯도 보도 못한 나로서 靑春의 끌는 勇氣용기는 無意識的무의식적으로 내엇스나 及其급기 實行條件에 잇서서는 容易용이한 일이 아니엇다. 車속 사람 배속사람들이 다 나만 처다보는 것 갓핫고 刑事형사가 와서 住所行方주소행방을 무를 때 깜작깜작 놀라지고 쭈빗쭈빗 해지며 거짓말 꾸며대는 것이 不自然스러웟다. 그때만해도 交通이 不便하여 釜山 舊棧橋구잔교에서 全南 高興고흥까지 가는데 사흘이 걸넛다. 왼 짐은 그리 실는지 停船정선을 하면 한 잠씩 자게 된다. 거긔다가 故障고장이 生겨서 麗水여수에서 一泊하게 되어 四日만에 高興埠頭부두에 나럿다. 거기는 아모도 마저주는 사람이 업섯다. 邑내까지 몃里냐 무르니 三十里라 한다. 가방을 들고 어칠렁 어칠렁 거러가 한 三마정쯤 되엇슬 때 轎軍교군 한패가 오고 그 엽헤는 한 十七八歲되염직한 男學生이 따라온다. 내게 갓가이 왓슬 때 그 學生은 모자를 버서들고 恭遜공손히

"東京서 오시는 H氏가 아니심니가"

"네 그럿습니다"

"어제도 나왓섯고 오늘은 좀 느젓습니다. 여긔 타십 쇼."

나는 교군속에 드러안저 발자최대로 가삼은 두군거렷다. 대문소리가 삐걱 나더니 교군이 드러슨다. 이宅이 ○郡守宅○군수택이다. 교군은 안마당에 노앗다. 主人아씨 갓흔이가 나와서 교군문을 연다. 나는 나와서 그의 지도대로 안방으로 드러갓다. 가삼은 두군거리고 사지는 떨녓다. 엇절 줄 모르게 부끄러웟고 내가 여기까지 大膽대담한 行動을 한 것이 잘하는 일인지 못하는 일인지를 알 수 업섯다. 房門방문이 열니드니 점잔은 中老人이 드러슨다. 나는 얼는 이러서 절을 하엿다.

"불민한 아오로 하야 염녀를 만히 끼처드려 미안스럽습니다. 원행에 얼마나 疲困피곤하심니가"

하고 나간다. 간사스러운듯하고 다정스러운듯하고 좀 수다스러운듯한 주인마마는 내 엽헤 꼭 붓허안저서

"아이구 잘도 오싯지 떠나신다는 電報를 밧고 잠을 좀 주무시든구면요 그 일홈을 부르고 우는대는 참아 볼수가 업섯서요"

나는 묵묵히 안젓다가

"그런데 病者가 어데 잇습니가"

"사랑에요. 우리 나가실가 이것 좀 잡숫고."

나는 따뜻이 차려온 장국물만 마시고 이러스며

"나가십시다."

"아이고 조곰만 더 잡숫고"

"입맛이 깔깔해서요"

"안그러실수가 잇겟소. 그러면 나가십시다."

그는 압스고 나는 뒤서서 사랑으로 나갓다. 房門을 열어만 주고 돌아슨다. 나는 勇敢히 그 방으로 드러섯다. 그는 비스듬이 두러누엇다 이러안

즈며 나를 보자마자 목을 노코 엉엉운다. 나도 그를 안고 울엇다. 울다가 깜작놀나

"안되요. 울어서는 안되요."

눈물을 씻스니 울음소리는 끈첫스나 눈물만이 새암솟듯한다. 그는 코물을 씨스며 내손을 꼭 쥐고

"H氏 먼길에 어떠케 오셋서요"

"汽車타고 배타고 그리고 교군도 타고 왓지요."

"하하하하"

"그래 工夫 잘하셧겟지"

"잘 하다가 당신의 日記쓴 것 밧지 못한 후로는 잘못햇서요."

"하하하하 숨이 차서 쓸 수가 잇서야지요. 내 그 대신 다 보고 하지."

"차차 응"

"그래"

"내 우수운 이야기 하나 할게"

"이번에 麗水에서 하로밤자지 안앗소"

"그래"

"왼 慈惠醫院자혜의원 日本人 醫師가 내 뒤를 따릅데다. 거긔서부터 一等客일등객으론 그 사람과 나와 단 두사람이여서 엇지 무서윗는지 몰나"

"사람이 사람을 무서워해서 쓰나, H氏도 아직 머릿군"

"그러게 말이지 사람이 될냐면 아직 머릿지. 나도 그것슬 잘알아"

"그래 무어라고 해"

"女は顔よりも姿ですね" ("여자는 얼굴보다도 자태지요")

"그 말도 그럴듯한대 얼골은 젊고 어여부든거시 늙고 미워지는 수가 잇지만 姿體자체는 變하지 아니허니까"

이런 雜談잡담으로 밤이 깁히젓다.

그를 바라보면 볼수록 웃는것이라든지 말하는 투가 옛날이나 일반이나 그 外貌는 알아볼수엇슬만치 수척하고 추하여 어느때 美靑年이엿든 것을 의심할만하다. 방한구석에 그를 혼자두고 나갈수는 업섯다. 그리하야 이 대로 안저서 밤을 새우겟노라고 고집하엿스나 外觀上외관상 그러치안타고 안에 드러가 자라고 强勸강권함에는 익여낼 장사가 업섯다.

나는 안방 아래묵에서 잠을 이루지 못하고 뒤치락 뒤치락하엿다. 때마침 밧게서 藥짜는 소리가 들녀왔다. 나는 날새게 이러나 약을 짜가지고 나갓다. 때는 새벽이라 어둠에서 밝음으로 向하야 東쪽하눌이 훤하엿다.

약그릇을 든 나를 본 그는 빙그시 우수며 "아이구 이제것 주무시지 아니햇서요" 하고 퍽 깃버햇다. 只今도 그때 웃는 얼골이 머리에 떠올을때가 잇다.

그 이튼날 아침에는 서방님이 지난밤에 만히 주무섯다고 군수영감이하 하인까지 희색이 만면하엿다.

나는 가위와 비누와 물을 떠가지고 나갓다. 호인의 손톱발톱가튼 것을 다 버이고 畵家머리가튼 것을 다 깍고 연통쑤시개가튼 얼골과 손을 씻기고 거지가튼 옷을 가라입히고 먼지가 싸힌 자리를 터러깔고 방문을 여러제치고 방안을 쓸고 물질르고 花草盆화초분을 드러다노코 어항을 머리맛헤 노코하엿다. 그는 우스며 조와하고 만족해하엿다.

몃칠후 저녁이엇다. 나는 그의 얼골을 '스켓치' 하고 잇섯다. 그는 쿨눅쿨눅하면서 쩔쩔매더니 벌건 피가래를 배앗고 떨어지지 아니하야 캭캭한다. 나는 얼는 뛰어드러 손으로 끈엇다. 그 정신혼돈中에도 "아이구 더러워요" 하고 찬우슴을 웃는다. 그리고 내손을 꼭쥐더니 힘업시 "오해업시 영원히 이저주세요" 하고 고개를 저편으로 돌닌다.

"아이구먼이나 왜 그런 말씀을 하세요" 그도 흑흑 늣겨울고 나도 흑흑 늣겨울엇다.

"아니야요. 내가 空然히 그런마을 햇지 암만해도 살아날 것갓지 아니 해" "왜요 점점 나아가시는데" 나는 어더케 말은 하엿스나 그말이 머릿속에 꼭 백혓다.

그후 다시 그의 病은 次次 나아갓다. 治醫치의의 말에 依하면 인제는 念慮염려업다고 하엿다. 十日만에 나는 다시 東京으로 向하엿다. 그는 下人을 불러 보름을 사오라하야 손수 싸주며 동생갓다 주라하엿다. 잇치지 못할 말을 머리에 색여가지고 不安과 恐怖 中에 몸을 맥겨 내몸이 다시 敎室에 나타낫스나 마치 虛空에 뜬 사람갓햇다. 東京到着 편지 五日이엇다. 밤중에 문 뚜드리는 소래가 나며 "デンボ デンボ"("전보, 전보")한다. 나는 참아 볼 수 업서서 동생더러 뜻어보라 하엿다.

"オトト ゴゴ六ジ シキヨス"(동생 오후 6시 서거)

내 압흔 캄캄하엿다. 조곰 남은 정신으로 이런 答電 두 장을 하엿다.

"アンシンシテイケ"("안심하고 가라")

"イタム コレヲクワンニイレテクレ"("애도한다 이것을 관속에 넣어주오")

答電이 또 왓다. "クワンニイレタ"("관속에 넣었다")

簡單간단하고 明白하고 深奧심오하고 徹底철저한 그말

"오해업시 영원히 이저주시오"

이는 내 初戀초연의 最初최초요 最終최종의 말이엿다.

(『月刊每申』, 1934. 3, 수원박물관 한동민 제공)

소설

경희

一.

「아이구 무슨 장마가 그러케 심히요」

ᄒ며 담비를 붓치는 쑹々ᄒ 마님¹⁾은 오러간만에 오신 사돈마님일다.

「그러게 말이지요 심한 장마에 아희들이 病이나 아니 낫습니가. 그 동안 하인도 한번도 못 보니셔요」

ᄒ며 마조 안져 담비를 붓치는 머리가 희긋々々ᄒ고 이마에 주름살이 두어줄 보이는 마님은 이 李鐵原이철원 宅 主人마님일다.

「아이구 별 말슴을 다 ᄒ십니다. 나 역 그럿셔요 아흥들은 충실하나 어멈이 엇지 슈일 젼붓터 비가 압흐다고 ᄒ더니 오날은 이러나 다니는 거슬 보고 왓셔요」

「어지간이 날이 더워야지요 조곰 잘못 ᄒ면 병 나기가 쉬워요 그러셔 좀 걱정이 되셧겟습니까」

「인져 낫스니까요 ᄆ음이 노여요 그런디 익기가 일본셔 와셔 얼마나 반가우셔요」

ᄒ며 ᄉ돈 마님은 이졋든 거슬 쌈작 놀나 싱각ᄒ는 듯시 말을 ᄒ다.

「먼디다가 보니고 늘 ᄆ음이 노이지 안타가 그리도 일년에 한 번식이라도 오니까 집안이 든々히요」

主人마님 김부인은 담비디를 짓터리에다 탁々 친다.

---

1) 이 글에서 '마님'과 '마님'이 섞여 쓰이고 있다.

「그럿타 말다요 아들이라도 무음이 아니 노일 터인더 쳐녀를 그러훈 먼 더다 보니시고 그럿치 안켓습니가. 그런더 몸이나 츙실훳셧는지요」

「녜 별 병은 아니 낫나 보아요 제 말은 아모 고싱도 아니 된다 ᄒ나 어 미 걱정 식힐가 보아 ᄒ는 말이지 그 좀 주리고 고싱이 되엿겟셔요 그리 셔 얼골이 쩌칠 희요」

ᄒ며 뒤것을 향ᄒ야 「아가 ㅅㅅ 셔문 안사돈 마님이 너 보러 오셧다」 ᄒ다.

「녜」

ᄒ는 경희는 지금 시원훈 뒷마루에셔 오리간만에 맛난 오라버니 딕과 안져셔 오라버니 딕은 버션을 깁고 경희는 안진 지봉틀에 즈긔 오라버니 양복 속격삼을 하며 일본셔 지널 쎄에 어느날 어듸를 가다가 함맛터러면 젼차에 치울번 ᄒ엿드란 말 그리셔 지금이라도 싱각만 ᄒ면 몸이 아 슬ㅅㅅㅅᄒ다는 말이며 겨울기 오면 도모지 다리를 펴고 자본 젹이 업고 그 리셔 아츰에 이러나면 다리가 쏫ㅅ 힛다는 말, 일본에는 하로 걸너 비가 오는 디 한번은 비가 심ᄒ게 퍼붓고 學校上學時間학교상학시간은 느져셔 그 굽 놉흔 나막신을 신고 부즈런히 가다가 너머져셔 다리에 가죽이 버셔지 고 우산이 모다 찌져지고 옷에 흙이 뭇어 엇지 붓그러윗셧는지 몰낫셧드 란 말, 學校에셔 工夫ᄒ든 이야기, 길에 다니며 보든 이야기 씃헤 마침 어 느 쎄 活動寫眞활동사진에셔 보앗든 어느 兒孩가 아버지가 작난을 못ᄒ게 ᄒ니까 아버지를 팔아 버릴냐고 광고를 쎠다가 제 집 門 밧 큰 나무에다 가 붓쳣더니 그 쎄 마참 그 兒孩만한 六七歲된 남미가 父母를 이러버리고 彷徨ᄒ다가 꼭 두 푼 남은 돈을 쓰니들고 이 廣告디로 아버지를 살냐고 門을 두다리든 樣양을 半쯤 이야기ᄒ는 中이엿다. 오라버니딕은 어느듯 바 누질을 무릅 우에다가 노코 「하ㅅㅅ 허ㅅ」ᄒ며 滋味스럽게 듯고 안졋든 쎄 라. 「그리셔 엇더케 되엿소」 뭇다가 눈쌀을 찝흐리며

「얼는 다녀오」 간절히 쳥을 ᄒ다.

엽헤 안져셔 쌜니에 풀을 먹이며 熱心으로 듯고 안졋든 시월이도 혀를 툭ㅅ 찬다.

「암으럼 네 얼는 다녀오리다」

경희는 이레케 對答을 ᄒ고 제 이야기에 자미 잇셔ᄉ ᄒᄂᆫ 것이 깃버셔 우스며 압마루로 간다.

경희는 사돈 마님 압혜 절을 謙遜겸손히 ᄒ며 인ᄉ를 엿주엇다. 一年 동안이나 이져버렷든 절을 일전에 집에 到着할 쩌에 아버지 어머니에게 ᄒ엿다. 흠으로 이번에 ᄒ 절은 익슉ᄒ엿다. 경희는 속으로 일본셔 날마다 세루 가로 쒸며 작난ᄒ든 싱각을 ᄒ고 지금은 이러케 얌전ᄒ다 ᄒ며 우섯다.

「아이고 그 졳튼 얼골이 엇지면 저러케 못 되엿니 오작 고싱이 되엿셧실나고」

사돈마님은 자비스러온 晉聲음셩으로 말을 ᄒ다 일부러 경희의 손목을 잡아 만졋다.

「쏙 심ᄒ 시집살이 ᄒ 손 갓고나. 女學生들 손은 비단결 갓ᄒ다는듸 네 손은 웨 이러냐」

「살性이 곱지 못ᄒ셔 그러요」

경희는 고기를 칙으린다.

「졔 손으로 쌜니 히 입고 밥까지 히 먹엇다싸 그럿치요」

경희의 어머니는 담비를 다시 붓치며 말을 ᄒ다.

「져런 그러면 집에셔도 아니 ᄒ든 거슬 긱지에 가셔 ᄒᄂᆫ구나. 네 일본 학교 규측은2) 그러냐?」

사돈마님은 쌈작 놀낫다. 경희는 아모 말 아니 ᄒ다.

「무얼요 졔가 졔 苦生을 사누라고 그리지요 그것 누가 식히면 하겟습니까. 學費학비도 넉넉이 보니 주지마는 기이는 별나게 밧분거시 자미라고 ᄒ담니다」

김부인은 아모 뜻 업시 어제 저녁에 자리 속에셔 쌀에게 드른 이야기를 ᄒ다.

「그건 왜 그리 고싱을 ᄒ니」

사돈마님은 경희의 이마 우에 넙펄ᄉᄉ 나려온 머리카락을 두 귀 밋헤

---

2) 원문대로.

다 끼워주며 적삼 위로 등의 살도 만저보고 얼골도 씨다듬어 준다.

「일본에는 겨울에도 불도 아니 쩌인 디지 그리고 반찬은 감질이 나도록 조곰 준딘지 그것 엇지 사니?」

「네, 불은 아니 쩌나 견디여 나면 관계치 안아요. 반찬도 쏙 먹을만치 주지 모져러거나 그럿치는 아니 히요」

「그러자니 모도가 고싱이지 그런디 네 형은 그동안 병이 나셔 너를 못 보러 왓다. 아마 오날 저녁 쯤은 올 터이지」

「네 좀 보니주셔요 발셔부터 엇지 보고 십헛는지 몰나요」

「암 그럿치 너 왓다는 말을 듯고 나도 보고 싶허 ㅎ엿는디 兄弟끼리 그 러치 아니랴」

이 마님은 원리 시집을 멀니 와셔 부모 형뎨를 몹시 그리워 본 經驗이 잇는 터라. 이 말에는 깁흔 同情이 낫타난다.

「거기를 쏘 가니? 인져 고만 곱게 입고 안젓다가 富者 집으로 시집가셔 아들 쌀 낫코 자미드랍게 살지 그러케 고싱홀 것 무엇 잇니?」

아직 알지 못ㅎ야 그러케 ㅎ지 못ㅎ는 거슬 일너주는 것 갓히 경희에게 디ㅎ야 말을 ㅎ다가 마조 안진 경희 어머니에게 눈을 向ㅎ야 「그럿치 안소. 니 말이 올치요」ㅎ는 것 갓ㅎ다.

「녜 하든 공부 맛칠 쩌까지 가야지요」

「그거슨 그리 만히 히 무엇ㅎ니, 사니니 골을 간단 말이냐? 郡 主事라도 ㅎ단 말이냐. 只今 世上에 사니도 비화 가지고 쓸 디가 업셔ㅅ 썰ㅅ 미는 디……」

이 마님은 여간 걱정스러워 아니 혼다. 그러고 디관졀 게집이를 日本ㅅ 지 보니여 공부를 식히는 사돈 영감과 마님이며 쏘 그러케 비호면 디체 무엇허자는 것인지를 몰나 답ㅅ히 혼 적은 오리 젼붓터 잇스나 다른 집과 달나 사돈집 일이라 속으로는 늘 「져 게집이를 누가 데려가나」 辱욕을 ㅎ 면서도 할 수 잇는 디로는 모른 체 ㅎ여 왓다가 오날 偶然우연혼 조흔 期 會에³⁾ 걱정ㅎ오든 것을 말ㅎ거실다.

---

3) 원문대로.

경희는 이 마님 입에서 「어서 시집을 가거라. 공부는 히셔 무엇 흐니」

꼭 이 말이 나올 줄 알앗다. 속으로 「올치 그럴 줄 알앗지」흐엿다. 그러
고 어졔 오셧든 이모님 입에서 나오든 말이며 경희를 보실 쎄 마다 걱정
흐시는 큰어머니 말솜과 모다 一致되는 것을 알앗다. 쏘 昨年 여름에 듯던
말을 금년 여름에도 듯게 되엿다. 경희의 입살은 간질々々흐엿다. 「먹고
입고만 흐는 거시 사람이 아니라 비호고 알어야 사롭이야요. 당신딕처럼
영감 아들 간에 첩이 넷이나 잇는 것도 비호지 못흔 까닭이고 그것으로
속을 썩이는 당신도 알지 못흔 죄이야요. 그러니까 녀편네가 시집 가셔 시
앗을 보지 안토록 흐난 것도 가라쳐야 흐고 녀편네 두고 첩을 엇지 못하
게 흐는 것도 가라쳐야만 홉니다.」흐고 십헛셧다. 이외에 여러 가지 례를
들어 셜명도 흐고 십헛셧다. 그러나 이 마님 입에셔는 반드시 오날 아츰에
다녀가신 할머니의 말솜과 ﾡﾡ흔 「애 녯날에는 녀편네가 ﾞ호지 안아도 壽
富貴多男수부귀다남흐고 잘 만 살아왓다. 녀편네는 東西南北도 몰나야 福이
만탄다. 애 工夫흔 女學生들도 버리 방아만 찟게 되더라. 사니가 첩 하나
도 둘 줄 몰르면 그거시 사니냐?」하든 말솜과 갓히 꼭 이 마님도 할줄 알
앗다. 경희는 쇠 귀에 경을 읽지 흐고 졔 입만 압흐고 저만 오날 져녁에
쏘 이 싱각으로 잠을 못 자게 될 거슬 싱각흐엿다. 쏘 말만 시작흐게 되면
답々흐여셔 속이 불과 갓히 탈 것 즈연 오리 동안 되면 뒷마루에셔는 기
다릴 것을 싱각흐야 차라리 일졀 입을 담을엇다. 더구나 이 마님은 입이
걸어셔 한 말을 드르면 열 말쯤 그짓말을 봇텨여 女學生의 말이라면 엇더
튼지 흉만 보고 욕만 흐기로는 수단이 용흔 줄을 알앗다. 그리셔 이 마님
귀에는 좀체름흔 변명이라든지 셜명도 조곰도 고지 들니지 안을 줄도
짐작흐엿다. 그러고 어느쎄 경희의 형님이 경희더러 「애 우리 시어머니 압
헤셔는 아모 말도 흐지마라. 더구나 시집이야기는 일졀 말아라. 女學生들
은 예사로 시집 말들을 흐더라. 아이구 망칙흔 셰상도 만하라. 우리 자라
날 쎄는 어듸가 처녀가 시집 말을 히보아 흐신다 그 뿐 아니라 여러 女學
生 흉담을 어듸 가셔 그러케 듯고 오시는지 듯고만 오시면 쏙 나 드르라
고 빗터노코 흐시난 말솜이 졍말 내 동싱이 학싱이여셔 그런지 도모지 듯
기 실터라. 日本 가면 게집이 버리너리 별々 못 드를 말솜을 다 흐신단다.

그러니 아모조록 말을 조심ᄒ라」ᄒ 付託부탁을 밧은 것도 잇다. 경희는 쏘이 마님 입에셔 무슨 말이 나올가 보아 모음이 조릿々々 ᄒ엿다. 그리셔 다른 말 시작되기 前에 뒷마루로 다라날랴고 궁뎅이가 들셕々々 ᄒ엿다.

「잇다가 급히 입을 오라범 속격삼을 ᄒ던 거시 잇셔々 가보아야겟습니다」

고 경희는 알튼 니가 ᄲᅡ진이나 만콤 시원하게 그 압흘 면ᄒ고 뒷마루로 나셔며 큰 슘을 한 번 쉬엇다.

「왜 그리 느졋소? 그리셔 그 아바지를 엇더케 힛소」

오라버니덕은 그 동안 버션 한 짝을 다 기워놋코 쏘 한 짝에 압볼을 디이다가 경희를 보자 무릅 우에다가 놋코 밧삭 갓가이 안즈며 궁금ᄒ든 이야기 긋츨 칫쳐 뭇난다. 경희의 눈살은 찝흐려졋다. 두 ᄲᅡᆷ이 실죽히졋다. 시월이는 ᄲᅡᆯ니를 기키다가 경희의 얼골을 눈결에 실젹 보고 눈치를 치엿다.

「자근 아씨 셔문안덕 마님이 쏘 시집 말슴을 ᄒ시지요?」아츰에 경희가 할머니 다녀가신 뒤에 마로에셔 혼자말노「시집을 갈 쎠 가더라도 하도 여러 번 드르니까 인졔 도모지 실여 죽겟다」ᄒ든 말을 시월이가 부엌에셔 들엇다. 지금도 자셰히는 들니지 안으나 그런 말을 ᄒ는 것 갓힛다. 그리셔 자근 아씨의 얼골이 저러케 불냥ᄒ거니 ᄒ엿다. 경희는 우셧다. 그리고 바누질을 붓들며 이야기 긋츨 연속ᄒᆫ다. 안마루에셔는 如前여전히 두 마님은 셔로 술도 전ᄒ며 담비도 잡수면서 경희의 말을 ᄒᆫ다.

「익기가 바누질을 다 히요?」

「네 바누질도 곳잘 히요 남경의 윗옷은 못ᄒ지요마는 제 옷은 ᄶᅱ미여 입지요」

「아이구 저런 어느 틈에 바누질을 다 비홧셔요 양복 속격삼을 다 히요 학성도 바누질을 다 ᄒ나요」

이 마님은 果然과연 女學生여학생은 바눌을 쥐울 줄도 모로는 줄 알앗다. 더구나 경희와 갓히 셔울노 日本일본으로 쏘다니며 공부 ᄒᆫ다 ᄒ고 덜넝ᄒ고 쏙 사니 ᄌᆞᆺ혼 학성이 제 옷을 ᄶᅱ미여 입는다 ᄒᆞ는 말에 놀낫다. 그러나 역시 속으로난 그 바누질 쏠이 오작할가 ᄒ엿다. 김부인은 ᄯᆞᆯ의 칭찬 ᄌᆞᆺ흐나 뭇난 말에 마지 못ᄒ야 디답ᄒᆫ다.

「어듸 바누질이나 제법 안져서 비홀 시나 잇나요 그러도 차々 철이 나
면 즈연히 의사가 나는 보아요 가라치지 아니 힛도 제 절노 쑤미게 되던
구면요 어려은 공부를 ᄒ면 의사가 틔우나보아요.」

김부인은 말끗을 쓴엇다가 다시 말을 ᄒ다. 이 마님 귀에는 쏙 거짓말
갓다.

「양복 속젹삼은 작년 여름에 南大門 밧게셔 日女가 와셔 가라치든 지봉
틀 바누질 講習所에를 날마다々니며 비홧지요. 제 족하들의 洋服도 힉셔
입히고 帽子도 힉셔 씨우고 쏘 제 오라비 여름 양복ᄭ지 힉셔요. 日語를
아니까 션성ᄒ고 친ᄒ게 되여셔 다른 사람에게는 가라쳐 주지 안는 것ᄭ
지 다 가라쳐 주더리요. 낫에는 비화가지고 와셔는 밤이면 쏙 열두시 시
로 한 시ᄭ지 안져셔 비온거슬 보고 그디로 그리고 모다 치수를 적고 힉
셔요. 나는 그게 무엇인가 ᄒ엿더니 나종에 지봉틀 회사 감독이 와셔 그
리는디 「이제ᄭ지 일어로만 ᄒ 거시야셔 부인네들 가라치기에 불편ᄒ더니
짜님의 민든 칙으로 퍽 유익하게 쓰겟습니다」ᄒ는 말에 그런 것인줄 알앗
셔요. 참 가라치면 어듸든지 그러케 쓸디가 잇던구면요. 그 쑨 아니라 그
졈잔은 일본 사롬들의게도 엇지 존디를 밧는지 몰나요 기 이가 왓단 말을
어듸셔 드럿는지 감독이 일부러 일전에 쏘 차자왓셔요. 일본서 졸업ᄒ고는
긔어히 즈긔 회사의 일을 보아 달나고 ᄒ더리요. 처음에는 月級[4] 一千五百
兩은 쉽디요. 차々 올느면 三 年안에 二千五百兩은 밧는다는디요. 다른 녀
즈는 제일 만흔 거시 七百 쉰냥이라는디 아마 기이는 일본까지 가셔 공부
ᄒ 짜닭인가 보아요. 저것도 기 이가 지봉틀에 한 것입니다」

ᄒ며 마즌 편 벽에 유리에 늘어 걸어 노은, 압헤 물이 흘느고 뒤에 나무
가 총총ᄒ 村 景致경치를 턱으로 가라친다. 경희의 어머니는 결코 여긔ᄭ지
쌀의 말을 할냐고 한 거시 아니엿다. ᄒ거시 自然 月給 말ᄭ지 ᄒ게 된거
슨 不知中에 여긔ᄭ지 말ᄒ엿다. 김부인은 다른 부인늬들 보다 더구나 이
사돈 마님보다는 훨씬 開明을 ᄒ 婦人일다. 根木 性品도 결코 남의 흉을
보는 부인은 아니엿고 혹 부인늬들이 모혀 녀학성의 못된 졈을 쓰너여 흉

---

4) '月給'의 오식

을 보던지 ᄒ면 그럿치 안타고ᄭ지 반디를 ᄒ 적도 만ᄒ니 이거슨 디기 즈긔 쌀 경희를 몹시 긔특히 아는 ᄭ닭으로 녀학싱은 바누질을 못ᄒ다든가, 쌜니를 아니 ᄒ다든가, 살님살이를 할 줄 몰는다든가 하는 말이 모다 일부러 흉을 민드러 말ᄒ거니 ᄒᄭᆺ다. 그러나 공부ᄒ셔 무엇ᄒ는지 왜 경희가 일본ᄭ지 가셔 공부를 ᄒ는지 졸업을 ᄒ면 무어셰 쓰는지는 역시 김부인도 다른 부인과 갓히 몰낫다. 혹 여러 부인이 모혀셔 ᄯᅡ님은 그러케 공부를 식혀셔 무엇ᄒ나요? 질문을 ᄒ면 「누가 아나요 이셰상에는 게집이라도 비화야 ᄒ다니ᄭᅡ요」 이러케 즈긔 아들에게 늘 드러오든 말노 어물ᄉᄉ 디답을 ᄒᆯ 뿐이엿다. 김부인은 과연 알앗다. 공부를 만히 ᄒᆯᄉ록 존디를 밧고 월급도 만히 밧는 거슬 알앗다. 그러케 번질—ᄒ 양복을 닙고 금 시계줄을 느린 점잔은 감독이 조고마ᄒ 녀자를 일부러 차자와셔 졀을 수업시 ᄒ는 것이라든지, 종일, 한 달 三十日을 악을 쓰고 속이 티이는 普通學校 敎師는 만ᄒ야 六百 시무냥이고 普通보통 五百兩인디 「쳔ᄉ히 놀면셔 一生에 평풍 두 짝만이라도 잘만 노하 주면 月給은 꼭 四十圓식은 드리지요」ᄒ는 말에 김부인은 과연 공부라는 거슨 꼭 희야할 것이고 ᄒ면 조곰 ᄒ는 것보다 일본ᄭ지 보니셔 식혀야만 할 거슬 알앗다. 그리고 어느 날 저녁에 경희가 「공부를 ᄒ면 만히 희야겟셔요 그리야 남의게 존디를 밧을 뿐외라 져도 사람 노릇을 할 것 ᄀᆺ히요」ᄒ든 말이 아마 이러셔 그릿던가 보다 ᄒ엿다. 김부인은 인제붓터는 의심업시 확실히 즈긔 아들이 경희를 왜 일본ᄭ지 보니라고 이를 쓰던 것 지금 世上에는 女子도 男子와 ᄀᆺ히 만히 가라쳐야 ᄒᆯ 거슬 알앗다. 그리셔 김부인은 이제ᄭ지 누가 「ᄯᅡ님은 공부를 그러케 식혀 무엇 ᄒᆸ니가?」 무르면 등에셔 ᄯᆷ이 흐르고 얼골이 벌거케 취히지며 이럴 ᄯᅢ마다 아들만 업스면 곳이라도 데려다가 시집을 보니고 십흔 싱각도 만핫섯스나 지금 싱각ᄒ니 아달이 뒤에 잇셔ᄉ 즈긔 부부가 경희를 데려다 시집을 보니지 못ᄒ게 ᄒ 거시 多幸ᄒ게 生覺된다. 그러고 지금붓허는 누가 뭇든지 간에 녀ᄌ도 공부를 식혀야 의사가 나셔 가라치지 아니ᄒ 바누질도 할 줄 알고 일본ᄭ지 보니여 공부를 만히 식혀야 존디를 밧을 것을 분명히 설명ᄭ지라도 할 것 갓다. 그리셔 오날도 사돈마님 압혜셔도 부지중 여긔ᄭ지 말을 ᄒ는 金夫人의 態度태도는 조곰도 躊躇주저ᄒ는 빗도 업고 그 얼골에는 깃붐이 가득ᄒ고 그 눈에는 「나는 이러ᄒᆫ 영광을 누리고 이러ᄒᆫ 자미를 본다」ᄒ는 表情이 가득ᄒ다.

사돈 마님은 半信半疑반신반의로 엇더튼 ᄭᅳᆺᄭᅡ지 들엇다. 처음에는 물논 거짓말노 드를 ᄲᅮᆫ만 아니라, 속으로 「너는 아마 큰 게집이를 버려 노코 인제 시집 보닐 것이 걱정이니까 저러케 업는 칭찬을 ᄒ나보구나」ᄒ며 이야기 ᄒ는 金夫人의 눈이며 입을 노려보고 안젓다. 그러나 이야기가 점점 기러갈스록 그럴 듯ᄒ다. 더구나 監督감독이 왓드란 말이며 尊待를 ᄒ드란 것이며 사너도 여간ᄒᆫ 郡主事군주사쯤은 바랄 수도 업는 月給을 二千兩ᄭᅡ지 주겟드란 말을 드를 ᄯᅢ는 셜마 저러케ᄭᅡ지 그짓말을 할가 ᄒ는 싱각이 난다. 사돈 마님은 아직도 참말노는 알고 십흐지 안으나 엇쩐지 김부인의 말이 그짓말 갓지는 아니 ᄒ다. ᄯᅩ 벽에 걸닌 繡도 確實이 自己 눈으로 볼 ᄲᅮᆫ 아니라 쉴 시 업시 박휘굴느는 裁縫재봉틀 소리가 當場 自己 귀에 들닌다. 마님 ᄆᆞ음은 도모지 이상ᄒ다. 무슨 큰 失敗나 ᄒᆫ 것도 갓다. 良心은 스스로 自服자복ᄒᆞ엿다. 「너가 녀학싱을 잘못 알아왓다. 정말 이 집 ᄯᅡᆯ과 갓히 게집이도 공부를 식혀야겟다. 어셔 우리 집에 가겨⁵⁾ 니우식히든 孫女 ᄯᅡᆯ들을 니일붓허 學校에 보니야겟다고 꼭 결심을 ᄒᆞ엿다. 눈압히 암울ᄿ히오고 귀가 찡―ᄒᆞᆫ다. 아모 말 업시 눈만 ᄭᅥᆷ먹ᄿ ᄒᆞ고 안젓다. 뒤겻흐로 부러 두러오는 시원ᄒᆫ 바람 중에는 절믄 우슴소리가 사졉시를 ᄭᅢ트릴 만치 자미스럽게 ᄊᆞ혀 드러온다.

二.

「이 더운터 자근 아씨 무얼 그러케 ᄒᆞ심니가?」

마루 ᄭᅳᆺ헤 ᄯᅥᆨ 함지를 힘 업시 노흐며 ᄯᅡᆷ을 씻는다. 얼골은 억죽ᄿ 얼고 머리는 평양머리를 힉셔 언고 알눅달눅ᄒᆞᆫ 면주 수건을 아므러케나 씬 나이가 ᄒᆫ 四十 假令가령된 ᄯᅥᆨ장사는 의례히 하로에 한번式 이 집을 들닌다.

「심ᄼᄒᆞ니까 작난 좀 ᄒᆞ오」

---

5) 원문대로.

瓊姬경희는 압치마를 치고 마로 싯헤 셔々 셧투른 칼질노 파를 쓴다.

「어느 틈에 김치 당그는 거슬 다 비호셧셔요. 날마다 다니며 보아야 자근 아씨는 도모지 노으시는 거슬 못 보아습니다. 冊을 보시지 안으면 글씨를 쓰시고 바누질을 아니 ᄒ시면 저러케 김치를 당그시고……」

「녀편네가 녀편니 할 일을 ᄒ는 것이 무어이 그리 신통할 것 잇쇼」

「자근 아씨 갓흔이나 그러치 어느 女學生이 그러케 ᄆ음을 먹는 이가 잇나요」

썩장사는 무릅을 치며 경희의 앞흐로 밧삭 앗는다. 경희는 빙긋―시 웃는다.

「그건 썩장사가 잘못 안 것이지 女學生은 사롬 아니요. 女學生도 옷을 입어야 살고 음식을 먹어야 살 것 아니요?」

「아이구 그리게 말이지요. 누가 아니리요. 그러나 자근 아씨갓치 그러케 아는 녀학성이 어듸 잇셔요」

「자 稱讚칭찬 만히 밧엇스니 썩이나 한 시무냥아치 살까!」

「아이구 어멈을 저러케 아시네. 썩 파러 먹을냐고 그런 거슨 아니야요」

변덕이 듸룩々々ᄒ 두 쌤의 살이 축 쳐진다. 그러고 너는 나를 잘못 아ᄂ고나 ᄒ는 怨罔원망6)으로 두둑ᄒ 입셜이 쎗죽ᄒ다. 경희는 겻눈으로 보앗다. 그 ᄆ음을 짐작ᄒ엿다.

「아니요 부러 그릿지 稱讚을 밧으니까 조와셔……」

「아니야요. 稱讚이 아니라 정말이야요」 다시 정다이 밧삭 안지며 허허…… 너털우쉼을 한 판 너쉰다. 「정말 멧히를 두고 날마다 다니며 보아야 자근 아씨쳐럼 낫잠 한 번도 지무시지 안코 꼭 무엇을 ᄒ시는 아씨는 처음 보앗셔요」

「썩 장사 오기 前에 자고 썩 쟝사가 가면 쏘 자는 걸 보지를 못ᄒ엿지」

「쏘 저러케 우쉰 말슴을 하시네. 썩 쟝사가 아모 써나 아참에도 다녀가고 낫에도 다녀가고 저녁 썩도 다녀가지 學校에 다니는 學生갓치 時間을 맛쳐셔 다니나요! 응? 그러치 안쇼?」ᄒ며 툇마루에셔 밋돌에 풀 갈고 잇는

---

6) '怨望'의 오기.

시월이를 본다. 시월이는 「그러요. 어디가 압흐시기 前에는 한번도 낫잠 지무시는 일 업셔요」

「여보 썩장사 썩이 다 쉬면 엇지 할나고 이러케 한가이 안저셔 이야기를 흐오」

「아니 관게치 안아요」

썩 장사의 말소리는 아모 힘이 업다. 썩 장사는 이 자근 아씨가 「그리셔 엇졧쇼」흐며 밧아만 주면 이야기 할 것이 만핫다. 저의 집 썩 방아 씻튼 일군에게셔 드른 요시 新聞에 어느 녀학싱이 學校간다고 나가셔는 몃칠 아니 드러오는고로 수식을 히보니까 어느 사니에게 꾀임을 밧아서 첩이 되엿드란 말이며, 어느 집에는 며누리를 녀학싱을 엇어 왓더니 버선 깁는 디 올도 차질 줄을 몰나 모다 쎗드로 디엿드란 말, 밥을 흐엿는 디 반은 티엿드란 말, 날마다 四方으로 쏘다니며 平均 한 마디식 들어 온 녀학싱의 흠담을 흐랴면 不知其數이엿다. 그리셔 이러케 신이 나셔 무릅을 치고 밧삭 드러 안졋셧스나, 경희의 말 디답이 너머 冷졍흐고 점잔음으로 썩 장사의 속에서 쎅쳐 오르든 거시 어느 듯 거품 쩌지듯 쩌졋다. 썩장사의 모음은 무어슬 일흔 것 갓치 空然히 셔운흐다. 썩 바구미를 들고 이러실가 말가 하나 엇쩐지 싹 이러실 수도 업다. 그리셔 썩 바구미를 두 손으로 눌는 치로 안져서 모른 체 흐고 칼질흐는 경희의 모양을 아리위로 홀터도 보고 마루를 보며 션반 우에 언젼 소반의 수효도 셰워 보고 精神 업시 얼 싸진 것 곳히 안졋다.

「흰 썩 닷냥아치 흐고 기피 썩 두냥 반어치만 니노케」

김부인은 고흔 돗자리 위에 붓칠질을 흐면서 두러누엇다가 쌀 경희의 조와흐는 기피썩 흐고 아들이 잘 먹는 흰 썩을 니노라 흐고 주머니에서 돈을 끄닌다. 썩장사는 멀간이 안졋다가 깜작 놀라 니노흐라는 썩 수효를 몃 번式 되푸리히 셰워셔 니노코는 뒤도 도라다 보지를 안코 썩 바귀미를 이우고 나가다가 다시 이 宅을 오지 못흐면 썩을 못 팔게 될 生覺을 흐고 「자근 아씨 니일 또 와요. 허々々」흐며 디門을 나셔々는 큰 숨을 쉬엇다. 生三八 두루막이 고롬을 달고 안젓든 경희의 오라버니 딕이며 경희며 시월이며 셔로 얼골들을 치여다보며 말업시 씽긋씽긋 웃는다. 경희는 속으로 깃버혼다. 무어슬 엇은 것 갓다. 떡 장사가 다시는 남의 흉을 보지 아니하리라 生覺할 쯕에 큰 敎育을 훈 것도 갓다. 경희는 칼자루를 들고 안져서 무슨 生覺을 곰곰이 혼다.

「춤 익기는 못 할 거시 업다」

얼골에 愁色이 가득호야 실음업시 두 손갈7)을 마조 잡고 안젓다가 簡單히 이 말을 호고난 다시 입을 쑥 담을며 한심을 산이 써지도록 쉬이는 한 녀인에게는 아모도 모로는 큰 걱정과 셜음이 잇는 것 갓다. 이 녀인은 僅二十年 동안이나 이 집과 親호게 다니는 녀인이라 경희의 兄弟들은 아주 머니라호고 이 女人은 경희의 兄弟를 즈긔의 親족하들갓치 貴愛훈다. 그리셔 심々호여도 이 집으로 오고 속이 傷할 쯕에도 이 집으로 와셔 웃고 간다. 그런디 이 녀인의 얼골은 항상 검은 구름이 씨우고 조흔 일을 보던지 즐거운 일을 당호던지 쯧헤는 반드시 휘—한심을 쉬우는 싸코 싸인 셜음의 原因을 알고 보면 누구라도 同情을 아니 할 수 업다.

이 女人은 노年8) 과부라. 남편을 일은 後로 哀切 복통을 하다가 다만 滋味를 붓치고 樂을 삼는 거슨 天幸萬幸천행만행으로 엇은 遺腹子유복자 壽男이 잇슴이라. 하로 지나면 壽男이도 조곰 크고 한 히 지나면 壽男이가 한 살이 는다. 겨울이면 추울가 녀름이면 더울가 밤에 자다가도 困히 자는 壽男의 투덕々々훈 볼기짝을 몃번식 쑤덕々々호든 世上에 둘도 업는 貴훈 아들은 어느 듯 나이 十六歲에 이르러 四方에셔 婚姻호자는 말이 쓴일 시 업셧다. 壽男의 어머니는 싀로이 며나리를 엇어 혼즈 滋味를 볼 것이며 남편도 업시 혼자 폐빅 밧을 生覺을 호다가 자리 속에셔 눈물도 만히 흘녓다. 그러나 항여 이러케 눈물을 흘녀 貴重훈 아들의게 사위스러올가 보아 할 수 잇는 디로는 슯흠을 깃븜으로 돌녀 싱각호고 눈물을 우숨으로 이룰냐 호엿다. 그리셔 알뜰살뜰이 돈이며 픽물등속을 며누리 엇으면 줄냐고 모핫다. 唯一無二의 아들을 장가듸리넌디는 쓰리는 것도 만코 보는 것도 만핫다. 그리셔 며누리 션을 시어머니가 보면 아들이 가난호게 산다고 호는 고로 壽男의 어머니는 일졀 中媒에게 밋기고 궁합이 맛는 것으로만 婚

7) '손길'의 오기.
8) '소年'의 오기.

姻을 定ᄒ엿다. 식 며누리를 엇고 아들과 며누리 사이에 玉과 갓흔 손녀며 金 갓흔 손子를 보아 집안이 써들석ᄒ고 滋味가 퍼부울 거슬 날마다 想像ᄒ며 기다리든 며누리는 果然 오날의 이 한심을 쉬우게 ᄒ는 원수일다. 열닙곱에 시집온 後로 八年이 되도록 시어머니 조고리 하나도 쑤미여셔 情多히 드려보지 못ᄒ 철천지 한을 시어머니 가슴에 잉켜준 이 며누리라. 壽男의 어머니는 本來 性品이 順ᄒ고 德스러움으로 아모조록 이 며누리를 잘 가라치고 잘 민들냐고 익도 無限이 쓰고 남 몰누게 腹腸복장도 만히 첫다. 이러면 나흘가 저러케 ᄒ면 사름이 될가 ᄒ야 혼자 궁구고 만히 ᄒ고 타일느고 가라치기도 數업시 ᄒ엿스나 어제가 오날갓고 너일도 일반이라. 바눌을 쥐어주면 곳 졸고 안젓고 밥을 하라면 죽은 쑤어 노으나 거긔다가 나이가 먹어 갈스록 ᄆ음만 엉쑹히 가는 거슨 더구나 사름을 기가 막키게 ᄒ다. 이러ᄒ니 써로 속이 傷ᄒ고 날노 기가 막히는 壽男의 어머니는 이 집에 올 써마다 이 집 며누리가 시어머니 져구리를 얌전히 ᄒ는 거슬 보면 나는 이 며누리 손에 저러케 져구리 한아도 엇어 입어 보지를 뭇ᄒ나 ᄒ며 한심이 나오고 경희의 부즈런ᄒ 거슬 볼 써에 나는 왜 져런 민첩ᄒ 며누리를 엇지 못ᄒ엿는가 ᄒ며 한심을 쉬우는 거슨 ᄌ연ᄒ 人情이리라. 그럼으로 이러케 멀건이 안져셔 경희의 김치 당그는 양을 보며 ᄯᅩ 쩍장사가 한참 써들고 간 뒤에 간단ᄒ 이 말을 ᄒ는 ᄯᅳᆺ헤 한심을 쉬우는 그 얼골은 참아 볼 수가 업다. 머리를 숙이고 골몰이 칼질ᄒ든 경희는 임의 이 아주머니의 설음의 原因을 아는 터이라 그 한심소리가 들니자 왼 몸이 찌르々ᄒ도록 同情이 간다. 경희는 이 刺戟자극을 밧는 同時에 이와 갓치 朝鮮 안에 여러 不幸ᄒ 家庭의 形便이 方今 제 눈압헤 보이는 것 ᄀ다.[9] 힘 잇게 칼자로々 도마를 탁 치는 경희는 무슨 큰 決心이나 ᄒ는 것 갓다. 경희는 굿게 盟誓맹서 ᄒ엿다.

「내가 가질 家庭은 決코 그런 家庭이 아니다. 나 ᄲᅮᆫ 아니라 내 子孫, 내 親舊, 내 門人들의 민들 家庭도 決코 이러케 不幸ᄒ게 ᄒ지 안는다. 오냐 내가 꼭 한다」ᄒ엿다. 경희는 ᄭᅥᆼ충 ᄯᅱᆫ다. 안 부억에셔 ᄯᅡᆷ을 ᄲᅦᆯ々

---

9) 원문대로.

흘니며 풀 쑤는 시월이를 짜러간다.

「애 나흐고 하자. 붓쓰막에 올나 안저셔 풀막덕이로 졀냐? 아궁이 압헤 안저셔 써울냐? 엇던 거슬 흐엿으면 좃켓니? 너 하라는 디로 할 터이니, 두 가지를 다 할 줄 안다」

「아이구 고만 두셔요, 더운디」

시월이는 더운디 혼자 풀을 져면셔 불을 써너라고 쑹々 흐든 中이다.

「아이구 이년의 八字」 恨歎한탄을 흐며 눈을 멀건이 쓰고 밀집을 쓰러 써고 안젓든 써라, 자근 아씨의 이 말 흔 마디는 더운 中에 바람 갓고 괴로움에 우슘일다. 시월이는 속으로 「저녁 진지에는 자근 아씨의 질기시는 옥수々를 어듸 가셔 맛잇는 거슬 엇어다가 쪄셔 듸려야겟다」 흐엿다. 마지 못흐야.

「그러면 불을 써셔요 제가 풀을 져울 거시니……」

「그리 어려온 거슨 오리동안 졸업흔 네가 히라」

경희는 불을 써우고 시월이는 풀을 졋는다. 위에셔는 「푸々」「부굴부굴」 흐는 소리, 아리에셔는 밀집의 탁々 튀는 소리 마치 경희가 東京 音樂學校 演奏會席연주회석에서 듯던 管絃樂奏관현악주 소리 갓기도 흐다 쏘 아궁이 져 속에셔 밀집싯헤 불이 덩기며 漸々 불빗이 强흐고 번지는 同時에 차차 아궁이싯지 갓가와지자 쏘 漸々 불꼿이 弱히져 가는 것은 마치 피아노 져 싯헤셔 이 싯싯지 칠 써에 붕々흐던 것이 漸々 씽々흐도록 되는 音律음률과 갓히 보힌다. 熱心으로 졋고 안진 시월이는 이러흔 滋味스러운 거슬 몰누겟고나 흐고 제 싱각을 흐다가 져는 조곰이라도 이 妙흔 美感을 늣길 줄 아는 거시 얼마콤 幸福하다고도 싱각흐엿다. 그러나 져보다 몃 十百倍 妙흔 美感을 늣기는 者가 잇스려니 싱각할 써에 제 눈을 쎄여 바리고도 십고 제 머리를 쑤되려 바치고도 십다. 쌜건 불꼿이 별안간 파란 빗으로 變흔다. 아―이것도 사름인가, 밥이 앗갑다 흐엿다. 경희는 不知中「滋味도 스럽다」흐엿다.

「디체 자근 아씨는 별것도 다 자미잇다고 흐십니다. 쌜늬흐면 써국물 흐르는 것도 滋味잇다 흐시고, 마로 걸늬질을 치시면, 아직 안친 한 편 쪽 마루의 쑤연 거시 보기 滋味잇다흐시고, 마당을 쓸면 틔쓸 말하지는 것이

滋味잇다 ㅎ시고, 나종에는 무엇신지 滋味잇다고 ㅎ실는지 뒤간에 구뎅이 쏠는 것은 滋味잇지 안으셔요?」

경희는 속으로 「오냐 물는 그것신지 滋味잇게 보여야 할 거실다. 그러나 니눈은 언제나 그러케 밝아지고 내 머리는 어느 쩌나 거긔신지 發達발달될는지 불상ㅎ고 寒心스럽다」 ㅎ엿다.

「애 그런디 말긋이 나왓스니까 말이다. 쌸너 언제 ㅎ니?」

「왜요? 모리는 히야겟셔요」

「그러면 저녁쩌 늦지?」

「아마 느질 걸이요!」

「일즉 긋이 나더라도 긔천에 겨 살아라. 그러면 것는방 아씨ㅎ고 저녁히 놀터이니 늦게 드러와셔 잡수어. 니 손으로 한 밥맛이 엇던가 보아라 히ˎˎ」

시월이도 갓치 웃는다. 엇제면 사름이 저러케 人情스러운가 ㅎ다. 누가 나 먹으라고 단 참외나 주엇스면 져 자근 아씨 갓다 듸리게 속으로 혼자 말을 ㅎ다. 果然 시월이는 이러케 고마운 소리를 드를 쩌마다 惶悚황송스러워 엇지 할 수가 업다. 그러셔 입이 잇스나 엇더케 말할 쥴도 모로고 다만 자근 아씨의 잘 먹는 果實은 아는지라, 제게 돈이 잇스면 사다가라도 듸리고 십흐나 돈은 업슴으로 사지는 못ㅎ되 틈ˎ이 어디가셔 옥수수며 살구는 곳잘 求ㅎ다가 듸렷다. 이러케 경희와 시월이 스이는 스이가 조흘 쑨 外라 이번에 경희가 日本셔 올 쩌에 시월의 자식 點童점동이게는 큰 딕 이 기네들보터 더 조흔 作亂작난감을 사다가 쥰 거슨 시월의 쎠가 녹기 前신지는 잇즐¹⁰⁾ 수가 업다.

「애 그런데 너와 일할 것이 쏙 하나 잇다」

「무엇이야요?」

「글셰 무어시든지 내가 하자면 ㅎ겟니?」

「암을암요 ㅎ지요!」

「너 왜 그러케 우물 쑤덩을 더렵게 히놋니」

---

10) 원문대로.

「도모지 더러워 볼 수가 업다. 그러니 내일붓허 셜음질 뒤에는 꼭 날마다 나흐고 우물 쑤덩을 치우자 너 혼자만 하라는 거슨 아니다. 그러케 ᄒ겟니?」

「네 제가 혼자 날마다 치우지요」

「아니 나흐고 갓치 희…… 滋味스럽게 하々々」

「ᄯᅩ 滋味요? 하々々々」

부엌이 쩌들석하다. 안마루에서 드르시든 경희 어머니는 ᄯᅩ 우슘이 始作되엿군 하신다.

「아이 무어시 그리 우순지 기 이가 오면 밤낫 셋이 몰겨 다니며 웃는 소리 도모지 살는히 못견디겟셔요 젊어슬 ᄶᅵ는 말똥 구르는 거시 다 우슙다더니 그야말노 그런가 보아요」

壽男 어머니에게 對ᄒᆞ야 말을 ᄒᆞᆫ다.

「웃는 것 밧게 조흔 거시 어디 잇습니가. 딕에를 오면 산 것 갓습니다」

壽男 어머니는 ᄯᅩ 휘…… 한심을 쉰다. 마루에 혼자 쩌러져 바누질ᄒᆞ든 것는방 식씨는 우슘 소리가 들니자 한 발에 신을 신고 한 발에 집신을 쓸며 부엌 문지방을 드러시며.

「무슨 이야기오? 나도……」ᄒᆞᆫ다.

三.

「마누라 지무시오?」

李鐵原은 사랑에셔 드러와 안방 문을 열고 경희와 김부인 자는 모긔장 속으로 드러신다. 김부인은 ᄶᅡᆷ작 놀라 니러 안는다.

「왜 그러셔요 어듸가 便치 안으셔요?」

「아—니, 空然히 잠이 아니 와셔……」

「왜요?」

이 ᄶᅵ에 마로 壁에 걸닌 自鳴鐘자명종은 한 번을 쎙 친다.

「두러 누어서 곰곰 싱각을 ᄒᆞ다가 마누라하고 議論을 하러 두러 왓소!」

「무얼이오?」

「경희의 婚姻 일 말이오 도모지 걱정이 되어 잠이 와야지」

「나 역 그리요」

「이번 婚處혼쳐는 꼭 놋치지를 말고 히야지. 그만한 곳 업소 그 新郎 아버지되는 者고난 前붓허 익슉히 아는 터이니까 다시 알아 볼 것도 업고 當者도 그만 ㅎ면 쓰지 別 兒孩 어디 잇다[11] 長子이니까 그 만흔 財産 다 相續될 터이고 쏘 경희는 그런 大家집 맛며누리감이지……」

「글셰 나도 그만한 婚處가 업는 줄 알지마는 제가 그러케 열길이나 쒸고 실티는 거슬 엇더케 혼단 말이요 그러케 실타고 ㅎ는 거슬 抑制억제로 보닉엿다가 나죵에 不吉혼 일이나 잇스면 子息이라도 그 怨罔[12]을 엇더케 듯잔 말이오……」

「아…… 니 不吉할 일이 잇을 까닭이 잇나 人品이 그만 ㅎ것다. 秋收추수를 數千石ㅎ겟다. 그만ㅎ면 고만이지 그러면 엇더케 ㅎ잔 말이오 게집이가 열 아홉 살이 적소?」

金夫人은 잠々이 잇다. 李鐵原은 혀를 툭々 차며 後悔를 혼다.

「내가 잘못이지 게집이를 일본까지 보니다니 게집이가 시집가기를 실타니 그런 망칙혼 일이 어디 잇셔 남이 알가 보아 무셥지. 발셔 適合혼 婚處를 몃 군디를 놋쳣스니 엇더케 ㅎ잔 말이야! 아이……」

「그러면 婚姻을 언제로 ㅎ잔 말이오?」

「져만 對答ㅎ면 只今이라도 곳 ㅎ지 오날도 직축 片紙가 왓는디……已往 게집이라도 그만치 가라쳐 노앗스니까 녯날처럼 父母끼리로 할 수는 업고 힉셔 발셔 사흘쩍 불너다가 타일느나 도모지 말을 드러먹어야지. 게집년이 되지 못혼 固執고집은 왜 그리 시운지 新郎 三寸은 긔어히 죡하 며누리를 삼아야겟다고 몃 번을 그리는지 모로는디……」

「그리 무엇이라고 對答ㅎ셧소?」

「글셰 남이 붓그럽게 게집이더러 무러 본다나, 무엇이라나 그러지 안아도 큰 게집이를 일본까지 보닛느니 엇더니 ㅎ고 욕들을 ㅎ는디 그리셔 싱각히본다고 힛지」

「그러면 거긔셔는 기다리겟소 그리」

---

11) 원문대로.
12) '怨望'의 오기.

「암 그게 발셔 올 正月붓허 말이 잇던 것인디 동닉집 시약씨 밋고 장가 못간다더니……」

「아이 그러면 速히 左名[13] 間 決定을 닉여겟는디 엇더케 ᄒ나 져난 긔 어히 하든 工夫룰 맛치기 前에는 죽여도 시집은 아니 가겟다 ᄒ는디 그리 고 더구나 그런 富者 집에 가셔 치마 자락 느리고 십흔 ᄆᆞ음은 꿈에도 업 다고 ᄒ다오 그리셔 졔 동싱 시집 갈 쎠도 졔것으로 ᄒ노은 고운 옷은 모 다 주엇습넨다. 비단치마 속에 근심과 셜음이 잇너니라고 ᄒ다오 그 말도 올킨 올어」

金夫人은 自己도 남 부럽지 안케 이졔것 富貴ᄒ게 살아왓스나 自己 남 편이 졀머슬 쎠 放蕩방탕ᄒ여셔 속이 傷ᄒ든 일과 鐵原 郡守로 갓슬 쎠도 妾이 두셋식되여 남 몰닉 속이 썩든 生覺을 ᄒ고 경희가 이런 말을 할 쎠 마다 말은 아니ᄒ나 속으로 짜는 네 말이 올타 ᄒ 젹이 만핫다.

「아이 아니 쩌운 년 그리기에 게집이를 가라치면 건방져셔 못 쓴다는 말이야…… 아직 쳘을 믈너셔 그럿치…… 글셰 그것도 그럿치 안소 오작 ᄒ 집에셔 婚姻을 썩구로 ᄒ단 말이오 金判事 집도 우리 집 內容을 다 아 는 터이니까 婚姻도 ᄒ자지 누가 썩구로 婚姻ᄒ 집 시익씨를 데려 갈냐 겟소 아니 이번에ᄂ 꼭 ᄒ야지……」

夫人의 말을 드르며 그럴 듯ᄒ게 生覺ᄒ든 李鐵原은 이 썩쑤로 婚姻ᄒ 生覺을 ᄒ니 ᄆᆞ음이 急작히 조려진다. 그러고 싱각할수록 이번 金判事집 婚處를 놋치면 다시는 그런 門閥잇고 財産잇는 婚處를 엇을 수가 업는 것 갓다. 그리셔 두 말할 것 업시 이番 婚姻은 强制로라도 식힐 決心이 이러 난다. 李鐵原은 벌쩍 이러션다.

「게집이가 工夫는 그러케 ᄒ셔 무엇ᄒ? 그만치 알앗스면 고만이지 일본 은 누가 쏘 보닉기는 하구? 이번에는 無關닉지 긔어히 그 婚處ᄒ고 ᄒ야 지, 닉일 쏘 한번 불너다가 아니 듯거든 쏘 무를 것 업시 곳 ᄒ버려야 지……」

怒氣노기가 가득ᄒ다. 金夫人은 「그러케 ᄒ시요」라든지 「마시요」라든지

---

13) '左右間'의 오식.

무어시라고 對答홀 수가 업다. 다만 실엄업시 自己가 風病풍병으로 누울 쩌마다 경희를 시집 보내기 전에 도라갈가 보아 아실々々ᄒ든 싱각을 ᄒ며

「싸는 하나 남은 경희를 마저 내 生前에 시집을 보니 노아야 내가 죽어도 눈을 감겟ᄂᄃ,」홀 쑨이다.

李鐵原은 이러시다가 다시 안지며 나직한 소리로 뭇는다.

「그런ᄃ 日本 보니셔 버리지는 아는 貌樣이오?」

「아니요 그 前보다 더 부지런ᄒᆞ젓셔요 아츰이면 第一 몬져 이러납넨다. 그리셔 마루 걸닉질이며 마당이며 멀거케 치여 놋치요 그 쑨인가요 쩍ᄒ면 쩍방아 다 찟토록 체질ᄒᆡ주기…… 그러게 시월이는 조와져14) 죽겟다지요……」

金夫人은 果然 경희의 날마다 일ᄒᆞ는 거슬 볼 쩌마다 큰 安心을 漸漸 차잣다. 그거슨 경희를 日本 보닌 後로는 남들이 非難홀 쩌마다 입으로는 말을 아니 ᄒᆞ나 恒常 ᄆᆞ음으로 念慮되는 거슨 경희가 萬一에 日本ᄭᅡ지 工夫를 갓다고 난 체를 ᄒᆞᆫ다든지 工夫ᄒᆞᆫ 威勢로 산이갓치 안저셔 먹자든지 ᄒᆞ면 그 꼴을 엇더케 남이 붓그러워 보잔 말인고 ᄒᆞ고 未嘗不미상불 걱정이 된 거슨 어머니된 者의 쌀을 사랑ᄒᆞ는 自然ᄒᆞᆫ 情이라. 경희가 日本셔 오든 그 잇흔날 붓허 압치마를 치고 부억으로 드러갈 쩌에 오리간만에 쉬우러 온 쌀이라 말니기는 ᄒᆞ엿스나 속으로는 큰 숨을 쉬울 만치 安心을 엇은 거시다. 경희 家族은 누구나 다 아는 바와 ᄀᆞᆺ히 경희의 마루 걸네질, 다락 벽장 치움시는 前붓허 有名ᄒᆞ엿다. 그리셔 경희가 셔울 學校에 잇슬 쩌 一年에 셰 번式 休暇에 오면 依例의례히 다락 벽장이 속々 ᄭᅡ지 沐浴을 ᄒᆞ게 되엿다. ᄯᅩ 金夫人의 ᄆᆞ음에도 경희가 치우지 안으면 아니 맛도록 되엿다. 그리셔 다락이 지져분ᄒᆞ다든지 벽장이 어수션ᄒᆞ게 되면 발서 경희의 올날이 몃칠 아니 남은 거슬 안다. 그러고 경희가 집에 온 그 잇흔날은 경희를 보러 오는 四寸 형님들이며 할머니, 큰어머니는 한번式 열어보고 「다락, 벽장이 粉을 발낫고나」ᄒᆞ시고 「ᄭᅢ긋ᄒᆞ기도 ᄒᆞ다」ᄒᆞ시며 稱讚을 ᄒᆞ시셧다. 이거시 경희가 집에 가는 그 前날 밤붓허 깃버ᄒᆞ는 것이

---

14) '조와셔'의 오식.

고 경희가 집에 온 第一의 標蹟표적이엿다. 金夫人은 이번에 경희가 日本서 오면 年々 셰번式 沐浴을 식혀주든 다락 벽장도 치여주지 아니 홀줄만 알앗다. 그러나 경희는 如前히 집에 到着ᄒ면셔 父母님의게 인ᄉ 엿줍고는 첫 번으로 다락 벽장을 열엇다. 그러고 그 잇흔날 終日 치웟다. 그런더 이번 경희의 掃除소제 方法은 前과는 全혀 달느다. 前에 경희의 掃除 方法은 機械的이엿다. 東쪽에 노핫든 祭器제기며 西쪽 壁에 걸닌 표주박을 씰고 문질너셔는 그 노핫든 자리에 그디로 노흘 줄만 알앗다. 그리셔 잇던 검의줄만 업고 싸혓든 몬지만 터르면 이거시 掃除인 줄만 알앗다. 그러나 이번 掃除法은 달느다. 建造的건조적이고 應用的응용적이다. 家庭學가정학에셔 비혼 秩序, 衛生學위생학에셔 비혼 整理 쏘 圖書 時間에 비혼 色과 色의 調和, 音樂 時間에 비혼 長短의 音律을 利用ᄒ야 只今ᄭ지의 位置를 全혀 쓰더 고치게 된다. 磁器자기를 陶器도기 엽헤다도 노하 보고 七疊칠첩 반상을 漆器칠기에도 담아본다. 주발 밋헤는 주발보다 큰 사발을 밧쳐도 본다. 흰 銀징반 위로 노로소름흔 종골방아치도 느려본다. 큰 항아리 다음에는 甁병을 논는다. 그러고 前에는 컹컴흔 다락 속에셔 몬지 너암시에 눈쌀도 셥흐렷슬 쑨 外라 終日 쌈을 흘니고 掃除ᄒ는 거슨 家族의게 드를 稱贊의 報酬보수를 밧을냐 흠이엿다. 그러나 이번에는 이것도 달느다. 경희는 컹컴흔 속에셔 제 몸이 이리져리 運動케 되는 거시 如干 滋味스럽게 生覺지15) 안앗다. 일부러 비짜루를 놋코 쥐쏭을 집어 너암시도 맛하 보앗다. 그러고 경희가 終日 일ᄒ는 거슨 아모 바라는 報酬도 업다. 다만 제가 져 할 일을 ᄒ는 것 박게 아모 것도 업다. 이러케 경희의 一動 一静의 內幕에는 自覺이 生기고 意識的으로 되는 同時에 外形으로 活動 할 일은 씬로 만하진다. 그리셔 경희는 할 일이 만타 萬一 경희의 親혼 동모가 잇셔々 경희의 할 일 中에 하나라도 히준다 ᄒ면 비록 그 物件이 경희의 손에 잇다 ᄒ더라도 그거슨 경희의 것이 아니라 동모의 것일다. 이럼으로 경희가 조흔 거슬 갓고 십고 남보다 만히 갓고 십흘진딘 경희의 힘으로 能히 할 만한 일은 항여나 털끗만흔 일이라도 남더러 ᄒ달나고 할 거시 아닐다.

---

15) 원문대로.

조곰이라도 남의게 쎄앗길 거시 아닐다. 아々 多幸일다. 경희의 넙적 다리에는 살이 쪗고 팔둑은 굴다. 경희는 이 살이 다 빠져서 거를 수가 업슬 쎄까지 팔둑이 힘이 업서 느러질 쎄쯴지 할 일이 無限일다. 경희의 가질 物件도 無數ᄒ다. 그럼으로 낫잠을 한번 자고나면 그 時間 자리가 完然히 턱이 난다. 終日 일을 ᄒ고 나면 경희는 반드시 조곰式 자리난다. 경희의 갓ᄂᆫ 거슨 하나式 느러간다. 경희는 이러케 아츰 붓허 저녁ᄭᅥ지 엇기 爲ᄒ야 자라갈 慾心으로 제 힘껏 일을 ᄒ다.

李鐵原도 自己 쌀의 일ᄒᆫᄂᆫ 거슬 날마다 본다. 쏘 속으로 긔특ᄒ게도 역인다. 그러나 이러케 自己 夫人에게 무러본 거슨 李鐵原도 亦是 金夫人과 갓히 경희를 自己 아들의 勸告에 못 익이여 日本ᄭᅥ지 보너엿스나 恒常항상 버릴가 보아 念慮염려되든 거슨 事實이엿다. 그럼으로 오날 저녁에 夫婦가 안저셔 婚處에 對ᄒᆫ 걱정이라든지 그이 버릴가 보아 念慮ᄒ든 거슬 安心ᄒᄂᆫ 父母의 愛情은 그 두 얼골에 쯰운 우슴 속에 가득ᄒ다. 아무러ᄒᆫ 知友며 兄弟며 孝子인들 엇지 이 父母가 念慮ᄒ시ᄂᆫ 念慮 깃버ᄒ시ᄂᆫ 참 깃붐갓ᄒ리오. 李鐵原은 婚姻ᄒ자고 할 곳이 업슬가 보아 밧쭉 조엿든 ᄆᆞ음이 조곰 누구러젓다. 그러나 마루로 나려시며 마른 기침 한번을 ᄒ며 「내일은 世上 업셔도 ᄒ여야지」ᄒᄂᆫ 決心의 말은 누구의 命令을 가지고라도 能히 쎄틔릴 수 업슬 것 가치 보힌다.

시벽 닭이 새 놀을 告ᄒᆫ다. 쌔마튼 밤이 白色으로 활작 열닌다. 同窓의16) 障紙장지 한 편이 次々 밝아오며 모긔張 ᄒᆫ 씃흐로붓허 漸々 연두식을 물듸린다. 곤히 자든 경희의 눈은 쯰웟다. 경희는 쏘 오날 終日의 제 일을 始作홀 깃붐에 醉ᄒ야 벌쩍 이러나셔 방을 나신다.

四.

쎄는 正이 午正이라. 안마루에셔는 뎜심상이 버려젓다. 경희는 舍廊사랑에셔 드러온다. 시월이며 거는방 형님은 간절히 점심 먹기를 勸ᄒ나 드른 체도 아니ᄒ고 골방으로 드러시며 四方 房門을 쏙々 닷는다. 경희는 흙々

---

16) '東窓의'의 오기.

늣겨 운다. 방바닥에 업듸리기도 ᄒ다가 이러 안기도 ᄒ고 ᄯᅩ 이러셔々 壁에다 머리를 부듸친다. 기둥을 불ᄭᅳᆫ 안고 핑핑 돈다. 경희는 엇지 홀 줄 몰나 썰々 띤다. 경희의 조고마ᄒᆫ 가심은 불갓히 타온다. 걸닌 手市 자락으로 눈물을 씨스며 이ᄯᅡ금 ᄒ는 말은 「아이구 엇지 ᄒ나……」 할 ᄲᅮᆫ이다. 그러고 이 집에 잇스면 밥이 업셔지고 옷이 옵셔질 터이니ᄭᅡ 나를 어셔 다른 집으로 쫏칠냐나 보다. ᄒ는 怨罔도 生긴다. 마치 이 넓고 넓은 世上 우에 졔 조고마ᄒᆫ 몸을 둘 곳이 업는 것 갓치도 싱각난다. 이런 쓸듸업고 주졔시러은 거시 왜 싱겨낫나 홀 ᄯᅥ마다 ᄭᅳᆫ쳣든 눈물은 다시 비오듯 쏘다진다. 누가 와셔 萬一 말닌다 ᄒ면 그 사름ᄒ고 싸흠도 할 것 갓다. 그러고 그 사름의 머리를 한번에 잡아 ᄲᅩ불 것도 갓고 그 사름의 얼골에셔 피가 니물과 갓히 흐르도록 박々 할퀴고 쥐여ᄯ들 것도 갓다. 이러케 四方 窓이 ᄭᅩᆨ々 닷친 조고마ᄒᆫ 어둠침々ᄒᆫ 골방 속에셔 이리 부딋고 져리 부딋는 경희의 運命은 엇더ᄒᆫ가!

경희의 압헤는 只今 두 길이 잇다. 그 길은 희미ᄒ지도 안코 ᄯᅩ렷ᄒᆫ 두 길일다. 한길은 쌀이 穀間곡간에 싸히고 돈이 만코 貴염도 밧고 사랑도 밧고 밟기도 쉬울 黃土요 가기도 쉽고 찻기도 어렵지 안은 坦々大路일다. 그러나 한 길에는 제 팔이 압ᄒ도록 버리방아를 ᄶᅵ여야 겨오 엇어 먹게 되고 終日 ᄯᅡᆷ을 흘니고 남의 일을 히주어야 겨오 몃푼돈이라도 엇어 보게 된다. 이르는 곳마다 賤待쳔대ᄲᅮᆫ이오 사랑의 맛은 ᄭᅮᆷ에도 맛보지 못할 터이다. 발ᄲᅮ리에셔 피가 흐르도록 험ᄒᆫ 돌을 밟아야 ᄒᆫ다. 그 길은 ᄯᅮᆨ ᄶᅥ러지는 絕壁도 잇고 날카라은 山頂도 잇다. 물도 건너야 ᄒ고 언덕도 넘어야 ᄒ고 數업셔17) ᄭᅩ부러진 길이요 갈수록 險ᄒ고 찻기 어려온 길일다. 경희의 압해 잇는 이 두 길 中에 하나를 오날 擇ᄒᆡ야만 ᄒ고 只今 ᄭᅩᆨ 定ᄒᆡ야 ᄒᆫ다. 오날 擇ᄒᆫ 以上에는 니일 밧글 수 업다. 只今 定ᄒᆫ ᄆᆞ음이 잇ᄯᅡ가 急變급변홀 理도 萬無ᄒ다. 아々 경희의 발은 이 두 길 中에 어느 길에 니노아야 홀가. 이거슨 敎師가 가라칠 것도 아니고 親舊가 잇셔々 忠告ᄒᆫ더도 쓸듸업다. 경희 제 몸이 져 갈 길을 擇ᄒᆞ야만 그거시 오리 維支할 것이

_____

17) 원문대로.

고 제 精神으로 흔 거시라야 變更이 업슬 터이다. 경희는 쏘 한 번 머리를 부뒷고 「아이구 엇지ᄒ면 조흔가!」 흔다.

경희도 女子다. 더구나 朝鮮社會에서 사라온 女子다. 朝鮮 家庭 因襲인습에 파뭇친 女子다. 女子라는 溫良柔順온량유순ᄒ야만 쓴다는 社會의 面目이고 女子의 生命은 三從之道라는 家庭 敎育일다. 너러실냐면 壓迫압박ᄒ랴는 周圍요 움직이면 四方에서 드러오는 辱이다. 多情ᄒ게 손 붓잡고 忠告주는 동모의 말은 열 사롬 한 입갓치 「便ᄒ게 前과 갓히 살다가 죽읍세다」홈일다. 경희의 눈으로는 비단옷도 보고 경희의 입으로는 藥食 煎骨전골도 먹엇다. 아ᄉ 경희는 어느 길을 擇ᄒ여야 當然흔가? 엇더케 살아야만 조흔가? 마치 갈가에 탄평으로 몸을 느려 기어가든 비암의 꽁지를 집힝이 꼿으로 조곰 근듸리면 느러졋든 몸이 밧짝 옥으려지며 눈방울이 디룩ᄉᄉᄒ고 쏘족흔 혀를 毒氣잇게 자조 너미는 貌樣갓치 이러한 싱각을 할 썬마다 경희의 몸에 미달닌 두 팔이며 느러진 두 다리가 밧짝 가슴 속으로 빅속으로 옥으라 드러온다. 마치 어느 作亂감 商店에 노은 더가리와 몸뎅이 쑌인 作亂감갓치 된다. 그리고 十三 貫의 体重이 急작이 白紙 한 장 만치 되여 바람에 날니는 것 갓다. 쏘 머리 속은 져도 알만치 셩ᄒ고셔―늘히진다. 눈도 쌈작으릴 줄 몰누고 壁에 구멍이라도 쑤를 것 갓다. 등에는 쌈이 흠쩍 괴이고 四指는 죽은 사롬과 갓히 차듸 차다.

「아이구 엇지 ᄒ면 조흔가!」

경희는 벙어리가 된 것 갓다 아모말도 할 쥴 몰누고 꼭 한마듸 할 쥴 아는 말은 이 말 쑌일다.

경희는 제 몸을 만져 본다. 왼 편 손목을 바른 便 손으로, 바른 便 손목을 왼 便 손으로 쥐여본다. 머리를 흔들어도 본다. 크지도 안코 조고마흔 이 몸…… 이 몸을 엇더케 셔야 홀가. 이 몸을 어듸로 向ᄒ여야 조흔가…… 경희는 다시 제 몸을 위에셔붓허 아리ᄭ지 흘터본다. 이 몸에 비단 치마를 느리고 이 머리에 翡翠玉簪비취옥잠을 쏘져 볼가 大家宅 맛매누리 얼마나 威嚴위엄스러울가. 싀이기 식식씨 노름이 얼마나 滋味 잇슬가? 媤父母시부모의 사랑인들 얼마나 만흘가. 只今 이러케 賤童천동이든 몸이 父母님의게 얼마나 貴염을 밧을가. 親戚친척인들 오작 부러워ᄒ고 우러ᄉᄉ 볼가.

잘못ᄒ엿다. 아々 잘못 ᄒ엿다. 왜 아바지가 「定ᄒ자」 ᄒ실 쩨에 「녜」ᄒ지를 못ᄒ고 「안되요」 햇나, 아々 왜 그럿나, 엇더케 할냐고 그러케 對答을 ᄒ엿나! 그런 富貴를 왜 실타고 햇나, 그런 자리를 놋치면 나종에 엇지 ᄒ잔 말인가. 아바지 말슴과 ᄀ치 苦生을 몰나 그런가 보다. 철이 아니 나셔 그런가 보다. 「나종에 後悔ᄒ리라」ᄒ시더니 발셔 後悔莫及후회막급인가 보다. 아々 엇지 ᄒ나 쩨가 더듸기 前에 只今 舍廊에 나가셔 아바지 압헤 自服할가 보다. 「졔가 잘못 生覺ᄒ엿습니다」고 그러케 할가? 아니다. 그러케 할 터이다. 그거시 適當ᄒ 길일다. 그리고 구치 안은 工夫도 고만 둘 터이다. 가지 말나시는 日本도 쏘 다시 아니 가겟다. 이 길인가 보다. 이 길이 밟을 길인가 보다. 아 그러케 定ᄒ자 그러나……

「아이구, 엇지ᄒ면 됴흔가……」

경희의 눈은 말쏭ㅅ 하다. 全身이 千斤萬斤이나 되도록 무거워젓다. 머리 위에는 큰 銅鐵동철 투구를 들씨운 것 갓치 무겁다. 옥으러젓든 두 팔 두 다리는 어느덧 나와셔 척 느러젓다. 도로 全身이 옥으라진다. 엇지 할냐고 그런 大胆스러온 對答을 ᄒ엿나 ᄒ고 아바지가 「게집이라는 거슨 시집가셔 아들 쌀 낫코 媤父母 셤기고 남편을 恭敬공경ᄒ면 그만이니라」 ᄒ실 쩨에 「그거슨 녯날 말이야요 只今은 게집이도 사름이라 희요 사름인 以上에는 못할 거시 업다고 희요 사니와 ᄀ치 돈도 버를 수 잇고 사니와 ᄀ치 벼슬도 할 수 잇셔요 사니 ᄒ는거슨 무어시든지 ᄒ는 世上이야요」ᄒ든 生覺을 ᄒ며 아바지가 담빗터를 드시고 「머 엇졔고 엇졔. 네짜짓 게집이가 하긴 무얼희 日本가셔 하라는 工夫난 아니 ᄒ고 貴ᄒ 돈 업시고 그짜짓 엉뚱ᄒ 소리만 비화 가지고 왓셔?」ᄒ시든 무셔운 눈을 싱각ᄒ며 몸을 흠칠ᄒ다.

果然과연 그럿타. 나갓흔 거시 무얼 ᄒ나. 남들이 ᄒ는 말을 흉니々는 거시 아닌가. 아々 果然 사름 노릇 ᄒ기가 쉬운 거시 아닐다. 男子와 ᄀ치 모—든 거슬 ᄒ는 女子는 平凡ᄒ 女子가 아닐 터이다. 四千年來의 習慣을 쎄틔리고 나시는 女子는 웬만ᄒ 學問, 如干ᄒ 天才가 아니고셔는 될 수 업다. 나파륜 時代에 巴里의 全 人心을 움직이게 ᄒ든 스라아루 夫人과 갓흔 微妙미묘ᄒ 理解力, 饒舌요설한 雄辯 그러ᄒ 機才ᄒ 社會的 人物이 아니고셔는 될 수 업다. 사라셔 오루렌을 救ᄒᆞ고 死홈에 佛蘭西를 救ᄒᆞ닌 쟌닥크 갓흔 百折不屈백절불굴의 勇進용진, 犧牲희생이 아니고셔는 될 수 업다. 達筆의 論文家, 明快ᄒᆞᆫ 續濟書의 著書로 일홈이 날닌 英國女權論의 勇將 횟드夫人과 갓흔 語論에 精勁정경ᄒᆞ고 意志가 强固ᄒᆞᆫ 者가 아니고셔는 될 수 업다. 아〻 이러케 쉽지 못ᄒᆞ다. 이만흔 實力, 이러흔 犧牲이 드러야만 되는 것이다.

경희가 이제것 비홧다는 學問을 톡〻 터러모하도 그거슨 깜작 놀날만치 아모 것도 업다. 남이 제 압헤셔 츔을 추고 노러를 ᄒᆞ나 춤으로 조와홀 줄을 몰누고 眞情으로 우셔줄〻을 몰루는 自痴[18]갓흔 感覺을 가졋다. 한 마디 對答을 할냐면 얼골이 벌게지고 語字를 차질 줄 몰누는 鈍舌둔셜을 가졋다. 조곰 苦로오면 실여, 조곰 맛기만 ᄒᆞ여도 慟哭을 ᄒᆞᄂᆞᆫ 못된 臆病억병이 잇다. 이 사롬이 이러ᄂᆞᆫᄃᆡ로 져 사롬이 져리는 ᄃᆡ로 凍風부는 ᄃᆡ로 西風부는 ᄃᆡ로 씰니고 싸라가도 곳칠 수 업시 衰弱쇠약흔 意志가 드러 안졋다. 이거시 사롬인가, 이거슬 가진 爲人이 사롬 노릇을 ᄒᆞᆫ 말인가. 이까짓 남들 다 아는 ㄱ, ㄴ 쯤의 學問으로, 남들도 쥐울줄 아는 三時 밥 먹을 씨 올흔 손에 숙가락 잡을 줄 아는 것쯤으로는 발셔 틀녓다. 어림도 업는 虛榮心일다. 萬一 古今 事業家의 名 婦인들이 알면 코우슘을 우슬 터이다. 정말 엉뚱흔 소리다. 「아이구, 엇지ᄒᆞ면 조흔가……」

여긔〻지 졔몸을 反省흔 경희의 生覺에는 져를 맛며누리로 데려갈냐는 金判事 집도 싹ᄒᆞ다. 또 져갓흔 천치가 그런 富貴흔 宅에셔 데려갈냐면 고기를 슉이고 녜〻 小女를 밧치며 얼는 가야할 거시 當然흔 일인ᄃᆡ 실타고 ᄒᆞᄂᆞᆫ 거슨 제가 生覺ᄒᆞ여도 괫씸흔 일〻다. 그러고 아바지며 어머니며 其外 여러 親戚친척 할마니, 아자마니가 져를 볼 씨마다 시집 못 보닐가 보아 걱정들을 ᄒᆞ시는 것이 當然흔 일인 것도 갓다.

경희는 이제ᄭᅥ지 비나 쪽진 夫人들을 보면 미오 불상이 生覺ᄒᆞ엿다. 「져거시 무어슬 알고 져러케 어룬이 되엿나 남편에게 對흔 사랑도 몰누고 機械갓히 本能的으로만 저러케 금수와 갓히 살아가ᄂᆞᆫ구나 子息을 貴愛ᄒᆞᄂᆞᆫ

---

18) '白痴'의 오식.

거슨 밥이나 만히 먹이고 고기나 만히 먹일 줄만 알앗지 조흔 學問을 가라칠 줄은 몰누는고나 져것도 사롬인가」ᄒᆞ는 驕慢교만흔 눈으로 보아왓다. 그러나 웬일인지 오날은 그 夫人너들이 모다 壯ᄒᆞ게 보인다. 설거질ᄒᆞ는 시월이 머리에도 비녀가 쏙 져진 거시 져보다 훨신 나흔 것도 갓치 보인다. 담 사이로 農民의 子息들의 우는 소리가 들니는 것도 져보다 훨신 나흔 짠 世上 갓다. 아모리 生覺ᄒᆞ여도 져는 져갓흔 어룬이 될 수 없는 것 갓고 졔 몸으로는 져와 갓흔 아회를 나을 수가 업는 것 갓다. 「져와 갓히 이러케 가기 어려은 시집을 엇지면 그러케들 만히 갓고 져와 갓히 이러케 어렵게 子息의 敎育을 이리 져리 궁구ᄒᆞ는 거슬 저러케 쉬웁게 잘들 살아가누」 生覺을 ᄒᆞ즉 져는 아모 것도 아니다. 그 夫人들은 自己보다 몃 十倍 낫다.

「엇더케 저러게들 쉬웁게 비나들을 쏙지게 되엿나? 엇지면 저러케 子息들을 만히 나하 가지고 구슌히들 잘 사누 참 장ᄒᆞ다.」

경희는 싱각홀사록 그너들이 壯ᄒᆞ다. 그러고 져는 이러케도 시집가기가 어려은 거시 도모지 異常스럽다. 「그 婦人너들이 壯한가? 내가 壯흔가? 이 婦人너들이 사롬일가? 내가 사롬일가?」이 矛盾모순이 경희의 깁흔 잠을 씨우는 큰 煩悶일다. 「그러면 엇지 ᄒᆞ여야 壯흠 사롬이 되나」ᄒᆞ는 거시 경희의 머리가 무거워지는 苦痛일다.

「아이구 엇지 하나 내가 그러케 될 줄 알아슬가……」

한 마듸가 느럿다. 同時에 경희의 머리끗이 웃쩍 위로 올나간다. 그러고 경희의 쩐々흔 얼골, 넙적흔 입 길죽흔 四指의 形狀이 모다 슬어지고 조고마흔 밀집 끗헤 쌈막々々ᄒᆞ는 불꼿갓흔 무어시 바람에 쩌잇는 것 갓다. 房 만은 훅군々々ᄒᆞ다. 不知中에 四方 窓을 열어제쳣다.

쓰거운 强흔 光線이 瞥眼間별안간에 왈칵 디드는 거슨 편쌈군의 兩便이 六모 방밍이를 들고 「자……」ᄒᆞ며 디드는 것 갓히 쌈짝 놀날만치 强ᄒᆞ게 쏘여드러 온다. 五色이 混雜혼잡흔 百日紅, 活年化활련화 우으로는 連絡不絶연락부절히 호랑나비 노란 나비가 오고가고 흔다. 비나무 우에 까치 버금자리에는 까만 식기 디가리가 들낙나을낙ᄒᆞ며 어미 까마귀가 먹을 것 가지고 오는 거슬 기다리고 잇다. 담스리 그늘 밋헤는 탑실기가 씨러져 쿨々

자고 잇다. 그 비는 불눅ㅎ다. 울타리 밋흐로 굼벵이 집으러 다니는 어미 닭의 뒤로는 더여섯 마리의 병아리가 줄ㅅ 싸라간다. 경희는 얼싸진 것 갓히 멀간—니 안겨서 보다가 몸을 일부러 움지기엿다.

겨것! 저것은 기다. 저것은 쏫이고 져거슨 닭이다. 져것은 비나무다. 그러고 져긔 미달닌 거슨 비다. 져 하눌에 쓴거슨 싸치다. 저것은 항아리고 저것은 절구다.

이러케 경희는 눈에 보이는 더로 그 名稱을 불너본다. 엽헤 노힌 머리창19)도 싼져본다.20) 그 우에 기여서 언진 면주 이불도 씨다듬어 본다. 「그러면 내 名稱은 무어신가? 사롬이지! 쏙 사롬일다.」

경희는 壁에 걸닌 休鏡에 제 몸을 비최여본다. 입도 버려보고 눈도 쑴직여 본다. 팔도 드러보고 다리도 너여노아 본다. 分明히 사롬 貌樣일다. 그러고 두러누은 탑실기와 굼벵이 쯰으러 다니는 닭과 쏘 싸마귀와 저를 比較히본다. 저것들은 禽獸 卽 下等動物이라고 動物學에서 비홧다. 그러나 저와 갓치 옷을 입고 말을 ᄒ고 거러 다니고 손으로 일ᄒ는 거슨 萬物의 靈長인 사롬이라고 비홧다. 그러면 져도 이런 貴ᄒ 사롬이로다.

아ㅅ 對答 잘 힛다. 아바지가 「그리로 시집가면 됴흔 옷에 生前 비불니 먹다가 죽지 안켓니?」ᄒ실 쌔에 그 무서운 아바지 압헤서 平生 처음으로 벌ㅅ 썰며 對答ᄒ엿다. 「아바지 顔子의 말슴에도 一簞食일단사와 一瓢飮일표음에 樂亦在낙역재 其中기중 이라는 말슴이 업슴니가? 먹고만 살다 죽으면 그거슨 사롬이 아니라 禽獸금수이지요 버리밥이라도 제 努力으로 제 밥을 졔가 먹는 거시 사롬인줄 압니다. 祖上이 버러논 밥 그거슬 그더로 밧은 남편의 그 밥을 쏘 그더로 엇어먹고 잇는 거슨 우리집 기나 一般이지요」 ᄒ엿다. 그럿타. 먹고 죽으면 그거슨 下等動物일다. 더구나 제 손구락 하나 움직이지 안코 祖上의 財物을 밧아가지고 졔가 민들기는 둘겨 쳐노코 밧은 것도 쓸 줄 몰나 술이나 妓生에게 쓸더업시 浪費ᄒ는 사롬이 아니라 禽獸와 갓치 비 쑤듸리다가 죽는 富者들의 家庭에는 別ㅅ 悲慘ᄒ 일이 만타. 殆히 禽獸와 區別을 할 수도 업는 일이 만타. 그런 者는 사롬의 가족

19) '머리장'의 오식.
20) '만져본다'의 오식.

을 暫間잠깐 비러다가 쓴 것이지 조곰도 사롬이 아닐다. 저 답살이 그늘 밋헤 두러눌냐 ᄒ야도 긔가 비웃고 그 자리가 앗갑다고 할 터이다.

그럿타. 苦로움이 지나면 樂이 잇고 우룸이 다 ᄒ면 우슴이 오고 ᄒ는 거시 禽獸와 달는 사롬일다. 禽獸가 能치 못ᄒ는 生覺을 ᄒ고 創造를 ᄒ나ᄂ는 거시 사롬일다. 사롬이 버른 쌀 스람이 먹고 남은 밥 찍게기를 바라고 잇는 禽獸 주면 됫타는 禽獸와 달는 사롬은 제 힘으로 찻고 제 實力으로 엇는다. 이거슨 조곰도 矛盾이 업는 사롬과 禽獸와의 差別일다. 조곰도 疑心업는 眞理이다.

경희도 사롬일다. 그 다음에는 女子다. 그러면 女子라는 것보다 먼져 사롬일다. 또 朝鮮 社會의 女子보다 먼져 宇宙 안 全人類의 女性이다. 李鐵原, 金夫人의 쌀보다 먼져 하나님의 쌀일다. 如何튼 두 말할 것 업시 사롬의 形狀일다. 그 形狀은 暫間 들씨운 가족 뿐 아니라 內腸의 橫造도 確實히 禽獸가 아니라 사롬일다.

오냐 사롬일다. 사롬으로 보이지 안는 險험한 길을 찾지 안으면 누구더러 차지라 하리! 山頂에 올나셔ᄉ 니려다 보는 것도 사롬이 할 거시다. 오냐 이 팔은 무엇ᄒ자는 팔이고 이 다리는 어듸 씨자는 다리냐?

경희는 두 팔을 번쩍 들엇다. 두 다리로 썽충 뛰엿다.

쌘々ᄒ 히빗이 스르ᄉ 누구러진다. 남치마 빗갓흔 하날빗히 油然유연히 쩌오른 검은 구름에 가리운다. 南風이 곱게 살ᄉ 부러 드러온다. 그 바람에는 花粉과 香氣가 싸혀 드러온다. 눈 압헤 번기가 번쩍々々 ᄒ고 억게 우으로 우뢰소리가 우루々々 ᄒᆫ다. 조곰 잇스면 여름 소니기가 쏘다질 터이다.

경희의 精神은 恍惚황홀ᄒ다. 경희의 키는 瞥眼間 飴 느러지드시 붓쩍 느러진 것 갓다. 그러고 目은 준 얼골을 가리우는 것 갓다. 그더로 푹 업듸리여 合掌합장으로 祈禱기도를 올닌다.

하ᄂ님! 하ᄂ님의 쌀이 여긔 잇습니다. 아바지! 내 生命은 만흔 祝福을 가젓습니다.

보십소! 내 눈과 내 귀는 이러케 活動ᄒ지 안습니가?

하ᄂ님! 내게 無限ᄒ 光榮과 힘을 ᄂᆞ려 쥬십소
내게 잇ᄂᆞᆫ 힘을 다ᄒᆞ야 일ᄒᆞ오리다.
賞을 주시든지 罰을 ᄂᆞ리시든지 ᄆᆞᆷᄃᆡ로 부리시웁소셔.

(『女子界』, 1918. 3)

回生호 孫女에게(小說)*

　아 孫女야 긧득ᄒ다 그러케 몸시 알튼 病이 다 낫고나 인졔는 바로 머
리도 곱게 빗고 옷도 얌전히 입고 冊床 압혜 안졋고나 할멈은 견딜 수 업
시 됴핫셧다. 그리셔 네 등을 쑤々 쑤듸리며 그러케 깃버힛다. 오냐 어셔
커라 네 그 호리々々호 허리로 피아노압혜 안져셔, 오냐 어셔 뜻어라 네
그 꼿칭이 ᄀᆺ흔 손으로 쌔이오링을, 아々 내 몸이 仙女가 된 것 ᄀᆺ다. 내
압혜 天使가 侍從시죵드는 것 ᄀᆺ다. 가진 燦爛찬란호 胡蝶호졉이 나러드는
것 갓다. 各色香氣각색향기러은 꼿이 피여 으르는¹⁾ 것 ᄀᆺ다. 나는 참아 인차
라와 볼 수 업는 네 그 바르々 썰고 힘에 겨워 이써셔 치난 거시 왜 그리
깃부고 됴흔지 모로겟다. 孫女야 긧득ᄒ다. 네가 발 흐ᄌᆨ곡 음겨논난 것만
보아도 할멈의 ᄆᆞ음 속에 깃붐이 ᄯ러 나온다. 네가 以前과 ᄀᆺ히 힘들지
안케 말 한 마듸 ᄒ는 것만 보아도 할멈은 더할 수 업는 깃붐을 씨닷는다.
　孫女야 ᄉ위스러은 말이다마는 萬一 네가 그듸로 죽엇드려면 엇지 할번
힛슬가 只今 生覺만 해도 몸이 웃슥히지고 ᄆᆞ음이 간질々々 히온다. 춤 아
실々々 ᄒ엿다. 이 아모듸도 依持의지호 곳 업는 너만 밋고 살든 할멈은 어
듸다 依托의탁을 ᄒ고 누구를 밋고 살어가랴. 어멈 차지며 散地四方으로 울
고 다니는 어린 子息들을 慘酷참혹ᄒ고 눈물이 나셔 엇지 보앗스랴 춤 幸
運이엿다. 네가 回生ᄒ야 오날 내에게 이러호 견딜 수 업는 깃붐을 줄々이
야 엇지 敢히 바랏스랴 할멈은 무릅을 꿀고 안져셔 오작 하ᄂᆞ님 압혜 感

---

* 品月이라는 호로 발표.
1) '오르는'의 오식.

謝를 듸린다.

只今 다시 回思하니 소름이 쩍々 씨친다. 너는 金枝玉葉금지옥엽 ㄱ히 貴엽게 자라낫다. 기침 한번만 하여도 鹿茸녹산을 다린다 눈만 힘읍시 쩌도 人蔘녹용을 멕인다 하든 너이엿다 그러케 자라난 네가 남의 집 위層 좁은房에 아모도 듸려다 보아 주지 안코 그러케 病이 危重위중하도록 藥 한 목음 먹지 못하고 그러케 휠식한 얼골노 머리가 뒤범벅이 되여서 氣運을 차리지 못하고 눈겁풀이 푹 쩌져서 두러누엇섯다. 도모지 몰낫든 내가 房門을 열고 드러서々 이 形狀을 처음 當하야 얼마나 놀낫스랴 나는 쯧업시 슯흠이 쓰러나와서 이불 속에 든 네 손을 쓰너어 잡고 눈물이 펑펑 쏘다졋다. 그제서야 너는 겨오 눈을 힘업시 쓰고 「이게 왼일이오 아이고 죽겟소」 힘업시 겨오 이 말만 하고 도로 눈을 감앗다. 나는 그쎄에 마치 찬 물을 내 등에 들너 붓는 것 ㄱ힛섯다. 그리더니 너는 다시 이러나셔 嘔逆구역질을 하고 쓴직々々한 가리침을 빗트랴고 쎅々 이를 無限이 썻다. 내 눈쌀은 져졀노 쩝흐려졋고 내 몸은 밧삭 오고러지는 것 ㄱ핫다. 그러고 今方 네 입에셔 나올 침이 벌건 피면 엇지하나 하야 내 ㅁ음이 밧삭々々 죠혓다. 그러나 네 病은 肺病이 아니고 胃病임으로 허연 침이 나오는 거시 千萬多幸이엿다. 그런더 나는 그 瞬間순간에 왜 그리 禁홀 수 업시 흙々늣겨 울엇섯는지 나는 네 病이 다 나은 只今이라도 참아 또 늬 입에 되푸리할 勇氣가 아니 나왓다. 그거슨 내가 前에 極히 사랑하든 親舊 하나이 肺病폐병으로 피를 빗고 기침을 한번 始作하면 왼 몸이 불덩이ㄱ히 熱이 니러나 숨이차셔 이를 쓰는 거슬 目睹목도한 젹이 잇섯슴으로 그날 네가 애쓰는 形狀에 偶然우연한 刺戟을 밧아 一年前 그 일을 回思하는 同時에 그러케 눈물이 흘넛섯다. 그 사람은 그 病으로 因하야 죽엇다. 그려서 追悼會추도회도 하고 一年祭일년제싯지 지낫다. 내가 晝夜주야로 ㅁ음이 압하셔 이를 쓰고 가삼을 치며 後悔후회한 거슨 내가 왜 그 親舊를 爲하야 내 工夫를 廢止하고 徹夜철야하야 看護간호를 못하엿든구 홈이엿섯다. 내 精誠을 다 하야 그 親舊에게 慰安을 주엇더러면 그는 決코 죽지 안앗스리라 홈이엿다. 내가 困히 자다가도 쌈작 놀나 쎄이면 먼져 내 腦를 쩌리며 늬 살을 쩌르는 거슨 내게 이러한 遺恨유한이 잇슴이엿다. 그러나 그 親舊는 발셔 나와는 짠 世界 스

람이라 내가 아모리 안어보고 십허도 안을 수도 업고 만지고 십허도 만질 수도 업다. 그러셔 내가 눈물을 씻고 「오냐 걱정마라 내가 잇다」홀 쩌에 는 나는 내 ㅁ음에 後悔후회 遺恨유한 怨哀원애의 重積중적을 널노 因ᄒ야 푸러보랴 홈이엿고 내 몸에 품고 잇는 精力과 誠心을 네게 밧쳐보랴는 熱情이 쓰러나옴이엿다. 네 손을 니가 만질 수 잇고 네 몸을 내 가슴에 안을 쩌에 나는 밋칠듯이 깃벗셧다. 그럼으로 네病이 낫고 아니 낫는디 짜라 내가 살고 죽는 運命의 길이 민달닌 것 ᄀ힛다. 不幸이 네가 그 病으로 죽엇더러면 나는 어졔밤과 ᄀ히 단잠도 못 일우엇슬 터이오 오날 朝飯조반을 맛잇게도 못 먹엇슬 터이다. 나는 精神錯亂정신착란이 되고 腦貧血뇌빈혈이 되여 卒倒ᄒ엿을 터이다. 아ㅅ 幸運일다네 病이 全快되고 내가 다시 살아 논다. 나는 입이 찌져지도록 우숨이 나오고 억기가 쩌러지도록 춤이 나온다. 나는 ᄯ 다시 무릅을 꿀어 하느님의 感謝를 올니련다.

너는 세살 젹에 어머니를 일헛다고? 그러셔 할머니가 너를 길너 니셧다고 네가 種痘종두로 알을 쩌, 네가 熱病에 걸녀 죽어갈 쩌 할머니가 울기도 만히 ᄒ시고 밤도 만히 새셧다고, 그럼으로 나는 「우리 할머니의 恩惠가 泰山태산갓쇼」ᄒ며 네 눈에 눈물이 글셩렁2)ㅅㅅ히졋다. 다시 니 손목을 쥐며 「당신은 내 할머니요, 내가 이번에 살아는 거시 全혀 할머니의 精誠이오」ᄒ엿다. 나는 이 瞬間에 精神이 恍惚황홀히지고 무어라 對答을 躊躇주저ᄒ엿다. 나는 默念묵념과 靜思정사에 싸져 自然히 아모 말이 아니 나오고 感謝훈 呼吸은 좁은 胸廓흉곽 안에 蟠旋반선ᄒ야 씩ㅅ 숨소리만 내 귀에 雨雷소리와 ᄀ히 들엿다. 오냐 네가 주는 할머니의 名稱을 나는 謝絶 아니 ᄒ고 밧으련다. 그러고 어머니 업고 할머니 쩌러져잇는 외로온 너를 내 孫女로 貴愛하고 잇겨주려ᄒ다.

感謝ᄒ다 졍말 感謝ᄒ다 萬一 네가 내게 이만훈 名稱을 주지 아니 ᄒ엿든들 나는 말 업시 두러누운 病者 엽헤 長ㅅ 時日을 직히고 안젓기도 실징이 낫셧슬 터이다. 이것져것 심부름 다니기도 멀미도 낫슬 터이다. 내가 갓갑지도 안은 길을 徒步도보로 學校에서 零時 休業 時間에 쮜여가셔 셔ㅅ

보고 回步회보기를 如日連續여일연속홈도 오직 네게로 밧은 할머니요의 힘이
식험이엿다. 遠近불顧코 네가 願호는 바는 사다 밧쳣다 뿐만 아니라 깃붐
으로 쒸여다녓다. 아니다 나를 이러케 호도록 홈이 決코 내 힘이 아니엿다
全혀 할머니라는 福音이 너 속에 드러가 덩실々々 춤을 추고 잇는 씨문이
라고 혼다. 나도 不可思議 中에 一大鼓舞에 꿈을 일우엇던 것 ズ다. 如何
튼 네 불근 입셜에서 쎠러진 이 福音이 밧짝 乾燥건조혼 내 靈에 쏨부를
더여주엇고 발々 쩌는 내 肉에 火災와 ズ혼 活力을 준 거실다. 아々 나는
네게로 밧은 이 禮物을 永久히 記念호기 爲호야 홈쌕 취겨노란다. 더 쓰겁
게 펼々 쒸련다. 나는 눈물이 쏘다지도록 네게 感謝를 밧친다.

크리미아 戰役전역에 나이팅겔 ズ혼 天使가 突現돌현호야 數萬名 惡疫악역
에 苦病을 救히 주엇단다. 寢台上에셔 呻吟호든 聯合軍들은 나이팅겔을 부
르지겨 「天使여 天使여 당신의 지나가는 발소리만 드러도 내 몸의 압홈이
스러지오 당신의 한번 웃는 우숨에는 내 압홈이 넛쳐지나이다」 힛단다. 오
냐 나는 네게셔 밧은 할머니로 滿足호란다. 그러나 孫女야 나도 天使가 되
고 십다. 그리셔 數萬名의 할머니가 되고십다. 아이고 좀 그러케 되여 보
앗스면 돗켓다. 生時는 바라지 못호더라도 오날밤 꿈에라도 내가 그러케
좀 되여 보앗스면 좀 좃켓나…… 아々 고맙다 네게셔 밧은 할머니는 꿈이
아니라 確實히 이거시 生時로구나 아이고 나는 깃버셔 엇지호나 쏘 네게
무슨 報酬보수를 히야 조홀는지 나도 너를 웃게 호고 깃부게호기 爲호야
全心盡力전심진력으로 準備히 보란다 其中에서 第一 조혼 거스로 네게 밧치
련다. 나는 生覺만 히도 조와셔 이러케 주먹을 꼭 쥐고 왼 몸을 흔든다.
고맙다.

싹독이 쑈초장을 먹고셔야 너는 精神이 반짝나며 甘口味감구미를 붓쳣다
고 힛지? 글셰 내가 그 구진 시오졋에 밉듸미온 쑈초가루를 버무려 이 손
으로 주물녁 주물녁 히셔 네게 갓다가 준 나々 쏘 그 고린니가 풀々나는
보기만히도 눈물이 싸질 그러케 쌸간 싹둑이를 먹으며 「참 맛도 좃쇼」 호
는 너나 生覺히 보면 우숩다. 달콤호고 닐시도[3] 조혼 오무렛쓰나 가기후라

---

3) '닙새도'의 오식.

이의 맛 보다도 그 짜듸짜고 밉듸믜은 짝둑이 맛이 그닥지 조탄 말이지? 그러면 번쪅々々ᄒᆞᄂᆞᆫ 쟁반에 밧치여 하얀 琉璃瓶유리병속에 名色元素며 酸을 타셔 잡수시라고 天使갓ᄒᆞᆫ 看護婦가 갓다주든 工業이 네病根병근을 쎈 거는 아니러구나? 亦是 짝둑이! 그 어둠컹컴ᄒᆞᆫ 오지항아리에 솜씨 업시 울술불슉 담아셔 할멈이 갓다가 쥰 그 짝둑이로 네 病根이 쏙바졋셔!? 손고락을 느엇다가 쏙々 빠니까 精神이 번쪅 나더란 말이지? 그러면 너는 그 짝둑이 맛으로 回生ᄒᆞᆫ 너러구나 오냐 너는 쥭기 前에는 그 짝둑이가 네 精神을 반짝ᄒᆞ게 희주든 印象을 니질나야 니질 수가 업게 되엿구나 왜? 춤 남들이 맛잇다는 스뜨나 팡보다도 우리의 입에는 짝둑이만치 맛잇ᄂᆞᆫ 거슬 못뭇보앗다[4] 그러고 라이스 칼이나 味膾미회시루를 먹어도 짝둑이를 마져 먹어야 속이 든々히진다. 그러고 消化도 잘되ᄂᆞᆫ구나 인졔 네 ᄇᆡ 속에ᄂᆞᆫ 짝둑이 쩝쩔ᄒᆞᆫ 말국이 긋득 차 잇슬 터이니까 消化도 잘될 터이다 胃病도 쏘 發生할 理가 업겟지 오냐 할멈은 安心ᄒᆞᆫ다 너는 할 수 업시 짝둑이의 ᄯᆞᆯ일다 너도 인져 쏙 그런 줄을 알앗슬 쥴 밋는다. 짝둑이로 永生ᄒᆞᄂᆞᆫ 내 귓득ᄒᆞᆫ 孫女여!

(『女子界』 3호, 1918. 9)

---

4) '못 맛 보앗다'의 오식.

閨怨

째는 졍히 五月 中旬이라 비 온 뒤꿋은 아직도 깨끗지 못하야 검은 구
룸발이 삼각산(三角山) 봉오리를 뒤덥허 돌고 긔운차게 셔々 흔들기조와하
든 「폽풀」라도 입새하나 움작이지 안코 조용히 셔 잇슬만치 그러케 바람
한졈도 날니지 안는다. 참새들은 쎼를 지어 갈팡질팡 이리가랴 져리가랴
하며 왜갈이난비 재촉하난 우름을 씻쳐가며 집웅을 건어 넘어간다.

이 째에 어느 집 삼간대쳥에난 어린 아해 보러 온 六 七人의 부인내들
이 혹은 안저 부채질도 하며 혹은 더운 피곤(疲困)에 못 익이여 옷고름을
잠간 풀어 졔치고 화문셕 우에 목침을 의지하야 가벼웁게 눈을 감고 잇난
이도 이스며 혹은 無心히 안저서 처음 온 집이라 압뒤을 보살펴 보기도
하며 혹은 살림에 대한 이야기도 하며 혹은 그거슬 듯고 안졋기도 한다.
마루에난 어린애에 기져귀가 두어개 느러놔 잇고 물 주젼자가 노여 잇스
며 물찌기가 조곰식 나마 잇난 공긔가 三 四개널녀 잇다. 쏘 거긔에난 앵
도씨가 여긔져긔 쩌러저 잇고 큰 유리화대졉에 반도 채 못 담겨 잇난 앵
도는 물에 져저 반투명톄(半透明体)로 연々하게 곱고 붉은 빗치 광션(光線)
애 반사(反射)되여 기름 윤이 흘느게 번젹々々 한다.

째에 여러져치인 뒷문으로 어린애 우난 소래가 사랑으로붓터 멀니 들니
자 산후(産後)에 열긔(熱氣)로 인하야 신음하다가 이러 안진 애기 어머니난
어푸수々한 머리를 아모러케나 쪽지여 흑각으로 쏫고 긔운업시 뒤문턱에
기대여 안졋다가 쌈작 놀나 이러서며 사랑으로 나가 애기를 곳초 안고 드
러온다. 애기에 두 눈에는 약간 눈물이 흘너잇고 모긔에 물닌 자옥으로 두

어군대 붉은 점이 찍겨 잇다. 어머니 팔에 앵기여 오난 깃붉인지 쏘롯ㅅㅅ한 눈쌍울을 굴니어 군중을 둘너보다가 아난듯 모로난듯 씽긋 웃난다. 군중의 시선(視線)은 모다 이 애기에게 집중(集中)하여 잇든 中 모다 「아이고 웃난고나」하고 다시 우슬가 하야 얼느기도 하며 머리을 씨다듬어 보기도 하고 손을 만지어 보기도 한다. 애기난 모로난체 하고 몸을 돌이어 어머니 가삼에 입을 돌니어 젓을 찻난다.

 뎌편 구석에 담배 물고 실음업시 하날을 처다보고 안진 부인은 엇더케 보면 거진 四十쯤 되여 보이고 엇더케 보면 겨오 三十이 넘어 보인다. 어듸인지 모로게 귀인성이 잇어보임직한 얼골에난 얼만한 고생의 흔적인지 주름살이 이러저리 잡혀진다. 거긔다가 분을 좀 싯친 모양이라 해빗혜 썰어 썸우죽죽한 얼골빗혜 것돌며 넉사자 이마젼에 압머리을 좌우평행(左右平行)으로 밀기림에 재여 붓치고 느짓ㅅㅅ 짜아 느짐게 길죽이 쪽을 찌어 은비녀로 쑥 찔너 노은 거시며 모시젹삼 화장은 길죽하야 손등을 덥고 설핏한 모시치마에 허리을 넓게 달아 느직하게 외로 염어 입은 거슨 아모리 보아도 서울 부인늬가 아닐 쑨외라 어대인지 모로게 고상하게 보이는 거슨 례졀(禮節) 잇난 양반에 집에서 자라난거시 분명(分明)하다. 그러케 여러 夫人내들은 애기들 압흐로 와서 얼느고 만저보나 다만 홀노이 夫人만은 아모 말없시 멀니 건너다 보다가 흥 하고 이상한 코우슴을 한번 웃고 눈을 내리쌀며 반도 타지 안은 담배을 엽헤 잇난 재터리에 놋코 허리을 굽혀 마루 아래 대쏠에다 탁ㅅ 틀며 이상하게 슯흔 氣色을 쯰운다. 이 夫人은 다시 젼과 갓치 안더니 애기가 젓 먹난 양을 바라보며 「흐흥 그거 보시오. 이러케 만히들 안젓난 中에 애기우난 소래을 그 어머니밧게 드른 사람이 업소그려. 그러케 '자식'과 어머니 사이에난 쓴으랴도 쓴을 수 업난 애졍(愛情)이 엉키여 잇것마는 나갓흔 거슨……」 하고 목이 메여 말 쯧을 암을으지 못하고 두 눈에 눈물이 핑 돈다. 군중은 모다 이상히 역여 왜 그리 스러운 기색(氣色)을 쯰우느냐고 무를 수 밧게 업섯다. 그난 아모 대답업시 잠ㅅ히 잇고 그와 동행(同行)하여 온 그의 친구 김부인(親舊 金夫人)이 엽혀[1] 안젓다가 그을 처다보며 「쏘 청승이 쓰러나오난군. 아들 둘의 생각을 하고 그러지요」한다. 군중의 의심은 더욱 깁허간다.

「아들 둘을 엇더케 하엿기에요」하고 다시 무를 수 밧게 업섯다. 이 夫人은 역시(亦是) 마모 말 업시 안젓고 金夫人이 쏘 이 夫人을 처다보며 「그 래력(來歷)을 말하라면 숙향전에 고담이지요」한다. 군중에게난 더욱 호기심(好奇心)을 갓게 되고 궁금증을 이르킨다. 「엇재서 그래요? 좀 이야기 하시구려」하난 거시 군중의 청구(請求)이엿다. 金夫人은 쏘 그를 처다보며 「이야기하구려」권한다. 그 夫人은 역시 잠々이 안젓더니 「이것보십쇼」하고 두 손을 내밀며 「세상에 사주팔자란 알 수 업슴데다. 분길갓든 내 손이 이러케 매듸마다 못 박혀 볼 줄 뉘 알앗스며 오류월 염천까지 무명 고쟁이로 날줄 뉘 알앗스리가 (치마를 거듸치고 가라치난 무명 고쟁이난 오동 빗치라) 나도 남부럽지 안케 호의심식(好衣好食)²)으로 자라나서 시집가서도 마루 아래을 내려서 본 일이 업섯더랍니다. 이래 보여도 나도 상당한 집 양반의 쌀이랍니다. 내 래력(來歷)을 말하자면 기가 막혀 죽을 일이지요」 이러케 차々(次々) 그의 래력을 말하기 시작되엿다.

내 아버지께서는 평양(平壤) 감사까지 지내시고 봉산(鳳山)골도 사시고 안성(安城)골도 사셧지요. 우리 백부(伯父)님은 리판서(李判書) 집이시지요. 그리하야 우리 고향(故鄕)인 철원(鐵原)골에서는 우리 친정(親庭)집 일파(一派)의 세력(勢力)이 무셥지요. 그러한 집에서 아들 四兄弟틈에 고명쌀노 귀(貴)엽게도 자랏지요 지금(只今)은 가진 고생을 다 겪거셔 이러케 얼골이 썩고 썩엇지요마는 내가 열두셔넛살 먹엇슬 째는 색시 쏠도 백히고 빗갈이 희고 얼골도 매우 고왓셧스며 머리는 새가만니 전반갓햇지요. 그리하야 열살 먹든 해붓허 시골 셔울 할 것업시 재상에 집에서들 청혼(請婚)들을 하댓답니다. 우리 아바지께셔 그런 말삼을 하시면 어머니난 쌀자식 하나 잇난 거시 그러케 원수시러우냐고 하시지요. 그러면 아바지께서는 아모 말삼 못하십데다. 그러나 쌀자식이란 쓸대업서요 열여섯살 먹든 해 三月에 긔어히 남의 집으로 가게 되옵데다」

「신랑은 멧살이구요」하고 한 夫人은 뭇난다. 신랑은 열세살이엿댓지요 우리 시父母되시는 김판사(金判書)³)하고 우리 아바지와난 절친한 사이셧지

1) '엽혜'의 오식.
2) '호의호식'의 오식.

요. 아마 두 분이 술잔을 난호시다가 우리 혼인이 정해진 모양입데다 그러케 어머니 쩌러지기 실혀서 울면서 八十里나 되는 곳으로 시집을 갓지요 우리 집에서도 업난 것업시 처해 가지고 갓거니와 그집에도 단 형뎨(兄弟)쑨으로 필혼(畢婚)이라 가진 예물이며 채단이야 씀직々々하엿섯지요 시부모님에게 귀염인들 나가치 밧아스릿가. 말이 시집이지 世上에 나가치 어려온 것 모르고 괴로은 것 모르게 시집살이을 하엿스릿가. 혼인(婚姻)한지 삼년(三年)이 되도록 태기(胎氣)가 업셔々 퍽도 격정들을 하시고 기다리시더니 팔년(八年)되든 해 우연히 태기(胎氣)가 잇셔 가지고 아달을 나하 노흐니 그 어룬들쩨서 조와하시난 거시야 엇더타 말할 수 업셧셔요. 은(銀)소반 밧들듯 하십데다. 바로 그 해에 우리 밧겻 양반이 춘천 군청(春川 郡廳)에 군쥬사(郡主事)을 하여가지요. 그리하야 나도 가치 가서 거긔서 삼년(三年)동안이나 살림을 하엿섯지요. 그럴 동안에 첫애가 셰살이 먹자 쏘 아오가 잇서々 나으니 쏘 아들이지요. 밤이면 네 식구가 옹긔종긔 안자서 재롱을 보고하면 타곳에서 외롭게 지내난 中에도 자미잇게 지냇지요. 그러나 내 복조가 그만이엿든지 집안 운수가 불길(不吉)하랴 함인지 둘재 아해 낫튼 그 해 동지달에 일본(日本) 셜이라고 하야 연회에 가시더니 밤이 느저서 드러오시난대 술이 퍽 취한 듯 싶습데다. 펴노은 자리 우에 옷도 벗지 안코 탁 두러누어 머리을 몹시 압흐다고 씅々 알터니 별안간에 와르々 게우는대 벌건 선지피가 두어번 칵々 엉키여 나옵데다그려 나는 간담이 셔늘하여 지옵데다

여긔까지 듯고 안젓든 여러 夫人내의 가삼은 조려지난 모양(模樣)이라 「그래셔요」하며 이야기 계속(繼續)하기을 원(願)하는 이도 잇스며 혹은 「저런 엇절가」하고 참아 드를 수 업겟다는 것처럼 쩝흐린다. 혹은 「아이고 싹해라」한다 리부인(李夫人)은 목이 메여 침 한 번을 꿀덕 삼키고 잠간 말을 멈추엇다가 다시 한다. 그 째 두러누으신 후로 그 잇흔날붓허 사진이 무어십닛가 하로에 미움 한 번이나 자시는 둥 마는 둥하고 담이 점々 셩하여 저서 벌건 피담을 한요강식 뱃지요 그러케 것잡을 새 업시 나々리 병(病)이

<hr>

3) '김판서'의 오식.

중(重)하여 가옵데다그려 그래셔 큰 댁에 편지을 한다 뎐뵤(電報)을 한다 하엿드니 우리 맛시아주버니께서 다 모다 데리고 가실랴고 곳 오셔습데다. 그리하야 우둥부둥 짐을 싸 가지고 불시로 모다 써나왓지요 그러한 일이 쏘 어대 잇섯스릿가. 큰 댁에을 드러스니까 공연히 무슨 죄(罪)나 지은 것 가치 어룬 뵈일 낫이 업습데다. 아니나갈가⁴⁾ 二시어머님⁵⁾되는 마냄께서는 날더러 엇더케 하다 저러케 병(病)을 냇느냐고 원망을 하시며 두 내외분(內外分)은 식음(食飲)을 전폐하시고 두러누어 게시니 집안이 그런 난가가 어대 잇스릿가. 인삼이며 사심쓸이며 가진 조타난 약(藥)은 다 사듸리고 용하다는 용한 의원은 멀고 갓갑고 간에 데려다가 사랑에 두고 날마다 맥(脈)을 보고 약을 쓰나 만약(萬藥)이 무효(無效)⁶⁾이라 돈도 만히 드럿거니와 사람의 간장인들 그 얼마나 조럿섯스리가. 필경은 그 이듬해 八月 스무하로날 가셔 그 몸을 맛추앗지요 하며 적삼 끈을 집어 두 눈을 씻는다. 군중은 모다 「저럴⁷⁾ 엇절가」하고 혀들을 툭々찬다. 李夫人은 한 풀이 죽어셔 겨오 말끗슬 잇는다.

그러니 스물 다섯살인 꼿갓흔 나이에 세상 쟈미(滋味)를 다 버리고 죽은 이도 불상하거니와 녀편네가 三十도 못 되여 혼자 되니 그 신세야 말할 것 무엇잇게소 오작 방정마저 뵈엿스릿가. 왜 그런지 모든 사람이 이 몸을 모다 박복한 년으로 보난 듯 십허셔 엇지 붓그러온지 혼자 된 후로 난 사람을 치워다 보지를 못하고 지내왓지요. 친뎡(親庭) 오라버니가 보러 오섯난대 하야케 소복(素服)을 하고 보기가 엇지 붓그럽든지 모닥불을 퍼붓난 것 갓하야 즉시 얼골을 들지 못하엿더랍니다.

한 夫人이 말하되 「참 녯날 어룬이시오 아 그러타 쑨이야요 생전 죄인(罪人)이지요 어듸 가셔 고개를 들어 보고 말소리를 크게 내여 보며 목소리를 놉혀 우셔 보아요 그러기에 몸을 맛초운다 하고 과부가 되면 하눌이 문허젓다고 하는 가바요 참—기가 막히지요 그러나 요새이 과부들은 어

---

4) '아니나 다를가'의 오기.
5) 원문대로.
6) 원문대로.
7) 원문대로.

대 그럽댓가. 벌건 자주댕기를 아니 듸리나 분들을 못 바르나 그러니 世上이 망하지 아켓소[8]」 하며 누엇다가 벌썩 이러 안지며 담배 재 터너라고 허리를 굽히난대 보니 그의 머리에난 조젹 당기가 듸려 잇난거시 이 夫人도 과부 중에 한 사람인 듯 십고 말하난 거시 경험(經驗)한 말 갓다.

李夫人은 다시 말을 니어 지금 생각(只今 生覺)하여 보면 그—못나서 그랫서요. 그야말로 불행중 다행(不幸中多幸)으로 아들형뎨를 두고 가서 할머니 하라버지끠서도 그것들노 위로를 만히 밧으시고 나도 그것들에게 의지(依支)하게 되엿지요. 우리 시아바님깨서는 우리 세 식구를 엇더케 불상이 역이시난지 살림에나 자미를 붓처살나 하시고 둘졔 아드님 목으로 지어 두섯든 삼백셕 추수(三百石 秋收) 밧는 논과 밧을 내 일흠으로 증명(證明)을 내여 주시고 큰댁 바로 압집을 사서〻 분통갓치 꿈여서 상쳥하고 우리 셰 식구를 세간을 그 동지달에 내여 주시며 조셕으로 드나드시면서 보아 주십데다. 살림도 내외가 가저서 해야 이것도 사고 십고 저것도 사고 십고 하야 자미가 나지요. 마지 못하야 살림에 당한 거슬 하나 사면? 어대를 가고 나 혼자 이러케 살냐고 애를 쓰나 하난 마음이 생기고 것잡을 새 업시 셜음이 복밧쳐 눈물이 압흘 가리우지요.

우리 친졍에서는 내가 불상하다고 쳘〻이 나는 실과(實果)를 아니 사보내 주시나 아해들 옷을 아니 해 보내 주시나 남편업시 시아버님께 돈을 타서 쓰니 오작 군슥하랴 하고 일용(日用)에 보태여 쓰라고 돈을 다 보내 주시고 하지요. 아—참 세월(歲月)도 빨나요. 살아서 잇는 것 갓치 죠셕상식(朝夕喪食)을 밧들기에 큰 위로를 밧고 밤에라도 나와서 마루에 잇는 소장을 보면 집을 직혀주는 듯 십허서 든〻하더니 그남아 삼년상(三年喪)을 맛치고 나니 더구나 새삼스럽게 서루은 마음이 생기고 허수하며 셥〻하기가 말할 길 업습데다. 싸라서 죽지 못한 거시 한이지요. 죽지 못하야 사라가는 동안에 한해가 가고 두해가 가셔 사년(四年)이 되엿지요. 그 해 八月에 마루에셔 혼자 큰 아해 녀셕 추셕비움을 하고 안젓스랴니까 젼붓허 우리 큰댁에 드나들면서 바누질도 하고 하든 졈동할머니가 손자를 등에 업고

8) '안켓소'의 오식.

드러옵데다. 그는 전에 업시 내가 혼자 사는 것이 불상하다난둥 오작 설웁
겟나냐난둥 하며 무슨 말인지 셔울 어느 점잔은 사람이 상처(喪妻)를 하고
젊은 과부를 하나 엇을랴고 하난대 그 사람은 문벌(門閥)도 관게(關係)치 안
코 재산(財産)도 상당하며 엇저고々々々々 느러 노읍데다. 나는 아마 그냥 그
런 이야기를 하나 보다 하고 무심히 드럿슬 뿐이엿지요 그런 뒤 얼마 잇
다가 어느 날 쏘 할멈이오더니 그런 말을 쏘 하면서 감히 무어시라고난
못하고 내 눈치를 보난 것이 매오 이상스럽겟지요? 엇지 괘심시러운지 나
역시(亦是) 모르는 체 하엿슬 뿐이지요 아―이것 좀 보시오 멧칠 뒤에 쏘
와서는 불고 염치하고 날더러 마암이 업나냐고 아니합데가. 나는 뉘 압헤
셔 것짜위 말을 하나냐고 악을 쓴이까 쏭문이가 빠지게 다라납데다 그런
뒤로난 나는 엇지 분하든지 밤이면 잠이 다 아니 오겟지요 그러고 모든
사람이 다 나를 업수이 역이난 것 갓하야 엇지 셔루은지 과부되엿슬 째보
다 더 해요 그런대 이거 보세요 망신살이 쎄칠냐니까 어럽지가 안켓지요
도모지 날자싸지 잇치지가 안습니다만은 그 해 九月 열잇흔날이엿셔요 저
녁밥을 다 해 치고 안방에서 션々해서 방문을 닷고 어린애 졋슬 먹이너라
고 씨고 두러누엇스랴니까 별안간에 마당에서 우리 큰애 일흠 순영아
々々々두어 번 불느는 남자(男子)의 소리가 나겟지요 나는 시부쌔셔 나오
섯나 하고 졋슬 쎼우고 이러시랴는대 다시 불느는 소리를 드르니 우리 시
부님의 목소래는 캥々하신대 그러치가 안코 우렁찬 소리겟지요 나는 이상
스러운 마음이 생겨서 잠간 문틈으로 내여다 보앗지요 어스름 밤이라 자
셰난 볼 수 업스나 키가 훨신 큰 사람이 뒷짐을 지고 그 손에는 단장을
휘적々々흔들며 안을 향(向)하야 섯는거시 잠간 보아도 우리 집내 사람은
안이옵데다. 나는 불연듯 무셔운 생각이 생겨셔 나오지 안는 목소래로
벌々 썰며 「그 누구신가 엿주어 보아라」 하엿지요 그 자는 내 목소리를
듯자 반가운듯시 마로 쏫흐로 갓가이 오며 천연스럽게 「녜―서울서 왓습
니다」해요 나는 다시 썰이는 소래로 「서울서 오시다니 누구신가 엿주어
보아라」한즉 그자는 벗적 마루로 올나스며 「왜 점동할머니의게 드르섯지
요 서울 사는 장쥬사라고요……」 하며 바로 익숙한 사람에게 대하야 말하
듯이 반우슴을 쎄우며 말하겟지요 나는 무섭고도 분하여서 「나는 그런 사

람 몰나요 그런대 대관절 남의 집 대청에를 아모 말 업시 드러오니 이런 법(法)이 어대 잇소」하며 주고밧고 할 째에 맛침 대문 소리가 나자 우리 시어머니되는 마넴이 두러오시는구려

군중은 모다 「아이고 저럴 엇절가」 「엿저면 꼭 고새」하며 마음을 조려 한다

그러니 꼭 그물에 걸키운 고기지요 넘치고 쒈 수 잇나요 그러니 장쥬사라는 작자가 밧그로 쮜여나가야 올켓습니가 안으로 쮜여드러와야 올켓습닛가 엇절 줄을 몰나 그랫든지 방으로 쮜여드러 오는구려 나는 속절업시 루명을 씨게 되엿지요 시모님께서는 그 자의 태도가 수상스운⁹⁾ 것을 보시고 곳 눈치를 채신 모양이라 방으로 쫏차 드러 오시더니 눈을 쏙바로 써 치우다 보시며 「웬 사람이냐고」하시더니 다시 나의 태도(態度)를 유심히 보시는구려 그러니 그 자리에서 무어라고 말하겟소 하도 기가 막키는 일이라 아모 말도 아니 나와서 잠々이 서 잇슬 쑨이엿지요 원래 괄々하신 어룬이다¹⁰⁾ 곳 내게로 달겨드시더니 내 머리채를 휘여잡고 이쌤 저쌤 치시며 「이년 남의 집을 착실이도 망(亡)해 준다. 생째갓흔 서방 쥐기고 무엇이 부죡하야 밤낫 뭇놈하고 부동을 하며 서방질을 하니 이년 그런 뭇서방 놈들이 압뒤로 널넛스닛가 네 서방을 약을 먹여 병(病)내 노아구나 에—갈아 먹어도 시원치 안을 년 내 집에 일시(一時)라도 머물지 말고 저놈 쌀아 나가버려라 어서々々하는 벼락갓흔 재촉이 겹허 나는대 어느 뉘라서 거역할 수 잇던가요 시골이라 압뒤집에서 큰 소래가 나니 남녀로소 물론(老少勿論)하고 마당이 미여지도록 구경군이 밀려드러 오는구려 오장을 보선목이라 뒤집어 뵈는 수도 업고 그 자리에셔 내가 어굴하다하면 누가 고지를 듯겟소 남영 홍씨(洪氏)내 쩨라니 순식간에 모여 들더니 그년 어셔 쫏차내 보내라는 말이 빗발치듯 합데다 그러케 원통할 길이 쪼 어대 잇섯스리가 다만 하날을 우러々보며 하나님 맙시사 할 쑨이엿지요 내가 어렷슬 째붓허 우리 부모(父母)님에게 큰 소리 한 마대 드러보지 못하고 자라낫는대 머리가 한 웅쿰이나 쌔지고 왼몸이 셩한 곳이 업시 멍이 퍼러캐 들도록 엇

---

9) '수상스러운'의 오기.
10) '어룬이라'의 오식.

어 마젓지요 이것 좀 보시오(윗입셜을 올니처 간々이 금(金)을 느어 번
적々々하는 압니를 보이면서) 이것도 그째에 엇지 몹시 엇더 마젓든지 그
째붓허 이몸이 부어서 순색으로 쑤시시더니 여섯달만에 몽탕 빠지겟지요
그래서 이러케 압니를 모조리(압니 여섯을 가라치며) 해박아습니다. 그래서
그날 그시로 당장(當場)에 내쫏겻지요 아해 둘은 물론(勿論) 쎗기고요. 쫏겨
나와 갔데11)가 잇나요 첫재 남이 붓그러워서 조고만 바닥이라 즉시(卽時)
로 왼 셩내(城內)에서 다 알게 되엿지요 할 수 업시 우리 친정편(親庭便)으
로 멀니 일가 되는 집을 차저가서 그집 행낭구석 어릅쌍갓흔 구들 우에서
그 밤을 안자 새웟엿지요. 손발이 차다 못하야 나종에는 저려오고 두젓이
쎙々 부러 압하 견댈 수가 잇서야지요 사람이 악에 바치니까 눈물도 아니
나오고 인사도 차릴 수 업습데다. 아모려면 엇더랴하고 발길을 기다려 사
람을 보내서 어린 아해를 훔처 오다 십히 햇지요 그 잇흔날 느진 죠반(朝
飯) 째즘 되여서 보교 하나이 드러 오더니 그 뒤에는 어느 하이 칼나 하나
이 짜라드러오는대 잠간 보니 어제 저녁에 내 집에서 방으로 쮜여 드러오
든 사람 비슷합데다. 나는 그 자를 보자 곳 사시나무 떨니듯 떨녀지며 분
한 생각을 하면 곳 내려 가셔 멱살을 쥐고 마음껏 한판 해 내엿스면 죳켓
습데다 바로 호긔시럽게 어느 실내 마님이나 뫼시러 온 듯시 날더러 타라
고 하겟지요 어느 썰개 빠진 년이 거기 타겟삽닛가 그러자니 자연 말이
순々이 나가겟습닛가. 남의게 루명을 씨운 놈이라난 둥 내 게집된 이상에
무슨 말이냐란 둥 점々 분통만 터지고 쏠만 드러나지요 보니까 발셔 압뒤
가 쎽々하게 구경군이 드러섯구려. 그러니 엇더케 합니까 그곳을 쩌나난
거시 일시(一時)가 밧부게 되엿지요. 큰댁 하인(下人)놈들이 웅긔중긔 셔々
구경하난 양을 보니까 고만 엇더케 붓그러온지 아모 소래가 아니 나오고
부지불각중(不知不覺中)에 아해를 끼고 보교 속으로 피신을 하여 버렷지요
얼마를 한업시 가서 어느 산(山)골 촌(村) 구석 다 씨러저가는 초가 압헤다
보교를 놋터니 날더러 나리라고 합듸다. 그러고 원수의 그자(者)난 정다(情
多)이 나를 듸려다 보며 시장하지 안으냐고 뭇겟지요 참 꿈인들 그런 꿈이

---

11) '갈데'의 오기.

어듸 잇스릿가? 분한대로 하면 쌤을 치고 십헛섯스나 참아 남의 남자(男子)에게 손이 올라가야지요 그러고 다른 곳에 가셔까지도 꼴을 들키고 십지 아니하야셔……거긔셔 이럭져럭 근 十餘日이나 지냇지요」

이졔껏 열심(熱心)으로 듯고 안젓든 애어머니난 빙그레 우수면셔 「그러면 혼인(婚姻)은 언졔 햇셔요 거긔셔 햇나요」하고 문난 말에 李夫人은 엄을々々하며 잠간 두 쌤이 불그려해진다.

그러면 엇더케해요 암을하면 그 게집 아니라나요 그러기에 只今이라도 그째 내 살을 그 놈에게 허락한 거슬 생각만 하면 치가 썰니고 분하지요 내가 지금(只今)만 갓햇셔도 무관하지요 그째만 해도 안방 구셕만 알다가 졸디(卒地)에 쫏겨나셔 물셜고 산(山)셜은 곳으로 가니 그남아도 사람을 배반하면 이년에 몸은 쏘 무어시 되겟삼니가. 그래셔 날 잡어잡수—하고 이섯드립니다12) 그러기에 지금 생각(只今 生覺) 하면 그째 왜 네가 목이라도 매셔 목 죽엇나 십흐지요 자살(自殺)도 팔자닛가요…… 그러고 장주사난 셔울집 사노코 더릴너 오마하고 쩌낫지요. 나는 어린애 대리고 거기 멧칠 더 잇다가 하로난 불고 염치하고 우리 친졍을 차자 나갓지요. 마침 그 동래 사람 하나이 평강으로 간다고 해셔 애을 업고 생젼(生前) 쳐음으로 오십리(五十里) 거름을 하야 져녁 째 우리집 문 압헤를 다々르니 가삼이 두군々々 하고 벌々 썰녀셔 참아 대문(大門) 안에 발이 드러 노읍데가 그러나 이를 쌔밀어 물고 쑥 드러갓지요. 우리집에셔야 팔십리(八十里)밧게 일을 아실 까닭이 잇겟삼니가. 어머니난 버션발노 쮜여나려 오시며 「이게 웬일이냐고」 하시고 오라버니 댁들도 쮜여나려와서 아해를 밧어드려가고 야단들입듸다. 우리 아바지쌔셔난 진지상에 고기반찬을 해셔 노으면 꼭 반(半)만 잡수시고 오라범댁(宅)들을 불너셔々 「이거슨 홍집 누이 주어라 세상에 부々(夫婦)의 락(樂)을 몰느니 좀 불상하냐」하시고 밤이면 잇지도 안으시고 홍(洪)집 자는 방이 춥지나 아느냐 하시며 꼭 무르시지요 그러케 호강스럽게 그 겨울 동안에 잘 먹고 잘 입고 지냇지요.

그 이듬해 삼월 초(三月 初) 엿새날 아참나졀이엿지요 건은방에서 아버

---

12) '드랍니다'의 오기.

지 마고자를 꿈이고 잇스라니까 손아래 오라범이 얼골이 시퍼래져서 거느 방 미다지를 부서져라 하고 열어제치드니 퉁명스럽게 내 압헤다가 무슨 뎐보(電報) 한 장을 내여 던집듸다. 까막눈이라 볼 줄을 아나요 엽헤안젓든 그 오라범댁더러 좀 보아 달나고 하엿지요 한참 보드니 이상스러온 눈으로 나를 치어다 보면서 「아이고 형님 순영이 아버니난 도라가섯난대 이게 누구입니가. 아버님 함자로 왓난대 오날 온다 하고 서랑 쟝필쳡이라고」하엿삽니다 하지요 그런 원수가 어대 잇스릿가. 그러자 별안간에 문밧게서 자동차 소리가 나드니 키는 멀숙하니 삼팔 두루마기 자락이 너플거리며 금케 안경을 번쩍어리고 셔슴지 안코 중문(中門)을 드러서 중청갓치 안마당으로 드러 오드니 마루 끗헤가 걸터 안난구려. 우리 어머니난 고만 이불 쓰시고 아래목에 드러누우시구요. 우리 옵바들은 동래 집으로 피신하고 나는 부엌에 선 채로 오도가도 못하고 벌々 썰고 섯々 쓰라니까 오라범댁이 「형님에게 온 손님이니 형님 나가서々 대접하시오」하난 권에 못익일 뿐외라 누구나 드러오면 엇더케 해요. 그래서 억지로 나가서 드러가자고하야 거는방으로 더리고 드러갓지요 아래목에 하나 움목에 하나 섯슬 뿐이지 무슨 말이 나오겟삽니가. 갈사록 山 이오 물이라드니 죽을 수니까 헐 수 업삽듸다. 왜 하필 고째 우리 아바지난 사흘전에 큰 댁 제사에 가섯다가 도라오십닛가 안방으로 드러가시드니 우리 어머니더러 왜 두러누엇냐고 하시겟지요. 어머니난 몸살이 낫다고 하십듸다. 다시 마루로 나오서々 다니시다가 대뜰에 버서노은 마른발 막신을 보시드니 오라범댁을 불느서々 이게 왼남자(男子)의 신이냐고 하시난구려. 오라범댁은 마지 못하야 엄을々々하면서 「평강형에게 손님이 왓서요」하지요 홍(洪)집에게 남자(男子) 손님이 웬 손님이며 남자(男子) 손님이면 의례 사랑으로 드러가야 할 거시어늘 거는방에 드러안즌 손님이 대톄 누구란 말이냐」하시드니 홍(洪)집 나오라고 두어번 큰 소래로 불느시난구려. 나난 고만 겁결에 거는방 뒤문 밧그로 쒸여나갓지요 그래 가만히 섯々스라니까 별안간에 누가 내 뒤덜미를 부서져라 하고 치며 머리채를 휘잡난구려. 쌈작 놀나 도라다 보니 우리 아바지시지요 두말삼 아니 하시고 사뭇 아래 위로 치시난대 압흔지 만지 하옵듸다 아이구 어머니 살니라고 악을 쓰나 누가 내여다 보기나 하옵듸가 지금(只今)도 장주사는 그 때 나 매맛는 것슬 생각하면 불상하다고는 하지요 이왕 그러케 되엿쓰니 나를 압장을 세고 나서야 올치요 자긔난 훌적 나가서 자동차를 잡아 타고 갓구면요 그러니 하인 등솔에 남이 붓그러워 잇슬 수도 업거니와 우리 아바니쯰서는 어머니와 오라범댁들에게 왜 그 놈을 붓첫너냐고 조련질을 하시고 나를 내쫏치라고 하시지요 할 수 업시 그 날 져녁에 친졍에서까지 쫏겨나서 아해를 업고 졍쳐업시 나섯지요 우리 어머니는 二十里까지 쫏차 나오시며 우시난구려. 길거리에서 그러케 모녀가 마조막 작별을 하엿지요 그러니 인계야 장가에게 밧게야 갈곳 잇겟삽니가. 그러나 서울이 어대가 박혓난지 서울은 엇더케 하여서 간다 하더라도 그 자의 집이 어대인진 알아야지요 아모려나 비럴 먹어도 자식들하고나 갓치 비럴먹을냐고 四十里나 되난 철원(鐵原)으로 가서 길에서 놀고 잇난 우리 순영이를 훔쳐 가지고 다시 주막잡엇던 집으로 왓지요 우리 집에서 나올 째에 아바지 몰래 어머니가 쌀판 돈 三圓을 집어 주서々 그거스로 밥갑슬 치르고 잇섯스나 그까짓 것 쓸냐니까 얼마 되나요 열홀도 못 가서 다 업서졋지요 헐 수 잇나요. 그 째붓허 그 집 바누질도 하고 아해를 거두어도 주고 하며 셰 식구 엇어 먹고 지냇지요 여보 말삼 마시오 제법 어듸가 더운 밥 한 술을 엇어먹어 보아요 뭇상에서 남난 밥 씰게기나 해나 한나절이나 되여서 겨오 좀 엇어 먹어 보지요 시골집이라니요 녀편네라도 허리를 못 펴고 다니지요 단간방에서 쥬인 식구(主人 食口) 다섯하고 여덟이 자면 평생(平生)에 어듸가 옷고롬 한 번을 풀어보고 다리를 펴고 자보리가. 알뜰이도 고생도 하엿지요. 그나마도 가라면 엇졈니가 (쏘 잇소)*

(『新家庭』 創刊號, 1921. 7)

---

* 소설 「규원」은 1회 발표되고 『新家庭』의 속간이 이루어지지 못해 중단되었다.

怨恨

一.

　리씨는 그 몸 부쳐 잇난 집 윗방 냉골에셔 옷 입은 채로 이불 한 싯덥
고 곤하게 잠이 드럿다 「으흥! 아이구 아구……」 하고 압흔 다리를 쑥 뻣
고 두 팔을 놉히 들어 기지개를 힘썻하며 도리켜 두러눈다 그의 이는 보
드득々々々갈고 이를 암을어 「그놈, 으흥々々」하며 한숨을 쌍이 꺼져라하
고 내쉰다 엽헤 누엇든 사람이 깜짝 놀나 도라다 보건대 그난 별노 잠이
깨워 보이지도 안코 무슨 철천의 한을 품어 부지불각 중에 나오난 소리
갓햇다

　리씨는 본래 부자집 무남독녀로 태워낫셧다 하인과 유모의 손곳헤셔 추
으면 더웁게 더울 째면 셔늘하게 깨긋하고 고은 옷과 맛잇고 졍한 음식으
로 쥐면 쩌질가 불면 날가하게 애지즁지 기러낫셧다 겸하야 인물이 어엽
부고 태도가 아당스러움으로 부모의 사랑은 물론이오 지나가는 사람이라
도 귀애하지 안는 이가 업셧다 이리하야 세월이 갈사록 한 살 두 살 느러
가난 거시 부모의 오직 깃버하난 꼿 봉오리엿셧다 그러나 열 살이 넘어스
니 새삼스럽게 이거시 아들이엿더라면 하난 셥々한 생각이 나々리 더하여
가고 차々 남의 집으로 보낼 걱정도 생겨낫다

　리판서와 죽마교의로 지내오난 김승지에게난 오직 아들 하나뿐이잇셧다
어느 날 리판서집 사랑에서 두 사람 사이에 술잔을 난호면셔 두 사람의
친교를 후손까지 젼하랴면 피차에 사돈을 삼난거시 조켓다난 우연한 말끗
이 급기 열 한 살 먹은 김랑철수와 열 다셧 살 먹은 리소져 사이에 백년

언약을 맺게 되엿섯다

리씨의 시집은 친정에 못지 안은 부자집이오 가품조흔 집이엿섯다 그리하야 쌀 겸 며누리 겸 귀애하시난 시부모님 시하에서 어려운 것 모르게 철 업시 사오 년을 지내난 중에 첫 아들을 낫케 되엿섯다 외아들에서 나온 첫 손자라난 경사러움은 시집 친정의 친척되난 사람으로난 깃버 아니하난 사람이 업섯다

철수는 아직도 철이 나랴면 멀엇섯다 마지 못하야 다니든 글방에도가지 아니하고 틈ㅅ이 년날니러 다니기, 돈 치러 다니난 거스로 종사를 삼엇다 그리하야 온다간단 말 업시 나가버리면 몃칠 만에 번쩍 보이고 쏘다시 나가버렷다 그리한 뒤난 뒤싸라서 술갑 기생갑 노름갑 몃 십원 몃 백원식 빗 밧으러 오난 거시엿섯다 김승지난 「사내자식이 난봉도 부려야지 심이 터지ㅅ」하고 처음에난 아모 말 업시 잘 무러주엇섯다 그러나 가산이 점ㅅ 기우러져 인졔난 추수도 겨오 일 년 계량이 될낙말낙하고 집안 살림이 군색해지니 점ㅅ 짜증이 나기 시작되엿다 이짜금 아들을 불너다노코 타일너도 보앗다 그리다가 회차리로나 몽둥이로나 닥치난대로 쑤듸렷다 분이 쏙지에 나셔 곳 죽일드시 날쮜엿다 철수는 압흐기도 하려니와 자기의 잘못한거슬 피하기 위한 핑계로 「아이구ㅅㅅㅅ」 엄살을 해가며 엉ㅅ 울엇섯다 리씨의 마음은 이런 일을 당할 째마다 한심스럽다난 것보다 무섭고 썰니엿다 거는 방에셔 우는 소리를 드르며 덜ㅅ 썰고 셧ㅅ다 그리고 원심인지 모르난 눈물이 「아이구ㅅㅅㅅ」하난 소래가 들닐 째마다 쑥ㅅ 싸졋다 「인졔 그만 째리셧스면」하난 마음까지 낫섯다 가삼 속이 찌르ㅅ할 째도 잇섯다 그러나 남편에게 대하야 한번도 그러케 난봉 부리지 말나고 권고해 본 적은 업섯다 간졀이 말여볼 생각도 업지 안아 잇섯스나 날마다 셩화가치 날쮜시난 아버지의 말삼도 아니 듯난 사람이 자긔와 갓흔 녀자의 말을 드를가 십지 아니 하엿섯다 그 눈이 벌거케 상긔가 되고 들써서 씨근ㅅㅅ하난 양이 셩한 사람 갓지도 아니햇다 엽헤 갓가이 가기도 셥억ㅅㅅ하고 무어시라나 아니 할가 하야 눈치만 셜ㅅ 보엿섯다 주색방탕은 나ㅅ리 더하야갈 쑨이오 회심할 아모 여망이 뵈이지 아니 하엿섯다 리씨가 시집올 째 례물 밧은 패물 등속도 어느 틈에 쓰내다가 잡혀먹어 엇샛다 쌍ㅅ이 노혓든 화류의거리, 화류장, 비단금침은

모조리 두 번 집행에 다 쌧겨버리고 방 구석에 오직 칙상자 두어 개가 노여 잇슬 뿐이엿섯다 아해를 끼고 누어서 방 울묵을 올여다 볼 째면 넘어 처량 스러워 하염업난 눈물이 옷깃을 젹시우게 되엿섯다 문득 속곱동모 중에 장씨가 부러워젓다 장씨의 살림은 겨오 사러가지만 그의 남편은 퍽 착실한 사람이다 산애라도 알뜰살뜰이 살림사리를 잘 보살피고 부인을 위하고 아해들을 귀애해서 집안이 늘 화평하다난 말을 자조자조 그 엽집 마누라에게 드러왓다 엇던 사람은 그러케 복을 잘 타고나서 팔자가 그리 조흘고 하난 생각에 견댈 수 업섯다 리씨난 오직 남편의 나이가 어셔 속히 삼십이 훨신 넘어오기를 바랏다 셜마 나히가 차면 셰음이 나지 아니 하랴하는 거시 리씨부인 스々로 위로를 밧난 한 희망거리엿섯다

二.

어느 날 오졍쯤 되엿슬 째엿섯다 허수룩한 막버리군 하나가 안으로 툭 튀여드러 오면서 「여보십쇼 이 댁이 승지 댁이지요 져거시키 져—이 댁 셔방님이 져々져々긔셔 긔졀을 하셧셔요 그래셔 지금 야단법석이람니다」하고 말끗을 채 암을々새 업시 황급해한다. 이째 마침 주인 마님은 아들이 어졔 져녁에 아버지에게 매를 맛고 밥도 먹지 안코 나간 생각을 하고 치마끈으로 눈물을 씻고 안젓든 째이엿섯다. 뜻밧게 일이라 넘어 놀나셔 「으응, 그게 누군가 그게 무슨 소리야」하며 허둥지둥 마당까지 쒸여나려왓다. 리씨난 남편의 두루막이를 하고 안젓다가 깜짝 놀낫다. 이러셜 수도 업시 압히 캉캄할 뿐이엿섯다 김승지난 밧게 나갓다가 마침것 드러오며 왼셰음인 줄 몰라 눈이 둥글애졋다. 하인들은 모다 얼 쌔진 사람들가치 기둥 하나식 붓들고셔々 덜々 썰고 잇섯다. 김승지난 즉시 머섬 마가와 엽집 김셔방을 분부하야 와셔 일너주든 자를 짜라가셔 데려오도록 명하엿섯다. 그러고 김승지도 뒤를 짜랏섯다. 어듸로 어듸로 이골목 져골목 지나가더니 조고마하고 한편으로 비스듬한 널판 대문 압헤 이르러셔 그 자난 안으로 드러시면셔 「여긔올시다」한다. 김승지난 드러가기를 주져하다가 문패를 본 즉 기둥 한 구석에 「정도홍」이라고 써잇난 거슬 보자 곳 드러셧々다 「이놈이 긔어히 기생년 무릅에서 되졋군」하난 분한 마암이 치바쳐 올나왓섯다.

철수난 어둡컹컴한 방구석에 다 바래진 자주 오복수 보료 우에 두 다리를 쭉 뻣고 인사불성으로 두러누어 잇섯다 기생 셔너슨 팔다리를 주무르고 잇다가 김승지 드려오넌 거슬 보고 인사 차려 이러시난 자도 잇고 일부러 질펀이 안저셔 공연히 여긔져긔 쭉쭉 눌느고 잇스면셔 가장 걱정스러운 빗이 보이난 자도 잇섯다. 김승지난 셔잇난 채로 내려다보며 아모 말이 업섯다 그러고 「그럴 줄 알앗다」하난 모양 갓햇섯다 그난 마가를 불너셔 셔방님을 업어 뫼시라 하고 뒤골목으로 가라고 타일넛섯다.

철수의 병명은 주체이엿섯다 본래 동이 슬을 먹난 데다가 어졔 밤에 꼭 잇셔야만 할 돈 이십 원도 못 엇고 매만 죽도록 마진 거시 골이나셔 그 길노 도홍이 집으로 쮜여가 외상 슬을 듸려다가 한참 먹든 중이엿섯다 잔득 취해셔 잠간 씨러졋더니 별안간 입으로 게거품을 흘니고 외마듸 소리를 지르더니 눈을 하야케 뒤집어쓰고 입김이 싸늘해지며 사지가 뻣ㅅ해졋섯다 지금까지 즉자 사자 허ㅅ대며 놀고 잇든 기생들의 간담을 셔늘하게 해주엇섯다.

깃부고 자미스러운 적은 한 번 업섯고 슯흐고 걱정되난 일만 당하난 자난 오직 리씨 뿐이엿섯다. 사지가 번듯하엿든 그 남편이 왼 몸을 남의 손에 맥겨 이리져리 옴겨놋난 거슬 볼때 굼창이 매여지난듯 기가 막혓섯다. 의사에게 진맥을 해 본즉 술에 중독이 되엇다고 하엿섯다 주사 멧대를 맛고 나셔는 숨결이 순해지고 응ㅅ 알는 소리를 하게 되엿섯다 이와 갓치 날듯ㅅㅅ하다가도 더해지고 더햇다가도 틀여지난 째도 잇섯다 왼 집안식구의 마음은 간질ㅅㅅ하고 안타가웟섯다 그난 째업시 하혈을 심히 하엿섯다 짜라셔 몸은 졈ㅅ 수척해지고 병색은 골수에 박혀져갓다 리씨난 소사 오르난 정성으로 한결갓치 간호를 하엿섯다. 그러나 매몰하개도 만약이 효험이 업섯ㅅ다 긴병은 삼년 간을 쓰러 급기 십구 세 되든 동지짤에 쏫다 온 청춘을 바리고 황천객이 되고 마랏섯다.

리씨의 나이난 스물 세 살이엿섯다 한참 피여잇난 쏫이엿섯다 너플ㅅㅅ 피여잇난 모란쏫 우에 째아닌 셔리가 내렷섯다 리씨는 아직도 셔러운 거시 무어신지를 몰낫섯다 다만 병드러 누어잇든 남편이 방에 누어잇난 듯십고 어느 째면 자긔 방에 드러가기가 션쭉션쭉 하엿섯다 그러고 남들이

모다 소복한 자긔 몸을 치어다 보난듯 십허 붓그러윗셧다 한가한 째 곰곰
이 젼사를 생각해 보면 남편이 그립단 것보다 자긔 마음 고생하든 거슬
생각하야 눈물이 쓱쓱 써러 졋셧다 자긔를 보난 사람마다 불상하다 앗갑다
하나 왼 영문인지 되물엇다 오직 머리를 어대다가 몹시 부듸치고 난 뜻 갓
햇셧다.

휙휙 지나가는 셰월은 어느듯 삼년상도 지나갓다. 리씨의 마음은 차차
적막함을 늣게게 되엿셧다 바누질을 하다가도 휙 계쳐노코 먼 산을 바라
보기도 하엿셧다 시름 업시 군소리를 하다가 신셰를 생각하고 남 모르난
을음도 만히 우럿셧다. 김승지 내외는 무슨 못할 지시나 한 것 갓치 과부
며누리를 볼 낯이 업고 불상하기 짝이 업셧다 그리하야 리씨에 행동에난
별노 간섭지를 아니하고 일졀 자유롭게 내여버려 두엇셧다 이런 태도가
과부며누리를 위로하난대 상책인 줄 알엇슴이엿셧다. 리씨난 외로움에 못
익일 째마다 친졍에를 갓셧다 친졍에를 가도 별로 위로 밧을만한 일은 업
셧다. 다만 친졍을 간다난 거슨 한 핑개거리엿셧다. 대문을 나셔면 시원한
바람 쏘이난 것만 해도 살 듯 십헛셧다. 사람 구경만 해도 마음이 위로가
되난 듯 십헛셧다. 이와 갓치 한 두 번 나가본거시 인제난 집안에 조고마
한 불평만 잇셔도 무슨 큰 째부림갓치 훌젹 나와셔는 젼에 알지 못하든
먼 쳑일가까지 차자셔 아주머니 형님하며 이말 져말노 해를 보내난 일이
만핫셧다. 그러나 아모도 리씨의 행동을 간섭할 사람은 업셧다.

三.

김승지집 마즌편 집은 김승지와 친교가 잇난 박참판의 집이엿셧다. 박참
판은 일즉이 여러 벼슬도 지냇거니와 자수셩가로 상당한 재산가이엿다 부
호가중에 의례 잇는 일이라 별로 이상스러울 일은 아니지마는 그는 지금
나이가 김승지와 동갑년으로 오십사셰지마난 아직도 풍채가 늠늠하고 어
대인지 모르게 쓰난 힘이 잇셧다 손녀버리나 되난 쳡을 둘식 치가를 해
노코도 젊은 녀자가 눈에만 째우면 속이 씨려셔 걸근걸근 하난 자이엿다
어느 날 그난 둘재 쳡의 집을 가노라고 문을 나셔자 마즌편 김승지 집에
셔 어느 소복한 젊은 부인이 나오난 거슬 보앗셧다 그 입부지도 밉지도

안은 숭글々々하고 빗갈 흰 얼골과 아름다운 태도가 눈에 씌이자 눈압히 황홀해졋섯다 리씨의 뒤로 슬근々々갈 째에 가삼에셔난 맛방맹이질을 하고 불갓흔 욕심이 턱 밋까지 쌧처 을낫섯다. 만일 호졋한 길이엿든들 그 벌々 썰니난 두 손으로 리씨의 뒤를 반작 안어셔 두루맥이 속에 폭 싸 가지고 가셔 자긔 욕심을 흥썻 채윗슬 거시다. 그러나 길 젼후 좌우에난 쓴일 새 업시 인격이 빈번하엿섯다. 멀니셔々 리씨의 드러가는 집까지 알고 도리스난 그의 가삼은 아직도 쮜엿섯다. 다만 굼금한 거슨 그 부인이 김승지 집에 나듸리왓든 져집 부인々가 혹은 김승지집 과부 며누리가 안인가 학실한 거슬 알길이 젼혀 업섯다.

그 후 어느 날 박참판은 자긔 마누라에게 우연한 말씃에 김승지집 과부 며누리난 아모리 보아도 소년 과부될 흠졈이 업슬만치 인물과 태도가 구비하다는 그 모습을 드를 째 속으로 「그러면 그 녀인은 압집 과부 며누리로구나」하고 깃버하고 안심을 엇々섯다 그래도 미심하야 그난 째업시 담배 대를 물고 밧겻 마당에셔 셔승거리면셔 압집 문을 주의하야 보고 잇섯다 그려든 중에 어느 날 과연 젼날과 갓흔 소복한 젊은 녀자가 그 집 대문으로 나왓다 그난 마음으로 「올타 인제난 되엿다」 그러고 유심이 리씨를 아래위로 휘내려 보앗섯다 이러케 직혀 보기를 이삼차 하엿섯다 리씨난 두 번 째까지 몰낫섯다 세 번 째난 하도 수상해셔 한 번 무심히 치어다 보앗섯다 그난 이거슬 조흔 긔회로 알고 이상스러운 눈우슴을 약간 쳐셔 무슨 야심을 표하엿섯다 리씨는 가삼이 쓰굼하엿섯다 그러고 두군々々 하엿섯다 그후 몃칠을 두고 마음이 괴로웟섯다 임자 엄난 물건갓치 다 자긔를 업수히 녁이난 것 갓하야 심히 분하고 셔러웟섯다 그러나 공연히 그 눈우슴치든 거시 생각이 나고 쏘 생각이 나셔 자긔 마음을 꾸짓고 욕해도 쏘 나고 쏘 나고 하엿다 인제난 밧게를 도모지 나가지 아니 하리라 하고 결심을 하엿다 그러나 어느 듯 발길이 대문에 나설 째는 가삼이 두군々々 하고 먼져 압집 문압부터 보엿섯다 그날은 그곳에 그가 보이지 아니 하엿섯다 퍽 다행하게 생각하엿섯다 그러나 뒤에셔 짐실은 구루마군이 「여보々々」 소리를 지를 째까지 모로도록 속은 텅 비인 산송장의 거름을 졍쳐 업시 것고 잇섯다.

그해 팔월 열나흔날 밤이엿셧다 자정이 되도록 안방에셔 송편을 빗고 자긔방으로 도라왓다 어린 것 하나난 천사와 갓치 쌕々 자고 잇스나 새삼스럽게 방이 쓸々하엿셧다 가을달은 유리갓치 말게 유난스럽게도 밝앗셧다 셔늘한 바람이 잇짜금 지나갈 째마다 나무 입희 날니난 소리가 만물이 잠들어 고요한 밤을 헷치고 들녀 드러왓셧다 리씨난 수심에 싸혀셔 퉁명스럽게 불을 탁 꼬고 쌀々한 방 구석에 두러누엇스랴니 무정하게도 달은 빗치어 심회를 도왓다 그대로 목을 노아 실컷 우러도 시원치 안을 듯 십헛셧다 그리하야 이리 뒤쳑 저리 뒤쳑 돌아누으며 이것져것 끈일새 업시 지내간 일을 생각하다가 보배로운 잠의 신은 리씨로 하여곰 깁흔 꿈 속에 쏙々 느허주엇셧다.

리씨난 꿈인지 생시인지 모르게 누가 자긔 몸이 부셔져러 하고 꼭 찌여 안난거슬 희미하게 알앗셧다 리씨 자신도 몸을 소스라쳐 그 누인지 모르난 이에게 폭 욍켯셧다 그러고 몸을 부르르 써럿셧다 그리하자 누구의 손이 자긔 가삼으로 올 째 비로소 완연히 꿈이 아닌 거슬 리씨난 쌈짝 놀나 벌쩍 이러 안졋셧다 그 압혜 어느 남자가 쳔연스럽게 안져잇난 거시 달빗에 완연히 보엿셧다 리씨난 부지불각중에 「아—」하고 외마듸를 쳣다 그러나 그 목소리난 안방에 들닐만치 크지가 못하엿셧고 조심하난 소리갓흔 젹은소리이엿셧다 그자난 여전히 태연하게 안져셔 눈우슴을 치면서 리씨를 살々 달내엿셧다 지금 그대가 악을 써셔 왼 집안에 알닌다 하더라도 그 누명은 별 수 없이 뒤집어 씰거시니 가만히 잇셔々 내 말을 드르라고 하며 자긔난 압집 사난 박참판인데 한 번 그대를 본 후로난 곳 미칠 듯하게 셩병이 되다시피하야 오날 밤에도 견대다 못해셔 월담을 해왓스니 나를 살여주지 안으면 너를 가만히 두지 안켓스니 그리 아러 차리라 하고 위협을 하엿셧다 리씨난 아모 말도 못하고 그물 안에 새와 가치 한 편 구석에 쏭그리고 안져 벌々 썰엇다 과연 엇지 하면 조흘가 악을 쓰자니 하인 쇼슬에 남이 봇그러올 거시오 이 문을 열고 다라나자니 져자가 붓잡을 거시오 엇지할 줄 몰나 썰々 매엿셧다 그 자가 손목을 봇잡을 째 손목을 쑤르치고 뎀벼드를 째에 몸을 피할 뿐이엿셧다 그 중에도 누가 유리로 듸려다 볼가보아 홀김々々 유리편만 보이고 누구의 발자최가 잇난 듯 들니난듯 죠마ㅅㅅ 하엿섯다 그리하야 누구나 드를가보아 말 한 마대 못하고 이리저리 몸만 피하고 손만 쑤르치면 감히 자긔를 못 익여낼 줄만 알아섯다 그러나 그자난 임의 사생을 불고하고 결심한 일이오 금수와 갓흔 욕심이 더 발하지 못할만치 달하엿섯다 간반 방에서 요리조리 피하난 조고마한 녀자 하나를 계 손에 느어 계 맘대로 하기에난 넘으 익숙하엿고 넘으나 쉬운 일이엿섯다.

남은 밤을 쓴눈으로 새고 아침에 일즉이 이러낫다 리씨의 눈에난 몬져 붉게 써오르는 아침 해볏이 무섭게 보엿섯다 그리고 사람들의 두 눈이 유달니 크고 밝어 보엿섯다 그 눈으로 모다 자긔의 몸을 유심히들 보난 것 갓햇섯다 무슨 큰 죄를 지은 죄인이 순검의 창검 쇼리를 드를 때 몸이 소스라칠 듯한 것과 일반이엿섯다 마치 꿈 속에서 사난 것 갓고 헷몸만된 것 갓치 이상스러웟섯다 그리다가도 깜짝ㅅㅅ 놀나질 때마다 자긔 몸에 무슨 큰 부스럼험질이나 생기난듯하게 근질ㅅㅅ도 하고 더러운 몸을 싹가낼 수만 잇스면 싹가내고도 십헛섯다 그자를 무러뜻고 느러져보고도 십헛섯다 이갓치 형ㅅ색ㅅ으로 써오르난 가삼을 안고 몃칠 동안 조혀 지냇섯다 그런 중에 집안사람의 태도난 별노 변하여 보이지 안은 거슬 볼 째 큰 숨을 쉬어 안심하엿섯다 큰 짐이나 젓다가 내려놋난 것 갓햇섯다 그러나 리씨의 머리에난 이상하게도 그날 밤 인상을 이즐 수 업섯다 그 짜듯한 손 그 다정한 눈 생각할사록 눈압헤 쏙ㅅ히 나타나서 보엿섯다 그러나 「하라버지갓흔 사람허구……」하난 생각이 날 째난 심한 모욕을 당한 것 갓하야 심히 분하고 스사로 붓그러웟섯다.

어느 날 저녁에 김승지난 져녁상을 물니고 바둑을 두러 박참판집으로 갓다 사랑에를 쑥 드러시자 셤쓸에 녀자의 신 한 켜레가 노혀 잇난 거슬 보앗다 이 집에난 무시로 동리기생들이 놀너오난 거슬 아는 김승지난 별노 이상히도 역이지 안코 무심히 사랑방 문을 열면서 주인을 차잣섯다 한 발을 문지방 안에 되려노차 「악……」하고 고함을 질넛다 뒤로 멈칫하엿다 곳 도라셔 나왓다 세상에 이런 변이 쏘 어대 잇스랴! 이게 윈일랴!)—철석

---

1) 원문대로.

갓치 밋고 알뜰이도 불상히 넉이고 귀애하든 자긔 과부 며누리가 박참판의 무릅 우에 안젓다가 황급히 내려 안즈며 엇절 줄을 몰나 쩔〻 매엿섯다 김승지는 그래도 자긔 눈을 의심하엿섯다 그 사실을 밋지 아니랴고 하엿섯다 꿈인가 하야 눈을 부벼도 보고머리를 흔들어도 보앗섯다 곳 자긔 집으로 가서 「거는방 아가」하고 불넛다 마누라의 말이 져녁 먹고 졔 친졍에 간다고 나갓다고 하엿섯다 김승지는 다시 나와 멀니 셔〻 거동을 살피고 잇섯다 한 삼십 분쯤 되여서 과연 박참판 집으로부터 소복한 녀자가 나오더니 압 뒤를 흘김〻〻 보며 자긔집 으로 드러가난 거슬 보니 정신이 앗쓱하여졋다 아니 밋을나야 아니 밋을 수가 업시 되엿섯다.

김승지난 그날붓터 몸이 불편하다하고 사랑에 누어셔 미움만 먹고 일졀 안출입을 하지 아니하엿섯다 왼 까닭인지를 아난 사람은 집안식구 중에 오직 한 사람이 잇슬 뿐이엿섯다.

리씨난 그날 밤에 과연 친졍에 가랴고 나셧든 길이엿섯다 문짠을 나션 즉 마침 대령이나 하고 셧든 것 갓치 박참판이 쌈짝 놀나 반가워하며 익숙하게 손목을 잡아 자긔 사랑에까지 쓸고 드러간 거시엿다 박참판이 한썻 밋쳐셔 사람오난 소리도 듯지 못할만치 날쮤 째에 쳔만의외에 김승지 눈압해 비밀이 탄노된 거시엿셔다 친구간에 그 며누리를 꾀여낸 것 갓하야 실노 면목이 업섯다 그러나 일편으로 생각하면 하로라도 속히 탄노된 거시 오히려 다행하엿섯다 그리지 아니해도 리씨를 늘 엽헤 안쳐노코 보랴면 엇지하여야 할가 하난 궁리뿐이엿섯다 그리하야 그 순〻이 말을 듯지 안튼 리씨가 별안간 자긔 가삼에 앵키면셔 「영감」하고 우슬 째 무한히 깃벗섯다 「오냐 우지마라 오날붓터 가지 말고 나하고 잇스면 고만 아니냐」할 째에 그 잔인한 셩품 중에난 「그러면 그러치 너도 결국 내 거시 되고 마는고나」하난 의긔양〻한 자존심이 쩌올낫섯다 리씨가 도라갈냐고 할 째에 긔어히 붓잡엇셧다[2] 붓들다가 그난 붓들 필요가 업난 거슬 알앗다 인졔 졔가 갈 곳 업스니 내게밧게 올 째가 어대 잇스랴 함이엿섯다.

김승지의 분한 생각으로 하면 박가를 유혹죄로 모라 큰 망신을 식히고

_____

2) 원문대로

며누리를 곳 쏫차버리고 십헛섯다 그러나 위선 자긔 행세와 쳬면이 압흘 막고 양반의 집 가문도 생각 아니 할 수 업섯다 오직 꿍〃참고 다만 양미간에 수심이 쩌날 쌔가 업슬 싸름이엿섯다.

오직 이 비밀만은 세 사람만 알고 쥐도 몰을 줄 알앗스며 세 사람 중에 한 사람도 입밧게 낸 일이 업섯다 그러나 이상하다 어느듯 한 입건너 두 입 건너 김승지 마누라가 알앗고 박참판 마누라가 알앗스며 두 집 하인들이 알게 되고 원 동리에 이야기 거리가 되고 마렷다 리씨난 인계 김승지 집에 더 잇슬 염치가 업게 되엿섯다 더구나 친정 부모난 죽인다고 날쒸니 넓은 셰상에 발듸딀 곳이 업게 되엿섯다 자살도 복에 못닷난 모양갓햇섯다 그도 저도 못하고 헐수 할수 업시 아비업시 길느든 자식을 델치고 박참판 집으로 머리를 숙이고 드러가지 아닐 수 업게 되엿섯다.

리씨는 박참판의 셋재첩이 되엿다 그러나 기실 몃재나 될난지 몰낫섯다 엇재쓴 일시난 졔일 총애를 밧난 첩으로 압흘 쩌나지 못하게 하엿섯다 그러나 팔자 긔박한 리씨난 이 사랑이나마 오래동안 밧지 못할 운명에 잇섯다 밤낫 사랑에만 파뭇처잇든 박참판은 두 달이 다 못 되여서 출입이 심하여젓다 어느 날 리씨난 안으로 듸려보내고 양머리 한 녀학생 비슷한 거슬 데려다가 리씨와 갓치 압흘 쩌나지안케 하엿다 그 녀자도 리씨와 갓치 이십 오 륙세 될낙말낙한 어엽분 녀자이엿섯다 리씨는 그 녀자가 자긔 자리에 드러안는 거슬 볼 쌔 분하고 질투하는 것보다 그 녀자가 불상히 보이고 그 녀자의 압길이 환하게 보이난듯 가련하엿섯다 그러고 무슨 긔회만 잇스면 일너 주기라도 하고 십헛서다.

四.

리씨는 큰마누라의 몸종과 갓치 되엿다 쌔업시 풍병으로 쑤시난 다리 팔을 주물느기, 담베붓처다가 대령하기, 세수물 쩌다 밧치기, 밤들도록 이야기책 보아듸리기, 다듬이질하기, 바누질하기, 일시 반시도 놀니지 안코 알뜰살뜰이 부려 먹엇다 리씨가 쓴 칠년 동안이나 시집사리를 해 왓서도 이러케 학대를 밧고 어려운 일 해보기난 쳐음이엿섯다. 그러나 누구를 원망하랴 다 내 잘못이다 하고 쑥〃 참아왓다 아모러케 해서라도 박씨집 귀

신이 되리라하고 결심하엿섯다 그러난 중에 가진 학대를 다 밧아왓다 더
구나 조곰 잘못하면 큰 마누라가 「이년 그럴냐거든 나가거라」하며 손을
드러째리랴고 할 째에난 곳 눈에서 불이 날뜻 하엿섯다 사람으로서는 참
아 못 당할 모욕이엿섯다 악에 밧친 리씨난 잔쑥 앙심을 먹엇섯다 그러고
짠 결심을 하엿섯다.

리씨는 일 년 만에 박참판 집을 나섯다 그 소슬대문에 침을 배앗텃다
욕을 하고 눈을 흘기고 주먹질을 하엿다 그래도 아모 시원할 거시 업섯다
져 지옥굴은 면하엿스나 장차 어대로 향할가 할 째 지금까지 쓴 경험을
해 오든 중에 업든 형용치 못할 셔름이 쓰러올나와 금치 못할 눈물이 오
류월 소낙비 쏘다지듯 하엿섯다.

양반의 집 가문을 흐렷다는 리씨난 과연 용납할 곳이 업섯다 원통하게
도 첩의 누명을 썻섯스나 손 매듸가 굴거졋슬 뿐이오 알뜰이도 빨간 몸
뿐이엿섯다 아직도 삼십이 못된 녀자가 길을 헤매며 흙々늣겨 우럿다.

리씨는 장변으로 오십원을 엇어 그거슬 미천삼아 장사를 시작하엿다 한
광우리 쌀 팔고 한광우리 팟 팔고 한광우리 콩 팔아 포갬々々 포개언져
머리가 옴쳐지도록 뒤집어 이고 이 곳 져 곳셔 열니난 장을 차자다니며
일 젼 이 젼의 리를 바라고 추은날 더운날 무릅쓰고 「싸구려々々々」 외치
고 다닌다 오날도 왕복 륙십리 장에를 거러갓다 와셔 식은 밥 한슬 엇어
먹고 울묵 냉골에셔 쓰린잠이 곤하게 드럿다 「아이고々々々 다리야 다리
야 으흥……그놈」 ─ 쯧 ─

(『朝鮮文擅』, 1926. 4)

玄淑

一.

半年만에 두 사람은 만났다.

男子가 女子에게 招待초대를 받았으나 元來부터 이러한 機會기회 오기를 男子는 기다리고 있었다. 勿論 동모들의 말, 여러가지 이야기를 하였다.

只今 對面하고 보니 香氣있는 濃厚농후한 뺨, 진달래 꽃 같은 입술, 마호가니 맛 같은 따뜻한 숨소리, 오래동안 잊고 있든 그에게 더 없는 흥분을 주었다.

확실이 半年 前 女子는 아니었다. 어떠한 異性에게든지 嗜慾기욕을 消化소화할 수 있는 女子의 姿態는 限껏 뻗히는 食指식지가 꺼리낌없이 伸出함을 기다리고 있는 樣이었다.

「……어떻든지 그대의 態度는 滋味가 업었어. A 商會를 三日만에 고만 둔 것이라든지 카페에 女給이 된 것이라든지……」

「……하로라도 더 있을 수가 없으니까 그렇지 내게 女給이 適當할 듯 하니까 그렇지, 그러고 나는 洋畫家 K 先生 집 모델로 每日 通行하였어. K 先生은 참자모여 先生의 일을 언제 다 貴公에게 말 하지. 先生은 늘 나를 不快하게 하면서 내가 아니면 아니 될 일이 많어……」

「응 그래, 자 마십시다」

그는 거기 갓다 놓은 紅茶를 女子에게 注意 주었다.

「그러고 나는 요사이 金錢登錄器금전등록기가 되었어─簡單간단하고 效果 있는 明快한 것─反應 百%는 어댄지 하하하하……」

좀 까부는 듯하야 二 三次 뜨거운 茶를 불면서

「내게서 半 年 동안 떠난 사이에 퍽 적막했었지? 인제 고만 내게로 오지」 하는 듯한 表情으로 말끔히 男子의 얼굴을 보았다.

二十三의 色이 히고 목덜미가 드묵하고 몸에 맞는 衣服, 女子와 對面해 있는 男子는 어느 新聞社 記者 아직 아침 아홉시 早朝 때 南大門 스테숑 附返 적은 喫茶店낏다점이었다.

「나는 오늘 좋은 프랑을 가지고 왔어 그렇지만 당신이 이전과 같이 묵어운 嫉妬질투를 가저서는 아니 되여요 벌서 씩크가 되지 아니 했오?」

「글세 어떨런지! 어번에는 당신이 발을 디려놓지 안는다니 무어나 상관 없지 않은가」 그는 잠간 웃었다.

여자의 프랑이라는 것은 지금 喫茶店 讓店양점이었다. 場所는 鍾鍾 一丁目, 그것을 引繼하야 經營하고 싶으나 四百圓이라는 돈이 있어야 한다. 그리하야 一口 十圓 有志는 十口 以上을 申請할 事 彼女가 相議하려고 두 사람 뿐의 適當한 밤을 기다린 것이다.

「지금까지 친했든 사람이 좋지 안소, 그래 몇 口나 되였어」

「二十五 六口 모다 不景氣불경기라는 말들만 하니까」

「그래 몇 사람이나 되여?」 남자는 큰 눈을 떳다.

「그러니 말이야, 그것이 紳士신사 契約계약이여요, 누구나 다 자기 혼자만 인 줄 알고 있는 것! 당신이야말로 이것부터 損되는 일은 없으니까」

하하…… 여자는 깔깔 웃는다.

「그러나 당신은 아까 나더러 레씨스터 같은 生活을 한다고 했지? 그러니까 例하면 十口의 男子에게 對하야는 十口 程度 二十口의 男子에게 對하야는……」

「머리가 좋지 못해―그렇게 싸브이스가 싫으면 最大限度의 口數를 가질 것이지 그러니 三十口만 해, 돈은 二次도 좋와…… 어때? 응?」

「당신의 말을 누가 하는대 좋은 빠도롱이 생겼다지? 빠도롱을 가지는 것은 얼마나 부러운 일인가」

「무어 그렇지도 않어. 뿌르조아 翁이 때때로 丁子屋정자옥 食堂에 가서 점심이나 사 줄 뿐이지」

그는 역시 그 翁을 생각하였다. 그 翁에게 말하면 多少 뭉텡이 돈이 생길 듯하야—여자는 이 푸랑을 남자가 承認한 것을 알았다. 그리하야 가지고 있든 여러 狀 片紙를 테불 우에 던졌다.

「거기 을너브을네터도 있나?」 남자는 말했다.

「그래, 을너브을네터도 많지만 문제는 그것이 아니야. 당신더러 답장을 써달라고 싶어 그래—요새 나는 純情순정한 젊은 靑年들의 편지에 대하야 一行 半句도 答이 써지지 않어 그래 文句를 생각해서 잘 쓰려고 해도 안되요. 네? 써주어요! 청해요!」

여자는 거짓말을 아니 했다. 果然 一行 半句도 써지지 아니하야 今日까지 答狀답장을 질질 끄러왔다.

그럴 동안에 남자는 편지를 一讀하였다. 그 女子와 同宿동숙해 있는 男子의 使紙이었다.

「당신에게 대한 사랑을 말합니다. 벌서 오래동안 참어 왔으나 참을내야 참을 수 없오 마음에 찬 편지도 今夜 定하지 않고 明日을 기다립니다⋯⋯」라는 意味이었다.

남자는 눈살을 찌프렸다. 포켓에서 萬年筆만년필을 뺏다. 同時에 여자는 速히 핸드빽에서 을네터 페이퍼를 내놓고 곧 쓰도록 現在 自己 旅館 生活을 이야기 하였다. 靑年은 아래 방에 있고 여자는 그 옆방 그리고 그 옆방에는 老詩人이 있다. 靑年은 二三個月 前에 地方에서 上京하야 鮮展 出品 準備를 하는 中이니 아모조록 人選되기를 바란다고 써달라 하였다.

記者는 을네터 페이퍼의 꺾인 줄을 페가며 써 간다. 果然 推察추찰이 敏捷하였다.

「당신과 같이 나도 당신을 사랑합니다마는 밝으나 어두나 팡을 求하기 위하야 바쁩니다. 지금 이 편지를 쓰는 것도 넉넉한 時間이 없읍니다」 이렇게 細細세세하게 그는 女子다운 文字를 써서 편지를 섰다.

「이것을 淸書청서하오」

「그래 잘 되었어. 내 淸書할께 亦是 당신은 거짓말쟁이구려」

「그 거짓말쟁이를 利用하는 당신이 더 거짓말쟁이지」

여자는 죽죽 답장을 읽었다. 最後에 '親舊의 旅舘에서 당신을 思慕사모하며' 라고 했다. 그 다음에…… 이라고 쓰면 웃읍겠는대 그렇게 一行을 썼다.

「이애 그런 것을 썼다가는 내가 죽는다」

「그럴 거 아니야 이걸로 잘 되었어. 그 사람은 이 답장을 呼吸호흡을 크게 하며 보겠지. 心臟심장을 傷할 터이지 그때라고 썼으면 웃읍겠지 딱 닥디리면 그곳에서 처음으로 呼吸을 크게 쉬게 될 것이지」

「무얼 反對로 익이면 心臟이 動悸동계하는 것이야」

「그것은 당신의 肉筆이니까 이것은 누구의 代筆이라고 생각해서 信用하지 않을 것이요」

「그러면 답장을 하지 안는 것이 좋지 아니해 그것이 된대로 氣分을 잘 表現시킨 것이니까」 여자는 청년의 뛰는 기분을 생각하면 할수록 結局 反對 方向을 向하고 싶었다. 그리하야 접은 을네터 페이퍼를 西洋 封套에 넣었다.

이렇게도 變할 수 있을까 할만치 된 男子의 눈은 그의 時計를 내여 보았다.

「今夜금야 七時 頃 鍾路 네거리에서 만납시다」 하였다. 두 사람은 섰다.

二.

安國町안국정 ○○下宿은 가을 비 흐린 날 어둠침침 하였다. 老詩人 房은 발듸딜 곳 없이 古新聞 古雜誌고잡지가 山같이 싸였다. 詩人 自身은 한가운데 冊床 대신 行李행리를 놓고 앉어 三人 同伴의 學生에게 向하야 큰 말 소리로 이야기하고 앉었다. 地方 高等普通學校고등보통학교 學生 制服을 입은 學生 三人은 貧窮빈궁하고도 有名한 老詩人에게 衷心껏 敬意를 表하는 語調로

「半年 前에 先生님께서 지어주신 校歌譜교가보가 最近 겨오 되였읍니다. S 氏의 作曲입니다. 오늘은 저이들이 校友會 大表로 先生님에게 報告하러 왔읍니다. 저이는 가서 곳 全校 學生에게 發表하려고 합니다. 先生님 저이들은 불러보겠읍니다」

三人은 敬意를 다하야 적은 소리로 校歌를 불렀다. 老詩人은 醉한 얼굴

로 둘재 손구락으로 拍子^{박자}를 마치고 있었다. 그런대 正直하게 말하면 老時人은 他人의 노래를 듣는 것 같이 自己가 지은 것을 全혀 잊고 있었다. 그러나 그들의 流暢^{유창}한 노래에 興奮^{흥분}되여 二三個所 記憶되는 文句가 있었다.

「웅 그것! 그것! 確實히 그것이다!」老時人은 대머리를 쓰다듬고 고개를 끄덕끄덕 했다.

「참 좋은 曲調다. 나는 바이론을 崇拜^{숭배}하고 있다. 이 校歌에는 바이론의 詩냄새가 난다─한번 더 불러주오 나도 가치 배워봅세다」

學生들은 老時人의 情熱的 말에 소리는 점점 크게 높게 되었다. 老時人은 우쭐우쭐 하여젔다. 그때까지 한편 구석에 全然 無視해 버렸든 엷고 때무든 사쓰 一枚^{일매}의 靑年 畫家가 벌떡 이러스며

「先生님 제가 한턱 하지요」

찌저진 窓門을 열고 넣어있든 五六本 삐루를 老時人 行李 앞에 내놓는다.

「L 君 수고했오 마셔도 좋지」

老時人은 실눈을 하고 좋와 하였다.

「L 君 나중에 君에게 많은 주정을 할 터이야」

老時人은 L 君에게 모델이 되여 있었다. 三 四日 間 서로 時間이 맞지 아니하였고 오늘은 學生을 만나 좋은 氣分으로 모델科 삐루를 미리 사서¹⁾ 두는 것이다. 勿論 L 君은 老時人을 기뿌게 하기 위하야 가지고 왔든 삐루를 다 내놓았다.

學生들은 老時人의 勸告^{권고}로 한잔式 했다. 老時人은 더 놀다 가라고 그들을 붓잡었으나 그들은 간다고 하므로 老時人은 醉步^{취보}로 三人을 따라 街道^{가도}로 나섰다.

L 君은 혼자 되였다. 어수선이 늘어놓은 古新聞^{고신문}은 거칠었다. L은 마시면서

「……希望에 充滿^{충만}한 靑年들아……」二 三次 입속으로 되푸리 하다가

---

1) '마서 두는'의 오기.

다시 自己의 希望이 먼 現在의 不幸을 느끼게 되었다.

玄淑의 返信반신은…… 웨 玄淑의 마음을 좀 더 일즉이 推量추량하지 못하였든고? 그렇지 못해서 彼女의 마음을 물었든 것이다. 그리하야 玄淑의 返信은 그같이 저을2) 翻弄번롱하여 보낸 것이 아닌가, 그렇게 생각해 볼 때 그는 決코 彼女에게 對하야 怒노할 수 없었다.

「玄淑은 玄淑의 返信의 便紙 쓴대로 매우 바쁘단다. 그러나 玄淑의 世評은 매우 나쁘다」

그는 압흔 가슴으로 때때로 귀에 들어오는 玄淑 世評에 對하야 안타가워 하였다.

老時人과 玄淑과 自己 三人이 이같이 한 旅館에서 親身친신과 같이 生活해 가는 現在가 偶然우연이지만 不便한 적도 있었다. 老時人은 언제든지 술이 醉하야 술값이 없으면 멫칠이라도 굶었다.

「A가 내게 詩를 주었다. 술에 氣運을 다 뺏긴 것처럼 말하지만 이렇게 늙어도 피는 아직도 뜨겁다」

五十이 넘도록 獨身으로 있는 그는 쓸쓸한 表情을 하였다.

玄淑은 老時人의 詩集을 冊店에서 사서 愛讀애독한 일이 있음으로 老時人의 身邊신변을 注意하고 돈이 생기면 반듯이 술을 사서 부어 勸告하므로 寂寞적막한 老時人의 生活은 玄淑의 好意로 明快명쾌하게 되였다. 그러므로 따라서 三人의 生活은 한 사람도 떼여 살 수가 없이 되였다. 今年이야말로 L이 鮮展에 人選되기를 企待기대하면서 老時人은 모델이 된 것이다.

「모델 노릇을 누가 하리마는 君에게는 特別히 되지—그래, 每日 술이나 줄터인가? 내가 혹혹 마시는 것을 그리면 내 氣分이 날 것이다」

그리하야 L은 背水배수의 陣진을 폈다. 萬一 今年에 落選하면 畵筆화필을 던지리랴고 생각하였다. 다 읽은 書籍서적과 衣服 等을 典當전당하야 五十號 림파스3)와 畵貝와 또 삐루 두 다스를 사가지고 온 것이다. 삐루 季節계절도 아니지마는 삐루를 보기만 하여도 氣分이 興奮되는 까닭이었다.

―――――――――――――

2) 원문대로.
3) '캠파스'의 오기.

一日에 二時間, 삐루 三本 畫題 「Y 老廢詩人노폐시인」 그것은 老詩人 自身이 選定선정한 것이다. 最初 四五日 間은 規定대로 實行하야 好色이 났다. 老詩人은 規定대로 三本을 마시고 나서

「아─맛있어라」하고 밖으로 나같다4) 同宿者 三人 中 언제든지 和風화풍이 부는 玄淑은

「네? 선생님 나는 바누질도 할 줄 알아요. 先生님 衣服이 더렀어요」

玄淑은 말하면서 더러운 방을 듸려다 보다가 언덕에 부는 바람과 같이 L의 옆으로 뛰여 드렀다. L은 그 매력에 醉하야 다시 둥글둥글 뒤굴었다.

「나는 조곰 악가 당신 방을 열어 보았어. 무슨 日記같은 것을 쓰고 있읍데다그려, 다들 그렇게 생각해 주지 응? 그래, 내가 한 返信이 퍽 滋味있었지? 정말은 感情보다 會計회계, 會計 그것 말이야…… 응 무엇을 생각해…… 戀愛의 人口는 會計로부터 始作되난 것이 조와. 참, 나는 只今까지 感情으로 드러가 모든 것을 先敗해왔어. 그럼으로 당신과 같이 純情스런 靑年에게 對하난 것처럼 어렵고 무서운 것은 없어」

「나는 다만 玄淑 氏와 同宿하고 있는 것으로 滿足하고 있소」

「그러나 L 氏, 나는 近日 內로 이 집을 떠나가려 해요」

「……」

「失望하는 表情이구려. 先望해서는 안되요. 나는 많은 눈물을 지었었읍니다마는 失望은 아니 했어요. 인제 내가 先生님과 당신에게 좋은 通知통지를 해 주지─나는 只今 퍽 滋味있는 일을 計劃하고 있어요」 한번 더 玄淑은 목에 나린 머리를 거듭하고 입분 눈을 실눈을 하며 거울 앞에서 몸을 꿈이고 있었다.」

「오날 저녁 때 도라올게」

혼자말로 하고 大門을 나섰다.

三.

翌朝익조 老詩人은 일즉이 눈이 떼워 담배를 빨고 있으라니 누구의 발자

---

4) '나갔다'의 오식.

취가 났다. 女子인 듯 하야

「玄淑이오?」 하고 무렀다.

그러나 玄淑은 대답을 아니 하고 自己 房으로 드러갔다.[5]

「또 醉햇군. 先生은 무슨 일이 또 있었군」 이렇게 말하며 너무 걱정이 되여 門 틈으로 듸려다 보았다. 先生은 나와 玄淑의 房으로 왔다. 玄淑은 L이 펴노아준 자리에 드러누어 天井을 치어다 보며 말한다.

「先生님, 저도 술 마서도 좋지요? 어찌 마시고 싶었었난지요…… 네? 先生님, 저는 어떻게 하여야 좋와요?」

다 말을 긋치지 못하고 옆으로 드러누어 훌적훌적 운다. 玄淑은 昨夜작야부터 오날 아침까지 生긴 不快한 일을 이즈려고 하였다…… 畫家 K 先生[6] 玄淑과 새로 契約계약한 것을 破約파약하였다. 그것도 彼女의 푸랑의 背後에 四 五人의 男子를 想像아닐 수 없었든 理由이었다. 그것보다 도라온 自己 房에 누가 자리를 펴노아 준 것이다.

「고맙습니다! 고맙습니다. 先生님 내 이 눈물을 記憶하라고 말삼해 주십쇼」

취하야 苦로운지 외로워서 우는지 老詩人은 도모지 알 수 없으나 어떻든 밖으로 나가 洗手세수 대야에 물을 담아다가 玄淑의 이마 우에 手巾을 축여 언졌다. 玄淑은 찬 물이 목에 흐른다고 중얼대며 물을 뿌렸다.

「참, 할 줄 몰나서」 老詩人은 무참스러워했다.

그럴 때 L이 드러왔다. 이 긔이한 玄淑의 醉態취태를 한참 서서 보다가 老詩人에게 속살거렸다.

「大家 K 先生이 어대서 무슨 일이 生겻대요. 엇전지 이상해. K가 그럴넌지몰나, 확실한 것을 알아야 하겠군. 如何튼 墮落타락만은 아니하도록 해야지」 老詩人은 嚴肅엄숙한 表情로[7] 玄淑을 노려보았다.

그 이튼날 午後 老詩人은 L과도 相議치 아니하고 社稷洞에 있는 K 大家 집으로 달녀같다. 老詩人은 徐々히 말을 꼬내여 玄淑의 말을 하였다.

---

5) '드러갔다'의 오식.
6) 'K 先生은'의 '은'이 탈자.
7) '表情으로'의 오기.

「요즈음 玄淑은 매우 變했소 당신은 여러가지로 보아 玄淑에게 對하야 責任感을 가지지 아니하면 아니되오 어제밤은 늦도록 여긔서 술을 마시지 아니 했소?」

「아니, 당신은 무슨 誤解오해를 하신 樣 같소」

뚱뚱하고 점잔은 K는 갈는 대머리를 不快하게 만지면서

「그 責任이라고 하는 당신의 意味는 대체 무엇이요?」

「그런 것을 내게 무를 것이요?」

「아모래도 당신은 오해한 것 같소 그 玄淑은 여러 畫家와 알어서 모델갑 三圓, 五圓, 十圓 式 받는다구요 나는 全然 모른다구는 할 수 없으나 玄淑은 決코 내게만 責任을 지울 것이 아니오 아니, 그렇게 말할 수 없을 것이오」

「그런 변명을 할 것이 아니오, 玄淑은 얌전한 女性이오 그래도 男子이거든 그 女子를 사람다운 길노 引導인도해주난 것이 어떻소? 오날 아침에 도라오난 玄淑을 보니 그리로 하야 墮落해진 것이라고 생각이 들든 것이오」

「참 이상한 일이오 내게는 그런 責任이 없어요. 玄淑의 背後에는 여러 男子가 있었든데, 困難곤난 받을 理도 없어요 당신은 나만 責하지만 대체 당신에게 그런 權利권리가 있소?」

「무엇?」

老詩人은 두 뺨이 붉어지며 교의에서 벌떡 이러섰다.

「어떻든 가시오 돈이면―」

K는 약간 때무든 족긔에서 구겨진 紙幣지폐를 끄냈다. 十圓짜리이었다.

「요새 당신의 詩도 뒤진 것이 되어 잘 팔리지 아니 하니까 무엇이 걸려 들가 하난 중이구려 흥흥」

이 말을 들은 老詩人은 불과 같이 發분하였다. K가 주는 紙幣를 찌저서 冊床우에 던지난 同時에 椅子 等을 업허놓고 門 밖으로 나갈다. 老詩人의 가삼은 뛰였다.

「玄淑이 뿐 아니라 나까지 侮辱모욕한다. 어디 보자 大家인 체 하난 꼴 되지 않게―남의 處女를 농낙하난 것만이라도 가만 있을 수가 없어―」

하며 노긔등등하야 가까운 술집에 드러가서 四 五時間 동안 마시었다. 나종에 街道로 나온 老詩人은 근들엉 근들엉 취하였다. 自己 宿所로 도라올 때는 발서 밤 十二時가 되여 玄淑과 L은 다 名名 잠이 들지 못하야 애를 쓰고 있는 때이었다. 老詩人은 다른 사람의 부축을 받아서 宿所 門 턱까지 왔으나 그의 얼골과 머리는 붕帶를 하여있고 두루막이와 버선은 흙투성이었다. 어느 구렁텅이에 빠진 것을 다행이 건저냈다는 近處 사람의 말이었다. 玄淑은 두러누었든 자리에서 이러나 老詩人의 手足을 훔처 주고 자리에 끄러다 누였다. 그럴동안 老詩人은 반 엄을거리는 소리로

「그놈, 그놈도 별놈 아니였었구나—그놈 藝術家의 탈을 벗거든 내가 껍질을 홀낙 벗길 것이다.」

그렇게 되푸리하며 저주하난 것을 보고 玄淑은 直覺的직각적으로 알았다.

「先生은 틀림없이 K 先生 집에를 가셨던구나」하고 玄淑은 不意에 눈물이 돌아 禁할 수 없게 되었다. 玄淑은 老詩人 자리옷을 가라입히면서 눈물을 씨섰다. 왼일인지 흙이 눈에 드러같다. 그것은 老詩人의 두루막이 자락에 묻었든 것이었다. 玄淑은 우섯다.

「무엇이 우수워」 老詩人은 무거운 醉한 눈을 딱 부르떳다.

「이것 보서요 어느 틈에 先生님의 두루막이 자락으로 눈물을 씨섰어요. 이것 좀 보서요 이렇게 흙이 뭇지 않했어요?」

玄淑은 대골대골 굴느며 웃는다. L도 옆에서 助力조력하며 싱글싱글 우섯다.

翌朝익조에 玄淑은 蒼白한 얼골로 얼빠진 것 같이 窓 밖을 내다보고 섯섯다. 그럴 때 마침 老詩人은 자리옷 입은 채로 드러와서 아버지 같은 語調어조로

「가난이란 참 苦生스럽지. 개같은 놈들에게 머리를 숙여야 하고, 싫은 것도 하지 않으면 않되지—그래 일을 生覺하야 일즉이 잠이 깨였어 玄淑이도 只今부터는 쓸대없는 男子와 오고가고 해서는 않되여」 힘을 들여 말한다.

「네? 先生님. 저는 苦勞고로하지 안해요 엉벙하고 지내요 그러지 않으면 살길이 없지 않아요?」

「응, 그러치」

「그럼으로 저는 先生님이 生覺하고 게시난 것보다 태연해요…… 나라는 녀자는 고마운 일이 아니면 울고 싶지 아니해요. 남이 야숙하게 한다고 울지 안해요!」

「응 우리는 가난뱅이들이니까 울고 싶어야 울지, 울게 되면 얼마라도 가삼이 비여지니까!」

그리하야 老詩人은 젊은 女性의 마음을 알아주난 것처럼 微笑하였다. 한번 더 아침 잠을 자랴고 自己 방으로 도라같다. 玄淑은 많이 잔 끗치라 그대로 化粧화장을 하러 이러나며

「얼마나 훌륭한 先生인가」, 혼자말로 아니할 수 없었다. 아모 말도 아니해서 先生들 하난 일이 우수우나 萬一 只今 내 生活을 先生이 알 것 같으면…… 나는 쓸대없이 煩悶번민하나 先生은 내게 對하야 絶望절망할는지 몰라……

四.

그것은 數日 後 午後이었다.

「先生님!」玄淑은 짐짝을 정리하면서

「저는 끈임없이 希望에 向하야 熱心으로 걸어가고 있어요 그러니까 여기서 나가 버리더라도 걱정마서요 꼭 數日 內로 祝賀받을 일이 있으리라고 生覺해요」

玄淑은 以後에 住所를 알녀 주마하고 슬적 移舍를 해버럿다.

豫想한 일이지마는 L은 정말 先望하였다. 老詩人은 술만 먹고 들낙날낙하야 필경 L의 모델노서는 先敗하였다. 每日 玄淑의 편지를 기다리고 있는 L에게 住所 姓名을 쓰지 아니한 두둑한 片紙 한 장이 왔다. 뜨더본즉 두개 封套가 있다. 한장은 L의 姓名이 써 있고 한장은 아모 것도 써 있지 않고 持參人 L 君이라고 써 있다.

L은 爲先 自己에게 온 것을 뜨더 본 즉 玄淑의 對한 일노 꼭 한번 大兄과 맛나고 싶든 玄淑은 兄이라면 熱情的이오 明日 午後 三時에 表記處로 同封 片紙를 가지고……라고 썻다.

L은 웬심인지 몰낫다. 그러나 勿論 이 片紙 中에는 玄淑의 最近 事情이 숨어있는 것을 짐작하는 同時에 엇절 줄을 몰나 翌日 午後 三時 前에 指定所지정소로 갔다.

그 곳에 가보니 果然과연 指定한 곳이 있어 門을 두다렷다. 귀를 대고 드르니 人氣척이 나면서 未久에 門이 열녓다. 몰느는 男子라고 生覺하고 있을 때 앞에 딱 스는 者는 玄淑이였다. 아! 깜짝 놀나 兩人은 서로 치여다 보고 섰다.

「아! 당신이였소? 누가 여기를 가라처 줍데가? 내가 알리지도 아니 하였는대 당신이 여기 오니 웬일이오!」玄淑은 不快불쾌한 氣分으로 말하였다.

L은 住所 姓名 없는 片紙로 因하야 왔다고 辯明하랴고 한거름 나설 때에 玄淑은 不然불연듯 문을 닷아 버렷다. 그리하야 L은 急하게 그 이상스러운 片紙를 玄淑의 앞에 던졌다.

門은 닷첫다. L은 三 四分間 門 앞에 멀건이 섯다. 不意에 玄淑을 이곳에서 만난 것, 玄淑이 대단히 怒한 것, 웬 세음인지 몰낫다…… 大體 이게 웬일일가……? 玄淑은 무슨 誤解오해를 하는 模樣, 그렇지 않으면 너무 友情을 無視하는 걸…… 한번 더 門을 두듸려 보고 非難을 해볼냐고 하였으나 그는 힘없이 도라갈냐고 들떠섰다. 그럴 때 뒤에서

「기다리서요! L 氏」 불는다.

L은 뒤를 도라보지 않았다. 쫓아온 玄淑은 L의 손을 붓잡고 房으로 드러갇다.

「여보서요 L 氏, 나는 꼭 세시에 맞나자는 사람이 있어서 당신과 이야기 할 時間이 없었어요. 그랬더니 알고 보니 그 사람이 당신을 대신 보낸 것이야요. 자, 어서 드러오십쇼. 내가 이야기 할 것이 만하요.」

그리하야 L은 玄淑에게 재촉을 받으며 드러섰다. 단 間 방에 세간이 놓여있난 까닭인지 매우 좁아 보였다. 南窓이 비쵀이는 여름 氣分이 찻다. 玄淑은 붉은 저고리에 감장 치마를 입고 앉어 L를 옆으로 오라고 하였다. 그 옆에는 藤椅子등의자가 노여 있었다.

「여기는 내 寢室침실 兼 書齋서재이야요. 엇대요 조용하고 좋지요?……아모라도 이 房에 불느난 것은 아니야요」

L은 電燈을 켜면서 한번 室內를 휘둘너 보았다. 老詩人의 옆 房과 달나 여기는 밝고 정하였다. 보기좋은 鏡臺경대가 하나 노여 있어 거울이 家財처럼 빗최이고 있고 大小의 化粧瓶화장병이 整頓정돈하여 있다. L은 엇전지 이것을 볼 때 氣分이 좋지 못하였다.

「……여보서요, 내가 이 편지를 보고 알았어요 나는 당신이 간 줄 알고 뛰어나갔어요. 참 잘 되였어, 당신이 대신 와서. 이 편지가 당신에게 갔었대지? 이 사람은 발서 나하고 絶交한 사람이야요 이 편지를 좀 읽어보아요 네?」

玄淑은 L이 던저준 편지를 그에게 억지로 보였다. 三四 校의 片紙는 꾸겨졌다. 玄淑이 불근 쥐여 꾸긴 것 같했다.

「나의 玄淑 氏!
나는 별안간 嶺南地方영남지방을 가지 않으면 아니 되게 됐어요. 때때로 上京하지요. 그러나 只今까지 두 사람 사이에 지내든 滋味스러운 것은 못하게 되였소. 더구나 明日 午後 三時에도 가지 못하게 되여 섭섭해요. 그러나 나는 生覺하였어요. 玄淑 氏의 좋아하는 靑年, 사랑하는 靑年 L를 生覺했읍니다. 당신은 L를 사랑하면서 당신은 당신의 現在 生活에서 그와 接近접근하는 것을 피하고 있소. 그리하야 나는 玄淑 氏와 L 君 사이를 가까이 해노랴고 生覺했어요.
玄淑 氏 이만한 權利는 當然히 L에게 있지 안소, L은 당신을 일노부터 永遠히 所有할 수 있는 이것이 L의 旣得權기득권이야요. 이 旣得權을 實行하랴는 것이야요. 分明히 玄淑 氏는 손벽을 치며 L의 權利를 기뻐해줄 것이오. 당신도 사람일 것 같으면 이것이 마음에 마지리라고 想像하고 마음으로부터 微笑를 띄우게 되였소.
玄淑 씨! 이 片紙는 그 意味로 내가 가지고 온 것이오. 나는 只今 두 사람을 爲하야 滿腔만강의 祝福을 다하오. 부라보! 부라보!」

玄淑은 窓 앞에서 편지 읽는 L의 옆에 섯섯다. 그 點火점화한 强한 눈은 文字를 通하야 있는 L의 눈을 멀건이 期待기대하고 있다. L의 검고 新鮮한 눈이 一氣 傾斜面경사면을 쏘이는 快適쾌적한 瞬間순간을 生覺키여 玄淑에게 殺到쇄도하였다.

두 사람은 抱擁포옹하였다. 발서 前부터 契機계기가 豫約예약한 것 같이.

「네? 언제 내가 말한 會計회계의 入口가 이렇게 速히 우리 두 사람을 幸福하게 해줄 줄은 想像상상도 못했어요 우리 둘의 感情은 발서 充分히 準備준비해젓든 것인대! 그러니까 우리는 只今이야말로 어떻게 感情 過多과다라도 關係관계치 않아요 L 氏! 나는 인제 L 氏라고 불느지 않겠어요 그代身 부라보를 불너 드리지요 부라보, 부라보!」

그런대 L의 咽喉인후에는 무슨 큰 뭉텡이가 걸켜 있었다. 只今까지 알 수 없는 歡喜환희이었다. 그는 只今 그것을 생켜버릴 수밖에 없다.

「……그리고 당신은 午後 三時에 여기 와주서오!」

「언제든지 열쇠는 主人 집에 맥겨 둘 터이니 우리 두리 여기서 살 수난 없어요 당신은 잘 老先生을 위로해 드리세요 네? 우리가 이렇게 된 것을 當分間 先生에게는 이야기 아니하난 것이 좋와요 우리 둘은 半年間 秘密비밀 關係를 가저요 半年 後 新신 契約계약에 對해서는 다시 生覺할 必要가 있어요 그것은 爲先 우리가 미리 準備할 必要가 있어요」

「그렇게 말하면 우숩지」

L은 쓸쓸한 歡喜환희에 떨며 微笑하였다.

그런 일은 勿論 미리 準備할 必要가 없어요 玄淑은 두 팔을 벌녀 뜨거운 손을 L에게 向하야 勇敢용감히 내밀었다.   ― 끗 ―

(『三千里』, 1936. 12)

어머니와 딸

一.

「나는 그 잘났다는 녀자들 부럽지 않아」

틈만나면 한운의 방에 와서 「히々 허々」 하는 주인마누라는 오늘 저녁에도 또 한운과 리긔봉과 마조 안저 아랫방에 잇는 김선생 귀에 들니라고 일부러 목소리를 크게 하여 말했다

「왜요」

리긔봉은 주인마누라의 심사를 잘 아는터이라 또 무슨 말인가 하고 드러보기 위하야 이렇게 물었다.

「녀자란건은 침선방적을 하야 살림을 잘하고 남편의 밥을 먹어야 하는 거시야」

오늘은 갑을병(甲乙丙)과 마조안고 내일은 이로하(イロハ)와 마조안게되고 때로는 ABC와도 말하게 되는 이 여관집 마누라는 여러번 좌석에서 신여자 논란이 나는 것을 만히 주서 드렀다 그리하야 그중에 이런 말이 제일 머리에 백혔든 것이었다.

「왜요 신녀성은 침선방적을 못하나요 남편의 밥보다 자긔 밥을 먹으면 더 맞있지」

일년 전에 리혼을 하고 다시 신녀성에게 호긔심을 두고 잇는 리긔봉은 이렇게 반항하였다. 이에 대하야 다시 주인마누라는 처음과 같이 강한어조로 반항할 힘이 없었다.

「드르라고 그랬지」 (손구락으로 아랫방을 가라치며)

한운은 리긔봉의 엽흘 꾹 찌르며 이렇게 말한다.

「아니 그런대 아래방에서는 혼자 밤낮 무엇을 하고 잇는 모양이야」

주인마누라의 성미를맞추어 이렇게 다시 화제를 리긔봉은 이었다.

「소설을 쓴다나 무엇을 한다나」

입을 빗죽하는 주인마누라는 무엇을 지주함인지 무슨의미인지 대체 알 길이 없었다.

「남이 소설을 쓰거니 무엇을하거니 주인이 그렇게 배가 앞흘것이 무엇 잇소」

주인 마누라는 무슨말을 할 듯ᄉ 하다가 입을 다문다.

「왜 그래요 글세」

리긔봉은 무엇보다 그 주인마누라의 대담히 아는 체 하는 것이 더 듯고 싶었다.

「녀자가 잘나면 못써」

「남자는 잘나면 쓰구요」

「남자도 넘어 잘나면 못쓰지」

「그럼 알마치 잘나야겟군 좀 어려운걸」

리긔봉은 입맞을 쩍ᄉ 다신다 다시 밧삭 대 앉으며

「주인 대체 녀자나 남자나 잘나면 못쓴다니 왜 그럿소 말 좀 드러 봅시다」

「내야 무식하니 무얼 알겟소마는 녀자가 잘나면 남편에게 순종치 아니 하고 남자가 잘나면 게집 고생식켜」

「그건 꼭 그렇오 인제 아니까 주인이 큰 철학가요 문학가거든」

한참 비행긔를 태었다 그렇고 그것은 상대자의 인격이 부족한 때 남기 는 현실이오 도회지나 문명국에는 다소 정돈이 되였으나 과도긔에 잇는 미문명국이나 지방에서는 아직도 사실로 잇다는 설명을 하고 싶었으나 알 아들을 것 같지 아니하야 고만두고 비행긔만 태운 것이었다.

「그말도 일리가 잇는말이야」

한운은 이렇게 말하며 검은 눈을 끔먹ᄉᄉ하고 내려오는 머리를 한번식 다듬었다.

「왜 그럿소 어대 드러봅시다」

리긔봉은 한운의 말에 반색을 하야 대들었다.

「잘난 녀자도 이혼하고 잘난 남자도 이혼하는 것은 사실아니오」

「그건 잘나서 그런 것이 아니라 맛지가 않아서 그런것이지」

「결국 맛지안는다는 것이 누가 잘낫든지 잘나서 그런것아니오」

「다 진보하라는 사람의 본능에서 생기는 사실이겠지」

자긔가 리혼을 한 사실이 있는 리긔봉은 대답이 좀 약해젓다 아직 미성혼중으로 장래를 꿈꾸고[1] 있는 한운에게는 어대까지 리혼이라는 것을 부정하고 싶었다.

「리혼 안하면 진보할 수 없나」

「불만족한데서 만족을 차지려니까 그렇지」

「그렇면 당초붙어 혼자 살지 자긔가 자긔를 만족한다면 모르거니와 타인을 상대하야 만족을 구한다는 것은 될 말이 아니야」

「그렇게까지 어렵게 드러가자면 한이 없고 혼자 살잔 말도 못되고 어려운 문제야」

리긔봉은 음울해지면서 자긔가 지금 무직으로 놀고있난 것 엇던 녀성이 자긔 안해가 되여 자긔를 만족히 하야줄가 하는 것을 묵상하고 있다 이 틈을 타서 주인은 다시 말을 끄집었다.

「글세 그년이 김선생이 온 뒤로붙어 시집을 안갈냐고 하고 공부만 더해지라니 엇저겠소」

「할수만 있스면 공부를 더 식히는 것이 좋치요」

「공부는 더 해 무엇 하겠오 고등녀학교 했으면 족하지」

「녀자도 전문교육을 받어야 해요 녀자의 일생처럼 위태한 것이 어테 있나요」

「그렇기에 잘난 녀자가 되지 안는 것이 좋와」

「제 한 몸을 추수를 할만 한 전문 없이 불행에 이른다면 부모형데 친구를 괴롭게 하니까 결국 마찬가지야」

「잘나지 아느면 불행에 이르지않치」

---

1) '꿈꾸고'의 오식.

「아니 그렇면 돌쇠어머니는 어째서 남편과 생리별을 하고 이 여관집 밥
어멈 노릇을 하구 있소」

「다 팔자소관이니까 그렇치」

주인은 대답할 말이 없어 이렇게 말하였다.

「그렇게 말하면 다 그렇치요」

리긔봉은 더 말해야 아라들을 것 같지 아니하야 이렇게 간단히 말해버
렸다.

「우리 화토나 합세다」

다 듯기 실타는 듯이 한운은 책상 설압에서 화토를 끄냈다.

「막고 내기 화토나 할가 이백끗에 막고 한각식」

세 사람은 다 각기 들고 안졌다.

二.

아침 일즉안이 주인마누라는 김선생 방에 드러섰다.

「어서오십쇼 이리 뜨듯한대로 내려오십쇼」

김선생은 쓰든 원고를 집어 치우면서 말했다.

「밤 낮 무엇을 그리 쓰시고 게시오」

「무얼 공연히 작란하고 있지요」

「밤 낮 혼자서 고적하지 않아요」

「무얼요 졸업을 해서요 그리고 고적한 것을 익여넹기는공부를 하고있음
니다」

「수양이 깊으신 어른이란 달나」

「그렇치도 않치요」

「엇저면 그렇게 공부를 많이 하셔서」

「많이 하긴 무엇을 많이 해요」

「참 녀자로 훌늉하시지」

「천만에」

「공부해가지고 다 김선생같이 되랴면 누가 공부를 않이해요」

「왜요」

김선생은 어제밤 윗방에서 허든 말을 드른터이라 이 마누라가 무슨 또 변덕이 생겼나 하고 이렇게 물었다.

「우리내같이 쌍일을 할가 곱게 안저서 글이나 쓰고 신선노름이지」

「……」

김선생은 「당신네들이 팔자가 좃소이다」 하고 싶었스나 그렇면 말이 길어질것 같아야 아모 대답을 않이하였다.

「그렇게 소설을 써서 잡지사에 보내면 얼마나 주나요」

「심々하니까 쓰고 있지요」

일백 오십원 현상소설을 쓰고 이딴 말을 않이하였다.

「그래도 드르니까 돈을 많이 버신다든데」

「그짓말이지요」

과거에 현상소설에 몇 번 당선하야 수 백원 번 것 신문지상 장편소설에 수 백원 번 것 매삭 잡지에 투호2) 원고로 받난 것 적지 않으나 자긔 자랑 같하야 말하지 아니했다.

「이렇게 여행다니시는 것은 많이 버섯기에 하시지」

「네 저금통장에 수 천원쯤 있지요」

형사가 힐문하드시 묻는 이 말에 대하야 귀치않은드시 속이 시원해라 하고 이렇게 대답하였다 본래 김선생은 돈 말이라면 머리를 절々흔드는 사람이다.

「아이구머니나 저런」

「밥갑 떼일가봐 걱정은 마십쇼」

「온 천만에」

「그런데 김선생」

「네」

「이렇케 여관에 게시면 비용이 많이 들지 않아요」

「그거야 내가 아려채서 할 일이지요」

「저기 방 하나를 말해 놓앗는대」

---

2) '투고'의 오식.

「그렇면 나더러 나가달나는 말삼이요」

「방 하나 엇어서 밥 지어 먹으면 얼마 들지 안을 것이 않이야요 경제시대에 경제를해야지」

「고맙습니다마는 주인으로 안저서 손에 대한 그런 걱정까지 할 필요는 없겟지요」

김선생의 얼골에는 노긔가 좀띄었다 주인은 미안이 역이면서

「다 형뎨같이 생각을 하니까 그렇치요」

「남과 똑같이 밥갑 내고 있는데 나가라 드러가거라 할 필요가 있오」

「……」

「나는 다른대로 옴기지않겠오 나는 본래 한곤에 자리를 정하면 꽉 백혀 있는 성미오」

자기가 지금 겨우 자리를 잡고 침착이 쓰고 있는 창작이 자리를 뜨면 또 얼마간 글을 못 쓸 것을 잘 아는 김선생은 다소 불쾌를 늣겻스나 이렇게 말했다.

「대체 날더러 나가라는 까닭은 무엇이오 좀 알고나 봅시다」

「낸들 손님에게 그런 말을 하는 것이 실례되난 줄 알면서도 그랬지요」

「무슨 까닭이야요」

「아니 글세말이야요 근묵자흑으로 선생이 온 후로는 우리 영애란 년이 시집 안가겠다 공부를 더해지라니 대체 녀자가 공부는 더 해서 무엇한답데가」

「그러면 학비대실 수는 있나요」

「돈도 없어니와[3] 돈이 있어도 안식혀요」

「그건 왜요」

「녀자가 남편에 밥 먹으면 고많이지요[4]」

「남편에 밥 먹다가 남편에 밥 못먹게 되면 엇지나우」

「잘난 녀자나 그러치요」

「못난녀자가 그렇게 되면 엇저나우」

---

3) 원문대로.
4) 원문대로.

「그렇치 안을대로 시집을 보내지요」

「누구는 처음붙어 그렇케 시집을 간답데가」

「녀자가 더 배호면 무얼해요」

「더 배울수록 좋치요 많이 아는것 밧게 있나요」

「많히 알면 무얼해요 자식 나코 살님 하면 고만인걸요」

「그야 그럿치요만 횡포한 남자만믿고 살 세상이 못됩니다」

「김선생은 저런 말을 늘 우리영애란 년에게 해들니ㅅ까 안됏지요」

「내가 그애에게 말한 적은 없음니다만 말하자면 그러탄 말이지요」

「그러면 그년이 왜 시집을 안가겠다고 하우」

「그야 내가 알리 있오 저도 무슨 생각이 있서서 그러는 것이지 내게 때실 일은5) 않이고 날더러 나가랄것도 아니오」

「글세 김선생 한운이같은 유망한 청년을 노치면 또 어데가 구해 본단 말이요」

「구하면 또 있지요」

「글세 내가 한번 가보앗섯구려」

「한운씨 집을요?」

「네!」

「엇대요?」

「나락섬이 싸이고 나무를 바리로 해 싸코 아버지는 학자구 형데 화목하겠다. 양반 지체좋겠다 당자 얌전하겠다 더 골를수 있겠오」

「저더러 그랬나요」

「그래구 말구요」

「무어래요」

「실타지」

「왜 실태요」

「그것은 나보다 김선생이 더 잘 알거시오」

「어머니에게 못하는 말을 내게다 할나구요」

---

5) 원문대로.

「무식한 에미에게 무슨 말을 하겠오 김선생은 다 한통이니까 말이지」

「내게 떼시지 말고 따님을 잘 달내시오」

「그년이 내말을 듯나 다시 말하면 내가 사람이 않이오」

「무엇이든 내게 말할 필요야 있겠오」

「내딸은 김선생이 버려놈넨다」

주인은 최후에 말을 던지고 이러선다 김선생은 그의 치마자락을 잡아다니며

「아니 그게 무슨 말이요 과연 그렇다면 내 다른 곧으로 가리다」

「……」

「그렇지 말고 영애를 달래서 저 조와하는 사람이 있너냐고 물어보시오」

「그애는 그렇게 연애나 하는 년 아니오」

하고 문을 탁 닫고 나간다

김선생은 혼자 앉어서 멍하니 천장을 바라보았다. 우습기도 하고 자미나기도 하고 분하기도 하다 그러나 자기 딸이 머리에 떠올났다. 저 모녀와같이 내 마음에 드는대 제가 실타면 엇저나 하고 생각해 보았다 불의의 액운에 당한 것을 자기 과거 모든 액운 푸로그람 중에 느었다.

「더 있어서 사건 진행하는 것을 구경할가」

하다가

「예라 다 구치않아 또 무슨 액운에 들을지 아나」

하고 이 여관을 떠나기로 하고 흐트러진 짐을 보았다

三.

「선생님」

하고 영애가 드러온다 그 눈에는 눈물 홀은 흔적이 있다.

「어서 드러와」

「선생님」

하고 영애는 김선생 무릎에 푹 업듸렸다 그 억개는 들석들석 하였다.

「울지 말고 다 말을 해」

「……」

「영애」

「네」

영애는 이러앉으며 주루々흘은 눈물을 치마자락으로 씻는다

「어떤 사람과 약속해 논 일이 있는가」

「없어요」

「글세 나도 보기에 없는 것 같은대」

「없어요」

「그렇면 어머니가 좋은 사람 구해노코 시집가라는대 왜 실태 응?」

「싫어요」

「시집가기가 실탄 말인가 한운 그 사람이 실탄 말인가」

「시집 가기도 싫고 그 사람도 싫여요」

「그렇면 어떻게 할 작정이야」

「죽었으면」

「정 죽어야 할 일이면 죽기도 하는 것이지」

「선생님」

「응」

「저는 공부를 더 하고 싶어요」

「돈 있어」

「고학이라도 해서」

「그렇게 맘대로 되나」

「아이구 죽었스면」

「죽는 것은 남하고 의논하는 것이 아니야」

「아이구 선생님」

영애 눈에는 다시 눈물이 글성々々한다.

「어머니가 학비 주실 능력이 없으신가?」

「없어요!」

「다른 친척 중에는 학비 줄만한 사람이 없나?」

「없어요!」

「재조를 보면 앗가운대」

「누가 좀 대주었으면 졸업하구 벌어 갑게」

「버러 갑흘지 못 갑흘지 그건 모를 말이구 누가 그런 고마운 사람이 있나」

「선생님 그럴 사람이 없을가?」

「내라도 돈이 있으면 대여주겠구면 돈이 있어야지」

「부자사람들 돈 좀 나 좀 주지」

「공부를 하면 무엇을 전문하겠어?」

「문학이야요」

「문학?」

「좋치」

「어렵지요」

「어렵기야 어렵지만 잘만 하면 좋지 영애는 독서를 많이 해서 문학을 하면 좋을터이야 사람은 개인적으로 사는 동시에 사회적으로 사는 것이 사는 맛이 있으니까 조흔 창작을 발표하야 사회적으로 한 사람이 된다면 더 기쁜 것이 없는 것이야」

「아이고 죽겠다」

「그렇게 망상 말고 갓갑고 쉬운 길을 취해」

「무슨 길이야요」

「돈 없어서 공부 못하게되니 시집가야 할 것 않인가」

「싫어요」

「아마 한운이 싫치」

「네 싫여요」

「왜 었대서」

「ナツテイナイノデスキ」(사람이 덜 되었어요)

「그래도 어머니는 꼭 맘에 드러 하시는대」

「한 사람 노릇은 할지모르나 사회적 인물은 못되고」

「한 사람 노릇하면 고만이지」

「선생님 지금 무엇이라고 하셨어요」

「한 사람 노릇하면 즉 사회적 인물이지」

「그러면 너도 나도 다 그렇케요」

「그런 것도 아니지만」

「난 그사람이 싫여요」

「왜 그래 나 보기에는 조튼데」

「イクヂナイオトコ(의지가 박약한 남자)야요」

「좀 어리긴 어려」

「モノニナツテイナイ(사람이 안되어 있음) 한걸」

「그렇면 어머니더러 다른 사람을 구해달나지」

「싫어요」

「이것도 싫고 저것도 싫고 다 싫으면 어떠케 해」

「죽고만 싶어요」

「그것도 공상 어서 속히 좌우간 결정을 해야 オチツク(안정)해지〻 곁헤 사람까지 イラヘ(초조)해지난구면」

「아이구머니 어머니가 내려오시네」

영애는 허둥지둥 이러난다.

「어서 가 봐 나하고 무슨 의논이나 한 줄 아시겠구면」

「제가 이방에 오는 것을 제일 시려하십니다」

「그러게 말이지」

「선생님 또 올께요」

영애는 속히 나간다.

四.

「이년 이때 자빠저 자니」

주인마누라는 영애 혼자 누어 자는 방은로[6) 드러가자 마자 이불을 잡아 벳기고 잡아서 뚜듸리고 소리를 높여 외친다.

「이년 한나절까지 잡빠저 자고 해다 주는 밥 먹고 밤낮 책만 듸려다 보면 옷이 나니 밥이 나니 이년 보기 실타 어데로 가버려라」

---

6) 원문대로.

「아이구ᄼ 어머니 잘못했어요」

「이년 너같이 잘난 년이 잘못한 것이 무었 있겠니」

「……」

「이년 너같이 잘난 년은 나는 보기 실타 썩 어대로 가버려라」

「어대로 가요」

「아모데로나 가지 너 연애하는 서방에게로 가람」

「어머니도 망녕이시지」

「너 조와하는 대가 있으니까 시집을 안간다지」

「없어요」

「이년 나는 너를 사람되라고 고등녀학교까지 공부를 시켰더니 지금 당해서는 후회막급일다」

「……」

「이년 에미말 듯지안는 자식 무어세 쓰겠니 심청이는 제 몸을 팔아서 그아버지 눈을 띄우지 아니했니 나와 너는 아모 상관없는 사이다 오날 지금이라도 곳 나가거라」

또 뚜듸린다

「아야ᄼ」

「이년 죽든가 나가버리든지 해라 꼴 보기 싫다」

「아야 다시는 안그래요」

「나가라니까 다시는 안그랜단 말이 무슨 말이야」

이때 듯다 못하야 김선생이 문을 열고

「여보서요 여보서요 이리 좀 오서요」

五.

어느날 저녁 밥 뒤다 한운이 김선생 방으로 드러오며

「심ᄼ해서 좀 놀너왔음니다」

「잘오심니다 앉으십쇼」

「낮에는 사무실에 가서 밧부게 지내다가 밤이면 심ᄼ해요」

「사무는 무엇 보십니까」

「농림에 대한 것이지요」

「참 농림학교 출신이시지」

「녜」

「도청 근무시지요」

「녜」

「밧부서요」

「녜 상당이 밧뿜니다」

「인제 장가를 들러 가정을 가지서야겠구면」

「내 생각갓태서는 일생을 독신으로 지냈으면 조켓는데 어듸 부모형데가 가만두어야지요」

「왜그래요 부〃의 락이 인생에 제일인대」

「그럴까요 독신보다 구치않을 것 같은데요」

「구치안은 가운대 재미가 잇거든요」

「왜 조물주가 남자 녀자를 내였는지 모르겠서요」

「그 남자 녀자가 잇기에 긔〃묘〃한 세상이 생겻지요」

「혼자 사는거시 제일 편할 것 갓태요」

「그래도 남녀가 합해야 생활통일이 되고 인격 통일이 되는걸 었재요」

「그럴가요」

「그러치요 독신자에게는 침착성이 없는걸 었저구」

「그건 그런가 봐요 고적하긴 해요」

「어서 장가를 들으시오」

「그렇케 쉽게 되나요」

「영애와는 엇지되는 모양이오」

「몰르지요」

「영애와 안되면 다른 곧이라도 구혼해야지」

김선생은 그말이 어떤 것을 알기 위하야 이렇게 물었다.

「다른대 구혼하랴면 발서 했게요」

「그럼 꼭 영애하고 하겟오」

「……」

「지성즉 감신으로 백도까지 열을 내 보구려 하고저해서 안되는 일이 어대있겠오」

「공부하겠다는 걸요」

「학비가 있어야지」

「내가 좀 대고 자긔 어머니가 좀 대고 하면 되지 않켓어요」

「정말이오 주인더러 그 말을 해보았오」

「공부는 절대로 아니시킨다니까요」

「한운씨가 꼭 마음에 드시는 모양이지」

「그 어머니가 마음에 들면 무엇하나요 당자끼리 문제지요」

아직 까마케 알지 못하고 있는 한운은 이러케 말한다

「만일 영애가 한공과 혼인을 아니하겟다면 엇저오」

다소간이라도 눈치를 채이라고 이렇케 말했다.

「……」

「그 말은 고만두고 레코트나 틀읍세다」

김선생은 남의 일에 구설이 무서워서 말을 잘넜다.

「양곡을 좀 드러볼까요」

한운도 더 말하고 싶지 아니하야 축음긔를 넛는다.

「저것이니 하시지요」

카루멘 후아스도 하무렛 말세유 우렁차게도 하는 소리가 끗날 때마다 리긔봉이 방에서는 영애의 간열핀 우슴소리가 새여 드러왔다 한운은 유심히 귀를 기우렸으나 그 나타나는 표정은 아모러치도 아니하였다 공연히 마음을 조리고 마조 안젓는 김선생은

「아々 천진난만한 청년이여」

하였다.

(『三千里』, 1937. 10)

제4부

희곡

巴里의 그 女子

巴里의 그 女子

第 一 幕

場 所 : 巴里 市內 某 호텔

人 物　A 彼女의 남편

　　　　B 彼女

　　　　C 親舊

　　　　D 親舊

(누가 D 잇는 호텔 房門을 뚝々 두듸린다.)

D 「누구요. 드러오시오」

　(또아를 急히 열고 C가 쑥 드러신다.)

D 「이게 누구요. 그런대 언제 왓쇼.」

　(두 사람은 손이 으스러저라 하고 악수를 한다.)

C 「지금 오는 길이야」

D 「엽서라도 한 장 할거시지. 엇더튼 매우 반갑쇼」

　(다시 손을 흔들며)

　(다 각々 의자에 걸터 안는다.)

D 「그런대 윈 일이요. 방학 째도 아닌대 별안간에」

C 「차々 이야기하지」

　(두 사람은 잠시 말이 업다. C는 爲先 숨을 돌닌다.)

D 「그런대 그 동안 자미가 엇덧쇼?」

C 「객지에 호래비 生活이 자미가 다 무엇이오. 일상무미하지」

D 「왜 색시 동무 하나도 업서 그 고집이 그냥 잇군」

C 「그것들 아양이나 부리고 해서 돈이나 쌔러먹을냐고 하는 것들 백개가
잇스면 내게 무슨 소용이야」

D 「자네 말과 갓치 경우와 처지가 갓해야 진정한 사랑이 生기고 할 것도
잇다고 하지만 사랑도 자네 사랑은 과학적일세」

C 「그럼 사랑도 다 時代를 쌔라서 다른 거시야 二十世紀에 안자서 十九世
紀나 十八世紀 사랑을 하면 되겟나」

D 「아니 여보게. 사랑에도 무슨 시대가 잇나 思想이 잇고 理想이 잇는 거
신가 사랑은 오직 熱과 情 그것 밧게 업난 것 아닌가」

C 「아니 그건 잘못 알앗네. 사랑에 왜 思想과 理想이 업겟나」

D 「그러면 그 사랑은 발서 타산적 사랑일세」

C 「타산적 아니고 계속 할 수 잇나」

D 「좀 섭々한 말인걸」

C 「다 골치 압허. 한 번이나 맛을 보앗서야 이러고 저러고 할 資格이 잇지」

D 「짜는 그래 자미도 잇고 속도 상해」

C 「그런대 여보게 A부々가 지금 어느 호텔에 잇나」

D 「그들은 어제 쩌낫네」

C 「바로 어제(쌈작 놀나는 氣色으로) 아차々 그러면 B도 갓지」

D 「물논이지. 바눌 가는대 실 아니 갈가. 그런대 왜 그리 놀나々」

C 「아니 글세」
(잠시 아모 말 업시 턱을 밧치고 마루 바닥을 보며 실심해 한다)

C 「어대로 갓나. 미주로 갓겟지」

D 「그런 모양이야」

C 「여러분들이 전송이나 햇나」

D 「몰누지 나는 아니 햇스니까」

C 「그게 무슨 말이야」

D 「아니 여보게 그런 方面 댕기는 사람과 우리와 무슨 相關이 잇단 말인가」

C (는 잠간 입을 담을어 D의 의사를 존중한다)[1]

　　「아니 그러케 대접할 사람이 아니ㅅ까 말이야. 그런대 쩌나기 전날 A
　　부ㅅ를 맛나보앗서」

D 「쩌나기 前날 맛나보앗지」

C 「그런대 B의 태도가 엇더튼가」

D 「그러케 快活하든 B가 윈일인지 失心햇든 걸」

C 「흥 불상한 女子지」

D 「웨 그래」

C 「재조가 넘어 잇서ㅅ 걱정이야」

D 「그러면 웨」

C 「그 재조로 해서 한 가지에 勇斷性이 업서. 앗가운 긔회를 다 노치니 말
　　이지」

D 「재조는 무슨 재조. 그만한 재조가 누구는 업슬나구. 말 한마대 쪽ㅅ이
　　못하든데」

C 「말재조는 한 부분이지」

D 「웨 그래」

C 「말이란 여러 말 쯧이 연락해야 하난 거시니ㅅ까 한 가지에 精神이 集中
　　한 사람은 잘 못할 거시지」

D 「하여간 경험은 상당하렷다」

C 「암 상당하지 더구나 그의 지낸 일이 모다 獨創的이오 藝術的이지 何如
　　間 경솔이 볼 女子는 아니야」

D 「무얼 다 그러코 그러치 제가 나면 얼마나 날가. A도 잘못이지. 녀편네
　　는 살님이나 하라고 두고 혼자 올 것이지」

C 「그럴 사람이 짜로 잇지」

D 「무얼. 女子가 화려한 것 보면 허영심이나 늘지 쓸 대가 무어야」

C 「조선 사람은 남녀 물논하고 허영심이 만히 느러야 해」

D 「자네는 그러케 남 아니 하는 말을 하데 그려」

---

[1] 원문대로.

C 「것말은 인습 形式이오. 속말은 眞理 生命이지」

D 「쏘 철학이 나온다. 자네를 맛나면 쌕々 하면서도 자미잇서」

C 「그런 줄 아니 고마워」

D 「그런데 B는 왜 그리 핑장이 추나」

C 「추난 거시 아니라 알아 주난거시니 사랑스러운 녀자야」

D 「그런대 자네는 언제 그러케 B를 알앗나. 암만해도 의심스러운 걸」

C 「그의 言語 行動 文字로 充分히 알 點이 만치」

D 「아니 A부々가 前番에 英國 갓슬 째 필경 무슨 조흔 일이 잇섯든 거야」

C 「아니 천만에 큰일 날 말일세」

D 「큰 일은 무슨 큰 일. 여긔가 어대라고 구라파인대」

C 「물논 서로 理解는 하구 尊敬은 가젓지만」

D 「올치 거진 다 나온다」

C 「그런대 이번에 맛나 보지 못한 거슨 큰 랑패인걸」(D의 말은 드른체만체
하고)

D 「그래서 왓군. 론돈서 일부러」
(인제 확실이 안 것 갓치)

C 「실상 말이지 B를 一年만 더 巴里나 론돈에 두어 工夫 식히라고 A에게
勸하고 십허서 불시듯 써나온 거시야」

D 「그럴 필요가 잇슬가. 只今 工夫할 나이도 아니고 남편 써러저 잇는거시
자미업지. 대관절 학비문제가 아닌가」

C 「학비는 미국으로 도라갈 돈으로 넉々이 되니 A만 허락하면 되겟는거슬
그랫서」

D 「더 잇슬 必要가 무어시야」

C 「소위 전문을 가진 사람으로 불과 멋달에 얼마나 배웟겟나 이 오기 어
려운 곳을 왓다가 하나 완성해 가지고 못 가면 개인으로나 사회적으로
나 손이 아닌가」

D 「그러면 B가 巴里에 잇섯스면 잇섯지 론돈은 왜」

C 「B가 영국 왓슬 째 녀자 問題에 對하야 흥미를 가젓스니까 말이지. 얼
마간 론돈에 들녀 녀성 문제를 연구해 갓더라면 무어슬 써 낸다 하더

라도 조선 사회에 유익이 될 것 아닌가. 하여간 하로만 일즉이 왔더라
　　　도 되든 아니 되든 말이나 해 볼걸 그랫서」

D 「내 상각 갓해서는 B가 남편 짜라 잘간 줄 아네. 男女間에 中年 째가
　　第一 어려울 거실세. 이것도 아니오. 저것도 아닌 中間처가 되여서 남
　　모르는 고통이 만흘 것실세. 자네 맘과 갓치 B가 총명한 女子라면 이
　　런 곳에 잇서々 한참 질정을 못할 거실세. 거기서 웃々한 줄을 잡을 것
　　갓흐면 더 말할 것 업는 사람이 하나 되지만 그러케 되기가 쉬운가. 그
　　대로 흐르다가는 버리는 녀자가 될 뿐이지. 그 고비에 이곳을 쩌나간
　　거시 다행이지」

C 「그러게 말일세. 나는 B가 그 고비를 넹기는 거슬 보기 원햇든 거실세.
　　그리하야 말할 수 업는 귀한 녀성이 조선에도 하나 생겻스면 하는 희
　　망을 가젓든 거실세. B는 그런 可能性이 잇스니까. 앗갑단 말일세」

D 「암만 해도 의심스러워 다 말하게」

C 「그런 쓸대업는 말 말게. 남의 안해와 연애가 무어신가」

D 「그만한건 초월해야지」

C 「그건 그럿치만 그래도」

D 「지금이라도 비행긔를 타고 쫏처가면 맛나 볼 수 잇겟지. 그만한 용긔는
　　업나」

C 「잇지만 참지」

D 「그러렷다. 조곰식 말만 빗치지 말고 남자답게 다 말을 하란 말이야」

C 「헐 말이 잇서야지. 그런대 대관절 무슨 증거로 나를 이러케 놀니나」

D 「남녀 간의 관계란 칼노 비운 드시 두 가지로 난흘 수가 잇서」

C 「올치 그래서 엇더케」

D 「남녀 간이란 하나는 서로 조와하난 것, 하나는 서로 실혀하는 것 밧게
　　업서. 그리하야 서로 흠질하난 거슨 사랑이 업서 그런 거시오. 칭찬하난
　　거슨 서로 사랑하는 까닭이야. 그거슬 보고 눈치채어 짐작하는 거시지」

C 「그러면 友情이니 同志니 하는 거슨 업게」

D 「그거시 다 한 사랑 속에 파무치는 거지」

C 「그거슨 넘우 간단 明白한걸」

D 「그러니까 말이야. 자네와 B 사이에 사랑 정도를 짐작할 수 잇단 말일세」

C 「그래 얼마만한 정도인가」

D 「사닥다리로 치면 반쯤 올나갓지」

C 「백퍼센트까지 될 가망이 업슬가. 하ㅅㅅㅅ」

D 「그야 될 수도 잇겟지만 상대자가 갓스니 될 수 잇나」

D 「B의 칭찬이나 좀 더 하지」

C 「이것보게 누구든지 일컷 도라다니다가도 먼저 안젓든 자리에 무의식적
  으로 도로 안지 안나. 나는 이거슬 퍽 이상스럽게 생각하네. 사람은 本
  質的으로 保守的 마음이 꼭 잇는 거실세. B도 필경은 제 환경을 버서
  나지 못하고 도로묵이가 되고 마는 거시지」

D 「그거슨 간단한 問題가 아니야. 사람에게는 一身 外에 家庭 社會 쪼 生
  活이 잇스니 혼자 고집대로만 살 수 업겟지」

C 「그러면 모두 도루묵이가 되고 보면 社會의 진보가 어대 잇겟나. 고집을
  부리고 나가는 者 밧게 잇나 쌩충 쒸는 者가 잇서야지」

D 「자네 갓흔 지독한 사람 말이지」

C 「아니 짠 말일세. 내가 그러타는 거시 아니라 차지도 안코 더웁지도 안
  코 실미지근한 청년을 보면 속이 상해」

D 「그래 B도 실미지근하단 말이지. 쓰거운 사랑을 아직 못밧은 모양이군」

C 「女子란 나이 먹어 물정이 알아지면 아모 맛이 업는 거시야」

D 「남자는 안 그런가」

C 「녀자는 속하고 일너. 그러나 B는 다르지」

D 「어지간이 되엿군」

C 「온 천만에」

D 「왜 이리 시침이를 쩨. 다 짐작하는 수가 잇는데」

C 「공연히 이러지 말어. 다만 유감되난 거슨 A부ㅅ가 쩌나기 전에 맛나보
  지 못한 거실세. B를 一年만 더 잇게 햇드라면 조흘걸」

D 「자네 말을 드르니 그럴 듯해」

C 「영어라도 쏙々이 알면 조흔 冊을 보아 소개할 수 잇는 것 아닌가」

D 「그건 그래. 어학이란 먼저 배화 가지고 쓸 줄 알고 말할 줄 알아야 비로소 읽기가 쉬운 일이야」

C 「그거슨 그러치만 이것저것 다 잘할 수 잇나 박물관에 가보면 한 구석에 진열해 논 자긔 전문을 보면 사람 아는 거시란 극히 적은 거시야. 아인슈타인을 맛나서 이야기 해 보면 자긔 전문외에는 천치 바보야」

D 「현대인은 그런 거시야」

C 「그러치 現代文化는 넓히만 아는 것보다 깁히도 아라야 하는 거시니까」

D 「그래 한가지 전문가진 사람처럼 천치바보는 업서」

C 「그래 조곰 아는 거슬 아는 체 하지 못할 세상이야」

D 「발서 새로 한실세. 고만 자세」

(두 사람은 한 벳트 속에 드러눕더니 서로 등을 지고 꿈나라로 드러갓다.)

第 二 幕

場 所 : 뉴―욕 E의 아파트맨트 一室

人 物   E

F E의 안해

G 친구

H 친구

E F G H가 된대로 여긔저긔 걸터 안저 한가이 이야기를 내논다.

G 「여보 A에게서 편지 쏘 왓쇼. H氏」

F 「A부々가 지금은 어대 잇나요」

H 「아마 지금쯤은 太平洋 바다 우에 잇스리다. 쌘푸란시스코를 써나면서 한 편지를 오날 아침에 밧아 보앗스니까」

E 「무슨 별 말 업습대가」

H 「여러, 感想이 만타고 쌘푸란씨스코에서 신, 민보에 이번 당한 자긔 긔사를 다 본 모양이야」

E 「그래 보니 엇더 타고」

H 「우리에게 미안스럽다구 그랫던구」

E 「세상이 무서운 줄을 알고 좀 정신 차리라지」

G 「사람이 넘우 조와서」

H 「그래 그 사람 뒤에난 쏙々한 사람이 잇서々 늘 일쩜을 하여야 해」

E 「쏙々한 안해 B가 잇는대 무슨 걱정」(좀 비웃는 드시)

G 「쏙々하면 이번 事件을 일으켯슬가」

F 「참 그래. 그게 무슨 꼴이여. 남편을 잘 보호하지를 아니하고」

H 「녀자들이 학문 좀 뱃다면 그런 랑패가 종々 잇는 거시지」(농담 비스름)

F 「무얼 다 그럴나구요」

H 「참 이번 일은 A와 B가 대실책이야」

E 「실책이고말고. B는 왜 남편만 두고 친구를 데리고 가고 A는 왜 가지
   안코 그 좌석에 참예햇단 말이오」

H 「앗다 그건 다 지난 일이니 고만 두고 장차 할 일이나 생각 해야지」

E 「A를 유지자로 우리가 변명한다는 점々 일이 커질 뿐이니 K를 추워 주
   고 우리가 在米 조선人애개 사죄하는 수 밧게 업지」

H 「그러면 A부々는 벌여지는2) 것 아닌가」

E 「무얼 한 째 와― 하다가 조선 사람의 일이니 흐지부지할 거시지」

H 「그도 그러치마는 A부々는 어느 점으로 보든지 애호해야 할 사람들이
   야. 하여간 일을 한 사람이고 일을 할 사람들이니까」

G 「그러코 말고 여긔서 쩌드는 것과 내지에 가서 일하는 것과 판이 다를
   거니까」

H 「그러고말고」

G 「何如間 잘 해결햇스면 조켓네」

E 「B는 아직 진정치 못한 모양이드구면」

G 「孔子의 말삼에도 三十而立한다는대 아직도 진정을 못하면 엇더케 하나」

H 「좀 배윗다난 거시 큰 탈이지. 학문이란 배화서 생겨서 소화를 해야 하

---

2) 원문대로.

난 거신대 목구멍에서 오르락 나리락하니 답々 하고 쎽々하고 걸키적
〜하지 사람이란 탁 테운 맛이 잇서야 말할 맛도 생기고 훈연도 되난
거신대 그런 사람에게 성경이 필요하지만」

G 「예술가에게 종교가 필요한가」

H 「예수가 全人類를 위하야 십자가에 못박힌 것갓치 쒝스피어나, 톨스토
이 갓흔 예술가는 전인류와 전우주를 가지고 번민하고 고통하고 해결
할냐고 한거시 아닌가. 참 그들의 마음은 크고 예술은 아람답고 쏘 위
대하엿서」

H 「그러기에 학문보다 사람 문제야. 조선 사람은 모다 길을 한곱 쩰너서
살아야 해요. 무엇이고 하나 꽉 붓잡는 거슬 차자 가지고 그 힘으로 사
러 가야 해. 조선 사람이 이러케 타락을 하다가는 그 정신이 다 죽고
마는 거시야(일동은 잠々하다)

사람도 가고 천지도 변하고 常住하야 움지기지 안는 거시 잇는 이 세
상에 우리가 무어슬 바라고 무어슬 의지하고 살가. 한갓 우리 속 사람
에게 빗치 되는 그 빗 하나만을 굿게 붓잡고 이에서 깃봄을 엇고 힘을
엇고 무한々 가치를 엇는 거시 얼마나 아람다운 거신가」

G 「올흔 말이오」

「느젓스니 갑시다」

(일동을3) 이러슨다)

第 三 幕

場 所 : 元山 海水浴場

人 物　J B의 愛人
　　　　L J의 弟子
　　　　M L의 안해

---

3) '일동은'의 오기.

B 「경치가 매우 조치요」(해안을 나란히 거르며)

J 「그래 본국을 도라오니 감상이 엇대요」

B 「다시 외국 온 것 갓해요」

J 「그럴 거십니다. 그런대 왜 그리 편지가 업섯서요」

B 「밋는 사람에게는 편지 안하는 법이야」

J 「웅변이거든」

B 「이 바다물을 보십쇼. 이가치 푸르고 깁고 만흐나 그 원인은 여러 산골
   짝이 물이 흘너 합한대 잇겟지요」

J 「그래서요」

B 「그러니까 말이야요. 이 바다물과 갓치 歐米만유한 후에 내 맘이 그래요」

J 「아주 전도유망한 걸」

B 「왜요」

J 「저 바다와 갓치 깁고 만코 푸르다니 속에 드른 거시 무진장일 터이지」

B 「그러타는 것이 아니야요. 뒤죽박죽이란 말이야요」

J 「비빔밥이란 말이지」

B 「말하자면 그러치요」

J 「비빔밥에 맛만 알면 기가 막히지만」

B 「쇄게요」

J 「저러케 알아듯난 거시 쇄란 말이야」

B 「샌님은 종만 업수이 역인다나」

J 「그러케 말할 거슨 아니고」

B 「그래」

J 「何如間 所得이 만흐렷다」

B 「마치 비 온 뒤에 山川의 빗이 명랑하드시 압길에 꽉 붓잡난 거시 생기
   게 되엿지요」

J 「누구시라고」

B 「그러치요」
   (J를 보며 생긋 웃는다. J는 B의 뺨을 살작만 친다)

B 「先生님의 감상은 엇대요」

J 「나는 구미만유하기 전에는 무한々 희망이 잇섯든 거시 갓다 오니 무
한々 실망이 生기겟지요」

B 「무어시 그래요」

J 「조선은 구라파 각국에 比하면 한 가지도 업서요. 荒蕪地요 沙漠이야요.
거긔 씨를 쑤려 가지고자 할 째까지가 까막코 그동안 그들은 쉬지 안
코 진보할 거시지요. 조선에도 한거름 두거름 거러가야 할 사람도 잇서
야 하겟지만 한 번 엄청나게 껑충 쮜는 사람이 잇섯스면 조켓서요. 그
러기에 과도긔에 인물이란 긔회는 조흐나 쮜기가 퍽 어려운 거시야요.
더구나 압뒤에서 쏙々 묵거 구렁텡이에 빠치랴는 민중이 잇스니까요」

J 「당신부터 한 번 쮜여 보지요」

B 「그러면 쇄게요」

J 「전에 당신이 내게 말하기를 "내 生活이 걸작이 되고 십허요"하엿지요」

B 「네 그랫서요. 現在의 生活이 그러하고 將來 내 生活이 그럴 거십니다.」

J 「엇더케요」

B 「世上에는 적을 듯하나 큰 거시 잇스며 弱한 것 갓흐나 强한 거시 잇고
平凡한 듯 하나 偉大한 거시 잇스며 이상스러우면서도 내용업는 거시
얼마라도 잇습니다. 조선 사람 일반은 아직 적으면서 강한 것 平凡하면
서 위대한 것슬 깨닷지 못하고 西洋 사람은 발서 數千年 前 希臘 羅馬
文明 뒤에 그거슬 깨다랏습니다. 그리하야 그거슬 基礎를 삼아 밟아온
거시 今日의 文明입니다. 그럼으로 그들의 思想은 空想이 아니오 組織
的이며 그들의 行動은 虛榮허영이 아니오 實際的실제적이올시다.

J 「그건 그래요. 同感이외다」

B 「넘우 건방진 말이지요」

J 「아니요」

B 「참 그째가 조왓섯지요」

J 「그래요 나도 그 째가 제일 조왓서」

B 「그 째처럼 모든 條件과 氣分이 自由스러윗슬 때는 업섯서」

J 「지금은 外部에서 조려주는 거시 심하니 그 째처럼 행복스러울 수 잇
　나요」

B 「참 행복스러웟지요. 더욱이 中年期 사랑이란 무서운 거시야」

J 「엇더케」

B 「靑年期 사랑은 맹목적이오. 中年期 사랑은 意識的이야. 熱과 情에는 차
　이가 업겟지만 제 行動을 아는 것처럼 자미잇고 힘이 나고 멋진 거시
　업는 것 갓애요」

J 「이 욕심구럭아」

B 「욕심을 부리난 거시 아니라 운명이 그러케 맨듭니다그려」
　「나도 욕심구러기지만 先生님도 욕심쟁이야 나히 잡숫고」

J 「그래요. 나도 퍽 행복하지요. 只今까지 내 마음대로 幾百番 幾千番 幾
　萬番기만번 생각햇서요. 그러나 現實은 그 모든 거슬 私情업시 날려 버
　려요. 나는 그리해도 쉬지 안코 空想을 하엿서요. 아모리 해도 그거슨
　공상이오. 現實이 아니엿서요. 그러다가 당신을 보앗서요. 나는 당신을
　쏘 다시 볼 째는 나의 幻影은 업서지리라고 生覺하엿서요. 그러든 그이
　가 지금 내 압헤 잇고 내가 사랑한다는 말을 하니 이거슨 넘우 意外에
　일이오. 넘우 엄청난 現實이 아니야요」

B 「나는 무어시라고 말삼 듸릴 말이 업사외다. 우리 저 물에 빠저 죽을가」
　(J의 팔장을 끼고)

J 「그 말을 드르니 나는 더 깃부오. 사러 잇다는 거시 幻燈과 갓고 눈을
　쓰면 죽어 잇는 거시 정말 알녀저요」

B 「눈이 쩨인즉 죽은 것 갓해」

J 「살어 잇는 거시 꿈과 갓고」
　「죽지요. 죽어요. 죽음을 무서워 하난 거슬 붓스러워 하난 것 갓치 生
　을 무서워 하난 것도 부그러워해요」

B 「아, 바람도 시원하다」
　(바다 바람을 쏘이면서)

J 「물이란 조흔 거시야」

B 「조코 말고요. 언제 보아도 반가운 거슨 물이지요」

J 「물은 친근한 맛을 주난 거시야요」

B 「그래요. 바다물과 갓치 永遠性을 가젓스면 조켓서요」

J 「마음 먹기에 달닌 거시지」

B 「그러치요만 人心은 朝夕變조석변이니 무슨 살 맛이 잇서야지」

J 「당신부터 그러치 안토록 實行하면 아니 되겟소」

B 「글세요」

J 「저긔 L부々가 오는구려」

B 「글세」

　　(L M은 이곳을 向하야 급히 온다.)

L M 「先生님 안녕합쇼」

　　(J B를 向하야 인사한다.)

J 「야 자미잇구려. 단락한 부々가」

L 「先生님이야말노 자미잇스십니다그려」

J 「늙은 사람들이 무슨 자미요. 그대들갓치 청춘시절이 자미잇지」

L 「무얼요 멋쟁이 先生님 멋쟁이 B 先生 자미잇지 안코 엇대요」

J 「멋이 지나치면 도리혀 싱거운 거시야」

M 「목욕 만히들 하섯습니가. 저긔는 조개가 만튼데 여긔도 잇서요」

B 「우리도 이만치 잡엇다오」

　　(수건에 싸든 조개를 보이며)

L 「우리 합동하야 국 쓰려 먹습세다」

L 「찬성입니다. 조치요」

M 「아마 그럼 더 맛 잇슬걸」

J 「더웁소. 물에 좀 드러 가야겟쇼」

B 「저의들도 드러가지요」

　　반라체의 해수욕복을 입은 네 사람은 물결이 추렁〳하는 바다로 드러가
　　혹 익숙하게 혹 서투르게 헤염치고 잇다. 물결소리에 합하야 합창소리가
　　울녀 나온다.

에헤라 데헤라

에헤에라
어긔어차 배 써난다.
나는 가오 나는 가오

(『三千里』, 1935. 11)

제5부

시

光

H. S. 生

그는 발-셔 와셔 ㄴ 엽헤 안젓섯스나 나는 눈을 쓰지 못ㅎ엿다.
아々! 엇지면 그러케 잠이 깁히 드럿션는지

그가 왓슬 찌에는 나는 熟睡中숙수중이엿다
그는 조흔 音樂을 너머리 맛헤셔 불넛셧스나
나는 조곰도 몰나섯다.
이러케 貴重귀중훈 밤을 數업시 그냥 보너엿구나

아々 왜 진시 그를 보지 못ㅎ엿는가
아々 빗아! 빗아! 情火정화를 키여라.
언졔 쓰지든지 내 엽헤 잇셔다오
아々 빗아! 빗아!摩擦마찰을 식혀라
아모것도 모로고 자는 나를 찌운 以上에는
내게셔 불이 이러나도록 쓰겁게 민드러라.
이거시 찌워준 너의 使命이오
찌인 나의 職分직분일다.
아! 빗아! 내 엽헤 잇는 빗아!

(『女子界』, 1918. 3)

내 물

쏠ㅅ흐르는 져 내물
흐린 날은 푸루죽ㅅ
맑은 날은 반짝ㅅㅅ
캄ㅅ한 밤 黑色흑색갓치
달밤엔 白色갓치
비오면 방울ㅅㅅ
눈오면 녹혀주고
바람불면 문의지어
아참붓허 저녁까지
밤붓허 새벽까지
춥든지 더웁든지
실튼지 좃흔지[1]
언제든지 쉬임 업시
외롭게 흐르는 내물

내물! 내물!
져러케 흘너셔
湖되고 江되고 海되면

----

1) 원문대로.

흐리든 물 맑아지고
맑든 물 퍼래지고
퍼렁튼 물 짜지고

華虹門樓上화홍문루상에서

砂_사

野原_{야원} 가온대 쌀녀잇셔 갑업는
모래가 되고 보면 줍난 사람도 업시
바람 불면 몬지 되고
비오면 진흙 되고
人馬에게 밟히면셔도
실타고도 못하고 이 世上에 잇셔
이짜금 저 川邊_{천변}에
蒲公英_{포공영} 野菊花_{야국화} 메꼿 꼿다시꼿
피엿다가 슬어지면 痕迹_{흔적}도 업시
뉘라셔 차져오랴
뉘라서 밟아주랴
모래가 되면 갑도 업시

(『廢虛』, 1921. 1)

人形의 家

羅蕙錫 作歌

金永煥 作曲

第 三 幕

(1)

내가 인형을 가지고 놀때

깃버ᄒ듯

아바지의 딸인 人形으로

남편의 안히 人形으로

그들을 깃부게 ᄒ는

慰安物위안물되도다

노라를 노아라

最後로 순순ᄒ게

嚴密히 막어논

墻壁장벽에서

堅固견고히 닷첫든

門을 열고

노라를 노와쥬게

(2)

남편과 子息들에게 對ᄒ

義務가치
내게는 神聖호 義務잇네
나를 사람으로 만드는
使命의 길로 밟아셔
사람이 되고져

(3)

나는 안다 억제홀수업는
너 마음에셔
온통을 다 헐어 맛보이는
진정 사람을 계호고는
너 몸이 갑업는거슬
너 이졔 쌔도다

(4)

아아 사랑호는 少女들아
나를 보와
精誠으로 몸을 밧쳐다오
싼흔1) 暗黑암흑 橫行횡행홀지나

다른 날 暴風雨 뒤에
사룸은 너와 나

(幕)

(『每日申報』, 1921. 4. 3)
(脚本)『人形의 家』중 마지막회 삽입 詩

---

1) '만혼'의 오식.

앗겨 무엇하리, 靑春을

살이 포근 포근하고
빗은 윤택하고
머리가 까막고
눈이 말뚱 말뚱하고
귀가 빠르고
언어가 명랑하고
태도가 날신하고
행동이 겸사하야
참새와도 갓고
제비와도 갓고
앵무와도 갓고
공작과도 갓다

나이 먹으면
주름살이 잡히고
빗갈이 검어지고
머리가 희여지고
귀가 어둡고
눈이 흐려지고
말이 어둔해지고

몸이 늘신해지고
행동이 느러저
긔린과도 갓고
곰과도 갓고
물소와도 갓다
이리하야
살날이 만튼
靑春은 가고
죽을 날이 갓가온
老境에 이른다
이엇지
靑春감을
앗기지 아니랴
그러나 나는
장차 올 靑春이엇든들
앗겻슬는지 모르나
임의간 靑春을
앗기지 안나니
靑春은
들썻섯고
얏핫섯고

알밧섯고
쌀넛든 거시오
나이 먹고보니
침착해지고
깁고
두덥고1)
길다
靑春을
헛도이 보내엿든들
앗기지 아닐배 아니나
빈틈없이 利用한 靑春을
앗길 무어시 잇스며
지난 靑春을
앗겨 무엇하리오
장차 올 老境이나
잘 마지러 하노라.

(『三千里』, 1935. 3)

---

1) 원문대로.

노라*

나는 인형이었네
아버지 딸인 인형으로
남편의 아낸 인형으로
그네의 노리개였네

(후렴)
노라를 놓아라, 순순히 놓아다구
높은 장벽을 헐고
깊은 규문을 열어
자연의 대기 속에
노라를 놓아라

나는 사람이랴네
남편의 아내 되기 전에

---

* 김종욱 편, 나혜석 전집 『날아간 청조』에 『매일신보』 1921년 4월 3일자에 실린 나혜석 作, 김영환 曲의 「인형의 가」 외에 또 하나의 「인형의 집」이 김영덕 교수의 글에 인용되고 있음을 밝히고 있는데 「인형의 집」이 아닌 「노라」가 박화성의 단편 「狂風속에서」에 그대로 인용되고 있어 앞의 「인형의 가」보다 「노라」가 더 많이 노래로 불리어진 것이 아닌가 추정되어 여기 싣는다. 이번에 발굴된 입센 作, 양백화 역 『노라』(화보 참조)에 실린 나혜석 작사 <노라>와 이 시를 비교하면 거의 일치한다.

자식의 어미 되기 전에
첫째로 사람이 되려네

나는 사람이로세
구속이 이미 끊쳤도다
자유의 길이 열렸도다
천부의 힘은 넘치네

아아, 소녀들이어
깨어서 뒤를 따라오라
일어나 힘을 발하여라
새날의 광명이 비쳤네

(朴花城 단편, 「狂風 속에서」, 창작집 『殘影』, 所修, 1947)

제6부

콩트

떡먹은 이야기

떡먹은 이야기*

어느 친구 두 사람이 길에서 맛나서
「자네 무엇 먹엇나」
「떡 먹엇네」
「이사람 점잔은 사람도 떡 먹나」
들어가서 마누라에게 이야기를 한즉 마누라가
「누가 남자가 떡을 먹엇다고 하오 이 다음에는 술을 먹엇다고 하시오」
그 다음 또 맛나서
「자네 무엇 먹어나」
「술 먹엇지」
「얼마 먹어나」
「두 개 먹엇지」
「이사람아 술도 두리 잇나 쏘 썩먹엇군」
드러가서 마누라에게 말을 한 즉
「술도 두 개 잇소 이 다음에는 두 잔 이라고 하시오」
또 길에서 맛난지라
「자네 무엇 먹엇나」
「술 먹엇네」
「얼마 먹엇나」

---

* 1934년 『조선중앙일보』 현상원고 '우스운 이야기' 부문에 입선한 글. 상금은 2원이었다.

「두 잔 먹엇네」
「어듸서 먹엇나」
「안반 모퉁에서 먹엇네」
「애이 사람 또 떡먹엇구나」
도라가서 마누라에게 말한즉
「누가 술을 안반 모퉁에서 마시우 안방에서 마신다고 하지」
또 길에서 만나서
「자네 무엇 먹엇나」
「술 먹엇지」
「얼마 먹엇나」
「두 잔 먹엇지」
「어듸서 먹엇나」
「안방에서 먹엇지」
「어떠케 먹엇나」
「구어 먹엇지」
「자네 또 썩먹엇네 그려」
하더랍니다.

(『朝鮮中央日報』, 1934. 1. 4)

제7부

수필

四年 前의 日記 中에서*

八月 十八日

昨日 長野縣_{장야현} 松井里에셔 出發ᄒ야 中央線으로 今朝 九時 三十分에 名古屋_{명고옥}에 到着ᄒ여 十시에 東海道線_{동해도션} 下關行_{하관행} 列車를 乘換_{승환}ᄒ다. 只今ᄭ지에 보든 景致와난 짠판일다 東海道線 景色은 만히 씨다듬은 거실다. 어엽부고 아당스럽다. 海面으로 탁 터진더도 만코, 廣野에 田畠_{전전}도 즐비하다. 그러나 中央線 左右側은 이와 反對라 할난지, 判異라 할난지 景色은 自然더로 잇다 울숙불숙 셔 잇난 山도 어푸숨 하거니와 아모러케 흐르난 너(川谷)도 貴엽다. 山이 잇고, 岩이 잇고, 川이 드러가고 나오고, 먼져 잇고 나중¹⁾ 잇고, 뒤에 잇고 압헤 잇셔 그거슨 말할수 업난 自然의 美를 떨치고 잇다. 나난 원일인지 이러한 더가 죳타. 무슨 까닭인지 모르나 기쳔가에 잇난 돌은 모다 눈과갓치 희다. 거기에 次々 떠올느는 아참 光線이 빗최일 쩌에 레믄알노에 가란스로—쓰 色을 씌운거슨 얼마나 아람답고 어여분 色이라 할난지 엇더타 形言할 수업다. 窓 엽흘 떠날 수 업시 景色에 半狂ᄒ엿다. 억개를 읏슥々々 ᄒ기도 ᄒ엿다. 어느 곳에는 쮜여 너려가셔 한번만 꼭 밟아보고 십흔 곳도 만타 이 車속은 좁고 進行은 徐行이나 中央線이 東海道線보다 죳타 東海道線 景色은 틀님업시 그디로 잇다 마치 貌樣 업고 아모러케나 生긴 어머니 속에셔 밉시 잇고 반々한 아들이 나온 것 갓다. 이거슨 여러 번 본 景色이라 別로 神奇치도 아니ᄒ다. 험으로 汨沒_{골몰} ᄒ야 片紙나쎳다. 뒤

---

* 이 글에서 羅蕙錫은 號를 三日月이라고 쓰고 있다. 晶月을 풀어 쓴 듯.
1) '나중'의 오식.

에 잇난 日人이 내가 國文 쓰난 거슬 보고 朝鮮 사람인줄 안 貌樣 갓다. 왼 商人갓흔 심청이 되룩々々한 놈이 내 압혜 안더니 失禮도 차리지 안코 엽구리를 쑥 찌르더니, 「어디ᄭ지 가오」한다 나는 좀 괫심ᄒ엿다 눈쌀을 씹흐리고 「朝鮮까지 가노라」ᄒ니 저도 京城ᄭ지 가노라 하며 「당신몬져 나 나종」ᄒ난 朝鮮셔 상군들에게 하든 말버릇일다 郵船우션 株式會社주식회사에 잇다 혼다 게집인지, 무어신지 상스럽듸 상스러은 게집인터 왼 紛을 그리 만히 발낫는지 쌈이 쓰르々 흐른 자곡 얼눅덜눅 시푸루둥々한 살빗에 거긔다가 近視인 貌樣이라 사람을 보랴면 실눈을 ᄒ는듸 허연 눈방울이 되룩々々한다 저것들이 우리나라에 가셔 쌍을집고, 주름울2) 잡고, 졔로라고 놀겟구나 東海道線은 갑작이 몹시 더웁다 朝飯 밋 午飯을 굼고, 거긔다가 더워서 못견듸겟다 지리ᄒ고 더웁더니 너 손구락이 鐵道地圖 우에 桃山을 집자 어느듯 「キョート々々々」하난 소리에 시원이 車 속을 니럿다. 電報 밧은 K는 나왓스려니 ᄒ엿다. 니려서는 畵具를 들고 말쑥갓히 누구를 찻녀라고 휘々고기를 둘른다.

「여긔 잇습니다」ᄒ고 억기를 턱 집는 K와는 四月 以後로 쳐음 맛나난 날이다 나는 아모말도 업시 어졔 밤에 잠 못잔 것과 오날 밥도 못먹어 미오 疲困ᄒ든 몸이 왼일인지 氏를 맛나니 어리광인지 모르나 왼 全身이 척 느러지고 自然히 아모말도 아니 나온다. 반갑기도 ᄒ려니와 시삼스럽게 붓그럽다 그리하야 왼일인지 눈압히 암을々々하다 짐은 氏에게 쎈기고3) 그디로 말업시 「쑤렛취」를 건너 풀나트홈을 나셧다 나는 當치도 안은 一 二等 待合室 번즈러한 쎈취의 天鵝絨천아융 우에셔 便히 걸터 안져서 K氏가 짐 차자 가지고 오기를 기다려 停車場을 나셧다.

여긔가 京都일다. 내게는 깁흔 因緣이 잇난 곳이다. 내 生命을 건져준 恩人이 이곳에셔 산다 나에게 다시 「러버」의 名稱을 쥰 사람이 이곳에 잇다 ᄯ 나를 永遠히 붓잡아주고 살녀 줄 사람이 이곳에셔 工夫ᄒ난 곳 일다. 아! 내게난 其中 第一깁흔 因緣일다 이번에도 本國을 直行할냐고 하든 나도 여긔 나리여 京都에 낫츨 보니 自然히 感謝의 纖維섬유로 全身이 찌

2) 원문대로.
3) 원문대로.

르々 한다. 아! 感謝한 京都여! 잇치지 못할 京都여! 七條칠조 停車場을 나스작[4] 爲先 번뜻 보이난 거슨 東本願寺동본원사의 놉흔 기와 일다. 이것이 첫번 보이난 京都의 낫치라 그 다음에난 東北으로 聳立용립한 比叡山비예산이 둘너잇다 延歷연력 十三年에 恒武天皇항무천황의 奠都전도의 都會이엿든 平安奠都의 大都會일다 人口 五十萬에 市內의 電車中 京電 市電이며 其外 京阪線이 잇셔 大阪과 交通上이라든지 永祿영록 十一年에 豊臣秀吉의 命令으로 京都의 周圍에 大土坦을 築축ᄒ고 市街을[5] 整齊정제ᄒ야 其 殘墟잔허를 存한 今의 寺町通사정통이라든지 各色書店 밋 吳服店의 大丸 갓한 집이며 藥局 小間物屋等소간물옥등 各種의 商店이 즐비한 四條通은 東京의 銀座通만 치나 繁華번화한 市街라 여긔다가 東京보다 아니 더한 卽 東京서 보지못하든 맑은 물이 坊々谷々 즐々 흐르난거슨 조곰도 東京에 지々 안을만한 大都會일다. 이보다 더 繁華한 東京셔도 줄々 쏘다녓것마는 妙義山묘의산 갓흔 그런 村 山구석에서 一朔을 살다가 이러한 都會에 발을 듸려 노으니 精神이 恍惚ᄒ다 윈심인지 모르게 引導ᄒᆞᆫ디로 電車에 올나 안져서 「져거슨 御所이 올시다」「져거난 公園이 올시다」ᄒᆞᆫ는 說明을 드르며 乘換도 한다. 나리라면 나릴 뿐이고 올느라면 올늘 뿐일다 그런디 여긔 電車에 乘換 切符절부는 異常ᄒ다. K氏에게 무러보니 여긔는 京城과 갓치 一區域에 三錢式 밧난다 ᄒᆞᆫ다. 그리셔 우리 가는 곳은 三區域이며 一人 압 九錢이라 한다 ᄯ 어대인지 나려셔는 人力車로 어느듯 靑年會 寄宿舍 正門에셔 니리라 한다.

여긔다 여긔가 吉田町길전정이고, 여긔가 靑年會 寄宿舍로다. 너가 封套봉투에나 葉書엽서에 쓰든 곳도 여긔로다. 거긔가 엇던 곳일가 ᄒ고 想像ᄒ든 곳도 이곳이로다. 짐을 들고 뒤ᄯᅡ라 드러스니 이 房이 氏의 房이로다. 넓직ᄒ고 冊床에 테불에 椅子가 具備히 잇고 내 그림의 畵額이며, 冊箱에 金子冊이 죽々 끼운 것이며 참 東京 下宿에 四疊사첩이나 六疊육첩에 겨오 용신ᄒ고 사는 當時에다 比ᄒ면 가장 大學生 書齊[6]답기도 ᄒ다 아모리히도 東京에다는 比할 수 업시 間暇한가ᄒ다. 府下도 아니엿마는 從容ᄒ기가 짝이 업다.

---

4) '나스자'의 오식.
5) 원문대로.
6) 원문대로.

나는 爲先 沐浴ᄒ고 와서 親切히 갓다가 주는 靑年會所用 臥椅子와의자를 타고 드러누어 휘ᄉ 쉬엇다. 인졔 살 듯 십다. 氏는 그리웁든 키스를 쓰겁게 준다.

「엇지 보고 십헛는지요. 쏙 죽겟셔요」

變ᄒ지 안은 엇쿠수ᄉ한 嶺南 사투리가 나온다 나는 우섯다 그러나 우슬 힘도 업고 말할 힘도 업다 아모 말 못ᄒ고 乞人 貌樣으로

「져녁밥 일즉 히 주셔요」 한마디 ᄒ고 쳑 느러졋다. 그디로 눈을 감고 좀 쉬엇다.

果然 부탁한디로 아직 히가 밝은디 져녁상을 드려온다 여긔난 四十可量된 中婆중파와 二十二 三歲쯤 된 下女가 잇다 그런디 下女라고 드러오난 거슬 보니 令孃영양인 나보다도 하야말숙ᄒ다 이러한 大學生 集會所집회소에 조곰 不適當한 下女로다 속으로 내게난 아울니지도 안는 差別차별과 階級계급을 차 젓다. 그러나 굿티라 그러케 上下를 品別ᄒ기 실은 나는 別말은 아니ᄒ엿다. 그 後에 드르니 果然 그 下女로 ᄒ야 두 大學生이 神經衰弱에 걸리엿단다. 大學生活이란 쐐 寂寞한 貌樣일다. 그 外에 大學生 中에는 「쩌버」를 하나式 가져셔 안지면 同情 同感으로 戀語會話가 始作된단다. 이러한 이야기를 ᄒ면 서 夕飯을 먹기 시작ᄒ엿다.

「오날은 닭고기 먹지요」

ᄒ며 K는 파를 늣고 두부를 느어 스기야기를 한다

「맛 잇겟슴니다. 山 속에셔 僅근 一朔間이나 菜食채식만 ᄒ셔 고기도 未嘗不미상불 生覺이 낫셔요」

「그러나 스기야기로 손님 디졉은 여러번 힛셔도 좀체롬 닭고기난 아니냅니다」

「왜요?」

「鷄肉의 갑슨 牛肉의 갑에 倍나 빗싼 故로 원만한 손님에게난 아니되지요……」

「그러면 졔가 第一 貴하고 장한 손님입니다그려」

「허— 그러치요. 내게는 第一 반갑고 貴한 손님이니까—」

「아이구 조와라요 그러면 졔가 그런 놉흔 손님 地位에 잇슴니다그려…… 너머 惶悚황송ᄒ옵니다」

「허……허……」

주리엿든 次에 실컷 먹엇다. 맛도 比할 수 업시 좃타 바짝 주럿든 입에
짠 것이 드러감인지 물을 數 업시 케이며 이럭저럭 ᄒ다가 K는 다른 房으
로 가고 이 房을 쎄셔々 困한 몸을 便安한 꿈으로 옴겻다.

十九日

早朝에 K가 와서 자는 이 얼골에 키스히주난 바람에 씨엿다 꿈이나 아
닌가 ᄒ엿다.

朝飯 後, 京都 市街를 구경키 爲ᄒ야 나섯다. 이제것 終日 奔走분주스럽
게 지니오든 나는 미오 閑暇한겻다.

「저거슨 西園寺 侯爵후작의 別庄이지요」

ᄒ고 樹木이 총々하고 담이 넙직ᄒ며 긴—곳을 가라친다. 말 끗에 K는
이러한 말을 한다.

「人生의 結局은 —이이지요 그런디 저런 나무의 果實이라도 단 것도 잇
스러니와 其中에는 쓴것도 잇지요 ᄯᅩ 나종에 달거슨 퍼런 짜에 썹습네다.
너머 달지 안코 썹지 안은 것과 단거슨 —般이나 그것만으로난 썲고 단거
슨 몰누겟지요 험으로 나종에 消化 後는 피되고 쏭 되는 거슨 —般이나
먹을 쎄에 참 단맛 참 썰분맛을 알고 먹자는 말이지요 이와갓치 人生의
戀愛觀도 갓하야 平凡한 사랑 苦痛업난 사랑 犧牲희생업는 사랑은 그 참 戀
愛가 아니지요 그럼으로 平凡한 사람은 이러한 참 맛을 못보난이 만치 불
상한 것이외다. 不幸한 것이외다 나는 R孃을 이러케 사랑ᄒ는 同時 단것
뿐만 아니라고 生覺히요 씨고 썰고 미은 것 까지라도 當ᄒ고 견더려 하난
것이외다. R孃이 萬一 버리신다ᄒ면 나는 그디로 울 뿐일터이외다. 決코
다른 異性에게 사랑을 엇을냐고 ᄒ지 안아요 네? 永遠히 사랑히 주셔요」

하며 니 손목을 꼭 쥔다. 나는 아모말 업시 ᄶᅡᆼ을 굽어본다.

下鴨神社를 드러섯다. 東西 兩殿으로 分ᄒ야 舞殿무전과 橋殿교전이 잇다.
거긔에는 淸泉이 湧出용출ᄒ난 卽 手洗池수세지가 淸澄透明鏡청징투명경과 갓치
잔々히 잇다. 每年 七月 中旬붓터 三週間 御手洗會의 古式을 擧行ᄒ난 故로
此池를 御手洗池라고 한단다. 우리는 古式은 아니나 御手洗을 ᄒ엿다. 어름

과 갓치 차고 거울과 갓치 맑다. 우리 外에 다른 參詣者참예자들도 한번式이 물을 만져 보고라야 만지다 갈 줄 안다. 本社 境內는 古來 老樹巨木의 森林이 茂盛한 地域이라 紅之森규지삼이라 한다. 南北朝 時代에 古戰場이엿든 자리라 한다. 林中에는 淸流한 賀茂하무의 川波가 잇셔 夏日納凉의 地로 著名한 곳이란다. 「져것 보시오. 京都사람은 저러케 避暑피서를 한답니다.」 하난 說明을 좃차 仔細자세히 보앗다. 果然 약게 避暑를 한다. 선々도 흐여 보인다. 賀茂川 물 가온디 帳幕장막을 치고 平床을 노앗다. 거긔에난 紳士 令婦人으로 붓터 子女를 거나리고 느런이 안져 먹으며 누우며 옷고름을 푸르고 시원한 바람을 쏘이고 안진 者가 보인다. 三々五々로 여긔져긔 보인다.

우리도 이 紅森으로 억긔를 견주며 것는다. 左右側의 氷屋, 休憩所에셔는 나는드시 女房等이 數업시 압을 가리워스며

「ま御はいりやす」(어서 오십시오)

흔다. 나는 아마 져것이 京都의 말인가보다 흐엿다. K는 나를 한 번 보며

「京都 좃치요? 東京은 어듸 저런 맑은 물을 볼 수가 잇나요? 참 놀기 조흔디는 京都이지요」

「참 조아요 避暑흐난 方法은 妙한 걸이오!」

나는 稱讚을 흐엿다. K는 조와한다.

「달이나 밝고 흐씨에 여긔를 지나려면 東京이 내 압혜 암을々々흐지요 그런 씨는 쑥 보고 십허 죽겟셔요. 져것 보셔요 저러케 靑年男女가 다니난 거슬 보면 얼마나 부러웟슬가? 아이구 인져 願 푸럿지 이 나무가 그 寫眞 背景이이요 여긔셔 박혓지요 혼자 生覺흐든거시 모다 인져 이러케 實見케 되난 것도 滋味잇지요」

그러케도 조흔지 니 손을 불끈 쥐고 부르々 쓴다. 긔쳔을 업히여 건너셔 우리도 그 中 사람 젹은 곳 從容한 곳에 잇난 帳幕을 차자 드러가서 氷水 와 레믄을 注文흐야 먹는다.

　　　두 사람은 靑年이로다.
　　　男子는 돗자리 위에 드러누엇고

女子는 두 발을 물에 잠기고 평상에 걸터 안졋다.
아! 너와 나와난 두 몸이되 흔몸이로다.
너의 두 몸의 將來난 무엇이 잇기에
이다지도 多情한고
허々 무어시 그리 깃분고?
女子야! 무슨 生覺ㅎ기에 그리도 有心히
흐르난 물결을 세우고 안졋노?

두 사람은 여긔를 나셔々 나란히 것난다

「英國 키나나 元首는 女子는 變하기 쉬운 것이라고 ㅎ엿디요 그러서 手下中一人이 結婚ㅎ라 간다ㅎ난 말에 그 女子와 交際교제한지 幾年기년이 되너야 무른즉 二年된다 ㅎ난지라 元首말ㅎ되 발셔 變ㅎ엿슬 터이라 ㅎ고 其 女子와 結婚함이 不適當ㅎ다 ㅎ 後 數年 後 쏘 結婚ㅎ라 간다 ㅎ는지라 元首뭇되, 그 째 그 女子냐 ㅎ 즉 다른 女子라고 ㅎ는 말에 그럿소? 그럴줄 알앗소 하엿다 ㅎ오」

무슨 比喩비유인지 모르난 矛盾된 말을 ㅎ고난 곳에 얼마쯤 내게 對한 念慮를 ㅎ난 눈치가 보인다. 元來 부드럽지 못한 나는

「그러기에 나도 밋지 마시오」ㅎ난 말을 쑥 ㅎ고 아차—ㅎ엿다.

夕飯 後에 靑年會館에 잇난 自働 피아노를 맛쳐 大學生 二人과 合唱 讚頌歌찬송가ㅎ며 잘 노랏다.

今番 東京帝大 內 講習會에 參蓆ㅎ엿든 咸興함흥 氷生中學校 校監교감 金昶濟氏김창제씨가 歸國路에 여긔 오신 故로 六七人 同胞들의 歡迎會가 會館 內에 잇셧다. 氏는 今番 渡東의 感想中 特히 留學生의 對한 缺點을 枚擧ㅎ야 忠告ㅎ다.

「朝鮮 留學生은 好奇心도 업소, 附着力부착력도 업소, 惰怠타태ㅎ오. 當場에 조곰 비워 가지고 고것만 쏙 다먹소. 女子는 結婚難결혼난이오」

果然 조흔 말삼이엿다 나도 偶然히 參蓆ㅎ야 終에난 우리는 祝桐를 비불니 밧앗다.

(『新女子』, 1920. 6)

滿州　夏

만주의 녀름

　어느 곳 녀름이든지 녀름의 특색이란 더운것일다 그럼으로 나는 만주에 잇서서 녀름에 당한 더운 것 중에 멧 가지 실례(實例)를 쓰고자한다.

　만주에서도 안동현(安東縣) 녀름이란 극히 짧은 동안일다 六月 五六日까지 아츰 저녁으로 솜저고리를 입고 잇슬만치 삼옷 춥다가 하롯동안에 밧삭 더워지면 곳 베옷을 입게될 만치 급변된다 이와가티 七月 중순까지 시름시름 더웁다가 날마다 비가 오기 시작하면 八月 중순까지 질질 끈다 그럴 동안에 녀름 한철은 어느 듯 지내가고 마러 버린다 그런즉 실상 푹푹 찌게 더워보기는 불과 十日 간 일다

　밧짝 감은 어느 녀름날 일다 푸른 한울에는 구룸 한 점 업시 바로 머리 우에 이워잇는 듯이 나저 보이고도 무거워 보인다 그 사이로 불가튼 되악 볏시 활살가티 내리쏘아 밧작 마른 쌍 우에 흙 중으로서는 부글부글 끌는 물가마 속으로 드러가는 것 가티 쓰거운 김이 확 찌처 올나온다. 만주의 명산(名産)인 바람조차 한 점도 어더 볼 수 업시 나무입들은 정숙(靜肅)하게도 입을 담을고 잇다 김나는 밥 먹어야 할 것이 걱정되고 겹겹이 입어야 할 옷시 원수스럽다 버선 신어야 할 손님이 올가봐 무섭다 말도 하기 실코 일도 하기 실케 그러케 안저도 그럭 섯서도 그 턱 전신에는 샘물가티 쌈이 흘너 적삼 뒤가 척척 붓고 속옷이 친친 강킨다 이러케 안절부절을 못하게 더울 째에 끔직스럽게도 찌걱찌걱하는 무겁고 괴롭고 강한 외박퀴 소리가 들닌다. 언제 비슨 머리쏭지인지 이마 우에다 아무러케나 감아노코 친친 감기는 시퍼런 무명중이 적삼에다가 버선에 대님을 쏙쏙 치고 (엇더한

로동자(勞働者)든지 버선벗는 법은 업다) 쌈안 얼골 속에서 눈알만 번적어리는 중국(中國) 로동자가 두 팔을 쫙 벌너서 흙부대를 잔뜩 실은 외박퀴차ㅅ 자루를 쥐고 이리 실죽 저리 실죽 가는 박퀴를 짜라 업허지지 안이하게만 굴니기에 엉거주춤한 허리 쑹그런 눈으로 노려보고 찌걱쌔걱 끌고간다 그의 이마에는 쌈이 비오듯 하고 그의 두팔의 심쭐은 잇난대로 뚜렷시 나타난다 아아 더워 그 쌔걱쌔걱 하는 무겁고 괴롭고 강한소리만 드러도!

맑앗튼 한울에는 검은 구룸이 군대군대 니러나서 여긔서도 뭉게뭉게 저긔서도 뭉게뭉게 이리 굴느고 저리 굴너 소낙비를 재촉할 쌔 눈겁풀이 무겁고 눈이 침침하고 귀가 먹먹하게 후덥지근하고도 푹푹 찌는 날쌔쑵잭이 얼골 우에는 쌈의 골챙이가 이리저리 나고 누런 니쌀에 북두데기 갓흔 머리 망에 씨운 쏙지가 뒷통수에 모과 가티 매달녀 잇고 해빗에 바래서 희끗희끗한 푸른 무명 적삼을 무릅 아래까지 나려오게 입고 한 쎔즘 되는 종아리 아레에 인두만한 발로 커드란 어린애를 안고서 왼몸을 흔들며 쎗쑥쎗쑥 가는 저 중국거긔 녀즈 한편 팔에는 강냉이쩍어더 모은 광주리를 씨엿스나 둘 중에 어노 것이든지 쩌러틔릴가 보아 잔득 부둥키여 잡고 힘썻 몸을 흔든다 아이고 얼마나 무겁고 얼마나 더울가 저다쑤로[1] 하는 거름으로 엇더케 먼 길을 다니며 강냉쩍 부스렉이를 주서 모을가 보기에도 힘든다 쌈 흘는다 아아 더워 지독키도 더워라. 쑹쑹 영감 올나안진 인력거 끌고 다라나도 저 인력거군 긔가 턱ㅅ 맥켜서 헐너벌덕 헐너벌덕한다 아이구이 더워라.

(『新女性』, 1924. 7)

---

1) '저따위'의 오기인 듯.

一年만에 본 京城의 雜感잡감

하이카라가 느러가는 京城 = 尹心悳윤심덕 音樂會를 보고
― 朝鮮 美展을 보고 = 土月會 李月華氏이월화씨에게

넓고 큰 滿洲에서 살다가 京城을 드러서면 마치 반간 방 속에다가 잡아
느코 四方窓을 잠그는 것 가튼 氣分이 生긴다. 京城 市街에는 쪽쪽 쏩은
靑年 洋服쟁이가 前보다 만하진 것 갓고 또 대모테 眼鏡 안 쓴 사람이 업
는 것 가티 보인다 女學生의 치마 기리는 昨年보다 조곰 길어진 것 갓고
女敎師 가튼 淑女처노코 왜사 적삼 생수 겹저고리 아니 입은 이가 별로
업는 것 갓다 漸漸점점 사치스러워 가는 것은 대단히 조흔 일이나 靑年마다
노라리오 사람마다 살수 업서 죽겟다는 형편에 비하면 웬 세음인지 알 수
가 업다 하여간 왜 그리 노는 사람이 만코 그러케 모다 살 수 업서서 엇
더케 할는지 우리 사는 곳은 이에 대하면 별천지 갓다 이러케 살다가는
조선사람은 다 죽게 되겟다 큰일난 일이다 길가에 다니며 보너라면 昨年
보다 料理집이 만하진 것 갓고 낫서른 辯護士 事務所라고 씨운 말둑이 여
러 군대 보인다 그리고 昨年에 보지 못하든 安國洞 行 電車와 迎秋門영추문
行 電車를 보고 쌈작 놀낫다

音樂會를 보고

내가 二十日간 京城에 잇슬 동안 다른 곳에도 만히 잇섯거니와 靑年會
舘에서만 音樂會가 네 번 잇섯다 나는 其中에 한 번 가서 보앗다

金永煥氏의 「소나다」는 인제 고만 햇스면 조켓다 이따금 가는 내 귀에
도 인제는 실정이 나다십다 그가티 아모 生覺도 업고 表情도 업시 눈 만

보고 손만 놀리랴면 우리가튼 사람도 할 것 갓다 좀 달리 工夫할만한 材料가 그다지도 업는지! 안저 듯기에 하도 有名한 聲樂家 尹心悳氏이기에 마침 期會가 잇서 드러간 것일다 音量은 充分하나 쏘푸란音이 아니오 알터音이엿다 다른 째 獨唱독창한 것도 그러한 지 모르지만 이날 두 가지 獨唱한 거슨 音樂이란 것보다 唱歌창가이엿다 업는 表情을 일부러 내는 것은 卑劣비열한 便이 만핫다 그러고 好意로 보면 活潑하다고 할는지 넘우 쩝적대는 것 갓햇다 좀 自然한 態度태도를 갓도록 修養하는 것이 엇더할는지! 韓긔주氏의 冷情하고도 沈着한 態度에는 藝術的 氣分이 充滿하엿다 매우 感謝하엿다 길게 햇다 가늘게 쌔는 소리가 마음과 가티 나오지 아닐 째는 나라도 할 수만 잇스면 잡어쌔주고 십헛다 듯기에 매우 힘들엇다 何如間 兩氏의 音樂에 天才게신 것을 부러워하기 마지 못햇다 그러고 兩氏의 成功을 心祝하엿다 會員 一同의 빠이욜닝 合奏합주에는 잘잘못보다도 工夫하는 어느 餘暇여가에 그가티 音樂工夫를 하엿슬가 하고 感服하는 동시에 스스로 붓그러윗섯다 洪永厚氏홍영후씨의 빠이욜닝은 昨年 듯든 째나 技術의 進步가 別로 나을 것 업시 들넛다 人場料를 벌기 爲함인지 音樂을 들녀주기 爲함인지는 모르겟스나 招待席에 滿員을 보면 거저 드러간 사람이 太半이나 되여 뵈니 빗이나 아니 지는지 부즈럽시 걱정이 되엿다 何如間 作年보다도 더 音樂은 普及되는 貌樣 갓다 中學生中에도 희끗희끗 빠이욜닝 만돌닝 씨고 가는 것을 보면 대단이 희망잇서 보이고 깃분 일일다

朝鮮美術展覽會를 구경하고

나는 거저 드러갈 수 잇는 關係로 두어 번 드러가 보앗다 審査員심사원의 말을 참작해보면 東洋畵나 彫刻部조각부에 比하야 西洋畵는 一般이 進步되엿슴으로 東洋畵에는 優劣우열의 差가 甚하나 西洋畵에는 入賞된 것이나 入賞되지 안은 것이나 過히 差度차도업슬만치 程度가 거의 갓다고 한다 그럼으로 東洋畵에는 二等이 잇스나 西洋畵에는 二等賞을 뽑지 안핫다는 것보다 못 하엿다고 한다 何如間 何部를 勿論하고 一回나 二回에 比하면 嚴選엄선이엿고 同時에 큰 進步진보이다 日本에서도 帝展제전이라든지 二科라든지

光風會 等 여러 가지 展覽會가 第三回에 至하야서는 相當한 實力에 達하엿섯든 것일다 그럼으로 朝鮮 美術展覽會도 이로부터가 큰 希望일다 그리하야 우리는 발서 西洋畵의 그림을 흉내낼 째가 아니오 다만 西洋의 畵具와 筆을 使用하고 西洋의 畵布화포를 使用함으로 우리는 임의 그 描法묘법이라든지 用具에 對한 選擇이 잇는 同時에 鄕土라든지 國民性을 通한 個性의 表現은 純然한 西洋의 風과 반듯이 달라야할 朝鮮特殊조선특수의 表現力을 가지지 아니면 아니될 거실다! 여긔에 ──히 枚擧매거하야 作品에 對한 評을 길게 쓸 수 업스나 何如間 何部를 勿論하고 人賞된 作品이 比較的 낫다고 할 수 잇스며 或 人賞되지 못한 作品에도 優勝한 것이 잇스나 大槪 人賞作品으로 表準을 삼을 수밧게 업다. 李鍾禹 氏의 「追憶」은 追憶 氣分이 매우 잘 表情된 줄 안다 그러나 花盆이 넘우 크게 그린 筆跡필적이 畵面 中에 넘우 몬저 눈에 씌웟다. 金昌燮氏의 「敎會교회의 裏路이로」는 나의 조와하는 그림 中에 하나이다 地面의 色과 그림자 色을 매우 즐겨한다 朴榮來氏의 「韶光소광」은 人物이 넘우 人形가탯다 遠田運雄氏원전운웅씨의 「丘」도 내 조와하는 그림 中에 하나이다 女子의 얼골이 넘우 가로 퍼젓스나 全體에 핑크마나 色으로 調和를 取함은 매우 溫味를 보이게 되엿다 畵와 四君子는 볼 줄을 모르거니와 日本畵에는 亦是 三戸俊亮氏삼호준양씨의 「樂水」와 豆立秀子氏의 「早春」이 第一 藝術味를 씌운 作品이엿다 全體의 進步로 因한 平凡한 것은 別로 問題될만한 作品이 업는이만치 쓸쓸하고 섭섭한 일일다

土月會 구경을 하고 李月華氏에게

世界的 有名한 톨스토이 作 「짜츄샤」 演劇은 일즉이 東京잇슬 째 松井須磨子가 하는 것을 본 일이 잇다 두 번재 다시 京城서 보게된 것은 매우 깃분 일이엿다 廈場에 드러서니 舊구 家庭婦人가정부인네가 만히 게신 것이 눈에 씌웟다 그리고 下層席에는 中學生帽子중학생모자가 半數 比上인 것이 쏘한 이상스럽게 눈설엇다 專門學敎 學生들 보다 中學校 學生이 工夫 제처노코 이런 求景 다니는 것은 朝鮮밧게 업슬 것이다 쏘 돌아보니 特等席

은 텅 비이고 招待席초대석이 滿員이다 各 新聞記者는 다 모혀든 것 갓고 刑事 警官도 적지 아니하엿다 特等이나 一等票쯤 살만한 양반은 모다 거저 드러와 안젓고 三等席이야말로 滿員일다 이래가지고 費用이나 겨우 쓰더 쓰게 될가하고 나는 부즈럽시 걱정을 하엿다 그리고 土月會 一同의 그 犧牲的희생적인 態度에는 아모 효력업는 일이나마 同情하엿다 舞臺가 멀지 못한 比例로 背景의 그림 이 넘우 적은 대까지 그리지아니 하엿나 십헛다 나무 입새라든지 꼿 가튼 것을 좀더 큼직큼직 그럿스면 舞臺가 더 넓어도 보이겟고 멀어도 보이지 아닐가 하는 生覺이엿다. 네뿌리드[1] 公爵공작은 좀 더 男子다웁고 活潑하고 無邪氣무사기한 사람이엿스면 조흘 것 갓햇다 그리고 第一幕에 公爵이 姑母고모의 집에 가서 까추샤가 드러오기 前에 房안을 방황할 째 아라사 사람과 가티 가만이 안젓지 안코 쑤벅쑤벅 사방으로 거러 다니는 것이 업섯다 이분에 對하야서는 表情이라든지 姿態자태라든지 言語에 한 가지도 取할만한 아모것도 업시 平凡하다는 것보다 넘우 機械的기계적이엿다 第二幕의 까츄사를 차자가서 사죄하는 것이라든지 第三幕 最後에 작별을 告할 째 觀覽者관람자로 하여곰 何等의 씨름을 주지못한 것은 큰 遺憾일다. 月華氏의 까츄샤 役은 果然 敬服경복하엿다 第一幕에 公爵을 맛나 반가워하는 말이 「대감 오섯다는 말삼을 드르니 내 가삼이 욱설욱설헷서요」 하는 욱설욱설이란 形容辭는 무슨 意味를 表함인지 매오 거실니게 들넛다 「가삼이 두군두군」 하다는 거시 普通이 아닌가 내 生覺하나 脚味 번역하신 양반인들 모르실 배 아니겟는대 이런 말을 쓰게한 거슨 무슨 큰 意味가 잇는 줄 안다 第二幕은 大成功일다 第一 自然의 態度가 觀覽者로 하여곰 크게 쎌님을 밧게 한 것이다 第三幕 最後 作別을 告할 째 勿論 옛날의 처음사랑을 生覺하야 마음이 매오 부드러워지는 것이 自然이겟지만 그러나 第二幕에 比하면 너무나 연약하엿다 비굴하엿다 그리고 第三幕中에 第一 重要한 말 「나는 당신을 사랑하기 째문에 結婚을 아니 하겟소」 하는 것을 두어번 말햇스나 다른말 하는 중에 끼여서 어믈어믈 해버리는 것이 듯기에 넘우 아쌉엇섯다 그리고 짠 말로 좀 강하게 말하여 주엇스면

---

1) 원문대로.

하고 기대하엿섯다 何如間 月華氏는 大成功이다 나는 氏의 天才를 부러
워하고 부대부대 成功하여줍소서 부탁하고 心祝하엿다 이거슨 쌴 말이지
마는 第二幕에 까츄샤가 公爵인 줄 알고 웨칠 째에 「웨 왓소」 하는것 보
다 「왜 왓니」 햇스면 원망하는 말이 더 강할 것 갓햇고 第三幕에 公爵이
까츄샤에게 「나하고 婚姻해다오」하는 것보다 「나하고 婚姻해주시오」햇스
면 悔改회개한 心理가 더 쑤렷할 것 갓햇다 어대까지 遺族이오 어대까지 賤
婢천비인 態度를 꼭직히는 것은 넘우나 분하엿다 그러나 아라사 風俗에는
갓가온 사람일스록 해라를 한다고 한다 그리하야 未婦間 「당신」이란 말이
나오면 곳 리혼하는 날이라고 한다 이 意味로 보아 公爵이 까츄샤에게 꼭
해라 하는 것이 더 親密하다고 할 수 잇겟지 그러면 까츄샤가 公爵에게
해라 못 할 것은 무엇인가 응 밉고 원망하는 사람이니까 敬語를 써야 할
는지 모르지 脚本이 아라사에 것이니까 아라사 風俗대로 해야할는지 말이
朝鮮말이니까 朝鮮말 心理로 해야할는지 번역하신 분쎄서도 勿論 苦心하
엿섯 줄 안다

(『開闢』, 1924. 7)

내 남편은 이러하외다

— 金雨英氏 夫人

성질이 둥그레하면서도 극열한 감정가외다 그럼으로 보편적으로난 사람이 좃타는 인상을 주는 사람이나 제일 갓가온 사람에게는 째째로 긔가 막히게 철안난 감정을 부림니다. 그러나 대체로 보면 착하고 조흔 사람이외다. 누구든지 남 보기를 자긔 표준으로 하니짜 남을 다 조흔 사람으로만 밋고 보난 사람이외다 그럼으로 간혹가다가 남을 넘우 밋는 짜닭으로 안고 넘어질 째가 잇습니다.

이 사람의게 큰 결덤은 넘우 취미성이 박약한 거시외다 그러나 남의 취미를 방해난 결코 하는 사람이 아니오 할 수 잇난 대로 남의 개성을 존중이 녁여주난 거슨 무엇보다도 미점으로 압니다 다 쓰랴면 엇지 이 뿐이리짜마는 내 남편은 대체로 말하면 이러한 사람이올시다.

(『新女性』, 1926. 6)

京城 온 感想 一片

　오래간만에 서울 와 보니 서울을 써나 사라오기는 이미 육칠 년이 되엿스나 일년에 평균 한 번식은 서울을 들니게 되엿다. 이번에도 작년 십월에 들럿다가 다시 와보니 반가운 일도 만커니와 슯흔 일도 만타 위선 시골서 잠자듯이 잇다가 경성역에 나려슬 쌔에 사람 사는 듯 십다. 그러나서[1] 이 삼일간만 서울 잇서보면 객디라 그런지 모르나 도모지 침착되지 안코 오기 전에 누구누구 차저 보리라고 별느고 별느든 것도 물거품 써지듯이 다 스러저 버리고 아모 데도 오도가도 십지 안케 된다. 이번에도 와서 보니 친구들을 심방하고 십흔 생각이 업서진다. 길거리에 나가보면 전보다 사람 만하진 것 갓고 그 중에도 트레머리가 만히 느른 것 갓흐며 만히 사치스러워진 것 갓다. 더욱히 트레머리들의 입은 옷은 물산 장려는 어데로 갓는지 일본 물건으로 만히 입개 된 것이 볼 째마다 지나쳐 볼 수 업게 된다. 그런데 저고리 치마의 색채에 대하야 조화되게 입어서 정말 모양낼 줄들 알아지는 경향이 보인다. 그러나 마음은 점점 놉하가고 경제에 힘은 점점 쇠퇴하여 가니 슯흔 일이다. 또 눈에 쎄이는 것은 자동차가 는 것이다. 집에 드러가면 내일 밥거리가 엇절지 몰으더라도 좀 것기 실흐면 탁시 불너대는 사람도 업지 안아 잇슬 듯 십흐니 아니 슯흘 수 업다. 이와 동시에 료리집도 성황하여 가는 모양이니 그 반면에는 영양 불량으로 얼골이 노래가지고 료리집 간 그 남편을 밤새도록 기다리는 가련한 가뎡 부인의 광

---

1) '그리고 나서'의 오식.

경이 눈압혜 어리어리 보이는 듯 십다. 그 외에 이것은 내 눈으로 보지 못한 사실이나 잡지 상으로 보든지 여러 사람의 이야기를 듯건대 경성에 대유행인 소위 런해들[2]이다. 열오륙 세 되는 처녀가 예사로 당당하게 대로로 남자와 억개를 겻대고 다니며 요리집으로 드러가서 연애담이나 하고 밤이 들도록 놀고 다닌다 하며 동시에 처녀 정조 유린으로 전문하는 소위 신사 부랑패 류가 잇다 한다. 이거슨 언제나 말하는 것이지마는 과도긔에 잇는 부득이한 현상이요 한편으로 생각하면 진보되는 일보라고도 말할 수 잇스나 좀 더 고결하엿스면 조흘 듯 십고 좀 더 진중하기를 바란다. 지면 관계상 서울 와서 본 감상 간단이 몃 가지 쓰는 동시에 언제나 서울은 침착한 서울이 되며 깃분 서울이 되여 보나

(『東亞日報』, 1927. 5. 27)

---

2) 원문대로.

내가 어린애 기른 경험

　나는 어린애 기르는데 대하야 아모 차림차림 업시 발서 두 아이 어머니가 되고 말엇습니다. 이 덤으로 보아 실로 붓그러온 일이오 어미될 아모 자격이 업슴니다. 다만 우연히 당한 어미로서 심상하게 길으는 경험을 쓰랴고 합니다.

　그래도 이곳 저곳서 어더 드럿든 태교(胎敎)에는 매우 주의하느라고 하엿습니다. 그러타고 별로 지어 한 일은 업습니다. 오직 할 수 잇는대로 신경을 흥분시키지 안키 위하야 자극될 사물에 접하지 안토록 햇슴니다. 가량 말하면 연회석이라든지 연극장, 활동사진관 가튼 데에는 별로 리될 것이 아니면 가지 아니하엿습니다. 그러고 부즈런한 아이를 나코 십흔 생각이 잇서서 쉬지 안코 활동 하엿슴니다.

　급기 나코 보니 정말 엇지 길러야 조흘지 몰랏섯습니다. 제일 젓 먹이는 시간을 의사의 말대로 네 시간만에 한 번식 먹엿습니다. 그 안에 우는 것은 배곱해서 우는 것이 아니라 오좀을 싸든지, 졸리든지, 압흐든지, 목마르든지 하야 우는 것인줄 알엇습니다. 그리하야 어른이 밥만 먹으면 목이 마른 것 가티 목말러 할 째는 따쓰한 물을 숫갈로 먹이면 매우 조와 먹는 것 가탓습니다. 그리고 울면 우름 소리에 짜라 압해서 우는 것 갓지 안을 째는 제가 울기 실혀서 고만 둘 째까지 가만 내바려 두엇습니다. 어른이 밥만 먹고 운동을 아니 하면 병이 나는 것과 가티 어린애도 먹기만 하고 가만이 들어누엇스면 병이 날 것입니다. 그럼으로 어린애가 손을 썰고 발 버둥을 하야 우는 것은 자연히 식히는 운동법인줄 압니다. 이러케 한참식 울어야 먹은 것이 나려가고 사지가 굴거지고 몸에 살이 포동포동 쪄갑니다. 따라서 성대도 잘 발달되는 것입니다. 그 따르를 하고 우는 것을 참아 듯기 어려울 째가 잇지만 무정스럽고 냉정한 태도로 가만 내버려두워야 합니다. 제일 긔억해 둘 것은 간간히 더운물을 먹일 것이외다 내경험상으로 보면 어린애 기르는 것이 어려울 듯 하든 것이 의외에 쉬웟슴니다. 백일 안에는 데일, 일정한 시간에 젖을 먹이고, 데이 만히 울리고, 데삼 더운 물을 만히 먹이면 영낙업시 설사 한 번 업시 잘 커갑더이다.

백일 이후에는 조곰식 기어다니기 시작하면 함부로 집어먹는 것이 큰일입니다. 이 째는 별수 업시 어린애 손 닷는 데는 위험한 물건을 두지 안토록 주의할수밧게 업슴니다. 첫돌이 도라오면 빗슬빗슬 것기를 시작합니다. 그리하야 이러스다 쓰러지고 비틀비틀 다니다가 넘어지고 곡고라지고 쩌러저서 코방아 찟는 일이 째 업시 수업슴니다. 이 째에 엽헤서 보든 어룬들은 쌈짝 놀라 쮜여가서 이르켜 줍니다. 그러면 어린애는 엄살하고 입을 크게 벌려 웁니다. 어룬의 이 태도가 데일 안된 태도입니다. 쩌러지지 아니 하랴다가도 어룬 악 쓰는 소리에 놀나서 쩌러지는 수가 만슴니다. 그러고 압흐지도 안으면서도 엄살을 함니다. 그 쑨 아니라 이는 교육상에 데일 안된 것입니다. 제가 넘어지거든 꼭 제가 이러나도록 하여야 함니다. 어룬이 이르켜 주는 것은 버릇도 업서지거니와 의뢰심을 길르는 것이외다. 지금까지의 우리 사람들은 너무 의뢰심이 만핫섯슴니다. 백성은 나라에 의뢰하고 자식은 부모에게 의뢰하엿스며 녀자는 남자에 의뢰하여 왓슴니다. 일로부터 우리 사람은 이래서는 도저히 아니 됨니다. 제것은 제가 하는 독립심을 길러야겟슴니다. 어려서 넘어진 것을 이르켜 주는 것이 대소룹지 안은 일 가트나 싹 나오는 이 째부터 독립심을 길러 주워야 할 것입니다. 물론 위태한 경우에는 급히 안어주워야 할 것이나 악을 쓰고 덤벼서는 쩌러저서 상하는 것보다 오히려 해로온 점이 만슴니다. 우리 아이들은 넘어지면 집안 사람들이 일제히 도라 안습니다. 그러면 휘휘 돌라다 보다가 어이가 업는 듯이 툭툭 틀고 이러나 안습니다. 일즉이 한 번도 이르켜 준 일도 업고 따라서 넘어지면 의례 아모 말 업시 이러날 줄 압니다. 언제인지 한 번 우리 라열(큰 딸)이가 세 살 먹엇슬 째 컴컴한 부엌에서 김흔 아궁이를 헛드데서 쾅하고 넘어젓습니다. 그 때 나는 맘을 척 가라안처서 「라열이 재조 참 조타. 한 번 더 해 보아라」하엿습니다. 그런즉 울랴고 하다가 고만 싹 그치고 해해 우스며 가장 재조를 부린 드시 부시시 이러낫습니다. 집안 사람들은 다 우섯습니다.

그 다음에는 말 배호기 시작을 합니다. 어린애들은 참 이상야릇하고 얼투당투 아니한 말을 잘 지어냅니다. 이거슬 일일이 고처 일러 줄 수는 업는 거시요 고처 준대야 알아듣지도 못합니다. 어느 정도까지 가만히 두엇다가 말이 완성될 시기에 이르러서는 쪽쪽한 말을 가르처 주워야 합니다. 가령 '파파', '엄마'라고 부르거든 '아버지', '어머니'로 가르처서 할 수 잇는 대로 '파파', '엄마'를 고처서 '아버지', '어머니'로 부르도록 하고 처음부터 아버지 어머니로 부르게 되도록 하여야겟습니다. 어느 책을 본즉 첫째 교육하는데 제일 필요한 것은 한가지 물건에 대하야 어렷슬 때 말과 장성해서 말이 달라서는 아니 된다고 하옵데다. 내 생각건대도 일로부터의 아이들은 만히 알아야 하겟고 만히 배와야 하겟는데 시간 경제와 긔억 경제를 할 필요가 잇는 줄 압니다. 그러고 짜라서 아이에게 대한 말, 어룬에게 대한 말을 어려서 아조 가르처 두면 이후 학교에서 수신시간에 이리저리 해라할 필요가 업서질 것 갓습니다. 나는 우리 나열이가 세 살 먹엇슬 때 밥 먹을 때마다 가르첫습니다. 「어머니는 진지 잡수시고 아버지도 진지 잡수시고 라열이는 밥 먹고 동생도 밥 먹고」 집안 사람대로 위아래를 구별하야 이러케 가르첫습니다. 처음에는 어머니 밥 잡수고 선(라열이 동생)이는 진지 먹고하다가 몃 번 가르치니까 쪽쪽 알으켜서 말합니다. 지금 다섯 살이나 열 번이면 열 번 다 「아버지 진지 잡수고 사무실에 가섯다」합니다. 이와 가티 잘 때에도 「아버지 어머니는 주무시고 라열이는 자고」라고 가르첫습니다. 어려서 이러케 행습을 식히지 안으면 커서 좀처럼 고칠 수 업습니다.

한 가지 이젓습니다만 일 개년쯤 되거든 젓 쎄일 준비를 해야 합니다. 그리하야 차차 도수를 주리고 밥이나 과자가튼 것을 먹이기 시작합니다. 이째 쎄치지 못하면 아이가 젓맛을 알게 되고 어머니 품에 안키우는 맛을 알게 되면 쩨치기가 매우 어렵습니다. 우리 첫째 아이는 만 일 개년 이 개월만에 쩨치고 둘째 아이는 일 개년 류 개월만에 아조 쩨첫는대 한 집에 잇서서는 도처히 쩨치기가 어려운 것입니다. 그럼으로 나는 딱 작정하고 삼사일간 집을 쩌납니다. 졋이 부러서 고생되지만 도라오면 어린이는 도모지 졋 생각을 아니하게 됩니다. 졋을 늦도록 먹이는 것이 조타고 하지마는 내 경험상으로 보면 모체(母體)가 휘질 쑨이오 어린애도 주접만 질 짜름이외다. 오히려 졋을 쩨치니 밥도 잘 먹고 하로에 이삼차식 자양 잇는 과자를 주게 된즉 매우 살이 붓게 됩니다. 그리고 저 혼자 놀게 되고 사람에게 척척 감기지 아니 하는 이만치 칠칠합니다.

어린애처럼 단조하고도 고집 신 것은 업슴니다. 무엇이든지 한 번 하랴는 것은 꼭 하랴고 듭니다. 이럴 째에 할 수 잇는 대로 위험한 것 외에는 말리지 말고 가만 내버려두는 것이 좃습니다. 나는 어린애가 간장이나 고초장을 먹으랴고 할 째에 가만 내버려두고 봅니다. 그러면 아이는 먹고서 웁니다. 그 후로 먹으라고 주면 죽여라 하고 먹지를 안습니다. 그러고 문구멍을 뚤습니다. 가만 두엇다가 날마다 한 번식 구녕 난 데다가 손을 대여 노코 바람을 쏘임니다. 그러고 이것은 네가 이런 것인데 손구락이 춥지 안흐냐고 멧칠 두고 일늡니다. 그러고 다시 뚜르라고 손구락을 갓다가 대면 한사하고 뚤치를 안코 뒤로 물러나갑니다. 그 후로는 다시 뚤치를 안습니다. 쏘 벽에 연필로 직직 거움니다. 그럴째는 가만이 안저 봅니다. 그런 후 아이를 불러 세우고 것지 안은 흰 벽을 가리치고 쏘 더러운 벽을 가르치며 정한 것과 더러운 것을 역시 하로에 한 번식 말해 들립니다(사흘쯤). 이상스러운 것은 아러들을 것 십지 안은 아이가 그 후로는 연필을 주고 가만이 보랴면 결코 다시는 작난을 아니 합니다. 쏘 아이들은 작난감을 조와합니다. 사다가 주면 곳 그 자리에서 깨트려 업새고 맙니다. 나도 한 달에 한 번식 아이들을 작난감 집에 데리고 가서 저의가 집는대로 몃 가지식 사다가 줍니다. 그러나 년령에 짜라 가지고 놀만한 작난감이 업습니다. 될수 잇는대로 나무로 만든 미술적 가치가 잇슬 만한 것을 선택하야 주고 십흐나 도모지 그런 것이 업서서 섭섭할 째가 만습니다. 그러케 작난감을 사 주면 날마다 방안에 굉장이 느러노코 놉니다. 나는 그 작난감을 내가

치우든지 다른 사람을 식히어 치우도록 아니 합니다. 그것을 가지고 놀든 아이들을 식혀서 그릇에 담아서 노앗든 자리에 꼭 노토록 합니다. 늘 그러케 하도록 하야서 이제는 저의가 가지고 놀든 것을 꼭 치웁니다. 밤에 잘 째에도 옷을 버서서 꼭꼭 개여 발치에 노토록 합니다. 무엇이든지 꼭 노앗든 자리에 노케 합니다. 과실을 먹을 째에도 썹질을 짜록 노토록 가르칩니다. 이와 가티 정결한 것과 질서 잇는 것을 가르칩니다. 쪼 가르치는대로 되는 거시 자미스럽습니다.

의복에 대하야는 할 수 잇는 대로 얇게 입는 습관을 기릅니다. 넘어 더 웁게 입히면 쌈이 낫다가 서늘해질 째 감긔가 들기 쉽고 쪼 어린 피부가 매우 약하야집니다. 그러고 의복의 빗과 모양은 간단한 것을 취합니다. 빗 은 백색과 흑색을 별로 입히지 안코 늘 색을 가라서 입힙니다. 그러고 입 힐 째마다 이 빗은 빨간 빗이오, 이 빗은 파란 빗이다 하고 색채의 교육을 합니다. 조선 의복은 일정한 모양이 잇지만 양복을 입힐 째에는 간단한 법 으로 만드러 입힙니다. 이것이 우수운 듯 십흐나 어린애란 뇌가 단순합니 다. 그럼으로 색을 취할 째에도 간색(間色)보다 원색(原色)을 취하여야 하고 모양도 단순한 모양을 취하는 것이 어린애 뇌에 조화가 될 만치 교육상 큰 영향을 밧게 됩니다.

제일 처리하기 어려운 것은 말리는 것을 듯지 안코 우는 것입니다. 이런 째는 매를 짜리는 수밧게 업습니다. 어느 생리학자의 말을 드르니 어린애 는 한번 째리면 순환하든 피가 변색이 되고 그만치 뇌에 해가 된답니다. 나는 이것을 알면서도 째째로 째립니다. 그러고 호젓한 방에다가 가둡니다. 매도 매우 효험잇다는 것까지 조곰 알고 엇지하면 째리지 안코 일느지 못 할가 하는 데까지는 내 힘으로는 알 수가 업습니다. 그러고 쪼 공연이 앙 앙 보채고 까닭업시 울째가 잇습니다. 이것은 다른 까닭이 아니라 배속에 회가 동해서 그런 것입니다. 이런 째는 곳 짐작하고 『세엔네』라는 회충약 을 사다가 손에 두어 번 찍어서 입술에 실적실적 바릅니다. 그러면 신통하 게 그 이튼날이면 두 마리 세 마리 다섯 마리까지 나올 째가 잇습니다. 한 달에 한 번식 이러케 먹이여 회충을 쌥니다. 어린아이들에게는 흔히 체하 야 설사를 잘 하고 쪼 감긔가 잘 듭니다. 나는 어린애들에게 삼시 밥 먹일 째 간장에 비벼서 잠간 기름을 쳐서 무 밋둥하고 줍니다. 그러고 꼭 냉수를 먹입니다. 쏘 하로 두 차례 오전 열시쯤과 오후 세시쯤 하야 계란과 우유를 만히 느어 내 손수 만드른 과자를 알마치 줍니다. 정해논 시간을 꼭 실행치 못할 째도 잇습니다마는 배병 아니 날만치 줍니다. 냉수는 위장을 튼튼하게 하는 것 가틉니다. 냉수를 먹인 후로 아직 한번도 배병난 일이 업슴니다. 쏘 감긔 들지 안토록 하는 것은 매우 쉽슴니다. 내 경험상으로 볼진대 등어리에 쌈이 낫다가 식으면 감긔가 드는 것 갓슴니다. 그러고 낫에 입엇든 옷을 밤에 입고 자고 쏘 낫에 입고 하는 가온대 피부에 아모 새 자극이 업슬 쑨 아니라 몬지가 드러가고 하야 불결한 중에서 드는 것 갓슴니다. 그럼으로 낫에 활동할 째 입는 의복과 밤에 잘 째 입는 옷을 짜로 정해 노코 밤마다 아츰마다 가라입히기가 좀 귀치 안치만 쏙쏙 자리옷을 가라입혀 재오는 것이 조흔 것 갓슴니다. 그러고 자리옷은 얇은것, 홋것일사록 조흔 것 갓고 넓고 길사록 좃슴니다.

다섯 살 먹은 쌀과 두 살 먹은 아들을 기른 경험이란 대강 이러합니다. 차차 유치원부처 소학, 중학 그 이상 학교까지 교육 식히랴면 짜라서 가정 교육의 문뎨가 복잡할 것을 예상합니다. 아직 거긔까지 생각해본 적도 업고 쏘 장차 당할 째의 일로 미루려고 합니다. 오직 미리 생각하는 것은 아이들이 장성함을 짜라 교육자인 부모의 교훈을 신뢰할 만치 부모된 자는 반드시 그 시대 시대를 리해할 만치 공부하기를 쉬지 아닐 것이라고 생각합니다. 나는 이상과 가티 냉정한 태도로 자연에 맛기여 아이를 길러 갑니다.

(『朝鮮日報』, 1926. 1. 3)

愛兒病看護애아병간호

    東來동래 福泉洞복천동 산골에서 오고가는 세월을 맞는 몸이매 붓을 잡을
機會기회라도 잇슬 터이오나 요지간은 어린아해가 病병이 들어서 그 겻혜 안저
醫藥의약의 시발을 하느라고 도모지 精神정신을 못차리나이다. 어린것의 快復쾌
복을 기다려서 긴 글월을 올리기로 하고 끗치나이다.

                                                        (『三千里』, 1930. 1)

끽연실

羅蕙錫 女史 曰 = 저는 경우만 허락하면 그림공부로 다시 한 번 파리로 가려고 합니다. 요전번에 그곳에 갔을 째는 약 륙개월 동안 잇섯는데 파리의 유명한 화가 빗세이 씨의 畵室을 다니며 무엇을 좀 알려고 애를 썻지만은 잘 알려지지 안튼 것이 정작 귀국하여 보니 이것저것 豁然활연히 깨닫게 되는 바 잇어, 이제야 정말 洋畵에 눈이 쩌지는 듯 합니다. 그래서 녯날에는 헛일을 한 듯해요 즉 헛그림을 그린 듯 후회남니다.

요지음은 친구의 방을 빌어 가지고 전람회에 출품할 風景畵를 그리고 잇는데 아츰 열 시부터 저녁 녁 점까지 그 畵室에 꼭 드러박이고 잇습니다. 아마 二週日이나 걸니어야 完成될 듯한데 녜전 奉天의 風物을 그린 「天后宮」 이후에 처음 애쓰는 作으로 나는 밋습니다마는 어떨는지요 ……

나의 女學生 時代는 벌써 十餘年 前으로 지금은 열 살 먹은 아들을 머리로 어린애들 넷을 가진 늙은이람니다. 세월은 참 빠르지요.

(『三千里』, 1930. 5)

巴里에서 본 것 늣긴 것

― 사람이냐? 학문이냐?

내가 巴里에 있을 적 일이다.

主人집에서 친구 哲學博士를 主賓^{주빈}으로 여러 사람을 招待하였었다. 約二時間 食事하난 동안에 主客間에 對話가 一分도 끈치지 안니 하엿다. 그러나 博士는 이짜금 짠청을 하다시피 얼짜진 사람갓치 마지 못하야 말對答을 하는 樣양 갓했다.

食事 後 談話^{담화}며 짠스로 愉快히 놀다가 演劇場 同行으로 主客이 다 한 電車를 타게 되었다.

내 옆에 앉았던 主人 딸이 나에게

「여보, 저이가 왜 저럿소 나는 저런 사람이 시러」

「누구 말이오 저 哲學博士 말이오」

「아직 박사난 되지 않았고 지금 박사 논문을 쓰는 中이라오」

「그러니까 論文 쓸 生覺에 그렇지 안켓소」

「그렇지만 사람이 왜 저래. 나는 실혀」

옆에 안젓든 그의 형이

「그러게 말이지, 왜 그래 사람이, 나도 슬혀」

「그런데 저이가 夫人이 없지. 喪妻^{상처}하였소. 未婚者^{미혼자요?}」

나는 오늘 招待에 혼자 온 것을 무럿다.

「아니 그 사람은 極度의 獨身主義^{독신주의자라오}」

나는 마주 안즌 三十六, 七歲쯤 되여 보이는 그 사람을 자세히 보앗다. 그는 허리가 굽고 얼골이 누러케 쓰고 눈이 멀거서 電車바닥만 굽어보고 무어슬 골몰이 生覺하고 있다.

나는 도라와 자리에 누어서 가만히 生覺해 보았다.

그 사람이 왜 그리 病身 갓고 못난이 갓고 말도 잘 못하고 쓸々스러워도 보이고 世上이 다 귀치안은 것 갓치 보이나 우리 同行이 다 그사람을 실탄다 나도 실타

그 사람의 머리 속은 엇더할가. 東西洋 哲學史가 환할 거시요 人生觀이 쏙 定해 잇슬 거시다. 무어신지 모르나 論文 問題에 精神이 集中해 있을 거시오 짜라서 아는 거시 오작 만켓나 各國 方語방어로붓허 各 方面 科學이 머리 속에 꽉 차서 잇슬 거시다. 果然 學問 만흔 사람이다. 그러나 그 사람은 營養不足영양부족과 運動 不足으로 몸이 가늘고 血色이 없다. 그리하여 모든 사람에게 실음을 밧는다. 나는 문듯 生覺낫다. 어느 째 어느 친구 한 사람이 「나는 모―든 女性이 실혀해요」 하든 말을 …… 그러고 그 친구의 머리에도 저 哲學博士만치 學問이 잇구나 하고 瞥眼間별안간 尊敬心이 생겼다.

그러면 사람들은 엇던 사람을 조와하나 卽 사람은 엇던 사람이 되여야 하나 圓滿원만하여야 한다. 德스러워야 한다. 健康해야 하고 親切하여야 한다. 쪼 學識이 있어야 한다. 그러면 누구든지 좋아하고 사람으로도 滿点이다. 그러나 이러케 具備하려면 天品이 그러하든지 그러치 안으면 生活條件이 그러하든지라야 될 것이요 수양으로는 되기 좀 어려울 것이다.

세상에는 怜悧영리한 사람, 똑똑한 사람이 만타. 이러한 사람은 大槪 無識한 사람이거나 그렇지 않으면 經驗 많고 鍛鍊단련 많은 사람이다. 無識하면 대담할 수 잇다. 경험 많고 단련 많으면 능할 수가 있다. 그러나 학문 만흔 사람으로만은 똑똑할 수 업다. 왜 그러냐 하면 학문은 바다물과 갓다. 바다물을 한 동이 두 동이쯤 퍼낸대야 바다와 물에난 아모 應함이 없을 것이다. 퍼낸 그 자리는 퍼내기가 무섭게 채워 잇다. 그러므로 학식을 만히 가질수록 쪽쪽 못하게 된다. 勇氣를 잃는다. 疑惑의혹을 품는다. 더구나 次代를 創作하려고 設頭하는 藝術家의 生涯라.

現代는 쪽々한 世上이다. 卽 分明한 世上이다. 分明한 사람이 人物이오 事業家요 또 사람들이 조와한다. 社會가 複雜해지니 쪽々하지 안코는 簡單

간단히 要領요령을 쌀 수 없다. 自然 쏙々하게 되고 쏙々하여야만 하게 된다. 그러나 모—든 創作은 쏙々지 못한 흐릿한 가운데서 나온다. 順境보다 逆境에서 나온다. 苦痛 煩悶 중에서 나온다. 順境에 處한 사람은 쏙々할 수 잇스나 逆境에 처한 사람은 쏙々할 수 업다.

巴里라면 누구나 다 華麗하고 奢侈한 곳으로 想像할 뿐 아니라 人情 風俗이 다 愛嬌애교 잇고 산뜻하고 쏙々한 곳으로 알지마는 國立圖書館에나 市立圖書館에를 가보라. 七, 八十된 대머리 老人들이 冊을 山같이 싸노코 보난 거슬. 그들은 집에 도라갈 때 自動車 소리에 깜작 놀나고 電車를 타면 終點까지 가지 안나, 누가 말하면 東問西答을 아니 하나 그들을 누가 쏙々하다 하랴. 그러나 現代文明이 모다 그들의 머리에서 나온 事實이야 누가 否認하랴. 何如間 學問이 잇든지 업든지 사람은 탁 튼 맛이 잇서야 한다. 그러나 어느 한 가지 硏究로 精神이 一에 集中하고 보면 사람이 自然 偏狹편협해지고 너그러워지지 못하난 거시 常例이다. 그러니까 사람이냐 學問이냐 하는 疑問이 생겼다.

그 哲學博士는 지금 무엇을 思考해 노앗난지 새로이 궁금하다.

(『大潮』, 1930. 7)

모델
— 女人日記

또 새로운 날이 닥처왓다. 이불 속에서 오날 지낼 目錄을 定하고 이러낫다. 掃除소제를 하고 朝飯을 먹고 나서 冊床 압헤 안저 冊을 보고 안젓다.

아래 門 여는 소리가 드르르 나며 딱 드러스는 구두 소리는 익숙하다. 二層으로 올나온다.

　R K냐

　K 네, 굿모닝 수잇 쭈림?

　R 굿모닝 투 쎄임 아유?

　K 오날도 또 모델이 되야지?

　R 물론이지

　K 또 정친다 ……

　R 보수로 장국밥 대접하지!

　K 기껏해야 고거야

　R 그럼 고기 넛고 구수한 말국에 그런 대접이 어대 잇서

　R 자 안저라 이가 물어도 꼼작 말고

　K는 冊보는 포즈로 모델이 되고 R은 화로를 씨고 안저서 그리고 잇다. 한 삼십분 되더니

　K 아이고 다리야 사람 살녀주

　R 엄살하면 호소할 째나 잇나

　K 왜요 호소할 대는 업서도 변호사 댈 사람은 잇다나요

　R 그럼 무서워서 고만 쉬워야겟군

화로를 가온대 노코 마조 안저 잡담이 나온다.

R 어제 S, Y, C 三女史가 왓섯서

K 왜? 쏘 무슨 不平이 잇섯나

R 밤낫해야 그 말이 그 말이지 남편에게 대한 불평이지 何如間 男性 中心으로 된 社會制度를 저주 아니 할 수 업서

K 참 그래, 무슨 불평인구

R S의 남편은 蓄妾축첩을 햇대지 Y 남편은 家族이 굴머 죽거나 말거나 마쌍에 밋첫대지 C의 남편은 카페에 다니느라고 낫이면 밤을 삼아 잔대지. 온 웬 심인지 남편은 남편대로 싸로 놀고 안해는 안해대로 대불평을 가저 모다 들쩟스니 엇전 까닭인지 몰나

K 그까짓것 모다 툭 차 버리지

R 남자는 칼자루를 쥔 세음이오 녀자는 칼날을 쥔 세음이니 남자 하는대 싸라 女子에게만 傷處를 줄 쑨이지 고약한 制度야. 只今은 階級 戰爭 時代지만 未久에 男女 戰爭이 날 것이야 그러고 다시 女尊男卑여존남비 時代가 오면 그 社會制度는 女性 中心이 될 것이야. 무엇이든지 固定해 잇지 안코 循環순환하니까.

K 그래 S, Y, C들은 엇더케 한답데가?

R 별 수 잇나 無用의 不平만 가젓슬 쑨이니 목구녁이 보누청1)인걸. 쌍 문제로 도로 들너붓고 마는 거지. 그보다도 母性愛로 斷行을 못하난 者도 잇겟지

K 何如間 수수썩기라

R 그들이야 무엇하거나 우리는 그림이나 그리잣구나

K 아이구머니 쏘 사람 죽소

R 네가 멋몰느고 시작햇지 이것이 다 될 째싸지 멋번 죽어날 거신대

K 아이구 나는 다라나겟소

R 래일 일즉 와

K 쑴 잘 꾸면……

---

1) 원문대로.

R 안 오면 절교다.

때는 열두시 오포 소리가 들닌다. 점심을 먹엇다. 새로 한시가 되엿다. 門이 자조 열니더니 學生들이 드러온다. 인사를 차린 후 다 각각 畵具를 펼처논다.

S 先生님 무엇붓터 그려요

R 네! 爲先 中心點을 取해 가지고 아웃라인 卽 輪廓윤곽을 먼저 그리고 다음에 光線을 보도록 하지요

L 先生님 이것 좀 보아주서요

R 잘 되엿스나 이 線이 좀 짤소

S 여긔는 무슨 色을 써야 해요

R 코발트와 쎄리잔을 석거서 써보오 이러케 하오

R은 갈팔질팡 이 학생 저 학생에게 다니며 짜른 지식이나마 아는대로 정성껏 가라처 준다. 오후 다섯 시가 되엿다. 房안은 잠간 조용하다. 저녁 밥을 먹엇다. 佛前에 잠간 靜坐하엿다. A가 쾅쾅 올나온다.

A 오래동안 못보아 보고 십헛서

R 나도 엇지 보고 십헛는지

손을 꼭 쥐고 두 쌤을 바로 댄다.

A 그런데 오날이 내 生日이라나. 禪學院선학원에 가서 佛공이나 하고 밥이나 가치 먹읍시다.

R 그러면 生日 선물도 못 해서

A 이 다음 잘 살거든 만히 밧지. 하하하하

R K오거든 가티 가서 한판 차려 놀세. 未久미구에 K가 온다.

R 오날이 이 친구 生日이래. 잘 좀 노러주세

K 놀구말구. 놀 機會가 업서 못 놀지 왜 못노라.

三人은 作伴작반하야 安國洞으로 向하엿다. 거긔는 부처님 압헤 供養공양이 버러지고 그 압헤는 生日 當者의 祝文이 노혀 잇다. 僧들은 장삼을 입고 목탁을 쑤드리고 經文을 외우며 절을 한다. 우리도 짜라서 햇다. 이것을 마투고2) 房으로 드러가 안지니 아는 新女性이 하나式 둘式 모혀 十餘人이 되엿다. A와 K는 번갈나 主演을 한다. 허리가 부러지도록 웃고 손이

터지도록 쑤드리여 生日의 祝賀를 滿足히 마치고 다 各各 도라슬 째는 밤 열시이엇다. 째마침 우박눈이 푹푹 쏘다질 째 팔을 엇씨고 눈을 턱턱 밧으며 자미잇게 속살거리는 그 뭉텅이 뭉텅이 누구의 힘으로도 쪠일 수 업는 情의 얼키설키 맛나면 반갑고 써러지면 그립고 ……

오날 하로도 愉快히 지냇다. 電燈전등을 쓰고 드러누엇슬 째 바람에 흔들니는 窓 소래 덜그럭 덜그럭 어느듯 고요한 꿈 속으로 들고 마럿다.

(『조선일보』, 1933. 2. 28)

---

2) 원문대로.

원망스런 봄밤

확실한 봄밤이다.

晴天청천의 日光이 쌘짝 하엿다가는 忽然히 흐려지고 寒風이 부러 드러오는 近日의 天氣로다 나는 無意識中에 「그 째도 이러한 째이엇다」 하고 내 過去를 回憶아닐 수 업다 그러고 不知不覺 中에 내 全身을 부르々 썬다

「十四日이니 依然히 素明한 月色이 보이렷마는」 하고 窓밖을 내여다보다가 흐린 구름에 가리운 거슬 보고 無用한 期待인 거슬 알 째 내 몸은 氷雪과 갓치 차젓다 나는 窒息질식하엿다 이불 속이 이상히도 차고 말할 수 업시 춥다 마치 狂人갓치 이러낫다 안젓다 두러누엇다 업디렷다 하엿다 나는 꼼작안코 아니 움즉이는 거슬 이저바리도록 靜坐정좌하야 안젓다

「슯허 아아, 슯허, 해가 가고 날이 가니 슯흔가? 그 얼골 그 몸이 재되고 물되어가는 거시 슯흔가? 그 世界와 내 世界의 距離거리가 멀리 갈사록 그는 漸々 冷靜냉정해 가고 나는 漸々 熱中열중해 가는 거시 슯흐다」

나는 다시 눈을 쌱 감고 아래배에 힘을 잔득 주고 안젓다 째는 밤 한시 북바친 긔운이 툭 쩌지며 실음업시 한숨을 짓는다 내 눈에는 발서 안개를 지엇다 코에서는 신물이 나올듯々々々하다

아, 그는 나를 버리고 갓다 그는 내게 모든 風波를 앵켜주고 멀니멀니 가버린 째가 이 봄밤이다 내 몸은 사시나무 썰니듯 썰닌다 아래 윗이가 서로 짝々 닷는다 나는 할 수 잇는 대로 생각지 안으랴고 눈방울을 자로 굴녀 잠을 請한다

보름달은 구룸¹⁾에 가려 그 얼골이 보일듯 보일 듯 할 쁜 아니라 빗짜지
가리워 어둑컴컴하다 아々 素月아? 素月아?

저거시 무슨 소리일가 쏠々々々
아참붓터 저녁짜지
밤붓터 새벽짜지
춥든지 더웁든지
실튼지 조튼지
언제든지 쉬지 안코
외롭게 혼자 흐르난 내물이로다
내물 내물
저러케 흘너서
湖되고 江되고 海되면
흐리든 물 맑아지고
맑든 물 퍼래지고
퍼럿튼 물 짜지고

(『新東亞』, 1933. 4)

---

1) 원문대로.

연필로 쓴 편지

　내 나이 이십이세째 일본 류학시절이엇다 봄철 긔후가 명낭한 날이엿다 스켓취 빡스를 메고 도야마가하라에 사생을 나갓다

　畵架를 버틔어 노코 그림 그리기에 熱中하다가 겻눈으로 보니까 왼 팀수룩 하고도 끌깃하게 잘 생긴 청년이 정신 업시 서々 오래동안 보고잇다

　나는 한참 그리다가 배가 곱흐기에 엽혜 노앗든 변도를 가지고 저편 언덕으로 갓다 그 청년은 돌아시는 내 얼골을 유심히 보고 내가 그 자리를 써나도 가지를 안코 서 잇다

　나는 벤도를 먹으며 멀니서 그 사람을 보앗다 그 사람은 내 편으로 뒤를 두고 무어슬 듸려다 보고 한참 안젓더니 일어서서 내 편을 한 번 보고 가버린다

　나는 벤도를 다 먹고 잠간 서슴거리다가 다시 그리려고 그 자리로 왓다 닷첫든 스켓취 빡스를 열어 제치랴 할 째 무슨 종이 조각 한 장이 씨어잇는 거슬 보앗다 깜작 놀나 집어보니 훌륭한 일장 片紙이엇다

　　「아 오늘 하눌 빗은 예업시 곱고 날새조차 짜듯한 날 넓은 벌판에 한 仙女가 서 잇삽내다 내가 왜 만도링을 가지고 오지 아니 하엿든고! 당신의 그림 엽혜서 한 곡조 울녓스면 곳 별유천지가 되엿것는 글 당신의 그림은 매오 유망하외다 만히 정진하시오 나를 다시 맛나 보실 마음이 게시거든 오난 일요일에 富士見町敎會로 와 주십쇼」

　　　　　　　　　　　　　　　　　　　　　　　　　　N 生

나는 혼자 쌀쌀 우섯다 그러나 단순하든 머리는 복잡해저서 전과 갓치 그림이 그려지지를 아니 하엿다 도라와서 그 편지를 다시 보고 다시 보며 그 글시, 문구, 그 사람 심리를 생각해 보앗다 불량자다 그러나 교인이라니 그러치도 안타 연필노 썻스나 명필이니 대학 정도다 그림은 아는 체 햇스니 화가인가보다 그 일요일에 오라는 교회까지 갈 열심과 용긔가 업섯스나 그날은 유난히 길엇다 하로 지나고 잇틀 가고 하는 동안 희지부지 이저 버렷다

그해 여름이엿다 나는 해수욕을 하러 방주로 갓섯다 선생의 친구 집에 잇섯다 주인 딸이 자긔사든 집에 청년 화가가 와 잇는대 소개를하겟다 하고 데릴녀간다 조곰 잇다가 동경음악학교에 다니다가 도라온 사촌 형과 청년 한 사람이 드러온다 「나는 나가무라 라 합니다. 만히 사랑해줍쇼」하며 내 얼골을 유심이 보더니 깜작 놀나 반색을 하며

「올 봄 어느날 도야마까하라에서 스켓취 하섯지요」한다

「녜」하고 아모 말 업는 나는 대강 짐작하엿다

그후 네 사람은 늘 함께 달 밝은 밤 해변가에 산보도 하고 갓가운 섬까지 선유도 하엿다 N은 째째로 내게 윙크를 보냇다 그러나 모른 체 할 쑨이엿다

N은 얼마 아니 되여 먼저 동경으로 갓다 하로난 주인 사촌 집에서 하인이 와서 동경서 전화가 왓스니 곳 오라고 한다 나는 갓다 전화를 밧앗다 「K장이오 나는 N이오 보고 십흐니 얼는 도라오」

그 말만 하고 싹 끗난다 나는 아모 영문 업시 웬 세음인지 몰낫다

主人영감은 「N에게서 무슨 電話야」하고 눈을 딱 부릅뜨고 主人집에서는 수군수군하엿다 나는 그를 원망할 쑨 변명할 여지가 업섯다

개학 째가 되여 동경으로 도라왓다

하로난 동창생이 올나오며 어느 청년이 와서 나에게 面會를 請한다고 한다 내려갓다 거긔는 N靑年이 와서 섯다

「도라오섯소?」

「녜!」

「그런대 이러케 차저주지를 마러요」

「그러면 헐 말이 좀 잇스니 하학후 도라갈 째 들여주십쇼」 주소를 가라처 준다

오후에 도라가는 길에 들녀서 N은 과자와 차를 준비해노코 기다리고 잇다가 반가워 하엿다

과자와 차를 권하면서

「K쟝 나하고 결혼해 주지 안켓소」

「못해요」

「왜요? 내가 일본 사람이라구 그래요? 내가 조선 사람이 되면 될 것아니야요 나도 문벌도 잇고 상속할 재산도 잇고 결혼하자는 녀자도 잇지만 다 버리고 K쟝을 싸르고 십허요 네? K쟝 결혼해 주워요」그는 내 손을 붓잡고 부르르 쩌럿다 「안돼요」 나는 이러케 거절하고 도라왓다

어느날 우리 옵바 하숙에 N이 나타나 面會를 請하엿다 옵바는 맛나보앗다

「나는 나가무라라 합니다 만히 사랑해 주십쇼」

「녜 K子에게 말삼은 드럿삽니다」

「그런대 請할 거시 하나 잇는대요」

「무엇입니가」

「K쟝과 나와 결혼하도록 하여주십쇼」

「그거슨 날더러 말할 거시 아니라 K子에게 말삼해 보시요」

그난 다시 할말이 업시 도라갓다

어느 날 황혼이엿다 나는 省線을 타고 나가노 역에서 내럿다 컹컴한 곳에 어느 청년이 섯다가 불숙 나서며

「오가에리」(도라오시오)[1]

「이게 왼 일입니가」

「당신 도라오기를 기다리고 잇섯서요 K쟝 일전에 내가 청하든 말에 생각해보앗소」

「생각할 여지가 업서요」

---

1) 원문대로.

「왜요?」

「그럴 수가 업서요」돌아설 째 그는 품에서 무어슬 쓰냇다

「너 죽이고 나 죽자」

번적 하는 短刀이엿다

「아이구머니나」나는 악을 쓰고 다라낫다 그는 쫏차오지 아니하고 말둑 갓치 서 잇섯다

그後 白華雜誌에난 「K子에게」라난 題目으로 얼마나 自己가 K를 사랑한 다는 거슬 名文으로 썻다 어느 雜誌社에서 이것을 發見하고 마음이 압핫 다 其 後 八 年만에 文房堂 畵具店에를 갓다가 偶然히 N을 맛낫다

「자미가 어떠삽니가」 내가 뭇난 말에 그는 실심해하며

「나는 그동안 장가를 드럿다가 리혼을 햇서요 K쟝은 지금은 사람의 妻 이지」하고 눈을 감난다

두 사람은 握手로 作別한 後 해마다 되푸리 하는 帝展入選發表 新聞紙 上에서 그의 일홈이 눈에 쐴 째도 잇고 쐬지 안을 째도 잇다 이상한 편지 한 장이 이러케 인연이 깁흘 줄이야

(『新東亞』, 1933. 10)

날러간 靑鳥
― 연애와 결혼문제

普通學校 時節이엿다.

K는 男學校에서 優等을 한다.

나는 女學校에서 優等을 한다.

男女學校 합하야 施賞式이 잇슬 때마다 두사람은 틀림없는 優等生이엿다. 그리하야 두사람은 서로 일홈을 잘 記憶하엿고 얼골을 잘 알게 되엿다. 길에서 맞날 때는 아모 말 없이 고개를 숙으리고 空然히 낯을 붉히엿다.

K는 내 伯兄의 가장 사랑하는 아해이엿다. 어느날 내 伯兄은 K에게

「너 더 工夫해 가지고 내 누이하고 婚姻해라」

하엿다. K는 어린 마음에 아무 對答을 아니 하엿스나 속마음으로는 단단히 세음을 차리고 잇섯다.

내가 高等普通學校를 卒業할 때다. 新聞紙上에 優等生으로 記載되엿섯다. K는 이것을 보앗다.

하로는 나를 極히 사랑하는 W 先生이

「혜석이」하고 부른다

「네」

하는 내 對答은 W 先生의 表情이 이상한 것을 보고 恐怖를 늣겻다.

「이 사람 아오」

하고 片紙 겉봉을 보이며 周圍를 흘김흘김 본다. 거긔에는 K○○이라고 써있다

「네 알아요」

내 對答은 極히 不自然스러웟다

「누구요」

W 先生의 表情은 嚴肅엄숙하엿다.

「제 옵바 친구야요」

내 목소리는 가늘엇다

「秘密히 보고 찢어버리오 또 問題가 될가 보아 아모도 몰래 갓다주는
것이오」

寄宿舍 生徒에게 낯섯투른 片紙가 오면 舍監이 뜯어보고 곳 職員會직원
회에 提出하야 큰 問題거리를 삼는 것이엇다. 多少 내 將來를 사랑하는 W
先生은 三錢郵票 두장 붙인 내게 온 片紙가 수상스러워서 얼는 감추엇다
가 갓다 준 것이엇다.

묵직한 片紙를 받아든 내 손은 떨리엇고 내 가슴은 두근거렷다. 치마자
락에 싸가지고 얼는 뒤간으로 가서 안마련 똥을 누면서 뜯엇다.

그 편지는 江戶川강호천 用紙에 먹글시로 잘게잘게 쓴 두어발이나 되는
편지로다 그 要旨는 이러하엿다.

敬愛하는 R孃

　貴孃과 내가 한 자리에서 賞을 타든 때가 昨日같은데 발서 貴孃
은 高等女學校를 卒業하고 나는 農林學校를 卒業하게 됩니다그려
봄 하늘 맑은 달밤에 農事 試驗場 森林 사이로 거닐때 男兒의 心懷
엇지 그리운 사람의 자최를 차지려 아니 하릿가 R氏 나는 R氏를
大端히 사랑합니다. 只今 뿐 아니라 永遠히 사랑하랴고 합니다. R
氏! R氏는 당신의 全生命을 내개 밧치어 나를 믿고 나를 사랑해 주
기를 바랍니다. 나는 내 全生命을 바치여 R氏를 幸福하게 해듸리겟
읍니다. 이 모든 것을 許諾해 주시기를 바라고 速히 結婚해 주시기
를 바라나이다. 云々

이엿다.

나는 이 片紙 答狀을 써야 좋을지 아니 써야 좋을지 몰랏다. 그리하야
내 사랑하는 친구를 다리고 밤에 燭불을 들고 敎室로 가서 이 편지를 보
이고 相議하엿다.

C는 큰일이나 난 것처럼 눈이 둥그래서

「애 그 편지 가지고 잇지 말고 速히 불에 살러라」

하엿다. 나는

「애 片紙 答狀을 해야할가 아니 해야 할가」

「안하면 또 오게 또 오면 問題거리가 되여서 망신을 하면 엇저니 간단히 하렴으나」

두 사람은 꾸부리고 앉아서 答狀 草를 잡앗다.

「惠書 는 감사히 받아보왓음니다. 나는 卒業하고 東京으로 工夫하러 감니다. 그럼으로 내게는 아직 없는 問題입니다.」

그 後 東京 잇슬 때 K에게서 두어번 年賀狀을 밧고 消息이 끈첫다. K의 먼 親戚 누이되는 S를 맞낫다.

「K는 婚姻을 햇다오」

하는 말에 깜짝 놀라

「누구하고」

「舊式 女子하고」

「언니 아니면 죽어도 장가들지 안켓노라 하는 것을 父母가 다 늙고 長子인 關係上 할 수 없이 婚姻을 하엿으나 只今도 나만 맞나면 "애 R氏 잘 잇니" 하고 한숨을 쉬인다오」

나는 默々할 뿐이엿다.

그러한지 한 十年 後 일이다. 나는 花山에 잇는 우리 어머니 山所에를 갓다오는 길이엇다. 웬 勞働者도 아니요 紳士도 아닌 勞働服을 입고 밀집 벙거지를 쓴 거무툭툭한 사람이 앞에 서서 나를 바라보더니 얼는 내 앞에 서며 帽子를 벗고

「失禮입니다마는 R氏가 아니십닛가」

나는 깜짝 놀라 것든 거름을 멈치고

「네 누구서요」

「나를 알아보시지 못하십니까 나는 K○○입니다」

「네 오래간만입니다. 그 사이 安寧사섯서요」

仔細자세히 그의 얼골을 보니 어렷을때 틕가 宛然완연히 보엿다.

「여긔가 우리 집이니 잠간 들러 가시지요」

「네 그러지요」

나는 無意識 中 에 對答하엿스나 그 夫人과 살림사리를 求景할 好奇心
이 生겻다.

그는 앞을 서고 나는 뒤를 따라 논두덩 밭두덩을 거터 農村에 유난히
번적거리는 함석 집웅의 단아한 文化住宅으로 된 監督 舍宅으로 들어섯다.
머리 쪽진 夫人은 이상한 눈으로 不親切하게 맞아주며 두살 먹은 어린애
는 앙앙 울고 잇다. 그 氣分은 조곰도 따뜻한 맛이 없고 찬 氣運이 도랏다.

K는 下人을 식혀 닭을 잡으라 하고 손수 딸기를 따서 珍客 대접을 한
다. 수저를 마조 잡앗슬때 K는 술에 얼근히 醉 하야

「R氏!」

하고 불른다.

「네」

「나는 R氏를 잊을 수가 없어요」

그의 눈에는 눈물이 글성글성하엿다.

「R氏는 왜 나를 버리섯습니까」

「내가 왜 K氏를 버려요 K氏가 나를 버렷지요 그러치 아니해요 먼저 結
婚한 者에게 罪가 잇지 내게 무슨 罪가 잇서요」

「네 할 말슴 없읍니다마는 R氏는 임의 나보다 나흔 사람과 約婚이 되엿
다는 말을 듯고 나는 斷念한 것이야요」

「그런 지난 일은 고만 두고 자미잇게 지내시는 이야기나 하십쇼」

「자미가 무슨 자미입닛가 木石과 같은 녀편네를 다리고요 쓸쓸할 뿐이
지요」

「왜 그러케 생각하서요 다 만족히 생각하시지요」

성찬을 받고 그 집을 나설 때는 늬웃늬웃 저가는 녀름 黃昏이엿다. K
는 한참 같이 오며 農事 試驗場에 對한 이야기를 하다가 더 갈 수 없는듯
이 山머리에 서서 내 몸이 森林 사이로 가리워질때 帽子를 버서서 내 혼
들엇다.

그 後 또 十餘年間 消息이 뚝 끈혓더니 日前 어느 坐席 談話中 T가 나

다려

「R氏 水原 農林學校 出身 K○○을 아시오」

「네 알아요」

「영악하고 똑똑한 사람이지요 只今 큰 富者가 되엿는 걸이요」

「네 그래요 그 K氏는 나와 婚姻 말이 잇든 이야요」

「왜 그런 훌륭한 사람을 노치섯습니까」

「다 運命의 작란이지요」

쓰라신 問題에 對하니 잇지 못할 그 사람의 追憶이 새로워집니다.

(『中央』, 1934. 5)

女人 獨居記

나를 글도록 위해주는 고마운 친구의 집 근처,
돈 이원을 주고 토방을 엇엇다 빈대가 물고 베룩이 뜻고 모긔가 갈킨다
어둑컴컴한 이 방이 나는 실헛다
그러나 시언하고 조용한 이 방이야말로 나의 천당이 될 줄이야

×

사람 업고 변함 업는 산중 생활이야말로 싫증 나기 쉽다
그러나 나는 임의 삼 년째 이런 생활에 단련을 밧아 왓다
그리하야 내 긔분을 순환 식히기에는 넉넉한 수양이 잇다
나무 밋헤 자리를 깔고 두러누어 책 보기, 울가에 평상을 노코 거긔 발을 당그고 안저 공상하기,
째로는 물이 쒸여들어 후염치기 바위 우에 누어 낮잠자기 풀 속으로 다니며 노래도 부르고 가경을 짜라가 스켓취도 하고 주인 딸 洞里處女를 짜라 버섯도 짜라 가고 主人마누라 짜러 콩도 쩍그러가고 童子압세고 참외도 사러 가고 어칠넝어칠넝 편지도 부치러 가고 놉흔 벼개 베고 小說도 읽고 전문 雜誌도 보고 뜻뜻한 방에 배를 깔고 업듸려 원고도 쓰고 촛불 아래 편지도 쓰고 째로는 답배 피여 물고 희망도 그러 보고, 달 밝거나 캄캄한 밤이거나 잠 아니 올 째 과거도 回想하고 現在도 생각하고 미래도 계획한다
고적이 슬프다고

아니다 고적은 자미 잇는 것이다

말벗이 아쉽다고

아니다 自然과 말할 수 잇다

이러케 나는 平穩無事_{평온무사}하고 柔和한 性格으로 變할 수 잇섯다

그러기에 村사람들은 내가 사람 조타고 저녁 먹은 후는 어린 것을 업고 웅긔중긔 내 방 문압헤 모혀들고 主人 마누라는 옥수수며 감자며 수수이삭이며 머루며 버섯을 주어서 굼의굼의 찌여 먹이려고 애를 쓰고 일하다가 한참식 내 방에 와 드러누어 수수썩기를 하고 허허 웃고 나간다

여긔 말하야 둘 것은 삼 년 째 이런 生活을 해본 경험상 녀자 홀로 남의 집에 드러 상당이 존경을 밧고 한 달이나 두 달이나 지내기가 용이한 일이 아니다 더구나 임자 업는 독신 녀자라고 소문도 듯고 개암이 하나도 드러다 보난 사람 업는, 점도 늙도 안은 독신녀자의 寄身이랴

爲先 信用잇는 것은 男子의 訪問이 업시 늘 혼자 잇는 거시오 둘재로는 낫잠 한번 아니자고 늘 쓰거나 그리거나 읽는 일을 함이오 셋재로 딸의 머리도 빗겨 주고 아들의 코도 씻겨 주고 마루 걸네질도 치고 마당도 쓸고 째로난 돈푼 주어 엿도 사먹게 하고 쌀도 팔어 오라 하야 썩도 해먹고 다림질도 붓잡어주고 쌜내도 갓치 하야 어대까지 평등 態度요 교가 업는 까닭이다 그럼으로 그들은 쌧대로

「가시면 섭섭해 엇더케 하나」

하는 말은 아모 꿈임 업는 진정의 말이다 재작년에 외금강 만산정에서[1] 쩌날 째도 主人마누라가 눈물을 흘니며 내년에 쏘 오시고 가시거든 편지하서요 하엿스며 작년에 총석정 漁村에서 쩌날 째도 主人 쌀이 울고 쏫차 나오며

「아미지 가는대 나도 가겟다」

고 하엿고 금년 여기서도

「겨을 방학에 쏘 오서요」

간절히 말한다

---

1) 원문대로.

오면 누가 반가워하며 가면 뉘가 섭섭해 하리라고 한숨을 짓다가도 여름마다 당하는 진정한 애정을 맛볼 째마다 그것이 내 생에 무슨 相關이 잇스랴 하면서도 空然히 깁부고 滿足을 늣긴다.

(『三千里』, 1934. 7)

哀話 叢石亭海邊

　再昨年재작년여름이엿다. 帝展出品 準備次준비차로 獨行의 行李를 차려가
지고 名勝地인 叢石亭漁村을 차자가서 土房을 한 間 定해가지고 二朔間이
삭간 起居하고 잇섯다.

　낫에도 혼자 밤에도 혼자 드러와도 혼자 나가도 혼자 내 生活은 單調하
엿다. 저녁 여울은 넘을넘을 넘어가 붉은 하날이 희여지고 흰 하날이 검어
가 멀니 번쩍이는 水波도 보일낙말낙하며 水平線은 흐려지고 만다. 나의
것는 발자춰는 모래 우에 움숙〱 드러가고 바다물은 발밋흐로 철석 탁 처
왓다가 물러가고 다시 닥처왓다가 쏘다시 물너간다.

　나는 긋업시 출넝거리는 바다물을 讚美하엿다. 거긔는 낫에 와글〱 하든
漁夫들과 참새와 갓치 지저귀는 아해들이 한사람도 업고 무겁게 덥힌 집
웅 아래에는 반듸불갓치 하나식 둘식 불이 반짝인다. 어데로 보든지 검고
무거운 밤이 닥처 오는 때이엿다. 나는 한마듸 두마듸 아는 唱歌를 부르며
漸々 검어오는 波濤파도소리를 드르며 오락가락하고 잇섯다. 그리자 멀니
희미하게 보이는 한 物體를 發見하엿다.

　「저거시 무어실가 사람일가 고기일가」 차々 거러서 그곳으로 가 보니까
왼쪽婦人이 철석 주저안저서 모래를 주엇다 노앗다 하며 머리를 숙이고
잇섯다. 내가 그 엽헤 갓가이 가도 알지를 못하고 잇다.

　「무어슬 하고 게십니가」

　그는 아모 말 업시 나를 처다본다. 어두컴〱하야 잘 보이지 안으나 확실
이 누러케 뜨고 입술이 하얏타.

「왜 혼자서 이러케 안즈섯습니가」

「바람쏘이러 나왓서요」

「무섭지 안으서요」

「무섭긴 무어시 무섭겟습니가」

「나오신지 오랜가요」

「네 한참되요」

「어듸서 사십니가」

「나는 원산서 사는데 사촌옵바 집에 다닐너 왓서요 그런대 혼자십닛가 아마 서울서 오섯지요」

「네 서울서 혼자왓습니다」

「왜 요새 양반이 혼자 다니서요 동부인하고 다니시고」

「아직 시집 아니갓습니다」

「왜요 나이가 드러보이는대 아직 출가를 아니하시다니」

「네 나이는 먹을만치 먹엇지요」

「그런대 무슨 병환이 잇서요」

「아니요 왜요?」

「혈색이 좃치못한대요」

「기가막힌 일을 만히 보아 그러치요」

「무슨 기막힌 일이야요」

「이야기 하랴면 참 기가막히지요」

그는 땅이 꺼지게 한숨을 쉰다. 어느듯 압히 보일낙말낙하게 어두어젓다. 그와 마조 안젓든 나는 먼저 이러스며

「어두워도 젓고 바람도 선선하니 우리방으로 가서 이야기 하십세다」

「방이 어듸야요」

「조긔여요」

어두어 보이지 안는 방의 방향을 가라첫다.

「옵바집에서 기다릴걸요」

「그러면 가서 일느시고 나도 혼자 자니 갓치 와서 주무시며 이야기나 하십세다」

「그럴까요 옵바 내외 자는 방에서 끼워잘나니짜 엇지 불편한지 몰나요 그럼 내 가서 일느고 자러 갈게요」

이러스는 그를 보니 옷입는 것이라든지 행동이 이 어촌에서는 맛나볼 수 업슬만치 그야말노 하이카라이엇다. 그도 나를 맛난 것을 깃버하는 모양이거니와 나도 單純한 生活에 말동모 생긴 것이 깃벗고 그의 첩々 수심의 긴 態度에 同情이 가고 興味흥미와 好奇心을 가지게 되엿다.

나는 房으로 드러와 초불을 켜노코 이불을 펴고 자못 希望에 차서 그를 기다리고 잇섯다.

「선생 게시오」

온유하고 얌전하고 어엽분 목소리가 난다. 나는 깜짝 놀나 이러서 급히 房門을 열엇다. 조고마하고 오동통한 그는 수집은 態度로 거긔섯다.

「어서오서요 왜 그리 느저서요 퍽 기다렷지요」

「적삼하든 것을 마저해노코 오너라고 그랫서요」

그는 드러스며 방안을 휘々 둘너보며

「아이구머니나 저것이 다 손수 그리신 그림이지요」

「네 그럿습니다」

「엇저면 재조가 그러케 조서요」

「엇더튼 팔자조시오」

「왜요」

「머리쌀 압흔 시집도 안가고 매팔자로 경치차자 그림이나 그리러 다니시니 그런팔자가 어대 잇서요 아마 돈도 만히 버실걸 이것들도 서울 가시면 다 팔겟지요」

「팔기도 하고 선사도 하고 하지요」

「저금 만히해 노섯겟군」

「쌀대가 업서 곡간을 지랍니다」

「시골뚝이라고 업수히 역이지 마시오 나도 우편국이며 은행으로 저금통장을 가지고 출입하는 사람입니다. 옛날에나 돈을 곡간에 싸핫지 지금은 종이 한 장이면 고만 아니야요」

「그런대 왜 그리 수심에 싸혓서요」

「이야기하려면 기가막히지요」

「왜요」

「아들 다섯을 다 이러버렷스니 안그럿것소」

「아이구머니나 저럴 엇절가」

나는 깜작 놀낫다. 그의 눈에는 눈물이 글썽〳하엿다. 한숨을 휘 쉰다.

「그러니까 기가 막히지 안슴니까」

「그러시겟슴니다. 그래서 저러케 수심에 싸히싯슴니다 그려」

「마음이 푹푹 상하니 얼골인들 그대로 잇슬 수 잇겟서요」

「그러시다 쑨이겟서요 그러면 지금은 자손이 하나도 업슴니까」

「나 난 아이는 다 죽고 지금 적은 집을 엇어서 아들 하나를 나아가지고 둘이 듸려다 보고 웃는 거슬 볼 수가 업서서 화가 나서 뛰어나왓지요」

「그리시겟슴니다」

「예수밋으시나요」

「네 옛날에 밋엇스나 지금은 밋지 아니해요」

「나도 예수나 밋어볼가」

「그거 잘 생각하섯슴니다 예수나 밋어서 마음을 잡으시지요」

그는 아랫목에 눕고 나는 움묵에 누어 한담을 하다가 깁흔 꿈속으로 드러갓다.

그 잇흔날부터 나는 終日 그림 그리고 책 보고 글 쓰다가 밤에 도라오면 큰 希望의 가삼이 두군거렷다. 終日 四寸 옵바 집에서 일하고 지내든 그도 우숨을 띄우고 나를 차자오는 거시 큰일이엇다.

「자 오날밤은 신산스러운 말은 집어치우고 우리 우수운 이야기나 합세다」

「내가 먼저 이야기 하나 할가」

「네 하시오」

「엇던 사람이 길에서 친구를 맛난거든」

「그래서」

「자네 무엇 먹엇나」햇지

「썩먹엇네」

「이 사람 남자가 썩을 먹다니」

집에 도라가서 안해에게 말하니

「이 다음에는 술먹엇다고 하소」

그 다음 또 만낫거든

「자네 무엇먹엇나」「술먹엇네」

「얼마 먹엇나」

「두 개 먹엇지」

「이 사람 또 썩먹엇네 그려」

도라가서 안해에게 말을 하니

「이 다음에는 두 잔 마섯다고 하시오」

또 만낫거든

「자네 무엇 먹엇나」「술 먹엇네」.

「얼마 먹엇나」「두 잔 마섯네」

「어대서 먹엇나」「안반모퉁이에서」

「이 사람 쏘 썩먹엇네그려」

안해에게 가서 말하니

「이 다음에는 안방에서 먹엇다고 하소」

또 만낫거든

「자네 무엇 먹엇나」「술 먹엇네」

「얼마 먹엇나」「두잔 마섯네」

「어대서 먹엇나」

「안방에서 먹엇네」

「어떠케 먹엇나」「구어 먹엇지」

「이 사람 또 썩먹엇네그려」

하더라오

「하하하 히히히」

「미련한 사람도 다 만치」

「이번에는 형님이 하소」(나는 그를 형님이라고 햇다)

「시아버지와 며누리가 팟죽을 쑤어노코 서로 치어다 보다가 며누리가 물을 길너 가거든」

「그래서」

시아버지가 팟죽 한 사발을 퍼가지고 으슥한 곳을 차자 뒤간으로 갓거든 며누리가 도라와 보니 시아버지가 업거늘 한사발을 퍼가지고 역시 으슥한 뒤간으로 가지고 가는거슬 드른 시아버지는 팟죽을 얼는 먹고 머리에 뒤집어 쓰고 잇다가 며누리를 보자

「애 나는 팟죽가튼 땀이 흘넛다」 하더라오.

「쏘 해 형님」

한 대감이 종첩을 하는대 하로는 밥상을 밧고 안저서

「얘야 네 소원이 무어시냐」 무른즉

「대감 진지상에 올는 된장찌개올시다」

그 잇흔날 조용한 틈을 타서 대감이 된장 항아리를 들고 나오다가 아들이 마침 드러오다가 보고

「아버지 이게 무슨 망녕이시오」 한즉

대감이 된장항아리를 쌍에 쩌려틔리고

「아이구 하누님 나좀 살니시우」 하더라오

「하하하 히히히」

이러케 날마다 저녁이면 두리누어서 옛날이야기며 수ㅅ썩기로 사접시를 깨틔리게 되엿다. 주인마누라는 우숨소리를 듯고 나와 문지방에 안저서

「무어시 그리 우숩소 참 자미들도 잇소」

하고 턱을 고이고 안저서 듯고 잇다

하로저녁은 오더니 전보한장을 내노흐며

「이것 좀 보」

「즉시 귀래」 전보문이 이러하엿다.

「왜 그럴가」 나는 무럿다.

「큰 살님사리하든 집안꼴이 되지 못하니까 그런거시지」

「가보시요」

「짝가기 실흔대 엇더케 할가」

「가보아야 하지요」

「가서 어쩌케 살가」

「돼지 길느고 닭 치고 돈 모고 자리붓처 살면 젊으나 젊으니까 또 아해 낫지요」

「지금 나면 무엇하겟소 손자가튼 것을」

「그래도 그러케 희망을 붓처야지오」

「그러면 가볼가」

「가보시오」

「그러면 내일 써나가랴요」

「가서 마음을 부처살고 예배당에 나다니며 예수나 밋으시오」

그는 짐을 먼저 보내고 내게 작별차로 왔다. 나도 그를 전송키 위하야 정거장까지 갓다. 그는 눈물을 먹음고 내 손을 잡아 흔들며 차에 올낫다. 암흑으로 향하는지 광명으로 향하는지 이 쓸々한 내 가슴속에 파문을 주고 그는 떠낫다.

깃붐도 과거요 우슴도 꿈가티 다 지냇다. 한 줄기 희망조차 가지고 간 그야말로 잔々한 날에 폭풍우가 이는 것 갓햇다. 그것이 모다 내 生의 무슨 關係가 잇스랴하면서도 그때의 그 즐거움이 그리울때마다 그의 姿態자태가 압혜 얼는ㅅ한다. 그 後 그의 運命운명은 엇떠케 展開되엿는지 消息조차 杜絶하다.

「아 하누님 내 사랑하든 친구에게 健康과 幸福의 恩惠은혜를 베푸소서」

(『月刊每申』, 1934. 8)

異性間의 友情論
— 아름다운 男妹의 記

　비록 無識하나마 Y는 일즉이 經難경난을 만히 하엿슬 뿐 아니라 天性이 人情스럽고 씩씩하야 남의 逆境역경을 잘 理解한다. 그는 自己의 生活 環境 上 엇절 수 업시 打算的으로 사러스나 仁厚인후하고 德性덕성스럽고 哲學的 言辭를 잘 쓰는 R의 人格을 尊敬 아닐 수 업다. R과 Y는 二十餘年間 交友 로 情도 드럿거니와 Y의 生活 苦悶을 잘 理解해주는 者도 R이오 R의 只今 當하고 잇는 逆境을 불상히 아는 者도 Y이엿다. 그럼으로 意思가 맛고 議論이 마저 서로 답답할 째 한마듸식만 도아도 퍽 慰安을 엇엇다. R이 某 寄宿舍房을 엇어 잇슬째 Y는 차자왓다.

　「여보 Y氏 寄宿舍 學生들이 外人은 두지 말자는 同盟이 되엿대여」
　「그것 안됏구면 그럼 엇저나 우리 건넌방이 비엿스니 그리로 오지」
　「그럼 그럴가 여긔서 내는 食價식가내고」
　「그래 봅세다」
　나는 不時로 ○○洞 그의 집 거는방으로 옴겻다. 그의 집에는 어느 美男 靑年이 從從 놀너왓다. 어느 날도 그가 왓다. Y는 미리 그의 人格을 내게 紹介하엿고 그의게도 내 말을 하엿다.

　「R氏 안방으로 건너오」
　「왜」
　「글세 이리와」
　R은 건너갓다.

「이분하고 인사하시오」

「저는 S올시다」

「저는 R이올시다. 만히 사랑해줍소」

「×××시라지요 혹 모르니 도조 요로시구」

「감사합니다」

「사무소는 어대쯤인가요」

「지금 개업수속 중이어서 아직 ○○旅館에 잇습니다」

「○○旅館이면 우리 집 근처러구먼요」

「네 그럿습니다. 늘 宅압홀 지나다니지요」

「그런대 여보 R氏 중매 하나 하라오」

Y는 R을 본다.

「왜요 아직 부인이 아니 게신가요」

「류행병에 걸녓지요」

Y는 빈정댄다.

「그러면 리혼을 하섯습니다그려」

「그럿타오」

「왜 그러섯습니가 별 사람 어디 잇나요 정든 사람이 제일이지요」

「중매하시라니까 짠 말삼을 하심니다그려」

나이 아직 三十四 五歲쯤 되여보이는 美男子는 정이 쑥쑥 듯는 語調로 비스듬이 안저 생글々々 우수며 말한다.

「아마 相對者에 對한 理想이 놉흐실걸요」

「무얼요 女子란 男便의게 順從 잘하면 고만이지요」

R과 Y는 그의 對答이 意外에 舊習인대 놀나지 아닐 수 업섯다. R은

「그러치 안을 사람인데 아마 이 사람은 세상 맛을 단々이 본 사람인가보다」

하고 好奇心이 生겻다. Y는 이어

「個性을 尊重이 역이는 이 世上에 無條件하고 順從할 女子가 어듸 잇담 그러치 안소 R氏」

「그러기에 그런 女性은 실탄 말이야요」

「그러면 그리 어려온 問題가 아님니다. 農村에 가면 그런 女子가 싸엿는대요 都會 女子로는 좀 어렵지요」

「其實 都會地에 그런 女子가 잇서야 한담니다. 農村 女子는 無意識的이지만 意識的으로 男子에게 順從하는 女子가 잇서야 한단 말입니다. 그거시 卽 個性이오 사람이오 女性입넨다」

「그러면 하필 女子에게만 그런 사람을 요구할가요」

「男子도 勿論 意識을 가진 行動을 하난 사람이 되여야지요 그러나 男子는 所謂 돈버리 하너라고 精神的 動搖동요를 만히 밧으니까 家庭에서 集中을 엇지 안으면 아니되어요 안해가 이러고 저러고 제 意思를 말하면 아니되요 絶對 服從을 해야지요」

「아이고 무서워라 封建的 思想이 그대로 잇습니다그려」

「무슨 思想 무슨 思想 할 것 업시 사람 살기는 예나 지금이나 일반이니짜요」

「그야 그럿치요만」

「가겟습니다. 저녁에는 늘 잇스니 놀너들 오십쇼」

쾌활한 그는 이러서 나간다. R은 空然히 好奇心을 갓게 되엿다.

어느날 저녁밥 먹은 뒤에 R더러

「우리 어듸 놀너갈가」

「어듸로 갑시다」

「요긔 ○○ 旅舘으로」

「누구에게」

「어느 美男子에게 쏘 보고 홀니지 마라」

「그건 봐야 알지」

○○旅舘에 S를 차자갓다. 그는 마침 저녁밥을 먹고 잇섯다. 반색을 하야

「어서들 오십쇼 마침 쓸쓸한 판에 잘 오섯습니다. 저녁들이나 잡수섯습니가」

「네 먹엇습니다. 어서 잡수십쇼」

「그러면 실례합니다」

밥상이 나갓다. R은

「인사하시지요」

「K올시다」

「S올시다」

K는 S의 상냥스러온 말對答에 취하야 초면인 것도 不顧하고 넉살을 부리고 요령업는 말노 주책을 부린다. 하여간 坐席이 써들석하야 조왓다. S는 그대로 對答을 잘해주엇다.

한참 놀다가 우리는 왓다. 몃칠 後에 S가 R을 차자와서 잠간 놀다가면서 내일은 ○○洞 ○○番地로 이사를 하고 거긔 사무실을 내겟스니 자조 놀너와 달다고 하엿다. 어느날 R은 석양을 사가지고 S를 차자갓다. 큰 집은 쓸쓸하고 S는 큰 房에 혼자 잇섯다. 그는 퍽 반가이 악수를 햇다. 그는 人情스러온 눈초리로

「淋しいでしょう」(쓸쓸하시죠)

「淋しいのが 面白い」(쓸쓸한게 재미있어요)

「そうですかね」(그럴까요)

「淋しいのが 樂しくなつて來た」(쓸쓸한게 즐거워졌어요)

「偉いことを 云つているね」(대단한 말을 하고 계신데)

「偉いでしよう」(대단하죠)

「女の 王國は 失張り 家庭ですな」(여성의 왕국은 역시 가정일텐데)

「それは 考へようによりますよ」(그건 생각하기에 달린거예요)

「いゃ 失張り 家庭から 離れると 不幸ですな」(아니지 역시 가정을 떠나면 불행이지)

「幸福かも 知らないよ」(행복일지도 몰라요)

「それは 所謂 やせがまんですな」(그건 소위 억지 춘향이야)

「いや喜樂です」(천만에 속이 편안해요)

「そそでしょう」(거짓말일 테지)

「本當です」(정말입니다)

「失張り 人間は 人間ですからな」(역시 인간은 인간이니까)

「だから 幸福も 人間が 味うことで ありますし 不幸も 人間が 味ふもので

す」(그러니까 행복도 인간이 맛보는 것이고 불행도 인간이 맛보는 것이죠)

「ハ……」(하하)

「其点考へれば 獨身生活も大丈夫で あるか 疑問ですな」(그럼 과연 독신생활도 해 볼만한 건지 의문이군요)

「どうです あなたわ 失張り 淋しみを 感じられますか」(어때요 당신은 역시 쓸쓸하게 느껴집니까)

「感じられる 云ふよりも(느껴진다기 보다도) 그냥 두고 볼수 업는 것 갓하야 엽헤서 못견대게 구는구려」

「왜요 중매쟁이가 드나드러서요」

「막 강제로 졸느는대 대답하기가 구치 안아 못 견대겟소그래」

「천만의 말삼이지 선생갓흔 美男子를 그냥 두다니」

「R 先生도 어지간이 성화를 밧을걸」

「천만에 그건 朝鮮 社會制度를 모르는 말삼이지 男子는 열번 장가를 들어도 새신랑이오 녀자는 한번만 파탈을 당해도 혼 게집이오 그러니 새신랑을 찻는 사람이 만하도 혼게집을 찻는 사람이 업슙넨다」

「그러기에 사내가 좃치」

「나는 사내되고 십지 아니해」

「왜」

「그러케 갑이 싸니 무어시 조탐 女子처럼 좀 尊貴한 맛이 잇서야지 안 그럿소」

「하…… 히……」

「웅변이야 웅변」

「나도 ×××나 될가」

「참 조선도 장차 女×××가 날걸」

「女子도 男子하는 일은 다 하게 되겟지」

「그거시 걱정거리야」

「왜」

「女子가 男子와 갓치 날뛰니까 家庭에 침착성이 업서진단 말이야」

「그거시 文明의 産物인대그래」

「個人々々이 다 自覺만 하면 그러치 안켓지」

「암을얌 그러기에 文明의 歷史가 쨟븐 亞米利加 사람들은 社會 家庭 個人이
다 ウカウカ하지만 文明 歷史가 오랜 歐羅巴 사람은 社會가 緊張하면서 家庭과
個人이 썩 沈着하니까 時日問題야」

「참 언제 ゆつくり(천천히) 歐米漫遊 感想談이나 드러야겟는대」

「글노 말노 다 짜내서 남은 거시 업습니다. 그러고 갓든거시 마치 꿈 문것
갓해요」

방안 空氣는 좀 쌕쌕해젓다.

「날도 따듯합니다. 우리 淸凉里청량리로 散步나가십세다」

S는 帽子를 들고 이러섯다. R도 이러섯다. 빠고다 公園 압해서 東大門行을 탓
다. 맑고 푸르고 놉흔 느진 봄날 오후에 淸凉里 空氣는 시원하엿다. 수풀 사이
로 大學 豫科 建物이 보이고 舍宅도 보엿다. 잠々이 잇든 S는

「大學 敎授로 生活 安定이나 되여 저런 곳에 살면 조흐렷다」

「조코 말고 그야말노 沙婆世界사바세계를 쩌난 것 갓치」

두 사람은 限업시 거러 막다른 골목이 되엿슬때 다시 엽 山을 넘어 僧房 잇
는 뒤산 쪽댁이에 올넛다. 거긔는 압히 탁 터지고 시원한 바람이 불어드러왓다.
두사람이 이마에 짬을 씨스며 휘 한숨을 쉬엇다.

「참 시원하다. 내 속은 언제나 이러케 시원하랴나」

R은 이러케 말하고 멀건이 서서 먼산을 건너다 본다.

「참 조흔대요」

「글세요」

R은 손을 대민다. S 두 손을 꼭 쥐며

「내가 엇더케 하면 R氏를 滿足히 해 듸릴가」

「千萬에 말삼 고맙습니다. 이 友情을 직혀나가면 만족해요」

「그야 어려울 것 무엇 잇나요」

「그러치요」

두 사람 사이에는 쓸쓸한 긔운이 돌앗다.

「우리 내려 갈가」

「내려 가서 밥이나 사 먹고 갑세다」

老女僧들과 처녀 녀승 사는 집으로 드러갓다.

「저녁 두 상 속히 좀 해주시오 배가 곱흐니」

「그러지요 술상도 차리랍니가」

「술은 안 먹으니 고만 두십쇼」

「老시님 지금 년세가 얼마나 되섯습니가」

S와 R 사이에는 별노 할말이 업든 차이라 S는 시님을 대하야 뭇는다.

「일흔 되엿담니다」

「퍽 정정하신대요」

「부처님이 데레가실 날이 얼마 아니 남앗지요」

「무얼요 아직도 정정하신대」

「억지로 긔동을 하니까 그럿지요」

「그런대 시님 몃살에 중이 되섯습니가」

「스물 일곱에요」

「왜 중이 되섯습니가」

「과부가 되서 그랫지요」

「과부가 되엿스면 시집을 가시지요」

「시집을 가면 친정과 시집에 다 절의지요 중이 되고 보니 쩟쩟이 다님니다
그려」

S와 R은 고개를 쯔댁쯔댁 하엿다. 그러고 그내들 人生觀도 一理가 잇서보엿
다. S는 다시

「친정 시댁을 자유로 출입하서요」

「그러면요 무어시 부끄러울 것 잇나요 한번 남의 가문에 드러가면 얼골을
들고 엇지 다녀요」

「그럴듯 함니다」

「자손은 몰는 업스시지요」

「아들 하나 낫든 것 죽엇지요」

「하여간 마음 고생 만히 하섯겟습니다」

「무얼요 다 팔자 소간인걸요」

「살기는 엇어케 사러 가십닛가」

「쌍마지기 잇는 것하고 각금 손님이 오시면 진지해 듸리고 하야 사러 가자니 오작 합니가」

「쌍은 출가하실째 가지고 나오신 거십닛가」

「누가 중되러 가라고 쌍을 줄이 잇겟소 다 우리 도라가신 시님 상속이지요」

「그러면 시님 상속은 누가 합니가 제가 와서 할가요」

잠잠이 듯고 잇든이 말한다.

「온 천만에 말삼 저런 훌륭한 남편이 게신대」

S와 R은 서로 처다보고 우섯다.

「저 시님은 누구십니가」

「내 사촌 아오지요」

「남과 달나 서로 의지가 되시겟구면요」

「그러치요 서로 불상이 역이지요」

「저의는 시님 상제입니가」

「그런대 나이가 아직 어려서 내가 죽으면 걱정이야요」

부억으로 들낙날낙하는 십오륙세 되염직한 중이 잇다.

「내가 와서 시님 도라가신뒤 상속을 하랫더니 그것도 틀녓군」

R은 우수면서 말한다.

「관세음보살 나무아미타불」老시님은 중얼거리며 부억으로 드러간다.

「진지가 다 되엿는대 듸려 오랍쇼」

「네 드러오십쇼」

표주박에 기름을 치고 투각을 부서 늣고 고비나물 도라지 나물을 늣코 두부 소전골 국물을 처서 맛잇게 비볏다. 두 사람은 정답게 먹으며 웃방 미다지 틈으로 듸려다보는 상제 처녀의 얼골이 보이자 R은 S를 꾹 찌르며 눈짓을 하고 우섯다.

밥상은 나갓다. 밥갑을 치러주고 이러섯다.

「또 오십쇼」

하는 老시님 두분

「안녕히 가십쇼」

하는 젊은 중의 목소리는 썰니엇고 그 얼골에는 수색이 씌엇다. S와 R은 뒤를 도라다보며 山등생이를 넘엇다. 누엿누엿 저가는 석양은 발서 電燈불이 보일낙 말낙 하엿다. 두 사람은 동강동강 이야기가 만핫다. 淸凉里 驛前에서 電車를 타고 쉬이 다시 맛나자는 約束으로 電車 속에서 作別하엿다.

其後 어느날 S 辯護士 事務所 사환 아해가 편지 한장을 傳한다. 그거슨 S의 필적이엇다.

日前에는 퍽 愉快하엿섯나이다. 只今 나는 感氣로 알어 드러누엇나이다.
별일 업스시거든 좀 와주십쇼

即日 S 拜上

R은 옷을 밧구어 입고 사환을 압세고 갓다. S는 果然 한간 房에 (큰 방은 두고) 자리를 펴고 두러누어 잇섯다.

「적어도 朝鮮 一流의 畵家요 文士를 오시라 해서 죄송스럽습니다」

「왜 이리 ヒニク만 늘우」

「엇지 보고 십흔지」S는 R의 손을 꼭 쥐엿다. R은 S의 머리를 집흐며

「아이구머니나 신열이 대단해」

「R氏 나 죽겟소」

금세 엄살을 한다.

「죽지 마오」

「나 죽으면 원통할 것 하나 업지만 R氏가 더욱 외로워질 터이니 안됏지」

「고맙소이다. 누가 나를 그러케 생각해주겟소」

「죽기가 그러케 쉬우면 사람마다 다 하게 나도 발서 죽엇게 죽기는 살기보다 어려운 거시라나」

R은 자긔 무릅에 S의 머리를 올녀 노앗다. S는 두 손으로 R을 씨어안고 숨소

리가 커지고 씨근씨근 한다. S도 씨근씨근한다.[1] 두 사람은 잠간 묵묵하엿다.

「여보 이리로 두러눕시다」

R은 벼개를 바로 잡아 노코 거긔 S의 머리를 노앗다.

「여보 키스나 좀 합세다」

「안되요 압흘쌔는 그런 말과 그런 마음이 금물이야요」

「R氏는 넘오 カタイ(딱딱한)해」

「カタイ한 거시 아니라 カタイ해야 할 거시야요」

「왜 그래」

「그래야 友情을 계속하고 交際가 永續的일 거시니까 그런대 맛당한 대 잇거든 속히 장가를 드시지 이러케 혼자 알코 두러누엇스면 얼어케 해요」

「R氏는 얼어케 하고」

「내 걱정은 말구요」

「내가 장가를 들면 R氏는 더 외롭게 되지 안켓소」

「고맙소이다마는 두 사람이 결혼 못할 경우면 일즉이 누가 먼저 해결하난 거시 됴켓지」

「우리 둘이 결혼 못할건 무엇 잇나」

「나는 남편되는 사람에게 절대로 복종할 사람이 못되니까 그럿치」

「그건 올흔 말이야 R氏와 갓치 個性이 强한 女子는 내가 주체를 못할 터이니까 그러치. R氏 내가 正直한 말을 하지」

「그래요 그러기에 나는 다 실태」

「그러나 女子 친구로선 R氏 갓치 잘 理解해 줄 사람이 드물어」

「우리 求遠히[2] 쌔스트우랜드가 되어 응」

두 사람은 굿게 악수를 하엿다.

「그런대 R氏 Y氏가 M을 紹介하는대 R氏도 M을 잘 알지」

「알고 말고」

「사람이 어째」

---

1) 원문대로.
2) 원문대로.

「관게치 안치」

「얻어케 관계치 안아」

「先生의 要求하는 女性으로 適合하지」

「꼭 그럿소」

「꼭 그러치요 그러나 여보 장가 들나고 권고는 해소마는 아직 경제긔초도 잡히지 안코 식구만 늘니면 엇저겟쇼」

「그래 내 사정을 잘 아는 말이야 그러나 성가서 견딀수 잇서야지」

「그도 그래 속히 그 問題는 カタツケル(처리)하난 거시 조흘지도 몰나」

「M이 원만하면 해버릴나우」

「교제를 해보지요」

「그래 볼가 해요」

그 後 몃 달 동안 가지도 오지도 아니 햇다. R은 그의 婚姻問題에 방해업도 록 エンリョ(조심) 한 거시오. S는 M과 자미 보너라고 R을 차질 時間이 업섯든 싸닭이다.

어느날 郵便우편 配達夫배달부는 R의게 西洋 封套봉투 한 장을 傳해 주엇다. 그거슨 S와 M이 某月 某日 某處에서 結婚式을 擧行한다는 청첩이엿다. R은 그거슬 들고 한참 서서 먼 山을 바라보고 섯섯다.

그들은 꿀과 갓흔 살님을 하고 잇다. 婚姻한지 一年이자 쩍둑게비갓흔 아들을 나핫다. R은 타래버선을 사가지고 가서 축하하엿다. 언제든지 R이 차자가면 S內外는 반겨하엿다. S도 지나는 길에 혹 일부로 R을 차젓고 R도 혹 군색할 쌔면 돈좀 쯰우라고 S를 차자간다. 이와갓치 親密하게 지내는 中이엿다.

R은 Y의 동서내와 共同生活을 하고 잇든 中 Y의 시아버니가 도라가섯다. S는 그 조상으로 왓다. 조상을 마치고 二層 Y에게로 왓다. S는

「어수선하니 우리 散步나 갑세다」

「그럽세다. 어대로 갈나」

「절에 밥이나 사먹으러 가지」

「갑시다」

두 사람은 東大門行 電車를 타고 終点에서 내렷다. S는 압홀 서서 가고 R은

뒤를 짜라 採石場을 지나 조고마한 山둥생이를 넘어 탑골 승방으로 向하엿다.

「나는 이리로 가는 길이 처음인대요」

「그래요」

「그런대 얻어케 길을 그리 잘 아시오」

「내가 전에 두 달 동안 여긔 잇섯는대요」

두 사람은 탁 터진 山둥생이에 올나섯다.

「아 참 시원하다 공긔가 조탄 말이야」

「조쿠 말고」

「그런대 여보 내 사건 하나 맛하주랴오」

「무슨 사건」

「C에게 분푸리 좀 하게」

「인제서 겨오 깨다랏군 느젓지 느젓서」

「넘오 야속하게 하니까 반항심이 生기는구면」

「그러쿠 말구 한번 해볼 일이지」

「자네 쌔스트를 ツクス(다하다) 해주랴나」

「물논 キミノコトナラ(자네의 일이라면)」

アリガトウ デワハジメテ 見マショウ(고마워, 그럼 시작해볼까)

以來 두 사람 사이에는 無限한 苦痛 無限한 충돌이 거듭하엿스나 亦是 안 보면 보고십고 애연하고 맛나면 반가우며 이야기가 만하 쓸는 피 쒸는 가슴이 멋번이나 그 友情을 그릇칠 듯 하엿스나 아직짜지도 아람다온 남매로 지내나니 過去 現在뿐아니라 未來에도 그러할 거시라

R은 이러한 말을한다

한 男性에게 失信함은 萬人 男性에게 失信함이라 信義 잇게 옛 친구를 직혀가며 新生活을 開拓하란다

새 것은 옛 '섭질을 버스며 發芽한다 새 胚種은 헌 皮殼의 內部에 存在하엿다 그럼으로 흔 皮殼을 말판삼아 이러나는 거시다 사랑하는 옵바야 네가 或 내 新生活의 발판이될는지 누가 알니

(『三千里』, 1935. 6)

나의 여교원 시대

지금으로부터 二十年前 일이다. R이 東京留學때이엇다. R의 아버지는 兩班이
고 富者고 爲人이 쏙々하다는 바람에 M과 婚姻 말을 거니고 R에게 速히 歸鄉
하라 하고 甚至於심지어 學費짜지 주지를 아니 하야 할 수 업시 歸鄉을 하엿스나
R에게는 임의 愛人이 잇서 鐵石철석같은 約束이 잇든 때이었다.

R이 歸鄉한 後 R의 아버지는 날마다 M에게 시집가라고 졸넛고, 甚至於 회차
리를 해 가지고 째리며 시집가라고 하였다. 그러나 R은 敢히 嚴父 압헤서 言約
한 곳이 잇다는 말은 못하고,

「저는 혼자 살어요」

하면

「이년 혼자 얻어케 사니」

「제가 버러서 저 혼자 살지」

「기가 막힌 세상이다」

하시고 기가 막히고 드를 것 갓지 아니하야 고만 흐지부지하는 째이엇다. R
은 母校 C學校 Y先生에게 잠간 단녀가라고 편지하였다. Y先生은 R의 在學中에
極히 貴愛하든 先生이었다.

Y先生은 곳 내려왔다.

「先生님 제 請을 드러주서요」

「무어시오 듯다 쑨이겟소」

「이대로 집에 잇을 수는 업스니 어대로 敎員으로 보내주서요」

「그야 어렵겟소 마침 請求하는 곳도 잇으니 多幸이오」

「그러면 이리々々 하서요」

R은 Y先生이 아버지에게 말삼디릴거슬 일너주엇다. 조곰 잇다가 아버지가 드러오신다.

「아, Y선생이시오 언제 오섯소」

「오늘 아참에 왓습니다」

「그러면 아침이나 잡수섯소」

「네, 먹었습니다. 그런데 急히 말슴드릴 거시 잇서々 왓습니다」

「무슨 일이오 말삼하시오」

「다름이 아니라요 學務局에서 女敎員을 擇해 오라 하는대 슈孃영양이 마침 歸鄕해서 집에서 놀고 잇으니 보내줍시사는 말삼입니다」

「쌀년 말삼이오 인제 女功을 가라처 시집을 보내도록 해야지오」

「女功은 제게 닥치면 다 쑤려 가는 法입니다」

아버지는 대접으로

「보내면 어대로 보냄닛가」

「驪州여주올시다」

「그러면 얼마 동안이오」

「그야 지금 말삼디릴 수야 잇겟습니가」

「애, ○○아」

「네」

「이리 나오너라」

R은 Y先生과 아버지와의 對話中에는 안으로 드러가 잇섯다.

「너 驪州公立普通學校敎員여주공립보통학교교원으로 갈내」

「Y先生님이 그갓치 말삼하시니 안갈 수 잇습닛가」

「그러면 가 보아라」

R은 Y先生과 눈을 꿈벅하며 우섯다.

Y先生이 서울 올너간 後, 몇칠 아니 되어 辭令書사령서와 旅費여비가 내려왓다.

R은 驪州公立普通學校敎員으로 가서 R의 아버지의 親舊인 K郡守 집에 留宿유숙하고 잇섯다.

正月이 되엿다. C 學務委員학무위원 집에서 敎員 一同을 請하야 쩍국 待接을 하엿다. 女敎員으로 혼자인 R은 안으로 드러갓다. C氏 宅 마넴은 도라가고 안 게시고 젊은이들뿐이엿다. 그 中에는 R과 同甲인 H와 I, 四寸間의 두 妻女처녀가 잇섯다.

以來 두 妻女는 다토아가며 R을 사랑하엿다. 국을 쓰리면 請해다 먹이고, 쩍을 하면 男동생 T를 식혀 싸 보냇다. 客地에 외로운 R과 어머니 안게신 두 妻女와는 情이 오고가고 하야 날마다 맛나보다십히 하엿다.

하로는 달밤이엿다. R이 드러누어 잘냐고 할 째 달은 중천에 써올라 R의 방 창에 비최여 잇섯다. 이째에 창을 쏙々 뚜듸리는 자가 잇섯다. R은 처음은 바람에 문풍지인가 하다가 그거시 안인 줄 알자 창문을 열엇다. 거긔는 구십春光의 흐느러진 머리를 척々 짜어느린 I이 서잇다.

「이게 웬일이오」

R은 벌덕 이러나 손목을 잡앗다.

「놀낫지」

「아니 그런대 이 밤중에 웬일이야」

「보고 십허서 견댈 수가 잇서야지」

R은 그제서야 안심하면서,

「드러와」

「드러갈가」

「그럼 드러와야지」

I은[1] 房안으로 드러갓다.

「그런대 엇덧케 왓서 門이 다 닷첫슬터인대」

「담 터진 대로 넘어왓지」

군수 집 뒤담이 나직하고 좀 터저잇섯다.

---

[1] 원문대로.

「도둑놈이라면 엇절나고 월담을 해 백죄」

「고만이지」

「하ㅅㅅ히 ……」

「이것 먹어」

「무어시야 쏘」

「우리 집에서 송편 조곰 햇기에 친구를 생각하고 가저 왓지」

I은 사발에 송편을 소복이 담고 뚜껑을 덥고 보재기에 쌋든거슬 풀너논는다

R은 고맙단말 아모말업시 多感多情다감다정한 I을 물그럼이 쳐다보고 안젓다

「왜 사람을 그러케 보아」

I은 R의 무릅을 쏘집는다.

「하도 고마워서」

「이 밤이 지나면 쩍이 굿을가보아 가지고 온 거시니 어서 좀 집어 봐」

「먹지」

R은 맛있게 먹으면서 빙긋이 웃는다.

「사람 쏘 죽인다」

「누가 죽이는지 모르겟다」

「물먹고 먹어」

거기 잇는 물그릇을 드러 먹인다.

「맛이 있는대 출ㅅ하든 판에」

「만히 먹어 응」

I은 滿足히 권한다. 이 째에 멀리서 닭 우는소리가 들닌다.

R은 쌈작 놀나,

「I, 고만 가 느저서 안되 아버니 아시면 큰일 나지」

언젠지 I이 R을 차자보고 갓다가 커다란 게집애가 행길로 왓다갓다(씨게는 썻지만) 한다고 꾸지람 밧엇단 말을 생각하였다.

「관게치 안아」

「문여는 소리 드르시면 큰일나지」

「아버지는 연회에 가서 늦게 드러오시고 쏘 H와 다 짜 노코 왓스니짜 관게

업서」

　R은 그래도 마음이 아니 노여서

「고만 가 내일 쪼 맛나지」

「나는 자고 갈 걸」

「너부다 내가 더 붓잡고 십다만 고만 가」

　달빗아래 두 妻女는 보내고 가고, 그 의연한 정을 노칠 길이 업섯다. 안 보면 보고 싶고, 맛나면 써러진 줄 몰느게 오고가고 쏘 오고가고 하야, R은 하학 후에 두 妻女 만나보는 것이 큰 樂이엇고, I, H난 午后만 기다리고 잇섯다. 하로갓치 지낸 일년 동안이 되엿다.

　R은 月給을 貯金하야 東京으로 다시 가서 배호든 學業을 繼續할 準備를 하고 一年만에 辭表를 提出하고 떠나왓다. 두 妻女와 R은 날마다 울엇다. 그러나 써난다는 事實은 無情하엿다. 울고 매달리는 두 妻女를 썰치고 써날 수밧게 업섯다. 오직 두 처녀에게 끼치고 가는 것은 R의 寫眞 한 장과 住所 쓴 종의 한 장이엇다.

　以來 書信往復이 數次 잇섯스나 R은 學課에 專力하는 外에 이 事件 저 事件 接觸하난 동안, 卽 現在에 切迫한 者로 過去의 親舊를 生覺할 아모 餘裕가 업섯다. 그리하야 自然 絶信까지 된 거시다. 間間 生覺나든 것도 아주 이저바리도록 되엿다.

　十餘 年 後, R이 京城 崇二洞에서 살 째 意外에 I의 男동생 T가 차자왓다. 조고마튼 그는 長成한 靑年이엇다. R은 퍽 반겨햇다. T가 R의 집에서 멋칠 묵으면서 R 內外의 周旋으로 商業學校에 들게 되엿다. 이째 H와 I의 消息을 듯건대, 발서 시집가서 아이까지 나핫다고 한다. 其後 다시 從無消息이엿다. R은 이 生活노 저 生活, 저 生活노 이 生活 쮜어, 다시 故鄕을 차자 水原 와서 五間 草屋 가온대 업대려 身病을 蘇生 中이엿다. 하로난 저녁 後에 누윗으랴니까 甥姪이 名啣 한 장을 들고 드러와서,

「아주머니, 이 사람이 차저왓서요」 한다.

　그 名啣에는

　華城金融組合 副理事 C O T라고 씨워잇다.

R은 얼는 알지 못하엿다. 그러다가 다시 生覺하야,

「올치 안다 알어, 이 사람 어대 잇서」

「只今 이 門 압헤 섯서요」

R은 허둥지둥 나갓다.

「이게 왼일입닛가」

T은 아모 말 업시 有心이 본다. 늙고 病들은 R의 模樣이 초라하엿든 貌樣이엇다.

「드러오십쇼」

房으로 案內하엿다.

「그새 安寧하섯습니가」

「네 나는 잘 지냇사외다. 아주 쨴틀맨이 되섯소 그래」

「네, 커젓지요」

「그런대 얼마 만이오」

「그째 崇二洞 宅에서 뵙고 못 뵈왓지요」

「한 十年 되지요」

「그러케 되지요」

「그런대 누님들은 엇더케 되섯나요」

「H누님은 서울 사시는대 東一銀行 東大門支店 代理 夫人이요, I누님은 利川 사시는대 설흔 둘에 과수가 되엿서요」

「그래요 악가운 사람이」

「그래 組合 滋味가 조흐십닛가」

「늘 밧붐니다. 都會地 갓흔대서는 事務時間만 직히면 그만이지만 地方에서는 細々한 事務까지 責任지게 되니 滋味잇다면 滋味잇고 구치안타면 구치안슴니다」

「모든 事物을 藝術化하면 辛酸이 업지요」

「그러치요」

「그런대 누님을 뵈올 수가 업슬가요」

「오시라고 하면 곳 오실 것입니다」

T는 約 한 時間쯤 놀다가 도라갓다. R은 그 잇흔날노 I에게 편지 하엿다.

사랑하는 친구!
이거시 二十年 만 아니오 信義 잇는 季氏 T氏에 차저주심으로 나는 친구
의 消息을 알게 되엿소. 우리에게 얼마나 고마운 양반인지 모르겟소. 季
氏 말삼이 친구를 오시라면 곳 올 수 잇다니 나를 맛나러 곳 와주시오.
남은 말은 맛난 다음에 합세다.

R

二三日後에 왓다는 通知가 왓다. R은 쒸여갓다. 살이 포군々々하고, 빗치 윤
택하고 얼골이 짠짠하고 치렁々々 싸느리엿든 처녀는 아니엿고 주름살이 잡히
고 얼골빗이 검고 머리를 쪽찌인 中年夫人이엇다.
「아이구머니」
두 사람은 손을 붓잡고 눈물이 글성글성해진다. 둘이 꼭 끼어 안는다. 두 뺨
이 서로 다앗다.
「이게 멷해 만이야」
「꼭 二十年 만일세」
「엇제면 그러케 消息이 업섯서」
「자연 그러케 되엿서」
「나는 신문지상, 잡지상으로나 인편으로 친구의 장하게 출세한 말은 드럿스나
어대 잇는 줄을 알어야지. 이짜금 사진을 디려다보고 혼자 울고 웃고 하엿슬 쑨이
지」
「그래 잘 잇섯서 그러나 혼자 되엿다지」
R은 I의 뺨을 어루만진다. I은 눈물이 글성々々해진다. R도 눈물이 핑 도랏
다. 한참 默々하엿다. 날마다 오고가고 가고오고 하야 或 水原城을 一週하기, 或
西湖 模範場 求景, 或 절에 갓다오다가 외탕 뜻기, 或 R의 寫生處를 차자와 畵具
를 드러다주기, 或 밧뚜덩 논뚜덩으로 다니며 쑥 뜻어다가 쩍 해 먹기, 或 가서
자기, 或 와서 자기, 이러케 두 사람 사이의 友情은 날로 두터워갓다. I은 女동
생을 데리고 와서 가려운症으로 溫陽 溫泉을 간다고 하엿다. R도 마침 몸이 개

려워서 同行하엿다. 溫泉을 하고 와서 밤에 느런이 두러누엇슬 째 세 女子는 사 접씨를 깨틔리엇다. R이 어린애를 씨고 드러누운 I의 동생을 째며[2]

이러케 이틀 밤을 허리가 부러지도록 웃고 지내고 왓다.

I은 自己 살님사리 關係로 오래 잇지를 못하고 도라갓다. R 사이에는 다시금 그리움이 막혀 잇게 된다.

世上에는 親友가 從々 잇다. 일을 爲한 親友, 趣味가 갓혼 親友이다. I과 R 사이 友情은 이 모든 條件을 超越한 親友일다. R이 쏘들대 업는 情 I가 쏘들대업는 情이 合하야 아람다온 友情이 될 뿐이다. 그러나 遺憾 되는 거슨 멀니 잇서 자조 못 보난 것일다. 世上萬事가 다 하고저 하는 대로 될진대 不平不滿 업시, 恨 업이, 사람을 怨罔할 것 업시, 便安하게 世上을 보낼 것이다. 그러나 마음대로 못 되는 것은 世上事일다.

하나 우리는 어대까지든지 現狀을 維支할냐고 하는 것이 아니다. 넘오 조혀 지내고 십지 안타. 언제까지 갓가이 지내는 동안은 반드시 소오함이 오난 거시다. 우리는 큰 눈으로 크게 깊게 넓게 보고 십다. 四方八面을 보고 십흔 것이다. 안 보난 동안 I과 R은 다시 無知의 世界를 허매여[3] 엇고 차질 것이다.

우리에게는 肉의 世界와 靈의 世界가 잇다. 肉의 世界는 좁고 얏혼 反面으로 靈의 世界는 넓고 크다. 우리는 肉의 世界에서 살아오지만 그 以上 靈의 世界가 잇슴으로써 사람으로서의 사는 意義가 잇다. 어대까지든지 無盡藏무진장으로 사러갈 수 잇는 이 靈의 世界에서 노는 I, R, 사괸 I, R, 肉의 외롭고 그리운 情을 가진 I, R, 靈으로 매진 友情이 以後 어느 모에 가서 그 彼此피차의 生을 도웁게 될지 뉘알니.

R은 오직 沈默 가온대서 그림을 그리고 잇슬 뿐이오 영리한 I은 어려운 시집 사리에 올망졸망 子息들 다리고 沈默 中에 무슨 決心을 품고 希望을 좃차 날마다 일하고 잇다. 하누님, 이 외로운 두 짜님의게 오래々々 健康을 베프소서

(『三千里』, 1935. 7)

---

2) 원문대로.
3) 원문대로.

나의 東京女子美術學校時代

　나의 東京女子美術學校 時代 五個오개 星霜성상 동안 지낸 回想記를 적으랴면 한 두 가지가 아님니다 그 中 가장 잇치지 안코 今日까지 回想되는 事實이 두 가지 잇습니다

其 一.

　나는 只今이라도 몸이 좀 困하면 試驗치르는 꿈을 꿈니다 남들은 試驗紙를 다 듸려노코 나가는대 나 혼자만 남아서 애를々々 쓰다가 깨이면 몸에 진땀이 쭉 흐름니다.

　나는 西洋畵科 高等師範科고등사범과 在學中임으로서 實技(洋畵)外 學課가 十餘種 잇섯습니다 卒業試驗이 닥처왓습니다 實技와 學課 두 部分의 試驗이 잇섯습니다.

　回想만 하야도 어리석엇든 그때 K와의 戀愛時代다 그를 따라 京都에 가서 卒業製作으로 鴨川附近압천부근을 그리고 잇는 中이엿습니다 學校에 잇는 내 唯一無二 親友 西澤서택상에게서는 每日 書信이 왓습니다 나는 學課試驗 時間表를 무럿습니다 學校 마루에 크게 써 붓침니다

　月曜日의 倫理 國語 用器畵용기화가 잇스니 곳 오라는 答狀이 잇섯습니다 나는 勿論 學課 全部를 復習하여 노앗습니다 그러나 다른 學課는 그前날 다시 볼 豫定으로 月曜日에 試驗잇는 學課만 汽車속에서 읽어 거의 외우다 십히되엿습니

다 上學鐘상학종 치기 前 한 時間 前에 學校에 到着하엿습니다 나는 揭示板게시판을 다시 보앗습니다 倫理가 아니라 教育學교육학이엿습니다 나는 깜짝 놀낫습니다 教育學은 水曜日에나 잇스리라 하야 넉々이 生覺하든 터이라 只今 冊을 들떠보기로서니 五十페지나 되는 것을 다 읽을 수도 업거니와 아든 것도 이저 바리게 됩니다 그러자 上學鐘이낫습니다 나는 가삼이 두근거리고 同班學生들의 얼골을 一々히 치어다 보앗습니다 아모도 나와 갓치 근심스러운 얼골 빛이 업섯습니다 우리는 교실노 들어갓습니다 未久에 뚱々한 先生이 들어오더니 첫마대로 「여러분 시험준비를 잘 하엿겟지」합니다 내 얼골은 확근하엿습니다 先生은 白墨을 쥐더니 黑板에다가 問題를 씁니다 나는 그것을 처다 보기에는 마음이 간질々々하고 아실 々々하고 소름이 쯕々 끽첫습니다 쓸 때까지 눈을 딱감고 안젓다가 說明하는 소리에 눈을 번적 떳습니다 問題는 이러하엿습니다

① 베스탈노치의 教育說
② 짠작크 룻소의 自然教育說자연교육설 及 에미루에 對한 批判 如何
③ 啓發的계발적 教育과 被動的피동적 教育에 對한 分別과 밋 學說

나는 마음이 눅으러젓스나 萬點[1]받을 自身[2]은 멀니 떠낫습니다 그 前갓흐면 冊속이 환이 눈압헤 떠오르겟지만 희미할 뿐이외다 試驗紙로 다섯페지나 되어야 할 것이 겨우 세페지 써노코 쓸 말이 업섯습니다 남은 두페지는 선생님전 상서하고 사정에 편지를 썻습니다 내 이마에서는 땀이 뚝々 떨어젓습니다 同班學生들은 試驗紙를 척々 내노코 活潑이 나갓습니다 나는 이때와 갓치 그들이 부러운 적이 업섯습니다.

其 後 通信簿통신부를 받을때 나는 急하게 教育學 點數를 보앗습니다 [美(乙)]이라고 씨여 잇습니다 나는 고마윗습니다 그리고 그 先生이 平素에 나를 貴愛해주신 德인가 하엿나이다 이 點數로 因하야 나는 學課에 優等을 못하고 實技에만 優等을 하엿습니다.

---

1) 원문대로.
2) 원문대로.

나는 西澤상을 크게 원망하엿스나 그는 分明이 倫理로 보앗다고 합니다 한 수々껵기외다

바로 어제 밤에도 또 試驗치르는 꿈을 꾸고 애를 썻습니다.

其 二.

二學年 때이엿습니다 우리 舍兄은 나에게 內地 家庭을 볼 必要가 잇다 하야 自己 先生인 某氏宅으로 가 잇게 되엿습니다 그러자 여름이 되엿습니다 내가 胃病^{위병}으로 苦生하는 것을 보고 主人 先生은 海邊으로 가는 것이 조타고 하야 房州^{방주}에 사는 自己 親友에게 片紙를 써 주엇습니다 나는 그리로 가서 조흔 家庭에서 放學동안 起居를 하게 되엿습니다 一日은 主人딸이 年甲되는 女學生 卽 東京 音樂學校 在學中인 四寸 A을 데리고 와서 紹介합니다 그러더니 그 女學生 이 머리가 덥수룩하고 키가 쩔막한 靑年을 데리고 와서 인사를 식히며 東京사 는 畫家인대 自己집에 留夜^{유야}하고 잇다고 합니다 나는 이웃이오 갓흔 동모도 잇고하야 無時로 놀녀 다녓습니다 三人 四人이 海邊 散步도 하고 無邪氣^{무사기}하 게 노랏습니다 그러다가 그 畫家 佐藤彌太^{좌승미태}는 먼저 東京으로 갓습니다

멋칠 후에 A가 佐藤상에게서 전화가 왓다고 합니다 나는 어리둥절하엿습니 다 A의 재롱바람에 멋모르고 가서 電話를 밧덧습니다

「アイタイカラハヤクカエツテクタサイ」(만나고 싶으니 속히 돌아와 주세요)

하고 딱 끈습니다 A의 아버지 어머니며 내 主人집 어머니들은 큰일이나 난 것처럼 눈이 동그래서 무어시라고 電話가 왓더냐고 뭇는대 (그때 그들의 心理를 그때는 알지 못하엿스나 지금은 알 수 잇습니다) 正直히 對答하엿습니다 其 後 나도 東京으로 갓습니다

어느날 下學 後 同伴 中 一人이

「Rちんへ 御客樣デスヨ」(R씨 손님이에요)

한다 나는 學校 玄關으로 나가 보앗습니다 거긔에는 佐藤氏가 서 잇섯습니 다.

「イラシヤイ ナニカ御用?」(어서오세요, 무슨 일이라도?)

「エー寸 ソウダンガアルカラ ウチマデキテクタサイヨ」(저, 잠깐 의논할 것

이 있으니 집에까지 와 주세요)

「デモ」(하지만)

「イラッシヤラナイト　マタクルヨ」(안 와주시면 또 오렵니다)

「キテモラツチヤコマリマスヨ」(자꾸 오면 곤란해요)

나는 동모들이 이구석 저구석에서 숙설거리는 것을 보고 불쾌햇든 까닭이외다

「コナイトマタクルヨ」(안 오시면 또 와야죠)

또 온단 말이 시려서

「デワイクカラ」(그렇다면 가겠어요)

그는 가는 길을 가라처 주엇습니다 나는 約束한 時日에 차자갓습니다 그는 기다리고 잇섯습니다 사다 논 과자를 내게 권하면서

「ケイサンニ　ソウタンガアルカラ」(蕙씨에게 의논할 것이 있어서)

「ナンデスカ」(뭔데요)

「ボクトケツコンシテ　クレマセンカ」(저와 결혼해 주시지 않겠습니까)

「トソデモナイコトヲ」(아니 무슨 그런 말씀을)

「アナタニ　ニホンジンニナレト　イヒマセン　ボクガチヤウセンジンニ　ナリマスヨ」(당신더러 일본사람이 되라고 말하지 않겠습니다. 제가 조선 사람이 되겠어요)

「デキマセン」(안돼요)

나는 强하게 매몰스럽게 이러케 對答을 하고 붓잡는 것을 뿌리치고 왓습니다 其後 우리 舍兄에게 와서 結婚식혀 달나고 懇求하엿답니다 그때 우리 舍兄은

「ケイノコトダカラ　ケイニキイテクレ」(네 일이니까 네가 알아서 할 일이다)

하엿습니다 其後 내가 大森에서 自炊生活을 할 때입니다 하로 저녁때 學校에서 省線으로 내려 풀냇홈을 나시랴니까 웬 靑年이 섯다가 반색을 하며

「オカエリ」(어서 오십시오)

합니다 그는 分明히 佐藤이엇습니다

「ボクトケツコンシテクレマセンカ」(저와 결혼해 주실 수 없습니까)

「デキマセン」(안돼요)

매몰이 돌떠시는 나에게 그는 번쩍어리는 비스톨을 내밀며

「アナタトホクトイツシヨニシ―」(당신과 나와 같이 죽읍시다)

하엿습니다 나는「으악」하고 소리를 지르며 쏜살갓치 다라낫습니다

그때 엇지 놀낫든지 只今도 從々꿈에 칼을 마저 가위가 눌니는 일이 잇습니다

其後 白樺백화 雜誌에 K子에게 라는 題目으로 自己가 戀慕연모한다는 事情을 쓴 것을 보앗고 四年 前 東京 갓을 때 畵具店 압헤서 엇던 中年 男子가

「ケイサンヅヤアリマセンカ ボクサトウデス」(혜씨가 아닙니까 저 사토입니다)

나는 한참 生覺하다가

「エ オヒサツブリスネ」(아 참, 오래간만입니다)

「オチヤノミニ イキマツヨウ」(차 마시러 함께 합시다)

그 近處 茶店으로 드러가서 테불을 압두고 마조 안젓습니다

「モハヤ 十八年ニ ナリマスネ」(벌써 18년이 되네요)

「ソウデスネ」(그렇군요)

「アナタリ イイツマニナツテ コウフクナセイカツヲシテイルノダッテネ」(당신은 좋은 아내가 되어서 행복한 생활을 하고 있다면서요)

「アナタワ?」(당신은?)

「ボクワ スベテガイヤニナツテ イママデ 一人デ ルンペン 生活ヲ シテイルノデスヨ」(저는 모든 것이 싫어져서 지금까지 혼자 룸펜 생활을 하고 있죠)

「ソレハイケマセンネ」(그러시면 안되는데)

이러한 談話담화로 맛낫다가 다시 作別을 告햇습니다

今年 正初에 京城으로 水原으로 뺑々돌다가 내 손에 드러온 年賀狀연하장한장이 잇스니 거거는 分明히 住所도 아니 쓰고 一東京 佐藤彌太一라써잇섯습니다 이것이 二十餘年을 두고 年中行事로 新年初면 반드시 東京女子美術學校時代를 回想케 하나이다

(『三千里』, 1938. 5)

海印寺의 風光

나는 어느 親友의 勸誘_{권유}로 봄에 와서 한 여름을 海印寺에서 나게 되였다. 京釜線을 타고 大邱에서 나려 驛 前에 있는 自働車部에서 海印寺行 自働車를 타면 高靈_{고령} 冶爐_{야로} 等地를 거처 約 三時間 만에 紅流洞_{홍류동} 洞口에서 나리게 된다.

紅流洞_{홍류동} 入口 右便 石壁에는 우리 史上에 有名한 崔孤雲_{최고운} 先生의 紅流洞 詩

狂奔疊石吼重巒_{광분첩명후중만}
人語難分咫尺間_{인어난분지척간}
常恐是非聲到耳_{상공시비성도이}
故敎流水盡聲山_{고교류수진성산}

이 색여 잇고 左便溪邊_{좌편계변}에는 孤雲 先生의 韓山亭_{농산정}이 잇고 그 앞에는 「孤雲 先生 遯世地_{둔세지}」라 刻調한 石碑가 있으며 左便 높이 孤雲 先生의 詞堂_{사당1)}이 있다.

紅流洞은 實노 塵外_{진외}에 仙境이다. 바위와 돌, 돌과 바위에 사이와 사이로 悠悠히 흘너 내려 韓山亭 압 높은 石臺 우에 떠러지는 雄壯한 물 소래, 茂盛_{무성}한 나무, 胸襟_{흉금}을 서늘케 하고 머리를 개법게 한다.

---

1) 원문대로.

가지고 온 짐을 지우고 그 뒤를 따라 집행이를 동모 삼어 五里나 되는 溪谷을 끼고 어칠넝 어칠넝 거러가니 連日 지리하게 나리든 비가 개이매 봄하눌은 맑다 뿐이랴. 가지마다 푸릇 푸릇 싹시 돗고 풀냄새가 향긋이 뿜어 드러온다. 山回水縈산회수영 水縈山回수영산회이다. 물구비마다 水麗 아닌 곳이 업고 山 모롱이마다 山明 아닌 곳이 업다. 山이 盡진하엿는가 하면 다시 山이오. 水가 窮궁하엿는가 하면 다시 물이다. 물이 많을수록 실치 않으며 山 모롱이가 거듭할사록 가고 싶으다. 어느 듯 玉流亭에 이르럿다. 이 亭은 幻鏡환경 法師법사가 建立한 거시란다. 亭閣 內外에는 內外國 名士의 懸板현판이 多數 걸녓다. 거긔 올나 잠간 쉬인 다음에 다시 나와 獅子門사자문을 거처 森林 사이로 드러서 꼬부랑 꼬부랑한 길을 따라 숨을 모라 쉬어 언덕을 올나서니 山中에 第一 보기 싫은 함석 집웅 하나 나탄난다. 이거시 過印寺2) 指定 旅舘일다. 房 하나를 請求하야 行裝을 풀고 나서 旅舘 一二 層을 도라 다니며 求景하니 都會地에서도 볼 수 없을만치 設備가 되여 잇으며 滿員 될 때는 二 三百式 需用수용하고 잇다 한다. 飯饌이며 其外 待海3)가 놀나웟다. 疲困한 一夜를 지내고 아침 散策으로 海印寺를 찾어갓다. 홍랑門을 드러서니 魁傑괴걸한 古梵宮이 樹林 間에 隱映하고 잇다. 이거시 海印寺이다.

朝鮮 佛敎界에 四大 名寺가 잇스니 靈鷲山영취산 佚刹질찰 通度寺통도사, 曹溪山조계산 僧刹승찰 松廣寺송광사, 金井山금정산 禪刹선찰 梵漁寺범어사, 伽倻山가야산 法刹법찰 海印寺해인사가 是다. 其中 海印寺는 名刹일 뿐 아니라 法之宗家요, 世界的으로 자랑하는 重寶인 高麗 藏經版 八萬大藏經팔만대장경을 奉安하고 잇는 大藏經閣이 잇다.

海印寺 刱建창건된 由來의 傳說은 이러하다. 西域 印度 高僧 提納博幸제납박행 尊者존자 指空禪師지공선사께서 唐土에서 佛法을 宣布하야 敎化 衆生하시었는대 이 指空 禪師가 일즉 朝鮮 全國을 徧踏편답 江山하실 때 伽倻山 海印寺址를 지내시다가 將次 이곳에 梵刹범찰이 建立되리니 海印寺로 命名되여 法界에 大福田地가 될 것이라 하시고 海印寺 刱建時 使用키 爲하야 鐵瓦철와三千介를 鑄造하야

<hr>

2) ‘海印寺의 오식.
3) “待遇’의 오식.

못에다 埋置매치하야 두었다 한다. 其後 卽 新羅 第四十代 哀莊王 當時 距今 一千二百年 前에 新羅 高僧 華嚴宗主화엄종주 義湘祖師의상조사의 法曾孫법증손인 順應순응 利貞이정 兩大師가 唐土로 指空禪師를 親觀하기 爲하야 水陸 數萬里를 徒步도보로 入唐할새 벌서 禪師께서는 涅槃열반에 드신지 오랜지라 그 遺骨을 塔中에 뫼시엇스니 禪師께서 涅槃에 드실 臨時 弟子께 遺言을 남기어 말삼하시기를

「吾 涅槃 後 朝鮮서 順應 利貞 兩沙彌양사미가(沙彌라는 거슨 印度 말이니 漢譯하면 息慈이다. 卽 息惡慈行의 뜻이니 二十 歲 未滿된 젊은 僧侶를 稱함) 올 터이니 오거든 이 遺書를 傳하여라」

그 遺囑유촉이 게시엇는대 果然 그 遺囑과 如히 順應 利貞이 到着하매 弟子는 禪師의 遺言을 말하고 遺書를 傳하니 이에 順應 利貞 兩師는 遺書만으로서 足肯족긍치 않고,

「凡夫를 버서나신 禪師의 法身 境上경상에야 生死去來에 따르지 않으시고 常住不滅상주불멸하시리니 우리의 至極한 精誠으로서 塔中에 게시는 禪師 法身을 親觀하리라 하고」

드듸어 兩師는 塔前에 合掌 跪坐하야 入定 七日 七夜間 不飮 不食으로 勇猛 精進하니 七 晝夜만에 塔門이 스스로 열니여 不寒不熱한 般若藏中반야장중에 光明으로 莊嚴하시고 獅子坐上에 結草跌坐결초질좌하신 禪師의 形體가 나타나 擧手招之하사 入來를 許하시니 兩師 歡喜 踴躍용약하야 入去 順禮하니 禪師께서

「그대들의 精誠이 이와 같이 장하냐」

고 매오 칭찬하신 後 다시금 前者 遺書를 更示하사 海印寺의 刱建을 指示하시고 甘露茶감로차를 兩師에게 施與시여하니 兩師 飮畢에 七晝 七夜間 不飮不食에 말났든 形體가 卽時에 回復되여서 禪師께 拜謝하고 出庭하니 禪師의 弟子 等이 藥料를 準備하야 兩師는 禪師께 주신 甘露茶로서 心身이 快活하야 元氣 旺盛한지라 藥料의 不必要를 말하니 그 弟子 等이 더욱 더욱 敬仰함을 마지 않이하야 칭송하였다. 그 길로 兩師는 遺書의 指示를 종자[4] 朝鮮으로 나와서 伽倻山가야산으로 드러와 土窟을(方今 極樂殿극락전 後邊에 兩師 土窟 基地가 現存함) 定하고 入定

---

4) '좇아'의 오식.

遊戲임정유희로 時機到來시기도래를 기대리니 兩師의 入定中에는 異常한 光彩가 兩師 頭上으로부터 放射하야 虛空에 뻐치여서 萬力의 儼然엄연을 表示하였다고 한다. 때마침 哀莊王 王妃께서 重患中에 게서 天下 名醫를 招聘초빙하야 診察하되 그 效果를 볼 수 없이 宮中이 憂鬱에 싸엿더니 엇던 學者의 進言으로 이 重患은 道人의 힘을 假籍가적5)치 않으면 到底히 完快치 못하리니 道人을 차저서 王妃의 重患을 다사리소서 하매 王께서 그 말을 從하야 八道에 禁府都司금부도사를 命하야 道人을 찾게 하니 (直接 王命으로 사람을 呼出하는 職司) 禁府都司 勅命칙명을 받을어6) 伽倻山下 二十里 許에 月光里 (이곳은 現在도 月光里이며 自働車로 海印寺로 드러오면 冶서 十里쯤 되는 地點에 바로 月光樹라고 삭인 다리가 있고 그 다리에서 건너便 野田中에 古塔이 있으니 이거시 옛날 月光太子께서 月光寺를 지으시고 工夫하시든 곳이다)에 이르매 난대없는 여호 한 마리가 나타나서 압길을 引導하는지라 禁府都司가 그 여호 뒤를 따라가서 伽倻山 숩 속으로 드러서니 紅流洞 九曲을 거처 山明水麗의 神秘한 仙境을 當到하니 여호는 간 곳 업고 禁府都司만 홀노 남어 四面을 삷어보았다. (이 여호 업서진 곳을 여호 바위거리라 하야 아즉도 그 옛날의 자최가 남아잇다) 그래서 그래서7) 그때 禁府都司가 生覺하기를 아마 이곳에 道人이 있음으로 神明이 指示함이라 하고 기뻐하야 四面을 삷이다가 어떠한 樵夫초부를 맛나서 이곳에 道人이 없느냐고 무르니 그 樵夫 對答하기를

「이 우에 道人이 둘이 앉어서 工夫합듸다」

하는지라 禁府都司는 반가워 그 場所를 가보니 順應 利貞 福大師8)가 入定하야 工夫하고 잇는대 祥瑞의 光明이 頭上으로부터 虛空에 放射하니 儼然한 氣品에 自然 威壓위압을 늣기여 底頭저두 敬禮하고 王命을 傳達하야 王宮까지 가서 王妃의 看病을 懇請간청하니 兩大師는 王宮까지 갈 것 업다 하고 前者 入唐時 指空禪師께서 遺書와 同時에 바다 너은 五色糸를(당사실) 내여주며 이 실의 한 끝으로는 王妃의 팔목에 매고 한 끗으로는 宮殿 앞에 古木이 있을 터이니 그 古木에 매여두면 王妃의 病患이 完快하리라 하거늘 禁府都司가 王宮에 돌아와서 그 말

5) 원문대로.
6) '받들어'의 오식.
7) 원문대로.
8) '양대사'의 오식.

대로 王께 奏達주달하고 兩大師의 吩付분부대로 施行하니 이상하게도 王妃의 病菌이 그 五色系를 타서 官殿압 큰 古木으로 옴기매 그 古木은 그 자리에서 말나 죽는 同時에 王妃의 重患은 卽時 完快되엿다. 그리하야 哀莊王께서는 크게 기뻐하사 親히 伽倻山으로 行幸하시와 順應 利貞 兩大師의 所願을 무른즉 이때 兩大師는 指空禪師의 遺書에 依하야 이곳에 梵刹을 建立하야 法界에 無上 大福田地가 되게 하소서 하니 王이 大喜하사 許之하시고 梵刹을 세워 海印寺라 額을 달엇다.

海印 二字의 文句는 華嚴經 中에 海印해인 三昧삼매에서 나온 文句이니 順應大師가 新羅高僧인 華嚴宗主화엄종주의 義湘祖師의 法孫인 까닭에 華嚴宗刹로 된 것이다. 初刱초창 當時에 大衆은 千餘 名의 僧侶가 止住지주하였고 그 後 高麗 王建太祖의 王師이신 希朗祖師희랑조사가 이 海印寺에서 나섯스니 王建 太祖가 新羅의 뒤를 이어 高麗 統一을 圖할 제 百濟로 더부러 星州서 크게 싸우다가 王建이 敗하야 海印寺로 드러와서 希朗祖師를 親觀친근하고 法力으로서 高麗 統一의 大業을 成就케 하여 달나고 懇請간청하니 希郎祖師께서 應諾하시고 華嚴神衆壇화엄신중단에 焚香告祝분향고축하매 華嚴神將 勇敵大神이 華嚴聖衆幀畵화엄성중탱화에서 目前에 몸을 나투어 虛空에 火劒 휘둘너서 百濟를 威脅하니 百濟軍이 그 威光에 눌니여 물러갓다 한다. 이 因緣으로 玉建이 希朗祖師께 歸依하야 王師로 삼으시고 田五百結只(今 町步와 如함)를 海印寺에 獻納헌납하는 同時에 隣近 各 郡守에게 命하야 海印寺를 守護케 하였으며 李朝에 이르러 李太祖께서 高麗藏經을 江華島로부터 海印寺에다 移安하고 法之宗家로 되였다.

一柱門 天王門 解脫을 드러스니 梵鐘閣이 잇고 東西 冥迷명미한 殿閣寮舍전각료사 櫛比즐비하게 보인다. 庭中 三塔이 있으니 開山 當時 建立한 新羅美術品 中의 一로 塔中 九尊구존 金佛금불이 奉安하야 잇다.

大寂光殿

正面으로 大寂光殿대적광전이 보이니 本殿은 華嚴宗의 本尊이오 毘盧遮那佛비로자나불을 奉安한 本堂으로 開山 以來 六百餘年 間 毘盧殿이라고 稱하엿으나 成宗時 學祖大師 重創 後 大寂光殿이라고 改稱하였다. 堂內에 드러가 靜肅히 三拜

를 하고 도라보니 放眉間방미간 白毫백호 相光하사 照末方 萬八千世界하사 靡不周
遍미불주편하시는 毘盧遮那佛 釋迦오. 尼佛니불 觀世音菩薩관세음보살이며 古色燦然한
泰畵 朝夕으로 목탁소리를 듯고 잇는 數 百介의 位牌 머리를 숙이지 않을 수 없
다. 堂 出入口로 나서면 新築한 爐殿노전이 보이고 그 옆로는9) 높직이 藏經閣이
보인다.

이것은 每棟 三十 間으로 된 上下 二大 棟의 巨廈거하이다. 上下 二棟 六十 間
에는 國刊經版 右 兩棟 四間에는 寺刊 經版을 奉安하야 있다. 所謂 世界 三十種
藏版 中 聲價성가가 높은 거슨 高麗 藏版이다. 그 體裁의 宏實굉실과 校正의 嚴密
과 部秩의 完備는 世界 藏版 中 第一位를 占한 無比의 寶物이다. 國刊版과 寺刊
版이 잇서 國刊版은 高麗 第 三十三 主 高宗 二十四年 丁酉에 始役하야 李太祖
戊寅 七年에 本寺로 移藏하였다. 寺刊版은 高麗 中葉에 雕造法華楞嚴諸經조조법화
능엄제경과 朝鮮時代雕造한 四分律 等 版이 있다.

        國刊版數   八一, 二五八 枚
        寺刊版數   四七四五 枚
         合 八,六○○三 枚
        國刊經 部數   一, 五一二 部
        寺刊經 部數   五九 部
         合 一,五七一部
        國刊 卷數   六, 七九一 卷
        寺刊 卷數   三五五 卷
         合 七,一四六 卷

貴重古物

歷史 깊은 海印寺라 貴重한 古物이 多數이엇든 건 勿論인대 累次누차 火災로
因하야 僥倖요행이 遺存한 거슬 大正八年에 비로소 蒐集하야 藏置한 거신대 其
中 象塔상탑 香爐향로는 新羅 開山 當時 遺物之最高 歷史를 말하고 그 美術的 價値
는 專門學者로 하여곰 놀나게 한다. 其外에 玉으로 맨든 造花조화 金弘道그림 屏

---

9) '옆으로는'의 오식.

風병풍 白福壽繡屛 花鳥繡屛 等은 數萬圓 價格에 達한다고 장삼을 입은 중이 긴 막대기로 가라치며 嚴肅히 說明을 하고 잇다. 듯는 사람들의 마음은 一時에 統一이 되여 感嘆함을 마지 안는다. 하로에 몇 번式 열고 닷는 器物藏이것마는 다시 아니 열을 드시 큰 잠을쇠로 덜컥 닷고 또 큰 門을 덜컥 닫을 때 엇쩐지 모르게 쓸쓸함을 느꼇다. 冥府殿명부전, 應眞殿응진전, 九先殿 尋劒堂심검당 窮玄堂궁현당을 보니 거기에는 추레한 장삼을 입은 老長들이 힘업시 안저서 나무아비타불10) 관세음보살을 부르며 징을 울니고 북을 치고 있다. 四雲堂사운당 卽 宗務所에는 冊床을 압두고 椅子에 걸터 안진 職員들이 事務를 보고 있다. 씨레한 明月堂 卽 講習所에는 五 六十 名 되는 兒童이 와글와글 한다. 敎師 一人이 複式 敎授를 하고 있엇다. 堆雪堂퇴설당 卽 禪房에는 마침 叅禪 時機이라 누렇게 뜬 중, 말가케 밝은 중, 노라케 꼿이 핀 중, 늙은 중, 젊은 중, 뚱뚱한 중, 빼빼말은 중, 무릅을 꿀고 壁을 向하야 눈을 말뚱말뚱 뜬 者, 꾸벅꾸벅 줄고 잇는 者, 大體 禪房이란 곳은 敎主 釋迦牟尼의 正法眼藏정법안장을 摩訶迦葉마하가섭의게 傳하야 代代로 繼繼相承하야 西域의 第二十八代祖 達摩大師에게 이르러서 이 正法 眼藏을 唐土에서 傳할 때 佛法은 以心으로 直指人心하야 見性成佛이라 부르지겼고 그의 骨髓골수를 唐土 第二代祖인 惠可大師에게 傳하엿스며 僧璨道信弘忍승찬 도신홍인으로 歷傳하야 唐土 第六代祖 惠能大師에 이르러서 門下의 無數 道人을 내인 거시 卽 禪家의 臨濟宗임제종 曹洞宗 雪門宗 潙仰宗 法眼宗의 五宗 家風이 버러지게 되였다. 現今 日本 內地에 佛敎界에는 이 禪宗 中에 五宗 家風이 그대로 現傳하여 있는 것 갓하야 方今 名寺寸刹의 禪房이라는 곳에서 이 釋迦牟尼석 가모니의 正系統인 正法眼藏을 透得투득하기에 修行하고 잇다. 이 正法眼藏을 透得하는 날이면 凡夫에 形體로서 聖賢의 域에 드는 날이며 佛法妙理를 통달하야 人天 三界에 大導師가 되난 거이다. 그러면 졸고 앉어 잇는 것만이 禪叅인가? 눈만 멀뚱멀뚱 뜨고 앉어는11) 것이 叅禪인가? 語인가? 默인가? 動인가? 靜인가? 靜도 아니며 動도 아니며 語도 아니며 默도 아니며 조는 것도 아니며 醒醒성성히 눈만 멀뚱멀뚱하고 앉은 것도 아니다. 非動非靜비동비정이면서 卽動卽靜즉동즉정

---

10) 원문대로.
11) '앉어잇는'의 오기.

이며 非語非默비어비묵이면서 卽語卽默즉어즉묵이라 하니 그러면 動이 아니면서 곳 動이며 靜이 아니면서 곳 靜이며 語도 아니면서 곳 語이며 默도 아니면서 곳 默일지니 果然 妙하며 不可思議한 거시다. 말노써 말할 수 업고 形容으로서 形 象할 수 업는 이 境界를 假籍하야 禪이라고 하는 것이니 禪이란 心行處가 滅멸 하고 言語道가 斷함이니 이 禪의 妙理를 透得하면 卽時 正法 眼庄이 以是別物일 가 寸步도 옴기지 않고 곳 그곳에서 體驗하야 맛보는 거시다. 이 禪의 妙理를 透得하기 爲하야 古人이 叅究하는 길과라12) 方便을 베푸러시니 祖庭門下에 所 謂 千七百 公案이 잇서 禪의 妙理를 叅究하야 一切 煩惱 妄想 分別를 쉬이고 精 神의 統一을 鍛鍊단련하야 가는 話頭화두라는 것이다. 이 禪을 叅究하는 叅南이란 거슨 早晩이 업스며 男女老少 업서서 누구든지 大信根과 大疑團대의단과 大奮勇대 분용으로 精進한다면 瞬目之間순목지간에 이 妙理에 到達할 수 있으며 秋毫의 差違 로서 或은 無量劫무량겁을 지내여도 透得지 못하나니 僧侶에게 叅禪이 업섯든들 僧侶될 아모 興味가 없엇슬 거시다.

菴子 求景

아참밥 後에 近處 菴子암자 求景을 나섯다.

極樂殿극락전은 成宗 十九年 戊申(西紀 一四八八) 距今 四四八年 前 戒眞公계진공 의 重建影閣중건영각이오. 主壁에는 浮休大師부휴대사의 影幀을 奉安하고 殿南으로 石井이 有함은 新羅 哀牟王애모왕13)의 御用水요 東方에 濃陰川衣襟농음천의금을 綠 染녹염함은 鐘樓奇峰也종루기봉야라 한다.

거긔서 나와서 北으로 뚤닌 좁은 길노 조곰 나려가 또랑을 건너 한참 올나간 다. 올나가다가 숨을 쉬고 숨을 쉬어 올나가니 낭떠러지에 조고마한 개와 집 菴子가 있다. 이거시 希朗祖師가 祈禱하든 希朗臺이다. 臺 뒤에는 千年이나 된 보기 조흔 소나무가 있어 一見에 南畵의 격을 이루고 잇다. 山神閣을 둘너보고 나와 다시 올나가 바위 우에 안저 一望하니 海印寺 全景이 보인다. 우리 一行 十一人 中에는 快活하기로 有名한 女史와 法師가 잇다. 뒤에서 누가 C시님 詩調

---

12) 원문대로.
13) 원문대로.

하나 하십소 하니 K가 시님 그거요 그거 말이야요 一同은 와 우섯다 그러고 모
다 한 마대식 시님 그거요 그거 한즉 C시님은 점잔이

「내가 할 줄 아오」

하고 긔어히 아니하고 마렀다. 그럴 동안에 叅禪處로 有名한 白蓮菴에 다다
렀다. 이 菴子는 西山門人 昭菴大師소암대사가 創建한 後 松雲大師 一軒일헌, 功壽공
수, 如贊여찬, 雙暉쌍휘 等이며 獲光획광 道峰도봉 月波월파 諸氏가 有功하다 한다. 우
리 一行은 祖堂樓閣에서 珍味에 佛供 밥을 먹고 坐談이 이러났다. 때마침 歐米
에 에 갓다 온 사람이 三人이다. 들거니 놓거니 歐羅巴 風俗이야기가 난다. 매
우 興味있는 이야기였다. 雜談 中에는 海印寺 末寺 中 어느 절에는 便所가 세길
이나 된다고 하야 어느 분이 그 便所에 갈 때는 萬一을 念慮하야 허리에 색기를
매고 가야겠다고 한 즉 一同은 「와」하고 우섯다. 그 外에 여러가지 우수운 이
야기가 만하 자못 유쾌하였다. 흐르는 때는 우리에게 더 시간을 주지 못하고
황혼이 되어 왔다. 우리 一同은 白蓮菴 監院에게 厚意를 謝하고 내려오며 두어
군대 쉬이며 坐談 잘 하시는 幻銃法師환총법사[14]의 海印寺 民謠에 對한 說明 이야
기가 있었다. 가든 길을 돌처와 中路에서 散散이 논하진 後 施舘에 도라와서 저
녁을 먹으니 愉快한 맛이 飮食에까지 나타난다. 오늘 드른 우수운 이야기를 혼
자 두러누어 우수면서 하로를 지냈다.

이튿날은 큰절 西北便에 있는 影子殿을 차잤다. 이 菴子의 一名은 弘濟菴홍제
암이라고 하는대 三百五十 前에 宣祖大王께서 創建하섯는대 四溟大師사명대사가
講和 專權大師로 日本 內地를 다녀와서 一體 爵位를 나라에 還上하고 海印寺에
서 修道하다가 臨終하겠다는 願에 依하야 先祖[15]께서 特히 四溟大師에게 弘濟
尊者의 諡號를 나리시고 弘濟菴을 建設하신 것인대 其後 西山서산 四溟사명 奇虛기
허 三和尙의 影子를 뫼시었기 때문에 影子殿영자전이라고 하는 거시다.

建物의 構造는 現在 朝鮮 木工으로서는 到底히 想像하기 어려운 것이라 하야
各處에서 木工이 와서 圖本을 그리어 가는 일이 많다고 한다. 油畵의 材料로도
훌륭하다 이 菴子 主人公으[16]게신 幻銃환총 시님의 滋味있는 坐談을 듯고나니

14) 원문대로.
15) 원문대로.

十一 時 절 點心 때라 더 듯고 싶은 이야기를 못 다 듯고 도라와 點心을 먹었다. 그러고 나서 旅舘 東北에 있는 國一菴을 찾자갓다. 建設 年代는 모르겠으나 相當히 古建物일다. 사람도 그리 없는 듯하야 쓸쓸하였다. 正門앞에는 古木의 槐木이 있어 亦是 油畫 材料로 훌륭하였다. 그 앞으로 조곰 내려오면 五 六 戶의 土窟이 있고 조고마한 菴子가 있으니 이것이 女僧房 藥水菴약수암이다. 藥水菴은 建設된지 四十 餘年이오. 庭園에 藥水가 있음으로 藥水菴이라고 한다. 女僧이 三十 餘名 있어 共同 密所밀소 貌樣으로 다 各各 房 한간 부엌 한간식 차지하고 自治生活을 한다. 元來 가난한 살님들이라 그 節用 節食이란 말할 수 없으며 糧食이 떠러지면 동양을 나가서 錢錢 分分이 모아가지고 드러와 겨오 連命을 하고 산다. 海印寺에는 女僧房이 둘이 있으니 藥水菴 外에 三仙菴삼선암이 있다. 이 菴子 建設은 四十五 六年 되였다 하며 三仙이 내려와 菴子 뜰에 있는 바위 우에서 바둑을 두었다고 하야 三仙菴이라고 한다. 溪谷 가에 있어 물소래 적이 한가하며 조고마큼式한 신 중들이 이房 저방에서 들낙 날낙하는 것을 볼 때 한편으로 生覺하면 新鮮하고 한편으로 生覺하면 처량도 하였다.

大善菴을 찾자.[17] 이 菴子는 二 三年 된 새 建物 景色 좋은 높직한 곳에 淸雅하게 있는대 靑少年 時에 花柳界화류계에서 놀든 夫人이 크게 깨다른 바 있어 閑寂한 곳에서 修道하며 餘生을 보내려고 私有財産으로 死後 寺中 建物노 될 이 집을 가지고 있다. 夫人의 能한 手腕수완으로 어여뿌고 한 能[18] 技術을 갖인 夫人들을 끄으러 여름 한 철이면 海印寺에 꽃이 피고 만다. 그 길노 올나가기 자못 숨이 찬 높직이 있는 願堂으로 올나갓다. 여기에는 人物 名物인 九十六 歲된 林尙宮임상궁 마마가 게시고 여기 監院 시님으로 게신 老將님은 有子生女하고 五福이 具存한 분으로 子女들이 눈물노 붓잡음에도 不拘하고 떼치고 나와 修道하는 분이었다. 이 堂은 新羅 第 四十代 哀庄王이 海印寺를 創建하고 이어 三年間 여기 게서서 福을 비럿다하야 哀庄王의 祈福地라 한다. 그 外에 보지 못한 곳이 淸凉菴청량암이나 머러서 가지 못하였다.

---

16) '주인공으로'의 오식.
17) '찾앗다'의 오기.
18) '능한' ?

名所로는 奉天臺봉천대, 會仙臺회선대, 疊石臺첩석대, 霽月潭제월담, 噴玉瀑쇄옥폭, 完在岩완재암, 光風瀨광풍뢰, 吟諷瀨음풍뢰, 泚肇岩차조암, 翠積峰취적봉, 七星臺칠성대, 武陵橋무릉교, 邃花川수화천, 更覓源경멱원, 其外 여름 한철 서늘한 그늘을 맨드러주는 古木 느트나무 있는 學生臺학생대 놀기좋은 不二亭 수박 참의 물에 당거놓고 닭쩜하고 되지고기 굽고 가진 나물에 점심을 해다가 神仙이 바둑을 두는 너른 바위 우에서 數十人의 友人으로 더부러 발을 벗고 우통을 버서 제치고 젓가락 수가락을 치우고 물에 씨서 가며 손구락으로 집어먹는 一種의 原始 晩餐會만찬회를 하고 斯에 專門家들이 노래가락 육자배기 詩調 春香歌 「좃타 좃타」 소리에 슬슬 넘어가고 이어 덩실덩실 춤을 춘다 노세 젊어서 노라 늙고 병들면 못 노나니 좃타 얼시구나 절시구 朝鮮 춤 洋춤 一同은 한데 어울너저 춤을 춘다 여기가 놀기 좋은 紫霞洞자하동이다.

伽倻山 上峯行

우리 一行 十人은 點心을 한짐 해 지우고 아침 일즉이 나섯다. 풀이 욱어진 좁은 길노 가다가 길을 잃고 彷徨도 하고 노래도 부르고 한다. K女史의 떠들석하는 소리로 떠들석하다.

伽倻山은 옛적 伽羅聯邦가라연방의 要部로서 伽羅를 轉音하야 佛敎的으로 變稱한 것이다. 或은 牛頭산, 衆王산, 只恒山지항산, 靈山이라고도 한다. 此山은 大德山의 岐脈기맥으로서 星州 高靈 居昌, 陜川 四郡 사이에 盤耸반용하야 山高海拔四千七百十九尺이오. 面積이 三千三百二十八町步로 天然의 五葉松오엽송, 赤松, 丹楓潤葉樹단풍활엽수 等이 鬱蒼하고 奇岩怪石이 耸立하야 明快奇麗한 山이다. 前面으로는 南山 第一峰이 重重 包圍하고 있다. 特히 上峰 牛鼻井과 白雲城下 觀音石像은 探勝客탐승객에 目的地가 되어 있다. 어름 꺼다가 사이다 당거 먹고 牛鼻井 물노 상치쌈을 싸서 먹으니 그 珍味 말할 수 없으며 먹고 난 後 다 各其 바위에 걸터 앉어 목침도리 창가를 하니 개미허리가 되다십히 우섯다. 여름 해도 얼마 안나 남아 도라오는 길에 풀이 욱어진 七佛菴칠불암 터를 찾엇다. 이곳에는 一千九百年 前에 金首露王의 八王子 中 一王子는 太子를 奉하고 七王子가 여기 와서 見性得道견성득도하고 其後 河東 赫溪寺혁계사에서 結果하섯다 하니 雙溪寺쌍계사 七佛

菴이 七王子의 結果한 곳이라 한다. 親戚들이 보러 오면 다 큰 절 卽 海印寺 앞에 影池가 있으니 七王子가 이 影池에 비쳐어 보였다는 傳說이 있다. 우리 一行은 七佛岩에 높이 올안진[19] 者 욱어진 수풀을 헤치고 옛날 그들의 起居하든 자리를 차자 보기도 하고 或 우물을 차자 물을 바다먹는 자 寄付를 거두어 절을 짓자는 등 議論이 자자하다. 다리를 즐즐 끌고 오는 者 나는 先生에게 집행이 한 끗을 쥐이고 끌녀오니 우수운 소리 잘하는 Y가

「거기다 눈만 감엇스면 되였오」

하야 一同은 우섯다. 旅舘에 도라오니 해는 저물었고 往復 四十里 걸은 다리는 寸步를 옴길 수 없다. 저녁도 먹을낙 말낙 두고 몸살을 하였다.

佛 事

부처님 일을 佛事라 하나니 誕生佛事(四月 八日) 七月 百種 佛事 (目蓮尊者목련존자가 그 어머니를 地獄에서 極樂世界로 遷度천도한 날) 成過佛事성과불사 (十二月 八日) 泪槃佛事저반불사[20](二月 十二日)이니 其中 四月 八日 佛事를 盛大히 擧行한다. 海印寺에서는 三月 금음께 쯤 되면 海印寺에서 約三 마정 되는대 땅을 몇 坪式 사서 전방을 차리나니 이 露店은 한 二十 餘戶 되어 各處에서 가진 各色 物件을 가저올 뿐 아니라 露店마다 시악씨의 노래소리가 울녀나오고 장구 소리가 울녀 나온다. 큰 절 적은 절 중들 旅舘客들 저녁 後에 散策으로 적이 慰安이 된다. 초하로날 부터 사람이 점점 많아저서 四月 七 八日 間은 旅舘은 勿論 滿員이요 집집마다 방 마루 터저 나간다. 四月 八日날은 數十萬 名의 參拜者가 오고가고 人山人海를 이루운다. 한번 볼만한 慶節이다. 只今은 藏經閣 佛事가 있으니 朝鮮 總督이 萬圓을 내서 八萬大藏經을 複寫복사하야 滿洲國 皇帝에게 獻上하는 것이다. 伽倻山 海印寺라고 쓴 正門에 禁斷傍금단방이라고 크게 써 부치고 藏經閣 안에는 二十三組로 난흐아 複寫 檢閱이 있고 總督府에서 나려온 技手들과 都監도감은 이것을 監督하고 있다. 二個月 넘어 동안 하다 이 佛事는 그 規模가 클 뿐 아니라 日貰 一圓 三圓式 밧는 중 俗人들은 큰 버리가 될 뿐 한가하든 중들도 每日

---

19) '올나안진'의 오식.
20) 원문대로.

八時間 式의 勞働으로 밧부지 않을 소[21] 없고 生産能力이 없든 중들은 주머니 속에 돈 소리가 나게 되어 어느 方面으로 生覺하든지 大事라고 아니 볼 수 없다. 나도 몇 夫人들과 同行하야 구경을 간 일이 있는대 한번 볼만 하였다. 이 佛事가 끝나면 盛大한 供養_{공양}이 있고 念佛이 있으리라고 한다.

土窟生活

海印寺 境內에는 人家가 六十 餘戶 있는대 이것을 土窟_{토굴}이라고 하야 중들은 크게 區別한다. 대개는 중들의 妻家屬_{처가속}들의 집이오. 其外에는 俗人의 집이다. 논마기나[22] 있든지 宗務所에 事務員으로 月給이나 타든지 하면 근근이 生活를[23] 維支하나 그러치 않으면 중들의 싹바질로 싹 빨내로 그 生活 狀態가 말이 아니다. 그러나 當局에서는 이 土窟을 整理시키라 한다.

鍾[24]소래

黃昏의 種소래 새벽 종소래 욱어진 숩 사이로 은은이 멀니 들녀 올 때 자연 머리가 숙어지고 새벽 잠이 깨인다. 무심하다. 저 종소래 엇지 그리 처량한지 내 수심을 돕는도다. 不知不覺 中에 밀레의 「晩鍾_{만종}」 生覺이 아니날 수 없다. 臨時로 佛供있을 때는 例外거니와 定期로는 每日 三次 禮佛_{예불}이 있으니 이 때마다 四方 큰 절 적은 절에서는 땡땡 鐘을 울닌다. 卽 午前 四時 아침 禮佛 午前 十一時 午正 禮佛 午後 六時 저녁 禮佛이 있어 부처님 앞에는 가사 장삼을 입은 부전 시님 監院시님이 목탁을 치며 楞嚴呪千手_{능엄주천수} 다라니로 念佛을 하고 이어 供養을 한다. 그 반찬이란 마눌도 안 는 김치의 푸른 菜蔬 뿐이다. 그러므로 그들의 얼골은 말근 빛이 도나 營養 不足으로 힘을 못 쓴다.

---

21) '수'의 오기.
22) '논마지기나'의 오식.
23) '생활을'의 오식.
24) 원문대로.

旅舘 生活

나는 海印寺 指定 旅舘 紀濤旅舘기도여관[25]에 一客이 되었다. 이 旅舘은 海印寺 內에 없지 못할 便利를 주는 唯一 無二한 旅舘으로 都會地에서 보기 쉽지 못하게 設備가 具備하야 있다. 나는 일찌기 歐米 漫遊 時 요세미데 山中旅舘에서 一週日間 지내 본 일이 있는지라 自然 聯想치 않을 수 없다. 그 요세미데 旅舘은 全部 印度式 建物과 裝置이었다. 집과 裝飾品만 보아도 山中 生活에 실증 아니 날만치 된 데다 가진 娛樂機關이며 딴스會 競馬會가 있어 한시라도 심심한 때가 없나니. 競馬會란 것은 말을 조고만 나무로 맨든 것을 各色으로 帽子를 쓴 客中 美人들이 한 中年 夫人이 番號를 부르면 말을 옴겨 놓는 것이다. 그러면 拍手로 야단이오 익이는 말 편 사람들은 돈을 타너라고 야단들이다. 이뿐 아니라 어여뿌고 젊은 美人들은 여기저기서 불너내어 볼만하다. 이러한 구경을 옛날에 한 나는 山中에 드러오니 더욱 回想이 되고 옛날이 그리워진다. 이런 旅舘은 언제나 그런 旅舘과 같이 되나 싶다. 每日 三四十 名式은 떠날 새 없고 山中이라 勿論 봄과 겨울은 歲月없을 것이오. 여름 避暑로 가을 丹楓구장으로 몇 萬名式 出入이 있다. 더욱이 十餘 名의 月泊 손님이 있을 때는 보기에도 눈살이 찝흐려질만치 마루 끝에는 火爐에 藥 탕관이 列을 지어 죽 느러노였고 客中에는 아직 펄펄 뛸만한 靑年의 얼골이 노랑 꽃이 피고 긔운이 척 느러저 느른한 者로 자리를 펴고 늘 두러 눈 者 其中에는 血氣旺盛혈기왕성하야 單調로운 生活에 조바심을 치는 者 어떻게 놀면 잘 놀가 하야 山中 庵子마다 溪谷 골자기마다 每日 다니는 者 三日에 한번 式은 二層 娛樂室에서 이 장난군들이 몰여 正宗을 마시고 삐루를 마신 끝에 밥주발 뚝경을 놋저가락으로 뚜디리며 장구를 치고 손벽을 치고 발을 굴너 춤을 추다가 맨발로 마당까지 나려가 징둥징둥 뛴다. 나 外 몇 女子는 구경군이다. 이럼으로 旅舘은 분잡함과 食價가 빗싼 關係上 從容이 修養하러 오는 사람들은 庵子로 가고 더욱 妙齡 女子들은 일부러 避하야 僧房으로 간다. 實로 누구든지 旅行을 오면 기뻐서 잠이 아니 오는 듯 하야 밤중까지 새벽부터 떠드러 옆 房 사람까지 잠을 못 자게 한다. 何如間 紅濤홍도 旅

---

25) '紅濤旅舘'의 오식.

舘여관은 海印寺로는 없지 못할 곳이오. 旅客의 疲勞피로한 다리를 쉬게 하고 困한 몸을 잠들게 하는 天堂이오 極樂일다.

僧侶生活

海印寺 在籍 僧侶가 男 三百 九十八이오. 女 百人이다.

僧侶生活이란 것은 塵世진세를 버서 난 所謂 物外 生活이나 團合과 規律로써 그 主를 삼는 것이오 僧侶는 卽 僧伽이며 僧伽는 곳 和合의 意다. 生不同생부동 姓不同성부동의 各人各氏로서 世俗塵埃세속진애를 버서 나서 割愛捨親할애사친하고 出家爲僧출가위승하야 入山修道하는 이들의 日常生活이 卽 僧侶生活이다.

此等 各人各氏가 入山修道하야 革凡成聖을 目標로 道場(寺院)에 投身하는 날이면 塵世 愛慾을 멀니하고 佛法 道場에서 길리는 淸風衲子청풍납자의 몸이 되나니 佛陀의 無上道法무상도법을 爲하야 그들의 生活이 繼續됨에 以和爲主이화위주하야 不分是非불분시비하야 以法爲會이법위회하야 互相扶助호상부조하니 이것이 곳 淸廉度生청렴탁생의 物外的 和合法인 同時에 僧侶生活의 根本의 主幹이 되는 것이다.

僧侶生活의 大綱대강은 이러하거니와 그 生活 秩序를 維支하는 細則의 淸規法청규법 內容에 있어서는 一般 社會 大衆 團體生活에 추위26) 훨신 超越할 뿐 그 發達된 規程은 全般的으로 社會團體의 模範모범이 되는 點이 不少함이니 僧侶의 그날 그날의 生活 日課를 紹介하랴면 僧侶라면 總稱총칭이 되려니와 僧侶 中에도 個人 個人의 爲人의 資格에 따라 各 階段계단이 있다.

佛教 全體에 있어서는 禪宗 教宗으로 分하야 있으니 禪宗이란 것은 所謂 捨敎入禪사교입선이라 하야 佛陀의 敎理를 文字 上을 通해서 그 一覽 解釋해석한 後에 다시금 實際에 드러가 眞理를 體得하는 卽 離文字이문자 外에 實際 眞如之理진여지리를 體驗하야 大悟대오 徹底철저를 目標하는 參禪人을 말함이오 教宗이란 것은 佛陀의 一代時教(經典) 中 어느 것이든지 다 經典이면 敎宗에 屬하나니 講師 或은 僧侶로서 어느 經典이든지 專門으로 持誦지송하는 이는 通稱 敎宗이라 한다. 寺院에서는 禪宗人과 敎宗人을 理判人이판인 事判人사판인이라 하니 卽 禪宗은

---

26) '비추위'의 오식.

理判이오 敎宗은 事判이라 區別한다. 그리하야 이 禪敎 兩宗을 通하야 各自 爲人의 資格 如何에 딸아서 大禪師대선사, 大敎師대교사, 禪師선사, 大德대덕, 中德중덕, 大禪대선, 沙彌사미 等의 階段이 있으며 이러한 資格을 養成함에는 各其 細則의 淸規法에 依하야 敎養하고 있다.

먼저 禪宗의 日常生活을 들어 簡略히 말하면 그들의 生活은 모 - 든 것이 規律的이다. 一年 十二 個月을 通하야 各利 禪院에서는 結制결제 解制法해제법이 있어 夏安居하안거 冬安居法동안거법이 있다. 舊 四月 十五日부터 結制하야 七月 十五일에 解制하니 其間 三個月間은 專心 參禪하니 이를 夏安居라 하고 十月 十五日부터 結制하야 一月 十五日에 解制하니 其間 三個月을 冬安居라 한다. 安居 中 日常生活이란 每日 午前 三時면 必히 起寢기침하야 一齊히 老少없이 法堂에 뫃여 佛典에 香火를 사루고 禮式을 맛친 後 同 六時까지 面壁면벽 觀心관심하야 參禪을 하고 아침 供養을 하고 (朝飯) 八時부터 十時까지 午後도 亦是 一時부터 三時까지 六時부터 九時까지 參禪을 하야 이와같이 大衆 數十 名이 同一 規律 下에서 如一히 九旬 安居를 終了하는 날이 解制日이고 解制 後 다음 結制日까지 三個月동안은 苦行을 닦기 爲하야 同居하는 禪客들이 各自 걸망(鉢囊발낭)을 질머지고 他處로 옴기여 到處線을 딸아 苦行을 닥그되 或은 城邑部落성읍부락에도 지나며 或은 名山 大利과 이름난 聖地를 찾아서 身心을 맑히기도 하야 苦行 中에서도 恒常 道 닦는 것을 있지 아니하고 話頭를 參究하다가 結制日이 到來하면 如前히 各處의 禪院으로 入榜입방(卽 名目을 드리는 것)하야 다시금 參禪工夫참선공부를 始作하게 되는 것이다. 敎宗人의 生活은 普通 起寢은 五時이고 起寢 後 法堂에 모여서 禮式을 마친 다음에 各自 持誦하는 經典을 외우고 六時 三十分頃이면 朝飯을 먹는다. 朝飯 後는 各自 任務를 좇아서 終日 日課를 하게 되는대 其中 佛法 中 大乘經典을 硏究하는 學人들은 朝飯 後 若干 休憩휴게한 後에 打鐘타종 集合하야 論講을 始作하니 論講이라는 것은 一種의 經典을 硏究하는 것인대 學人이 三人이면 三人, 四人이면 四人이 一日間 硏究하기 爲하야 課程을 定하되 佛經 冊張 數를 同一히 定하야 그날 日課로서 終日 各自 解를 좇아서 硏究한 것을 其 翌日 朝飯 後에 論講하게 되나니 各其 見解가 同一할 때에는 아모 異動이동이 없지만은 萬一 各其 硏究한 見解가 다를 境遇에는 朝室(先生)和尙 許로 가서 判決

을 하는 것이다. 이리하야 一代 時敎를 硏究하는 가온데서 大諸師 大法師 布敎師가 生겨나는 것이다. 三界 大聖인 釋迦牟尼의 法道場에서 淸淨한 몸으로 길드리는 僧侶生活이란 참으로 神聖한 가운대서 人天의 大法器를 이루는 곳으로서 可히 부러워 아니할 수 없다.

(『三千里』, 1938. 8)

제8부

여성 비평

理想的 夫人*

먼저 理想이라 험은 何하를 云운험인고, 所謂소위 理想이라. 卽 理想의 欲望의 思想이라. 以上을 感情的 理想이라 허면, 此 所謂 理想은 靈智영지的 理想이라. 然 연허면 理想的 婦人이라 헐 婦人은 그 누구인고. 過去及 現在를 通하야, 理想的 婦人이라헐 婦人은 읍다고 生覺허는 바요. 나는 아즉 婦人의 個性에 對헌 充分 헌 硏究가 읍는 故이며, 쏘 自身의 理想은 非常헌 高位에 在험이요. 革身혁신으로 理想을 삼은 카쥬사, 利己로 理想을 삼은 막다, 眞의 戀愛로 理想을 삼은 노라夫 人, 宗敎的 平等主義로 理想을 삼은 스토우夫人, 天才的으로 理想을 삼은 라이 죠女史, 圓滿헌 家庭의 理想을 가진 요사노女史 諸氏와 如히, 多方面의 理想으 로 活動허는 婦人이 現在에도 不少허도다. 나는 決코 此諸氏차제씨의 凡事에 對하 야 崇拜숭배헐수는 읍스나, 다만 現在 나의 境遇로는 最히 理想에 近허다 하야, 部分的으로 崇拜허는 바라. 何故오, 彼等의 一般은 運命에 支配되여, 生長 發展 卽 忠實히 自身을 發展험을 恐怖공포하야, 恒常 平易평이헌 固定的 安逸外안일외에, 絶對의 理想을 가지지 못헌 弱子임이라. 然허나, 우리는 此長所차장소의 凡事를 取得하야, 日日히 修養된 自己의 良心으로 築出축출헌 바, 最히 理想에 近接근접헌 新想像신상상으로 生長치 안이 허면 안이 되겟도다. 習慣습관에 依하야 道德上 婦 人, 卽 自己의 世俗的 本分만 完守험을 理想이라 말헐 수 읍도다. 一步를 更進갱

---

* 이 글을 실은 『學之光』편집자는 羅蕙錫孃이라고 孃 호칭을 붙임으로써 미혼여성임을 밝혀 게재하고 있다.

진하야 此以上의 進備가 읍스면, 안이 될 줄노 生覺헌 바요, 單히 良妻賢母양처현
모라 하야 理想을 定험도, 必取필취헐 바이 안인가 허노라. 다만 此를 主張허는
者는 現在 敎育家의 商賣的상매적 一好策일호책이 안인가 허노라. 男子는 夫요 父
라. 良夫賢父의 敎育法은 아즉도 듯지 못하얏스니, 다만 女子에 限하야 附屬物부
속물된 敎育主義라. 精神 修養上으로 言허드래도, 實로 滋味자미읍는 말이라. 쏘
婦人의 溫良柔順온양유순으로만 理想이라험도, 必取헐 바가 안인가 허노니, 云허
면 女子를 奴隷노예맨들기 爲하야, 此 主義로 婦德의 獎勵장려가 必要허엿섯도다.
然헌 中 今日의 婦人은, 長長時間에 男子를 爲하야 만 盡務진무케허는 主義로 養
成헌 結果, 溫養柔順에 過度하야 其 理想은, 殆태히 理非의 識別까지 不知허는 境
遇에 至험이라. — 然허면 如何히 허여야 各 自適자적헌 女子가 될가. 無論 知識
技藝지예가 必要타 허겟도다, 何事에 當허던지 常識으로 左右를 處理헐 實力이
잇지 안이허면 안이 되겟도다. 一定헌 目的으로 有意義하게, 自己 個性을 發揮
코저허는 自覺을 가진 婦人으로서, 現代를 理解헌 思想, 知識上 及 品性에 對하
야, 其 時代의 先覺者가 되어 實力과 權力으로, 社交 又우는 神秘신비上 內的 光明
의 理想的 婦人이 되지 안이허면 不可헌 줄노 生覺허는 바라. 然허면 現在의 우
리는 漸次점차로 知能을 擴充확충허며, 自己의 努力으로 責任을 盡하야 本分을 完
守허며, 更히 事에 當하야 物에 觸촉하야 硏究허고 修養허며, 良心의 發展으로
理想에 近接케 허면, 其日 其日은 決코 空然히 消過소과험이 안이요, 然後에는 明
日에 終身을 헌다하야도, 今日 現時까지는 理想의 一生이 될가 허노라.

　그럼으로, 나는 現在에 自己 一身上의 劇烈극열헌 欲望으로, 影子도 보이지 안
이허는 엇더헌 길을 向하야 無限헌 苦痛과 싸호며, 指示헌 藝術에 努力허고저
허노라.

　(一九一四. 十一. 五)

(『學之光』, 1914. 12)

雜感*

△ 昨年歲末_{작년세말} 學友會 忘年會에 會席이 滿員인 中 感歎_{감탄}되는 말에는 크게 拍手_{박수}도 ᄒ며 否認ᄒ는 點에는 악을 써서 큰 소리로 「아니라」고도 ᄒ는 狀況을 우리 女學生들은 한구석에서 구경ᄒ엿소. 그쩌에 언니가 나를 쑥 찌르며 이마를 찌푸리고 「아이구 무슨 싸홈터 ᄀᆞᆺ소구려. 學識이 잇고 知覺낫다는 者의 態度가 이러케 점잔치 못ᄒᄋᆞ그려」 ᄒ엿소, 나는 우스며 이러케 對答ᄒᆫ 듯 ᄒᄋᆞ—

오늘이야말로 산 것 ᄀᆞᆺ소. 朝鮮에도 저러케 活氣 잇는 어룬들이 만히 계신거시 참 깃부지 안소? 學識이 잇기에 判斷이 敏捷_{민첩}ᄒ고 知覺이 낫기에 쑥々이 發表ᄒ는 거시오. 朝鮮사름은 점잔 부리다가 때가 다 지난 거슬 生覺치 못ᄒ시오? 손님은 辭讓_{사양}ᄒ고 主人은 勸ᄒ는 거시오. 自己내들 會에 辭讓홀 餘暇가 어듸 잇고 自己네들 일에 勸告 바들 廉恥가 어듸 잇겟소. 假令 이거슬 客觀的으로 批難_{비난}ᄒ는 거시라 말홀지라도 批難이 업스면 反省이 엇지 싱기고 打擊_{타격}ᄒ는이가, 업스면 革新의 氣運이 엇지 닐겟소. 批難中에서 進步가 되고 打擊中에서 改良이 싱기는 거시 分明ᄒ고. 이로 말미암아 個人이 사름 ᄀᆞᆺ흔 사름이 되고 一國의 文明이 잇는거실 압니다.

그쩌에 언니는 「올소」ᄒ고 고개를 쯔덕쯔덕 ᄒ섯지오?

△ 社會에서 女子를 不信ᄒ고, 男子가 女子를 侮辱_{모욕} ᄒ는거시며, 女子의 事

---

* 晶月이라는 호로 발표.

業이 어리고, 自覺이 업고 成功이 더듸고 事物에 어둡고 處理가 鈍호고 失敗가 만흔 거슨 숙혀 確固호 信念이 缺乏결핍호고 理知的解決力이지적해결력이 貧弱호엿 던 꼬돍꼬소. 이 缺點이 사롬以下의 今日 女子의 現狀을 支配호는 것 꼬소.

△ 빙긋 웃는 거시 女子의 美點이라 호오. 실쩍 도라서는 거시 女性의 貴염스 러온 點이라 말들 홉데다. 말 아니 호고 싱각업는 者를 女子답다 호오. 우리도 남과 꼬히 사롬다온 女子가 되고 남의 일을 나도 판단할줄 알며, 아름다온 거 슬 아름답다홀 줄 알며 더러온 거슬 더럽다할줄 알거든— 싱각도 좀 히본 것 꼬고 홀 말도 다히본 듯 호거든—그써야말로 웃고 십흔대로 빙긋빙긋 무음대 로 우서서 여자의 아릿다온 表情도 히봅시다. 쌀々스럽게 씩 도라서는 貴염도 부립시다. 말 업고 얌젼호 女子가 됩시다. 이러케 우리에게는 쓰거온 情外정외에 맑은 理性를 具備구비치 안으면 아니될 줄 알아요.

△ 나는 놉흔 山을 차자서 雪景설경을 느려다 보랴고 나섯소. 이재껏 都會의 더운 바람 속에서 실미지근호게 지나던 生活이 瞥眼間별안간 이러케 쌀々흔 바 람에 白雪界를 맛나니 말홀 수 업시 마음이 서늘히지고 精神이 번쩍나며 空然 히 셩충々々 몟 번 쒸기꼬지 호엿소 山頂을 向호고 푹々 빠지는 길도 모르는 데를 아모리나 밟아 올라갓소. 올나가다가 나는 깜쟉 놀랏서요 이 추운 아춤에 누가 발서 理險험호 길로 이 두려운 눈을 밟고 올라간 발자국이 잇는 거슬 보 고. 남들이 다 짜뜻흔 자리 속에서 단꿈에 醉호엿슬 씨에 얼마나 밧부기에 이 추운 아춤에 여긔꼬지 왓섯고 얼마나 부주런호기에 남들이 다 자는듸 발서 이 꼭대기에 꼬지 드녀갓나? 언니! 나는 것던 발을 멈추고 짝 섯섯소 언니가 호던 그 말이 인졔야 알아지오, 일즉 寄宿舍기숙사 寢室침실에서 내가 언니께,

「우리 朝鮮 女子도 인졔는 고만 사롬꼬히 좀 돼봐야만 홀 것 아니오? 女子다 온 女子가 되어야만 홀 것 아니오? 美國 女子는 理性과 哲學철학으로 女子다온 女子요. 佛國 女子는 科學과 藝術예술로 女子다온 女子요 獨逸 女子는 勇氣와 勞 働노동으로 女子다온 女子요 그런데 우리는 인졔서야 겨오 女子다온 女子의 第 一步제일보를 밟는다 호면 이 너머 늦지안소? 우리의 非運은 너머 慘酷호오그 리」.

그씨에 언니가 고개를 번젹 들고 내 손목을 쏙 쥐며,

「아직 밝지도 안은 이 새벽에 누가 발셔 구르마를 끌고 가는구려. 그 박휘 굴느는 소리가 마치 우래 소리와 ㅈ히 내 귀에 들니오 이 이른 새벽 깁히든 잠에 몃 사롬이나 씨어서 져 박휘 굴는 소리를 드럿겟소 이와 ㅈ히 萬物이 잠들어 고요흔 中에 그는 먼길을 向ㅎ고 일즉히 닐어나서 튼ㅅ이 발감기ㅎ고 천ㅅ이 거러가며 새벽 하늘의 고은 빗을 노래ㅎ고 맑은 空氣에 휘파람불며 微笑_{미소}ㅎ리다. 大門이 꽁ㅅ 징기고 그 안에서는 아직도 깁흔 잠에 잠꼬대 ㅎ는 소리가 들닌 쩌에 그 門압해서 얼마나 門을 두드렷겟고 그 門 압해서 몃 번이나 祈禱_{기도}ㅎ엿스릿가. 언니와 나도 그러케 ㅁㅇ 노코 실컷 자다가 아츰 太陽이 東窓을 환히 빗치게 된 後 겨오 눈을 비ㅅ고 이러난 것 ㅈ소」 흐든 언니의 말이 인졔 겨오 알아지는 것 ㅈ소. 아모러나 우리 압해 발셔 覺醒_{각성}의 우슴과 努力의 血淚를 뿌리며 부지런히 밟아가는 언니가 잇다 ㅎ면 그 작하나 조흐릿가 — 얼마나 깃브겟소. 時間이 促迫_{촉박}흔데 엇더캐 나를 기드려 달라 ㅎ겟고 무슴 心事로 남 가는 거슬 猜忌_{시기}ㅎ겟소. 너 잘 가는 거시 내게도 榮光이오, 나는 못 가더라도 너만 無事히 到着되어도 죠타. 허나 너머 다름질 말고 잇다금 뒤 좀 돌아보아주오. 올나가지 못홀 곳에는 손목도 좀 쓸어주어야겟소 다리가 압하 주저안질 쩌에 가야만홀 理由를 說明히 주어야겟소 밋 건더 먼져 밟으시는 언니들이어! 둑ㅅ 듸듸어서 쑤려시 발자최를 내어주시오. 좀체름ㅎ게 쪼 눈이 오더라도 그 발자국의 輪廓_{윤곽}이나 남아 잇도록. 쌀려 잇는 白雪 우흐로도 彎曲凹凸_{만곡요철}이 보이건마는 그 속에 뭇쳐잇는 坦々大路_{탄탄대로}는 보이지안는구려. 多幸히 누가 먼져 밟아 노흔 발자국을 쌀라 길을 찻게되엇소마는 그 사롬도 몃 군대 햇듸된 자국이 잇는 거슬 보니 이 두터운 눈을 한번 밟기도 발이 시리거든 그 사롬은 길을 찻노라고 彷徨_{방황}ㅎ기에 어름도 밟게되고 구렁이에도 쌔지게 되엇스니 아마도 그 사롬의 발은 꽁ㅅ 얼엇슬 것 ㅈ소. 동ㅅ 굴느며 울지나 아니ㅎ엿는지 몹시 同情이 납데다. 그러나 그 발자국을 짜라 半쯤 올라가니 그 사롬의 간 길과 나 가고 십흔길이 다르오그리. 나도 그 사롬과ㅈ히 두텁게 쌀닌 눈을 푹ㅅ 듸듸어야만 ㅎ게 되엇소. 차듸차듸흔 눈이 종아리에 가 달 쩌에 는 선득ㅅㅅㅎ고 몸소름이 쑥ㅅ 씨칩데다. 큰 돌멩에 발쑤리도 채이고 굴근 가시가 발빠당도 쩔느오. 이러케 발셔 거름을 옴기기가 困히가지고야 언졔 져긔를 올라간단 말이오. 져긔 ᄭᅥ지에는 넓은 湖水의 스케팅 터를 지나야ᄒᆞ겟소. 반질반질ᄒᆞᆫ 져 어름우흐로 이 장신을 신고 밟아가야만ᄒᆞᄂᆞᆫ구려. 져네들은 져러게 날카라온 스케트를 신고도 自由로 ᄯᅱ어ᄃᆞ니건마는 나는 암만히도 이 넓적ᄒᆞᆫ 신을 신고라도 한거름도 ᄭᅥᆺ지 못ᄒᆞ고 나잡바질 것 ᄀᆞᆺ소. 아모리나 밋그러져서 머리가 터질 覺悟각오로 밟아나 볼 慾心욕심이오.

(『學之光』, 1917. 3)

雜感*
― K언니에게 與함

언니!

봄빗이 아람답다흠도 옷봉오리가 쑈죽々々 나올 쩌라든지 파르죽々흔 버들 입히 척々느러져 이싸금 부는 輕風경풍에 얌전히 흔들흔들ᄒᆞᄂᆞᆫ쩌, 桃花도화 梨花 이화가 滿發만발ᄒᆞ야 왼¹⁾ 世上이 우슴과 곳흔 그런쩌 말이지 오날과곳히 黑雲흑운 이 이리져리 믈커며 暴風이 이러나 몬지 뭉텡이가 압길을 탁々 막아 精神을 ᄎᆞ 릴 수 업는 이러흔 날에는 自然히 胸中흉중이 搖動요동되고 精神이 攪亂교란히지며 말홀 수 업는 自我의 不平과 恐怖만 이러나오.

나도 처음에는 琉璃窓유리창의 덜그럭々々々 搖動ᄒᆞ는 소리며 씽々ᄒᆞ든 볏이 갑작이 어둠침々히 오는 것이며, 느러졋든 靑柳枝의 썩거지는 거슬 壯快ᄒᆞ게도 성각ᄒᆞ고 滋味스럽게 보앗쇼마는 未久에 眼鼻莫開안비막개홀 狂雨광우쏘다지는 쩌 에는 져러케 春色을 자랑ᄒᆞ든 櫻花의 속절업시 散落ᄒᆞ는 것이며, 일썻 冬節準 備동절준비로 먹을 것을 믈고 부즈런히 걸어가든 기암이의 ᄒᆞ욤업시 믈에 밀려나 가는 것이며, 母鷄모계품에 앙키여 구々쩍々ᄒᆞ며 압쓸에셔 놀든 병아리 째들의 一時 쏫겨 드러가는 것을 人情으로서 엇지 춤아 보잔말이오. 아々, 져러케 自慢 스러이 直立흔 電信柱전신주라든지 四時靑春의 松木예게쓰지라도 未久에 戰慄的 大掩襲전율적대엄습이 닥칠거슬 生覺ᄒᆞ니 나는 발셔 壯快장쾌ᄒᆞ고 興味스럽다든 것 도 다 이져바리게 되고 恐怖에 못익이여 不知不覺中에 진져리를 첫쇼.

---

* 이 글은 C W라는 이니셜로 발표.
1) '온'의 오기.

呀, 나는 못싱기게 엉々우는 것보다 이 우에 더 한가지 地震이 이러나 家屋이 빗씰々々히지고 家具가 다 부서져 나가기 前에 어셔 이러케 從容이 안져셔 언니에게 끗끗지 答狀을 쎠야만 할 良策을 차잣쇼.

언니! 언니의 片紙보다 먼져 本國으로 온 S언니의게 언니의 消息은 仔細^{자세}히 드럿쇼. 드를 그 瞬間^{순간}으로붓허 어느 쎄든지 나는 언니의 그 寂寞^{적막}흔 境遇와 矛盾의 苦痛, 煩悶^{번민}이 오작홀가 ㅎ야 혼ᄌ 落淚^{낙루}흔 격도 만쇼. 회셔 未嘗不 그 동안 여러 번 솜씨업는 붓을 드른격도 잇셧스나 져놋코 부치지도 안은 격도 잇고 或은 쓰다가 찌져버린 적도 잇쇼. 勿論 언니에게 對흔 ᄉ랑이 泛然^{범연}함이엿던 거시 아니라 東京게실 쎄 언니 압헤셔 告白흔 것ㅈ히 나는 非常히 언니를 尊敬홈으로 或是 不敬이 될가ㅎ야 躊躇^{주저}ㅎ엿든 것이오 허나 只今 當히셔는 이거시 도리혀 不敬이엿든 것을 알아지게 되엿쇼. 대개 이러케 生覺홈은 제가 가장 언니와 同等인드시 自慢^{자만}ㅎ엿든 것 ㅈ쇼. 험으로 나는 언니에게 謝過ㅎ는 同時에 언니보다 몃칭이 쩌러진 거슬 씨닯고 인제는 謙遜^{겸손}ㅎ게 솜지[2] 업는 붓이라도 들어 어리광을 부리려 ㅎᄂ이다. 언니가 꾸지람을 ㅎ신다ㅎ면 달게 밧겟고 언니의 指導가 게시다면 나는 춤추고 가겟ᄂ이다. 언니! 버릇업는 말슴이 잇거든 海恕히 주시고 가다가 抵觸되는 句節에는 눌너보아 주십쇼.

S언니 便에 듯기에는 언니의 神經衰弱病^{신경쇠약병}이 重ㅎ다 ㅎ고 언니는 조고마흔 草家單間에셔 어머니 뫼시고 知友도 업시 寂寞히 지너신다구려 픽 孤獨ㅎ고 無力흔 生活을 ㅎ시는 것 ㅈ히 드럿쇼. 그쎄에 나는 마침 西洋料理를 먹고 天鵝絨^{천아융} 椅子^{의자}에 걸터 안졋든 貴族의 生活의 一主人公이엿셧쇼, 이러흔 나로셔 언니의 그러흔 消息을 드를 쎄 얼마나 惶悚^{황송}스러윗는지 모로겟쇼 그리셔 곳 벌쩍 이러셔々 生覺ㅎ엿쇼 그러고 언니의 病은 凡人의 病과 달나 將次 무슨 獨創的^{독창적} 思索의 大源泉^{대원천}이 될 貴重흔 病인줄 알고 언니의 그 寂寞흔 生活 中에는 무슨 徹底^{철저}흔 生命이 包存히진 줄 밋고 安心ㅎ야 오날도 그 紫朱^{자주} 天鵝絨^{천아융} 椅子^{의자}에 안져 끗끗지 깃붐으로 쓰려ㅎᄂ이다.

---

2) '솜씨'의 오기.

언니 말슴과 ㄲ히 그거시 큰 難問題난문제이야요. 「名譽명예와 事業사업」. 特히 인제 겨오 눈을 쓰랴는 朝鮮 女子界에는 더구나 難問題이야요. 「工夫히 가지고, 事業ㅎ지」勿論 그럴 거시겟지요. 쏘 그러케 되야만 할 터이지요. 言必稱 小學校 兒童의 입에셔라도 「工夫히 가지고 事業ㅎ지」ㅎ는 말이 套語투어가 되여버려 힘 업시 쑥々 나옵니다. 小學校 兒童은 아직 철이나 아니 낫거니와 及其 高等敎育을 밧은 女子의 입에셔 나옴도 亦是 무슨 傳言전언갓히 쑥々 나오는 것 갓습데다. 自己 입에셔 나오는 「工夫 해 가지고 事業ㅎ지」의 意味를 안다ㅎ면 勿論 多幸혼 일이거니와 萬一 아모 意味업시 남의 흉너를 닌다ㅎ면 그아니 가이 업습니가.

언니보다 몬져 나도 辱욕보다 稱讚칭찬이 깃븜을 주는 줄도 알앗쇼마는 辱도 춤된 辱이 잇고 稱頌도 거짓된 無價値혼 稱頌이 잇난 줄을 알앗쇼. 그러면 今日의 二十世紀에셔 사는 自覺혼 사롬에게는 無價値혼 稱讚보다 價値잇는 辱이 貴ㅎ지 아니ㅎ가 히요.

辱말이오? 그 계집이 活潑활발ㅎ다, 그 女子 말도 만타, 건방지기도 ㅎ다 男子와 交際가 만타 …… 언니 이 辱 말이오? 이 辱으로회셔 事業을 못혼단 말이오? 그럴 터이지오 事業家에는 信用이 惟一의3) 生命일 터이니까 그러혼 辱이 잇스면 卽 失信이 된단 말이겟지요.

稱讚말이오? 그 쇠시 安存ㅎ다, 얌젼ㅎ다, 말이 업다, 恭遜ㅎ다, 男子를 보면 잘 避혼다 …… 이 稱讚말이오? 이 稱讚을 밧는 女子는 信用이 잇스니까 事業이 잘 될 터이란 말이지요? 언니 그럴가요?

남들의 辱과 稱讚은 이러ㅎ외다. 學問이 업다, 見識이 좁다, 勇氣가업다, 技術이 不足ㅎ다 …… 이런 辱을먹습니다. 活潑怜悧활발영리ㅎ다, 雄辯家웅변가이다, 文章家이다, 科學的 思想이 잇고, 哲學的 理性을 가졋다 …… 이런 稱讚을 듯는구려. 우리는 無意識 中에 얌젼을 부리나 남들은 意識으로 얌젼을 부리고 우리는 남의 흉너로 恭遜을 차리나 남들은 自覺을 가지고 恭遜ㅎ는 것이외다. 우리는 男子를 仇讐구수ㄲ히 알고 男女 兩性間은 肉으로만 結合되는 줄 아는듸, 남들은

---

3) 원문대로.

男子를 理解ᄒ야 男性의 特徵특징을 내가 取ᄒ기도 ᄒ고 女性의 長處를 그에게 자랑도 ᄒ야 男女 兩性間에 肉外에 靈의 結合ᄭ지 잇는 줄을 압니다.

언니! 그리도 일늘가요? 우리가 알려ᄒ고 ᄒ려ᄒ는 것이 일늘가요? 女子라는 溫良恭謙온량공겸이라든지 在家에 父를 좃고 出嫁출가의 夫를 좃고 夫死에 子를 좃츠라는 三從之道삼종지도로만 언제ᄭ지 女子의 全生命을 삼을가요? 房 구셕에 드러 안져셔 三時 밥만 파먹고 그디로 문지방안에셔 슐늬짐기 ᄒ다가 늙어죽든 그ᄭ 말이지, 오날과 ᄀᄒ히 房에셔 마로 ᄭ지 걸어나와 大門ᄭ지 나온 우리로셔 아이스쿠림도 맛보고 팡도 먹어본 우리로셔, 짠테의 詩니 칸트의 哲學이니 平等이 엇더코 自由가 무어시니ᄒ는 우리로셔는 일는 것보다 느진 듯 ᄒ니다.

언니 먼져 언니 압헤 辨明변명할 거시잇쇼 그거는 내가 決코 언니의 말슴ᄒ는 「아직 實力이 업스니ᄭ 充分히 修養히 가지고 그ᄭ 事業을 ᄒ지」 ᄒ심을 無視ᄒ이 아닌 것을 誤解말으소셔 ᄒ이외다. 언니! 勿論 그럴 터이지요, 또 그러케 ᄒ야만 知覺난 者의 行動일 터이지요, 徐々히 充分ᄒ 修養으로 나가야할 터이지요, 나도 그러케ᄒ기를 切實졀실히 願ᄒ는 바요. 그런 디 언니의 片紙 中「女子는 虛榮心이 富ᄒ오 慾心이 만소 이거시 큰 걱정이오」ᄒ는 말슴에 큰 刺戟자극을 밧앗쇼이다. 그러나 「큰 걱정이오」 ᄒ는 말슴은 勿論 언니는 그 京城道路에 풀々날니는 三八초마라든지, 윗득씩득 ᄒ는 소랑洋鞋양혜라든지, 언젹번젹ᄒ는 金指輪금지륜으로 것치례만 ᄒ고 속에는 아모 것도 업는 그러ᄒ 女子를 恨歎한탄ᄒ신 것이겟지요, 그런디 누가 그리요? 어느 男子가 그리요? 「女子는 虛榮의 結晶體라고 그러니까 女子는 劣等열등ᄒ 動物이라고」 그러서 언니도 큰 걱정이라고 ᄒ신 것인가요? 그럴가요? 언니 나는 虛榮이잇고 慾心이 잇는 者라야 工夫도 잘ᄒ고 大事業을 일우는 者라 ᄒ오, 나파륜이나 비사믹에게 萬一 成功이란 虛榮心과 偉人위인 될 慾心이 업섯든들 엇지 百千年 後世들 傳ᄒ야 幾億萬기억만 사롬이 腦속에 記憶을 삼앗스리가 우리는 어셔 남들의 主張ᄒ는 「人格尊重이니 사롬은 사롬답게 理想의 半分이라도 實現ᄒ야겟고 또 사롬다운 生活을 히야겟다」는 것을 바라볼 慾心도 닉야겟고 模倣모방홀 虛榮心도 만하져야 할 거시 아닐가요? 우리의게도 急ᄒ 디로 爲先 몃 가지 慾心을 가진 後라야 事業을 홀 수 잇다ᄒᆞ오.

一은 朝鮮 女子도 ᄉᆞ람이 될 慾心을 가져야겟쇼, 歷史上으로 보면 古代 希臘희랍에서는 神話 中 最大 勢力을 가진 强ᄒᆞᆫ 神 쓰오리스는 男性이라 ᄒᆞ고 그겻헤 뫼시고 잇는 神 헬나는 女神이라 ᄒᆞ엿쇼. 大學者로 有名ᄒᆞᆫ 아리스토텔네스도 婦人을 卑劣비열히 待接ᄒᆞ엿슬 ᄲᅮᆫ外라 쏘쿠라테스도 自己 婦人을 友人의게 빌닌 일도 잇고 페르클네스도 自己의 妻妾을 市民의 妻妾과 交換ᄒᆞᆫ 일도 잇다ᄒᆞ오. 그러케 男尊女卑남존여비의 制度가 東洋보다 尤甚우심ᄒᆞ엿던 거시 羅馬上古나마상고에 와셔는 敎育은 專혀 家庭에 잇셔々 婦人을 薰陶훈도하야 養護양호의 責任을 맛게 되고 그 母의 德으로 子女 敎育의 基礎를 삼쎄ᄭᅵ지 女子의 地位를 찻게 되엿쇼. 中世의 基督敎 全盛時代에는 法律制度법률제도는 勿論이고 風俗 習慣의 이르기까지 基督敎의 鑄型주형으로 標準표준을 삼앗소 희부리 第五章에 「婦人된 者여 너희들이 主를 좃는 것 ᄀᆞᆺ히 스ᄉᆞ로 夫를 좃쳐라. 夫된 者여 너희들이 基督의 敎會를 사랑ᄒᆞ야 自己 몸을 도라보지 안으며 힘쓰는 것 갓히 너희들은 妻를 사랑히라」 ᄒᆞᆫ 말슴도 잇쇼 ᄯᅩ 이「왼 世上 人類는 다 하나님의 아달과 ᄯᅡᆯ이고 너희들은 셔로 同胞니라」 ᄒᆞ야 女子도 人格的인격적 價値가치잇는 것으로 認定되엿고, 女子의 地位는 社會에 잇셔々 크게 尊敬을 밧게 되엿소. 이갓히 古代 希臘 羅馬의 男尊女卑의 思想이 進化되여 男女同權남녀동권이 되고 男優女劣남우여열의 制度가 改革되여 男女 平等으로 女子의 地位가 推移추이ᄒᆞ기 始作되엿쇼.

女子도 男子와 갓히 基本性에는 조곰도 다름이 업다는 思想이 더욱 深奧심오ᄒᆞ게 된 거슨 누구나 다 아는 바와 갓히 文藝復興時代문예부흥시대로 붓허 現代에 至ᄒᆞ기ᄭᆞ지오. 「男子가 理解할 수 잇는 모―든 일을 女子도 能히 理解할 수 잇다. 일노 推理히볼진딕 女子의 本性的 理論 卽 心理的 作用에는 조곰도 男子와 다름이 업다. 日用의 職分에 至ᄒᆞ야는 或 差別이 생길넌지 모로겟다. 女子들아 ᄭᅥᆸ덱이만 살지 말고 靈魂이 잇슬지어다.」 絶叫ᄒᆞᆷ이 二十世紀 女子의 舞臺요. 언니, 우리 朝鮮女子도 이 舞臺上에 參席할 慾心을 가져야 홀 줄 알아요. 루―소―의 말이 「나는 學者와 將軍을 믄드는 것보다 먼져 사름을 믄들겟다」ᄒᆞ엿다 ᄒᆞ오. 내가 女子요. 女子가 무어신지 알아야겟쇼. 내가 朝鮮 사름이오. 朝鮮 사름이 엇더케 히야할 거슬 알아야겟쇼.

二는 自己 所有를 민들냐는 慾心이 잇셔야겟쇼. 「隨處作主수처작주면 立處皆眞
일처개진」, 이란 眞理도잇쇼. 우리는 一時에 支那지나의 「天」字와 日本의 「ァ」字와
西洋의 「A」字를 비호게 되엿쇼. 우리가 恒用항용 부르는 日本의 「야마도다마시
이」가 무어시오 日本은 남의 文化를 輪用윤용ᄒ되 日本化 ᄒ는 것이오. 日本사롬
은 外的刺戟외적자극 밧아가지고 內的組織내적조직을 민드는 것이오. 우리도 비호는
學問을 내 所有를 민드러야겟쇼. 朝鮮化식힐 慾心을 가져야ᄒ겟쇼.

三은 活動할 慾心을 가져야겟쇼. 댁커리 말ᄒ기를 「親切ᄒᆫ 忠告줄 機會를 일
치마시오. 古人이 내 田地에 空地잇는 것을 볼쩌마다 호주머니에셔 懈種一粒해
종일립을 쓰니어 손곳ᄒ로 파셔 심우는 것 갓히 당신네들도 一生中에 親切ᄒᆫ 忠
告줄 機會가 잇거든 일치 마시오. 懈種一粒이 아모 價值가 업는 듯 ᄒ나 其後
어느 찌에는 大木이 될 것이오.」한 말이 生覺나오. 「움직이는 者여 失敗잇슴을
覺悟ᄒ라」하엿다 하오. 옳소 失敗와 成功은 平行되는줄 아오. 活動ᄒ는 者에게
는 失敗와 成功의 結果가 잇슬 것이오 그 속에는 勝利승리와 犧牲희생이 잇슬것이
오. 언니 엇덜까요? 우리는 왜 메리와 갓혼 큰 女子敎育家가 못되란 法 어디 잇
겟쇼. 로란婦人과 갓치 狂亂怒濤광난노도의 犧牲을 못ᄒᆯ 理 어디 잇겟쇼. 探險탐험
ᄒ는 者가 업스면 그 길은 永遠히 못 갈 것이오 우리가 慾心을 니지 아니 ᄒ면
우리 子孫들을 무어슬 주어 살니잔 말이오. 우리가 非難을 밧지 아니면 우리의
歷史를 무어스로 꿈이잔 말이오. 多幸이 우리 朝鮮 女子 中에 누구라도 價値잇
는 辱을 먹는 者이 잇다 ᄒ면 우리는 安心이오 이 女子는 우리의 渴望갈망ᄒ는
事業家라 ᄒ겟쇼. 우리의 비호지 못ᄒᆫ 工夫를 만히 ᄒᆫ 者라 ᄒ겟쇼. 언니! 어셔
工夫히 가지고 事業합세다.

雷霆霹靂뇌정벽력을 ᄒ오 狂雨가 쏘다지오 自慢하게 直立ᄒ엿든 電信柱도 조
르ᄉ 홀넛쇼. 우리 집에셔는 장독 소리기를 치우너라고 허둥지둥 야단들이오.
아직도 찌가 잇는 것 갓히 徐步서보로 거러가든 行人들은 져러케 左右 길을 彷徨
방황ᄒ며 엇지할줄 몰나 쎨ᄉ미오. 自働車 馬車가 횩ᄉ지날 찌마다 부럽고 寒心
스러워 곳 두 눈이 벌컥 뒤집힐 것도 갓쇼.

어노 듯 地震까지 이러나오. 왼 집이 흔들이오, 아이구 이를 엇지 ᄒ오? 어
디로 避ᄒ여야 산단 말이오? 속절 업시 이러케 죽을 生覺을 ᄒ니 눈물이 ᄒ옴

업시 옷깃을 젹시오. 아〻 아모려나 나가다가 벼락을 마져 죽든지 진흙에 밋그
러져 亡身을 ᄒᆞᆫ든지 나가볼 慾心이오. 當場 이 씨러져가는 집을 써나기 爲ᄒᆞ야
雨裝을 차리려고 고만 擱筆ᄭᅢᆯᄒᆞ오. (一九一七, 五, 十六, 暴風雨中)

(『學之光』, 1917. 7)

婦人 衣服 改良 問題

― 金元周 兄의 意見에 對하야

一.

형의 의견발표는 실로 이 문뎨의 첫소리

그러나 조선옷의 특식을 무시함은 불가

◇ 朝鮮 사람 누구나 다 生活制度에 不滿을 품지 안은 者 업고 同時에 改良의 必要를 늣기지 안는 者 업스며 더구나 兄의 말슴한 것과 가치 사람의 살님의 업지 못할 세 가지 중요한 것 중에도 가장 중요한 衣服에 不便을 當하지 아는 바 아니나 다른 改良에 汨沒골몰하야 衣服가튼 대는 채― 손이 도라가지 아니 하야 이제껏 아모 改良 問題가 업섯든지 或은 깨다른 바는 잇섯고 쯧한 바는 잇섯스나 敢히 輿論여론을 喚起환기할 만한 勇氣가 업섯든 바인지 筆者부터도 距 今거금 六七 年內에 時々刻々으로 보고 當하고 하면서도 진득々々 참아오면서 沈默하엿든 바 何如間하여간 今日까지 衣服 改良에 對하야 한 사람의 더구나 女 子 自身으로 直接 關係되는 女子의 衣服에 對하야 一言이라도 그 硏究하여 보앗 다는 말을 드러보지 못하엿든 것은 事實이외다.

果然 나의 尊敬하는 兄이로다. 일즉이 兄의 高尙한 思想과 健筆건필을 밋지 안 은 바 아니나 今에 쪼한 兄의 思考力에는 敬服경복을 마지 아니 하엿스며 兄의 勇氣에는 한칭 놀낫나이다. 아모려나 兄의 誠意로써라도 輿論은 널니 퍼저 多 數한 意見이 모듸어 衛生的이고, 禮儀的예의적이고, 美的인 完全한 朝鮮 婦人의 改良服이 生기기를 바라고 敢히 나도 愚見이나마 一言을 加하고저 하나이다.

◇ 兄의 말과 가치 衛生위생과 禮儀와 美를 兼한 가장 便하고 가장 完全한 改

良服을우리 一般 女子는 要求합니다. 그러나 往々 그 改良의 本意를 失하야 或 實用으로만 生覺하는 수도 잇고 坐 便한 맛만 取하는 수가 업지 아니 하야 잇슴니다. 爲先 兄붓허도 兄의 입으로 이 三條件을 兼하야 한다하면서도 結局 其 本意를 失한 듯 십소이다. 兄의 改良服을 한번 보앗스면 죳켓소 하나 寫眞으로 보아서는 아모리 보아도 運動服으로나 輕便할가밧개 보이지 안슴니다. 접시 날느러 다니는 西洋 「쿡」의 衣服갓고 東京 淺草천초 活動寫眞館활동사진관 入口에 粉케々로 발느고 「이랏사이」하는 女便네들 衣服 갓사외다. 우리들의 입은 옷을 엇지하면 그에다 比하리까 雲泥운니의 差異지요. 實로 아름답고 輕便한 衣服은 우리 只今 입은 衣服이외다. 무슨 까닭으로 일부러 朝鮮的인 特色 잇는 貌樣모양을 모다 쓰더 곳치여 西洋 옷 비슷하게 할 必要가 잇슬까요

◇ 보시오 우리 只今 입은 改良服 中에 보선목에 찰락말락하게 단을 납즉이 한 억개 허리통 치마 우에(겨울 치마에는 단에 안을 밧쳐서) 화장을 짤게 하고 하고 진동을 넓게 하야 붓으로 그린 듯한 깃에 흰 동정이나 달고 품은 넉넉히 하고 부전조개 갓흔 도련에 기리를 길죽이 한 저고리나 적삼을 입은데다가 머리에는 잔털이나 아니 이러날 만치 잠간 기름을 시치운 데다가 銀 비녀나 金 비녀로 수々하게 쪽지고 하얀 버선에 운혜나 당혜를 신은 모양이야말로 洋服이나 日服이나 淸服에서는 도저히 볼 수 업는 아름다운 貌樣이오 同時에 衛生에도 조금도 害로울 것 업고 動作에도 極히 輕快경쾌할 쁜 아니라 엇더한 사람 압헤서라도 失禮되지 아니할 만치 그러케 禮儀的 衣服이외다.

◇ 兄의 말삼과 갓치 胸部結束흉부결속이 大缺點대결점이외다. 그러기에 억개 허리로 하자는 거시외다. 침아 아리에 입는 단속곳이나 바지나 或은 고징이를 미슬 느직이 하고 억개 허리를 졋 아리까지 나려오도록 하야 손바닥이 드나들 만치 허순히 하고 단초를 넷이나 혹은 다섯쯤 하야 찌고 치마 허리는 이와 좀 짤게 即 저고리나 적삼 안에 들만치 하야 亦是 끈을 맺든지 단초를 끼우든지 하면 조금도 呼吸호흡에 구속을 當할 理도 업고 肺폐의 收縮수축을 방해할 理도 萬無하외다. 坐 허리 모양도 죳슴니다. 고징이 밋이나 或은 바지 밋은 속곳 밋갓치 하야 압헤는 막고 뒤는 터지도록 하는 거슨 同感이외다. 그러케 하면 自然 여름 갓흔 때에는 第一 속々곳을 입지 안아도 조흐니까 더웁지 아니 하야 죳치마는

바지는 자조 빠를 수 업스니까 밧처입어야 할 터인대 그러케 가렁이가 넓은 속ㅅ곳을 입을 것이 아니라 男子 洋服 아리에 입는 「사쓰」 갓치 가렁이를 좁게 하고 허리는 배쏩 아리에 「사루마다」 허리와 갓치 넓게 하야 끈을 느어서 홀터 매게 하고 「기리만 잠간 쨜게 윗틍은 기달한 속고징이를 역시 억개 허리 달아 입어도 조흘 듯」 깃 달지 말고 압뒤를 파서 속적삼을 하야 배아리까지 닷게 하 여 입어서 이러케 속옷만 자조 빠러 입으면 더 할 말 업는 上等 옷이외다.

(『東亞日報』, 1921. 9. 28)

二.

손수건 하나 너흘 주머니를 만들 필요
치마통을 주린다 함은 생각해 볼 문뎨

◇ 그러나 한 가지 더 말하여야 할 것이 잇습니다. 暫時잠시 出入하는 대라도 電車 票나 돈주머니나 쏘는 恒常 가저야만 할 手巾을 너흘 주머니가 잇서야 할 것입니다. 只今까지는 手巾에다가 돈 주머니를 싸 가지고 다니기도 하며 或은 손가방을 가지고 다니기도 하나 조금 다른 데 精神을 두다가는 항용 電車 속에 나 商店 갓흔 데다가 놋코 나오는 수가 만습니다. 그 뿐 아니라 電車 속에서 보 면 치마를 훨신 제치우고 단속곳을 모든 사람 압헤 내여놋코 주머니에서 한나 절이나 꿈지럭거려서 돈을 쓰내는 거슨 갓흔 女子로도 얼골이 붉어집듸다. 대 단히 보기 실습듸다. 이야말로 失禮가 됩니다. 이거슨 速히 改良하여야 할 뿐 外라 實用上 업지 못할 거십니다. 以上에 말한 改良치마 卽 억개 허리단 통치마 에 바른 편으로 中間쯤 치마폭을 손이 드나들만치 뜻고 짠 혼겁을 겹처 左右와 밋만 막아서 뒤집어서 터진 뒤를 뜻은 치마에다 대여서 쑤미여 치마 속으로 늣 코 그 혼겁 주머니를 치마에다가 대여서 박든지 或은 쓰염々々 징그던지 하 면 싸로 돌지도 안코 쏘 주머니 속은 홍겁 주머니 거죽이 되니까 홈솔킹이가 업서 정합니다(마치 洋服 上衣 주머니 하듯). 이러케 하면 빠질 理도 업고 이저바 릴 念慮도 업서 매우 조흘 것 갓하야 實行을 하여 본 結果 더욱 輕便한 것을 보앗나이다.

◇ 坯 한 가지 兄의게 注意 식히고 십흔 것은 치마통을 좁게 하라 하는데 對하야서는 조금 生覺하여 볼 必要가 잇소. 녯날에는 열두 폭 치마까지 잇섯고 只今도 여덜 폭 치마 입는 이도 잇스니까 이보다는 勿論 좁게 하여야 할 것이오. 그러나 兄의 標準은 只今 普通 입는 우리들 치마보다 좁게 하자는 듯 십소. 西洋 女子 衣服에는 두 팔을 가리우지 안코 젓퉁이를 밧치우게 하며 치마를 좁게 하여 방둥이를 잇는 대로 흔들고 活潑하고 건방지게 다니는 것이 그의 特色입듸다. 東洋 衣服에는 이와 反對로 살과 살덩이 貌樣을 남의게 보이지 안케 아름다옵고 모양잇게 가리워 活潑하고도 端雅(단아)한 姿態(자태)가 잇는 것이 特色이외다. 그럼으로 日本에도 近年에 와서는 하가마로 女子의 방둥이를 감초우고 中國에서도 치마로 女子의 방둥이를 감초게 되엿습니다. 남들은 그와 갓치 업든 것을 새로 하야 감초기도 하는대 우리는 일부러 감초게 된 것을 치마를 좁게 하야 드러닐 것이야 무엇 잇겟습니가. 普通 입는 모시 幅폭으로 六幅 玉洋木(옥양목)이나 서양목 幅으로 二幅 半의 통치마보다 더 좁어서는 조금 너른 개천은 뛸 수도 업슬 터이오. 뛰다가는 몸둥이 채 개천에 빠질 것이외다. 이와 갓치 우리의 衣服은 極히 小部分의 改良을 要하는 外에는 크게 欠點 업는 偶然(우연)히 잇는 世界的 자랑할 만한 衣服이외다.

그러나 々々々 크게 遺憾(유감)되는 것이 두 가지 잇습니다. 其 一은 衣次 卽 옷감이오 其 二는 兄의 말삼가치 色彩 卽 빗갈이외다. 보십시오 남의 나라 사람들은 꼭 內衣 卽 속옷으로만 입는 玉洋木이나 서양목 옷감을 우리는 꼭 外衣 卽 것옷으로만 입는 옷감이 되는 것은 이상스러운 對照이외다. 남들은 한 時間 동안이면 쑥々 발바 슬적々々 몃가지라도 달여 입을 수 잇는 것을 무어라 그다지 三日 間이나 四日 間 입으면 다시 물에 드러갈 것을 한 벌 옷감을 아침 먹고 안저서 저녁 먹고까지 쌈을 흘녀가며 치운 째는 손등이 다듬이 바람에 터저서 피가 즐々 흐르는 것을 무릅쓰고 질펀이 안저서 두다리는 동안에 한 번 가면 다시 오지 못하는 時間과 一生을 虛費하는 것은 너무나 慘酷한 일이 아닐가 합니다. 이것은 改良의 必要를 主張하는 것보다 婦人의 生活 程度가 차々 向上하야지면 하야질사록 女子의 귀에도 피아노나 바요링 獨唱을 듯게 되고 女子의 눈으로도 그림이나 彫刻(조각)이나 꼿구경이나 달구경을 보게 되며 女子의 입으

로도 解放이니 自由이니 同等이니 絶叫절규하게 되면 自然 時間 經濟 觀念이 必
要 以上의 實用으로 切迫할 것이닛가 時日 經過에 放任하겟스나 如何間 速히 남
을 본 밧자는 것은 아니나 이러한 옷감은 할 수 잇는 대로 자조々々 빠러 다릴
수 잇는 內衣를 하여 입도록 하면 바지, 치마 저고리, 두루막이는 다듬지 아니
하야도 조흘만한 洋屬양속 等 옷감을 採用하도록 하는 거시 매우 조흘 듯 십습
니다. 다음은 色彩의 問題이외다.

(『東亞日報』. 1921. 9. 29)

三.

의복감의 빗갈선틱이 쏘한 큰문데
어린아해들은 형々식々이 조흘듯

◇ 繪畫회화가 藝術品이오 彫刻조각이 藝術品이며 音樂이나 文學이 藝術品이라
하면 衣服은 이만 못지 안은 藝術品이니 衣服은 大槪 그 나라 氣候의 關係로도
되엿슬 뿐 外라 風俗, 習慣이 卽 衣服에 달녓고 더욱히 國民性의 特徵을 表現하
고 잇는 唯一의 大藝術品이외다. 그럼으로 日本의 美術의 特長이 色彩에 잇는
同時에 그의 衣服의 特色이 色과 紋彩이오. 中國의 美術의 特徵이 構造에 잇슴
을 따라 그의 衣服의 特色이 構造구조에 잇는 것과 갓치 우리의 美術品 中 慶州
에 保藏보장한 壁畫벽화나 佛像에 가장 線이 우리의 자랑할 特徵인 同時에 우리의
衣服 中에 치마 주름의 線으로부터 가삼 한가온대 깃의 線과 섶자락 線이며 도
련은 優美의 調和를 一層 加합니다. 그러나 이에 더 色彩의 調和가 잇섯든들 무
엇이 遺恨되릿가. 儒道에서 所謂 入經입경 入法입법하고 大凡대범 大體대체라야 可
謂가위 君子군자라 하며 大人은 不飾불식이라 하야 原始 狀態의 保守主義보수주의로
靑, 黃, 赤, 白, 黑 五原色을 正色이라 하고 其外 間色을 雜色잡색이라 하얏스며
淫色음색이라 하야 이 雜色이나 淫色을 使用하는 者를 飾이라 하고 作이라 하얏
스며 小人이며 匹夫라 하얏습니다. 卽 斯사히 華奢的화사적 方面으로 色에 對한
아모 觀念이 업섯고 쏘 實用的 方面으로 보면 朝鮮은 風土 氣候가 溫和하야 中
國과 갓치 暴風이 甚하야 몬지를 避하기 爲한 衣服이나 日本과 갓치 降雨강우가

甚심하야 濕氣습기를 避피하랴는 衣服과는 달나서 일부러 白色에 原料를 加할 必要가 업섯슴으로 自然으로 生하는 棉花의 色 그대로 써 왓습니다. 이와 갓치 어느 方面으로 보던지 色의 變化가 잇슬 理가 업섯습니다.

◇ 그 影響으로 寒色한색이며 陰色음색인 白色을 全數 使用하다 십히 하고 그 다음은 靑色을 만히 使用하얏스며 兒孩아해들의게는 赤色, 黃色, 綠色 等 原色을 使用할 짜름이오 間色의 使用은 全無하얏습니다. 이와 갓치 少數의 極端극단한 悲哀色은 그 勢力이 尙今까지 繼續됩니다. 보십시오 三冬에 일즉이 철물교 近處에서 鐘路종로를 向하야 거러보시오. 酷毒혹독한 찬 바람은 마조처 부러 窒息질식하겟스며 집웅 우에는 서리가 와 잇고 四方은 안개에 싸혀 희미할 때에 멀니서 오락가락하는 갓도 희고 옷도 희고 신도 흰 사람을 보면 마치 무엇 갓다는 感想이 이러납니까. 우리가 어렷슬 때 어룬들을 졸나 독갑이 이야기를 드럿거니와 녜로 「한 사람이 잇는대 어두컴々한 밤에 어대를 가다가 흰 옷 입은 사람이 잇서 쫏차 갓더니 고만 간대 온대 업시 업서젓다」하는 말에 어룬들 무릅 우흐로 「아이고 무서워」하고 쮜여 올느든 生覺이 왜 아니 나리까 果然 몸 소롬이 깃치도록 좃치 못한 感想이 이러납니다. 눈에 익은 우리에게 이러하거던 況 처음 보는 外國人에게야 얼마나 冷靜냉정하게 보이고 얼마나 悲哀스럽게 보이리까.

◇ 그 쑨 아니라 白色이란 太陽의 七色 中에 除外된 色임으로 色 中에 第一 찬 것임은 누구나 다 아는 바입니다. 그럼으로 치운 째 치운 衣服을 입는 것은 어느 方面으로 보든지 損손입니다. 쏘 以上에도 말한 바와 갓치 쌀내와 다듬이로 多數한 時間을 虛費케 됩니다. 그러면 如何한 色을 取하릿가. 白色을 除한 外에는(炎天夏節염천하절에는 不得已 白色을 取하겟지만) 勿論 如何한 色이든지 조흘 것 갓습니다. 요사이 歐米에서는 間色보다 原色이 流行하며 異常한 것은 一足에 白色 버선을 신으면 又 一足에는 黑色 버선을 신으며 白色 버선에는 黑色 구두를 신고 黑色 버선에는 白色 구두를 신으며 한 팔이 赤色이면 한 팔은 黃色으로 하며 下衣가 靑色이면 上衣는 綠色으로 하야 劇烈한 色에 大流行이라 합니다. 이것을 模倣하자는 바는 아니나 그들은 이만치 色에 多大한 興味를 가지고 사는 것입니다. 나는 할 수 잇는 대로 上下衣 同色으로 입는 것보다 異色으로 입는

것이 조흘 줄로 압니다. 더구나 上下衣 黑色으로 입는 것은 喪服으로 定한 外에 입지 안는 것이 조흘 듯 합니다(由來 上下衣 白色 喪服 制度를 改良하야). 우리는 항상 官立 高等女學校 冬服 校服에 대하야 不快불쾌히 生覺합니다. 그러고 普通學校에는 校服을 全廢전폐하야 할 수 잇는 대로 上下衣 黑色을 입히는 것보다 由來 朝鮮的 兒童 服色으로 靑, 黃, 赤, 綠의 色으로 입히도록 하는 것이 보기에도 아름다울 뿐 外라 兒孩들의게 色에 대한 知識과 感覺을 養育하는 대 큰 關係가 잇슬 듯합니다. 물론 日本 衣服과 갓치 알룽달룽한 色을 取하자고는 아니 합니다. 그러나 치마 갓흔 것은 黑色 바탕에 綠色녹색이나 藍色남색의 間々 줄을 너혼 감으로나 或은 白色 바탕에 粉紅분홍이나 藍色의 줄이 잇는 것 等 갓흔 것으로 하여 입으면 키도 커보일 것 갓고, 보기도 조흘 것 갓습니다. 이러케 色의 硏究가 速히 나々리 느러가며 同時에 色의 流行이 자조 잇기를 企待기대하는 바이외다.

(『東亞日報』, 1921. 9. 30)

四.

녀자의 두루마기에 대한 개량할 뎜
검박보다 잘 버러 잘 입는 것이 좃타

◇ 그 다음은 두루막이외다. 本來에 두루막이는 男子에게는 禮服갓하야 四季 中 出入할 째는 반듯이 입습니다. 그러나 女子에게는 冬節에만 限하야 外套외투 가치 입어 왓습니다. 已往이왕 치운데 더웁게 하기 爲하야 입는 以上에 등만 더웁게 하고 팔만 더웁게 하는 것보다 배와 다리도 더웁게 하는 거시 조흘 듯 합니다. 그런대 두루막이는 가삼까지만 더웁게 하고 섭 아리는 다 터젓습니다. 안 섭 자락으로 겹첫나 하지마는 비나 눈이나 오면 바람에 압히 버러짐니다. 그리 하면 모처럼 모양내고 나들이 갓든 고흔 치마에 얼눅이 저서 다시는 입지 못하 게 됨니다. 그러케 압히 터지면 무릅이 대단히 스립니다. 이와 가치 바람이 심 하게 불면 꼭 두루막이 압흘 두 손으로 잡고 거러가야 할 뿐 아니라 배에까지 바람이 드러가는 듯 십습니다. 그러니까 조금만 곳처 입으면 全身을 다 더웁게 할 수 잇고 또 輕便하고 貌樣잇게 될 것 갓습니다. 나는 이러케 生覺합니다.

◇ 두루막이 貌樣은 前과 가치 하야 고름을 달지 말고 洋服 外套에 다는 단초만한 단초를 已往 쓴 달든 데와 그 아리로 三個 或은 四個를 섶에 달고 단초 구녁은 前에 안 깃 편에 쓴 달든 대보다 좀 드려다가 卽 品을 넉々하게 줄노 구녁을 민드러 달면 보기에도 관계치 안을 듯 십습니다. 그러고 洋服 外套 주머니하듯 兩쪽에 하나式 손 늣키 조흔 대에 주머니를 달고 엽구리에는 손을 늣치 말고(엽구리로 두 손을 느면 거름이 느려지는 수가 잇슴으로)이 주머니에 째々로 손을 느어 녹이도록 하는 것이 좃치 아니할가 합니다. 또 저고리나 치마는 더러운 것을 입더라도 비단 두루막이를 입어 더럽혀 또 빨고 다듬고 하너니 보다 或 洋服 外套 감과 가치 쓰쯧하고도 더럽지 안을 것으로 명주 안이나(白色 除하고) 느어 입으면 일감도 업서질 터이오. 쓰쯧도 하고 輕便할 거십니다. 이거슨 女子 뿐 아니라 男子와 두루막이도 이와 가치 하여 입엇스면 좃켓습니다.

◇ 兄이여 衣服에 質朴하라 하시니 이러케까지 絶對 制限을 하여야만 할 것입닛가 올습니다. 近來 朝鮮 社會에서 사람을 批評하는, 더구나 女子 卽 女學生을 批評하는 標準이 極히 單純하고 極히 曖昧애매하고 極히 幼稚유치합니다. 그의 學識이 如何하며 그의 性品이 如何하며 그의 人格이 如何하며 그의 事業이 如何한 것을 不問하고 衣服으로 그의 人格 全部를 定해 버립니다. 內不足 故로 外飾외식이란 聖人의 敎訓도 잇지마는 甚한 것은 粉 발는 者는 淫亂음란으로 指目하고 고흔 衣服 입은 者는 浮浪者부랑자로 指目해 버립니다. 그리하야 할 수 잇는 대로 검고 푸른 얼골에 木棉 衣服 입은 것이 唯一의 貞操와 方正의 意味를 證明하는 듯 一大 자랑거리 가치 아는 今日의 現象이외다. 게으르고 돈 업서々 化粧을 못한 이에게라도 반드시 行爲 端正단정하다는 稱讚을 합니다. 또 이러케만 하면 朝鮮은 文明하리라고 합니다. 그것은 往々 講演會에 가서 드르면 十中八九는 言必稱「奢侈사치를 마시오. 儉朴검박들 하시오. 그리하여야 朝鮮은 文明합니다」고 합니다. 그거슨 事實입니다. 由來 朝鮮 社會에서는 個人이 奢侈하면 個人이 亡하고 國家가 奢侈하면 國家가 亡하여 왓습니다. 그러나 今後 우리의 奢侈에 對한 觀念은 이와 다릅니다. 個人과 國家가 極端것 奢侈하는 同時에 個人과 國家는 興하고 성하나니 그 個人과 國家의 勞動率노동률은 그만치 增進증진한 소이올시다. 이거시 卽 우리의 渴望갈망하는 바 文明한 國家입니다.

◇ 그럼으로 남이 錦衣飽食금의포식할 때에 나는 惡衣惡食하는 것이 勞動率이 부족하다는 惰怠의 表積이오 同時에 亡하고 衰할 證據이외다. 이와 갓치 朝鮮 사람들의 人物 批評 標準을 보더라도 果然 生活에 餘裕 업는 것이 分明하고, 時勢에 落伍者인 것을 알 것입니다.

然故로 兄의 儉朴說검박설은 個人 修身論에 不過할 것이오. 大함에 全人類, 小함에 半島 二千萬人 何等의 階級을 不問하고 儉朴하라 制限하는 것은 無理의 請求요, 뿐만 아니라 人類의 進化的 本能을 無視하는 바외다. 그런 故로 西洋의 諺語언어에, 「昨日의 奢侈品이 今日의 實用品이라」 한 것은 實로 金言이외다. 餘는 次後 다시 엿줄 期會 잇슬 듯, 簡單히 긋치오며, 兄은 부대々々 異域이역 寒窓한창에서 健康 成就하시사 우리 압헤 잇는 多大한 問題의 解決을 주소서.

(『東亞日報』, 1921. 10. 1)

百結生에게 答함*

되지 못한 짓이나마 讀者僉位독자첨위의 注目을 밧게 된 것은 光榮입니다. 「一時는 社會의 視聽을 끌든」이라 한 것을 보아 더구나 百結生에게는 만혼 배움을 어더 謝意를 表하는 바외다.

元來 이 答을 쓰랴는 것은 내 本意가 아니다. 어째서 辯明이나 하는 것가타야 몃번 躊躇주저하얏다. 그러나 「다만 나의 근심하는 바도 舊觀念이 그릇되엇다 하야 新觀念을 把持파지할지라도 그것이 쏘한 그릇될 지경이면 舊觀念으로 因한 弊害폐해보다도 又 一層 甚함이 잇슬 뿐 아니라 所謂 新人이라 하야 思想的 彷徨하게 되는 傾向경향이 업는가 합니다.」라는 얼투당투 안혼 氏의 感想文이 내 感想記를 因緣삼은 結論인데 對하야서는 도모지 默過묵과할 수 업다. 그러타고 나는 決코 氏의 말한 바 偏見편견이엇고 獨斷이엇든 全 責任을 避하랴 드는 것이 아닐다. 쏘 論駁논박 밧는 것을 不肯불긍함이 아니오, 오히려 매우 깃버하는 바일다. 다만 氏의 돌이어 偏見이엇고 獨斷이엇든 것을 말하랴 함이오 쏘 氏의 不絕히 念慮하는 바와 가티 耳目의 거실리는 말로 因하야 항여 思想的 彷徨인 新人들의 彷徨방황을 添加하지나 아니 할가 하는 念慮도 未嘗不미상불 업지 안혼 바일다. 다른 機會를 어더 나도 다만 못지 안는 氏의 所謂 新人에 對한 理想文을 論하랴 하면 여긔는 다만 氏에 對한 答만을 極히 簡單하게 쓰랴하는 同時에

* 이 글은 羅蕙錫이 쓴 「母된 感想記」에에 대하여 批判한 百結生의 글 「觀念의 襤褸를 버슨 悲哀」(『동명』, 1923. 2. 4)에 대한 答이다.

할 수 잇는대로 辯明의 態度에서 超越하려 한다.

遺憾^{유감}이나 第一로 氏는 「論文」과 「感想文」에 對한 書式이며, 讀文法이며 批判의 區別은 차리지 못한다고 말치 아니할 수 업게 된다. 修研^{수연}이 만흔 學識에서 理想을 두고 主唱을 세워 文字로 發表하는 論文에는 理由와 條件과 權利와 義務와 責任이 잇슬 것과 가티 單純한 本能에서 時時刻刻으로 發하는 瞬間的 순간적 直覺^{직각}을 虛僞^{허위}업시 文字上에 나타내는 感想記는 絶對 無條件이오 權利나 義務나 責任 가튼 데는 더구나 無關係한 것이 아닐가 한다. 다만 感想文만은 經驗을 綜合한 結論이 아니라 오즉 그 直覺한 當時의 事實을 率直하게 僞善^위선업게 쓰랴는 唯一의 目的인 것을 이저서는 아니 된다. 그럼으로 論文을 읽을 째, 例를 擧한 것을 보아 解得할 수 잇다든지 또 理致를 캐어 了解할 수 잇는 것과 가티 感想文을 讀할 째만은 例로도 알 수 업고 理致로도 알 수 업는 卽 讀者 自身도 筆者 自身과 거의 가튼 境遇로 거의 가튼 感情을 經驗치 못하고서는 도저히 理解할 수 업는 不可思議한 것일다. 한즉 論文을 批判할 째는 質問도 잇슬 것이오 反對도 잇슬 것이며 짤하서 義務나 責任을 負擔^{부담}시키는 것이 當然할 뿐 아니라 社會的 思想 方面을 憂慮^{우려}할 餘地가 잇겟고 또 反省으로 要求하는 時間을 許할 수 잇스니 感想文만은 本來 論駁한다는 것부터 말이 안되고 더구나 理想化하고 思想化하랴는 것이야 이에 對하야 무슨 一分의 價値가 잇스리오 氏가 絶對의 責任을 내게 지우고 게다가 思想的이니 新女子니 하는 것으로 쓸어 맛기려 하는 것은 도모지 짜닭업는 誹謗^{비방}일다. 이것은 나와 말하는 것보다 自然과 다토아 보는 것이 第一 合理的일 것 갓다. 부즈럽슨 말이나 씨는 넘우 思想 方面만 偏愛^{편애}치 말고 人情美와 人間愛로 他人에게 對할 修養이 必要할 듯 섭허 忠告한다.

배우랴면 아지 못하는 것부터 말해야 하겟고 남의 말을 들으랴면 내 말을 먼저 하여야 하겟다는 動機로 勇氣를 내어 「母된 感想記」를 發表한 以後 無言中에 不絶히 期待하얏다. 나와 가튼 程度와 境遇와 經驗者인 母中 一人이 내 感想記를 읽은 後의 所感이 어쩌하다는 것을 써 주엇스면 엇는 것과 배우는 것이 만흐렷다 하얏다. 그리고 萬一아모 理解업는 짠 世界 사람으로부터 이러니 저러니 해오면 어찌할가 念慮하얏다. 내게는 꼭 이 感情만은 哲學博士^{철학박사}나 物

理學博士^{물리학박사}나 生理學博士의 理論으로 알바이 아니오 窮谷^{궁곡} 村落^{촌락}의 無知沒覺^{무지몰각}한 婦女들이 오히려 그 經驗에 共鳴될 者이 잇스리라는 信念이 잇는 까닭이엇다. 果然 마치 구름 속에 잇는 兩班에게 「너의는 왜 흙을 밟고 다니느냐」라는 誹謗을 밧는 格이 되엇다. 氏의 「姙娠이란 것은 그리 便한 일이 아니다」라는 一句를 보면 氏가 能히 아지 못할 事實을 아는 체하랴는 것이 容恕치 못할 點일다.

氏가 내 感想記 中「責任을 免하랴는 ……」「子息이란 團體의 ……」「어머니의 사랑 몃 句節을 빗대노코 自覺이 업너니 隸屬^{예속}이니 舊道德을 排斥^{배척}하고 新道德을 ……」하는 아는 대로의 熟語를 展開하야 反駁의 重要點을 삼으려 하얏다. 올타 氏의 反駁의 重要 文句는 卽 내 感想記 全文中 나의 第一 確實한 感情이엇다. 第一 無責任한 말이엇고 第一 幼稚^{유치}한 말이엇고 第一 거슬리는 말이엇다. 그러나 이 몃句節은 나의 第一 正直한 말이엇고 第一 勇敢한 말이엇다. 오냐 이 言句 中에 當時 내 自身의 苦痛과 煩悶이 何 程度에 잇섯든 것이 百分之一이라도 包含되엇다 하면 내 感想記는 成功이엇다. 이와 가티 내게 虛僞가 업섯든이 만치 내 良心이 潔白하고 無條件이오 無責任인 瞬間的 直感을 쓰랴는 것 밧게 업섯다. 다만 氏의 過敏한 神經과 豊富한 學識과 高尙한 思想이 濫用된 것만 哀惜해 하는 바일다.

以上 몃 點으로 보드라도 내 感想記를 憑藉^{빙자}한 氏의 反駁文은 어대로 쓰더 보든지 내 感想記와는 아모 關係가 업슬 뿐 아니라 意外에 氏가 一般 女性에 對하야 더구나 朝鮮 女子 그 中에에도 氏 自稱 新人인 女子에게 對하야 個人的으로 무슨 惡感情이 잇는 것을 能히 窺知^{규지}할 수 잇다. 그것은 「朝鮮新女子의 先驅^{선구}라든지 「新女子로 自處하는 ……」라든지 「新人의 面目」「解放을 要求하는 新女子 ……」 等 가튼 一種의 咀呪的이오 誹謗的이오 嘲笑的^{조소적}인 文句를 반듯이 압세 노코야만 무슨 말이 나온 것을 보면 알겟스며 이다지까지 女性 自體를 不信用하고 朝鮮 新女子의 人格 全體를 덥허노코 蔑視^{멸시}하여야만 自己 反駁文이 빈치[1]날 것이 무엇인지? 나는 「오즉 女子 自身이 그러한 侮蔑을 바들만

---

1) '빗치'의 오기.

하얏스니까 ……」라는 無用의 謙辭경사를 쓰지 아니 하란다. 氏의 自尊心의 過重한 것이며 偏見이고 獨斷인 것은 公平正大공평정대한 態度를 가저야만 할 評論者의 資格을 失하얏다고 아니 말할 수 업게 된다. 내 感想記가 新女子의 思想界를 代表한 論文으로 自處한 일이 업는 同時에 氏는 不顧廉恥불고염치하고 나를 代表的 人物로 잡어 세워 노코 所謂「口舌로는 解放을 極力 絶叫하면서도 實際 生活에 들어가서는 如前히 隷屬的예속적 生活에서 超脱초탈치 못함이 現在 新女子의 實相이니 ……」란 것은 넘우 失體에 過하다. 一般 女子 讀者 諸姉제자에게 質問하기를 要求한 바 일다. 氏의 이 所謂 隷屬이니「衣食住의 責任을 스스로 負擔부담하는데 解放이 잇느니」하는 一世紀 時代의 뒤진 말을 다시 쓰집어 뒤스 거름치자는 말을 보면 氏와 가튼 學識에도 婦人 問題에는 어둔운 것을 알겟다. 우리 女子는 決코 女子된 自身을 不幸히 녀기는 일도 업거니와 男子 그것을 欽善흠선할 일도 업고 權利 다툼도 아니하랴고 平等 要求도 아니 하며 自由를 絶對的으로 아니 안다. 다만 우리는「참사랑」으로 살 수 잇기만 바라고 또 實現하여야 할 것밧게 아모 다른 것 업는 것일다. 보시오 平凡한 女子들은 參政權 運動에 야단들이나, 非凡한 女子들은 世界的 愛에 參加하랴 하지 안소? 또 氏는 내 境遇와 感情과 判異한 다른 女子의 結婚 問題를 쓰집어 말한 씃헤「女性에게는 일의 多少를 勿論하고 不利한 境遇를 當하면 그 責任을 回避하는 不徹底불철저한 弱點이 잇스니까」云云한 것은 朝鮮 女子 個人의 感想文에 全人類的 女性을 집어 넛는 것은 무슨 必要인지 沒常識몰상식한 말이라 容許용허할 餘地가 잇지만 氏의 人格을 尊重하기 爲하야 나는 甚히 憤慨분개함을 마지 안는다. 이것으로 보아도 氏의 反駁文은 내 感想文과 아조 因緣이 끈허저 버린다. 이야말로 辯明 가트나 或 參考 될가 하야 쓴다. 女子가 누구를 勿論하고 姙娠期에 잇서서는 生理上으로나 精神上으로나 平常時보다 異狀이 생기나니 加減가감의 差異는 잇슬지언정 産婦 처노코 經驗치 안는 者가 업다. 그럼으로 胞胎포태 中과 分娩 後 어느 時期까지는 아모리 鈍質둔질이라도 感傷的으로 되고 銳敏한 神經이 興奮흥분 되기가 매오 쉬운 故로 이 째만은 空然한 일에도 怒염을 타고 변변치 안혼 일에라도 퍽 깃버한다. 實狀 말이지 내 感想記 가트면 누가 子息 나키를 바라리까. 오즉 내가 그것을 쓸 째에는 姙娠 十個月 間과 分娩 後 萬一個年 間의 時時로 興奮된

感情을 쓴 것이니 可히 짐작할 것이다. 그러타고 나도 「産兒制限」을 主張한 것도 아니오 또 누구든지 子息을 나하서는 아니 되겟다는 말이 아니다. 本文에 쓴 것과 가티 「個人으로 살아가는 婦人도 重大한 使命이 잇는 同時에 種族으로 사는 婦人의 能力도 偉大하다는 理智와 理想을 가젓섯스며」 「次代를 産하야 次代를 敎養하는 것은 一般 婦人에게 나린 天職일다 自然의 主張이오 發展일다.」 라는 말을 다시 올녀 나의 理想과 感情의 衝突_{충돌}되엇든 것을 明白히 하랴 한다. 最後로 氏께 要望하는 바는 나도 新女子로 自處한 일이 한 번도 업섯고 新人이라고 해주는 것을 別로 榮光으로 알지 안는다 함이외다. 나는 思想家도 아니오 敎育家도 아니오 藝術家도 아니오 宗敎家도 아니외다. 다만 사람의 탈을 썻고 女性으로 태어낫스며 사랑으로 살아갈 道理만 차릴 뿐이외다. 或 다른 째 因緣을 맷게 되드라도 銘心_{명심}해 주시면 조켓습니다. 氏여 - 思想的 彷徨이란 그다지 못된 일이 오니까? 彷徨해야만 할 째 彷徨치 말라는 것은 못된 일이 아니오니까? 그다지 조바심을 하야 걱정할 것이야 무엇잇스리까? 彷徨도 아니하고 固定부터 하면 그것은 무엇일가요? 化石의 그림자나 아닐까요? ……

나는 꼭 밋는다. 내 「母된 感想記」가 一部의 母中에 共鳴할 者가 잇는 줄 밋는다. 萬一 이것을 否認하는 母가 잇다하면 不遠間 그의 마음의 눈이 쩌지는 同時에 不可避_{불가피}할 必然的 同感이 잇슬 줄 밋는다. 그리고 나는 꼭 잇기를 바란다. 죽음 잇는 것보다 만히 잇기를 바란다. 이런 經驗이 잇셔야만 우리는 꼭 단단히 살아갈 길이 나설 줄 안다. 부듸 밋기를 바란다. (二月 二十五日)

(『東明』. 1923. 3. 18)

康明花의 自殺에 對하야

六月 十五日 第 一千二十一 號 東亞日報를 通하야 「康明花의 自殺」이란 題目 下에 簡單간단한 記事를 보앗고 其 翌日 又 此報上차보상으로 그의 來歷의 一欄을 보앗다. 其 最後에 하엿단 말을 볼 째에는 내 全身에 소름이 쪽 끼치고 눈 압히 암을々々 하여왓다. 나는 그대로 고개를 쌍에 박고 十日 下午 十一時 頃에 藥을 먹고 十一日 下午 六時 半에 別世하엿다는 그거슬 計算하여 볼 째 二十 時間이나 두고 그 死路에 向하야 苦痛하고 呻吟신음하고 催促최촉하엿슬 것이 환―하게 보이며 내 몸이 一層 욱으러지고 벌々 썰니엿다. 나는 일즉이 五年 前에 우리 어머니 도라가실 째 그러케도 一刻이 밧부게 압하 하시든 그 무섭고 두려웟든 記憶이 번개가치 내 머리에 왓다 갓다 하엿다. (나는 언제든지 누가 죽엇다 하면 반다시 이런 經驗을 한다) 아― 무서워― 아―무서워 그 압혼 길을 엇더케 갓슬 가 왜 그런 어렵고 두려운 길을 選擇 하얏슬가? 아이구 무서워― 아이구 참말 무서운 길―

나는 이 째 마침 病席에 잇서々 生路에 第一 重大한 條件인 飮食을 먹지 못하는 苦痛과 又 無數한 일을 두고 勞働노동할 氣力이 업서 悲觀하는 過敏과민한 神經으로서 偶然우연히 康氏의 自殺에 對하야 同感, 同情할 點이 多하엿슬 쑨 아니라 可否로 分析해 볼만치 餘裕가 잇는 好 機會이엿다. 그러나 오직 그의 自殺 內容 全體가 妓生 生活로 因한 卽 내가 살아온 家庭이나 社會와는 別世界이엿든 그의 煩悶과 苦痛인 經路경로에 對하야는 나로서는 能히 알지 못할 點이 만흔 것은 事

實이오. 큰 遺憾유감일다. 그러나 나는 何 社會의 人事를 勿論하고 그 「사람」인 本能性은 一般이라고 生覺한다. 그럼으로 누구든지 사람으로서는 生에 對한 欲望, 死에 對한 恐怖心공포심이 强弱大小의 差차는 잇슬지언정 그 素質을 兼備겸비하고 잇는 줄 안다. 그럼으로 이 通性上으로 보아 小々한 事情을 除제하고는 大體를 能히 同感, 同情할 수 잇는 것이라고 生覺한다. 더구나 此 問題에 入하야는 갓흔 女性인 出演者 갓흔 朝鮮의 背景 갓흔 過渡期과도기인 舞臺 갓흔 風俗 習慣습관의 脚本 中에 잇는 우리가 그 自殺 動機의 秘密을 알 것이요 또 알아야 할 것일다. 이로 因緣삼아 우리 朝鮮 女子들의 前途에 繼續할 生의 理由를 確立하여야 하겟고 自殺의 無意味를 自醒자성하여야 할 것일다. 이럼으로써 비로소 우리의 生活에는 아一모 矛盾업는 熱情이 잇슬 거시오 努力的노력적일 것이오 樂觀的낙관적일 것일다. 이 意味로 보아 生死의 問題는 確實히 우리 生活 動機 中의 基礎가 되고 또 全部인 줄 안다. 나는 이 一念 下에 爲先 나부터의 내 彷徨하는 生活을 確立키 爲하야 差 問題에 對하야 感想을 略述약술할가 함일다.

鐘路 腹板복판에 서々 南山을 바라볼 째 萬一 그 山頂에 正立한 사람이 보인다 하면 그 사람은 마치 天使와 가치 보히리라. 그리하야 天痴, 無感覺者를 除하고는 누구든지 이 몬지 투성인 市街에서 써나 저긔 저 사람과 가치 新鮮하고 淸潔청결하고 景致 조흔 저 꼭닥이에 올나가서 長安을 내려다보는 天上人이 되고저 하는 希望이 잇슬 것이다.

只今 朝鮮 妓生界의 一般 精神이 이러하다. 其中에 聰明총명한 者면 者일사록 自己의 其 奴隷的 生活, 非人道的 生活에서 躍出하야 다른 사람과 갓흔 사람다운 生活을 해보려는 理想이 잇고 實行을 하려 든다. 그리하야 머리 올니고 구두 신은 女學生만 보면 다 善이고 다 美이며 一夫一婦의 新家庭 생활을 볼 째는 滋味가 쌔가 쏘다질 듯 십고 幸福이 無限量일 듯 십게 보인다. 그러할 째 自己 몸을 도라보면 모든 거시 惡이오 醜이며 地獄 불에 쩌러저 허덕々々하는 듯 십다. 世界가 넓다 하되 오직 한 몸의 安居할 바이 업고 사람이 만흐다 하되 오직 한 사람의 가삼에서 쓸는 피 사랑을 밧지 못하고 또 줄ㅅ 곳이 업는 妓生들노서는 맛당히 渴望갈망할 일이다. 及其 山頂에 至하면 「別 것이 아니엿다」 失望을 할만큼 누구나 決코 그 境遇에 滿足하는 者가 업다. 幸福이 잇섯다 하면 山頂에 到

達하엿슬 其 瞬間순간일 뿐이오. 그것도 발서 過去의 것으로 도라갓슬 뿐일다. 이거시 人生인 것을 冷靜하게 生覺할 餘裕여유조차 업슬이 만치 妓生의 生活은 乾燥無味건조무미하고 虛僞허위 寂寞적막일다. 幸福과 滿足은 決코 非我로서 求할 바이 아니오 반드시 自己 內心의 作用으로 말매암아 永遠토록 一新 一變하는 늣김을 엇을 수 잇는 것을 쏘한 妓生과 如한 感情 生活, 氣分 生活者로서는 도저히 自覺할 수 업슬 것일다 康氏의 今番 自殺의 原因도 確實히 여긔잇는 것일다. 卽 個人的 生의 尊嚴존엄과 其 生을 展開하여갈 力量역량의 豊富한 것을 自信하면서 어대까지 할 수 잇는 대로 살려고 하는 것이 現代人의 理想이오 其 生의 全部를 開展하랴고 努力하는 一切의 行爲가 幸福이오 滿足인 것을 일즉이 自覺하엿든들 種々 잇는 抵抗力저항력의 缺乏결핍한 者들이 境遇의 壓迫압박에 不堪불감하야 生活意志의 强慾강욕을 失하고 一身의 純潔순결을 保存키 爲하야 스스로 死를 促迫촉박하는 대 不陷불함하엿슬 뿐 아니라 炎熱的열열적 生存慾 奮鬪분투 努力心이 尤甚尤加우심우가 하엿슬 것이다. 記事中에 그는 張氏에게 對하야 이러케 말을 하엿다 한다. 「나는 決코 당신을 떠나서는 살어 잇슬 수가 업고 당신은 나하고 살면 社會와 家庭의 排斥을 免할 수가 업스니 차라리 사랑을 爲하고 당신을 爲하야 한 목숨을 끗는 것이 올소」하엿다 한다. 얼마나 煩悶 苦痛을 쌋코 싸어 견딜 수 업고 참을 수 업서 한 말인지 實로 눈물지어 同情할 말일다. 나는 언제든지 自由 戀愛 問題가 討論될 때는 朝鮮 女子 中에 戀愛를 할 줄 안다 하면 妓生 밧게는 업다고 말하야 왓다. 實로 女學生界는 넘우 異性에 對한 交際의 經驗이 업슴으로 다만 그 異性 間에 在한 不可思議의 本能性으로만 無意識하게 異性에게 接할 수 잇스나 오직 妓生界에는 異性交際이성교제의 充分한 經驗으로 其 人物을 選擇할 만한 判斷力이 잇고 衆人 中에서 오직 一人을 조와할 만한 機會가 잇슴으로 女學生 界의 사랑은 被動的이오 一時的인 反面에 妓生界의 이러한 者에 限하야 만은 自動的이오 永續的영속적일 줄 안다. 그럼으로 朝鮮에 萬一 女子로서 眞情한 사랑을 할 줄 알고 줄 줄 아는 者는 妓生界를 除하고는 업다고 말할 수 잇는 것일다. 이 意味로 보아 張氏의 人物 如何는 勿論하고 康氏가 스스로 늣기는 처음 사랑을 깁히々々 張氏에게 對하야 늣겻슬 줄 밋는다. 此에 不拘하고 其 境遇가 愛人과 同居치 못할 수는 업겟다는 決心이 잇다하면 實로 難處난처

한 問題일다. 이와 가치 氏는 非運에 견듸다 못함으로 戀愛의 徹底를 求하기 爲하야 貞操의 純一순일을 保守하기 爲하야 自己 情神의 潔白결백을 發表하기 爲하야 世態를 憤怒분노하기 爲하야 自殺을 實行한 것일다. 그러나 動機는 如何하든지 自己 生命을 긋는 것은 다 自暴自棄자포자기의 行爲일다. 生命의 尊貴존귀와 其 生命 力量의 豊富를 自覺한 現代人의 取할 方法은 안일다. 어대까지든지 살냐고 드는대 戀愛의 徹底며 貞操의 一貫이며 精神의 潔白이 實現될 것일다. 何故오 하면 살냐고 하는 努力에 잇서야만 此等의 條件은 價値가 잇는 것이오 살냐고 하는 것을 除하고는 一切이 虛務허무인즉 世態의 混亂을 憤怒하는 것도 좃치마는 그것 뿐으로 만은 살기 爲하는 努力이 不足하다. 況 그로 因하야 스스로 憤 死하는 것은 第一 붓그러워 할만한 卑怯비겁한 行爲일다. 眞心으로 世態를 憤怒한다 하면 自進하야 世態를 改造하는 責任을 쌔다를 것일다. 或 氏에게는 이러케 冷靜하게 本末 理致를 生覺해 볼 餘裕여유조차 업시 그 煩悶, 苦痛이 高度에 達하엿슬는지도 모르겟다. 그리하야 그의 一片의 가삼 속에는 善惡, 悲痛, 歡樂환락의 相對가 生이라 하면 此等차등의 差別을 超越한 絶對 一如한 世界가 死로 보엿슬는지도 모른다. 이 意味로 死를 絶對의 安靜안정으로 解하엿슬 것일다. 누구든지 死의 恐怖를 感覺하면 그것은 卽「如何하게 살아갈가」하는 目的이 잇슴이오. 何時든지 生의 欲望을 放棄방기하면 곳 絶對의 安靜인 世界가 나타날 것일다. 그리하야 生의 慾望과 相對함으로 비로소 死가 恐怖공포될 것과 가치 絶對의 死는 두려운 것이 아니오. 오직 相對의 死를 두려워하는 것인 줄 안다. 氏의게는 相對의 死를 두려워 할만한 堅固견고한 意志가 업섯고 그만한 敎育이 업섯스며 自己 一 生命의 存在를 自信할 만한 아모 能力과 希望이 업섯슴으로 起因한 悲願비원이오 新興論신여론을 起함으로 自己의 戀愛를 一切 新鮮化신선화하랴는 虛榮心일다. 卽 新式에 流行하는 新思想에 물드럿다고 하는 非難은 免할 수 업슬 것일다. 勿論 누구든지 自殺하는 內面에는 素質의 薄弱박약함과 境遇의 不良과 敎育의 不足한 原因이 잇슬 것일다. 그러나 多數는 이 運命을 무슨 宿命과 가치 알아 不可避할 八字로 定함으로 그 運命의 大部分을 展開할만한 力量의 自覺이 업시 自殺에까지 至하는 것일다. 그리하야 如何한 動機의 自殺이든지 무엇이든지 自己의 思慮로 負擔부담할 수 업는 事件을 맛나면 目前의 苦痛을 避하기 爲하야 模倣性모방성으로 나오는 이 錯誤착오된 生覺을 唯一의 支柱로 알고 輕率경솔히 實行하는 것은 其實 아모 것도 아니오 無能力하다는 證據인 厭世的 自暴自棄의 行動일다.

누구든지 子息을 나아보고 길너본 者는 알 것이라. 母胎로부터 얼만콤 甚酷심혹한 苦痛을 우리 어머니에게 끼치고 쏘 우리가 經驗하엿섯는지 얼만한 偉大한 慈愛의 늣김을 밧고 주고 하는지!

우리의 목숨은 決코 그러케 헐갑 가진 것이 아니다. 내 목숨이되 내가 끈을 아모 權利가 업는 것일다. 내 몸은 決코 내 所有가 아닐다. 우리 어머니 것이엇고 우리 祖上의 것이엇스며 내 社會의 物件일다. 내 生命의 繼續되는 最後까지 내 힘을 盡진하야 남들이 하는 것을 다해 보는 수밧게 다른 아모 報恩될 만한 것이 업는 줄 안다. 남과 가치 幸福스럽고 滿足한 生活을 좀 못하기로 무슨 그다지 크게 自暴自棄할 것이 무엇이랴. 나 할 때까지 내 일만 하면 쏘한 이것이 幸福스럽고 滿足할 수 잇슬 것이 아닐는지? 自殺은 個人의 自由요 權利라고 말할는지 모르나 權利는 他人의 權利를 侵害침해치 못한다는 條件이 잇다하면 其人의 自殺로 因하야 家族이나 社會에 損害손해를 끼지는 危險이 잇다하면 權利의 正當한 行使가 아니오 도리여 不法非理불법비리의 行爲일 것이오 他殺과 一樣으로 罪惡으로 볼 수밧게 업는 것일다. 如何한 動機의 自殺을 勿論하고 同情하고 讚美할 理由는 아모리 生覺하여도 업슬 것이다.

連하야 漢江 鐵橋上 自殺에 對한 記事를 보앗다. 絶對의 安靜 世界로 向하는 그네들은 何如間 근심 걱정 다 바리니 便安할는지 모르거니와 그 後面에 잇서 사러 보라고 애쓰는 우리들을 爲하야 一憂일우를 加하여 주기를 바란다. 우리들의 處地가 꼭 죽어야만 할 것인지 모르지마는 그래도 좀 더 살아보고 십다. 요 고비만 눈 꿈적 넘겨보고 십다. 설마 꼭 요대로만 살나는 法이 어대 잇스랴. 다갓혼 人生으로─그러지 아니 해도 朝鮮 사람의 生活의 全部는 代々로 죽지 못하야 살어가는 살님이엇다. 아모 살 리유가 업섯고 自覺이 업섯고 努力이 업섯스며 熱情이 업는 오직 죽음의 차례를 苦待하고 잇섯슬 뿐이엇다. 게다가 一層 自殺의 實行者, 決心者까지 나면 우리 살냐고 하는 사람들의 精神에는 每樣 刺戟자극을 밧게 되고 彷徨방황을 엇게 된다. 個人이나 社會를 勿論하고 順境에 在

함보다도 逆境에 在함으로 비로소 구더지고 여물어지는 것이다. 此에서 出하는 人物이야 偉大한 人物이오 此에서 出한 思想이라야 徹底한 思想일 것이오. 此에서 出한 藝術이라야 深奧심오한 藝術일 것이라 此는 過去 露西亞 狀態로 實例를 學할 수 잇슴과 가치 우리의 한 고븨를 참고 익여 사라가는데 朝鮮 사람의 民族的 生活 根地가 徹底하게 잡힌 줄 안다. 더구나 此에 直接 又는 間接으로의 任務者인 우리 一般 女子들은 現代人의 살아가는 理想은 前日과 如히 破壞的파괴적이오 否定的이오 消極的소극적의 思想을 內在치 아니 하고 徹頭徹尾철두철미하게 우리들의 理想은 建設的이오 肯定的이오 積極的으로 生의 開展이 잇슬 쓴이오. 死는 理想의 敵으로 알고 그것을 우리의 힘쩟 征服하랴는 決心下에 自殺의 行爲를 平凡化하고 醜化하고 愚劣化하고 罪惡化하는 傾向이 잇기를 바란다.

結論에 至하야 康氏와 如한 明敏한 頭腦와 美麗한 容貌와 熱情의 가삼이 虛無에 歸한 거슬 知者 中 一人으로 哀悼하며 一念을 靈前에 듸리고저 하다. (六月 二十一日)

(『東亞日報』, 1923. 7. 8)

歐米 女性을 보고 半島 女性에게
— 조선 녀성의게

저 露馬의 大理石 宮殿을 보라 그 基礎는 조악돌을 모아 지은성이 아니든가!
저 偉人 라팔륜이나 씨자를 보라 胞胎포태 十朔으로부터 자라난 이가 아닌가 嬰
兒의 째로부터 大人의 성큼성큼 거름이 되난 것이 아닌가 大宴에 오르난 盛饌성
찬도 한점 두점 도마 끗헤서 된 것이 아닌가 錦衣紅裳금의홍상도 한쌈 두쌈 바누
질노 된 것이 아닌가 微菌미균이 비록 적으나 사람의 貴한 生命을 쌔앗고 좀이
비록 微弱하나 高木長技를 써러틔리지 아니하난가 女子는 적다 그러나 크다 女
子는 弱하다 그러나 强하다. 歐米 女子는 大體에 잇서서 東洋女子에 比하야 色
이 히고 키가 크고 코가 놉고 눈이 깁흐며 그 行動은 分明하고 進就性이 만흐며
活動이 만코 普通 常識이 豊富하야 每事에 聰明총명하다.

自由를 조와하고 活潑한 米國 女性은 社會的으로는 開放主義요 個人的으로난
閉鎖主義폐쇄주의다. 社交를 잘하며 사람의 性味를 잘 마추고 話頭를 잘 옴기며
相對者의 意思를 좃난데 苦心하고 自己 意思를 發表하는 일이 업다. 黃金 萬能
으로 金錢은 生命이오 地位는 實利다.

高尙고상하고 着實착실하고 점잔은 美國 女性은 째로는 봄하눌과 갓치 淸明하
다가 째로난 가을 하눌과 갓치 荒芒하다. 一般으로 憂鬱우울과 悲哀하여 快樂할
째도 愁色이 잇다. 事實을 貴히 역이고 經驗을 重視한다. 一般으로 政治에 常識
이 豊富하며 실징 업난 大望과 쓴임업난 活動을 한다.

風姿 態度가 꼿에 날나드난 胡蝶호접과 같흔 佛蘭西 女性은 그 몸 가지난 것
表情이 活潑하야 사람과 쉽게 사괴고 佳句가구 警語경어를 써서 坐席을 서늘케 하

며 假裝가장이 업고 僞善위선이 업고 禍心화심이 업고 辛辣신랄이 업다 觀察이 銳敏하고 先天的으로 美에 富하며 優雅하다 實노 社交場의 花形화형이다.

일 잘하고 무서운 獨逸 女性은 事物의 眞相을 定하는 同時에 크게 努力하야 드듸어 偉大한 家庭事業을 成就성취한다. 붓그럼을 만히 타고 매오 沈着하며 溫和하야 家庭的이여서 他 歐羅巴 女性과 갓치 社交的이 아니오 살림에만 着實하야 別노 外出치 아니한다. 매오 消極的인 同時에 實用的이다.

殘忍性잔인성이 만흔 伊太利 女性은 女子다웁고 사랑스러운 女性이 적다 文明에서 退步된 國民인만치 別노 조흔 特長이 보이지 안코 모다 개절치 안케 보인다.

고집센 西班亞 女性은 어듸싸지 自己 고집대로 해볼냐 하고 感情은 銳敏하지만 怨恨을 오래 가지고 잇서 伊太利 女性과 같이 殘忍性이 만타. 눈과 머리가 검고 빗치 희고 美人이 만타 卽 和洋折衷한 世界的 美人이 만타. 嫉妬心질투심이 甚하야 긔어히 復讐복수를 하고 말며 名譽心도 만타고 한다.

참기 잘하난 露西亞 女性은 義務心이 만흐며 忍耐心이 만코 犧牲的 精神을 갓고 熱情을 가젓스며 레닌 政府가 된 後로 그들은 外面으로는 當々한 사람 地位에 잇스나 內面으로는 生産問題로 因하야 이러나는 煩悶이 만타.

以上과 如히 歐米 各國 中 큰 나라의 女性의 特長을 略擧약거하야 그 地位를 暗示하엿거니와 一般으로 歐米女性은 創造的이오 藝術的이다. 그러나 歐米 女性은 人格으로나 頭腦로나 技術로나 學術上 조곰도 男子의 그것보다 缺乏결핍히 엇지 아니하야 當々한 사람 地位에 잇는 것이다.

職業 婦人은 簡便한 아파트ー貰집에서 살고 子息은 共同 保育所에 맷기어 길느고 밥은 레스토랑(共同食堂)에 가서 먹고 衣服은 마가진(吳服店)에 가서 사입는다.

家庭 婦人은 남편의 口味에 맛는 飮食을 食하고 얼골 體格에 맛는 衣服 帽子 外套외투를 해입고 쓰나니 사랑의 보금자리 스윗홈에 纖々玉手의 지나간 자최가 가지 안인 바가 업다. 商店, 會社, 銀行, 停車場, 食堂, 호텔 取引所를 가보라 참새갓고 제비갓고 앵무갓고 공작갓흔 女子들이 날새게 擧動거동하고 잇지 안인가

議會를 가보라 代議席에는 머리가 힌 婦人 老代議士가 척척 드러와 안지 안나

女皇으로부터 大臣, 公使席에 女子가 參席한 곳1)이 업지 안이한가

要컨대 實力으로는 體驗 만혼 老夫人을 쓰나 歐米에는 大槪 젊은 女性, 입분 女性, 돈잇는 女性의 世上이다. 社會가 複雜하고 同情이 움지기는 世上이다. 陰沈음침하고 理論을 조와하는 卽 空想的인 學者의 婦人도 必要하거니와 普遍的으로 多小 無識하더라도 明朗하고 實質的 女子로 要求하나니 女性은 임이 男性이 가지지 못한 매력을 가젓다. 그리하야 爲政者로의 計策者계책자 一家庭에 女王 一團體의 主格者는 女性이 업고는 氣分이 明朗해지지 못하고 調和性을 일케되나니 東洋에서도 料理집에서나 演會席2)에 妓生을 부르게 되난 것 더구나 歐米에서는 夫婦가 쩌러지지 안코 다니게 되나니 그럼으로 東洋 男性이 싹싹하고 거칠은 反對로 西洋 男性은 부드럽고 親切하다 東洋 女性이 意志가 薄弱박약한 反對로 西洋 女性은 意志가 强하다. 東洋 男性이나 女性이 沒常識한 反對로 西洋 男性이나 女性은 常識이 豊富하다. 創作性은 大槪 異性間에서 잇게 되나니 그들의 生活은 創作的이오 그들의 生覺은 創作的이다. 何如튼 그들은 人生觀이 서고 處世術이 서 잇다 사람인 거슬 自覺하엿고 女性인 것을 意識하엿다. 이것을 우리는 배호자는 것이오 흉내내자는 것이다.

가시덤불 속에 든 장미花 너는 언제나 빗나는 꽃이 되려나 그러나 타임은 간다. 그 타임은 모든 變化를 가지고 온다. 그 타임은 未久에 너의게 自覺과 意識과 實行을 웅켜주리라 아니 只今 進行 中에 잇다. 先進인 歐米 女性이여 우리는 그대를 尊敬하는 同時에 우리의 地位를 찻고저 하노라.

(『三千里』, 1935. 6)

---

1) '참석하지 않은 곳'의 오기.
2) 원문대로.

英米 婦人 參政權 運動者 會見記

英國의 팡크하스트 婦人부인 參政權참정권 運動운동 團員 中 老處女가 내가 배호
든 英語 先生인 關係上 그와 婦人 問題에 對한 問答문답

R 「參政權 運動은 누가 第一 먼저 始作 햇습니가」
S 「二十年 前 우리가 示威 運動을 하고 다닐 째 넘어 늙어서 나오지를 못하
고 窓門을 열고 안저서 보다가 門을 닷고 默思하는 一老女人이 잇섯습니
다. 이가 卽 英國서 女權運動者의 始祖시조인 Mrs. Fawcett (그는 죽엇다) 요 第
二世가 Mrs. Pankhurst(팡크하스트 夫人)이오. 이가 처음으로 市街地 示威시위
運動운동 하기를 시작햇습니다. 四十年 前에 There was 10,000 women all
marching in the street to the Albert hall. (이 째는 내가 어렷섯고 우리 어머니가
參加햇습니다)」
R 「旗발에는 무어라 썻든가요」
S 「Fight for Women's Independence.(獨立을 爲해 다토라), Fight for Women's Right.
(權利를 爲해 닷토자) 라고 썻지요.」
R 「勿論 만히 잡혓겟지요」
S 「잡히고 말고요 모조리 잡혀 드러가서 絶食 同盟을 하고 야단 낫섯지요」
R 「會員의 表는 다른 거시 잇나요」
S 「잇지요. Votes for women을 帽子에다 쓰고 단초를 하고 씌를 씌지요 이거시

그 째 씌든 거심니다.」

夫人은 남빗이 다 날는 씌에 金字로 쓴 거슬 보엿다.

R 「이것 나 주십쇼」

S 「무엇 하실나오」

R 「내가 朝鮮에 女權 運動者 始祖가 될지 암니가」

S 「그러치요. 記念으로 가지시구려」

Who was a member of Mrs. Pankhurst's, Women's Social and Political Union a feet
was dos Women's Freedom League

R 「參政權 運動의 原因은 무어실가요」

S 「結局 男子가 反省치 안코 혼자 잘 낫다고 하는 까닭이지요. 男子는 言必稱
女子가 무어슬 아너냐고 하지요. 그러나 제 아모리 英雄豪傑영웅호걸이라도 女
子 씌에 넘어가지 안는 者가 업나니 智慧와 學問은 人生의 外面이오, 人生의
內面은 人情으로 얽매인 거시니까요. 이째 女子는 生覺하엿슴니다. 우리갓치
씌 잇고 영리한 者가 저 어리석은 男子가 맨드러 논 法律로 滿足할 수 잇스
랴 하고 이러난 거시 女權運動의 始初지요」

R 「팡크하스트 夫人의 主論은 무어시든가요」

S 「勞動問題노동문제, 貞操問題정조문제, 離婚問題이혼문제, 投票問題투표문제지요」

R 「그런대 先生님도 示威運動 째 演說을 하섯슴니가」

S 「그러면요 길가에서 椅子 우에 올나서 演說을 할 째 한 女子가 그 理由를 무
릅데다. 나는 이거슨 너와 네 딸을 爲한 일이다. 하나님은 너나 男子나 쏙갓
치내엿다 왜 너는 남자의 하난 일을 못할 거시냐 길 가는 數萬 群衆이 모혀
서 求景하다가 「올소 올소」하고 拍手합데다.(사진은 팡크 女史를 싸고 中央 羅
女史)」

R 「示威運動할 째 女子 團體가 만핫나요.」

S 「團體도 만핫거니와 그 專門 職業을 짜라서 쿠릅을 짜로짜로 하여 가지고
示威하엿슴니다.」

R 「男子가 女子보다 事實 優勝한 것 아님니가」

S 「왜 그래요 男子는 自己가 强하다 富하다고 써드나 그 實은 어리석은 것밧

게 업슴니다. 女子는 弱하게 입을 담을고 잇슴니다마는 自己가 하고 십흔 일이 잇서 쐬만 내면 못할 일이 업지요 이런 例가 잇슴니다. 남편이 안해더러 어대를 가자고 할 째 안해가 空然히 그냥 실타고 해 보십쇼 그 남편은 無理로 가자고 할 터입니다. 그러나 안해가 머리를 집고 頭痛두통이 甚하야 못 가겟다고 해 보십쇼 남편은 오히려 同情하는 얼골노 고만 두자고 아니 하나. 男子가 얼마나 어리석고 弱한 거시며 女子가 얼마나 쐬가 잇고 强한 거신지를 알 것 아님닛가.」

R 「子息들과 關係는 엇대요」

S 「누구든지 어렷슬 째는 그 어머니 生覺하기를 왼 世上보다 크게 生覺함니다. 그러나 그들이 커서 시집이나 장가를 가 보십쇼 그들에게는 남편이 어머니가 되고 안해가 어머니가 됩니다. 이런 일이 잇슴니다. 情을 다 주어서 사랑하든 어머니가 도라가섯슴니다. 이째 남편은 病이 나서 드러 누엇슴니다. 안해가 맛당히 대신하야 갈 거신대 당신이 압흐니 고만 두겟다고 합니다. 그러나 몃칠 後에 안해의 어머니가 도라 가섯슴니다. 그째에 압흔 몸으로 남편과 안해는 동행하야 그 산소에를 감니다. 이는 인도상 그릇된 일이지만 女子의 힘이란 이러탄 말입니다. 그럼으로 우리 나라 俗語에 女子가 소매 속에서 웃는다는 말이 잇슴니다.」

(寫眞은 羅惠錫 氏)

R 「英國도 男女 差別이 甚하지오」

S 「네, 그랫서요. 前에는 쌀을 식혀 아들의 옷을 쌀나 하엿스나 只今은 그러치 아니해요. 前에는 안해가 남편의 것을 다 하엿스나 只今은 할 수 잇는대로 自己가 다들 합니다.」

R 「子女에게 對하야는 兩親 中에 누구에게 責任이 더 重한가요」

S 「子女 中 萬一 허물이 잇슬 째는 그 어머니를 責하지 안코 그 아버지를 責합니다. 아버지가 몬저 죽고 어머니가 잇다면 그 어머니는 할 수 잇는대로 子女를 敎養교양식힙니다. 그러나 어머니가 먼저 죽고 아버지가 잇다면 다른 女子가 드러와 살님을 하게 되난 同時에 子女敎育은 等閑하게 됩니다. 그럼으로 子女를 爲하여서는 어머니가 살아잇고 아버지가 몬저 죽는 거시 좃슴

니다. 그러면 아버지가 업고 어머니만 잇슬 째는 그 責任을 어머니에게 지우나 兩親이 잇슬 째는 그 責任을 아버지에게 지웁니다. 남편이 죽은 後에 다른 남편에게 가면 그 責任을 男子에게 지우며 結婚 아니 한 女子가 아해를 가질 째는 그 責任을 女子에게 돌니게 됩니다. 子息이 잇고 離婚이혼 訴訟소송이 나게 되면 裁判長은 兩親을 보아 有利한 便으로 子息의 責任을 지우게 합니다.」

R 「엇던 境遇에 離婚이 만습니가」

S 「대개 경제 문제로 生기는 離婚이 만치요. 그리고 男女 間이 不品行으로 生기는 일이 만치요」

R 「勞働 問題에 對해서는 엇더케 生覺하심닛가」

S 「내가 敎師로 잇슬 째 六十 名 學生을 가젓섯고 그엽 敎室 男先生도 亦是 六十 名 學生을 가지고 잇섯는대 나는 오히려 그보다 裁縫 時間이 더 하엿것마는 月級이[1] 적엇소. 그리하야 나는 不平을 말햇소. 그러나 只今은 大部分이 差異가 업서젓습니다.」

R 「投票權의 年齡연령은 엇지 되엿습니가」

S 「昨年까지 男子 二十一 歲, 女子 三十 歲이든 거시 今年붓허 女子도 同年으로 되엿습니다.」

R 「先生님, 獨身生活하시는 所感이 엇더십니가」

S 「己婚 女子에게 快樂과 孤寂이 잇는 것과 가치 獨身女子에게도 快樂과 孤寂이 잇겟지요.」

R 「그러면 엇던 便이 나흘가요.」(사진은 印度洋上의 羅女士)

S 「나이 젊어슬 째는 論[2] 獨身生活이 나흘 거시오.」 (下畧)

(『三千里』, 1936. 1)

---

1) 원문대로.
2) '물론'의 오기.

倫敦 救世軍 託兒所를 尋訪하고

내가 倫敦윤돈 滯在하엿슬 째 主人집이 救世軍구세군 信仰者이엿든 關係로 東京 잇는 救世軍 大佐 山室軍平氏의 令孃이 託兒所탁아소 幹事로 잇다하야 尋訪하엿 든 거시다.

陰沈한 하눌 아래에 倫敦 市中에서는 比較的 整頓이 되여잇난 클랍톤을 지나 市外 갓가온 대까지 이르자 森林이 욱어진 사이에 그리 크다고 할 수 업난 벽 돌집이 내가 차자간 救世軍 託兒所이엿다. 招人鍾초인종을 누르니 나와 갓치 갓 든 大佐의 짜님이 나온다. 나는 곳 山室孃의 面會를 請하엿다.

山室孃은 나이 二十七八歲 되염직한 납작스름한 얼골에 썩 沈着한 빗이 나타 나고 端雅한 貌樣에 暫間 微笑를 씌우면서 나를 應接室로 인도한다. 우리는 人 事를 交換한 後 問答이 시작되엿다.

R 엇던 方針으료 이 事業을 經營하심니가

S 男子 誘惑에 싸진 女子가 私生兒를 胞胎하고 길에서 彷徨하난 女子를 爲하야 經營하난 거십니다.

R 그 事業에 對하야 仔細히 말삼해 들녀 주실 수 업슬가요

S 네 좃습니다. 이곳에는 私生兒를 胞胎포태한 타락한 女子들이 入舍하겟다고 請願청원하난 者가 만습니다. 中에는 그짓말하는 者가 만흠으로 嚴重히 調査 를 한 後에 가장 難境난경에 處한 者를 먼저 밧음니다. 그들이 解産할 째는 救

世軍 病院에 入院하야 解産케 한 後에 二週日만에 이곳으로 데려 옵니다. 그리하야 六朔 間은 産母와 嬰兒영아를 그저 먹여 줍니다. 六個月 後에는 嬰兒는 우리가 맛고 産母는 職業을 求해 주워 보냅니다. 兒孩의 養育費양육비는 그 어머니의 月給 中에서 쩨여 보내도록 합니다.

R 萬一 그 女子가 남의 집에서 일을 하다가 일자리가 쩨러지든지 病이나면 엇더케 함니가.

S 나종에 보여드리겟지만 그들을 爲하야 짜로 寢室침실과 器具를 準備해 노코 다른 일자리 求할 때짜지 寄宿케 하고 쏘 治療치료케 합니다.

R 그거슨 모다 無料입니가

S 받을 수 잇난 대로 밧고 정 할 수 업난 者는 그대로 합니다.

R 그 費用은 어대서 남니가

S 修縫수봉 敎師가 잇서서 兒童 洋服갓흔 것을 請求밧고 그거슬 가지고 費用으로 씀니다.

R 寄附金기부금도 더러 잇겟지요

S 或 잇지만 해가기가 쌔듯합니다.

R 그러면 그 生母가 어린 아해 볼 機會난 언제임니가.

S 週日에 두 번式 여긔 잇난 사람들은 놀니고 밧게 잇난 사람들은 오게 하야 茶도 먹고 이야기도 하면서 母子 或 母女 間에 맛나보게 합니다.

R 그러면 그 私生兒의 아버지난 엇더케 합니가

S 할 수 잇난대로 그런 不良者가 만히 나지 아니 하기를 경계하기 爲하야 애비된 者를 차짐니다. 차지면 애비된 者에게 養育費를 내도록 하며 其外 차질 냐 차질 수 업난 者 女子가 엇던 男子인지를 모르는 者 女子가 法庭에서라도 決코 自白하지 안는 者, 別々 일이 다 만슴니다.

R 그런 女子는 大槪 어느 階級의 女子가 만슴니가.

S 대개는 勿論 家庭敎育이 조치 못한 者이오. 쏘 小學校 程度의 敎育을 밧은 者요, 特히 어붓아버지 어붓어머니 압헤서 자라난 者가 만슴니다.

R 年齡은 最下가 몃살이나 됨니가

S 十六 歲 姙婦가 第一 어림니다.

R 그 女子들의 心理가 엇덜가요.

S 한번 못된 짓을 한 者는 두번 세번 하난 것을 例事로 압니다. 그러고 그 行動을 當然한 일노 生覺합니다. 그러니까 우리 일은 慈善事業이라는 것보다 예수께서 弱者를 사랑하라는 말슴에 依하야 우리 信者된 者의 責任을 다하는 것이오. 同時에 自己들의 잘못을 自己가 뉘우처 悔改회개하도록 하는 것이 우리 救世軍의 事業이오 弱하고 依支업는 者의게 힘을 엇게 하난 것이 宗敎의 힘임니다.

R 舍內 組織은 엇더케 되여 잇슴니가.

S 나 外 한 사람의 監督이 잇고 十人의 保護者가 잇서서 舍內 掃除소제라든지 就職者의 觀察갓흔 거슬 하고 어린애도 기름니다.

山室孃은 매오 忽忽한[1] 듯이 내가 더 무를가 하야 이러서며 「그러면 設備해 논 것을 보여 듸리겟슴니다.」하며 앞헤서서 또아(門)를 연다. 거긔에는 裁縫재봉 敎師를 爲始하야 일하는 女子가 近 二十餘 名 잇섯다.

R 대개 어느 方面 洋服이 만하요.

S 어린애들 것이 大部分이오. 其外는 룬[2]들의 압치마, 자리옷 또 手巾, 床褥며 접시밧침, 갓흔 것도 함니다.

R 그러면 注文이 만흔가요. 맨드러 놋난 거시 만흔가요.

S 거진 갓슴니다.

S孃은 다시 압홀 서서 또아를 열고 庭園으로 나선다. 고은 잔듸 우에는 군대 군대 어엽부고 香氣잇난 바라꼿이 피여잇고 거긔에는 乳母車에 어린애를 담아 얼골만 햇빗을 가린 거시 四 五十介 나란히 노혀 잇다.

한 乳母車에난 다 各各 生年月日과 姓名 쓴 패가 달녀 잇고 고흔 양사에 면주 헤스[3]를 단 흰옷을 정하게 해 입히고 포근포근한 벼개와 요 우에 파뭇어 노코 이리저리 뉘빈 고은 이불을 덥흔 이불 속에서는 사람을 보고 벙싯벙싯 웃난 애 배곱흐다고 안으라고 패악을 부려 우는 애 젓瓶을 엽헤 씨고 쑥쑥 빨고 잇

---

1) '忽忽한'의 오식.
2) '어룬'의 오기.
3) '레스'의 오식.

난 애 이야말노 한 世上에 잇난 人生의 形態가 羅列해 잇섯다. 저러한 天使갓혼 아해들 압헤 몰녀올 여러 問題야말노 엇지 다 解決이 될난지 부지럽시 걱정을 하고 나는 도라섯다.

R 참, 아해들이 모다 健康한 걸이오

S 네, 여간 注意를 해야지오

R 하로에 멧번 式이나 이러케 太陽을 쏘임니다.[4]

S 日氣 조혼 날은 해 쓸 대붓허 질 째까지 내다 눕니다.

R 그러면 밤에는 어대다가 재움니가

S 여긔 재우난 대가 잇습니다.

그 길노 인도하야 다시 방으로 드러간다. 거긔에는 四方 鐵網철망으로 맨든 적은 침상이 즐비하게 노여 잇다.

R 밤에는 엇더케 함니가

S 차례로 두 사람式 밤을 새움니다.

R 참, 정하게도 해 노앗습니다.

S 그 方面에 퍽 注意해요.

S嬢은 다시 生母들이 失職실직할 째나 病날 째 와서 쉬고 잇난 房과 부억이며 광이며 浴間을 一々히 다 보여준다. 거긔난 모다 몬지 하나 업시 정햇다. 마즈막에 그는 手工品 해는 房으료 引導인도하더니 자근 門을 열고 내보인다. 나는 멧가지 사 가지고 도라실 째 돈주머니 속이 푸군햇스면 긔부도 좀 하고 십헛스나 豊裕풍유치 못한 旅費인지라 마음대로 못 되엿다.

해는 아직 남아 잇난 倫敦 市外에는 마침 二層 써스가 대령해 준다. 한 便 椅子에 안자서 곰々 生覺하엿다. 文明의 産物 私生兒 托兒所탁아소가 朝鮮에도 未久미구에 生기리라. (昭和 三年 倫敦서)

(『三千里』, 1936. 4)

---

4) '까'의 오식.

獨身女性의 貞操論

「언니 戀愛片紙 한 장 써 주어」

方今 職業婦人으로 잇는 K는 그 兄되는 S에게 請을 하러 왓다. K는 S의 가장 사랑하는 아우이여서 이짜금 이런 엉석을 하러 오며 K가 約婚하고 新郎되는 Y와 지내는 로맨쓰를 朝夕으로 兄에게 이야기하면 S는 귀엽게 興味잇게 잘 드러 주는 中이엿다.

「얘 골치 아프다」

「왜 그래. 언니도 다 늙엇군」

「늙기도 햇다만 심사가 나서」

「왜 그래」

K는 눈이 말똥말똥해진다.

「안 그러켓니. 身老心不老신노심불로이니」

「그러면 언니 靑春時節의 로맨스가 回憶된단 말삼이지」

「그도 그러커니와 只今은 로맨스가 업는 줄 아니」

「아이구 망칙해라. 다 늙은이가」

「그러게 걱정이란다」

「그래 언니도 只今 나처럼 愛人이 보고 십허 애를 태고 밤잠을 못 자도록 苦悶스러워요」

「그거는 靑年의 戀愛요 中年의 戀愛는 다르지」

「엇더케 달너 언니」

K는 밧작 대든다.

「그건 이 다음에 말해 줄게」

「지금 말해. 응 언니」

「지금 네게는 必要치도 안코 쇠귀의 경익는 격으로 알아듯지도 못할거시니 고만 두자」

「그러면 어서 편지 한장 써 주어」

「Y에게 말이지」

「그럼」

「언제까지」

「내일 아침까지」

「이건 最大 急行인걸」

「日前에 Y에게서 온 편지 언니 보앗지. 그 편지 답장 말이야」

「그러면 길게 써야겟네」

「온 편지가 기니까 가는 편지도 기러야지」

「그런데 너도 늙지 아니해 망녕이다」

「왜」

「누가 戀愛片紙를 代筆한다데」

「그런 줄 누가 모르나」

「눈 쓰고 구렁이에 빠지는 격이로군」

「쏘 골치 압흔 언니 理論이 나온다」

「理論이 아니라 그러치 안으냐. 가슴에서 지글지글 끌는 피를 그 섬ㅅ옥수로 써내난거시 所謂 戀愛片紙가 아니냐」

「누가 몰누나 그런 거슬」

「흥 다 안단 말이지」

「그럼」

「내가 못하겟다면 ……」

「언니 그러지 말고 이번만 꼭 하나 써 주어」

K 는 兄에게 매달려 응석을 부린다.

「미천이 드러낫단 말이지」

「그래 우리 언니가 잘 알지. 인제 쓸 말이 업겟지」

「그러리라 쥐꼬랑지 만한 學識으로」

「그래 Y의 相對로 감당해 낼 수가 업서」

「얘 Y의 편지 보니 다 된 사람이더라 제법 人情味와 人間愛가 兼備한 사람이든데」

「아마 그런가 보아 그러니 그대로 써 주어」

「써 볼가」

S는 마진 벽을 잠간 치어다보며 꿈먹へ 한다.

「아이고 조와라」

「좀 어려운 注文인걸」

「내게는 어려운 일이지만 언니는 쉬운 일이야」

「그야 내 愛人에게 쓴다면 쉽지만」

「언니 愛人에게 쓰든 氣分으로 써」

「그러다가 미처나게」

「亦是 언니는 熱情家열정가이여」

「늙어도 熱情은 그대로 남엇지」

「그러게 말이야. 예술가이니까」

「너도 제법이로구나. 그런 거슬 다 알고」

「언니도 샌님은 좀만1) 업수히 역인다나」

「그러케 怒헐 것이 아니야. 귀여워서 그러지」

S는 K의 등을 쑥々 두듸린다.

「그러면 언니 ヨロシクタノムヨ(잘 부탁해)」

K는 날마다 가는 自己 職業所직업소 病院으로 간다.

S는 K를 보내고 비스듬이 안저서 빙긋시 웃는다. 그는 只今 K와 Y가 싫과

---

1) '종만'의 오식.

갓흔 속삭임에 잇는 거시 貴엽고 사랑스러우며 그들의 一步一步 進行해 나갈 前道가 活動寫眞 필님갓치 얼는ᄉ하게 지나가는 까닭이엿다. 그러고 그들의 압 길에 喜悲劇이 다 잇슬 거슬 豫想하며 한 幕의 演劇을 求景하는 感이 生긴 까닭 이다. S는 冊床 설합을 열고 편지ᄉ를 쓰내노코 펜을 드럿다.

敬愛하난 Y氏

벌서 봄인가? 아마도 봄이 왓나 봐요. 봄이 왓지요? 글세요, 봄이 왓 습니다 그려. 아ᄉ, 발서 봄이로구나.

都會의 봄 農村의 봄 짜듯한 봄 아람다운 봄 鳴啼명제의 봄 花田의 봄 피리의 봄 사람의 봄 禽獸의 봄 喜의 봄 悲의 봄 柳川長堤유천장제의 봄 華 虹門화홍문의 봄 防花隨柳亭방화수류정의 봄 完全한 봄은 차자 왓습니다 그 려. 이 自然의 봄과 人生의 봄을 함끠 가진 우리 兩人은 얼마나 幸福스러 운가요. 가장 單純한 듯한 自然이 우리에게 가장 厭症을 아니 주난 거슬 보면 自然力이란 그 內在力이 豊富한 거신가 보아요.

나는 오날까지 天高萬里천고만리 不擧頭불거두요 地濶千里지활천리 不定足 불정족으로 엇전지 모르게 周圍가 거북하엿섯습니다. 마는 오날부터는 마음이 턱 노이고 힘이 제절노 나고 依支의지가 탁 됩니다. 貴公은 임의 人情味와 人間愛가 兼備하신 분이니까 다 짐작이 계실 줄 알며 나를 永遠 히 사랑하고 앳겨주실 줄 밋으며 내 誠意가 다하도록 이거슬 밧고 품에 안고저 하나이다.

貴緘귀함을 再三 拜讀하오니 늣기는 바가 만슴니다. 果然 그러심니다. 사람은 苦生을 모루고는 남의 事情을 잘 알아 줄 수 업나이다. 즉 맛잇 는 사람이 될 수 업나이다. 公은 밥도 굴머보고 나무도 하여 보앗다구 요. 그러기에 今日의 貴公이 되엿습니다. 不及하나마 나도 多少 苦生을 하여 왓습니다. 남을 알아줄 주는 모른다 할 망정 남의 말을 알아드를 줄은 아옵니다. 이 點으로 보아 우리의 압길은 幸福을 保證할 만한 튼ᄉ 한 길인줄 아옵나이다. 아모조록 잘 指導해 주십쇼 ……云々 ……

九十 春光에 자라나는 K

그 잇흔날 아참에 K는 S에게 들넛다.

「언니 다 썻서」

「다 썻다마는 그냥은 안 될걸」

농담 잘하는 S는 쏘 농담을 부친다.

「그럼 엇저라고」

「戀愛 편지를 누가 그냥 써 준담. 피와 쌈의 結晶인대」

「쏘 한 턱을 내란 말이지」

「여부지사가 잇나」

「내 하지」

「엇더케」

「Y 月給 타거든 절밥 먹으러 가」

「그거 조혼 말이다」

「인제 條件이 다 붓헛스니 편지를 주어」

「얘 역지로2) 짜내너라고 죽을 번 햇다. 쓸말이 잇나 앳구진 봄타령이나 햇지」

「어듸 봐」

K는 片紙를 들고 본다.

「大體 數多수다도 스러워」

「일썻 써 주니까 功업는 소리나 하고」

「아니야 아니야, 언니 능청스럽게 잘 썻서」

「그러타면 모르거니와」

「내 마음에 잇는 말을 다 썻는대, 대체 용해」

「적어도 글노 늙은 난대 그러니」

「그래 지금도 熱情잇는 片紙가 써지우」

「그럼」

「나도 그럴가」

「그래서 엇쩌게」

「왜?」

「苦生스러우니까 그러치」

「滋味잇슬걸 아마」

---

2) 원문대로.

「身老心不老이야말노 藝術的 氣分을 맛보지 안는 사람이고는 맛볼 수 업는 거시야」

「그러면 그런 사람은 幸福이겟지」

「마음 苦生이 甚하지」

「언니 中年의 戀愛는 엇대」

「글세 고만 두자니까 그래」

「말해, 응」

「靑春의 사랑은 모닥불과 갓고 中年의 사랑은 겨불과 갓치 뭉굿시 타며 잘 잠 다 자고 하는 戀愛지」

「ナルホト(과연) 그럴 거시라」

「알아 듯겟니」

「그럼 못 알아 들어」

「그 편지를 오날 붓칠데냐」

「그럼 サツソク(빨리) 붓처야지. アリガトウ(고마워)」

K는 나간다.

춥지도 더웁지도 안은 봄날 華虹門화홍문 模範場모범장에는 벗꼿이 흐므러지게 피인 날 午后 다섯 時 그들의 辭退後 K와 Y를 태운 택시 한 대는 S의 집 門압헤 대엿다. K는 날사게 내려 드러간다.

「언니 어서 나와」

마침 準備하고 잇든 S는 나왓다. Y는 門間에서 기다리고 섯다. 세 사람을 태인 택시는 奉寧寺봉녕사로 다라낫다. 바람에 날녀오는 향긋한 풀냄새는 憂울한 中에 잇든 S의 머리를 시언하게 하여 주엇다. 택시는 삽시간에 城內에서 十里 좀 못되는 奉寧寺 마루턱에 대엿다. 세 사람은 칭々대로 올나가 法堂을 求景하고 조용한 房을 택하야 드러가서 저녁밥을 식혓다. 未久에 밥은 다 되엿다. 표주박에 기름을 치고 튀각을 부서느코 고븨나물 도라지 나물을 느코 두부전골 국물을 치고 부볏다.

「참 맛잇다」

K는 맛잇게 먹으며 말한다.

「만히 먹어라」

「맛잇는데요」

Y도 말한다.

「글세 맛잇사외다 그려」

밥갑을 치르고 나섯다.

날은 저물고 十五夜 明月은 仲天에 쩌올낫다.

「우리 슬々 거러가면서 이야기나 합세다」

「참 氣分이 조흔데요」

Y는 만족해하며 웃는다.

세 사람은 슬々 것는다. 검은 솔나무 우에는 흰 달이 쓰고 그림자는 얼는ㅅ
하엿다. 쌍에서는 쑥냄새가 샘어 오른다.

「그러케 먼저 가지 마쇼」

「西洋 사람이 말하기를 東洋사람은 同行하는 거슬 보면 어느 나라 사람인거
슬 안다 그래」

「엇더케요」

압서 가든 Y는 멈츳하며 뭇는다.

「나란이 서々 이야기하고 가는 거슬 보면 日本 사람이구 쑤염ㅅ 서々 아모
말 업시 가는 거슬 보면 中國 사람이나 朝鮮 사람이라고 그런다나요」

「하々々 호々々」

「언니 이야기 해」

「그럴가 우리 먼 길을 먼줄 모르게 이야기나 하고 갈가」

「찬성입니다」

「저 이태리 쏨뻬 火山 古蹟에 가 본 즉 二千年前 風俗 中에 조고마한 호리병
이 잇는대 초상이 나면 사람을 데려다 울녓는대 그 눈물을 호리병에 바다서 갑
슬 주엇다나」

「아이구머니나 우수워라」 K는 쌀々대고 웃는다.

「그리고 어느 곳에는 壁畵벽화 한 조각이 남앗는대 그거슨 쑥경을 해덥고 男
子만 보이난 거슬 나는 그림 그리는 사람이라 하고 보니까 男子 生殖器생식기를

저울노 다는 거시 잇겟지」

「그건 다러 무얼 해」 K는 또 웃는다.

「重量을 보는 거시겟지」 Y는 무슨 意味를 包含함인지 泰然히 이런 말을 한다.

「그 째 쏨쎄風俗이란 極度로 사치하고 淫蕩_{음탕}해서 食堂엔 鳥類畵, 舞踏室_{무답}_실엔 女神畵, 寢室엔 春畵, 幼兒室엔 自由畵가 그려잇고 四方壁色을 黑色으로만 된 房, 眞紅色_{진홍색3)}으로만 된 房, 眞錄色_{진록색}으로만 된 房이 잇겟지」

「쏨쎄는 넘어 奢侈하고 淫蕩해서 神罰이 내렷다는 곳 아니야요」

常識을 가진 Y는 말한다.

「그나 그 쑨이오 露馬 全盛時代는 演會席上에서 飮食을 먹고 손구락을 느어 吐하고 또 먹고 또 먹고 하엿다오」

「어머니나」 K는 쌈작 놀난다.

「佛蘭西 巴里 古風 博物館에는 有名한 女子의 腰帶_요대라는 거시 잇는대 옛날에 남편이 出戰할 동안 女子가 엇지 行爲가 不正한지 出戰할 째 女子의 陰部에 허리를 해 씌어 오줌 눌만치만 하고 잠을쇠로 장그고 열쇠를 가지고 갓대」

「어머니나 저를 엇재. 망측해라. 별 風俗이 다 만쿤」

「一々히 이야기 할냐면 別々 風俗이 다 만치」

「그러켓지요. 文明과 歷史가 오랜이만치 別々 風俗이 다 만켓지요」

Y는 말한다.

「얘 K야」

「네」

「너 방귀 봣니」

「방귀를 엇더케 봐」

「그걸 못 봣담」

Y는 빙그시 우수며 말한다.

「아주 아는 체 하너라고」

---

3) 원문대로.

「그럼 몰나」

「그럼 말해 봐」

「당신이 먼저 말 해야지」

「아니, 보앗다는 당신이 먼저 말해야지」

K와 Y는 몸을 슬적이고 등을 치고 살을 꼬집고 한참 滋味잇게 논다. 이 問題를 提供한 S는 겻눈으로 슬적∿ 보며 빙그시 우슬 짜름이다. 다 各々 그림자를 끌고 어슬넝 어슬넝 소나무 사이로 희여젓다 검어젓다 하며 城內를 向하야 속삭이며 것는 세 사람은 적이 한가스럽고 滋味스러웟다.

「약긴 쫴 약어」

「왜」

「못 보앗다긴 실타니짜 남더러 말하라구 그러지」

「그러케 서로 미룰 거시 아니라 장긔쏭을 해」

「그래, 그러케 해」

「장긔쏭 아이고다세」

「그러치 男子가 지난 법이지」

「이건 쫄닥 망햇네」

「어서 말해, 어서」 K는 Y를 꼬집는다.

「아야……입대 쎄다가 말하기 좀 싱거운걸」

「안 하고 견듸나」

「그럼 하지」

「어서 말해」 K는 Y의 억게를 집는다.

「이거 재수 업스라고 남의 억개는 왜 집허」

「어서 말해」

「당신 목용통에[4] 드러안저 방귀 한 자루 쒸여보 엇덥뎃가」

「올치 올치 그래 그래 보글보글 올나 오지」

「하々々々 호々々々」

---

4) '목욕통에'의 오식.

「엇데 그걸 몰나」

「인제 알앗서」

세 사람은 허리를 잡고 데굴데굴 굴는다. 잠간 묵々 하엿다가 話題는 人生觀으로 드러섯다.

「結婚式은 언제 하시려오」

S는 어룬답게 뭇는다.

「只今 이째가 第一 幸福스러워요. 約婚期가 느지면 느질수록 人生의 맛을 더 아니까요」

「그러나 結婚이 人生의 全體가 아니々까 空然히 Y氏나 K가 ウカウカ할 必要업시 速히 式을 擧하야 마음을 安着하난 거시 조켓지요」

「왜 그럴 必要가 잇슬가요」

「厭症염증이 나기 쉬우닛가 그러치요. 卽 缺點이 보이기 前에 決定을 지우시는 거시 조켓지요」

「結婚 後에 厭症이 生기면 더 危險하지 아니해요」

「結婚 前이나 結婚 後나 언제든지 누구든지 한번은 厭症이 나는 거시지요」

「왜 그래요」

「사랑이나 尊敬이나 同情이 아는5) 동안 뿐이오. 알어지면 식어지고 缺點이 보이니까요. 마치 寒暖計한난계의 水銀이 百度까지 올나 갓다가 零度로 甚하면 零下까지 내려가드시」

「그럴가요」

「아무렴요. 그러치요. 사람의 情이 限이 업는 거시 아니라 限이 잇는 거시야요. 그 高低가 다시 深厚심후로 뿌리를 박어야지」

「그럴 듯도 합니다마는 다 사람에게 달녓슬 터이지요」

「사람은 通性이란 거시 잇스니까요」

「그러면 엇더케 살면 잘 살겟슴니까」

Y는 자못 興味잇게 只今까지 혼자서 쏭々 궁리하든 本問題로 드러슨다.

---

5) 원문대로.

「그러니 말이야요. 이러케 生命이 짜른 所謂 사랑에 속어 自己 몸을 옴치고 쓸 수 업시 맨드는 者가 그 얼마나 만흔가요」

「結局 人生은 平凡히 되난 거시 目的이니까요」

「그야 그러치요 마는 그 平凡하게 되기 前에 生命을 좀 더 늘닐 수가 잇스니까요」

「엇더케요」

「사랑을 標語표어로 結婚해서 子息나코 버러 먹이너라고 남편의 비위 맛치기에 애써 얽매여 사다가 죽는 것 아니요. 이거시 所謂 平凡이지요」

「그럼 무슨 딴 方針이 잇나요. 人生의 目的은 生殖인대요」

「그러치요. 結局 그런 目錄을 다 各々 밟겟지만 速히 밟을 必要가 업고 社會制度도 그만치는 自由로이 되여 잇스니까요」

「무슨 말삼인지 잘 모르겟서요」

「다시 말하면 男女 間에 春期춘기 發動期발동기가 되면 父母의 사랑이나 親舊의 사랑만으로는 滿足치 못하고 異性을 그리워하며 애태워 사랑의 美名下에 일즉이 自己 몸을 拘束구속하야 二十이나 三十 未滿에 옴치고 쓸 수 업는 地獄지옥에 빠지고 마는 것 아닙니까」

「녜, 그러치요」

「그러는 것보다 自己가 먼저 무엇으로 煩悶번민하고 苦痛하는 거슬 生覺하야 그것만 解決해 가지고 拘束된 生活을 좀 더 늘닐 必要가 잇지요」

「아마 大概는 性慾方面으로 苦悶할 걸이요」

「그러니까 그거슨 獨身者를 爲하야 社會制度가 임의 設施설시되지 아니 햇서요」

「遊廓유곽 말삼이지요」

「그러치요. 妻子의 生活을 能히 保障할 수 잇슬 때까지 獨身生活을 하며 遊廓에 出入할 거시지요」

「花柳病도 무섭거니와 사람이 지절치 안케 되니까요」

그거슨 相當히 操心하면 될 거시오 그러기에 한 곳을 늘 다니는 것보다 다른 곳을 다니라고 어느 靑年에게 말한 적이 잇습니다.」

「그러키는 그래요. 性慾 한가지로 因하야 일즉이 自己 몸을 拘束할 必要가 업슬 것 갓해요」

「絶對로 그럴 必要가 업지요. 그러기에 女子 公娼공창만 必要한 거시 아니라 男子 公娼도 必要해요」

「巴里는 男子 遊廓이 잇다면서요」

「巴里도 잇거니와 大阪에 잇서 老處女 軍人 夫人 寡婦들이 出入을 한단 말을 實談실담으로 드른 일이 잇는데요」

「그러면 貞操 觀念이 업지 아니해요」

「貞操 觀念을 직히기 爲하야 神經 衰弱에 드러 히스테리가 되난 것보다 돈을 주고 性慾을 풀고 明朗한 氣分으로 사러 가는 거시 아마 現代人의 社交上으로도 必要할 걸이오」

「次々 그러케 될 거십니다」

「그러기에 人文이 發達해질수록 獨身者가 만히 나고 性慾 解決만 진다면 家庭이 必要업시 될 수 잇는대로 獨身時期를 늘니게 하는 거시지요」

「그러면 精神的 慰安은 어듸서 엇어요」

「生活戰線에 나선 그들에게는 그런 孤寂고적을 늣길 새가 업고 自己 일이 精神的 慰安이 되고 마니까요」

「일에 倦怠가 생길 째는요」

「그만 일이야 克己할 수 밧게 업겟지요」

「그러케 獨身生活을 繼續할 수 잇슬가요」

「그러기에 獨身生活을 獎勵장려하난 거시 아니라 獨身으로 지낼 수 잇슬 째짜지 잇는 거시 조켓단 말이지요」

「쌋닥하면 사람을 버릴 수가 업슬가요」

「그러치 안으면 사람은 언제 버리든지 버리는 것 아닌가요」

「그야 그러치만 어려운 問題지요」

「골치 압흐니 고만 둡세다」

「그러면 엇더케 하면 平和스러운 家庭을 일울 수가 잇슬가요」

Y는 장차 마지할 親家庭6)에 對한 理想이 크고 만타. 그러나 임의 經驗이 만

흔 S의 意見이 듯고 십헛든 터이다. 西洋 格言에 和平한 家庭을 일우랴면

「남편은 안해를 꼿으로 보고 안해는 꼿핀 거슬 自覺하여야 한다고」하엿서요.

「ナルホト(과연) 그럴 듯 한대요」

「西洋 사람의 스윗홈이 決코 그 男便이나 안해에 힘으로만 된 거시 아니라 男女交際의 自由에 잇습니다. 한 남편이나 한 안해가 날마다 朝夕으로 對面하니 실증이 나기 쉽습니다. 그러기 前에 同夫人을 해 가지고 나가서 남편은 다른 집 안해 안해는 다른 집 남편과 춤을 추든지 對話를 하든지 하면 氣分이 새로워집니다. 그러기에 어느 坐席에 가든지 自己 夫婦끼리 춤을 추든지 對話를 하난 거슨 失體가 된 거십니다」

「그럴듯도 합니다」

「그럴 것 아니야요. 밧게 나가서 새로운 氣分을 收入해 가지고 집에 드러와 그 氣分을 利用하니 스윗 홈이 안될 수 잇서요」

「朝鮮에도 次々 그러케 되겟지요」

「Take long time 이지요」

「남편은 複雜한 社會에서 쓴맛 단맛 다 보고 안해는 좁은 家庭 속에서 날마다 갓혼 일노만 되푸리 하고 잇서 안해는 남편의 感情 循環을 理解치 못하고 남편은 안해의 感情을 理解치 못하야 어듸까지 짜로へ 나니 그 家庭은 無味乾燥무미건조할 거시요. 倦怠가 生길 거시겟지요」

「참 그래요」

「그러기에 戀愛結婚만 해도 처음은 女子에게 무엇이 잇슬 듯하야 好奇心을 두든 거시 未久에 그 밋치 듸려다 보이고 女子는 고대로 말너붓고 男子는 不絶이 社會 訓練훈련을 밧아 成長해 나가니 그 結果는 엇더케 되겟습니가. 서로 물그럼이 말그럼이 처다 보게 되고 倦怠권태가 生기지요」

「그러면 男子가 女子보다 早達하는 貌樣이지요」

「그러치요. 女子는 生殖的으로 早達조달하고 男子는 智識的으로 早達하난 거

---

6) '新家庭'의 오식.

시지요. 그러기에 知識的으로 보면 男子 二十五 六 歲와 女子 三四十 歲가 相對가 되난 거시야요」

「그럴가요」

「그러면 男子 三十 歲에 女子 四十 歲로 相對를 하야 結婚을 한다면 理想的 家庭을 일울 거시겟구면요」

「그야 그러타고 할 수 잇겟지만 女子의겐 美의 條件이 잇스니까 그러케까지 超越하게 生覺할 男子가 업겟지요」

「文藝 復興期 才畵家[7] 「라푸아엘」이든지 十九世紀 天才 畵家 「루노아루」 갓흔 사람은 中年 婦人을 讚美하야 中年 婦人 裸體만 그리지 아니 햇서요」

Y는 己往 어느 畵家에게 드럿든 말을 한다.

「알고 보면 男女 間에 靑年의 美보다 圓熟원숙한 中年의 美가 더 조혼 거시야요」

「그러면 朝鮮 家庭으론 엇더케 해야 平和한 家庭을 일울 거실가요」

「그러니 말이야요. 男女平等이라 하지만 男女平等으로 生覺하기 때문에 不平을 갓는 수가 만흐니싸요. 남편은 안해보다 優越感우월감을 가지고 不得已한 일 外에는 自己 혼자 處理하난 거시 오히려 不平이 업는 거시야요. 그 例로 新家庭에 충돌이 만코 舊家庭에 平和가 維持하는 거슬 보면 알 것 아니야요」

「K氏 잘 드러 두어요」

Y는 엽헤서 가는 K의 억개를 툭 친다.

「조막손이는 말 못하겟네」

K는 톡 쏜다.

「내 쯧을 이러케 못 알아주지」

「모를 理가 잇나 응석이지」

S는 조왓다 실엿다하는 Y와 K의 心理를 속으로 짐작하며 中裁를 한다.

「그러면 엇줍지 안케 新女性을 取하는 것보다 舊女性을 取하난 거시 낫지 안을가요」

---

7) 원문대로.

「그래도 아는 것 밧게 잇나요. 優越한 男子하기에 달녓지요」

「Y氏 잘 드러 두시오」

K는 Y의 억개를 툭 친다.

「조막손이는 말 못하겟네. 이건 당장에 오금을 주네그려」

하々々々 호々々々

「잘들 논다. 조혼 째다」

S는 어룬답게 말한다.

「滋味 잇서 보여요」

Y는 S를 듸려다 보며 말한다.

「그러면요」

「무얼, 언니는 우리 째에 엇더케 지낸 언니라고」

「너, 엇더케 그러케 잘 아니」

「그걸 모를가」

「참 S 氏의 歷史나 좀 들녀 주실 거슬 그랫습니다」

「그까짓 신々치 안은 지난 일을 말하난 것보다 장차 도라올 일이나 말하는
거시 좃치요」

「참 유익된 말슴 만히 드럿습니다」

Y는 새삼스럽게 禮를 차린다. S도 싸라서 禮를 아니 차릴 수 업섯다.

「건방지게 무어슬 아는 체해서 안됏소이다마는 내 짠은 多少間 다른 點이
잇서々요」

「그런 줄 압니다」

길고 긴 新長路신장로는 어느덧 東門에 다々랏다. 廢墟가 다된 東門은 옛 城을
직히고 잇서 달 아래 흔들니는 굽은 소나무 소리를 드르며 즐비한 草家들을 거
나리고 雄狀이 서 잇다.

「어머니나, 발서 東門일세」

K는 탁 닥치는 東門을 보며 쌈작 놀나 말한다.

「좀 더 멀엇스면 조켓지? K 氏」

Y의 興奮된 얼골이 달빗에 얼는 보엿다.

「글세 집이 갓가워 젓고나」

S는 쓸々한 自己 房이 머리에 써올낫다.

오날 하로도 다 갓다. 人生은 刻々으로 時間 中에 숨어간다. 지난 記憶은 새로운 事實 압헤 그 姿體자체를 숨기고 잇다. 四十 生涯를 째에 흐르는 우에 냉겨노앗스나 過去의 S는 現在의 S로부터 煙氣연기와 갓치 사려지난 거슬 쌔다랏다.

느진 봄 저녁 空氣는 자못 선々함을 늣겻다. 東門을 드러스니 놉히 보이는 練武臺연무대는 옛 활 쏘든 터를 남겨두고 사이로 흰 하눌이 보이는 기둥만 몃개 달빗에 빗최여 보인다. 그 엽흐로 自動車 길을 맨드러 논 거슨 果然 戀人 同志 Y와 K의 발자최를 기다리고 잇다.

그 길을 굽혀 휘돌아 나서니 나타나는 것이 달빗헤 희게 벗꼿이 흠으러지게 피여 잇다.

꼿 사이로 防花隨柳亭방화수류정 華虹門화홍문이 보인다. 거긔에는 사람들의 點心 찍그레기로 냉겨논 新聞紙 조각이 바람에 날니고 잇슬 쑨 人跡은 고요하다. 세 사람은 잠간 머물너 도라갓다.

째는 밤 열한시다. 各々 處所에서 困한 잠이 드럿슬 째 Y와 K의 靈魂은 왓다 갓다 한다.

꼿은 지더라도 쏘 새로운 봄이 올 터이지 그것이 기다리는 不可思議가 아니라고 누가 말을 할가. 그날을 기다린다. 그날을 기다린다. ― 꼿 ―

(『三千里』, 1935. 10)

靈이냐, 肉이냐, 靈肉이냐,
─ 靈肉이 合한 戀愛라야한다 ─ 毛允淑兄의 戀愛觀을 읽고나서

本誌 前號에 發表한 毛允淑氏의 「나의 戀愛觀」은 多方面으로 만흔 衝激충격을주어 論壇에 한 生彩생채를 던젓다. 이제 또한 羅蕙錫女史 論戰의 矢시을 放하야 熱火의 論陣논진을 펴고 있으니 낡으면서도 늘 새로운 이 「戀愛觀」에 對하야 新女性 諸氏의 批判의 歸結은 었더케 될는지요. 讀者 諸氏의 繼續 論議을 歡迎환영합니다.

(編輯子)

毛允淑兄!

無心이 흐르는 歲月은 말이 없으되 솔々 부는 바람은 소리조차 散亂산란합니다 山窓으로보이는 一萬 草本은 시드러 너머질 날을 재촉하여 그운없이 힘없이 싸늘한 바람결에 나붓기고 있나이다 아마도 이것이 가을이지요? 人生의 가을 草本의 가을 都會의 가을 農村의 가을! 이 가을이 가면 겨울이 오고 또 봄이오고 여름이 닥치듯이 人生 一生의 少年期가 가고 靑年期가 가고 中年期가 가고 老年期가 도라와 한번 아차 죽어지면 움도 싹도 안나는 것이 人生이외다 아무러나 人生이야 가든 말든 한가이 안저 쓰고도 달큼한 戀愛나 말해봅시다

戀愛는 嘆息에 나는 濃厚한 煙氣연기 激熱하면 眼裡안리에 火花를 散出하고 弱하면 淚雨누우로서 大海의 水量을 增加합니다 性根을 亂舞난무하는 亂心, 숨통을 끊는 苦物, 生命을 砂糖漬사당지¹⁾을 할만한 甘物이외다.

「生命의 素質을 굳게 타고 난者 만이 異性의 魂을 아라 볼 수 있고 그 芳香방

---
1) 원문대로.

靈이냐 肉이냐 靈肉이냐　423

향에 醉할 수 있어서 드디어 勇氣와 분투心을 이르키고 그 분투심이 世上에 큰 공적을 그어노코 지나가게 된다 사랑의 힘은 이갓치 크고 강하여 自身의 魂혼을 태울뿐아니라 한 時代 한 思想을 흔들고 지나간다」이 말삼은 同感입니다

「연애는 가장 强하고 가장 弱한 물건이다 人格의 本質이 優秀한 者에게는 이것이 큰 光明이 되고 引導가 되여 그 사람을 올흔 길로 强하게 잇그러주는 「리더」가된다 그러나 사람의 人格性이 弱한 者에게는 오히려 더욱 그를 천박하게 하고 비굴하게 하여 루추한 함정에 쏫아버리게 된다」

適切적절하신 말삼입니다 그러기에 西洋人이 말하기를 西洋사람은 戀愛를 하면 工夫를 더 잘하고 東洋사람은 戀愛를 하면 工夫를 더 못한다는 말이 심상한 말이 아니지요.

「나는 苦惱고뇌와 思索 그리고 永久한 명상 속에서 異性의 사랑을 要求하는 者를 同情한다 혹시 그 女子거나 男子가 熱情열정을 表하되 그 情熱정열의 大部分이 한 女子를 所有하랴는 制限된 慾望에서가 아니라 人生의 最高 理想을 찾기 爲해 苦惱를 가지는 者라면 여기에서 두 영혼의 戀慕연모의 情은 無窮무궁한 世界를 向해 가틔 달리고 즐거웟다 함이 없을 거시다.

未知의 神秘로온 感覺을 生理的으로 體驗하기보다 버슨 靈魂영혼의 동산에서 感觸감촉할 수 있지 않을가 한다

戀愛하는 高尙한 대상이 있거든 그를 마음속 으로 사랑할 것이고 결혼까지는 이르지 안토록 함이 조치 않을가 한다. 한 相對를 永遠히 연애할 수 있는 때 우리의 思想은 時마다 緊張긴장되고 날카러워저서 自我 完成에 갓까이 갈 수 있으나 한번 그와 結婚하매 그 心靈의 發展은 結婚과 함께 終結되기 쉬운 까닭이다. 自己 靈魂의 內室을 직혀주는 美의 對象이 있다하자 그리고 항상 그 對象의 幻形환형으로 因하여 눕흔 理想에 달할수있다면 절대로 그와의 結婚을 실현하지 않는 거시 有利하지 않을가 한다 혹시 결혼을 想像은 할지언정 肉的 結合에까지 달치않음이 可할 듯 하다」

毛允淑兄! 참 아름다온 戀愛觀이외다 神秘의 나라를 노래하는 詩人의 戀愛觀이 아니고는 이러한 말을 쓸 수 없나이다 實노 꿈나라에서 노는 少女의 戀愛觀이올시다 사람을 戀愛하난거시 아니라 戀愛를 戀愛하는거시 아닌가 하나이다.

兄은 靈을 偏愛편애하고 肉을 卑劣이 生覺하나 靈과靈이 부듸칠 때 尊敬, 理解, 同情이 엉킬 때 피는 지글〃〃 끌코 살은 자릿〃〃 뛰여 꼬집어 뜻고도 십고 무러 뜻고도 십고 어루만지고도 십고 투덕〃〃 뚜듸리고도 십허 不知不覺 中에 손이 가고 입이 가고 生理的 變動이 생기나니 거기에는 아모 理由 없고 아모 打算타산 없이 靈肉이 一致되는거시오 何暇하가에 靈肉을 따로 生覺하릿가. 일시 친한 親舊 사이라도 떠나있기 실흔 사람의 本能으로 戀〃 思慕하는 愛人으로 잠시인들 었지 떠러저 사오리가 결혼하야 한 집에서 살냐는 것은 사람의 慾心이오 本能이외다. 었지 마음으로 사랑하고 결혼까지는 이르지 안을 것임니까. 苦惱와 思索 그것이 永久한 명상 속에서만 異性의 사랑을 要求하는 것이 아니외다. 오히려 煩惱가 될지언정 肉的 實現이 아니고난 高尙한 理想이 될 수 없나이다

「情熱의 大部分이 한 女子를 所有하랴는 制限된 慾望이 아니라」함은 同感이 올시다. 그러나 人生의 最高 理想을 찾기에 눈뜨게 하야주며 無窮무궁한 世界를 向해 즐거워함에 내 靈 가운대 無限한 活氣와 勇氣와 無限한 樂을 與하게 한 그 原因을 論하고 십소이다. 이는 오직 한 女子나 男子인 對象에서 原因됨일지니 그 對象 原因이 한 女子의 肉體美육체미로 因하야 發한 것이라면 오즉 그 肉體의 原因이 얼마나 重要하며 얼마나 價値있는 거실까요? 그럼으로 肉體를 여힌 靈이라면 死物에 不過할거시며 靈의 樂을 여힌 肉體도 亦是 死物일 것이외다. 그러고보니, 肉이 靈을 여히지 못할 거시며 靈이 肉을 여히지 못할 거시다 靈肉이 合하여야 비로소 完全한 戀愛의 價値를 發揮발휘하는 것인즉 肉을 對象하야 靈의 活路를 찾게된다면 오직 肉은 主일것이오 活路를 發함은 伴반일것이 分明하외다. 그러면 目前에 아무 對象이 없으면 靈의 感覺이 何等의 變動을 볼 수 없는 것은 必然的 自然이니 生命보다 重大한 戀愛의 價値가 그 原因이 異性의 肉體의 對象으로서 原因됨에 있으리가 甲이란 異性을 靈的으로 사랑하면 그 肉은 가만이 木石처럼 아모 感興이없느냐 하면 달니 乙이라는 異性에게 肉感을 가지려 할 거 시외다 그러면 何暇에 두 영혼의 戀慕의 情은 無窮한 世界를 向해 갓치 달니고 즐거워하리까 다만 靈肉의 갈등이 生길 뿐이오 彼도 아니오 我도 아닌 卑劣비열한 人格의 所有가 될 뿐이오 人格에 統一이 없는 散漫산만 放蕩者방

탕자가 될 것이니 이러한 것은 人間性을 떠난 理想的으로 보이는 天國에 오를만한 말이다. 人間을 相對로 한 實際에 있어서는 空想 妄想에 지나지 못할 거시오 過하게 말하자면 風紀紊亂에 不過할 것이외다. 우리 더구나 過度期에 있어서 新朝鮮에 貢獻하려는 우리에게는 좀 더 아름다온 좀 더 强한 靈肉이 合한 理想과 苦惱를 한 女子에게 哀乞하고 몸부림치고 떼를 써야 할 거시외다. 그리하여야만 完全한 人格 完全한 生活을 맛볼 수 있나니 本能的 自然性으로도 그러하거니와 이 스피드 時代 何暇에 靈만 길너 高唱고창하고 肉은 뒤로 천々이 따라가도록 하리까? 도저히 될 말이 아니오 그러케될 理가 萬無한 거시외다. 未知의 神秘로운 感覺 生理的으로 體驗하여야 하고 그리하여야 비로소 버슨 靈魂의 동산에서 感觸할수 있는 거시외다. 었지 마음 속으로 사랑할 것이고 結婚을 아니하고 견대릿가 한번 그와 結婚하매 그 心靈의 發展은 결혼과 함께 종결되기 쉬운 까닭이라고 걱정할 必要가 없닭이외다. 사람이 心靈이 있는 同時에 理想이 있고 理想이 있는 同時에 實現이 있는 거시니 理想 없는 實現도 虛無요 實現 없는 理想도 虛無외다. 사랑을 理想이라 하면 結婚은 實現이외다. 이 實現을 피하고 었지 우리의 生活이 維支유지하리가 한 相對를 永遠히 戀愛 할수 있는 때 그것을 結婚으로 實現할수 있는 때 두사람이 生計를 圖謀할 수 있는 때 우리의 思想은 時마다 緊張긴장되고 날카러워저서 自我 完成에 갓가이 갈 수 잇는 것이 아닌가 하나이다. 自己 靈魂의 內室을 직혀주는 美의 對象이 있다 하자 그리고 항상 그 對象의 幻影으로 因하여 놉흔 理想에 達할수 있다면 絕對로 그와 結婚을 實現하여야 합니다.

왜그러냐하면 아람다온 靈과 靈이 合한 同時에 그것이 놉흔 理想에 達할 수 있게 할냐면 肉的 結合 卽 實際的으로 實現하여야 되는 것입니다. 그러기에 사랑과 生命 이 두 要素를 一致식히려는 努力은 心靈에 큰 苦難고난이 될지 모르나 相對方의 聖스러운 幻影과 肉을 忘却치 못하고 살 때 사람은 人格이 커지고 새 것을 알고 未知의 世界를 밝힐 수 있어 賢明한 人間性을 養育양육식히게 되는 거시외다.「그 사람의 靈魂의 呼吸을 意識할 힘을 갖었거든 다시 그사람의 肉體의 내음새를 그리워 苦悶하지 안어야 할 거시다 肉體 때문에만 苦를 當하는 연애라면 그 사랑은 그들의 人間性을 人生의 깊은 修鍊수련의 境地까지는 끄을지 못할 줄 안다. 우리가 永遠히 살 수 있다는 것은 우리 心靈의 깃드린 한 개의 生命의 實在가 소멸되지 안은 時間에서만 可能한 이야기다. 이 生命의 實在感覺_{실재감각}이 形像化하는 때 宗敎心도 또는 善에 對한 憧憬도 깨어지고 말 것이다」

참사람의 戀愛觀은 아니오 神仙의 戀愛觀이 올시다. 實行치 못한다는 것보다 上에도 말한바와갓치 甲에게 靈을 求하고 乙에게 肉을 求하지 아닐가 하는 念慮_{염려}가 生깁니다. 萬一 사람이 生覺하는대로 理想대로 된다면 그만한 收獲이 있어 其中에 아모 過不及이 없는 理想的일 거심니다. 그리되면 拍子_{박자}에 떼워 增長慢_{증장만}될 念慮도 없고 그러타고 不平 不滿 하늘을 원망하고 사람을 꾸지질 일 없이 제 마음대로 世上을 보내게 되겟지요. 그러나 實際에 있어서 우리 理想대로 되지 안는 것이 事實이외다. 그리하야 사람의 意見으로 予見_{예견}치 못하는 事實이 人生에게는 많은거슬 었지함니까. 事物은 生覺하는대로 도라갈는지 모름니다. 以上 兄의 말삼과 갓치 實現된다고 假定_{가정}합세다. 그 肉을 떠난 卽 實在를 떠난 理想鄕이란 瞬間的_{순간적}일 거시오 永久的이 되지 못할 거심니다. 나는 決코 現狀에 滿足하야 現狀 陶醉_{도취}를 鼓吹_{고취}하는 것은 아님니다. 그러나 넘어 現狀을 否定하야 도리혀 그 否定한 現狀이 他人의 侮辱이 되난 것을 忘却하는 것은 스스로 寶山에 드러가 寶物_{보물}을 몰느는 거와 一般이 아닌가 하나이다.

우리는 種々 無代價的으로 모든 것을 얻으랴고 함으로써 妄想도 生기나니 相當한 代價를 내지 아니면 아니될 眞理를 合得²⁾한다면 現狀에 對하야 말거리를 맨들 必要가 없는 거시외다

「이갓치 貴重한 相對를 가진자여든 차라리 戀人의 꿈을 빼아슬지언정 그 肉體를 더럽히지말거시다」

重言復言_{중언부언}할 거시 아니라 兄의 戀愛觀은 어대까지 靈을 偏愛_{편애}하고 肉을 滅視_{멸시}하는거시오 내 戀愛觀은 어대까지 靈肉이 合致되여야 한다는 主張입니다. 저 文明의 先進國인 歐羅巴 各國에서도 十七八九世紀에 있어서 靈을 偏愛하고 肉을 滅視하였나니 二十世紀 現代를 보시오 靈肉을 따로々々 生覺할 必

---

2) 원문대로.

要조차 없어서 靈이 新鮮한 거시면 肉도 新鮮한 거시오 肉이 新鮮한 거시면 靈도 新鮮한 것으로 靈肉이 一時에 新鮮하야 美化 善化 藝術化하여 있난 것이 아닐가 모든 것이 뒤떠러지고 沙漠사막이오 空處인 朝鮮에 戀愛觀을 씨뿌리랴난 이때에있어서 歐羅巴의 十七, 八, 九世紀 戀愛觀이 順序일는지는 모르나 已往이면 껑충 뛰여 二十世紀 戀愛觀을 普及보급 식힘도 적지 안은 事業이 아닐가 하나이다.

그러한 戀愛는 게급이나 差別을 초월한 者들의 所爲라 할 거시 아니라 年齡을 區別하여 말하고 십소이다. 卽 꿈나라에서는 少年時期에는 靈만 꿈꾸어 戀愛할 수 있으나 圓熟원숙한 肉體美를 가진 靑年期나 中年期에 있어서는 靈에서만 戀愛할 수 없나니 一言而弊之일언이폐지하고 靈肉을 區別함은 가장 不合理的이오 가장 不自然的이외다.

「꾀데는 偉大한 戀愛의 體驗者임으로 同時에 不朽의 藝術人이 된 거시다 하였으나 꾀데는 決코 靈的으로만 戀愛한 者이 아닙니다. 十六歲 少女를 끼고 一週日間을 호텔에서 지낼 때 不眠不休불면불휴의 精力이 그 靈과 肉에서 움지기고 있섯습니다. 偉大한 藝術家란 決코 靈만 움지기는 것이아니라 피까지 즐々々끌코 살이 펄덕々々뛰여 戀人에게 부듸칠 때는 풀무간에 불꽃 일듯 靈과 肉이 同時에 뛰나니 그럼으로 藝術家에게는 身老心不老신로심불노가 그의 生命이 되고 마는 것십니다.

「肉을 이길 수 있는 사랑에 醉할 수 있슬 때 그 꿈은 길이 깨지 안코 相對者의 美를 永遠히 간직할 수 있슬 거시다」

아니외다. 千萬에 말삼 現實을 無視하는 空想이외다. 肉을 익이랴다가 靈이 식어지는 거슬 었지 함니까. 꿈이 깨여서는 아니될 때 꿈이 깨여난 것을 었지 함니까. 相對者의 美를 永久히 간직하랴면 그러케 해서는 아니 됩니다. 卽 尊敬과 理解와 同情이 永續영속할만치 親切하고 謹愼근신하야 修養과 克己극기에 努力할 거시외다. 實노 兩 個性이 아모 탈 없시 永遠히 사랑하랴면 如干 賢明하여야 할 거시 아닙니다. 「魂과 魂의 結合만은 不道德한 제재를 밧지 않을 줄 안다」

그렀읍니다. 꼭 그렀읍니다. 그러나 제재를 밧고마는 것이 人間인 것을 었지 하리까. 그리하야 魂과 魂이 정말 結合한다면 自殺 出家 等 不祥事불상사가 나는 것을 었지함니까? 었더케 제재를 아니 밧고 말이까 生覺하면 異常한 일이외다.

「슲은 사랑! 생각 속에서만 자라가는 사랑! 이거시 괴롭고 앞은 체험이되여 人格을 高尚化 하는대 도음이 될 수 있고 연인의 生命의 숨소리를 가슴에 간직한 者 오로지 불과 물을 헤아리지 안코 事業에 貢獻공헌이 있을줄 안다」

이말노 兄의 戀愛觀은 끗을 암우럿슴니다. 얼마나 쓰라린 말삼인지 이 말을 쓸 때 兄의 가삼은 찌르르 울넛슬 것이오 兄의 눈에는 눈물이 긋득 찻슬 것을 想像함니다. 이것은 戀愛의 勝利를 얻은 者의 取할 態度가아니라 一時 戀人을 읽흔3) 或은 빼긴 失戀者의 取하는 態度니 가만이 눈을 감고 드러누어 過去를 幻影할 때 그 苦로은 體驗이 자미스럽고 아실々々하야 人格을 高尚化 하는대 도음이 될 수 있고 生命의 숨소리를 간직할 수 있을지 모르나 한번 벌떡 이러나 手足을 움직일 때 果然 그가 只今까지 어느 사랑하든 相對를 가젓든 것을 잃코 무슨 脉맥시 있고 무슨 힘이 있고 무슨 希望이 있어 불과 물을 헤아리지 안코 事業에 貢獻이 될 餘力이 있으리까 있다 하면 어느 宗敎의 힘을 비러 戀人에 對한 餘念은 하나도 없이 淸算하여야 할 것임니다. 萬一 戀人에 對한 記憶이 秋毫추호라도 남었다 하면 事業에 精力을 일은 彷徨이 되고 말거시니 이 또한 空想이 아니고 무어시릿가 可恐可哀할 말삼이외다.

客觀的으로 보면 人間 그 物件이 全혀 矛盾모순된 動物이 아닌가 하외다. 無理가 될 때도 있고 無法으로 될 때가 있습니다. 일부러 無理와 無法을 自行自止하랴는대 人間의 破綻파탄이 生기난 것시 아닌가 하나이다. 型破형파와 脫線탈선을 가지고 人間의 常道상도를 삼는 것은 크게 잘못이라고 生覺함니다.

우리 人間은 肉의 世界도 있고 靈의 世界도 있습니다. 肉의 世界는 좁고 끼위지난 感이 있어 萬一 사람이 肉의 世界만 있다면 사람은 禽獸금수와 갓흘 거시외다. 차라리 世上에 나지아님만 갓지 못할 거시외다. 다만 우리에게 靈의 世界가 있음으로서 비로소 우리는 戀愛를 할 수 있고 理由가 있고 意義가 있는 것이올시다. 그러나 靈이 업고 肉이 있을 理 萬無하고 肉이 없고 靈이 있을 理 萬無하외다. 靈肉이 슴하야 비로소 時間으론 無格일 것이오 空間으론 無限일 것이외

---

3) '잃흔'의 오식.

다. 어대까지든지 언제든지 실증이 나지 안는 내 世界를 맨들고 말것십니다. 多少 便 不便은 있을지언정 懷心희심으로 誇大妄想者과대망상자가 되고 或은 失望하야 울게까지는 되지 아닐거시외다. 毛允淑兄 부즈럽시 兄의 戀愛觀에 對하야 失敬실경의 말삼을 느러노았습니다. 그러나 德澤으로 靈肉이 合한 戀愛라야한다는 내 戀愛觀을 되푸리하게 되였습니다. 寬大관대하신 兄으로 아모 꾸지람 없이 조곰이라도 參考가 되신다면 幸이라 할가 하나이다

　우리 朝鮮 女性界에 彗星혜성이신 兄!

　나의 敬愛를 마지 안는 毛允淑兄! 형의 精力의 隆盛융성과 健康과 밋 兄의 家族의 幸福을 釋迦尼佛前석가니불전에 빌며 붓을 놋나이다

十月 二十四日 寒山古寺한산고사 一隅일우에서

(『三千里』, 1937. 12. 上旬號)

제9부

페미니스트 산문

母된 感想記

1.

이러한 深夜 악가처럼 萬事를 잇고 困한 春夢에 잠겻슬 째 突然돌연히 엽흐로서 잠잠한 밤을 째트리는 어린아이의 우룸 소리가 별악가티 난다. 이째에 나의 靈魂영혼은 꼿밧헤서 同伴들과 쓴임업시 웃어가며 「平和」의 노래를 부르다가 慘酷참혹히 쪼겨낫다. 나는 벌서 滿 一個 年間을 두고 하로도 걸느지 안코 每日 밤에 이러한 困境곤경을 當하야 옴으로 이러케 「으아」하는 첫소리가 들니자 「아이구, 쏘」하는 말이 不知不覺中 나오며 이마사 살이 찌푸려젓다. 나는 어서 速히 免하랴고 新式차려 定하는 規則도 집어치우고 젓을 대주엇다. 幼兒는 멋 목음 쓸썩쓸썩 넘기다가 젓꼭지를 스르르 노코 쌕쌕하며 깁히 잠이 들엇다. 나는 비롯오 시원해서 도라누나 나의 잠은 벌서 西天西域國서천서역국으로 速去千里속거천리하얏다. 그리하야 다만 房 한가운데애 늘어저 환히 켜 잇는 電燈을 向하야 눈방울을 자조 굴닐 다름, 過去의 學窓時代로부터 現在의 家庭生活, 쏘 未來는 어찌 될가! 이러케 人生에 對한 큰 疑問의문, 그거에 對한 나의 無識한 對答, 苦로부터 始作하얏스나 畢竟은 滋味롭게 밤을 새우는 것이 病的으로 習慣性이 되다십히 하얏다.

正直히 自白하면 내가 前에 생각하든 바와 只今지금 當하는 事實中에 矛盾모순되는 일이 한 두 가지가 아니나 어느 틈에 내가 妻가 되고 母가 되엇나? 생각하면 確實히 꿈 속 일이다. 내가 째째로 말하는 「空想도 분수가 잇지!」하는 簡單간단한 驚嘆語경탄어가 滿二 個年間 社會에 對한 家庭에 對한 多少의 쓴맛 단

맛을 맛본 남어지의ㅅ 말이다. 實로 나는 재릿재릿하고 부르를 떨이며 달고 熱나는 所謂 사랑의 꿈은 쑤고 잇섯슬지언정 그 生活에 秘藏비장된 반찬 걱정, 옷 걱정, 쌀 걱정, 나무 걱정, 더럽고 게을느고 속이기 조하는[1] 下人과 싸움으로부터 接客에 對한 凡節범절, 親戚에 對한 義理, 一言一動이 모다 남을 爲하야 살아야 할 所謂 家庭이란 것이 잇는 줄 뉘 알앗겟스며 더구나 쌀어대일 새 업시 적셔 내놋는 기저귀며 晝夜주야 不問하고 單調롭은 목소리로 쌔쌔우는 所謂 子息이라는 것이 생기어 내 몸이 衰弱해지고 내 精神이 昏迷혼미하야져서 「내 平生 所願은 잠이나 실컷 자 보앗스면」하게 될 줄이야 뉘라서 想像이나 하얏스랴. 그러나 不平을 말하고 십흔 것보다 人生에 對하야 疑問이 자라가며, 後悔후회를 하는 것이 아니라 남보다 더 한가지 맛을 봄을 幸福으로 안다. 그리하야 내 압헤는 將次 더한 苦痛, 더한 希望, 더한 落膽낙담이 잇기를 바라며 그것에 지지 안을 만한 修養수양과 努力을 일삼아 가라는 同時에 晶月의 代名詞인 『羅悅의 母』는 「母 될 때」로 「母 되기」까지의 잇는 듯 업는 듯한 異常한 心理 中에서 「잇섯든 것을」 차자 여-러 新式 母님들께 「그러치 안습데가 아니 그랫섯지요」라고 뭇고 십다.

再昨年 卽 一千九百二十年 九月 中旬 頃이엇다. 그때 나는 京城 仁寺洞 自宅 二層에 臥席와석하야 來客을 謝絕사절하얏섯다. 나는 元來 平時부터 呼吸不順호흡불순과 消化不良病소화불량병이 잇슴으로 別로 걱정할 것도 업섯스나, 異常스럽게 嘔吐症구토증이 生기고 觸感촉감이 銳敏예민해지며 食慾이 不進할 뿐 아니라 실코 조흔 食物 選擇 區別이 넘우 精確정확해젓다. 그래서 언젠지 철업시 고만 불숙 症勢를 말햇더니 엽헤 잇든 經驗 잇는 夫人이 그것은 「胎氣태기요」 하는 말에 나는 쌈짝 놀나 내논 말을 다시 주어 드리고 십헛다. 그러나 내가 果然 붓그러워서 그랫든 것도 아니오 몰랏든 것을 그때 비롯오 알게 된 것도 아니엇섯다. 그러나 일로부터 나는 먹을 수 업는 밥도 먹고 할 수 업는 일도 하야 참을 수 잇는 대로 참아가며 그 後로는 「그 말」은 一切 입 밧게도 내지 안코 어찌하면 그네들로 疑心을 풀게 할가 하는 것이 唯一의 心慮심려이엇다. 그러나 症勢증세는

---

1) '조하하는'의 오기.

漸漸 甚하야저서 인제는 참을 수도 업스려니와 참고 말 아니 하는 것으로마는 도저히 그녜들의 입을 트러막을 방패가 되지 못하얏다. 그러나 그래도 실타. 한 사람 더 알아질스록 정말 실타. 마치 내 마음으로 「그런 듯」하게 夢想몽상하는 것을 그녜들 입으로 「그러케」具體化하랴고 하는 듯 십헛다. 어쩌면 그다지도 몹시 미웁고 실코 怨悶스러웟섯든지! 그리하야 이것이 或是혹시 꿈 속 일이나 되엇스면! 언제나 速히 이 꿈이 반짝 깨어 「도모지 그런 일 업다」하야질구? 아니 그럴 째가 꼭 잇겟지 하며 바랄 쑨 아니라 밋고 십헛다. 그러나 未久에 밋든 바 꿈이 족음式 깨어저 왓다. 「도모지 그럴 리 업다」고 고집을 세울 勇氣는 업스면서도 아즉까지도 兒孩다, 胎氣다, 姙娠이다, 라고 꼭 집어내기는 실엇다. 그런 中에 배ㅅ 속에서는 어느덧 무엇이 움즈러거리기 始作하는 것을 째다른 나는 몸이 웃슥해지고 가슴에서 무엇인지 쩔어지는 소리가 宛然완연히 탕 하는 것 가티 들이엇다.

나는 무슨 싸닥인지 몰랏다. 모든 사람의 말은 나를 咀呪저주하는 것 갓고 바람에 날려 들니우는 웃음소리는 나를 비웃는 것 가타얏다. 탕탕 부딋고 엉엉 울고도 십헛고 내 살을 꼬집어 뜻어 줄줄 흐르는 쌀간 피를 쏘렷쏘렷 보고도 십헛다. 아아, 깃쑤기커냥 愁心에 싸힐 쑨이오 우숩기커녕 부적부적 가슴을 태일 쑨이엇다. 責任 免하랴고 시집가라 强勸강권하든 兄弟들의 所爲가 괘씸하고 甘言利說감언이설로 「너 아니면 죽겟다」 하야 結局 제 性慾을 滿足케 하든 남편은 원망스럽고 한 사람이라도 어서 速히 生活이 安定되기를 希望하든 親舊님네, 「내 몸 보니, 속 시원하겟소」하며 듸리대고 십흐니만치 惡만 낫다. 그 째에 나의 鈍둔한 腦로 어찌 能히 將次 닥쳐오는 苦痛과 束縛을 推測하얏슬가. 나는 다만 여러 夫人들게 이러한 말을 자조 들어왓슬 쑨이엇다. 「女子가 工夫는 해서 무엇하겟소. 시집가서 아이 하나만 나면 볼 일 다 보앗지!」하는 말을 할 째마다 나는 언제든지 코웃음으로 對答할 쑨이오 드를 만한 말도 되지 못할 쑨 아니라 그럴 理 萬無하다는 信念이 잇섯다. 이것은 空想이 아니라 歐米 各國 婦人들의 活動을 보던지, 쏘 第一 가까운 日本에도 與謝野여사야 晶子정자는 十餘 人의 母로서 每朔 論文과 詩歌 創作으로부터 그의 讀書하는 것을 보면 確實히 「아니하랴니까 그러치? 다 가튼 사람 다 가튼 女子로 何必 그 사람에게

만 이런 能力이 잇스랴」 싶흔 마음이 잇서 아모리 생각해 보아도 내가 잘 생각한 것 가탓다. 그리하야 그런 말을 하는 夫人들이 만흘스록 나는 더욱 絶對로 否認하고 結局 나는 그네들 以上의 能力이 잇는 者로 自處하면서도 언제든지 꺼림직한 宿題가 내 腦 속에 橫行횡행햇섯다. 그러나 그 夫人들은 異口同言으로, 네 생각은 結局 空想이다. 오냐 當해 보아라. 너도 別 수 업지 하며 나의 意見을 否認하얏다. 果然 年前까지 나와 가티 안저서 夫人네들을 非難하며 「나는 그러케 아니 살 터이야」 하는 高等敎育 밧은 新女子들을 보아도 別다른 것 보이지 아닐 쑨이라. 舊式 夫人들과 가튼 살림으로 一年 二年 例事로 보내고 잇다는 것을 보면 아모리 前에 말하든 舊式 夫人들은 信用할 수 업드라도 이 新夫人의 家庭마는 信用하고 싶헛섯다. 그것은 決코 改善할 만한 能力과 知識과 勇氣가 업지 안타 그러면 누구든지 시집가고 아이 나면 그러케 되는 것인가 되지 안코는 아니 되나?

그러면 나는 그 苦惱에 빠지는 初步초보에 서 잇다. 마치 눈 쓰고 물에 빠지는 格이엇다. 實로 압히 캄캄하야 올 쌔에 하염업시 눈물이 흘넛다. 그리하야 世上 일을 잇고 단잠에 잠겻슬 째라도 누가 겻헤서 바눌 끗으로 찌르는 것가티 별안간 쌈짝 놀나 쌔어젓다. 이러한 째는 體溫체온이 차젓다 더워젓다 말넛다 쌈이 흘넛다 하야 조바심이 나서 마치 저울에 物件을 달 째 접시에 담긴 것이 쑥 내려지고 錘추가 훨신 올느는 것가티 내 몸은 붓쩍 空中으로 쩌오르고 머리는 千斤萬斤천근만근으로 묵업어 축 처저버렷다.

넘우나 억울하얏다. 自然이 狂風광풍을 보내사 겨우 방긋한 쏫봉우리를 慘酷히 썩거버린다 하면 다시 뉘게 哀訴애소할 곳이 잇스리오마는 그래도 설마 「自然」만은 그럴 理 업슬 듯하야! 哀願애원하고 싶헛다. 「이러케 억울하고 원통한 일도 쏘 잇게느냐?」고

나는 헐 일이 만핫다. 아니 쑥 해야만 할 일이 不知其數부지기수이다. 게다가 내 눈이 겨우 좀 쩨우랴고 하는 쌔이엇다. 藝術이 무엇이며 어쩌한 것이 人生인지 朝鮮사람은 어쩌케 해야 하겟고 朝鮮 女子는 이리해야만 하겟다는 것을, 이 모든 일이 決코 他人에게 미룰 거시 아니다 내가 쑥 해야 할 일이엇다.

(『東明』, 1923. 1. 1)

2.

그것은 義務나 責任 問題가 아니라 사람으로 생겨난 本意라고까지 나는 겨우 좀 알아왔다. 同時에 내 過去 二十餘 年 生涯는 모든 것이 虛僞허위요 懶怠나태요 無識무식이요 不自由요 虛榮허영의 行動이엇섯다고 생각햇다. 나는 果然 所謂 專門學校까지 卒業하얏다 하나 남이 알가 보아 겁나도록 事實 虛送歲月허송세월의 學窓時節이엇고 結局 有名無實의 沒常識몰상식한 데서 免할 수 업는 몸이 되엇다. 人生을 悲觀하며 朝鮮사람을 咀呪저주하고 朝鮮 女子에게 失望하얏섯다. 쓸대업시 不自由의 不平을 主唱하엿스며 오늘 할 일을 明日로 미루어 버리는 일이 만핫섯다. 나는 내게서 이런 모든 缺點결점을 차저낼 째 죽음도 有望한 아모 長點이 보이지 안핫다. 그러나 내게는 唯一無二한 사랑의 힘이 엽헤 잇섯고 또 아즉 二十餘 歲 少女로 前道의 遼遠요원한 歲月과 時間이 내 마음것 살아가기에 넘우나 넉넉하얏섯다. 이와 가티 내게서 넘칠 만한 希望이 생겻다. 터지지 안홀 듯한 짠짠한 緊張力긴장력이 發햇다. 全人類에게 愛着心애착심이 생기고 同胞에 對한 義務心의무심이 나며 同類에 對한 責任이 생겻다. 이째와 가티 作品을 낸 적이 업섯고 이째와 가티 讀書를 한 일이 짤은 生涯이나마 過去에 한 번도 업섯다. 나는 이 마음이 더 堅固견고는 하여질지언정 弱해질 理는 萬無하고 내 希望이 새로워질지언정 固定될 理 萬無하리라 꼭 信仰하고 잇섯다. 卽 내가 갈 길은 只今이 出發點이라고 하얏다. 더구나 내게는 이러한 버리지 못할 空想이 잇서서 나를 만히 도아 주엇다. 내가 不幸 中 多幸으로 半年 監獄生活감옥생활 中에 더할 수 업는 拘束과 保護와 懲役징역과 刑罰을 當해가면서라도 옷자락을 쓰더 손톱으로 片紙를 써서 運動時間에 내어 던지든 가진 奇妙한 일이 만핫든 족으마한 經驗上으로 보아 「사람이 하랴고 하는 마음만 잇스면 別 힘이 생기고 못할 일이 없다고」 이것만은 꼭 맛보아 어든 생각으로 이즐 수 업시 내 生活 全體를 支配하고 잇섯다. 내 獨身生活의 內容이 突變돌변함도 이 까닭이엇섯다.(只今까지는 아즉 그 마음이 잇지만) 그와 가티 나는 希望과 勇氣 가운대서 펄펄 쒸며 살아갈 째이엇다.

여러분은 인제는 나를 公平正大히 審判하실 수 잇겟다. 참 正말 억울햇다. 이

모든 希望이 업서지는 것이 怨痛하얏다. 이째에 마음 짜는2) 世俗 自殺의 意味
보다 以上의 離▨악착하고 怨恨의 自殺을 決心하얏섯다. 어써케 저를 죽이면 죽
는 제 마음까지 시원할가 하얏다.

生의 因緣이란 참 異常스러운 것이다. 나는 이 中에서 다시 살어갈 되지 못
한 希望이 낫다. 「설마 내 배스 속에 兒孩가 잇스랴. 只今 쒸는 것은 心臟이 쒸는
것이다. 나는 죽음도 前과 變함업시 넉넉한 時間에 拘束업시 돌아다니며 寫生
도 할 수 잇고 冊도 볼 수 잇다」고 생각할 際 나는 不滿하나마 光明이 죽음 보
엿다. 그러나 이와 가티 沈着하게 整理되엇든 내 속에서 어느듯 모든 것이 하나
式 둘式 날아가 버리고 내 속은 마치 古木의 속 비이고 살아잇는 듯 나는 텅
비어 空中에 쩌 잇고 나의 生命은 다만 血液循環혈액순환에다가 제 목숨을 맛겨
버렷섯다.

只今 생각건대 하느님께서는 꼭 나 하나만은 살려 보시랴고 퍽 苦生을 하
신 것 갓다. 그리하야 내게는 前生에셔부터 너는 後生에 나가 그러케 살지 말
라는 무슨 宿命의 賞給상급을 바다가지고 나온 貌樣 갓다. 웨 그러냐 하면 나
는 그 中에서도 무슨 冊을 보앗섯다. 그러나 어느날 深夜에 冊을 읽다가 깜짝
놀라서 엽헤 困히 자든 男便을 깨어 姙娠 以來의 내 心理를 말하고 나를 二朔
間만 東京에 다시 보내주지 안흐면 나는 다시 살아날 方策방책이 업다고 한즉
고마운 그는 내게 快諾쾌락하야 주엇다. 快諾을 밧는 瞬間에 「저와 가티 고마
운 사람과 아모쪼록 잘 살아야지」라는 내게는 豫想치 못햇든 二重 깃븜이 생
겻다.

나는 異常스럽게도 夢想몽상의 世界에서 實際실제의 世界로 썽청 넘어 쒼 것
가탓다. 아니, 쒸어젓섯다. 이 두 世界의 境界線을 正確이 갈라 밟은 째는 내가
會堂에서 牧師 압헤 서서 異性에 對하야 共同 生涯를 言約할 째보다 오히려 이
째이엇섯다. 나는 비롯오 時間 經濟의 打算이 생겻다. 다른 것은 다 豫想치 못
하드라도 兒孩가 나면 적어도 제 時間의 半은 그 兒孩에게 바치게 될 것쯤이야
推測할 수 잇섯다. 그리하야 一分이라도 내게 足할 째에 前에 虛送허송한 것을

---

2) 원문대로.

죽음이라도 補充보충할가 하는 動機이엇다. 그럼으로 내 東京行은 比較的 沈着하 얏고 緊張하야 一分一刻을 앗기어 專門 方面애 專心致志전심치지하얏섯다. 過去 四, 五年 間의 留學은 全혀 헛것이오 내가 東京에 가서 工夫를 하얏다고 말하랴 면 오즉 이 二朔間 쑨이엇다. 내게는 只今도 그째의 印象밧게 남은 것이 업다. 그러나 나는 同窓生 中에 未婚者를 보면 부러웟섯고 더구나 活氣잇고 健康한 그들의 顔色, 그들의 體格을 볼 째 미웁고 심사가 낫다. 이러케 愁心에 싸힌 남 모르는 슯흠 中에 어느 同侔는 아즉 내가 出嫁하지 안흔 줄 알고 「羅さんも 戀 人が 居るでしょね」(라상도 애인이 잇어야겟지요)하고 놀리엇다. 나는 어물어물 「いーえ」(아니요)하고 對答을 하면서 속으로 「나는 벌서 戀愛의 出發點에서 子 息의 標地표지에 到達한 者다」라고 하얏다. 어썬지 저 處女들과 坐席을 가티 할 資格까지 일흔 몸 갓기도 하얏다. 그들의 天眞爛漫천진난만한 것이 어찌 부럽고 탐이 나든지 무슨 物件 가트면 어쩌한 刑罰을 當하든지 盜賊도적질을 할지 몰랏 슬 것이다. 나는 이와 가티 내가 處女ㅅ 째에 旣婚기혼한 婦人을 실혀하고 미워하 든 感情을 돌이어 내 自身이 밧게 되엇다. 그러나 그럭저럭 나는 벌서 姙娠 六 個月이 되엇다.

그러면 입으로는 사람이 무엇이든지 아니하려니까. 그러치 안 될 것이 업다 …… 고 하면서 兒孩 하나쯤 생긴다고 무슨 그다지 걱정될 것이 잇나. 몃 子息 이 주렁주렁 매어달릴스록 그 中에서 남 못하는 일을 하는 것이 自己 말의 本 意가 아닌가? 그러나 먼저 나는 어쩌한 世界에서 살앗섯다는 것을 좀더 말할 必 要가 잇다.

나는 實로 空想과 理想 世界에 살아온 者이엇다. 함으로 實世界와는 마치 東 西洋이 懸殊현수한 것과 가티 아니 그보다도 더 멀고 멀어서 나와 가튼 者는 到 底히 거긔까지 가볼 것 갓지도 못하얏다. 그러나 남들 보기에는 내가 벌서 結婚 世界로 들어설 째가 곳 實際 世界의 半路까지 온 것이엇다. 그러나 내 心理도 그러치 안핫고 또 結婚生活의 內容도 亦是 全혀 空想과 理想 속에서 살아왓다. 元來 내가 남의 妻 되기 前에는 그 事實을 픽도 무섭고 어렵게 생각하얏다. 그 리하야 나가튼 者는 도모지 사람의 妻가 되어 볼 째가 生前 잇슬 것 갓지 아니 하엿다. 그러든 것이 自覺이나 自願보다 偶然우연한 機會로 他人의 妻가 되고 보니 結婚生活이란 넘우나 쉬운 일가타엿다. 結婚生活을 실혀하든 第一의 條件이든 空想世界에서 써나기 실튼 것도 웬일인지 結婚한 後는 그 世界의 範圍가 더 넓고 커질 뿐이엇다. 그럼으로 獨身生活을 主唱하는 것이 넘우 쉽고도 어리석어 보엿다. 쏘 結婚生活을 廻避회피하든 第二條로 「拘束을 바들 터이니싸」 하든 것이 무슨 싸닭인지 별안간에 心神이 매우 沈着해지어 왼世界 萬物이 내 압혜서는 모다 屈服굴복을 하는 것 갓고 죽음도 拘束될 것이 업섯다. 이는 내가 結婚生活 後 三朔 間에 京城 市街를 一週한 것이며 兼하야 學校에 每日 出勤하얏고 쏘 熱나고 情 잇는 作品이 數十 個 된 것으로 充分히 証據증거를 삼을 수 잇다. 그러케 된 그 事實이 卽 實世界이라 할는지 모르겟스나 나는 到底히 空想과 理想 世界를 써나고서는 이러한 精力이 繼續될 수 업슬 줄 알며 이러한 神秘的 生活을 할 수 업섯스리라고 確信하는 바이다. 그러나 여긔까지 이르러서도 母될 생각은 꿈에도 업섯다. 或 생각해본 일이 잇섯다 하면 婦人 雜誌 가튼 것을 보고 난 뒤에 暫間잠간 꿈가티 그리어 보앗슬 뿐이엇다. 그리하야 妻가 되어볼 꿈을 꿀 째에는 하나에서 둘 둘에서 셋 그러케 힘들지 안케 요리조리 配置해 볼 수 잇섯스나 母될 꿈을 꿀 째에는 하나가 나서고 한참 잇다 둘이 나서며 그 다음 셋부터는 決코 나서지 안흐리라. 그리되면 더 생각해 볼 것도 아니하고 써오르든 생각은 싹싹 지어버렷다. 그러나 다른 것으로 이러케 답답하고 알 수 업슬 째에 내가 悲觀비관하야 몸부림하든 것에 比하면 넘우 泰然태연하얏고 넘우 樂觀的낙관적이엇다. 이와 같이 나로부터 「母」의 世界까지는 數字로 計算할 수 업슬 만한 멀고 먼 世界이엇섯다. 實로 나는 내 眼前의 無窮無盡무궁무진한 事物애 對하야 배울 것이 하도 만코 알 것이 넘우 만핫다. 그리하야 그 멀고 먼 짠 世界의 일을 只今부터 쯔집어내는 것이 넘우 부쯔럽고 廉恥염치업슬 뿐 아니라 不必要로 알앗다. 그럼으로 행여 그런 쓸대업는 것이 나와 내 腦에 害롭게 할가 하야 죽음 눈치가 보이는 듯만 하야도 어서 速히 집어치엇다. 그러면 내가 主張하는 그 말은 虛僞허위가 아니냐고 非難할 수 잇슬는지 모르겠다. 果然 矛盾모순된 일이엇다. 그러나 생각하야 보면 當然한 일이 아닐가도 십다. 卽 知識이나 想像쯤 가지고서는 알아내일 수 업든 事實이 잇다. 다시 말하면 이것이 愛의 必然이오 不任意불임의 或 偶然의 結果로 치더라도 우리 夫婦 間에는 子息에 對한

慾望, 父母 되고저 하는 慾이 업섯다. (未完)

(『東明』, 1923. 1. 7)

3.

　나는 分娩期분만기가 닥쳐올스록 이러한 생각이 낫다. 「내가 사람의 『母』가
될 資格이 잇슬가? 그러나 잇기에 子息이 생기는 것이지」 하며 아모리 이리저
리 잇슬 듯한 것을 끌어보니 生理上 構造의 資格 外에는 謙辭겸사가 아니라 精神
上으로는 아모 자격이 업다고 하는 수밧게 업섯다. 性品이 躁急조급하야 족음족
음式 자라가는 것을 기다릴 수 업슬 듯도 십고 過敏과민한 神經이 늘 孤獨한 것
을 찻기 때문에 無時로 쌕쌕 우는 소리를 참을 만한 忍耐性인내성이 잇슬 것 갓
지 안핫다. 더구나 無知沒覺무지몰각하니 무엇으로 그 兒孩에게 숨어 잇는 天分과
才能을 틀림업시 열어 引導할 수 잇스며, 쏘 萬一 먹여주는 男便에게 不幸이 잇
다 하면 나와 그의 두 몸의 生命을 어찌 保存할 수 잇슬가. 그러고 나의 그림은
漸漸 不充實해지고 讀書는 時間을 엇지 못할 것이다. 다시 말하면 나는 내 自身
을 敎養하야 사람답고 女性답게, 그리고 個性的으로 살만한 內容을 準備하려면
썩 沈着한 思索과 工夫와 實行을 爲한 許多한 時間이 必要하얏섯다. 그러나 子
息이 생기고 보면 그러한 餘裕는 到底히 잇슬 것 갓지도 안하니 아모리 생각하
야도 내게는 군일 가탓고 내 個人的 發展上에는 큰 妨害物방해물이 생긴 것 가타
얏다. 理解와 自由의 幸福된 生活을 두 사람 사이에 하게 되고 다시 어들 수 업
는 사랑의 創造요 具體化요 解答인 줄 알면서도 마음에서 솟아오르는 幸福과
歡樂환락을 늣길 수 업는 것이 어쩌나 슯헛는지 몰랏다.

　나는 資格 업는 母 노릇하기에는 넘우 良心이 許諾지 아니 하얏다. 마치 子息
에게 罪惡을 짓는 것 가타얏다. 그러고 人類에게 對하야 面目이 업섯다. 그러
케 생각다 못하야 畢竟필경 墮胎타태라고3) 하여 버리겟다고 생각하여 보앗다. 法
律上 道德上으로 나를 罪人이라 하야 刑罰하면 바들지라도 족음도 뉘우칠 것이
업을 듯 십헛다. 그러나 이것은 實際로 當하얏슬 째엿을 때 瞬間的으로 일어나

---

3) 원문대로.

는 醜惡感추악감에 不過하얏고 二個의 人格이 結合하얏고 사랑이 融化융화한 自他의 存在를 忘却할 만치 靈肉영육이 絶對의 苦境 前에 立하얏슬 째 能히 推測할 수 업는 妄想에 不過하얏섯다고 나는 精神을 收拾하는 同時에 깨달앗다. 이는 다만 내 自身을 侮蔑모멸하고 兩人에게 侮辱모욕을 줄 쑌인 것을 眞實로 알고 痛哭통곡하얏다. 좀더 解剖的으로 말하자면 나는 恒常 個人으로 살아가는 婦人도, 重大한 使命이 잇는 同時에 種族으로 사는 婦人의 能力도 偉大하다는 理智와 理想를 가젓섯스며 그리하야 性的 方面으로 먼저 婦人을 解放함으로 말미암아 婦人의 個性이 充分히 發現될 수 잇고 쏘 그것은 『眞』이라고 말하든 것과는 넘우 矛盾이 크고 衝突충돌이 甚하얏다.

내게 죡음 自尊心이 생기자 不安恐縮불안공축의 마음이 불일 듯 솟아올라 왓다. 同時에 絶對로 要求하는 條件이 생겻다. 已往 子息을 날 지경이면 普通이나 或 普通 以下의 것을 나코는 십지 안핫다. 普通 以上의 美顔미안에 魔力마력을 가진 表情이며 어들 수 업는 天才이며 特出한 個性으로 猛進맹진할만한 勇敢을 가진 素質이 具備한 者를 나코 십헛다. 그러면 아들이냐? 짤이냐? 무엇이든지 相關업다. 그러나 男子는 제 所謂 完成者가 만타 하니 짤을 한아 나서 내가 못 해 본 것을 한썻 시켜보고 십헛섯다. 한 여자라도 完成者를 맨들어보고 십헛다. 그러하면 萬一 짤이 나오려거든 좀더 具備하야 가지고 나오너라고 心祝하얏다. 그러나 落心일다, 失望일다 내 배스 속에 잇는 것은 普通은 姑捨하고 不具者이다, 病身일다. 배스 속에서 쮜노는 것은 지랄을 하는 것이오 나흐면 미친 짓하고 돌아다닐 것이 眼前에 암암하다. 이것은 全혀 내 罪이다. 抱胎포태 中에는 웃고 깃버하여야 한다는데 恒常 울고 슯허햇스며 安心하고 熟眠숙면하여야 조타는데 不絶히 煩悶 中에서 不眠症으로 지냇고, 滋養品자양품을 만히 먹어야 한다는데 食慾이 不進하얏섯다. 그러케 가진 못된 胎教만 모조리 햇스니 어찌 敢히 完全한 兒孩가 나오기를 바랄 수 잇섯스리오. 눈이 빗두로 박혓든지 입이 세로 찌 저젓든지 허리가 꼽을어젓든지 그러한 惡魔악마 가튼 것이 나와서 「이것이 네 罪갑시다」라고 할 것 십헛다. 몸솔음이 쪽 끼치고 四肢가 벌벌 썰렷다. 이러한 생각이 깁허갈스록 精神이 앗득하고 눈압히 캄캄하야 왓다. 아아, 내 몸은 사시나무 썰 듯 썰렷다.

그러나 歲月은 速하기도 하다. 한번도 眞心으로 希望과 깃븜을 늣겨 보지 못한 동안에 어느듯 滿朔만삭이 當到당도하얏다. 참 千萬 意外에 奇異한 일이 잇섯다. 이 事實만은 꼭 正말로 알아주기를 바란다. 그 이듬해 四月 初旬頃이엇다. 男便은 外出하야 업고 二間 房 中間壁중간벽에 느러저 잇는 電燈이 前에 업시 밝게 비추인 왼 世上이 잠든 듯한 고요한 밤 十二時 頃이엇다. 나는 分娩 後 嬰兒영아에게 입힐 옷을 白雪 가튼 「짜―제」로 두어 벌 말라서 꾸미고 잇섯다. 대중을 할 수가 업서서 어림껏 조그마한 人形에게 입힐만하게 팔 들어갈 대 다리 들어갈 대를 맨들어서 방바닥에다 펴노코 보앗다. 나는 不知不覺中에 문듯 깃븐 생각이 넘쳐 올랏다. 一種의 貪慾性탐욕성인 不可思議의 希望과 期待와 歡喜의 念을 늣기게 되엇다. 어서 速히 나와 이것을 입혀 보앗스면, 얼마나 고흘가 사랑스러울가. 곳 궁금症이 나서 못 견디겟다. 眞情으로 그 얼굴이 보고 십헛다. 그러케 맨든 옷을 개켯다 폇다 노핫다 만젓다 하고 깃버 웃고 잇섯다. 男便이 돌아와 내 顔色안색을 보고 그는 가티 조하하고 깃버하얏다. 兩人間에는 無言 中에 웃음이 밤새도록 繼續되엇다. 이는 決코 내가 일부러 깃버하랏든 것이 아니라, 瞬間的 感情이엇다. 이것만은 力說을 加치 안코 自然性 그리로를[4] 오래 두고 십다. 姙娠 中 한번도 업섯고 分娩 後 한번도 업는 經驗이엇다.

그달 二十九日 午前 二時 二十五分이엇다. 내가 只今까지 가진 病 알아 보든 압흠에 比할 수 업는 苦痛을 近 十餘 時間 격거 거진 氣盡기진하얏슬 째에 이 世上이 무슨 그다지 볼 만한 곳인지 구태라 긔어히 나와서 「으앙으앙」 울고 잇섯다. 그째 나는 멋 번이나 울엇는지 産婆산파가 어쩌케 하며 看護婦가 무엇을 하고 잇는지 도모지 모르고 시원한 것보다 압핫든 것보다 무슨 까닭 업시 大聲痛哭대성통곡하얏다. 다만 설을 쑨이고 怨痛할 다름이엇다. 그후는 病院 寢床에서 「스켓지쑉」에 이러케 쓴 것이 잇다.

  압흐데 압하
  참 압하요 眞情
  果然 압흐데

---

4) '그대로를'의 오식.

푹푹 쑤신다 할가
씨리씨리타 할가
짝짝 결린다 할가
쿡쿡 쩔는다 할가
싸씀싸씀 꼬집는다 할가
쩌르르 저리다 할가
쌈작쌈작 짜겁다 할가
이러케 압흐다나 할가
아니라 이도 아니라

박박 쎠를 극는 듯
짝짝 살을 찟는 듯
밧작밧작 힘줄을 옥이는 듯
쪽쪽 피줄을 쏩아내는 듯
살금살금 살점을 졈이는 듯
五臟오장이 뒤집혀 쏘다지는 듯
독기로 머리를 바스는 듯
이러케 압흐다나 할가
아니라 이도 또한 아니라

조그마코 샛노란 하늘은 흔들리고
놉 하늘 나자지며
나진 짱 놉하진다
壁도 업시 門도 업시
通하야 廣野 되고
그 안에 잇는 物件
쌩쌩 돌다가는
어쩌면 잇는 듯
어쩌면 업는 듯
어느듯 맴돌다가
가진 빗 燦爛찬란하게
그리도 곱든 色에
매몰히 씨워주는
검은 帳幕장막 가리우니

이 내 작은 몸
空中에 써 잇는 듯
구석에 끼워 잇는 듯
寢床 알에 눌려 잇는 듯
오굴어졋다 펴젓다
쌈 홀럿다 으스스 추엇다
그리도 괴롭든가!
그다지도 압흐든가!

차라리
펄펄 쒸게 압흐거나
쾅쾅 부딋게 압흐거나
씀벅씀벅 氣絶기절하듯 압흐거나
햇스면
무어라 그다지
十分 間에 한 번
五分 間에 한 번
금새 목숨이 끈힐 듯이나
그러케 이상히 압흐다가
흐리든 날 해ㅅ 빗 나듯
반짝 精神 爽快상쾌하며
언제나 압핫는 듯
무어라 그러케
가진 양념 加하는지
맛잇게도 압하야라

어머님 나 죽겟소,
여보 그대 나 살려주오
내 甚히 哀乞애걸하니
엽헤 팔장 끼고 섯든 夫君
「참으시오」 하는 말에
이놈아 듯기 실타
내 악 쓰고 痛哭하니
이 내 몸 어이타가

이다지 되엇든고

(一九二一年 五月 八日 産褥 中에서)

(『東明』, 1923. 1. 14)

4.

分娩 後 二十四 時間이 되자 産婆는 갓난아이를 다른 寢臺에서 담숙 안아다
가 例事로이 내 엽헤다가 살며시 뉘이며 「인젠 젓을 주어도 쏫소」 한다. 나는
쌈짝 놀라 「응? 무엇?」 하며 무르니짜, 彼女피녀는 생긋 웃으며 「첫 애기지요?
아마」 한다. 부끄럽고 이상스러워서 아모 對答도 아니 햇다. 彼女는 벌서 눈치
를 채엇든지 自己 손으로 내 젓을 쓰내서 주물러 풀고 나서는 「이러케 먹이라」
고 내 팔 우에다가 갓난아이의 머리를 언저 그 입이 쏙 내 젓쏙지에 달 만치
대어주며 젓 먹이는 方法을 가르쳐 주엇다. 나는 어쩐지 몹시 선쯧햇다. 冷水를
등에다 쑥 끼치는 듯 하얏다. 나를 나코 길른 父母도, 또 骨肉을 가티 한 兄弟
도, 죽자사자하든 親舊도 아즉 내 젓을 못 보앗고 勿論 누구의 눈에든지 씌울가
보아 퍽도 秘密히 감초아 두엇섯다. 그 싸고 싸아둔 가슴을 大膽대담히 헤치우며
아즉 입김을 대어 못 보든 내 두 젓을 公衆 압헤 展開전개시키라는 命令者는 어
제야 겨우 世上 구경을 한 피스 덩어리엇다.

이게 웬일인가? 살은 分明히 내 몸에 부튼 살인데 絕對의 所有者는 저 족으
만 피스 덩이로구나! ……

그리하야 저 所有者가 世上에 나오자마자 依例의례 제 物件 찻듯이 不問曲直
하고 찻는구나. 나는 웃음이 나왓다. 「世上 일이 이다지 虛荒허황된가!」하고. 그
리고 「에ㅡ라 가저가거라」하는 툭명스럽은 생각으로 지금까지 마타두엇든 두
젓을 족으만한 所有者에게 바치엇다. 그리고 그 下回를 기다리고 앗젓섯다. 그
족음만 主人은 아주 例事롭게 젓쏙지를 덥석 물더니 쉴새업시 마음쩟 힘쩟 빨
고 잇다. 내 큰 몸둥이는 그 족으마한 입을 向하야 쏠리고 마치 許多한 任意의
點과 點을 連結하면 焦點에 達하듯 내 全身 各 部分의 血脈을 그 족으마한 입술
의 焦點으로 모아드는 듯 십헛다. 이와 가티 벌서 母된 宣告선고를 바닷다.

그러나 雪上설상에 加霜가상일다. 六十日 동안은 겨우 부지를 하야 가더니 그

後 부터는 一切 젓이 나오지를 안는다. 이런 일은 貧血性인 母體에 흔히 잇는 事實이지만 乳母유모를 求하랴야 입애 맛는 쩍으로 그리 쉽사리 어들 수도 업고 밤중 가튼 째에는 自己의 젓으로 容易히 재울 수 잇슬 것도, 숫을 피운다 그릇을 가저온다 牛乳를 데운다 하는 동안에 어린애는 今方 죽을 듯이 파라케 질려서 亂家난가를 맨든다. 그러나 겨우 먹여 재어 노코 누으면 約 二 時間 동안은 도모지 잠이 들지 안는 것이 普通이엇스나 어찌어찌해서 잠이 들 듯하게 되면 쏘다시 바시시 일어나서 못살게 군다. 이러한 견딀 수 업는 苦痛이 幾月間 繼續되더니 心身의 疲困은 인젠 極度극도에 達하야 精神엔 狂症이 發하고 몸에는 腫氣종기가 쓴힐 새가 업섯다. 내 눈은 恒常 체 쓴 눈이엇고 몸은 마치 독갑이 가타야 骸骨해골만 남앗섯다. 그러케 내가 前에 希望하고 所願이든 모든 것보다 오즉 아츰부터 저녁까지 쑥 終日만 아니—그는 바라지 못하드라도 쏙 一 時間만이라도 마음을 턱 노고 잠 좀 실컷 자 보앗스면 當場 죽어도 願이 업슬 것 가탓다. 나도 前에 잠잘 時間이 넘우 足할 째는 그다지 잠에 뜻을 몰랏더니 「잠」처럼 意味 깁흔 것이 업는 줄 안다. 모든 成功, 모든 理想, 모든 工夫, 모든 努力, 모든 經濟, 모든 樂觀의 源泉은 오즉 이 「잠」이다. 熟眠숙면을 한 後는 食慾이 만코 食慾이 잇스면 만흔 飯饌반찬이 無用이오 消化 잘 되니 健康할 것이오 健康한 身體는 健全한 精神의 基本일다. 이와 가티 어대로 보든지 「잠」 업고는 살 수 업는 것이다. 眞實로 잠은 寶物이요 貴物일다. 그러한 것을 奪取탈취해 가는 子息이 생겻다 하면 이에 더한 怨讐원수는 다시 업슬 것 가탓다. 그럼으로 나는 「子息이란 母體의 살점을 쩨어가는 惡魔라고」 定義를 發明하야 再三 熟考하여 볼 째마다 이런 傑作이 업슬 듯이 생각햇다. 나는 이러한 哀訴의 散文을 적어두엇든 일이 잇섯다.

世人들의 말이
失戀한 나처럼
불쌍하고 可憐가련하고
慘酷하고 不幸한 者는
쏘 업스리라고.

아서라 말아라
호강에 겨운 말
여긔 나처럼
눈이 쏴 붓고
몸이 착 부터
어쩔 수 업슬 때
눈 쩌라 몸 일크라
별악가튼 命令 바드니
네게 對한 形容詞는
쓰기까지 실흐어라.

잠오는 째 잠자지 못하는 者처럼 不幸 苦痛은 업슬 터이다. 이것은 實로 「이
브」가 善惡果 짜먹엇다는 罪갑스로 하느님의 분풀이보다 넘우 慘酷한 呪咀일
다. 나는 이러한 첫 經驗으로 因하야 太古부터 只今까지의 모―든 母가 불상한
줄을 알앗다. 더구나 朝鮮 女子는 말할 수 업다. 千辛萬苦천신만고로 養育하라면
아들이 아니오 쌀이라고 구박하야 그 罰로 蓄妾축첩까지 한다. 이러한 野獸的야수
적 蔑視下멸시하에서 살아갈 째 그 설음이 어쩌할가. 그러나 不得已하나마 그들의
몸에는 살이 잇고 그들의 얼굴에는 웃음이 잇다. 그들의 生活은 全혀 現在를 犧
牲하야 未來를 希望하는 수밧게 살 길이 바이 업섯다. 오죽하야 그런 生을 繼續
하여 오리오마는 그들의 眞情에서 울어나오는 戀愛心이며, 이것을 어서 速히
길러서 「그 德에 호강을 해야지」 하는 希望과 歡樂을 생각할 째 實로 그들에게
는 잘 수 업고 먹을 수 업는 苦痛도 苦痛이 아니오 養育할 煩悶도 업섯고, 구박
밧는 悲哀를 이젓스며 窮究궁구하는 寂寞적막이 업섯다. 말하자면 自然 그대로의
하느님, 그 몸대로의 善하고 美한 幸福의 生活이엇다. 그럼으로 一人의 母보다
도 二人, 三人 多數의 母가 될스록 天堂生活로 化하야 간다고 할 수 잇다.
   나는 어느 深夜에 잠 일코 조바심이 날 째 문득 이러한 생각이 솟아오르자
주먹을 불끈 쥐고 벌쩍 일어 안젓다.
   「올치 인제는 알앗다! 父母가 子息을 웨 사랑하는지? 날더러 아들을 나치 안
코 웨 쌀을 낫느냐고 하는 말을」 나와 가티 自然을 犯하려는, 아니 犯하고 잇는

罪의 피가 全身에 中毒이 된 者의, 一時의 反感에서 나온 말이지마는 確實히 一面으로 眞理가 된다고 自肯한다. 父母가 子息을 사랑하는 것은 솟아오르는 情이라고들 한다. 그러면 아들이나 쌀이나 平等으로 사랑할 것이다. 어찌하야 한 父母의 子息에게 對하야 出生時부터 사랑의 差別차별이 생기고 條件이 생기고 要求가 생길까. 아들이니 貴업고 쌀이니 賤천하며 女子보다 男子를 弱子보다 强者를 敗者보다 優者우자一를 이런 絶對的 打算이 생기는 것이 웬일인가. 이 事實을 보아서는 그들의 所謂 솟는 情이라고 하는 것을 미들 수 업다. 그들의 內面에는 무슨 이만한 秘密이 감추어 잇는 것이 分明하다. 나는 只今까지 恒常 父母의 사랑을 絶對로 讚美찬미하야 왓다. 戀人의 사랑, 親舊의 사랑은 絶對의 報酬的인 反面에 父母의 사랑만은 永遠無窮영원무궁한 絶對의 無報酬的무보수적 사랑이라 하얏다. 그럼으로 나는 早失父母한 것이 섥고 忿분하고 怨痛하야 다시 그런 永遠의 사랑 맛을 보지 못할 悲哀를 感할 때마다 견딀 수 업서 쩔쩔매엇다. 그러나 그것은 나의 誤解오해이엇슴을 깨다를 제, 落心되엇다. 失望하얏다. 情이 쩔어젓다. 그들은 子息인 우리들에게 絶對 孝를 要求하야 報恩보은하라 命令한다. 孝는 百行之本이오 罪莫大於不孝죄막대어불효라 하며 父沒에 三年을 無改於父之道무개어부지도라야 可謂孝이라 하야 왓다. 그러케 子息은 父母의 絶對的 奴隷이엇스며 附屬品부속품이엇고 一生을 두고 父母를 爲하야 犧牲하는 物件이 되어 버렷다. 이러케 사랑의 分量과, 報酬의 分量이 늘 平行하거나 어쩌한 때는 돌이어 報酬便에 重한 쩍이 잇섯다. 이러케 友愛나 戀愛에 다시 比할 수 업는 絶對의 報酬的 사랑이오 惡毒한 사랑이엇다. 그럼으로 絶對의 打算이 생기고 利己心이 發하야 國家의 興亡보다도 個人의 安逸을 取함에는 쌀보다 아들의 數爻수효가 만하야만 하얏고 쌀은 無識하드라도 아들은 博識박식하여야만 末年에 호강을 볼 수 잇는 것이라 하얏다. 그들이 아들에 對하야 未來에는 어쩌나 無限한 希望과 快樂이 잇는지 苦痛 煩悶까지 일코 지내왓다. 이는 能者보다 無能者에게 强하고 開明國보다 野蠻國야만국 父母에게 만히 잇는 事實일다. 나는 다시 父母의 사랑을 願치 안는다. 일즉이 父母를 여윈 것은 내 몸이 自由로 解放된 것이오 내 일(事業)이 國家나 人類를 爲하는 일이 되게 千萬 幸福의 몸이 되엇다. 唐突당돌하나마 나는 最後로 이런 感想을 말하고 십다.

世人들은 恒用, 母親의 愛라는 것은 처음부터 母된 者 마음 속에 具備하야 잇는 것 가티 말하나 나는 도모지 그러케 생각이 들지 안는다. 或 잇다 하면 第二次부터 母될 째에야 잇을 수 잇다. 卽 經驗과 時間을 經하여야만 잇는 듯 십다. 俗談에 「子息은 내리 사랑이다」 하는 말에 眞理가 잇는 듯 십다. 그 말을 처음 한 사람은 或是 나와 가튼 感情으로 한 말이 아닌가 십다. 最初부터 具備하야 잇는 것이 아니라 적어도 五 六朔 間의 長時間을 두고 哺育포육할 동안 嬰兒의 心身에는 奇妙한 變遷이 생기어 그 天使의 平和한 웃음으로 母心을 자아낼 째, 이는 나의 血肉으로 된 것이오 내 精神에서 生한 것이라 意識할 瞬間에 비롯오 자릿자릿한 母된 처음 사랑을 늣기지 안흘 수 업다. (내 經驗上으로 보아 大同小異한 通性통성으로) 母心에 이런 싹이 나서 漸漸 넓고 커갈 可能性이 생긴다. 그럼으로 「솟는 情이라」는 것은 純潔性순결성 卽 自然性이 아니오 煆煉性단련성이라 할 수 잇다. 이는 종종 잇는 乳母에 맛겨 哺育케 한 子息에게는 別로 어머니의 사랑이 그다지 솟지 안는 것을 보면 알 수 잇다. 換言하면 天性으로 具備한 사랑이 아니라 哺育할 時間 中에서 發하는 煆煉性이 아닐가 십다. 卽 그런 솟아오르는 情의 本能性이 업다는 否認說이 아니라 子息에 對한 情이라고 別다른 것은 아니라고 말하고 십다. 그 다음에 나는 子息의 必要를 아모러케 하야서라도 알고 십다. 그러나 容易히 解得할 수는 업다. 次代를 産하야 次代를 敎養하는 것은 一般 婦人에게 나린 天職일다. 自然의 主張이오 發展일다. 이런 槪念的개념적 理知이지와 내 當한 感情과는 넘우 距離가 떨어저 잇다. 生物은 種族繁殖종족번식의 目的으로 生하고 活하니까, 라는 말도 내게는 아모 相關업는 듯 십다. 家庭에 兒孩가 업스면 넘우 單純하니까, 달리 더 複雜히 살 方針이 만흔데 年老하야 依持하라니까, 나는 늙어 無能해지거든 깁흔 森林 속 포곤포곤한 綠桂色녹계색 잔듸 우에서 自決하랴는데, 이 쌕쌕 우는 울음소리만 좀 안 들엇스면 孤寂한 맛을 더 좀 볼 듯 십흐며 이 妨害物이 업스면 沈着침착한 作品도 낼 수 잇슬 듯 십고 子息으로 因한 疲困 不健康이 아니면 아즉도 만흔 精力이 잇슬 터인데 오즉 이것으로 因하야, 이러케 絶對의 必要의 反比例로 絶對의 不必要가 압서 나온다.(通性이 아니라 獨斷독단으로) 그럴 동안 나는 子息의 必要로 족으마한 安心을 어덧다.

사람은 넘우 억울한 矛盾 中에 蟄伏침복하야 잇다. 그의 精神은 永遠히 자라갈 수 잇고, 그의 理想은 無限으로 자아낼 수 잇으나 오즉 그의 生命의 時間이 有限 中에 넘우 短促단촉하고 그의 精力이 無能 中에 넘우 有限되다. 이러케 無限的 精神에 有限的 肉身으로 創造해낸 造物主도 생각해 보니 넘우 할 일이 업는 듯 십허 이에 子息을 나리사 너 自身이 實行하다가 못한 理想을 子息에게 實現케 하라 한 듯 십다. 그리하야 한 사람 理想 中에는 美術도 文學도 音樂도 醫學도 哲學도 敎育도 보는 대로 듯는 대로 하고 십다마는 才能이 不足할 뿐 아니라 精力이 繼續 못되어 畢竟 하나나 或 둘씀 밧게 卽 文學家로 音樂을 족음 알 道理밧게 업다. 다른 모든 것에는 時間을 바칠 餘暇가 업서진다. 이럴 째 美術을 조하하는 짤 醫學이나 哲學을 조하하는 아들이 자라가면 自己가 조하하나 다못 實行치 못하든 것을 間接인 第二 自己 몸에 實現하랴는 慾望과 努力과 勇敢이 생기지 안는 것인가 십다. 그럼으로 子息의 意味는 單數에 잇는 것이 아니라 複數복수에 잇는 것 가티 생각된다.

萬一 精神上으론 모-든 希望이 具備구비하고, 精力이 繼續할 만한 自信이 잇드라도 肉身이 衰弱하야 不絶부절히 病床을 써날 수 업서 그 理想과 實行에는 何等의 關係가 업는 것 가티 되면 苦痛 그것은 우리 生活을 向上하는데 아무 意味가 업슬 것이오 價値가 업슬 것이다. 卽 知識으로나 修養으로 抑制치 못할 不健康의 몸이 되고 본즉 「사람이 아니하랴니까……」 云云하든 것도 亦是 空想일다. 妄想이엇다. (完)

(一九二二年 四月 二十九日 一年 生日에 金羅悅 母 稿)

(『東明』, 1923. 1)

夫妻間의 問答

妻 「그것은 본래 남편이 안해를 진정 사랑치 못하는 까닭이오 坐 녀자의 인
격을 존경치 못함이오 무시한 까닭이겟지오 그러니까 그것은 그 남자의
無知한 것 뿐이오 理해 여부 문데(問題)가 아닐 것이겟지요」

夫 「그러면 남편의 리해라는 絶對절대 불필요하단 말이오?」

妻 「그게 될 말이오 부부가 피차에 리해를 하여야 할 것이지 꼭 그래야 한 가
정이 의미잇는 생활이 될 것이지!」

夫 「그러니까 말이오 만일 리해치 못한다면 엇더케 하겟느냐 말이야요?」

妻 「글세말이야요 자유나 평등이나 리해의 의미를 충분히 깨다른 남자라든지
녀자일 것 갓흐면 처음부터 그러케 리해치 못할 사람과 부부가 되지 아
닐 것이오 坐 상당이 대우 밧을만한 공부와 인격으로 능히 상대자를 감
복식힐만치 신용을 어더슬 것일 터이오 그리하야 언제든지 제가 하고 십
흔 째는 자긔가 가진 권리대로 부릴 것 아니오」

夫 「萬一 그러케 될듯하든 부부가 중도에 불리해케 된다면?」

妻 「그것은 制度제도를 뜻어 곳치든지 마음을 뜻어 곳치든지 하는 수 밧게 다
른 길이 업슬 터이지요」

夫 「말대로 하면 다 쉽지마는!」

妻 「암 말대로만 하면 어려운 것은 업슬 터이니까 누구든지 녀자가 입지를
세워노코 그거에 對하야 항상 충실한 태도로 잇슬 것 가트면 일부러 심청

부리는 남자 아니고야 누가 감복 아니 할 것이오 리해 못할 것이 잇겟쇼 다 女子 자신에게 달닌 것이지요」

夫 「앗짜 참 장하시군」

妻 「그럼 장하구말고 미구에 녀자들이 다 나와 가티 자각해 보구려 그까짓 하나만 알고 둘도 생각지 못하는 남자들 무슨 일이 잇답데가」

夫 「왜 남자는 그대로 잇나 남자는 쏘 그대로 작고 진보해갈 것인대」

妻 「다른 나라 남자들은 그러할지 모르거니와 굴네를 벗지 못하는 조선 남자 들에게 진보가 잇스면 멋푼어치가 잇겟소 그 중에도 되지 못한 것일사록 제 압하나 쓰리지 못하는 것이 언필칭 녀자가 엇더니 엇더니 하는 것을 보면 참 아니꼬아 삼년 전에 먹은 오레 송편이 다 나올듯하지. 실상 학식 잇고 인격잇는 남자들이야 다 자긔 압홀 쓰려 갈냐기에 어느 여가에 녀 자 타령할 여유가 잇답데쌰」

夫 「……」

妻 「여보시오 왜 대답 아니 하시오? 내 말이 올치오?」

夫 「올소 올어 쏙 그러치」

妻 「남은 진정으로 말을 하는대 말이 말갓지가 안소, 왜 농담의 대답이오」

夫 「농담은 왜? 쏙 그러타니까 그대의 말과 가티 남자가 녀자를 녀자가 남자 를 할 것 무엇잇나, 다 각각 자긔 압 쓰려가기에도 힘이 들고 시간이 업 는대 다 각기 제 압만 넉넉히 쓰려갈 수 잇도록 하면 필경은 완성된 남자 와 완성된 녀자가 쏘다질 것을 그 일 업는 놈들이 부인문뎨(婦人問題)를 연구하나니 엇저니 하고 도라 다니는 것을 보면 얼골이 쌘이 처어다 보 이고 어이가 업서 보이더라」

妻 「그는 요사이 歐州戰爭구주전쟁 後에 삼대 문뎨 즉 「부인문뎨」, 「로동문뎨」 「유아문뎨」가 유행하니까 가만히 잇슬 수가 업서서 그러하는 것이겟지 요」

夫 「그러면 하필 제 한 몸도 넉넉한 인격을 가지지 못한 놈일사록 그 문뎨에 착수하느라고 뒤쩌들 것 무엇잇나 다 일이 업고 속여 먹을 거리가 업서 서 그래는 것이자. 자, 그까진 머리 압흔 이야기는 고만두고 악가 이야기

꼿이나 계속하오」

妻 「참 이야기가 빗나가서 그래. 그러케 남편이 관후하니짜 그 안해인 내가
자유로 다닌다고들 말들 하더라고 하엿지!」

夫 「그래서」

妻 「그것 보시오 당신은 얼마나 팔자가 조시오 집에서 편안히 지내면서 고생
하고 다니는 나를 인하야 위가 점점 놉하가지니 이와 가티 내가 수차만
더 출장을 가면 당신은 힘 안 들이고 正一品 位까지 쑥 올나설 것이오 그
代身 내 가삼에는 勳一等훈일등까지의 훈장이 주렁주렁 매달릴 것이니 그
러면 내 공이 얼마나 크겟고 당신 지위가 얼마나 놉겟소?」

夫 「그러니 엇저란 말이요」

妻 「그러니 지위가 놉하지고 십거든 나를 춘추로 一年에 두 번 식 풍속 다르
고 경치 다른 곳으로 여행을 식히란 말이요」

夫 「누가 식여. 자긔 말과 가티 자유요 자긔 힘이지」

妻 「그래도 당신의 힘이 만히 드러야지」

夫 「이건 무슨 모순된 말이오?」

妻 「아니 당신의 명예를 놉혀드리는이 만치 보수를 밧어야겟다는 말이야요」

夫 「요런 싹정이 가트니라군」

妻 「참 점잔치도 못하오!」

夫 「그래 점잔치 못한 놈이 지위도 쓸대 업슬 터이니 인제 고만 도라다니고
젊엇슬 째는 가정에서 아해나 좀 츙실이 길너보고 나는 돈 좀 벌어 노코
하여 가지고 늙거든 나하고 실컷 세게일주를 하옵세다」

妻 「그건 무슨 맛으로 늙어서 구경을 다녀. 구경도 긔운이라오. 젊으나 젊어
슬 째 희로애락의 감정이 칼날가틀 째 보고 듯는 것마다 詩요 음악이오
미술이오 할 째 물 끌틋하는 가지각색 감상이 사상이 되고 예언이 되고
哲言철언으로 될 째 오직 그러한 째 꼿꼿한 다리로 몃 十里 式 도라 다니
며 허리 손을 들나매1) 가면서 가로 쮜고 시로 쮜며 형형색색 구경할 째

---

1) '허리 끈을 졸나매'의 오식.

를 버리고 진액이 싸저서 허리가 압흐고 자미가 업고 합흠이 나며 다리가 쩨어놀 수 업슬 늙으나 늙어서야 내 꼴 남 구경 식이려고 다니겟소? 늙거든 뒤방 구석에서 젊엇슬 째 보아두엇든 것을 되푸리함으로나 낙을 삼는 것이 남의게 신세도 씨치지 아니하고 조혼 것이지」

夫 「공상은 옛날이나 지금이나 일반이로군」

妻 「늙어서 죽을 째까지 그 공상으로 락을 삼으랴 하는 대 발서 업스면 엇더케 하게」

夫 「그래 하루빈이 엇더합데가?」

妻 「어느 方面으로 말이오?」

夫 「일반 氣分이 말이오!」

妻 「말만 해도 西伯利亞서백리아라니 크고 넓은 긔분일 것은 뭇지 안아도 알 것이지」

夫 「그러면 일반 풍도는 엇더해?」

妻 「자유롭고 느러지고 활발합데다」

夫 「남녀관게(男女關係)는?」

妻 「얼마 잇지 안는 동안에 엇지 알겟소마는 멋번 활동사진에서 보니까 한번 모음2)에만 들면 비록 유부녀 유처자라도 목숨을 밧처가며 끈기 잇게 사랑을 할 줄 알며 한 번 틀니는 일이 잇스면 언제 알앗더냐십히 씩 도라시면 고만이게 대담스러온 단념성이 구비하엿습데다 묘년 녀자를 유혹하여 내는 수단도 용하거니와 미남자의 꾀에 싸지지 아니 하는 피신하는 수단도 쏘한 용합데다 그만치 정도가 되어야 비로소 남녀교제라도 자미 잇슬 것이오 의미가 잇고 자유가 잇고 평등이 잇슬 것입데다」

夫 「그러면 그네들 가정은 엇대?」

妻 「네! 참! 내가 제일 몬저 이야기하고 십헛든 것이 그네들 가정이야요 그 가정제도는 극히 단단하고 극히 정결하고 극히 질서가 잇습데다 그네들 사는 것이야말로 실로 살기 위하야 사는 것이오 우리들과 가티 죽지 못

---

2) '마음'의 오기.

하야 사라가는 것과는 천지 상반이겟지요 第一 歐米사람들의 정신진보한 것이 무어시냐하면 즉 平和의 原則을 아는 것인데다 원래 他人과 他人 사이에 平和스럽게 살랴면 강자가 弱者를 보호하여야 될 것이외다 그런대 그네들은 이 진리를 압데다 알 뿐 아니라 實行합데다 무엇이든지 어렵고 괴로온 거슨 남편이나 아들이 할 줄 알고 힘에 마질만치 하는 것은 오직 어머니나 딸입니다 꼭 우리 나라 가정제도와 정반대외다 내가 거긔 잇슬 째 실제로 본거슨 아침에 일즉이 이러나 보랴면 엽집에서 왼 점잔은 나이 한 사십 쯤 되염직한 남자가(아라사 사람) 자리옷 입은 채로 큰 물통을 두 손에 하나식 들고 물을 깃난대 매일 꼭 그러캐 가족 중에 제일 몬저 이러나서 합데다 그런 후 조반을 먹고 나서서 보랴니까 악가 그 집에서 문이 열니더니 후로곳트에 놉흔 모자를 쓴 썩 훌늉한 신사가 나오난대 보니까 악가 물짓든 그 남자가 아니겟소 나난 그 사람이 보이지 안토록 서서 보다가 과연 그네들의 생활이 평화스럽지 아니타랴 아닐 수 업다 탄복을 한 끗헤 우리 나라 가정을 생각하니 도시 저의 남자들이 일부러 사 가지고 불평 불만 불화가 생기난 거슬 쏘한 원통이 생각 아니치 못하엿서요 내가 그 신사 이야기를 거긔 사람 누구에게 말을 한즉 그 사람은 말하난 나를 도로혀 의심스럽게 보며 「그게 무어시 그다지 이상스럽단 말이오 아라사 사람의 가정이란 부인은 마치 군주(君主)와 갓하야 모-든 거슬 분부만 할 짜름이오 딸들은 피아노나 치고 춤들이나 추고 다니난 거시 세월이며 모-든 어려온거슨 남편이나 아들들이 할 짜름인데요」합데다 내가 대강 본국 가정 소개를 한즉 쌈작 놀나며 「약한 녀자를 그러케 알뜰이 부려먹으면 거긔에 평화가 어듸 잇겟소」하고 쌀쌀 우습데다 가정이 그러케 남녀가 화평하고 사랑할 줄 알고 액겨줄줄 알며 밉살스러올만치 침착하고 심옥[3]하며 질서 잇고 정결하고서야 왜 톨스토이가튼 쓰루게네쯔가튼 쏘스쏘이에브스키가튼 世界的 文豪문호가 아니나고 무엇하겟소 어느 째 누구와 어대로 가면서 그가 내게 감상을 뭇기에 「나는 아라사 사

---

3) 원문대로.

람의 가정제도를 보고 平生에 처음 비로소 가정이란 위대한 영향을 끼치 난 거신 줄 알앗소 개인 개인이 그만치 남을 진심으로 사랑할 줄 알며 가 정 가정이 그만치 평화의 바람이 불고야 셰계的 文豪, 셰계적 사상이 산 출 아니 할 수 잇겟소」하엿소 실노 나는 가정의 깁흔 뜻이 알아진 것 갓 해요 여보, 우리 나라 사람 중에도 구라파 바람을 쏘인 사람은 다 나와 가튼 감상을 가젓겟지 참 그네들의 쉬잇홈이라는 꿀괴가티 달다는 그 말 대로 사라가는 거슬 보고 엉덩춤이 저절노 나올만치 자긔들도 그러케 할 듯 십헛슬 터이오 침이 긋득긋득 괴이도록 부러웟슬 터이지 그런대 그네 들은 왜 한 사람도 실행을 못하여왓슬가 참 이상스러은 일이지 그도 그 러케 될 거시 그들의 상대자인 남자나 혹 녀자는 그와 정반대의 셰계서 자라나고 보고 듯고 하엿슬 터이니 뜻과 생각이 엇지 맛겟소 알고 잇난 한 편에서만 아모리 조바심을 치고 잇더라도 한 편에선 태연 무심이 잇슬 터이니 몃칠 부적부적 키우다가난 할 수 업시 턱 나가 잡바라지면 또 역시 그냥 그대로의 생활되고 마난 것이지 그러니 밤낫해야 그 타령 이 그 타령이지 마음대로 할 수만 잇스면 甲이라는 리상을 풍은4) 남자와 乙이라는 리상을 품은 녀자가 부부가 되엿스면 그 가정이 원만하렷디마 는 그도 역시 정도가 맛지 못하난 수가 만코 개개 하나식 부족한 남자나 녀자가 석겨 부부가 되니 이는 과도긔 조선에서난 면치 못할 사실이지만 하여간 생활에 조화를 차저야 비로소 색채도 잇슬 거시오 거긔에 긔운도 보일 것 아니겟소 내 생각 갓해서는 년년이 몃 十名式 관광단을 모집하야 일본에 부사산이나 日光이나 松島가튼 대 구경식이난 것보다 갓갑고도 서양 풍속을 볼 수 잇는 상해나 하루빈가튼 가정 시찰이나 식혀 근본적 생활 개선책을 실행하난 거시 얼마나 큰 사업일난지 모르겟서요 더구나 가정을 능히 좌우할 수 잇난 권리와 책임을 가진 지식계급의 주부들노 하여곰 한 번식 시찰을 식히난 거시 눈쌀 찝흐리게되난 남편들의 얼골에 얼마나한 화색을 씻칠난지 모르겟더구면 사는 의미도 몰느는 者들이 공부

---

4) '품은'의 오식.

난 해 무엇하고 名所는 보아 대체 무어세 쓸 거신고」

夫 「西洋풍속이라고 다 조케 보아서난 아니될걸」

妻 「네- 그는 꼭 그래요 동양 풍속보다 더 못된 풍속이 만치요 그러기에 내 말은 누구든지 東洋서 사람이 되여 가지고 西洋을 갈 것이라고 생각해요 사람 되기 전에 가면 그곳 풍속에 化하여 바리는 人形 즉 수출물이 되고 마러 쩌리지마는 사람이 된 후에 가면 그 곳을 리해할 수 잇난 創作家 즉 수입물이 되난 것 아니오니까 공연히 서양 서양들 하지마는 서양 아니 간 사람으로도 서양가서 대학 졸업까지 한 사람보다 오히려 더 나은 사람이 잇슬 터이니까 누구든지 몬저 사람되난 수밧게 업슬 것이지요」

夫 「자 인제 고만 잡시다 발서 십分만 잇스면 새로 한 時로구려」

妻 「참 잘 씨우렷다 그러나 이는 내의 행담에5) 六分之一 밧게 되지 못해요 참 벼라별 것 다 볼 째마다 벼라별나개 리치를 붓처보앗지요 나난 평생 소 원이 탐험객 노릇하엿스면 무슨 큰 성공이 잇슬 듯 십허요」

夫 「다하겟다지」

妻 「아니 다할 可能性도 잇겟지마는 특별이 탐험객이 되고 십허」

夫 「되지!」

妻 「원수에 게집으로 난 까닭으로」

夫 「녀자난 못할 것 무엇 잇나」

妻 「못 하지난 아니하지만 소극적에 지나지 못 해!」

夫 「왜?」

妻 「사회적 비난이라든지 풍속 습관의 위반은 물는 괴험6)할 배 아니라 치더 래도 신체가 허약한 거시 제일 큰 원인이오 쏘 생리상 불편한 점도 잇스 니까」

夫 「힘 자라난 대로 하지」

妻 「차라리 아니할지언정 하면 내가 하고 십혼 거슬 다 할 수 잇서야지」

夫 「엇재서 그런 자신이 생겻소」

---

5) '내 여행담에'의 오기.
6) '괘념'의 오기.

妻 「生긴 것이 아니라 본래 잇서요 어렷슬 때부터 지금까지의 경로를 생각해 보면 쾌 위태한 모홈이 만핫서요 한 례를 들면 어느 길이든지 갓든 길로 도로 와 본 일이 업섯지요 그리고 호랭이가 잇스려니 하면서 밤중에 컴컴한 골목으로 쏘다녀본 일도 잇고 심지어 어대서 별안간 도둑놈 좀 맛나 보앗스면 한째도 잇서요」

夫 「남자로 낫더면 큰일날 번햇군」

妻 「그리기에 년전에 동아일보에 「남자가 되엿더면」 「녀자가 되엿더면」 하는 뎨목 아래에 몃 사람의 말이 낫는대 이구동언으로 「남자의 말은 남편의 비위를 잘 맛초는 녀자가 되엿겟다」 녀자의 말은 「안해를 사랑하여 주는 남자가 되엿겟다」 하엿지만 내가 만일 씰 것 가트면 그러케 누구든지 할 수 잇는 것이 아니라 남자가 아니면 좀 불편하겟다는 즉 탐흠객, 모홈객 노릇을 하겟다고 쓰고 십헛서요 그러나 나도 말년에 꼭 하나 해 보랴고 하는 것이 잇서요」

夫 「무엇이오」

妻 「그것은 이후 차차 이야기하지요」

夫 「이야기 씃헤 다 하구려」

妻 「미리 하면 다 식어 바리니까 할째 말하지요 하여간 내가 자라날 째에 쾌 적막을 질겨 늘 혼자 잇스며 공부도 다니고 혼자 산보도 다닌 것이라든지 또 末年에 그와 가튼 생활을 할 터인대 엇지하여 현재 이와 가튼 번잡한 생활을 하는 지 생각하면 우순 고로 이상스러워요 그것은 그러하거니와 악가 내가 가정에 대한 감상을 말하지 안앗서요?」

夫 「그래」

妻 「엇더케 생각하시요?」

夫 「무엇을?」

妻 「우리도 그러케 남들과 가티 사는 것 답게 사라보고 십지 안소?」

夫 「엇더케」

妻 「서로 사랑할 줄 알고 서로 액겨줄 줄 알며 약한 자를 도아 줄줄 앎으로 화평하게 살 수 잇게?」

夫 「왜 우리는 그만치 못 사나! 재상들의 生活보다 萬石굉이⁷⁾ 生活보다 우리
    生活이 더 낫다나 第一 가정이 간단하고 정결하고 돈 쓰고 십흔 째 쓸 수
    잇는 것만 해도 조선 신가정 중에도 몃 개나 잇겟소」
妻 「다 내 힘이지」
夫 「뉘 힘이든지」
妻 「그러나 말만 그리지 말고 내일부터 실행을 합세다」
夫 「엇더케?」
妻 「위선 내일 아츰부터 당신 주무신 자리는 당신이 개시오 그리고 쇠수물도
    당신이 손수 쩌다가 하시오 그러케 모다 자치생활을 시작합세다」
夫 「그대는 두어서 무엇하고」
妻 「저것 보아 저짜위 소래가 나오니 내 입에서도 조흔 말이 나올 수가 잇나
    평화하는 것은 맛도 못 보아 보겟소」
夫 「그러케 걸핏하면 노하지 말고 조흔 도리대로 합시다 그래 그게 무엇이
    그리 어렵겟소」
妻 「어렵지도 안은 것을 못할 것도 아닌 것을 아니 하러드니까 말이지」
夫 「헌다니까 왜 그래」
妻 「萬一 아니 하면」
夫 「벌 주소」
妻 「엇더케」
夫 「종아리를 째리소」
妻 「그것은 잠간 압흐고 고만둘 것인대」
夫 「그럼 무슨 벌이 조흘가」
妻 「오늘 낫에 주든 벌과 가튼 것이 좃치」
夫 「그건 넘우 과도한 걸 앗짜 아모러케나 하시구려」
妻 「그러기에 그 과한 벌을 밧지 안토록 하는 것이 제일 상책이지요」
夫 「그러코 말고」

---

7) 원문대로.

妻 「그러니까 무엇이든지 다 각각 자긔 압히 남에게 꿀리지 아닐만치 늘 준
비하고 살잔 말이지 그러케 잘 살수록 서로 쩌러질 수 업게 되는 것이오
안해가 남편에게 늘 끌려 살고 남편이 늘 안해를 업수이 보기 째문에 거
긔에 자칫하면 싸움이 일어나고 그것이 심하면 세속에 소위 리혼까지 되
난 것이지 하여간 누구든지 적극적 행동을 취하는 곳에 자유와 평등과
평화가 유지되는 줄 아니까요」

夫 「그래 그대는 그러한 태도로 살어가오?」

妻 「그럼언이오 항상 그러한 마음 준비가 잇지요 남편이 만일 내게 대하야
큰 불평이 잇다면 어느 정도까지 업도록 힘써 보지마난 까닭업시 잇는
쌔는 나는 결단코 그것을 가지고 싸움을 하랴고 아니 드려요 그 사실은
발서 나타난 녀자에게 그만치 사랑의 힘이 업서젓슴으로 내가 그만치 실
징이 난 태도이니까 이는 자긔도 모를 마음일 터이니 내가 엇지 하겟소
내 몸을 피해주는 것이 그 사람이나 내게 對하야 데일 상책이지 그러하고
결코 늘 불안심으로 살고 십지는 아니 해요 그것은 만일 그러한 경우에
이르면 그러케 하리라는 예비심에 지나지 못하는 것이오 사랑을 주고 밧
고 할 쌔에 누가 장차 닥처올 불행의 경우까지 생각하는 사람이 잇겟소
그러한 사람이 잇다하면 그러한 예비심이 업는 이만 갓지 못한 것이지」

夫 「웅! 그럴 듯하군」

妻 「그럴 듯이 아니라 꼭 그런 것이지 그러기 째문에 조곰 안다는 신식 녀자
일사록 여간한 근면과 로력을 가지지 안코는 사람노릇 해 보기 어려울
것이여」

夫 「그럴 터이지」

妻 「아마 녀자 쑨 아니라 남자도 일반일 것이지요 다만 남자는 범위가 좀 넓
을 쑨이겟지」

夫 「자 고만 두고 잡세다」

妻 「나도 찬성이오」

夫 「불 씁세다」

妻 「쓰시오」

夫 「그대가 쓰오」

妻 「먼저 자자고 한 사람이 써야지」

夫 「그런 것은 녀자가 하는 법이야」

妻 「그것도 아니 되엿네」

夫 「그러면 공평하게 장게쏑을 해서 지는 사람이 쓰기로 합세다」

妻 「그럽세다」

妻夫「장게쏑……」

妻 「그것 보 저가지고 쓰면 무엇이 나은가」

夫 「긔어히 내가 쓰게 되는구」고 둥을 탁 튼다 벅썹하고 죽어버리자 방안은
   쌍깜하여젓다 두 령혼은 평화의 꿈 속에 드러 곱고도 부드러온 숨소리가
   오고가고! 가고오고! (完) (七月十一日)

(『新女性』, 1923. 11)

나를 잇지 안는 幸福

우리는 누구던지 팔자 조케 다시 말하면 행복시럽게 살기를 원하고 바란다 또 그러하기를 힘쓴다 뒤에 산을 끼고 압에 강물이 흘너 봄철에 꾀꼬리 소리며 녀름 날에 배노리로 공긔 조코 경치조흔 二三 층양옥 가운대서 남녀노복이 질비하고 자손이 번창한 부호가의 주부(主婦)가 되면 이야말로 더 바랄 수 업는 소위 행복을 가진 사람이라 할 것이다 그러나 이와 가티 평온무사(平穩無事)한 것을 우리의 행복의 초점(焦點)을 삼는다 하면 행복은 확실히 우리의 생활을 굿게 식키는 것이요 활긔 업게 맨드는 거이며 겨르게[1] 맨들 거이요 우리로 하여곰 퇴보(退步)자요 락오(落伍) 자가 되게 할 것이다

우리 중에 한사람도 자긔를 잇고 사는 사람은 업슬 것이다 그럼으로 우리는 잘먹고 잘입고 편안이 살녀고 하는 것이다 그러나 우리는 확실히 녜부터 오날까지 다 「나를 잇고」 살아왔다

우리가 지금까지 잘입고 잘먹고 락오(落伍)되게 살녀고 한 것은 오즉 과로에 못 견대인 희망에 지내지 안코 사치에 쏠닌 허영에 지내지 아니 하엿다 아모한 가지도 그 스스로 노력해본 일이 업섯코 스스로 구해본 일이 업섯스며 그 혼자 번민해본 일이 업섯고 제것으로 어든 것이 아모 것도 업섯다

슯흐다 가이 업다 맛당히 차저야만 할 직혀야 할 나를 잇고사는 것 이것이야말로 처량한 일이 아닌가! 우리는 넘우나 겸손하여 왓다 아니 나를 잇고 살

---

1) '게으르게'의 오기.

아왓다 자긔의 내심에 숨어 잇는 무한한 능력을 자각 못 햇섯고 그 능력의 발현(發現)을 시험하여 보러들지 안을 만치 전체가 희생 뿐이엿고 의뢰 뿐만이엿다 맛당히 액겨야 할 반드시 사랑하여야 할 우리 몸을 그르케 되는대로 아모러케나 굴녀 왓스나 지금 안저서 과거를 회억하니 끔직스러워 내 쎄와 살에 대하야 눈물을 뿌리지 아닐 수 업게 된다

　세상에는 평범한가온대서 자긔만은 무신 장래의 보증할 것이 튼튼이 잇는 것 가티 안심하고 잇는 자가 만으니 더욱이 우리 녀자 중에 만흔 사실일다 보라! 얼마나 귀중히 역이고 보호하든 생명조차 하로 아츰 하로 밤에 끈허지지를 안는가! 철석가티 맹서한 연인동지의 마음이 변하지 안는가! 최고 행복도 아모러치도 안케 업서지고 마는 것이 안인가 이와 가티 다른 사람으로 밧는 행복은 결코 미들 배가 아닐다 연인에게 쓰거운 사랑을 밧고 벗에게 미듬을 엇는다 해도 이는 일정한 시간이 되면 반드시 실증이 나는 것이요 변하는 것이다 결코 그 끗이 길이 잇글지 못할 것을 미리 생각하여야 할 것이다 엇재서 그러냐하면 만일에 그 행복을 일허버리는 날에는 오즉 무능자가 될 것이요 실망자로 자처할 수밧게 업슬 터임니다[2] 그리하야 이 한 째의 행복을 쎄앗길 째마다 어느 째던지 그 상처를 암을닐 만한 행복을 늘 준비하는 것이 우리의 더할 수 업는 일거리요 히망하는 바 일이다 이는 역시 자긔를 잇지 말고 살아가랴는 목표를 정하는 여하에 잇는 것일다 다시 말하면 오날까지의 무의식하게 자긔를 잇고 살아온 가온대서 유의식하게 자긔를 잇지 안코 살아가는 데 잇다고 생각한다

　우리는 어서 속히 내 한 몸이 잇는 것을 확인(確認) 하여야 하겟고 동시에 내 몸이 귀엽고 사랑스럽고 액겨야 할 것을 잇지 안토록 되여야하겟다 내 몸이 귀엽거늘 엇지 남의 손에만 맥겨둘 수 잇겟스며 내몸이 사랑스럽거늘 엇지 반드시 한(限)잇는 다른 사람의 사랑으로만 만족할 수 잇스랴! 내 몸이 앗갑거늘 엇지 남의 일만 죽도록 보아주고 남을 편하게 해 주기만으로 일생을 보낼 수 잇스랴! 자긔를 잇지 안코서라야 남을 진심으로 사랑할수 잇슬것이요 자긔를 잇지 아니하는 가운대에 녀자의 해방(解放) 자유 평등이 다 잇는 것이요 연애의

---

2) 원문대로.

철저가 잇슬 것이며 생활개선의 긔초(基礎)가 잡힐 것이며 경제상 독립의 마음이 날 것일다 다시 말하면 우리의 가장 무서워하든 불행이 언제든지 래습(來襲)할지라도 염녀업시 바더넘길 수 잇슬 것이다 거긔에 아모러한 고통이 잇슬지라도 그 고통 중에서 一新一變을 할지언정 결코 패북(敗北)[3]을 당할리치는 만무하다 혹 그와 가티 불행을 고대하고 잇는 불안한 생활이 엇지 진실한 생활이 될 수 잇겟느냐고 말할는지 모르나 그러나 나는 결코 다른 사람의 행위를 간섭하거나 다른 사람으로 하여곰 비겁한 경우에 이르도록 하자는 것은 결코 아닐다 우리인 녀자가 다른 사람인 남자에게 사랑과 보호와 부양을 밧게 될 째에는 할 수 잇는 대로는 만족하게 만히 밧고저 원하는 바일다 오즉 원하는 바는 외형의 여하한 행복을 밧던지 또는 외형의 여하한 행복을 일어버리던지 행복의 새암(泉) 되는 내 마음 하나를 잇지 말자는 것이다

아니 이러케 절대의 요구가 아니요 절대 명녕이 아니라 우리의 마음이 우리의 수양이 거긔까지 자연히 달하게 되엿스면 하는 희망일다

요컨대 우리들의 현재 또는 미래의 생활 목표의 신앙과 밋 행복은 오즉 「자긔를 잇지 안코」 살어가는 수밧게 이외에는 아무 것도 우리의 마음을 깃브게 해줄 것이 업슬 것일다 이로써 말미암아 심오(深奧)한 생활을 할 수 잇고 그 욕심 만흔 생활이 여러 가지 수단방법에 인하야 점차로 체험(體驗)할 수 잇겟스며 하나히 완성하면 다시 새로운 하나를 추구(追求)할 것이요 동시에 만흔 종류의 생활을 일신상(一身上)에 종합할냐고 시련할 것일다 즉 자긔의 내생활(內生活)의 전개(展開)를 자긔가 보장하라는 심리로 내심(內心)의 심오(深奧)한 곳에서 일어나는 것만치 지실(摯實) 하겟고 동시에 결핍(缺乏)한 현재의 정도와 실력에 정체(停滯)하라는 것을 질기지 아니하고 항상 불만을 품음으로 불민을 자각함으로 자진하야 이를 확충하는 데 할 것일다

그럼으로 우리는 편한 그날 그날을 무사히 지내는 행복을! 행복이라고 할 수 업는 것일다 도리혀 그 평범한 행복에 만족하고, 집착(執着)해 잇는 것을 치욕(恥辱)으로 알 수 잇다 동시에 우리는 현재 이러한 환경중에 살어 가면서 우리

---

3) '패배'의 오기.

들의 할 일은 이 현실(現實)을 바루보는 데 잇고 이 현실 중에 잇는 가장 우수한 자질상 미래의 생활의 싹(芽)을 붓도다 길으는데 잇는 것일다 이러한 것을 생각하더래도 잠시라도 방심하야 자긔를 잇고 엇지 살 수 잇스랴!

모든 인류는 이와 가티 절대로 자긔가 각각 그 경우에 잇서서 발뎐하는 사회의 성립을 희망하게 되여야 할 거실다 이러한 사회야말로 풍려(豊麗)하고 청신(淸新)하고 활긔가 돌 것이다 — 끗 —

(『新女性』, 1924. 8)

생활 개량에 대한 녀자의 부르지짐

一.

몬저 마음부터 고치자. 그리고 살림을 고치자.

나는 조선 사람의 살림살이를 불너 야명조(夜明鳥)의 살림과 갓다고 하고 십습니다. 인도 설산 히말나야 산중에 야명조라난 새가 잇담니다. 이 새는 윈일인지 일평생을 두고 결코 보금자리를 짓난 일이 업담니다. 그리하야 밤이 되면 눕흔산에 치위난 우모(羽毛)를 찌르고 코렌직쿠 넓은 뜰을 넘어드는 찬바람은 노수(老樹) 가지를 흔들어 겨오 부접하여 잇난 새들을 쫏겨냄니다. 캄캄한 바람과 찌르는 찬 바람에 싸혀 갈 길을 방황할 쌔 새들은 일제히 『밤이 발거든 보금자리를 짓자』(夜明造巢)라고 운담니다. 그러한 무섭고 괴로윗든 끔직끔직한 밤이 다 가고 붉은 아참 해볏이 남쪽 바다로부터 솟아 오를제 비로소 활긔와 빗을 엇어 휘황한 우모에 두 날개를 펴서 삼삼오오 짝을 지여 동서남북으로 훗허지나니 이 오천 광야에는 녯부터 곡물과 곤충이 만히 잇슴으로 밤새도록 「야명조소 야명조소」하고 울고 잇든 새들도 눈압헤 넓펴이는 밤나무 무화과며 포도 입새 그늘에 숨어 잇난 모충에만 마암이 쏠려 고만 보금자리 지을 생각은 멀니 이저버려두고 그와 가치 종일 실컷 놀고 마암것 먹고 나서 설산 산림 중에 도라와서는 밤이 되면 쏘 『야명조소 야명조소』라고 운담니다. 이러케 하기를 일생을 두고 하다가 죽난담니다. 「살림살이를 개량하여야겟다. 사는 것답게 살아야겟다. 지금 아는 거스로는 부족하니 더 배와야 하겟다」 이러한 부즈지즘이 윈만한 사람 중에는 당연한 문뎨거리가 되고 말앗슴니다. 그러나 지금까지 딱 결단을 하야 개량의 실적을 뵈인 이를 별로히 볼 수 업습니다. 다만 안심치 안은 살림으로 하로 잇홀을 지내고 잇슬 뿐입니다.

물론 여러 원인과 장애가 잇슬 것입니다. 그러나 의지가 약하고 반성이 박한 것이 큰 원인일 것입니다. 그러고 선조로부터 내려온 인습에 얽매여 당장으로 곳칠 수 업는 사정도 잇슬 것입니다. 더욱이 주위에 비난으로 하야 곳칠 수 업는 수도 잇슬 거입니다. 즉『이러케 하면 다른 사람들이 웃지나 아니 할가 감정을 사지나 아늘가 교제상 비평하지나 아니 할가』하는 경우도 적지 안을 것입니다. 그리하야 대담하게 해야만 할 때까지 하지를 못하고 언제든지 안정이 업고 본 뜻이 아닌 살림을 하게 됩니다.

남이야 엇지 알든지 상관업시 자긔 혼자 정당한 길을 밟는다든지 습관된 폐풍을 개량한다는 것은 실로 쉬웁지 못한 일입니다.

(『東亞日報』, 1926. 1. 24)

二.

혹시 이러한 결심이 잇서 남의 못하는 일을 해 보겟다고 하다가도 재칫하면 만흔 가운대로 끌녀지고 시간을 짜라 결심하엿든 것이 언젠지 모르게 쇠멸해서 바리기 쉽습니다. 즉 다른 사람과 갓흔 행동을 취하여야만 할째에 일종의 고통을 깨닷게 되엿섯스나 어느듯 아모 고통을 깨닷지 안케 되면 발서 생활 개량이라든지 더 배오겟다는 여디가 업서지고 힘쓰지도 아늘 뿐 아니라 동화해지는 것을 알지 못할 만치 별로 살림 개량할 필요까지 업서지며 결국 아모러케나 이럭저럭 되는 대로 살다가 죽으면 고만이지 하는 귀치안은 생활을 하게 되난 거슬 멎치라도 볼 수가 잇는 오날날입니다. 일본 류학생이 일본 잇슬 째 책상머리를 주먹으로 치며「조선 사람은 부즈런하여야만 하겟다. 책을 만히 보아야겟다」하고 생활개량을 부르짓다가도 조선 쌍을 밟으면 어느듯 아침잠이 느러가고 매일 오난 신문도 접은 채로 싸하두난 일을 흔히 볼 수 잇습니다. 또 시골서 서울로 올라온 남녀 사람들은 자긔 고향의 더럽고 정돈 못된 살림살이를 개량하겟다고 결심하고 도라갓다가난 그냥 도라서 올 뿐 아니라 자긔조차 더럽고 질서 업는 짓을 내여버리지 못하난 거슬 만히 볼 수 잇습니다. 이런 례를 매거하랴면 얼마라도 잇슬 것입니다. 하여간 『그대로 그럭저럭 살자』는 거시 죽지 못하야 사난 이거시 우리 지금 생활의 방법이오 목덕입니다. 다시 말하면 한 사람의 개량이 무슨 그다지 큰 효과가 잇스랴 하고 스사로 머리를 숙여 게으름을 부려 서로 압흘 사양하는 동안에 쏘 다시 전과 가튼 살림을 되푸리하게 되는 것입니다. 어느 째까지든지 이와 갓치 계속해가면 개량진보는 감히 바릴 수 업는 것입니다. 그러나 우리 중에 오직 한 사람이라도 진정으로 자긔의 행복을 구하고 자긔의 리상을 실현기 위하야 분발 용투한다면 거긔에 생활에 대한 새 뜻을 차질 수 잇슬 거시오 그리하야 오직 한 사람의 힘이라도 반드시 영향을 씨칠 일이 잇슬 거십니다. 이러케 사람마다 그 마음을 늘－개량에다 두고 살 수 잇슴으로써 우리 생활에만 활긔를 씌울 수 잇겟고 사러 잇는 맛을 알 수가 잇슬 거십니다. 이거시 우리 사람들의 생활을 견실하게 하는 상태라고 생각합니다.

나는 그 동안 신문에서나 잡지에서 생활 개량에 대한 언론을 만히 보앗슴니다. 물론 갓흔 생각도 만히 잇섯스나 그 생활 내용은 내버려두고 살님 즉 제도부터 고치라 하는 대는 엇전지 이즌 거시나 잇는 것 갓흔 서어한 마암이 생김니다. 다시 말하면 이와 가치 우리들은 시시각각으로 당하는 다른 사람들 사이에 감정은 문데삼지 안코 몬저 살림살이를 개량하랴면 백년을 지나더라도 우리의 살림살이는 아모 개량한 실력이 드러나지 아닐 거십니다.

나는 이러케 생각합니다. 우리 살림을 전부 뜯어 고칠 거시 아니라 우리 살림의 방법을 일부 고칠 거시라고 생각합니다. 즉 넷부터 우리 살림살이를 다시 세울 것이 아니라 아람다운 풍속이오 조흔 습관은 다 그대로 두고 악하고 추한 것만 추려서 개량이나 개선을 할 것인줄 암니다. 허고 본즉 우리 살림은 넘오 란잡함으로 어느 것을 몬저 곳처야 올홀지 몰으겟슴니다. 그럼으로 질서를 세워 개량의 고안(考案)으로 시일을 보내난 것보다 오히려 현상에 불만을 품은 자는 누구든지 데일 갓갑고 쉬운 자긔로부터 힘 자라는 대로 개량하는 것이 데일 상책이 아닐가 합니다.

나는 위선 생활 개량의 근본 되는 힘(原動力)을 차자 엇고 십습니다. 다시 말하면 자긔 마음 속에서 쓰러 나오는 심화(深化)하고 확대하라는(擴大) 생활욕(生

活慾)을 엇고저 하는 근본심이 생겨야 할거십니다. 물론 우리 사람은 순간이라
도 방심과 무지(無智)로 잇스랴지 아니함니다. 즉 긴착과(緊着) 직관(直觀)과 용진
(勇進)이 우강자의 생활의 진상인 것을 스사로 깨달을 만한 몸소 경험하며 볼
만한 감정과 지식과 수양이 절대로 필요할 줄 암니다.

(『東亞日報』, 1926. 1. 25)

三.

  그러면 이와 갓치 우리들로 하여곰 알게 맨들고 또 안 것을 실행하게 맨드
는 이상하게 헤아릴 수 업는 근본되는 힘을 엇지 하면 엇을 수 잇겠습닛가
  우리는 사랑으로 삼으로써 비로소 이 근본 힘을 엇을 수 잇겠슴니다. 이에
누구보다 몬저 녀자 자신이 자긔 일신이 쌍 우에 잇는 것을 자각 하여야 하겟
슴니다 자긔 자신에 과로(過勞)한 것을 가히 할 줄 알아야 함니다. 자긔 자신의
행복을 계획하여야 하겟슴니다. 그리하야 자긔 자신을 사랑할 줄 알고 동시에
남을 사랑할 줄 알아야 할 것임니다. 다시 말하면 우리 조선 녀자는 넘우 오래
동안 자긔의게 대한 데일 중요한 것을 일코 살아 왔슴니다 즉『나도 다른 사람
과가치 생명이 잇다』하는 것을 아니[1] 억제하고 왔슴니다. 가만히 안저서 제 숨
소리를 드러 보시오. 「나도 한 사람이다」하는 자부심이 이상스럽게 전신에 흐
르리다. 이러케 녀자의 눈이 쎄일 동시에 지금까지의 자긔가 불행하엿고 불상
햇든 것을 알아질 것임니다. 누구를 물론하고 불행인 역경에서 행복인 순경으
로 옴기려는 본능에 짜라 녀자 자신도 엇더케 하면 행복하게 행락스럽게 사러
갈가 고심하게 될 것임니다. 그리하야 지금까지 밧아보지 못하든 영원 불변으
로 잇슬 자긔 자신이 귀하고 사랑스러운 거슬 자조々々 늣길 것임니다. 이와
가치 자긔 자신을 진실로 사랑할 줄 알면 모든 다른 사람을 사랑할 것임니다.
사랑하고 사랑할 수 잇는 거슨 사람의 본질에서 나타나난 가장 놉흔 사상이오
가장 놉흔 경험인 줄 암니다. 사랑할 수 잇는 거스로 말미암아 비로소 리상(理
想)과 실행(實行), 령(靈)과 육(肉), 리성(理性)과 정의(情意)가 융합 일치(融合 一致)하

---

1) 원문대로.

야 활동하난 것이 아닌가 십습니다. 이 점으로 보아 진심으로 사랑할 수 잇는 것은 진심으로 살 수 잇는 것과 조곰도 다름이 업다고 생각합니다. 사랑할 수 업는 자, 긔 누구라 능히 자긔 생명의 존귀(尊貴)와 위력(威力)을 체험할 수 잇게 슴니다.[2] 사랑할 수 업는 자긔 인생을 단편적(斷片的)으로 보는 반면으로 인생의 전톄를 직감할 수 잇는 깃붐은 오직 사랑 가운데 쑌만 잇줄[3] 압니다. 사랑 업고서는 한 개의 그림 조각이라도 그 아람다운 거슬 진실로 형락(亨樂)할 수 업거든 하물며 사랑 업고 엇지 남자가 녀자를, 녀자가 남자를, 부모가 자식을, 자식이 부모를, 친구가 친구를, 개인이 사회를, 사회가 가정을 양해하고 동정하고 서로 도을 수 잇게숨닛가 만일 잇다 하면 일시의 거시오 장시의 거슨 못 될 것임니다.

나는 바란다. 우리 녀자는 자긔를 사랑하고 쪼 다른 사람을 사랑하며 쪼 남자를 사랑함으로써 생활 개량의 근본 힘을 엇어야 할 것 가치 영원히 짝을 지어 사라갈 남자들에게도 자긔를 사랑하고 쪼 남의 녀자를 사랑함으로써 생활 개량의 근본 힘을 엇을 수 잇기를 바라고 천만번 바람니다.

(『東亞日報』, 1926. 1. 26)

四.

이리 되어야만 조선 사람의 생활 개량이 근본적이오 계속적(繼續的)일 거시며 급진적(急進的)일 것임니다. 짜라서 생활의 안착이 생길 거시오 민족적 평화(民族的 平和)가 나질 것임니다. 이와 갓치 속마음에 근본 힘을 엇은 후면 즉 몬저 마음을 곳치면 다시 못할 바 업시 개량은 제절노 압흘 다토아 진보 발전될 줄[4] 압니다. 그러나 아래에 몃 가지 례를 들어 개량을 부르지지기 위하여 위선 가정제도로부터 쓰고저 합니다.

사람마다 누구든지 완전한 자긔를 실현(實現)하랴면 몬저 자긔의 전인격(全人格)을 실현하여야 할 것시니 반 인격만으로는 자긔 실현이 불가능한 거십니

---

2) '잇게슴니까'의 오식.
3) '잇는 줄'의 오식.
4) 원문대로.

다. 즉 남녀 상합하여야 비로소 전인격이라고 하고 보면 남자만이나 녀자만으로는 자아(自我) 실현을 못하는 것입니다. 그럼으로 한 사회(社會) 중의 단위(單位)는 각각 다른 성질로 서로 채운 남녀 두 개의 인격적 상합이오 두 사람 중에서 나온 자식으로 된 가정임니다. 일로 보면 녯부터 지금까지의 조선녀자는 어느 사람과라도 동등할 만한 생활을 하여 왓습니다. 조금도 남녀 평등이나 자유를 주창할 필요가 업다고 생각합니다. 더구나 남녀가 그 리해를 각각 다로게 생각하는 거슨 큰 오해인 줄 압니다. 날마다 사난대 불가불 써야만 할 불(火) 물(水) 나무(木) 중에 하나라도 업고 보면 하로라도 살 수 업나니 물은 물된 원소와 불은 불 된 원소가 다 각각 다를 뿐이오 물의 갑이 셋이면 불이나 나무의 갑도 셋일 거십니다. 요사이 남녀문제를 들어 말하는 중에 녀자난 남자에게 밥을 엇어 먹으니 남자와 평등이 아니오 해방이 업고 자유가 업다고 흔이들 말합니다. 이는 오직 남자가 버러오는 것만 큰 자랑으로 알 뿐이요 남자가 버러지도록 옷을 해 입히고 음식을 해 먹이고 정신상 위로를 주어 그만한 활동을 주는 녀자의 힘을 고맙게 녁이지 못하는 까닭입니다. 이가치 녀자의 반감을 이르키난 것보다 녀자 자신이 반성하는 것밧개 의식주에 대한 남녀간에 문제는 오직 겻헤서 보는 사람들에게 조소거리 밧게 아니 될 거십니다. 우리 가정 살림 사리가 좀체름 개량이 되지 못하는 거슨 이와 갓치 남자가 자긔만 일하는 줄 알고 자긔만 잘난 줄 알며 짜라서 녀자를 위해주지 안코 고맙게 녁여주지 안는 가온대 불평이 생기고 다툼이 생기며 남편은 어대 까지든지 강자요 우자며 부인은 어대까지든지 약자요 열자로 되고 보니 여긔에 무슨 사러 가는 맛을 볼 수 잇겟슴닛가. 오직 남자 그 사람만 잘못이라 할 수 업고 녀자 그 사람만 불상하다고 할 수 업시 사회제도가 그릇 되엿섯고 교육 그거시 잘못되엿든 거시니 이에 루루히 말할 필요도 업거니와 그러케 치더라도 남자는 넘우 자긔 일신밧게 모르는 극도의 리긔적(利己的)이엿고 녀자는 넘우 다른 사람만 위하야 사는 극도의 희생적이엿다.

(『東亞日報』, 1926. 1. 27)

五.

　남자들의 변명이 이는 녀자의 과실이라 할는지 모른다. 그러타. 이는 꼭 녀
자 자신이 자긔를 잇고 살아온 까닭이오 그 녀자들이 또 여전히 쌀은 천히 기
르고 아들은 귀이 길너 저만 잘난 줄 알게 교양해 온 까닭입니다.

　나는 모르겟다. 남자들과 갓치 학문이 만코 문견이 넓어 외사를 론하고 내사
를 평하는 자로 자긔 눈압헤 닥처 잇는 거슬 왜 몰누는지, 자긔 일신의 행복은
오직 가족을 사랑하는 대 잇는 거슬 왜 반성치 아니하는지, 왜 실행치 아니하
는지 나는 이거시 큰 의문입니다. 즉 평화(平和)의 길은 오직 강한 자가 약한 자
를 보호하고, 우승한 자가 열패한 자를 도우며, 부자가 가난한 자를 기르난대
잇나니, 우리의 가정이 화평하랴면, 행복하랴면, 강자요 우승자요 부자인 남자
가 약자요 열패자요 가난한 자인 녀자를 애호(愛護)하난대 잇난 줄 압니다.

　아니다. 나는 귀타라 녀자를 낫추고 그 도움과 앳겨주기를 구걸하는 것이 아
닙니다. 오직 남자 자톄를 위하야 애닯허하는 것입니다. 그들은 한 번이나 그
처가 정성을 다하여 맨드러 주는 의복과 음식에 대하야 고마운 뜻을 표한 째가
잇섯습니까? 그 로력을 앳겨 준 째가 잇섯습니까? 그 처가 두 사람 중에서 생긴
삼, 사인의 자식을 혼자 맛타 가지고 밤잠을 못 잘 째 한 번이라도 갓치 이러나
안저 주엇는지, 다 각각 자긔 마음을 헤아리면 『과연 잘못하엿다』하고 사과할
사람이 만흘 줄 압니다.

　아닙니다. 나는 꼭 우리의 본심에서 발하는 그 정력에 대하야 갑(報酬)을 요
구하는 것이 아닙니다. 그대들은 우리를, 우리들은 그대를 밋고 바라고 사는 동
안, 아니 사라가야만 할 동안, 일썻 우리의 단순한 진정에서 쓰러나오는 정력과
희망이 그대들의 냉대(冷待)에 접할 째 실망으로 도라가는 것이 애처롭고, 일로
인하야 그대들의 활동에 고독과 적막이 생기는 것이 가석하단 말입니다. 그러
면 하필 남자에게 대하여 그 정신을 요구하느냐고 할는지 몰으나 녀자는 이 이
상 그대들에 대하여 절대 맹종(絶對 盲從)할 수 업고 절대 희생(絶對 犠牲)할 아모
남은 것이 업는 연고입니다. 한즉, 이에 반대로 절대 방종이엇고 절대 이기(絶對
利己)이엇든 남자의 생활 도수가 일부만 좀 내려지면 우리 생활은 의외에 용이

히 개량할 수가 잇는 줄 압니다.

사실 어느 방면으로 보든지 우리 녀자보다 선각자요, 선진자며 한 집, 한 사회를 지배(支配)할 수 잇는 가권(家權), 위정권(爲政權)을 가진 남자들의 장중에 우리의 생활개량의 여부가 달닌 거시 두말할 것 업슬 만치 합리적(合理的)이오 필연적(必然的)입니다.

다시 말하면 가장 곤난할 듯하고도 가장 쉬운 거시니 자긔와 밋 타인을 사랑하고 리해하고 동정할 수 잇는 생활을 먼저 가정에서부터 실행이 된다 하면 가튼 생(生)이지만 더 참되고, 더 즐겁고, 더 자미잇는 길로 드러갈 수 잇다는 거시 나의 절실이 원하는 바입니다.

우리 부인들은 지금 조선 남자들의 여러 가지 걱정 잇는 것, 더구나 생활난에는 즉접 책임자요, 관계자인 그 고통에 대하야 눈물지어 동정하는 바입니다. 우리는 우리가 찬미하는 정신문명과 꼭 가치 물질문명을 찬미합니다. 이는 엇더한 사회를 물론하고 생활상 절대 필요한 게단입니다.

더구나 지금과 가튼 째는 전과 달나서 장대신긔(壯大 新奇)한 물질 문명의 창조로 하야 윤택(潤澤)과 행복을 더 엇을 수 잇습니다. 즉 이것이 우리 생활 중에 중요한 지위에 잇는 것은 누구나 다 아는 바입니다.

헌즉 지금 생활에 먼저 슨 자가 되랴든지 쏘 용감한 자가 되랴면 지금 사람들이 창조한 윤택한 물질문명을 긔초 삼는 정신적 생활이 아니면 아니 되는 것인 줄 압니다. 이러한 정신덕 생활을 하게 되어야 비로소 원만한 생활이라고 할 수 잇겟습니다. 톨스토이의『물질문명을 제외하고 처음부터 정신덕 생활을 바라는 거슨 마치 긔초 업는 집과 갓다』는 말과 가치 지금 세상이 전 세상보다 말할 수 업시 풍부한 거슨 물질과 정신이 쏙가치 진보한 까닭입니다. 일로 보면-우리는 우리 생활의 중요한 물질문명에 긔초 삼을 만한 아모 긔관이 업고 방침이 업스니 짜러서 생산률이 업고 로동력이 아니 납니다. 이로 인한 우리 살림은 비관이오 염세요 내용이 빈약한 거를 면치 못합니다.

(『東亞日報』, 1926. 1. 28)

六.

물논 사람은 누구든지 어느 때를 물론하고 그 때 에운(環境) 이라는 거슨 면할 수 업는 인연이 잇슴니다. 우리의 운명은 우리의 버리 방면이 막히고 물질 방면의 발전이 불가능하다고 할는지 모르겟슴니다. 그러나 운명이란 거슨 곰작달삭할 수 업시 꼭 정해논 거시 아니라 어느 정도까지는 힘써서 펴갈 수 잇신 줄 압니다. 『힘쓰는 자에게 도움이 온다』난 말과 가치 허다가 못하면 헐 수 업거니와 하지도 안코 운명을 저주하며 사회를 원망하는 사람도 잇난 거슨 종종 볼 수 잇슴니다. 내가 거년에 귀국하엿슬 때에 고향에 가서 우리 일가 중에 삼대를 두고 가난하얏스니 굼기를 부자집 밥먹듯 하는 집에를 차자가 보앗슴니다. 한 간 방에는 다 써러진 고리짝 두어 개 노여 잇고 사방 벽에는 빈대 피로 종이가 보이지 안으며 넙풀거리는 신문지 창살 사이로는 강풍이 쏘다 드러오고 고래 문어진 어름 갓흔 구들 한 구석에 칠십 노인이 삼년간 숙환으로 신음하고 잇스며 열살쯤 된 딸과 오십쯤 된 어머니는 굶은 배를 쏘고리고 마조 안저서 손등에서 흐르는 피를 치마 자락에 씨서가며 남의 다듬이를 하고 잇는 데 꼿 다운 나희가 이십 이삼 세 되는 건장한 아들은 건는방에 누어서 버르적버르적 하고 잇섯슴니다. 그를 보니 말숙하게 옥양목으로 바지 저구리를 입엇스며 손은 분길갓고 머리는 직구를 발너 모양잇게 좌우로 갈나붓첫슴니다. 나는 하도 어이가 업서서 어안이 벙벙 하엿슴니다. 그리하야 참다 못하야 무러보앗슴니다. 『너도 사람이냐 너는 왜 고 넙적한 등에 지개를 지고 나가서 그 굴근 팔로 나무를 아니 하느냐』고 한즉 『그것을 창피스러워 엇지 해요』하고 대답함니다. 나는 긔가 막혓슴니다. 그 때 그 엽혜 섯는 어머니에게 대하야 「저놈을 왜 옷을 입히고 죽을 먹이오」 하고 무러 보앗슴니다. 그는 『그러면 엇지 하오 다 팔자 소관인 것을』함니다. 나는 다시 말 아니 하고 도라스며 울엇슴니다. 조선 사람 중에 하필 이 사람 뿐이릿가 그런 사실이 늘비하엿슴니다. 이와 가치 우리는 가난한 것을 이저바리는 학자의 생활이엇고 업는 것을 락관하는 예술적 생활이엿슴니다. 직업을 취함에는 놉고 나진 선택이 심하야 그 체면과 문벌과 인격을 보존하기 위하야는 비록 배에서 쏠쏠 소리가 나더라도 부라질을 하고 잇는 자가 적지 아니 합니다. 이는 과도기에 잇슬 면치 못할 사실이라 하면 다시 말할 여지 업거니와 「우리도 생명이 잇다. 잇는 이상 우승자요, 강한 자로 살자」하는 이상과 요구와 희망과 실행이 잇다 하면 남이 다 가져가고 남이 다 한 찍그러기오 부스럭이 가운데라도 아직도 만히 취할 것이 잇슬 줄 압니다. 이와 갓치 우리의 사상은 넘우 고상하고 우리의 리상은 넘우 조직덕이니 따라서 물질도 이대로 가치 가야 하도록 힘써야 할 것입니다. 이는 오직 자긔와 밋 타인과 사회를 사랑함으로써 목표를 삼을진대 의외에 용이히 실행이 될 것입니다.

우리에게는 취미성이(趣味性) 매우 박약햇습니다. 하나 요새 와서는 청년 남녀 중에 취미를 가진 이도 만히 보겟고 쏘 가지려고 하는 이도 만히 잇는 것은 다행한 일인줄 압니다. 이 취미란 것은 그 생활이 안정 되고 정신이 원만할 째 이것만으로만도 오히려 만족을 늣기지 못하야 다시 물질계를 써나고 정신계를 써나 일동의 신비계(神秘界)로 드러가랴는 것으로 형언치 못할 쾌감을 늣기게 되는 것임니다. 지금까지의 모든 거시 피동덕이요 의무요 책임으로 하든 것이라도 전혀 자동덕 행동으로 일변하고 일진하야짐니다. 그리하야 전에는 남을 위한 생활이엿스면 지금은 다만 자긔 자신을 위한 생활이 되여 버림니다. 즉 각각 달넛든 자긔와 남 사이가 합치해짐니다. 우리가 간절히 엇으랴는 행복은 오즉 이러한 마음으로 잇슬 째 비로소 그 행복의 형상을 볼 수 잇는 거십니다. 이러한 취미성의 싹이 자라가면 자라갈사록 인간성은 진(眞) 선(善) 미(美) 애(愛)로 숙련(熟練)할 수 잇슬 거십니다. 그러나 유감인 것은 우리 중에는 아즉도 이러한 취미성의 숙련자가 만치 못합니다. 왜 그러냐 하면 취미성은 한째 싹은 돗을 수 잇스나 그 취미성이 완숙하기까지는 멧대 선조로부터 나려오는 취미성이 업고서는 완숙하기에 이르기 어렵다고 생각합니다. 헌즉 우리의 취미성이 풍부해지랴면 아직도 멧대의 력사를 기다려야 할는지 모름니다. 그러캐 친다 하더래도 우리의 생활이란 참 살풍경지 안슴니가 밥 째가 되면 밥 차저 먹고 밤 도라오면 잘 줄만 알 뿐이요 녀자는 일평생 다듬이 빨내하기에 꼿이 언제 피든지 단풍이 지거나 말거나 이러케 철두철미로 취미가 업시 사라왓슴니다. 우리는 장차는 살기 위하야 사는 거시 되지 말고 사는 그거시 유쾌하도록 사러가야 할 것입니다. 그리하야 우리가 남편의 옷과 자식의 옷을 지을 째 금치 못하는 자미가 생겨야 하겟고 남편이 비를 들어 마당을 쓸거나 어린애를 안아 줄 째나 독긔를 들어 장작을 패도래도 이는 그 부인을 도으랴는 의무도 아니오 대장부 된 체면손상도 아니 될 거시요 오직 취미에서 솟는 쾌락 쑨일 것입니다.

(『東亞日報』, 1926. 1. 29)

七.

이와 가치 취미를 수양하야서 그 취미로 실생활에 실현케 된다 하면 이 우에 업는 우리 생활은 신성하고 고상하게 개량할 수 잇다고 생각합니다. 생산율과 소비력이 갓타야 비로소 우리 생활은 안착을 엇을 수 잇는 것입니다. 이것이 피치 못할 우리 생활의 중요한 지위를 점령하고 잇는 것은 사실임니다. 일노 인하야 우리에게는 생긔가 잇고 활동력이 생기며 한 가정이 정돈되고 한 사회의 질서가 생깁니다. 그리하야 우리는 깁히 생각할 정력도 생기고 연구도 계속할 수 잇슴니다. 그러나 우리의 과거 밋 현재를 보면 이와 반대가 됨니다. 버는 것이 다섯이면 쓰는 것은 여덜이나 됨니다. 이와 가치 우리의 살림은 예산 업는 살림사립니다. 우리의 생활은 전혀·긔분덕이엿고 광렬덕(狂熱的)이엿나니 순간의 쾌락과 한 째의 수단을 취하기 위하야는 일생의 불평과 실망될 것을 생각 못함니다. 물론 누구에게든지 그 순간덕 쾌감이란 다시 엇지 못할 아람다운 감정이라고 생각합니다. 그러나 이 아름다운 감정이 자긔외 밋 타인간에 해독이 생길 째는 망동으로 볼 수 밧게 업슴니다. 우리 중에 남자들은 조혼 일에나 슯흔 일에나 료리집에 가서 한 잔식 먹는 것이 교제상 큰 수단이오 큰 사교술이 되엿슴니다. 그리하야 집안에서는 용돈이 업서서 쩔쩔 맵니다. 이러케 업스면서도 잇난체 하고 쓰지 아니 해도 조흘 째 씁니다. 짜라서 녀자는 그 남편이 수입이 얼마되는지 무어슬 해서 엇더케 버러오난지(직업 업는 자가 만흐니까) 모로고 평생을 사러 갑니다. 두부 한푼어치를 살 째도 사랑에 가서 타 와야 하고 고기 한근을 살 째도 사랑으로 나갑니다. 이갓치 남편은 남편대로 예산 업시 살고 부인은 부인대로 예산 업시 사니 이래고야 무슨 사난 자미가 잇고 무슨 안착이 잇겟슴니가 항상 바람에 불니는 갈대와 갓치 오날을 요행이 지내고 내일을 요행이 지내는 거시 우리 사는 목표이니 이 무슨 사러 잇는 의미가 잇스릿가 참 가련한 거슨 우리 살림사리입니다. 우리는 무엇보다 예산을 세워야겟슴니다. 남편된 이는 버는 거슬 확실이 정하고 또 쓸 거슬 확실이 정하야 그 부인에게 알게 해야겟스며 그 부인된 이는 남편의 버리가 얼마나 되는 거슬 짐작하야 절약하도록 할 거시니 이리하여야 우리의 살림은 비로소 안정이 되고 사는 것 십게 될 거심니다. 이것도 또한 우리가 능히 실행할 수 잇는 것 중에 하나인 생활개량 방침인 줄 암니다.

나는 이상 몃 가지 례를 들어 생활 개량을 부르지젓슴니다. 그러나 우리 살림이란 엇지 이러케 몃 장 종이에 올닐 만치 간단하오리까. 제도를 일일이 매거하야 개량을 부르지즈랴면 무한할 거심니다. 다만 이 몃가지 생활 긔초만 세게5) 되면 그 남아지는 자연히 개량하게 될 것시니 마치 확실한 사람이 된 후에 학문을 배호는 것과 일반인 것과 갓다는 거시 나의 생활개량을 부르지즘에 주지임니다. 한즉 결국 서로 사랑하고 윗기는 근본된 힘을 엇도록 하는 것이 생활 개량의 제일 갓가온 길인 줄 암니다.

아! 광야으로 찬 바람은 부러 드러온다. 살은 에여내는듯이 칩다. 「야명조소 야명조소」(夜明造巢夜明造巢) － 끗 －

(『東亞日報』, 1926. 1. 30)

---

5) '세우게'의 오식.

478   제9부 페미니스트 산문

젊은 夫婦

京城驛_{경성역} 一二等 待合室_{대합실}이엿다. 한편 벤치에 안저서 約 三十分 後에 到着_{도착}할 列車를 기다리고 잇섯다.

무릅이 동그라케 나오고 비々_쯔인 洋服에 써러지다가 만 으레잉콧을 입고 두어조각 긴 구두때가 반질반질 무든 모자를 쓴 매오 神經質_{신경질}인 紳士 한 분이 굴근 스텍기를 질질 쓸며 待合室로 드러시자 그 뒤에는 인조 玉色 치마에 인조 분홍 조고리를 입고 서투룬 말쏭머리를 한 쏭쏭한 안악내가 빠스켓을 가지고 거러 드러온다. 두 사람은 室內를 휘휘 돌너보더니 마침 비여 잇난 내 엽헤 안난다. 아모리 쯧어보아도 시골 普通學校 二三學年에 中止하엿거나 그러치 안으면 夜學_{야학}쯤 다니든 村女子로 新婚旅行_{신혼여행}쯤이 아닌가 生覺되엿다.

男子난 채 안지도 아니하야

「여보 이를 엇젓단 말이오」

「아니 왜요」

「이 저 거시기, 電車_{전차}를 가보아야겟군」

男子는 허둥지둥 눈이 둥그래서 밧그로 나갈안다 女子는 남편의 옷깃을 붓잡으며 놀난 얼골로

「왜요 무어시 업서요」

「아니 이럴 엇전단말이오 지금 오다가 산거슬 일헛구려」

압뒤를 살피고 洋服저고리 포켓, 쓰봉 포켓 左右에 손을 너엇다 쓰냇다한다.

「여보시오 글세 무엇말이오 지금 산 거시면 그럼 반지 말이오」

「응 응 그래그래」

「저건 무어야」 女人은 의아해서 손구락으로 남편의 왼편 구락1)을 가라치며

「응? 아 이런 精神, 나는 電車에 쩌러틔린줄 알앗지」

男子는 手巾을 쓰내 이마에 쌈을 씨스며 나를 흘깃 보고 무참2)해서 아모말업시 털석안는다. 女人은 허리가 부러지게 웃난다.

「아이고 왜 그러서요 나는 쌈작 놀낫지 日前에도 그러시더니」

「精神이 업서 그래」

내가 잇스니 두사람은 어물어물 하고 잠간 默默묵묵하엿섯다. 女人은 다시 自動車 타고 드러가실냐면 추워 엇더케 하나

아니 나는 關係치 안치만 당진이 춥지 아니할가

「아니오 저는 관게치 아니해요」

村女人으로서는 어울니지 아닐만치 愛嬌애교를 부린다. 째마침 苦學生이 新聞을 파러달나고 가지고 온다.

男子는 두장을 사가지고 한 장式 들고본다.

나는 엽헤서 보다가 속으로 「퍽도 사이 조흔 젊은 夫婦다」 하엿다.

이 모―든 世上 만흔 사람 中에 하필 그 男子 그 女子가 맛나 서로 사랑하고 액기고 일너주난 것 얼마나 아람답고 조흔거신가 果然 一男一女가 서로 사랑한다난 것처럼 Good and fine한 거시 업난 것 갓다.

그들은 쓰님업시 속살거려 秘密이 업고 울 째 갓치 울며 우술 째 갓치 웃고 어려온째 서로 도으며 苦로워하난 거슬 보면 내 몸과 갓치 압하하며 그의 말은 은연 中 다 듯게 되고 그가 업스면 成事하기 어려우며 그는 모―든 일에 秘書役비서역이오 그는 모―든 일에 參考書참고서이다. 이 얼마나 아름답고 貴한 거시랴 間間이 말다툼쯤 하면 엇더하랴 그거시 여려번3) 싸힌 것 중에 싹이 나면 아람답고 貴한 거시 된다.

---

1) 원문대로.

2) 원문대로.

3) 원문대로.

夫婦生活에 세 時期를 지내야만 참 아람답고 貴한 거시된다.

一. 서로 戀愛할 때난 兩性間 本能的으로 迷惑미혹하게 되어 熱과 情도 잇거니와 모든거시 좃코 아름답게만 보인다. 結婚 當時로 約 一年 半동안

二. 한 家内 한 房구석에서 二年쯤 서로 지내면 次次 缺點을 알게 된다. 卽 倦惰症권타증이 生기기 始作된다. 그리하야 美보다도 醜 善보다도 惡 長處보다 短處가 보이게 된다. 그럼으로 東西洋을 勿論하고 離婚 統計를 보면 結婚 後 二年 或 三年된 때가 第一 만타 그 고비만 넘기면 다시 意識的으로 무어슬 차저낼 수가 잇난 거시다.

三. 結婚 後 二三年을 지내고 보면 兩人間에 子女가 生겨 不得이 떠날 수 업게 되거니와 사람도 만히 격거 보고 하면 世上에난 別사람이 업다. 그려고[4] 兩 個性을 가진 者가 맛나니 마질 理가 업다. 서로 讓步양보하야 마치난 수 밧게 업난 거시다. 이에서 그들은 임의 서로 長處 短處를 아는지라 聰明총명한 者는 여긔서 相對者의 短處를 버리고 長處를 補長보장하기에 힘쓸거시라 他性 他人이 맛나 이만치 서로 理解하고 사랑하고 액기게 되면 이에 더 幸福한 者— 어대 잇스며 이에 더 아름답고 貴한 일이 쏘한 어대 잇스랴 그럼으로 우리는 배호고 體驗하고 思量사량하야 이 아름다온 生活을 해볼 生覺이 업난지! 八月十日 福泉洞에서

(『大潮』, 1930. 9)

---

4) 원문대로.

나를 잇지안는 幸福(帝展入選後感想)

우리는 누구든지 八字 좃케 다시 말하면 幸福스럽게 살기를 願하고 바란다 또 그대로 하기를 願한다.

뒤에 山을 찌고 압헤 물이 흘너 봄철에 꾀꼴이 소래며 여름날에 비 소리로 空氣 좃코 景致 조흔 二, 三層洋屋 가온대서 錦衣飽食금의포식으로 男女奴僕남여노복이 즐비하고 子孫이 繁昌변창한 富豪家부호가의 主婦가 되면 이야말노 더 말할 수 업는 所謂 幸福을 가진 사람이라 할 것이다.

이와 갓치 平隱無事평은무사한 것을 우리 幸福의 焦點을 삼는다면 幸福은 確實히 우리 生活을 固定 식히난 것이요 活氣업게 만드는 것이며 게으르게 만드난 것이요 우리로 하여곰 退步者퇴보자요 落伍者낙오자가 되게 하난 것이다.

우리 中에 한사람도 自己를 잇고 사는 사람은 업슬 것이다, 그럼으로 우리는 잘 먹고 잘 입고 편안히 살여고 하난 것이다. 그러나 우리 朝鮮 女子는 確實히 녜붓터 오늘까지 나를 잇고 살아왓다. 아모 한 가지도 그 스々로 努力해 본 일이 업섯고 스々로 求해 본 일이 업섯스며 그 혼자 煩悶번민해본 일이 업섯고 제 것으로 어든 것이 아모것도 업섯다 가이 업다 나를잇고 사는 것, 이것이야 말노 처량한 일이 안인가

왜 우리는 自己 內心에 숨어 잇는 無限한 能力을 自覺 못해섯고 그能力의 發現을 試驗하여 보려들지 안이 하엿든고!

世上에는 平凡한 가운대서 自己만은 무슨 將來의 保證할 것이 틈々히 잇는

것 갓치 安心하고 잇는 者가 만흐니 더욱이 우리 女子 中에 만흔 事實이다.

보라 얼마나 貴重히 역이고 保護하든 生命좃차 하로 아참 하로 밤에 쓴허지々를 안는가! 鐵石철석갓치 盟誓맹서한 戀人 同志의 마음이 變하지 안는가 最高 幸福도 아모럿치도 안코 업서지고 마는 것이 안인가 戀人에게 쓰거운 사랑을 밧고 벗에게 깁흔 미듬을 엇는다 해도 相當한 時期가 지나면 실증이 나고 變하는 것이다, 그 뜻이 길이 잇지 못할 것을 미리 짐작하여야 한다. 웨 그러냐 하면 萬一에 그 幸福을 일허 바리는 째는 오직 無能者가 될 것이요 先望者로 自處할 수 밧게 업슬 터이닛까.

그리하야 이 한 째에 幸福을 쎄앗길 째마다 어느 째든지 우리의 더할 수 업는 일거리 亦是 自己를 닛지 말고 살아가랴난 目標를 定하난 如何에 잇는 것일다. 卽 無意識하게 自己를 잇고 살아온 가온대서 有意識하게 自己를 잇지 안코 살아가는데 잇다고 生覺한다. 다시 말하면 우리의 가장 무서워하는 不幸이 언제든지 來襲내습할지라도 念慮염려업시 바더 넘길 수 잇슬 것이다. 거기에 아모러한 苦痛이 잇슬지라도 그 苦痛 中에서 一新一變일신일변할지언정 決코 敗北을 當할 理致이치는 萬無하다. 卽 外形의 如何한 幸福을 밧든지 쏘는 外形의 如何한 幸福을 일허 바리든지 幸福의 샘(泉)내 맘 하나를 잇지 말자는 것이다. 사람은 누구든지 힘을 가지고 잇다. 그 힘을 사람은 어느 時期에 가서 自覺한다. 아모리도 한 번이나 두 번은 다―自己힘을 自覺한다. 그것을 밧는 사람은 卽 自己를 잇지 안는 幸福을 늣기는 者다, 쏘 사람은 自己內心에 自己도 모르는 정말 自己가 잇는 것이다, 그(보이지 안는 自己) 를 차저내는 것이 곳 자긔를 잇지 안은 것이 된다, 要컨대 우리들의 現在 밋 未來의 生活目標의 信仰과 밋 幸福은 오직 自己를 잇지안코 살아가는 수 밧게 아모것도 우리의 맘을 깃브게 해줄것이 업슬것이다. 이것이 自己 生活의 展開를 自己가 保藏보장하랴는 것인이 만치 擊實지실할 것이다.

○ 그리하야 우리들의 할 일은 이 現實을 바로보는대 잇고 未來의 生活의 싹을 붓도다 길느난 대 잇는 것일다, 이러한 것슬 生覺하더래도 暫時잠시래도 放心하야 自己를 잇고 엇지 살 수 잇스랴.

하로 뒤 一年 뒤 지나는 瞬間순간마다는 後悔의 連續이엿다 그러나 그것이 하나가 된 큰 過去는 얼마나 늣김 잇는 過去인가 또 그中에 매듸ㅅ를 멀니 잇서 도라다보니 얼마나 즐거윗든 째이엿섯다,[1] 우리는 언제든지 우리 압헤 빗최이는 現在의 歡喜로 살지 못함을 곳 갓가온 過去를 現在로 맨드는 싸닭이엿다 그럼으로 其實은 現在는 업서지고 만 것이다, 지나고보니 이갓치 安全한 大路를 밟아온 것을 그리하야 其中道에난 내게 업서서는 아니 될 것이다. 具備해 잇고 그 쑨 안이라 그째ㅅ 展開해주는 生活이 다一나를 깃브게 맨든 것이오 다一나를 進步식힌 것이엇다, 그런대 웨 그째ㅅ 過去에 잇서서는 그다지 길이 좁엇든고!

○ 이번에 出品을 二點하엿다, 金剛山금강산 三仙巖삼선암과 庭園정원이엿다, 前者 五十號가 써러지고 後者 二十號가 入選되엿다, 後者는 임의 鮮展에서 特選으로 入選된 것이어서 別로 신통치 안을넌지 몰으나 나는 이 作品을 只今지금까지의 作品 中에 重要하게 生覺한 것임으로 日本 畵界에서 少毫소호라도 評을 엇게 되면 幸일가 함이다, 卽 歐米에서 본 畵壇화단의 要領이며 自己 心靈上심령상에도 最高 幸福한 째이엇고 兼하야 그림에 對한 힌트를 엇게 된 作品임으로 일부러 出品해 본 것이다. 이 作品에 對한 評에 依하야 압길을 定해볼가 합니다. 이제까지 집안 살님사리 가온대서 겨오 쓰러나오든 그림이라 남들이 아는 以上 無實力한 것을 붓그러워하는 바이다 업는 재조가 보일가 하고 다시 東京 길을 밟은 것이다. 一九三一. 十. 十五日 於 東京

(『三千里』, 1931. 11)

---

1) 원문대로.

아아 自由의 巴里가 그리워

— 歐米漫遊하고 온 後의 나

生活程度를 나츠이난 것처럼 苦痛스러운 것이 업난 것 갓다. 理想을 품고 그 것을 實現 못하난 것처럼 悲哀비애스러운 것이 업난 것 갓다. 내 意思를 죽여 남의 意思를 쏫난 것처럼 無意味무의미한 것이 업난 것 갓다. 그러면 나는 이러한 環境을 버서나지 못할 그야말로 무슨 運命에 處하엿는가? 그러치 아니면 일부러 當하고 인난가?

歐米 漫遊期만유기 一年 八箇月 間의 나의 生活은 이러하얏다. 斷髮단발을 하고 洋服을 입고 빵이나 茶를 먹고 寢臺침대에서 자고 스켓치 빡스를 들고 硏究所를 다니고 (아가데미) 冊床에서 佛蘭西말 單字를 외우고 째로난 사랑의 꿈도 뛰여 보고 將次 그림 大家가 될 空想도 해 보앗다. 興나면 춤도 추어보고 時間 잇스면 演劇場연극장에도 갓다. 王殿下왕전하와 各國大臣의 宴會席上연회석상에도 參加해 보고 革命家도 차자보고 女子 參政權論者참정권론자도 맛나 보앗다. 佛蘭西家庭불서가정의 家族도 되여보앗다. 그 氣分은 女性이오 學生이오 處女로써이엿다. 實上 朝鮮 女性으로서는 누리지 못할 經濟上으로나 氣分上 아모 障碍장애되난 일이 하나도 업섯다. 太平洋을 건느는 뱃속에서조차 매우 愉快히 지냇다.

그러나 橫濱횡빈에 到着 되난 째붓터 家屋은 나무간 갓고 길은 시구렁 갓고 사람들의 얼골은 노라코 등은 새우등 갓치 꼬부러저 잇다. 朝鮮오니 길에 몬지가 뒤집어 씨우난 거시 자못 不快하엿고 송이버섯 갓흔 납작한 집속에서 울녀 나오난 다듬이 소리는 처량하엿고 흰옷을 입고 시름업시 거러가난 사람은 불상하엿다. 이와 갓치 훨적 피엿든 꼿이 바람에 쩌러지듯 푸군하고 늘신하든 氣

分은 前後左右로 밧삭ㅅ 오그러들기를 시작하엿다.

○ 歸國 後의 나의 生活

朝鮮와서의 나의 生活은 엇더하엿나. 싹것든 머리를 부리낫케 기르고 강동한 洋服을 벗고 긴 치마를 입엇다. 쌀밥을 먹으니 숨이 갓부고 우럭ㅅ 취하엿다. 잠자리는 백이고 느러슨 거슨 보기 실혓다. 부엌에 드러가 반찬을 맨들고 온돌방에 안저 바누질을 하게 되엿다. 媤家시가 親戚들은 誼理의리를 말하고 媤어머니는 孝道를 말하며 媤누이는 돈 모라고 야단이라. 아, 내 귀에난 아해들이 어머니라고 부르난 소리가 이상스럽게 들일만치 모든 지난 일은 긔억이 아니나고 只今 當한 일은 귀에 들니지 아니 하며 아직 깨지 아니한 꿈 속에 사난 것이엇고 그 꿈 속에서 깨여보랴고 허덕이난 것은 나 외에 아모도 알 사람이 업섯다. 나는 로마 시스지나 宮殿에서 미케란제로의 天井畵천정화 압헤 섯슬 째 西班牙에서 鬼才 고야의 무덤과 밋 그 天井畵 압헤 섯슬 째 나의게 希望, 理想이 湧出용출하엿다. 이와 갓치 내가 만혼 그림을 본 後의 感想은 두 가지다 「一은 그림은 좃타」 「二는 그림은 어렵다」 내게 이 感想이 繼續계속되난 동안에는 그림은 늘 수 업스리라고 밋난다. 그 外에 나는 女性인 것을 確實히 째다럿다. (지금까지는 中性 갓햇든 것이) 그리고 女性은 偉大한 거시오 幸福된 者인 것을 째다럿다. 모一든 物情이 이 女性의 支配下에 잇난 것을 보앗고 알앗다. 그리하야 나는 큰 것이 尊貴한 同時에 적은 것이 갑 잇난 것으로 보고 십고 나 쑨 아니라 이것을 모든 朝鮮사람이 알앗스면 십흐다.

쏘 나는 歐米를 漫遊만유하고 온 後로 곳 一年 동안이나 시집사리를 살게되고 만혼 親戚친척 가온대로 살게 되엿다. 生覺은 짜로 두고 行動은 그들에게 좃난 것도 亦是 容易용이한 일이 아니엇다.

나는 이 苦痛, 悲哀, 無價値를 當하게 된 不得已부득이한 事情이 잇섯나니 朝鮮 쌍을밟을째 임의 腹中복중의 八箇月된 姙娠임신 中이엿다. 이것을 分娩분만하야 왼만치 養育양육할 동안이 自然 一年이 지나고 만 것이다. 그外에 내 머리 속이 뒤범벅이 된 것을 갈피를 차리자면 相當한 保養보양과 時日이 걸녀야 햇섯다. 쏘 나는 事物에 對할 쌔마다 이러케 生覺한다 巴里나 朝鮮地方이 그 人情이나 自然

스러운 態度가 一致되난 點이 만타고. 다만 前者는 文明이 極度극도에 達한 社交術사교술이요 後者는 未開미개한 原始的원시적인 差일 쑨이다. 그럼으로 前者보다 後者에게 쓰듯한 맛이 더 잇서 보인다. 識者憂患식자우환으로 조곰 아난 것을 잘 消化 못 식힌 나는 漸々 偏性편성으로 다라난다. 이런 缺點결점이 보일 째마다 늘 反省하난 同時에 後者의게 더욱 親近친근한맛을 늣기게 되난 것이다. 坐 한 가지 난 엇지하면 나와 남 사이에 平和하게 살어볼가 하난 것이엇다. 巴里人의 社交心이든지 朝鮮農村의 原始心이 그 要點은 克己극기다 사람이 다 各々 個性이 잇난 以上 我만 세울 수 업난 것이다. 더욱이 地方夫人들의 克己心 卽 婦德이며 만혼 親戚사이에 融和융화해가난 抱擁性포용성은 修養上 반드시 한번은 보아둘 必要가 잇난 것을 切實히 늣긴다. 이 여러 가지 點으로 보아 環境을 버서나지 못하엿다난 것보다 環境을 利用할 수 잇섯든 것이다.

○ 무서운 것 세 가지

그러타고 나는 以上과 갓흔 消極的소극적 行動행동을 조와하지 아니한다. 境遇가 흐리고 氣運이 실미지근하며 個性이 쑥々지 못한 것이 실혀하고 미워한다. 過渡期 사람들은 남의 變한 行動을 보기 조와하면서 自己의 因襲的인습적 行動에서 버서나지 못하난 것이다. 그리하야 누가 압서기를 기다리고 썽충 쒸난 者를 비록 입으로난 批難비난하더라도 몸으로난 尊敬을 表하난 것이다. 이러한 積極的적극적 人物이 必要타고 生覺한다. 그러나 朝鮮사람의 環境환경에서 썽충 쒈 사람이 容易히 生겨날난지?

이것저것 주서 모은 結論의 要點이 이것이다. 世上에난 무서운 것이 세 가지가 잇다. 一은 사람이 무섭고 二는 돈이 무섭고 三은 世上이 무섭다. 사람이 사람답게 나든지 坐 하고저 하면 못 할 것이 업다 돈만 잇스면 못 갈 곳이 업다. 能치 못할 것이 업다. 그러고 世上을 알고 보면 무섭다. 勇氣가 주러진다. 사람이면 다 사람이랴 사람이라야 사람이지 사람하나 되기에 얼마나한 時日과 經驗과 밋 煩悶苦痛번민고통이 싸히난지 돈々 돈이 貴한 줄 뉘 몰으며 더구나 朝鮮사람의 돈난리는 處々에서 들나난 바 아인가 돈 잇난 者는 活氣가 들고 돈 업난 者는 억개가 축 처진다. 돈 업스면 伊太利니 佛蘭西니 어대々々를 다 엇더케 다

녀왓스랴. 世上은 이런 世上도 잇고 저런 世上도 잇서 世界中에는 形々色々의 世上이 만타. 이 世上에서는 저 世上을 憧憬하고 저 世上에서는 이 世上을 憧憬동 경하니 어느 것이 조흐며 어느 것이 나으며 어느 것이 올혼지 조곰 아는 知識으로는 判斷하기 어렵다. 도로 제 것에 도라가난 수밧게 업난 것이다. 그럼으로 알고 도로목이나 모르고 도로목이 되기난 一般이다. 이와 갓치 세 가지 무서운 것을 알앗다. 또 體驗하엿다. 우리가 修養수양하난 것 活動하난 것이 다 이 세 가지 中에 하나를 엇으랴고 하난 것이 아닌가 生覺한다.

平面과 立體를 通하야 用機畵용기화에 나타나는 無數한 線이 보이난 것 갓치 눈을 감고 잇스랴면 西洋에 잇슬 째는 西洋의 立體입체만 보이고 朝鮮의 平面이 보엿든 것이 朝鮮오니 朝鮮의 立體가보이고 西洋의 平面이 보인다. 平面과立體가 合하야 한 物体가 된것가치 平面 卽 外面과 立体 卽 內部가 合하야 一社會가 成立된 것이니 어느 것을 짜로ㅅ 쩨여 볼 수가 업다. 잠간ㅅ 들니난 客에게난 內部를 알 餘暇여가가 업고 또 얼는 보이지도 아니하고 限이 업난 것이엇다. 그럼으로 나는 그 外面에 나타난 몃 가지를 取해 가지고 왓슬 뿐이다. 그러면 歐米人의 사난 것은 엇더하며 우리 사난 것은 엇더한가. 한 말슴 말하면 그들은 꼭々 씹어서 단맛 신맛 짠 맛을 다 알아 가지고 생켜서 消化하난 것이오, 우리는 된 대로 꿀덕ㅅ 생켜 아모 맛을 모르난 것이다. 結局 大便되기는 一般이나 大便될 동안에 經路경로가 얼마나 다른가. 그리하야 그들은 生의 맛을 안다. 卽 엇지하면 잘 놀까 하난 것이 걱정거리다. 일할 째는 限껏 일하고 놀 째는 興껏 논다. 感情이 솟을 째는 불이라도 붓흘 듯하고 理智가 發할 째는 어름과 갓치 차다. 그러나 산뜻하고 多情하고 博愛박애스러운 것이야 아모리 社交術이라 하더라도 誘惑유혹아니 될 수 업다. 그러면 우리 사난 것은 엇더한가. 날가난 줄 모르게 늘 지々하다. 그러고 感情과 理智를 折衷절충해서 산다. 또 그들 婦女들은 各自각자 度生도생으로 衣服을 입고 帽子를 쓴다. 卽 創作性이 豊富하다. 그리하야 異常한 姿態가 보이면 그것을 貴히 역이고 그 사람을 尊敬하고 그것을 奬勵장려한다. 그럼으로 그 社會에난 創作品이 만코 進步가 잇다. 우리난 엇더한가. 좀 이상스러운 것만 보면 辱說욕설과 誹謗비방으로 눌느고 비웃난다. 이럼으로 創作物이 잇슬 理 萬無하다. 個人으로 創作性이 업는 者나 社會로 創作物이 엄난 것은 進步가 업다고 볼 수 밧게 업다.

　無識하나마 世界를 보고 온 머리로 그야말로 原始的이다 십흔 歐米보다 二三 世紀뒤진 朝鮮農村에서 生活을 하고 잇스랴니 모든 것이 어울니지 아니하고 그 缺點이 確實히 눈에 쒸워 다시 外國에 드러슨 感이 生긴다. 그리하야 내 머리로 는 짠 生覺을 하면서 몸으로난 그들에게 싸이게 하너라고 애를 無限이 쓰게되 고 남 보기에난 얼싸진 사람갓치 된다.

○ 내가 歐米갈 째의 目的

　내가 歐米를 向하야 쩌날 째에 나는 무슨 目的으로 가나 하고 生覺하엿다. 내게는 安心을 주지 못하는 네 가지 問題가 잇섯다. 一은 사람은 엇더케 살아야 조흘가. 二는 男女間에 엇지 하면 平和스럽게 살가. 三은 女子의 地位는 엇더한 것인가. 四는 그림의 要點이 무엇인가 이엿다. 그곳에 가서는 두 가지 考慮 中 에 잇섯다. 卽 한 곳에 머물너 巴里 살논에 入選이라도 할가 쏘 하나는 夫君을 짜라 여러 나라의 人情 風俗을 求景할가 이엿다. 나는 後者를 取하엿다. 그리하 야 短時日에 九個國을 주서 보고 오니 모다 그것이 그저 갓하야 머리 속에 뒤범 벅이 되고 頭序를 차릴 수 업게 되엿다. 게다가 곳 解産을 하고 産後의 泄瀉病설 사병으로 衰弱쇠약해젓다. 마치 무엇을 잡으랴고 허덕ヘ 애를 쓰나 잡혀지々 아 니 하난 것 갓햇다. 이것은 내게 튼々한 豫備知識예비지식이 업섯든 짜닭이라고 生覺한다. 그러나 째가 가고 날이 갈사록 한가지 한가지式 整理가 되여 次々 뒤 서를 차리게 된다. 그러는 동안에 歲月은 速하야 二月十日 집에 到着하든 滿 一 個年이 되고 마렷다. 다만 애처럽고 앗가운 거슨 巨大한 金錢과 無數한 時間과 無限한 精力을 드려 엇은 歐米에 對한 印象은 漸々 희미해지난 것이다. 오즉 꿈 속에서 왓다갓다 하다가 새벽잠이 째여 過去를 回憶하기에 날 새우난 줄 모를 뿐이다. 아, 아 自由, 平等, 博愛의 世上 巴里가 그리워 ⋯⋯.

　내게 큰 病이 잇다. 그거슨 무어세든지 化해지々안는 才操재조다 나논 이 才 操를 가진 사람을 부러워하나 내게는 잇서지々를 아니한다. 나는 이러한 나를 퍽 미워하고 실혀한다. 그러나 배내病身인데야 엇지하랴. 이는 보난 것 듯난 것 배호난 것을 내게 化하려는 固執고집이 잇는 싸닭이다. 卽 내 것을 맨든 後에 愉

快유쾌함을 늣기난 까닭이다. 다시 말하면 不得已하야 하고 십지 아니하다. 무어 세든지 意味를 부처 즐겨서 하난 거시 되어야 속이 시원한 이상한 心思가 잇다. 그럼으로 내가 只今까지 朝鮮大衆의 生活을 쩌나, 別天地에서 살앗든 거시 다시 朝鮮人의 生活로 드러슬나면 農村生活의 程度정도로붓터 살어볼 必要가 切實히 잇섯다. 내게 農村生活이 얼마나 必要하엿섯난지.

나는 째々로 이런 生覺을 한다. 사람의 머리가 왜 서울 鐘路에 달닌 鍾만 하지 아니 한가. 더구나 朝鮮 新女性의 머리가. 그들의 生活은 얼마나 複雜복잡하며 몃 重へ인지?.

暴風雨가 지나갓다. 맑은 하날 빗이 들 째 그에 빗춰이는 山川草木은 얼마나 明朗한가.

다시 嚴冬엄동이 닥처왓다. 白雪은 싸혀 銀世界가 되고 마럿다. 저 水平線에 덥힌 白雪은 얼마나 아름답고 潔白결백하고 平和스러운가 그러나 그것을 헷치고 빗을 보자 얼마나 만흔 凹凸屈曲요철굴곡이 잇는가?.

(『三千里』. 1932. 1)

畵家로 어머니로
— 나의 十年間 生活

어머니로서

큰　쌀 「어머니 머리 빗겨 주서요 學校 늣겟서요」 온순이 말한다
큰　놈 「어머니 이것 봐 발구락이 나왓서 어서 다른 것 주어」
어머니 허둥지둥 머리를 빗기고 양말을 가라 준다 「冊 다 넛코 宿題 다 햇지」
둘재놈[1]「네 갓다오겟습니다」 상큼〜 웃줄〜나간다
둘재놈 「어머니 나는 혼자 유치원에 가기 실혀」
어머니 「오냐 금녜하고 갓치 가거라 금녜야 애기 데리고 유치원에 갓다 오너
　　　　라」 아장〜 거러 나가며 「잇짜가 능금 사주어 엄마」 한다
셋재놈 「엄마 꼬기주어」
어머니 「오냐 주지 이것도 좀 먹어라 시금치 나물」
셋재놈 「나는 실혀」 킹〜운다
저녁 째가 도라왓다 학교에서 세 아해가 도라왓다 뒤둥대둥 소리가 나온다
하도쏀〜하도쏀〜
쏀〜〜〜〜〜나이데아소부
춤을 추고 경둥〜쒸고 짝〜 손을 치고 야단이다

外交官夫人으로서

下　人 「아씨 편지 왓습니다」

---

1) '큰 놈'의 오기.

아 씨 「오냐 이리다오」 흰 西洋 봉투를 뜻고 본다 ○○殿下가 來臨내림하서서 領事本舘영사본관에서 宴會연회가 있다고.

宴會날 저녁이 되엿다 沐浴목욕을 하고 면도를 하고 머리를 지지고 비단치마에 비단 저구리를 입난다 텁텁하든 쏠이 말숙하게 되엿다.

宴會席上이다 殿下끠 절을 하고 食卓에 안저 雜談을 하며 圓滿히 쓰려갓다

下 人 「아씨 어느 분이 오섯습니다」 명함을 가지고 드러온다

아 씨 「應接室응접실노 뫼서라」

잠간 體鏡체경을보고 몸맵시를 整理정리하고 나간다.

客 「이거 오래간만임니다」

夫 人 「참 오래간만임니다 어떠케 이러케 저짜지 차저 주실 틈이 게섯서요 이러케 外地生活을 하니 차자 주시난 분이 더욱이 情다워요」

客 「천만에 말삼임니다 그런대요 제가 이번에 上海에 가난 길인대 中道까지 同行 못해 주시겟습니가」

夫 人 「글세요」 잠간 생각하면서 그의 눈치를 보더니 「가 드리지요」

客 「감사함니다 그러면 곳 차려주십쇼」

夫人은 그를 無事히 보내고 愉快히 도라 왓다

별안간 門이 펄적 열니더니

客 「여보 R夫人 게시오」

R 「네 누구십닛가」 어린애 젓 먹이든 채로 안고 나간다

R 「이게 왼 일이오 電話도 업시」

客 「그런대 큰일 낫소」

R 「무어시」

客 「三冬紬삼동주 세 필을 사 가지고 가다가 稅를 내라는 대 엄청나니 자 어듸 봅세다 領事夫人의 權限이 얼마나 잇는가 좀 모면하도록 못해 주시겟소」

R 「나는 무슨 재조가 잇나」 태연이 서서 말하며 싱긋 웃는다 옷을 주섬ㅅ 가라입고 그의 압흘 서 人力車로 停車場을 向하엿다. 마침 아는 稅關세관 官吏관리가 잇서 쓱쓱 찍어준다.

그 後 그의게서난 半 놀님의 致賀 片紙가 왓다 이러한 가진 各色 事件이 되푸리
하기를 六年 동안을 두고 하엿다.

女子畵家로서

밤 새로 두 시다. 남편은 宴會에서 도라온다

남편 「그저 안자고 잇소?」

안해 「깃버서 잠이 와야지 그래 新聞을 이러케 쏘 보고 쏘 보고하지」

남편 「나도 엇지 깃분지 오날 宴會席上에서도 이번에 당신이 鮮展에 特選한
이야기로 한판이 버러젓겟지 公使는 나더러 한턱하라고 하며 우순말
을 작고하겟지」

안해 「그래 당신 무어시라고 對答햇소」

남편 「그냥 우섯지 그러고 남의게 尊敬밧는 안해를 가진 者는 幸福 스럽다
햇지」

안해 「여보 한턱하오 애는 내가 쓰고 좃키는 당신만 좃치」

남편 「왜?」

안해 「내가 그림을 잘 그리든지 寫生旅行사생여행을 하든지 하면 다 나를 칭찬
해 주지 안코 남편이 얼마나 寬大관대해서 그러냐고 하니 안그럿소」

남편 「그리게 女子는 男子의 부속물이지」

안해 「쏘 저런 아니꼬운 소리를 한다」

　R의 畵道는 專門이란 것 보다 이런저런 일한 餘暇의 副業이다 걱정 업난 生
活에 사이 조흔 夫婦에 자미잇는 子息들의 무어시 그리랴마는 그림을 그린 後
의 快感이란 말할 수 업다 그리하야 비단옷을 무명으로 입으며 畵具를 사고 틈
을 타서 그림을 그린 거시다. 이거시 自己 氣分도 새롭게 할 뿐 아니라 쌔로난
家庭氣分이 快活해진다

歐美漫遊生活

　나의 生活은 그림을 그릴째에난 專혀 남을 爲한 生活이엿다 속에서 부글〳〵
쓸는 마암을 쑥쑥 참으며 形式에 얽매여 산 거시다 그럼으로 歐美漫遊의 機會

난 내게 씨운 모든 탈을 벗고 펄펄 놀고 십흔 거시엇다 나는 어린애가 되고 處
女가 되고 사람이 되고 藝術家가 되고저 한 거시다 마암뿐이 아니라 環境이 그
리 맨들고 事實이 그리 맨드럿다 巴里「룩삼불」公園에 午後 四時頃이다 사람은
雲集하야든다 나는 Y君과 同行하야 公園쨴치 위에 안젓다 Y君은 엽헤 잇는 나
를 쑥 씨르며

Y「여보 저긔 저 佛蘭西 사람이 R氏를 보고 눈으로 윙크를 하오」

R「그럴 째는 어떠케 하오」

Y「亦是 눈을 꿈적하야 對答하면 고만이지」

R「그러고난」

Y「그러면 萬一마암에 들든지 쏘 작난으로든지 인사를 하지」

R「아이구 망칙해라」

Y「처음은 망칙하지만 무어」

R「朝鮮도 그러케 될가」

Y「朝鮮은 歐羅巴구라파에 比하야 三世紀 가량 뒤졌으니까 三世紀 後면 그러케
　　되겟지요 出人이 자즌 이 世上에 제가 무슨 수로 가만히 잇슬 수 잇나」

R「저것 보죠 女子가 그대를 보고 눈짓을 하오」

Y「對答 한번 해줄가 눈짓이나 한번 해 주면 게집애들은 조와라고 하지」

　한편에서 音樂소리가 들닌다 어린 아해들이 조고마한 배를 못에 씌우고 조
와라하고 논다. 아해 어머니들은 레스를 짜고 안젓다. 평화를 품고 잇는 女神像
여신상은 微笑를 씌어 오고 가고 오는 사람을 반겨한다.

獨身生活의 今日

Y「여보 잇소」겅충 쮜여 드러오며

R「네 누구요 드러오시오」

Y「이건 컹컴한 房 속에서 무슨 궁상을 씌고잇서」

R「그러면 어떠케 하오 그거시 本職이니」

Y「그런대 잘 되엿는대 亦是 솜씨난 잇서」「그래 이대로 사러 갈 作定이오」

R「글세 이것저것 生覺하난 거시 만하서 어떠케 되겟지」

Y「그래 愛人이 생겻소」

R「다 귀치안아 집어 치윗소」

Y「왜?」

R「時間업고 돈 업난대 戀愛가 무어시오」

Y「인제 다 늙엇군」

R「몸도 늙고 마암도 늙고」

Y「몸은 늙지만 마암이야 늙난 法 어대 잇나 점점 더 젊어가지」

R「그건 그래 오스카와일드의 詩에도 『몸이 늙난 거시 슬푼거시 아니라 마암
　이 젊어 가난 거시 슯흐다』하엿지

Y「그런대 性問題는 언어케 하오」

R「쉬 風俗 문란이오」

Y「왜?」

R「고만둡세다 環境의 支配를 밧기 실흔거시 내 固執고집이라난 것만 말해두지
　그럴 째마다 人生의 眞面目을 보난 것 갓해」

　나의 十年 生活 中에는 階級과 貧富와 貴賤귀천의 屈曲굴곡이 가로 내려질니고
새로 흘너 나를 웃기고 혹 울니고 즐겁게 쏘는 괴롭게 맨들엇다 그러나 이 모
든 거슬 抑制억제케 하난 거슨 오직 내게 깁히 쑤리 백혀진 藝術心과 菩提心보리
심이다

衆生無邊중생무변 誓願度서원탁
煩惱無盡번뇌무진 誓願斷서원단
法門無量법문무량 誓願學서원학
佛道無上불도무상 誓願成서원성

(『新東亞』, 1933. 1)

離婚 告白狀

― 靑邱氏에게

　나이 四十 五十에 갓가왓고 專門敎育을 밧앗고 남들의 容易히 할 수 업는 歐
米 漫遊를 하엿고 또 後輩를 指導할만한 處地에 잇서서 그 人格을 統一치 못하
고 그 生活을 統一치 못한 거슨 두 사람 自身은 勿論 붓그러워 할 뿐 아니라
一般 社會에 對하여서도 面目이 업스며 붓그럽고 謝罪하는 바외다.

　靑邱氏청구씨!

　난생 처음으로 當하는 이 衝擊은 넘오 傷處가 甚하고 致命的치명적입니다.

　悲嘆, 動哭[1), 焦燥, 煩悶 - 爾來이래 이 一切의 軌路궤로에서 生의 彷徨을 하면서
一便으로 深淵의 밋바닥에 던진 氏를 나는 다시 靑邱氏―하고 부릅니다.

　靑邱氏! 하고 부르는 내 눈에는 눈물이 긋득 차집니다. 이거슬 世上은 나를
「弱者야」하고 불를가요?

　날마다 當하고 지내든 氏와 나 사이는 깁히 理解하고 知悉지실하고 自負하든
우리 사이가 夢想에도 生覺지 안든 傷處의 運命의 經驗을 엇어케 現實의 事實
노 알 수가 잇스릿가

　모다가 꿈 모다가 惡夢 지난 悲劇을 나는 일부러 이러케 부르고 십흔 거시
나의 거짓 업는 眞情입니다.

　「善良한 남편」 적어도 당신과 나 사이에 過去 生活 軌路에 나타나는 姿勢가
아니오닛가 「善良한 남편」 事件 以來 얼마나 否定하려 하엿스나 結局 그러한

---

1) 원문대로.

姿勢가 只今 傷處를 밧은 내 가슴속에 蘇生하는 靑邱氏입니다.

事件 以來 打擊타격을 밧은 내 가슴속에는 氏와 나 사이[2] 夫婦生活 十一年 동안의 印象과 追憶이 明滅명멸해짐니다. 모든 거세 무엇 하나나 조곰도 不滿과 不平과 不安이 업섯든 것 아님니가. 氏의 日常의 어느 한가지나 妻인 내게 不審이나 不快를 가진 아모 것도 업섯든 것 아님니가? 저녁 째면 辭退 時間에 꼭꼭 도라오지 아니 하엿스며 내게나 어린애들에게 慈愛잇는 微笑를 씌는 氏이엿습니다. 煙草는 小量으로 피우나 酒量은 조곰도 업섯슴니다. 이 意味로 보면 氏는 世上에 듬은 「善良한 남편」이라고 아니 할 수 업나이다. 그런 남편인만치 나는 氏를 信任 아니할 수 업섯나이다. 아니 꼭 信任하엿섯슴니다. 그러한 氏가 숨은 半面에 무서운 斷決性 慘酷한 唾棄性타기성이 包含해 잇슬 줄이야 누가 쑴엔들 生覺하엿스리가 나를 反省할만한 나를 懺悔참회할만한 寸分의 틈과 寸分의 餘裕도 주지 아니한 氏가 아니엿슴닛가. 어리석은 나는 그래도 或 용서를 밧을가 하고 哀乞伏乞하지 아니 하엿는가.

未曾有의 不祥事 世上에 모든 信用을 일코 모든 公憤批難공분비난을 밧으며 父母親戚의 버림을 밧고 옛 조흔 親舊를 일흔 나는 勿論 不幸하려니와 이거슬 斷行한 氏에게도 悲嘆, 絶望이 不少할 거십니다. 오직 나는 荒野에 헤메고 闇夜에 空寞공막을 바라고 自失하여 할 뿐입니다.

썰니는 두 손에 畵筆과 파렛트를 들고 暗黑을 向하야 가는 거신가. 그러치 안으면 光茫광망의 瞬間을 求함인가. 넘으 크고 넘어 重한 傷處의 衝擊충격을 밧은 내게는 刻々으로 切迫한 쓸々한 生命의 부르지짐을 듯고 울고 씨러지는 衝動으로 가삼이 터지는 것 갓사외다.

우리 두 사람의 結婚은 「거짓 結婚」이엿섯나 或은 彼此에 理解와 사랑으로 結合하면서 그 生活에 흐름을 짜라 우리 結婚은 「거짓」의 岐路기로에 써러진 거시 아니엿는가 나는 구타라 우리 結婚 우리 生活을 「거짓」이라고 하고 십지 안소. 그거슨 임의 結婚 當時에 모든 準備 모든 誓約서약이 成立되여 잇섯고 임의 그거슬 다 實行하여온 까닭임니다.

---

2) 원문대로.

靑邱氏!

光明과 暗黑을 다 일은 나는 이 空虛한 自失 狀態에서 停止하고 서서 한번 더 仔細자세히 內省할 必要가 잇다고 生覺합니다. 이와 갓치 念頭하난이 만치 나는 悲痛한 覺悟의 압헤 서 잇습니다. 世上의 모든 嘲笑, 叱責을 甘受하면서 이 十字架를 등지고 默々히 나아가랴 하나이다. 光明인지 闇黑인지 모르는 忍從과 絶對的 苦悶밋헤 흐르는 조용한 生命의 속삭임을 드르면서 한번 더 甦生소생으로 向하야 行進을 繼續할 決心이외다.

約婚까지의 來歷

발서 옛날 내가 十九 歲 되엿슬째 일이외다. 約婚하엿든 愛人이 肺病으로 死去하엿습니다. 그 때 내 가슴의 傷處는 甚하야 一時 發狂이 되엿고 連하여 神經衰弱신경쇠약이 漫性에 達하엿섯습니다. 그해 여름 放學에 東京에서 나는 歸鄕하엿섯나이다. 그째 우리 男兄을 차자 나를 보러 兼々하야 우리 집 사랑에 손님으로 온 이가 氏이엿습니다. 氏는 그째 喪妻한 지 임의 三年이 되든 해라 매오 孤獨한 째이엿습니다. 나는 사랑에서 족하 쌀과 놀다가 氏과 싹 마조첫습니다. 이 機會를 타서 男兄이 인사를 식혓습니다. 氏는 며칠 後 京城으로 가서 내게 長札장찰을 보내엿습니다. 率直하고 熱情으로 써 잇섯습니다. 爲先 自己 環境과 心身의 孤獨으로 娶妻취처하여야겟고 그 相對者가 되여주기를 바란다는 거시엇사외다. 나는 勿論 答하지 아니 햇습니다. 내게는 그만한 마음의 餘裕가 업섯든 거시외다. 두 번째 편지가 쏘 왓습니다. 나는 간단히 답장을 하엿습니다. 몃칠 後에 그난 쏘 나려왓습니다. 패이나플과 果實을 사 가지고. 나는 이번에는 보지 아니 하엿습니다. 氏는 本鄕으로 내려가면서 東京갈 째 편지 하여달나고 하엿습니다. 그 後 내가 東京을 갈째 無意識的으로 葉書를 하엿습니다. 밤中 大阪을 지날 째 왼 四方 帽子 쓴 學生이 인사를 하엿습니다. 나는 알아보지를 못 하엿든 거시외다. 京都까지 갓치 와서 나는 同行 四五人이 잇서 直行하엿습니다. 東京 東大久保동대구보에서 同行과 갓치 自炊자취 生活을 할 째이외다. 氏는 土産ハッ橋를 사들고 차자 왓습니다. 氏는 東京帝大 靑年會 雄辯大會에 演士로 왓섯습니다. 낮에는 반드시 내 冊床에서 草稿를 해 가지고 저녁 째면 도라가서 반드시 편지를 하엿습니다. 어느 날 밤 도라갈 째이엿습니다. 電車 停留場에서 내가 손을 내밀엇습니다. 氏는 쓰겁게 握手악수를 하고 因하야 갓가온 수풀노 가지고 하더니 거긔서 하나님끠 感謝하다는 祈禱를 올니엿습니다. 이와 갓치 氏의 片紙, 氏의 말, 氏의 行動은 理性을 超越한 感情 쑌이엿고 熱쑌이엿사외다. 나는 이 熱을 밧을 째마다 깃벗섯습니다. 不知不覺 中 그 熱 속에 녹어 드러가는 感이 生겻나이다. 이와 갓치 氏는 京都 나는 東京에 잇스면서 一日에 一次式을 나오기도 하고 或 散步하다가 巡査에게 注意도 밧고 或 쏘토를 타고 一日의 愉快함을 지낸 일도 잇고 雪景을 차자 旅行한 일도 잇섯습니다. 이러케 六年 間 쓰는 동안 氏는 몃 번이나 婚姻을 督促독촉한 일이 잇섯습니다. 그러나 나는 斷行하고 십지 아니 하엿습니다. 그는 무엇보다 남이 알 수 업난 마음 한편 구석에 남은 傷處의 자리가 아직 암을지 아니 하엿습이오. 하나는 氏의 사랑이 理性을 超越한이만치 無條件的 사랑 卽 異性 本能에 지나지 아닌 사랑이오. 나라는 一個性에 對한 理解가 잇슬가 하는 疑心이 生긴 것이외다. 그리하야 本能的 사랑이라 할진대 나 外에 다른 女性이라도 無關할 거시오. 何必 나를 要求할 必要가 업슬듯 生覺든 거시엇습니다. 全 人類 中 何必하필 너는 나를 求하고 나는 너를 짝지으랴 하는 대는 네가 내게 업서々는 아니 되고 내가 네게 업서々는 아니 될 무엇 하나를 차자 엇지 못하는 以上 그 結婚生活은 永久치 못할 거시오. 幸福지 못하리라난 거슬 나는 일즉이 째다랏든 거시엿습니다. 그러타고 나는 그를 놋키 실혓고 氏는 나를 놋치 아니 하엿슴니다. 다만 斷行을 못할 짜름이엿습니다 그리다가 兩便 親戚들의 勸誘권유와 밋 自己 責任上 擇日을 하야 結婚한 거시엇습니다. 그째 내가 要求하는 條件은 이러하얏습니다.

一生을 두고 只今과 갓치 나를 사랑해 주시오.

그림 그리는 거슬 放害하지 마시오.

시어머니와 前室 쌀과는 別居케 하여주시오.

氏는 無條件하고 應諾하엿습니다. 나의 要求하는 대로 新婚旅行으로 窮村僻山궁촌벽산에 잇는 죽은 愛人의 墓를 차자 주엇고 石碑까지 세워 준 거슨 내 一生을 두고 잇치지 못할 事實이외다. 如何튼 氏는 나를 全生命으로 사랑하엿든 거슨 確實한 事實일 거십니다.

十一年間 夫婦生活

京城서 三年 間 安東縣에서 六年 間 東萊에서 一年 間 歐米에서 一年 半 동안 夫婦生活을 하는 동안 딸 하나 아들 셋 所生 四男妹를 엇게 되엿습니다. 看護士로 外交官으로 遊覽客유람객으로 아들 工夫로 父로 畫家로 妻로 母로 며누리로 이 生活에서 저 生活로 저 生活에서 이 生活노 썽충々々 쮜는 生活을 하게 되엿습니다. 經濟上 裕餘하얏고 하고저 하는 바를 다 해왓고 努力한 바가 다 成就되엿습니다. 이만하면 幸福스러운 生活이라고 할만 하엿습니다. 氏의 性格은 어대까지든지 理智를 떠난 感情的이어서 一寸의 압길을 豫想치 못하엿습니다. 나는 좀더 社會人으로 主婦로 사람답게 잘 살고 십헛습니다. 그리함에는 經濟도 必要하고 時間도 必要하고 努力도 必要하고 勤勉근면도 必要하엿습니다. 不敏한 點이 不少하엿스나 動機는 사람답게 잘 살자는 건방진 理想이 뿌리가 빼여지지 안는 까닭이엿습니다. 힘으로 夫婦間 衝突충돌이 生긴 뒤는 반드시 아해가 하나 式 生겻습니다.

主婦로서 畫家 生活

내가 出品한 作品이 特選이 되고 入賞이 될 째 氏는 나와 쪽갓치 깃버해 주엇습니다. 모든 사람은 나의게 남편 잘둔 德이라고 稱頌이 자々하엿습니다. 나는 滿足하엿고 깃벗섯나이다.

周圍 사람 밋 남편의 理解도 必要하거니와 理解하도록 하는 거시 必要하외다. 모든 거세 出發點은 다 自我에게 잇는 거시외다. 한집 살님사리를 敏捷민첩하게 해노코 남은 時間을 利用하는 거슬 反對할 사람은 업슬 거시외다. 나는 決코 家事를 범연히 하고 그림을 그려온 일은 업섯습니다. 내 몸에 비단옷을 입어본 일이 업섯고 一分이라도 노라본 일이 업섯습니다. 그럼으로 내게 第一 貴重한 거시 돈과 時間이엿습니다. 只今 生覺건대 내게서 家庭의 幸福을 가저간 者는 내 藝術이 아닌가 십습니다. 그러나 이 藝術이 업고는 感情을 幸福하게 해줄 아모 것이 업섯든 까닭입니다.

歐米漫遊

歐米漫遊를 向하게 해준 後援者 中에는 氏의 成功을 비는 거슨 勿論이오 나의 成功을 비는 者도 잇섯습니다. 그리하야 우리의 歐米漫遊는 意外에 쉬운 일이엇습니다. 사람은 하나를 더 보면 더 본 이만치 自己生活이 伸長해지난 거시오 豊富해지난 거시외다. 漫遊한 後에 氏는 政治觀이 生기고 나는 人生觀이 多少 整頓이 되엿노이다.

一, 사람은 엇더케 살아야 조흘가. 東洋 사람이 西洋을 憧憬하고 西洋人의 生活을 부러워하는 反面에 西洋을 가보면 그들은 東洋을 憧憬하고 東洋사람의 生活을 부러워합니다. 그러면 누구든지 自己 生活에 滿足하는 者는 업사외다. 오직 그 마음 하나 먹기에 달닌 것 뿐이외다. 돈을 만히 벌고 知識을 만히 쌋고 事業을 만히 하는 中에 要領을 獲得하야 그 마음에 滿足을 늣기게 되는 거시외다. 卽 사람과 事物 사이에 神의 往來를 볼 째 뿐 滿足을 늣기게 되난 거시외다. 二, 夫婦間에 엇더케 하면 和合하게 살 수 잇슬가 一 個性과 他 個性이 合한 以上 自己만 固執할 수 업난 거시외다. 다만 克己를 잇지마는 거시 要點입니다. 그러고 夫婦生活에는 三時期가 잇난 것 갓사외다. 第一 戀愛時期의 째에는 相對者의 缺點이 보일 餘暇업시 長處만 보입니다. 다 善化 美化할 짜름입니다. 第二 倦怠 時期 結婚하야 三四 年이 되도록 子女가 生하야 倦怠를 잇게 아니 한다면 倦怠症이 甚하여집니다. 相對者의 缺點이 눈에 째우고 실증이 나기 시작됩니다. 統計를 보면 이 째 結婚[3] 數가 가장 만습니다. 第三 理解時期 임의 夫나 妻가 彼此에 缺點을 알고 長處도 아는 동안 情誼가 깁허지고 새로온 사랑이 生겨 그 缺點을 눈감아 내리고 그 長處를 助長하고 십흘 거시외다. 夫婦 사이가 이쯤 되면 무슨 障碍物장애물이 잇든지 쩌날수 업게 될 거시외다. 이에 비로소 美와 善이 나타나는 거시오. 夫婦生活의 意義가 잇슬 거십니다. 三, 歐米 女子의 地位는 엇더한가. 歐米의 一般 精神은 클 것[4]보다 적은 거슬 尊重히 역임니다. 强한 것보다 弱한 거슬 앗겨줍니다. 어느 會合에든지 女子 업시는 中心點이 업고 氣分

---

3) '이혼'의 오기.
4) 원문대로.

이 調和되지 못합니다. 一 社會에 主人公이오 一 家庭에 女王이오 一 個人의 主體이외다. 그거슨 所謂 크고 强한 男子가 擁護옹호함으로 뿐 아니라 女子 自體가 그만치 偉大한 魅力을 가짐이오 神秘性을 가진 거심니다. 그럼으로 새삼스러이 平等 自由를 要求할 거시 아니라 本來 平等 自由가 俱存구존해 잇는 거시외다. 우리 東洋 女子는 그거슬 오직 自覺치 못한 것 뿐이외다. 우리 女性의 힘은 偉大한 거시외다. 文明해지면 해질사록 그 文明을 支配할 者는 오직 우리 女性들이외다. 四, 그 外의 要點은 무어신가 벳상이다. 그 벳상은 輪廓 뿐의 意味가 아니라 칼나 卽 色彩 하모니 卽 調子를 兼用한 것이외다. 그럼으로 벳상이 確實하게 한 모델을 能히 그릴 수 잇난 거시 及其 一生의 일이 되고 맘니다. 無識하나마 以上 四個 問題를 多少 解決하게 되엿습니다. 그럼으로 나의 生活 目錄이 只今붓허 展開되난 듯 십헛고 出發點이 일노부터 되리라고 生覺하엿습니다. 짜라서 理想도 크고 具體的 考案도 잇섯습니다. 何如間 前道를 無限이 樂觀하엿스나 果然 엇더한 結果를 맺게 되엿는지 스스로 붓그러워 마지 아는 바외다.

시어머니와 시누이의 對立的 生活

結婚 後 一年間 시어머니와 同居하다가 철 업시 사러가는 젊은 內外에 將來를 保障하기 爲하야 故鄕인 東萊로 내려가서 집을 작만하고 每朔 보내난 돈을 節約하야 쌍마지기를 작만하고 게섯습니다. 그의 오직 所願은 아들 며누리가 늘게[5] 故鄕에 도라와 親戚들을 울을 삼고 살나함이오 自己가 분분 錢錢이 모은 財産을 아버지업시 길니운 아들에게 遺産하는 거시외다. 그리하야 이 財産이란 거슨 三人이 合同하야 모은 거시외다(얼마되지 안으나) 한사람은 벌고 한사람은 節約하야 보내고 한사람은 모아서 산 거시외다. 그리하야 두 집 살님이 물샐 틈업시 쌔이고 滋味스러웟사외다. 이러케 和樂한 家庭에 波瀾을 일으키는 일이 生겻사외다.

우리가 歐米漫遊하고 도라온지 一朔만에 셋재 偲三寸[6]이 他地方에서 農事짓든 거슬 집어치고 一分 準備업시 長足下되는 큰宅 卽 우리를 밋고 故鄕을 차

---

5) 원문대로.
6) '媤三寸'의 오기.

자 도라온 거시외다. 어안이 벙々한지 멧칠이 못되여 둘재 偲三寸이 쏘 다섯 食口를 데리고 왓습니다. 歸家 後 就職도 아니된 쌔라 도웁지도 못하고 보자니 싹하고 實노 亂處한 處地이엿사외다. 할 수 업시 三寸 두 분은 一年間 아래 방에 뫼시고 四寸들은 다 各々 就職케 하엿습니다. 이러고 보니 近親間 自然 적은 말이 늘어지고 업난 말이 生기々 시작하게 되엿고 큰 事件은 朝夕이 업는 四寸 아들을 아모 豫算업시 高等學校에 入學을 식이고 그 學資는 우리가 맛게 된 거시외다.

漫遊 後에 感想談 드르러 京鄕 各處로붓허 오는 知人 親舊를 待接대접하기에 도 넉々지 못하엿다. 업는 거슬 잇는 체 하고 지내난 거슨 虛榮이나 出世 方針 上 避치 못할 社交이엿사외다. 이거슬 理解해줄 그들이 아니엿사외다. 나는 不得已 남편이 就職할 동안 一年間만 停學하여 달나고 要求하엿사외다. 三寸은 大發怒發대발노발 하엿사외다. 이러자니 돈이 업고 저러자니 인심 일코 實로 엇절 길이 업섯나이다.

쌔에 氏는 外務省에서 總督府 事務官으로 가라난 거슬 실타하고 電報를 두 번이나 拒絶하고(官吏하라고) 固執고집을 부려 辯護士 開業을 시작하고 京城 어느 旅舘客이 되여서 입분 妓生 돈 만흔 갈보들의 誘惑을 밧으면서 내가 某氏에게 보낸 片紙가 口實이 되여 이 料理집 저 親舊에게 離婚 意思를 公開하며 다니든 쌔이엿습니다. 動機에 아모 罪 업는 나는 方今 서울에 離婚說이 公開된 줄도 모르고 氏의 분을 더 돗앗스니 「一寸의 압길을 헤아리지 못하는 이 千痴 바보야. 나종 일을 엇지 하랴고 學資를 쩌맛핫느냐」하엿사외다.

우리 집 살님사리에 間接으로 全權을 가진 者가 잇스니 즉 시누이외다. 모든 일에 시어머니에 코취 노릇을 할 쑨 아니라 심지어 서울서 온 손님과 海雲臺를 갓다 오면 내일은 반드시 시어머니가 업는 돈을 박々 글거서라도 갓다웁니다. 모다가 내 不德의 所産이라 하겟스나 남보다 만히 배운 나로서 人情인들 남만 못하랴마는 우리의 이 逆境에서 이러나기에는 아모 餘裕가 업섯든 까닭이엿사외다.

내가 歐米漫遊에서 도라오난 길에 여러 親戚 親舊들에게 土産物을 多少 사가지고 왓습니다. 그러나 시어머니와 시누이며 其外 近親에게는 사가지고 오지 아니 하엿습니다. 이는 내가 放心하엿다는 것보다 그들에게 適當한 物件이 업섯든 거시외다. 本國 와서 사듸리려고 한거시 흐지부지한 거시외다. 佛蘭西에서 오는 짐 두 짝이 모다 포스타와 繪葉書와 레콧트와 畵具 뿐인 거슬 볼 때 그들은 섭々히 역이고 비우순 거시외다. 實노 사는 世上은 갓흐나 마음 세상이 달느고 하니 苦로온 일이 만핫습니다. 일노 因하야 시어머니와 시누이에 感情이 말하지 안는 中에 間隔_{간격}이 生긴 거시외다.

氏의 同復 男妹가 三男妹이다. 누이 둘이 잇스니 하나는 千痴요 하나는 只今 말하는 시누이니 過度히 쏙々하야 빈틈 업시 일 處理를 하는 女子외다. 靑春 寡婦_{과부}로 再嫁하엿스나 一點 血肉 업시 어대서 나아온 쌀 하나를 金枝玉葉_{금지옥엽}으로 養育할 뿐이오. 남은 情은 어머니와 오래비에 쏫으니 錢々分分이 모은 돈도 오래비를 爲함이라 그리하야 될 수 잇는 대로 오래비와 故鄕에서 갓가이 살다가 餘生을 맛치려 함이엇사외다. 어느때 내가 「나는 東萊가 실혀요. 암만해도 서울 가서 살아야겟서요」 하엿사외다. 以上에 여러 가지를 모아 오래비댁은 어머니믜 不孝오 親戚에 不睦이오 故鄕을 실혀하는 달쓴 사람이라고 結論이 된 것시외다. 이거시 어느 機會에 나타나 離婚說에 補助가 될 줄 하나님 外에 누가 알앗스랴. 果然 좁은 女子의 感情이란 무서운 거시오. 그거슬 짐작지 못하고 넘어가는 男子는 限업시 어리석은 거시외다.

一家庭에 主婦가 둘이어서 시어머니는 내 살님이라 하고 며누리는 짜로 預算이 잇고 시누이가 干涉_{간섭}을 하고 살님하는 마누라가 뙤사실을 하고 前後左右에는 兄弟 親戚이 와글와글하니 多情치 못하고 약지도 못하고 돈도 업고 方針도 업고 나이도 어리고 舊習에 단연도 업는 一個 主婦의 處地가 亂處하엿사외다. 사람은 外形은 다 갓흐나 그 內幕이 얼마나 複雜하며 理性 外에 感情의 움지김이 얼마나 얼키설키 얽매엿는가.

C와 關係

C의 名聲은 일즉붓허 드럿스나 初對面하기는 巴里이엇사외다. 그를 對接하랴고 料理를 하고 잇는 나에게 「안녕합쇼」하는 初 인사는 有心이도 힘이 잇는 말이엇사외다. 以來 夫君은 獨逸노 가서 잇고 C와 나는 佛語를 모르난 關係上

通辯통변을 두고 언제든지 三人이 同伴하야 食堂, 劇場, 船遊 市外 求景을 다니며 놀앗사외다. 그리하야 過去之事, 現時事, 將來之事를 論하는 中에 共鳴되는 點이 만핫고 서로 理解하게 되엿사외다. 그는 伊太利 求景을 하고 나보다 몬저 巴里를 떠나 獨逸노 갓사외다. 其 外 콜논에서 다시 맛낫사외다. 내가 그쌔 이런 말을 하엿나이다. 「나는 公을 사랑합니다. 그러나 내 남편과 離婚은 아니 하랍니다」 그는 내 등을 쑥쑥 쑤디리며 「과연 당신의 할말이오 나는 그 말에 만족하오」 하엿사외다. 나는 제네바에서 어느 故國 親舊에게 「다른 男子나 女子와 조와 지내면 反面으로 自己 남편이나 안해와 더 잘 지낼 수 잇지요」 하엿습니다. 그는 共鳴하엿습니다. 이와 갓흔 生覺이 잇는 거슨 必竟 自己가 自己를 속이고 마는 거신 줄은 모르나 나는 決코 내 남편을 속이고 다른 男子 卽 C를 사랑하랴고 하는 거슨 아니엇나이다. 오히려 男便에게 情이 두터워지리라고 밋엇사외다. 歐米 一般 男女 夫婦 사이에 이러한 公然한 秘密이 잇는 거슬 보고 쪼 잇난 거시 當然한 일이오 中心되는 本夫나 本妻를 엇지 안는 範圍 內에 行動은 罪도 아니오 失守도 아니라 가장 進步된 사람에게 맛당히 잇서야만할 感情이라고 生覺합니다. 그럼으로 이러한 事實을 判明할 쌔는 우서두는 거시 수요 일부러 일홈을 지을 必要가 업는 거시외다. 쩐발잔이 生覺납니다. 어린 족하들이 배곱하서 못견대는 거슬 참아볼 수 업서서 이웃집에 가 쌍 한 조각 집은 거시 原因으로 前後 十九年이나 監獄 出入을 하게 되엿사외다. 그 動機는 얼마나 아람다윗든가 道德이 잇고 法律이 잇서 그의 良心을 속이지 아니 하엿는가 原因과 結果가 짜로쯔쯔 나지 아니 하난가. 이 道德과 法律노 하야 怨痛원통한 죽음이 오작 만흐며 怨恨을 품은 者가 얼마나 잇슬가.

家運은 逆境에

所謂 官吏 生活할 쌔 多少 餘裕 잇든 거슨 故鄕에 집 짓고 쌍 사고 歐米 漫遊時 二萬餘圓을 썻스며 恩賜金은사금으로 二千圓 밧은 거시 辯護士 開業費用에 다 드러가고 收入은 一分업고 不景氣는 날로 甚酷심혹해젓습니다. 아모 方針업서 내가 職業 戰線에 나서난 수밧게 업시 되엿사외다. 그러나 運命의 魔는 이 길까지 막고 잇섯습니다. 歸國 後 八個月만에 心身過勞로 하야 衰弱쇠약해젓습니다.

그리고 내 舞臺는 京城이외다. 經濟上 關係로 서울에 살님을 차릴 수 업게 되엿사외다. 쏘 어린 것들을 쩌나고 살님을 제치고 써날 수 업사외다. 꼼작 못하게 危機 切迫한 가온대서 마음만 조리고 잇슬 쑨이엇나이다. 萬一 이째 젓먹이 어린 것만 업고 就職만 되어 生計를 할 수 잇섯드면 우리의 압헤 이러한 悲劇이 가로 걸치지를 아니 할 거시외다. 이째 일이엇사외다. 所謂 片紙 事件이외다. 나를 도아줄 사람은 C밧게 업슬 쑨이엿사외다. 그리하야 무어슬 하나 經營해 보라고 좀 내려오라고 한 거시외다. 그러고 다시 차자 사괴기를 바란다고 한 거시외다. 그거시 中間 惡漢輩악한배들의 誤傳으로 「내 平生을 당신에게 맛기오」가 되여 氏의 大怒를 산 거시외다. 나의 말을 밋는다는 것보다 그들의 말을 밋을만치 夫婦의 情誼정의는 기우러젓고 氏의 마음은 變하기를 시작하엿사외다.

朝鮮에도 生存 競爭이 甚하고 弱肉强食이 甚하여젓습니다. 게다가 남의 잘못 되난 거슬 잘 되난 것보다 조와하는 심사를 가진 사람들이라 임의 氏의 입으로 離婚을 宣傳해노코 片紙 事件이 잇고하야 일 업시 남의 말노만 從事하는 惡漢 輩들은 그까짓 게집을 데리고 사너냐고 하고 천치 바보라 하야 치욕을 加하엿다. 그 中에는 有力한 코취자 구릅이 三 四人 잇서々 所謂 思想家的 見地로 보아 나를 혼자 살도록 해보고 십혼 好奇心으로 離婚을 强勸강권하고 後補者를 엇어주고 前後 考案을 꿈여주엇나이다. 그들의 心思에는 一家庭의 破裂 어린이들의 前道를 同情하는 人情味보다 離婚 後에 나와 C의 關係가 엇지 되는가를 求景하고 십헛고 억세고 줄기찬 한 계집년의 前道가 慘酷이 되난 거슬 演劇 求景 갓치 하고 십혼거시엇사외다. 自己의 幸福은 自己밧게 모르는 同時에 自己의 不幸도 自己 밧게 모르는 거시외다. 이 사람 저사람에게 離婚의 意思를 무러보고 十年 間 同居하든 옛날 愛妻의 缺點을 發露식히난 것도 普通 사람의 行爲라 할 수 업거니와 해라해라하는 추김에 놀아 決心이 굿어저가는 것도 普通 사람의 行爲라 할 수 업는 거시외다.

如何間 氏의 一家가 悲運에 處한 同時에 氏 一身의 逆境이 絶頂에 達하엿사외다. 事件이 잇스나 돈 업서々 着手치 못하고 旅舘에 잇서 三 四朔 宿泊料를 못내니 朝夕으로 主人 對할 面目업고 社會 側에서는 離婚說노 批難이 자々하니 行勢할 體面 업고 性格上으로 判斷力이 不足하니 事物에 躊躇주저되고 氏의 兩

쌈뼈가 불숙 나오도록 말느고 눈이 쑥 드러가도록 밤에 잠을 못자고 煩悶하엿사외다. 氏는 잠 아니 오난 밤에 곰々이 生覺하엿사외다. 爲先 嫉妬질투에 바처 오르는 忿함은 얼골을 불게 하엿사외다. 그러고 自己가 自己를 生覺하고 坐 世上 맛을 본 結果 돈벌기처럼 어려운 거시 업는 줄 알앗사외다. 安東縣 時節에 濫用남용하든 거시 後悔나고 안해가 그림 그리랴고 畵具 산 거시 앗가워젓나이다. 사람의 마음은 마치 배 도대를 바람을 씨여 달면 바람을 짜라 다라나는 것 갓치 그 根本 生覺을 다난대로 모든 生覺은 다 그 便으로 向하야 다라나는 거시외다. 氏가 그러케 生覺할사록 一時도 그 女子를 自己 안해 名義로 두고 십지 안은 感情이 불과 갓치 이러낫사외다. 同時에 그는 自己 親舊 一人이 妓生 서방으로 놀고 便히 먹는 거슬 보앗사외다. 이것도 自己 逆境에서 다시 살니는 한 方策으로 生覺햇슬 째 離婚說이 公開되니 여긔저긔 돈 잇는 갈보들이 後補되기를 請願하는 者가 만하 그 中에서 하나를 取하엿든 거시외다. 째는 안해에게 離婚請求를 하고 萬一 承諾치 아니면 姦通罪간통죄로 告訴를 하겟다고 威脅위협을 하는 째이엇사외다. 아아, 男性은 平時 無事할 째는 女性의 밧치는 愛情을 充分이 享樂하면서 한번 法律이라든가 體面이란 形式的 束縛속박을 밧으면 昨日까지의 放恣방자하고 享樂하든 自己 몸을 도리켜 今日의 君子가 되여 점잔을 쎄는 卑怯者비겁자요 橫暴者횡포자가 아닌가 우리 女性은 모다 이러나 男性을 呪詛주저하고 저 하노라.

離 婚

나는 아해들을 다리고 東萊 잇섯슬 째외다. 京城에 잇는 氏가 到着한다는 電報가 왓습니다. 나는 大門 밧까지 出迎하엿사외다. 氏는 나를 보고 反目 不見으로 실측합니다. 그의 顔色은 蒼白하엿고 눈은 드러갓섯나이다. 나는 쌈작 놀낫사외다. 그러고 무슨 不詳事불상사가 잇는 듯하야 가삼이 두군거렷나이다. 氏는 거는방으로 가더니 나를 부릅니다.

「여보 이리 좀 오」

나는 건너갓사외다. 아모 말 업시 그의 눈치만 보고 안젓섯사외다.

「여보 우리 離婚합시다」

「그게 무슨 소리요 별안간에」

「당신이 C에게 편지하지 안앗소」

「햇소」

「'내 平生을 바치오'하고 편지 안햇소?」

「그러치 아니 햇소」

「왜 그짓말을 해 何如間 離婚해」

그는 부등〃〃 내 장 속에 느엇든 重要 文書及 保險券을 쓰내서 各其 논하 가지고 안방으로 가서 自己 어머니에게 맷김니다.

「애 고모어머니 오시래라 三寸 오시래라」

未久에 하나式 둘式 모혀드럿슴니다.

「나는 리혼을 하겟소이다」

「애 그게 무슨 소리냐 어린 것들은 엇재고」

어제 京城서 미리 온 편지를 보고 病席처럼 하고 누어잇든 시어머니난 만류 하엿사외다.

「어 그 사람 쓸대업는 소리」

兄은 말하엿사외다.

「형님 그게 무슨 소리요」

「서방질하난 것하고 엇지 살아요」

一同은 잠〃하엿다.

「리혼 못하게 하면 나는 죽겟소」

이때 一同은 머리를 한데 모고 소곤소곤 하엿소이다. 시누이가 주장이 되여 일이 決定되나이다.

「네 마음대로 하라 어머니에게도 不孝요 친척에게도 불목이란다」

나는 坐中에 쒸여드럿슴니다.

「하고 섭흐면 합세다. 이러니저러니 여러 말 할 것도 업고 업는 허물을 잡어 낼 것도 업소 그러나 이 집은 내가 짓고 그림 판 돈도 드럿고 돈 버는대 혼자 버럿다고도 할 수 업스니 全財産을 半分합세다」

「이 財産은 내 財産이 아니다. 다 어머니 것이다」

「누구는 산송장인 줄 아오 주기 실탄 말이지」

「罪 잇는 게집이 무슨 썬々으로」

「罪가 무슨 罪야 맨드니 罪지!」

「이것만 줄 거시니 팔아가지고 가거라」

氏는 논문서 한장 約 五百圓 假量 價格되난 거슬 내어준다.

「이짜위 것을 가질 내가 아니다」

氏는 京城으로 간다고 이러신다. 그길노 누의 집으로 가서 議論하고 갓사외다.

나는 밤에 잠을 일우지 못하고 곰々 生覺하엿사외다.

「아니다 아니다 내가 謝罪할 거시다. 그러고 내 動機가 惡한 거시 아니엿다난 거슬 말하자 일이 커저서는 滋味업다 어린 것들의 前程을 보아 내가 屈하자」

나는 不然듯 京城向을 하엿사외다. 旅舘으로 가서 그를 맛나 보앗사외다.

「모든 거슬 내가 잘못하엿소 動機만은 決코 惡한 거시 아니엿소」

「지금 와서 이게 무슨 소리야 어서 도장이나 찍어」

「어린 자식들은 엇지 하겟소」

「내가 잘 길느겟스니 걱정마러」

「그래지 맙세다 당신과 내 힘으로 못 살겟거든 우리 宗敎를 잘 밋어 宗敎의 힘으로 삽세다. 예수는 萬人의 罪를 代身하야 十字架에 못박히지 아니햇소?」

「듯기실혀」

나는 눈물이 낫스나 속으로 우섯다. 世上을 그러케 빗두로 얼켜맬거시 무어신가 한번 男子답게 껄々 우서두면 萬事 無事히 되난 것 아닌가 나는 氏가 搖地不動요지부동할 거슬 알앗사외다. 나는 某氏에게로 다라낫사외다.

「옵바 離婚을 하자니 엇절가요」

「하지 네가 고생을 아직 몰누니가 고생을 좀 해보아야지」

「저는 子息들 前程을 보아 못하겟서요」

「에렌케이 말에도 不和한 夫婦 사이에 길느는 子息보다 離婚하고 새 家庭에서 길느는 子息이 良好하다지 아니 햇는가」

「그거슨 理論에 지나지 못해요 母性愛는 尊貴하고 偉大한 거시니까요 母性愛를 일는 에미도 不幸하거니와 母性愛에 길니지 못하는 子息도 不幸하외다. 이거슬 아는 以上 나는 離婚은 못 하겟서요 옵바 仲裁중재를 식혀주세요」

「그러면 只今붓허 絶對로 賢母良妻가 되겟는가」

「只今까지 내 스스로 賢母良妻 아니 된 일이 업스나 氏가 要求하는 대로 하지요」

「그러면 내 仲裁 해보지」

某氏는 電話器를 들어 社長과 營業 局長에게 電話를 거럿사외다. 仲裁를 식히자는 말이엇사외다. 電話쏨이 왓사외다. 타협될 希望이 업스니 斷念하라하나이다. 某氏는

「하지 해 그만치 要求하난 거슬 안드를 必要가 무엇 잇나」

氏는 小說家인이만치 人生 內面에 苦痛보다 事件 進行에 好奇心을 가진 거시엇사외다. 나는 여긔서도 滿足을 엇지 못하고 도라왓나이다. 그날 밤 旅舘에서 잠이 아니 와서 업치락 뒤치락 할째 사랑에서는 妓生을 불너다가 輿이냐 輿이냐 놀며 째々로 썰々 웃는 소리가 숨여드러 왓나이다. 이 어이한 矛盾이냐 相對者의 不品行을 論할진대 自己 自身이 淸白할 거시 當然할 일이거든 男子라는 名目下에 異性과 놀고 자도 關係 업다는 當當한 權利를 가젓스니 社會制度도 制度려니와 沒常識한 態度에는 우숨이 나왓나이다. 마치 어린애들 作亂 모양으로 너 그러니 나도 이래겟다는 行動에 지내지 아니햇사외다. 人生 生活의 內幕의 複雜한 거슬 일즉이 直接 經驗도 못하고 能히 想像도 못하는 氏의 일이라 未久에 後悔날 거슬 짐작하나 임에 妓生 愛人에 熱中하고 지난 일을 口實음아[7] 離婚 主張을 固執不通하는 대야 氏의 마음을 도리키게할 아모 方針이 업섯사외다.

나는 不得已 東萊를 向하야 써낫사외다 奉天으로 다라날가 日本으로 다라날가 요곱이만 넘기면 無事하리라고 確信하는 바이엿사외다. 그러나 不幸이 내 手中에는 그만한 旅費가 업섯든 거시외다. 苦痛에 못 견대서 大邱에서 나렷사외다 Y氏 집을 차자가니 반가워하며 演劇場으로 料理집으로 술도 먹고 담배도

---

7) '구실 삼아'의 오식.

피여 그 夫人과 三人이 날을 새엿사외다. 氏는 사위 엇을 걱정을 하며 人材를 求해달나고 합니다. 나만 아는 내 苦痛은 쉴새 업시 내 마음속에 돌고돌고 빙빙 돌고 잇나이다. 할 수 업시 東萊로 내려 갓사외다. 氏에게서는 如前히 二日에 한번式 督促장이 왓사외다.

「리혼장에 도장을 치오. 十五日 內로 아니 치면 告訴하겟소」

내 답장은 이러하엿사외다.

「남남끼리 合하난 것도 當然한 理治요 쩌나는 것도 當然한 理治나 우리는 서로 쩌나지 못할 條件이 네 가지가 잇소 一은 八十 老母가 게시니 不孝요 二는 子息 四男妹요 學齡 兒童인 만치 保護해야할 거시오 三은 一家庭은 夫婦의 共同 生活인 만치 分離케 되는 同時는 맛당히 一家가 二家되는 生計가 잇서야 할 거시오. 이거슬 마련해 주는 거시 사람으로서의 義務가 아닐가 하오 四는 우8) 年齡이 經驗으로 보든지 時機로 보든지 純情 卽 사랑으로만 산다난 것보다 理解와 義로 사라야 할 것이오 내가 임의 謝過하엿고 내 動機가 專혀 惡으로 된것아니오 또 氏의 要求대로 賢妻良母가 되리라고 하엿사외다.

氏의 답장은 이러하엿사외다.

「나는 過去와 將來를 生覺하는 사람이 아니오 現在로만 살아갈 뿐이오 정말 子息이 못 잇겟다면 離婚 後 子息들과 同居해도 조코 前과 쪽갓치 지내도 無關하오」

나를 꾀이는 말인지 離婚의 始末이 엇지 되는지 亦是 沒常識물상식한 말이엇사외다. 해달나 아니 해주겟다 하는 동안이 거의 한 달 동안이 되엇나이다. 하로는 停學식혀 달나고 한 三寸이 怒心을 품고 압장을 시고 시숙들 시누이들이 모여 내게 肉迫하엿사외다.

「잘못했다는 표로 도장을 찍어라 그 뒤 일은 우리가 다 무사이 맨드를 거시니」

「婚姻할 때도 두사람이 한 일이니까 離婚도 두 사람이 할 터이니 걱정을 마시고 가시오」

---

8) 원문대로.

나는 밤에 한 잠 못 자고 생각하엿사외다.

일은 임의 틀녓다 게집이 生겻고 親戚이 同議하고 한 일을 혼자 아니 하랴도 쓸대업난 일이다. 나는 문듯 이러한 方針을 生覺하고 誓約書 두장을 썻습니다.

　　　誓約書
　　夫○○○과 妻○○○은 滿 二 個年동안 再嫁 又는 再娶치 안키로 하되 彼
　　此에 行動을 보아 復舊할 수가 잇기로 誓約서약함
　　　　右　　　　夫○○○ 印
　　　　　　　　　妻○○○ 印

仲裁를 식히러 上京하엿든 偲叔이 圖章을 찍어가지고 내려왓나이다. 그는 이러케 말하엿나이다.

「여보 아주머니 찍어줍시다. 그까짓 종이가 말하오 子息이 四男妹나 잇스니 이 집에 對한 權利야 어대 가겟소 그리고 兄님도 말 뿐이지 설마 手續을 하겟소」

엽헤 안젓든 시어머니도

「그러타 뿐이겟니 그러다가 病날가 보아 큰 걱정이다 찍어주고 저는 게집 엇어 살거나 말거나 너는 나하고 어린 것들 다리고 살자그려」

나는 속으로 우섯다. 그리고 아니꼽고 속 傷햇다 얼는 도장을 쓰내다가 주고

「우물쭈물할 것 무엇 잇소 열번이라도 찍어주구려」

果然 종이 한 장이 사람의 心事를 얻어케 움지기게 하는지 豫測예측치 못하든 일이 하나式 둘式 生기고 째를 싸라 變하는 樣은 우름으로 볼가 우슴으로 볼가 絶對 無抵抗主義의 態度를 가지고 默言 中에 타임이 運搬운반하는 感情과 事物을 쭉쭉 참고 하나식 격거 제칠 쑌이 엇나이다. (次号續)

（『三千里』, 1934. 8)

離婚 告白書(續)
― 靑邱氏에게

離婚 後

H에게서 편지가 왓나이다.

「K에게서 電話가 왓는대 離婚 手續을 畢하엿다고 四方으로 通知하는 貌樣입데다. 참 우수운 사람이오 언니는 그런 사람과 離婚 잘햇소 싹 이러서々 탁々 털고 나오시오」

그러나 네 아해를 爲하야 내 몸 하나를 犧牲희생하자 나는 꼼작말고 잇슬난다. 以來 두 달 동안 잇섯나이다.

空氣는 一變하엿나이다. 서울서 氏가 從々 나려오나 나 잇는 집에 들니지 아니하고 누이 집에 들녀 어머니와 아해들을 請해다가 보고 시어머니는 눈을 흘기고 시누이는 축이고 시숙들은 우물쭈물 붉느고 시어머니는 全權이 되고 만다. 洞里 사람들은 「왜 아니 가누 언제 가누」 구경 삼아 말한다. 아해들은 할머니가 과자 사탕을 사주어 가며 내 방에서 데려다 잔다. 이와 갓치 戰爭 後 勝利者나 敗北者 間과 갓치 나는 마치 捕擄포로와 갓치 되엿나이다. 나는 문듯 이러케 生覺햇다.

「네 얼인 것들을 살닐가 내가 살어야 할가」

이 生覺으로 三日 밤을 徹夜하엿사외다.

오냐 내가 잇는 後에 萬物이 生겻다. 子息이 生겻다. 아해들아 너희들은 일즉붓허 逆境을 격거라 너희는 무엇보다 사람 自體가 될 거시다. 사난 거슨 學問이나 知識으로 사난 거시 아니다. 사람이라야 사난 거시다. 짠싹크 듯 룻[1]의 말에도 「나는 學者나 軍人을 養成하난 것보다 먼저 사람을 기르노라」하엿다. 내가

出家하는 날은 일곱 사람이 逆境역경에서 헤매는 날이다. 그러나 이러나 내 個性을 爲하야 一般 女性의 勝利를 爲하야 짐을 부둥ゝゝ 싸 가지고 出家 길을 차렷나이다.

北行車를 탓다. 어대로 갈가 집도 업고 父도 업고 兄弟도 업고 子息도 업고 親舊도 업는 이 홀노된 몸 어대로 갈가 어대로 갈가

京城에서 혼자 살님하고 잇는 오래비 宅으로 갓섯나이다. 마침 제사 때라 奉天서 男兄이 도라 왓섯나이다. 임의 長札노 事件의 始終을 말햇거니와 이番 事件에 一切 自己는 나서지를 아니하고 自己 안해를 내여보내여 타협 交涉교섭한 일도 잇섯나이다.

「何如間 當分間은 奉天으로 가서 잇게 하자」

「C를 한 번 맛나보고 決定해야겟소」

「맛나보긴 무얼 맛나보아」

「일이 이만치 되고 K와 絶緣이 된 以上 C와 緣을 맷난 거시 當然한 일이 아니겟소」

「別말 말어라 K가 只今 體面上 엇저지를 못하야 그리하난 거시니까 奉天 가서 잇스면 저도 生覺이 잇겟지」

이때 두어 친구는 絶對로 서울 쩌나는 거슬 反對하엿나이다. 그는 서울 안에 돈 잇는 獨身 女子가 만하 K를 誘惑하고 잇다는 거시엇사외다. 兄은 이러케 말하엿다.

「다른 女子를 엇는다면 K의 人格은 다 알 수가 잇난 거시다. 다 運命에 맷기고 가자 가」

奉天으로 갓섯나이다. 나는 진정 할 수 업섯나이다. 勿論 그림은 그릴 수 업섯고 그대로 消日할 수도 업섯나이다. 나는 내 過去 生活을 알기 爲하야 草稿해 두엇든 原稿를 整理하엿사외다. 그 中에 母性에 對한 글 夫婦生活에 對한 글 愛人을 追憶하난 글 自殺에 對한 글 只今 當할 모든 거슬 豫言한 것갓치 되엿나이다. 그리하야 前에 生覺하엿든 바를 미루어 마음을 修襲수습할수 잇섯든 거시외

---

1) 원문대로.

다. 한 달이 못 되여 密告 片紙 왓섯나이다.

「K는 녀편네를 엇엇소 아해도 다려간다하오」

아직도 설마 手續까지 하엿스랴 社會 體面만 免하면 和解가 되겟지 하고 밋고 잇든 나는 깜작 놀낫사외다. 兄이 드러왓소이다.

「너 왜 밥도 안먹고 그리니」

「이것 좀 보」 편지를 보엿다. 兄은 보고 비笑하엿다.

「제가 잘못 生覺이지 爲人은 다 알앗다 그까짓것 斷念해버리고 그림하고나 살어라. 傑作이 나올지 아니?」

「나는 가 보아야겟소」

「어대로?」

「서울노 해서 東萊까지」

「다 씃난 일을 가보면 무얼해 恥笑치소밧을 쓴이지」

「그러니 사람이 되고서 그럴 수가 잇소 生活費 한 푼 아니 주고 離婚이 무어요」

「二個月間2) 別居生活하자는 誓約은 엇지된 貌樣이야」

「그것도 제맘대로 取消한 거시지」

「그놈 밋첫군 밋첫서」

「나는 가서 生活費 請求를 하겟소 아니 내가 번 거슬 찻겟소」

「그러면 가보되 진중히 일을 해야 네 恥笑를 免한다」

나는 釜山行 汽車를 탓습니다. 京城 驛에 나리니 電報를 밧은 T가 나왓습니다. T에 집으로 드러가 爲先 氏의 旅舘 主人을 請햇습니다. 나는 氏의 行動이 氏 혼자의 行動이 아니라 旅舘 主人을 爲始하야 周圍에 잇는 親舊들의 충동인 거슬 안 까닭이엿나이다.

「여보서요」

「예」

「친구의 가정이 不幸한 거슬 조와 하심니가 幸福된 거슬 조와하심니가」

---

2) '二個年'의 오기인 듯.

「네 무르시난 뜻을 알겟습니다. 넘어 오해하지 마십쇼」

나는 전혀 몰낫더니 하로는 짐을 가지고 나갑데다

「나도 그 女子 잘 아오 멋칠 살겟쇼」

T은3) 말한다.

나는 두어 친구로 同伴하야 北米倉町 氏의 살님 집을 向하야 갓섯습니다. 나는 밧게 섯스랴니까 氏가 웃줄々々 오더니 그 집으로 드러가지 아니하고 내 압흘 지나갑니다.

「여보 茶 집에 드러가 이야기 좀 합세다」

두 사람은 茶 집으로 드러갓습니다.

「나 살 道理를 차려주어야 아니 하겟소」

「내가 아나 C더러 살녀 달래지」

「남의 걱정은 말고 自己 할 일이나 하소」

「나는 몰라」

나는 그 길노 府廳으로 가서 復籍手續복적수속을 무러 가지고 用紙를 가지고 事務室노 갓섯나이다.

「여보 復籍해주오」

「이게 무슨 소리야」

「지난 일은 다 이저 바리고 更生하여 삽세다 당신도 破滅파멸이오 나도 破滅이오 두 사람에게 屬한 다른 生命까지 破滅이오」

「왜 그래」

「次々 살아보 당신 苦痛이 내 苦痛보다 甚하리다」

「누가 그런 걱정하래」

홀적 나가버린다.

그 잇흔날이외다. 나는 氏를 차자 事務室노 갓사외다. 氏는 마침 점심을 먹으려 自宅으로 向하는 길이엇나이다.

「茶店에 드러가 나하고 이야기 좀 합세」

---

3) 원문대로.

氏는 아모 말업시 다름질을 하야 그 집 門으로 쑥 드러섯나이다. 나도 不知不覺中 드러섯나이다. 뒤를 딸아 房 안으로 드러섯나이다. 녀편네는 시간 걸네질을 치다가

「누구요」한다.

세 사람은 마조 처다보고 안젓다.

「영감을 만히 위해 준다니 고맙소 오날 내가 여기까지 올란 거시 아니라 茶店으로 드러가 이야기 하겟더니 그냥 오기에 쫏차 온 거시오」

「길에서 만히 보인 것 갔흔대요」

「그런지도 모르지요」

「내가 오날 온 거슨 이갓치 速히 꼿날 줄은 몰낫소 已往 이러케 된 以上 나도 살 道理를 차려 주워야 할 것 아니오 그러치 안으면 나도 이 집에서 살겟소 인사 차리지 못하는 사람이게4) 인사를 차리겟소」

氏는 아모 말업시 나가 버렷나이다. 나와 여편네와 담화가 시작되엿나이다.

「대체 엇어케 된 일이오」

「그야 내게 무를 것 무엇 잇소 알쓸한 남편에게 다 드럿겟소」

「그래 그럼 그리는 재조가 잇으니까 살기야 걱정 업겟지요」

「집행이 업시 이러시는 장수가 잇답데가」

「나도 팔자가 사나와서 두 게집 노릇도 해보앗소마는 어린 것들이 잇서 오작 마음이 상하릿가 어린 것들을 보고십흘 째는 어느 째든지 보러 오시지요」

「그야 내 마음대로 할 거시오」

「저 南山 꼭댁이 소나무가 얼마나 高尙해 보이겟소마는 그 꼭댁이에 올나가 보면 맛찬가지로 몬지도 잇고 흙도 잇슬 거시오」

「그 말삼은 내가 남의 妾으로 잇다가 本妻로 되여도 일반이겟다는 말슴이지요」

氏가 다시 드러왓나이다. 세 사람은 다시 주거니 밧거니 이야기가 시작되엿섯나이다.

---

4) '사람의게'의 오식.

이째 어느 친구가 드러왓나이다. 그는 이번 事件에 和解식히려고 애를 쓴 사람이엇나이다.

「무엇들을 그래시오」

「둘이 번 財産을 논하갓자는 말이외다」

「그 問題는 내게 一任하고 R 先生은 나와 갓치 나갑세다 가시지오」

나는 더 잇서야 별 수 업슬듯하야 펑게삼아 이러섯나이다. 氏와 저녁을 먹으며 여러 이야기를 하엿나이다.

나는 그 잇흔날 東萊로 내려갓사외다. 나는 機會를 타서 네 아해를 끼고 바다에 몸을 던질 決心이엿나이다. 내 態度가 이상하엿는지 시어머니와 시누이는 눈치를 채고 아해들을 끼고 돕니다. 機會를 탈냐도 탈수가 업섯나이다. 또 다시 짐을 정돈하기 爲하야 잠겨두엇든 장문을 열엇나이다. 半이 쑥 들어간 거슬 볼 째 깜작 놀낫나이다.

「이 장문을 누가 겻쇠지를 햇서요」

「나는 모른다. 저번에 아범이 와서 열어 보더라」

「그래 여긔 잇든 물건은 다 엇겻서요」

「안방에 갓다두엇다」

「그것은 다 이리내노시오」

녀편네들 혀 끗에 놀아 장근 장을 겻쇠질하야 重要 物品을 쓰내인 氏의 心思를 밉다고 할가 忿하다고 할가 나는 마음을 눅켜서 生覺하엿나이다. 亦是 沒常識하고 沒人情한 態度이외다 그만치 그가 쓸대업시 약어지고 그만치 그가 經濟上 逼迫_{핍박}을 當한 거슬 불상이 生覺하엿나이다 다시 最後의 出家를 決心하고 京城으로 向하엿나이다. 荒茫_{황망}한 沙漠에 섯는 외로운 몸이엿나이다.

어대로 向할가

母性愛를 固守해보랴고 가진 애를 썼나이다. 이 点으로 보아 良心에 붓그러울 아모 것도 업섯나이다.

나는 죽을 수 밧게 업는 사람이 되고 마럿나이다. 죽는 일은 쉽사외다. 한번 決心만 하면 뒤는⁵⁾ 極樂이외다. 그러고 내 使命이 무어시 잇난 것 갓사외다. 업는 길을 찾는 거시 내 힘이오 업는 希望을 맨드는 거시 내 힘이엇나이다.

逆境에 處한 者의 要領은 努力이외다. 勤勉이외다. 煩悶만 하고 잇는 동안은 타임은 가고 그 타임은 絶望과 破滅밧게 갓다주는 거시 업나이다. 나는 爲先 帝展에 入選될 希望을 맨드럿나이다. 그림을 팔고 잇난 거슬 典當하야 金剛山行을 하엿나이다. 舊 萬物相 萬相亭에서 一朔間일삭간 지내는 동안 大 小品 二十介를 엇엇섯나이다. 여긔서 偶然히 阿部充家氏아부충가씨와 朴熙道 氏를 맛낫사외다.

「아 이게 왼일이오」 朴熙道 氏는 나를 보고 놀낫사외다.

「先生 此處에 Rさんが 居りますよ」(선생 여기에 R씨가 있군요)

阿部 氏는 우리 房 문지방에 글터 안지며 有心히 내 얼골을 치어다 보앗나이다.

「御一人で?」(혼자이십니까?)

「一人ものが 一人で 居るのがあたりまへじゃ ありませんか」(혼자몸이 홀로 있는게 당연하지 않아요)

「行きましう」(갑시다)

氏는 强한 語調로 同情에 넘치는 말이엇사외다.

「明日迄 出來あがる 繪が ありますから 明日の 夕方下りで 行きましやう」(내일까지 완성될 그림이 있으니 내일저녁때 내려가지요)

「ては ホテルで 待つて 居ります」(그럼 호텔에서 기다리지요)

「何卒」(아무쪼록)

氏는 한발을 질질 끌며 椅子에 안젓사외다. 타고 다니는 椅子에

「人間もころつちやしまいですね」(인간도 이쯤 되면 끝장이지)

「先生どう 致しまして」(선생도 별말씀을)

그 잇흔날 호텔에서 맛나도록 이야기하고 今番 鴨綠江압록강 上流 一週 一行 中에 添加첨가되도록 이야기가 進行되엿섯나이다. 그 잇흔날 兩氏는 朱乙溫泉주을온천으로 가시고 나는 高城 海金剛으로 갓섯나이다. 高城 郡守 夫人이 東京 留學時 親舊이엇든 關係上 그의 舍宅에 가서 盛饌으로 잘 놀고 海金剛에서 亦是

---

5) 원문대로.

아는 친구를 맛나 생복을 만히 엇어 먹엇나이다.

北靑으로 가서 一行을 맛나 惠山鎭혜산진으로 向하엿나이다. 厚岐嶺후기령 景色
은 마치 一幅의 南畵이엿나이다. 一行 中 阿部氏 朴榮喆氏 두 분이 게서서 處處
에 歡迎이며 宴會는 盛大하엿나이다. 新乫浦신갈포로 鴨綠江 上流를 一週하는 光
景은 形言할 수 업시 조왓섯나이다. 一行은 新義州를 거처 京城으로 向하고 나
는 奉天으로 向하엿나이다. 거긔서 그림 展覽會를 하고 大連까지 갓다 왓섯나
이다. 그 길노 東京行을 차렷나이다. 大邱서 阿部氏을 맛나 慶州 求景을 하고 進
永으로 가서 拍間農場박간농장을 求景하고 自働車로 通度寺 梵魚寺를 지나 東萊를
거처 釜山에 到着하야 連絡船을 탓나이다. 東京驛에는 C가 出迎하엿섯나이다.
그는 意外에 내가 오는 거슬 보고 놀낫사외다.

巴里에서 그린 내게는 傑作이라고 할만한 「庭園」을 帝展에 出品하엿섯나이
다. 하로 밤은 入選이 되리라 하야 깃버서 잠을 못 자고 하로 밤은 落選이 되리
라 하야 걱정이 되여서 잠을 못 잣나이다. 千二百 二十四点中 二百点 選出에 入
選이 되엿섯나이다. 넘어 깃븜에 넘처 全身이 쩔넛사외다. 新聞 寫眞班은 밤중
에 門을 두다리고 라듸오로 放送이 되고 한 늬우스가 되여 東京 一板을 뒤써드
럿사외다. 일노 因하야 나는 面目이 섯고 내 一身의 生計가 生겻나이다. 사람은
男子나 女子나 다 힘을 가지고 납니다. 그 힘을 사람은 어느 時機에 가서 自覺
합니다. 아모라도 한번이나 두 번은 다 自己 힘을 意識하엿나이다. 그 째에 나
는 퍽 幸福스러웟사외다. 아 阿部氏는 내가 更生하는데 恩人이외다. 精神上으로
나 物質上 얼마나 힘을 써 주엇는지 그 恩惠를 이즐 길이 업사외다.

母性愛

幾百萬人 女性이 幾千年 前 옛날부터 子息을 나하 길넛다. 이와 同時에 本能
的으로 盲目的으로맹목적으로 肉體와 靈魂을 無條件으로 子息을 爲하야 밧처왓나이
다. 이는 女性으로써 날 째붓허 가지고 나온 한 道德이엿고 한 義務이엿고 이보
다 以上되는 天職이 업섯나이다. 그럼으로 戀人의 사랑, 친구의 사랑은 相對的
이오 報酬的이나 어머니가 子息을 사랑하는 것만은 絶對的이오 無報酬的이오
犧牲的이외다. 그리하야 最高 尊貴한 거슨 母性愛가 되고 마럿사외다. 만흔 女

性은 自己가 가진 이 母性愛로 因하야 얼마나 滿足을 늣겼스며 幸福스러윗는지 모릅니다. 그러나 째로는 이 母性愛에 얽매여 하고 십흔 거슬 하지 못하고 悲慘한 運命 속에서 울고 잇는 女性도 不少하외다. 그러면 이 母性愛는 女性에게 最高 幸福인 同時에 最高 不幸한 거시 되고 마럿습니다. 女子가 自己 個性을 잇고 살 째 모든 生活保障을 男子에게 밧을 째 無限이 便하엿고 幸福스러윗나이다 마는 女子도 人權을 主張하고 個性을 發揮할냐고 하며 男子만 밋고 잇지 못할 生活 戰線에 나서게 된 今日에는 無限한 苦痛이요 不幸을 늣길 째도 잇는 거시외다.

나는 어느 듯 네 아회의 어머니가 되고 마럿사외다. 그러나 내가 애를 씨고 애를 배고 애를 낫코 애를 젓먹여 길느는 거슨 큰 事實이외다. 내가 母된 感想記 中에 子息에 意味는 單數에 잇는 거시 아니라 複數에 잇다고 하엿사외다. 果然 하나 길느고 둘 길느는 동안 只今까지의 愛人에게서나 親舊에게서 맛보지 못하는 愛情을 늣기게 되엿섯나이다. 歐米漫遊하고 온 後로는 子息에 對한 理想이 서 잇게 되엿섯나이다. 아해들의 個性이 눈에 쩨우고 그들의 압길을 指導할 自信이 生겻섯나이다. 그리하야 나는 그들을 길너 볼냐고 얼마나 애씨고 屈服하고 謝罪하고 和解를 要求하엿는지 모릅니다. 그러나 모든 거시 無用之物이 되고 마럿구려

禁慾生活

夜半에 눈이 째이면 虛空의 구석으로붓허 一陣의 바람이 어대선지 모르게 부러드러옵니다. 그째 孤寂이 가삼 속에 퍼지난 거슬 깨닷습니다. 只今까지 내가 늣기는 孤寂은 압흔 거슨 잇섯스나 害될 거슨 업섯습니다. 只今 늣기는 孤寂은 毒草 가시에 쩔니는 자곡의 압흠을 깨다랏습니다. 어대로붓허 와서 어대로 가는지 모르는 가온대서 무어슬 하든지 그 뒤는 孤寂합니다.

나는 所謂 貞操를 固守한다난 것보다 再婚하기까지는 中心을 일치 말자는 거시외다 卽 내 마음 하나를 잇지 말자는 거시외다. 나는 임의 中實을 일혼 사람이 되고 마럿습니다. 이에 中心까지 일는 날은 내 前程은 破滅이외다. 오직 中心 하나를 붓잡기 爲하야 絶對 禁慾 生活을 하여왓사외다.

男女를 勿論하고 姙娠 時期에 잇서는 禁慾生活이 容易한 일이 아니외다. 나도 이쌔만은 胎夢을 쑤면서 苦痛으로 지내나이다.

나는 處女와 갓고 寡婦와 갓흔 心理를 가질 쌔가 從々 잇나이다. 그러고 獨身者에게는 이러한 警句가 잇난 거슬 이저서는 아니 됩니다. 「모든 사람에게 許諾할가 한 사람에게도 許諾치 말가」 異性의 사랑은 무섭다. 사람의 熱情이 無限이 올나 가는 거시 아니라 寒暖計한난계의 水銀이 百度까지 올나 갓다가 도로 底下하드시 사랑의 焦点을 百度라 치면 其 以上 올나가지 못하고 底下하난 거시외다. 그리하야 熱情이 高上할 時는 相對者의 行動이 美化 善化하나 底下할 時는 餘地업시 醜化 惡化해지는 거시외다. 나는 이거슬 잘 압니다. 그리하야 사랑이 움돗을 만하면 짝 부질너 바립니다. 나는 그 底下한 뒤 孤寂을 무서워함입니다. 실혀함입니다. 이번이야말로 다시 이런 傷處를 밧게되는 날은 갈 곳 업시 死地로 밧게 도라갈 길이 업는 까닭입니다. 아 무서운 것!

寂寞한 거시 사람입니다. 그럼으로 사람은 사라잇난 거시 無意味로 生覺하기에는 넘으 깁흔 感覺을 주난 거슬 알 수 잇습니다. 어대 굴니든지 엇더케 하든지 거긔까지 가는 사람은 恩澤입은 사람입니다. 寂寞에서 도라오는 그거시 우리의 希望일는지 모릅니다.

아, 사람은 혼자 살기에는 넘으 적습니다. 타임의 一日은 짜르나 그 타임의 繼續한 一年이나 二年은 깁니다.

離婚 後 所感

나는 사람으로 태여난 거슬 後悔합니다. 나는 사람으로 태여나고 십허 태여난 거시 아니라 사람이 엇더한 거신지 이 世上이 엇더한 곳인지 모르고 태여난 것 갓사외다. 이 人生됨이 더 醜하고 悲慘한 거시오 더 絶望的으로 되엿다 하더라도 나는 怨罔치 아니 합니다. 只今 나는 죽어도 살어도 쏙갓다고 生覺합니다. 죽음은 무서운 거시외다. 그럴 쌔마다 自己를 참으로 살넛는지 아니 하엿는지 봅니다. 나는 自己를 참으로 살닐 쌔는 죽음이 무섭지 안사외다. 다만 自己를 다 살니지 못 하엿슬 쌔 죽음이 무섭습니다. 그런 故로 죽음의 恐怖를 쌔다를 쌔마다 自己의 不德함을 痛切이 늣김니다.

나는 自己를 淺薄_{천박}하게 맨들고 십지 안은 同時에 他人을 怨望하기 前에 自己를 反省하고 십습니다. 自己 內心에 淺薄한 마음이 生기는 것을 알고 곳치지 안코는 잇지 못하는 사람은 人類의 寶物이외다. 이러한 사람은 발서 自己 마음 속에 잇는 雜草를 잇고 조흔 씨를 이르난 곳마다 펼치어 사람 마음의 樣式이 되는 者외다. 卽 孔子나 釋迦나 耶蘇와 갓흔 사람이외다. 太陽은 萬物을 쓰겁게 아니 하랴도 自然 더웁게 맨듭니다. 아모런 거시 오더라도 그거슬 비최이는 材料로 化해 버립니다. 바다는 아모리 더러온 거시 쓰더라도 自體를 더럽히지 안습니다.

모든 사람의 境遇와 處地를 生覺해보자 그때 거긔에서 自己를 찻습니다. 사랑을 깨닷습니다. 그럼으로 自己가 要求하난 사람을, 먼저 自己를 맨들거십니다. 사람은 自己 內心의 自己도 모르는 정말 自己를 가지고 잇습니다. 보이지도 알지도 못하는 自己를 차자내는 거시 사람 一生의 일거립니다. 卽 自我發見이외다. 사람은 쓸대업는 格式과 世間의 體面과 半씀 아는 學問의 束縛_{속박}을 만히 밧습니다. 잇스면 잇슬사록 더 가지고 십흔거시 돈이외다. 놉흐면 노홀사록 더 놉허지고저 하난 거시 地位외다. 가지면 가진이만치 陰氣_{음긔}로 되난 거시 學問이외다. 사람의 幸福은 富를 得한 때도 아니오 일홈을 엇은 때도 아니오 엇던 일에 一念이 되엿슬 때외다 一念이 된 瞬間에 사람은 全身 洗淸_{세청}한 幸福을 깨닷습니다. 卽 藝術的 氣分을 깨닷는 때외다.

人生은 苦痛 그거실는지 모릅니다. 苦痛은 人生의 事實이외다. 人生의 運命은 苦痛이외다. 一生을 두고 苦病을 깁히 맛보는대 잇습니다. 그리하야 이 苦痛을 明確히 사람에게 알니우는대 잇습니다. 凡人은 苦痛의 支配를 밧고 天才는 죽음을 가지고 苦痛을 익여내여 榮光과 權威를 取해낼만한 살 方針을 차립니다. 이난 苦痛과 快樂 以上 自己에게 使命이 잇난 까닭이외다. 그리하야 最後는 苦痛 以上의 것을 맨들고 맙니다.

煩惱_{번뇌} 中에서도 일의 始初를 지어 잇는다.

내 갈길은 내가 차자 엇어야 한다.

사람은 누구든지 自己 運命이 엇지 될지 모릅니다. 속매듸를 지은 運命이 잇습니다. 쯘을 수 업는 運命의 鐵鎖_{철쇄}이외다. 그러나 넘으 悲慘한 運命은 往々

弱한 사람으로 하여곰 叛逆반역케 합니다. 나는 거의 再起할 氣分이 업슬만치 째리고 辱하고 咀呪저주함을 밧게 되엿습니다. 그러나 나는 必竟은 갓혼 運命의 줄에 얼키어 업서질지라도 必死의 爭鬪쟁투에 쓸니고 애태우고 苦로워 하면서 再起하랴 합니다.

朝鮮 社會의 人心

우리가 歐米 漫遊하기까지 그다지 甚하지 아니 하엿다마는 갓다와서 보니 前에 比하야 一般 레벨이 훨신 놉하진 거시 完然히 눈에 쩨윗습니다. 그리하야 有識 階級이 만하진 同時에 生存競爭이 尤甚하여젓습니다. 生活 戰線에 선 二千萬 民衆은, 貯蓄업고 職業 업고 實力업시 살길에 헤매여 할 수 업시 大阪으로 滿洲로 男負女戴남부여대하야 가는 者가 不少하외다. 果然 朝鮮도 이제는 돈이 잇든지 實力 卽 才操가 잇든지 하여야만 살게 되엿사외다.

思想上으로 보면 國際的 人物이 通行하는 關係上 各 方面의 主義 思想이 收入하게 됩니다. 이에 좁게 알고 널니 보지 못한 사람으로 그 要領을 取得하기에 彷徨하는 거슨 當然한 理治입니다. 비빔밥을 그냥 먹을 쑨이오. 그 中에서 맛을 取할 줄 모르난 거시 大部分입니다. 그럼으로 오날은 이 主義에서 놀다가 내일은 저 主義에서 놀게 되고 오날은 이 사람과 親햇다가 내일은 저 사람과 親하게 됩니다. 一定한 主義가 確立치 못하고 固立한 人生觀이 서지를 못하야 바람에 날니는 갈대와 갓혼 時日을 보내고 맙니다. 이는 大槪 政治 方面에 길이 맥히고 經濟에 얼매여 自己 마음을 自己가 마음대로 가질 수 업는 關係도 잇겟지만 넘어 散漫的이 되고 마럿나이다.

朝鮮의 有識 階級 男子 社會는 불상합니다. 第一 舞臺인 政治 方面에 길이 맥키고 배호고 싸은 學問은 用道가 업서지고 이 理論 저 理論 말해야 理解해 줄 社會가 못되고 그남아 사랑에나 살아볼가 하나 家族制度에 얼매인 家庭 沒理解몰이해한 妻子로 하야 눈쌀이 쩝흐려지고 生活이 辛酸스러울 쑨입니다. 애매한 料理집에나 出入하며 罪업는 술에 투정을 다하고 沒常識한 妓生을 품고 즐기나 그도 亦是 滿足을 주지 못합니다. 이리가 보면 날가 저 사람을 맛나면 날가 하나 남는 거슨 오직 孤寂 쑨입니다.

有識 階級 女子 卽 新女性도 불상하외다. 아직도 封建時代봉건시대 家族制度 밋헤서 자라나고 시집가고 살님하는 그들의 內容의 複雜이란 말할 수 업시 難局이외다. 半쯤 아는 學問이 新舊式의 調和를 일케할 뿐이오 陰氣를 돗을 뿐이외다. 그래도 그대들은 大學에서 專門에서 人生哲學을 배호고 西洋에나 東京에서 그들의 家庭을 求景하지 아니 하엿는가 마음과 뜻은 하늘에 잇고 몸과 일은 땅에 잇는 것이 아닌가 달콤한 사랑으로 結婚하엿스나 너는 너요 나는 나대로 놀게 되니 사는 아모 意味가 업서지고 아침붓허 저녁까지 반찬 걱정만 하게 되난 것이 아닌가 及其 神經過敏신경과민 神經衰弱에 걸녀 獨身 女子를 부러워하고 獨身主義를 主張하는 것이 아닌가 女性을 普通 弱者라 하나 結局 强者이며 女性을 적다하나 偉大한 거슨 女性이외다. 幸福은 모든 거슬 支配할 수 잇는 그 能力에 잇난 거시외다. 家庭을 支配하고 남편을 支配하고 子息을 支配한 남어지에 社會까지 支配하소서 最後 勝利는 女性에게 잇난 것 아닌가

朝鮮 男性 心思는 異常하외다. 自己는 貞操觀念이 업스면서 妻에게나 一般 女性에게 貞操를 要求하고 또 남의 貞操를 쌔아실냐고 합니다. 西洋에나 東京 사람쯤 하더라도 내가 貞操觀念이 업스면 남의 貞操觀念 업난 거슬 理解하고 尊敬합니다. 남의게 貞操를 誘引하는 以上 그 貞操를 固守하도록 愛護해주는 것도 普通 人情이 아닌가 從々 放縱방종한 女性이 잇다면 自己가 直接 快樂을 맛보면서 間接으로 抹殺말살식히고 咀嚼저작식히난 일이 不少하외다 이 어이한 未開明의 不道德이냐

朝鮮 一般 人心은 過度期인만치 탁 터나가지를 못하면서 內心으로는 그런거슬 要求합니다. 經濟에 얽매여 옴치고 쒈 수 업스나 지글々々 끌는 感情을 풀곳이 업다가 누가 압흘 서난 사람이 잇스면 可否를 莫論하고 批難하며 그들에게 確實한 人生觀이 업는만치 事物에 解決이 업스며 同情과 理解가 업시 形勢닷는 대로 이리 긋기고 저리 긋기게 됩니다. 무슨 方針을 세워서라도 救해줄 生覺은 少毫도 업시 마치 演劇이나 活動寫眞 求景 하드시 滋味스러워 하고 鼻笑하고 즐叱하야 일쩟 先眼에 着心하엿든 有望한 靑年으로 하여곰 萎縮위축의 不具者를 맨드는 것 아닌가 보라 歐米 各國에서는 突飛한 行動하는 者를 流行을 삼아 그거슬 奬勵장려하고 그거슬 人材라 하며 그거슬 天才라 하지 안는가 그럼으

로 압흘 다토아 創作物을 내나니 이럼으로 日進月步가 보이지 안는가 朝鮮은
엇더한가 조곰만 變한 行動을 하면 곳 抹殺식혀 再起치 못하게 하나니 古今의
例를 보아라 天才는 當時 風俗 習慣의 滿足을 갓지 못할 뿐 아니라 次代를 推測
할 수 잇고 創作해낼 수 잇나니 變動을 行하는 者를 엇지 輕率경솔이 불가보냐
可恐할 거슨 天才의 싹을 분질너 놋는 거시외다. 그럼으로 朝鮮 社會에는 今後
로는 第一線에 나서 活動하는 사람도 必要하거니와 第二線 第三線에 處하야 有
望한 靑年으로 逆境애 處하엿슬때 그길을 틔워주는 援助者가 잇서야할 거시오
事物의 原因 動機를 深察심찰하야 쓸대업는 道德과 法律노서 裁判하야 큰 罪人을
맨들지 안는 理解者가 잇서야 할·거십니다.

靑邱 氏에게

氏여 이만하면 쩌러저 잇는 동안 내 生覺을 알겟고 變動된 내 生活을 알겟사
외다. 그러나 여보서요 아직까지도 나는 내게 適當한 幸福된 길이 어대 잇는지
를 찻지 못하엿서요 氏와 同居하면서 쌔々로 意思衝突의사충돌을 하며 아해들과
살림사리에 엄벙덤벙 時日을 보내는 거시 幸福스러웟섯슬는지 쏘는 放浪生活
노 나서 스켓취 쌕스를 메고 감파스에 그림 그리고 다니는 이 生活이 幸福스러
울지 모르겟소 그러나 人生은 家庭만도 人生이 아니오 藝術만도 人生이 아니외
다. 이것저것 合한 거시 인생이외다 마치 水素와 酸素가 合한 거시 물인 것과
가치, 여보서요 내 主義는 이러해요 사람 中에는 普通으로 사는 사람과 普通 以
上으로 사는 사람이 잇다고 봅시다. 그러면 그 普通 以上으로 사는 사람은 普通
사람 以上의 精力과 個性을 가진 者외다. 더구나 近代人의 理想은 남의 하는 일
을 다 하고 남는 精力으로 自己 個性을 發揮하는 거시 가장 最高 理想일 거시외
다. 그난 理論쑨이 아니라 實例가 만흐니 偉人 傑士걸사들의 生活은 그러하외다.
卽 修身齊家治國平天下수신제가치국평천하가 古今이 다를 것 업나이다. 나는 이러한
理想을 가지고 十年 家庭生活에 내 일을 繼續해왓고 自今으로도 實行할 自信이
잇든 거시외다 그럼으로 部分的이 내 生活 幸福이 될 理 萬無하고 綜合的이라
야 정말 내가 要求하는 幸福의 길일 거시외다. 이 理想을 破壞케 됨은 엇지 遺
憾이 아니릿가

感情의 循環期순환기가 十年이라 하면 실혓든 사람이 조와도지고 조왓든 사람이 실여도 지며 親햇든 사람이 머러도 지고 머럿든 사람이 親해도 지며 善한 사람이 惡해도 지고 惡햇든 사람이 善해도 지나이다. 氏의 十年 後 感情은 엇어케 될가 以上에도 말하엿거니와 夫婦는 세 時機를 지나야 정말 夫婦生活의 意味가 잇다고 하엿습니다. 나는 임의 그대의 長處短處를 다 알고 氏는 내의 長處短處를 다 아는 以上 互相補助호상보조하야 살어갈 우리가 아니엿든가

何如間 以上 몃가지 主義로 離婚은 내 本意가 아니오 氏의 强請이 엿나이다 나는 無抵抗的무저항적으로 讓步한 거시니 千萬番 生覺해도 우리 處地로 우리 人格을 統一치 못하고 우리 生活을 統一치 못한 거슨 부그러운 일입니다.

어울너 바라난 바는 八十 老母의 餘生을 便하게 하고 네 아해의 養育을 充分이 注意해 주시고 남어지는 氏의 健康을 바라나이다. 一九三四, 八

(『三千里』, 1934. 9)

新生活에 들면서

「나는 가겟다」

「어대로?」

「西洋으로」

「西洋 어대로?」

「巴里로」

「무엇하러?」

「工夫하러」

「다 늘게 工夫가 무어야」

「젊어서는 놀구 늙어서는 工夫하난 거시야」

「그러키는 그래 머리가 허연 老大家의 作品이야말노 갑시 잇스니까」

「그러나 꿈저거리기 구치안치도 아닌가」

「어지간이 짐도 쑤려 보앗네마는 아직도 짐만 싸면 신이나」

「아모대서나 살지 다 늙게」

「사는 거슨 몸으로 사난 거시 아니라 마음으로 사난 거시야」

「몸이 늙으면 마음도 늙지」

「아니지 몸이 늙어갈수록 마음은 젊어가는 거시야 오스가와일드 詩에도 「몸이 늙어가는 거시 슯흔 거시 아니라 마음이 젊어가는 거시 슯흐다」고 햇서. 그러기에 西洋사람은 나이 觀念이 업서 언제까지든지 젊은 氣分으로 살 수 잇고

東洋사람은 늘 나이를 生覺하기 때문에 쉬 늙어」

「그러나 몸이 늙어 衰退쇠퇴해지면 마음에 氣分에 氣運이 업는 거슨 事實이오 팔々한 젊은 氣分볼 째는 꿈속 갓흔걸 엇지하나」

「그야 그렇치만 한갓 마음 가지기에 달닌 거시야 다만 걱정거리는 나이 먹고 늙어갈수록 生覺만 늘어가고 氣運이 주는 거시야」

「글세 내 말이 그말이야 그러니까 말이야 친구도 나이 四十에 이리저리 헤매지 말고 서울서 그대로 긔초를 잡으란 말이야」

「나는 실혀 내 過去와 現在와 未來를 다 알고잇는 朝鮮이 실혀 朝鮮사람이 실혀」

「홍 그거는 모르는 말일세 친구가 朝鮮을 떠난다면 그 過去, 現在 未來가 아니 딸어갈 줄 아나」

「글세 過去야 어대까지 쫏차 다니겟지마는 現在와 未來만은 環境환경으로 變할 수가 잇슬 터이니까」

「그러치만 암만 環境을 變하더라도 그 過去가 늘 侵入하야 곳처논 環境을 희려놋는 거슬 엇지 하나 그러기에 한번 過去를 가진 사람은 좀체름 쑤리를 빼지 못하난 거시야」

「암 쑤리야 빠질 수업는 일이지마는 開拓하는대 딸아 環境으로 過去는 征服정복할 수난 잇난 거시지」

「그러자니 그 傷處를 암을냐는 悲哀가 오작한가」

「그거는 覺悟만하면 참을 수 잇난 거시야 어렵기야 어렵지」

「그만치 마음이 단々하다면 나는 安心하네 해보고 십흔대로 해보게」

強한 체 하고 친구의 許諾까지 밧앗스나 친구가 無責任하게 도라설제 내 가슴속은 다시 空虛로 채워젓다. 離婚 事件 以後 나는 朝鮮에 잇지 못할 사람으로 自他 間에 公認하는 바이엿고 四五 年間 잇는 동안에도 實上 苦痛스러웟나니 第一 社會上으로 排斥배척을 밧을 뿐 아니라 나의 履厂이 高級인 關係上 그림을 파러 먹기 어렵고 就職하기 어려워 生活 安定이 잡히지 못하엿고 第二 兄弟親戚이 갓가이 잇서 나를 보기 실혀하고 불상이 역이고 애처러이 生覺하난 거시오. 第三 親友 知人들이 내 行動을 有心이 보고 내 態度를 역여보는 거시다. 아니다. 이 모든 條件쯤이야. 내가 먼저 잇기만 하면 익여낼 수 잇는 거시다. 이보다 내 살을 어이는 듯 내 뼈를 글거내는 듯한 苦痛이 잇섯나니 그는 從々郵便우편 配達夫배달부가 傳해주는 딸 아들의 片紙일다.「어머니 보고 십허」하난 말이다.「環境이란 우숩고도 무서운 거실다. 環境이 一變하는 同時에 過去의 功績공적은 空이 되고 過去의 事實만 무겁게 처저 잇다. 그럼으로 나는 이 딸어다니는 過去를 쩌안고 空에서 生의 目錄을 始作하지 안으면 아니 되게 되엿다.

誘 惑

決코 손을 대서는 아니 된다고 한 果實의 손을 댄 거슨 배암의 誘惑유혹이엇고 이부의 好奇心이 아니엇나. 일노 因하야 밧은 神罰은 얼마나 嚴格하엿나 誘惑처럼 무섭고 즐거운 魅力은 업는 것 갓고 誘惑의 樂, 不安, 危懼위구, 憂慮는 好奇心에 그거시 나갓다. 動機는 如何한 거시든지 훨신 열어제친 世界는 異常히도 조앗고 더구나 無拘束하고 嚴肅하게 직혀 잇는 마음에 엇지 自由스러운 感情을 가지々 안케 되겟는가. 나는 確實이 誘惑을 밧앗섯고 나는 確實히 好奇心을 가젓섯다. 우리는 荒蕪한 荊棘형극에 길가에서 生覺지 안은 薔薇花장미화를 發見한 거시엇다. 芳香방향과 蜜蜂밀봉 中에 恍惚황홀하엿든 거시다. 그 結果는 如何하든지 나의 進步 過程上 甘受하지 안으면 아니 되엿다.

사람의 進步 經路는 여러 가지 形態가 잇다. 幸福스러운 環境과 條件 밋헤서 아모 苦勞와 生覺업시 살어가는 사람도 不少하다. 그러나 多數는 伸신하기 前에 屈굴하게 된다. 如何히 눌느든지 迷惑미혹하든지 분지르든지 하더라도 一意로 살나고만 하면 되지 안는가. 겨울에 얼어부튼 개천물을 보라. 그 더럽게 흐르든 물이 얻어키 이러케 희게 아람답게 얼어 붓는가. 이거슨 確實히 그 本體는 純情과 美를 일치 안엇든 거시다. 이 點으로 보아 進步해가는 사람을 생각하게 된다. 이러한 사람에게는 쩌러진 물이 더러우면 더러울사록 쩌러진 誘惑의 길이 깁흐면 깁허질사록 더 深刻심각한 더 複雜한 現實을 엿보는 故로 이 意味로 보아 이러한 사람은 迷惑에 處하면 處할사록 外觀으론 비록 苦痛스러울 지언정 內幕은 豊富한 感情으로 살 수 잇난 거시다. 그리고 世上 凡事로 肯定긍정해 버리고 만다.

獨身者

異性 間 사랑은 純情이라야 한다. 이 純情을 일흔 者는 傷處를 밧은 者이다. 이 傷處를 맛본 者에게는 몸에 끈긔가 업고 마음에 끈긔가 업나니 卽 彈力性 적고 中間性을 失하야 調和性이 업다. 그리하야 그 傷處를 엇은 者 卽 獨身者 에게는 感情이 痲痺마비되여 喜怒哀樂의 境界線이 分明치 못하고 同時에 事物 에 실징이 쉬 나고 愛着心이 生기지 안는다. 그럼으로 男女 間에 傷處를 밧은 者는 반드시 男子면 純處女 女子면 純童男으로 配偶배우하여야 調和性을 維支 하게 된다.

여러 사람에게 許諾하야 瞬間々々 快樂으로 사러갈가 或은 한 사람에게도 許諾지 말아 내 마음을 직히고 살가 及其 實行에 미치고 보니 幼時유시로붓허 家 庭 敎育 因習에 썰녀 더구나 良心이 許諾허락지 안아 前者를 實行치 못하고 後者 를 實行해보니 果然 어렵다. 親友를 엇을 수 업고 同志를 일는다. 이는 대개 獨 身者의 異性交際란 人格的 交際가 못되고 性的 交際가 되나니 첫 印象붓터 相對 者의 所有者 업는 거시 念頭에 떠오른다. 結局 性交된 後에도 길지 못하나니 相 對者가 自己에게 許身허신하드시 他人에게도 許身하리라는 疑心을 가짐이오 性 的 關係가 實行치 안으면 더구나 보잘 것 업시 交際 時日이 짜른 거시라. 그리 하야 獨身者는 精神的 動搖동요가 甚하나니 甲이란 異性을 對할 쩨는 甲에게 마 음이 가고 乙을 맛날 쩨는 乙에게 마음이 가 마음이 集中이 되지 못한다. 그럼 으로 사람에게는 반드시 마음의 安着될 만한 愛의 相對者가 必要하나니 아모리 着心하는 일이 잇다 하더라도 人間인 以上 人間의 相對者를 要求한다. 이 愛의 相對者를 求한다. 이 愛의 相對者를 求치 못한 獨身者는 늘 허순々々하고 허 청々々하야 마치 荒蕪地에선 電信柱와 갓하야 强風에 씨러질듯 씨러질듯 하게 된다. 獨身者들이여 그대들에게 不幸 卽 配偶者배우자를 일케 되거든 그 卽時 後 補者후보자를 求해 엇으라. 躊躇주저하고 生覺할 동안에 第二 第三 不幸이 襲來습래 하나니 그 不幸을 익여낼 만한 覺悟를 가젓스면 모르거니와 漸々 끈긔가 업서 보송々々 해가고 사람이 실혀져 가고 말이 하기 실코 잡은 손이 쩌러저 사람을 버려가는 거시야 엇지 하랴 더구나 그들에게는 健康을 일케 되나니 大槪 男女 間에는 生殖생식할 時期 外에난 性的 關係보다 陰陽음양의 體溫이 必要하고 音氣 가 必要한 거시다. 獨身者가 多數는 나른하고 짜분한 거슨 이 關係가 만흐니 獨 身으로 지내난 거슨 두 말할 것 업시 不自然한 狀態이다.

「現實의 悲哀」 그거슨 藝術上 아람다온 文字로만 아는대 지나지 안튼 내가 只今은 過去 어느 時代와 現在를 比較하야 果然 現實의 悲哀를 알게 되엿다. 나는 어느 地點에서 右와 左의 길을 잘못 발분 것 갓다. 「失敗」에 드러 어지간 이 걸어온 나는 只今도 反省으로 더부러 그 난호여진 길까지 되도라들냐하나 임이 멀니 와버려진 故로 容易한 일이 아니다. 다만 自慰자위의 길을 取할 싸름 이다.

貞操

貞操는 道德도 法律도 아모 것도 아니오 오직 趣味다. 밥먹고 십흘 씨 밥 먹 고 썩 먹고 십흘 씨 썩 먹는 거와 가치 任意 用志로 할 거시오. 決코 마음의 拘 束구속을 밧을 거시 아니다.

趣味취미는 一種의 神秘性이니 惡을 善으로 解釋할 수도 잇고 醜를 笑로 化할 수도 잇서 비록 外形의 어느 拘束을 밧는 限이 잇더라도 마음만은 自由自在로 움즉일 수 잇나니 거긔에는 아모 苦痛이 업고 辛酸신산이 업시 오직 喜悅희열과 滿足 뿐이 잇슬 거시니 卽 客觀이 아니오 主觀이오 無意識的이 아니오 意識的 이어서 마음에 藝術的 情趣정취를 깨닷고 行動의 藝術化 해지는 거시다. 西洋서 는 일즉이 十九 世紀 初붓허 女子敎育에 性敎育이 盛行하엿고 巴里 風紀풍기 그 러케 紊亂문난하더라도 그거시 惡하게 醜하게 보인다는 것보다 오히려 아름답 게 보이는 것은 임의 그들의 머리에는 性的 關係를 意識하엿고 同時에 趣味로 알고 行動에 藝術化한 싸닭이다.

다만 貞操는 그 人格을 統一하고 生活을 統一하는대 必要하니 비록한 個人의 마음은 自由스럽게 貞操를 趣味化할 수 잇스나 우리는 不幸이 나 外에 他人이 잇고 生存을 維支해 가는 生活이 잇다. 그리하야 社會의 刺戟자극이 甚하면 甚하 여질사록 個人의 緊張味긴장미가 必要하니 卽 마음을 集中할 거시다. 마음을 集

中하는 者는 그 人格을 統一하고 그 生活을 統一하난 者이다. 그럼으로 由來 貞操 觀念을 女子에게 限하야 要求하여 왓스나 男子도 一般일 것 갓다.

往往 우리는 이 貞操를 固守하기 爲하야 나오는 우슴을 참고 쓸는 피를 누르고 하고 십흔 말을 다 못한다. 이 어이한 모순이냐 그러므로 우리 解放은 貞操의 解放부터 할것이니 좀 더 貞操가 極度로 紊亂해 가지고 다시 貞操를 固守하는 者가 잇서야 한다. 저 巴里와 갓치 貞操가 紊亂한 곳에도 貞操를 固守하는 男子 女子가 잇나니 그들은 이것저것 다 맛보고 난 다음에 다시 뒤거름치는 거시다. 우리도 이것저것 다 맛보아 가지고 固定해지는 거시 危險性위험성이 업고 順序가 아닌가 한다.

흐르는 물결을 한편으로 흐르게 하면 긔어히 他方面으로 흐트러지고 만다. 점고 激熱격열한 호름도 그 가는 길에서 틀녀가는 거시다. 이거슨 自然이니 自然을 누구의 힘으로 막으랴.

子息들

윤정이 잇는거슨 事實이나 나는 母性愛가 天品으로 잇는 거신지 한 習慣性인지 의심하고 잇다. 우리가 만히 經驗하는 子息을 나하 乳母를 주어 기른다면 남의 子息과 조곰도 틀림업는 觀念관념이 生긴다. 生離別을 하야 남의 손에 기른다면 亦是 남의 子息과 쪽갓흔 觀念이 生긴다. 그러면 子息은 반드시 나하서 기르는대 情이 들고 그 母性愛의 맛을 보는 거시니 아모리 남이 길너 줄 내 子息일지라도 長成한 뒤 맛나게 된다면 깁흔 情이 업시 섬섬々々하고 서어하게 되나니 이러케 되면 他人과 조곰도 다름업시 利害打算이해타산으로 그 情을 繼續하게 되는 거시다. 더구나 多大한 感情을 가지고 離婚을 한 두 사람 틈에 잇는 子息이랴 어렷슬 째붓허 귀에 젓게 出家한 生母의 過失을 어른에게 듯고 의아하다가 그 生母를 맛난 뒤에 融化性융화성이란 좀체름 生길 거시 아니다. 即 三從之道삼종지도에 어렷슬 째 사랑의 中心을 母나 父에게 두어야 할 아해들이 生活에 中心을 일헛고 同時에 마음의 中心도 일흘 거시라. 이러한 一種의 脫線的탈선적 習慣습관이 生길 兒孩에게 中間에 드러미는 母性愛가 무슨 그다지 尊貴함을 늣기랴 다만 그 生母가 經濟 能力이 커서 그거스로나 征服정복하면 모르거니와 그 아해의 머리에는 利害打算밧게 업슬 거시다. 그리하야 結局 남편과 生離別을 하게 되면 法律上으로 그 子息들은 男便의 子息이 되는 거시오. 子息과도 亦 他人이 되고 만다. 그럼으로 由來 舊習 女子들은 男便과 生離別을 할 時는 子息 하나를 씨고 나가 平生을 거긔 拘束을 밧고 마나니 이는 情을 드리자는 哀처러운 事情이 잇는 까닭이니 比較的 이런 子息에게는 孝道를 밧는다는 것보다 怨悶을 만히 밧게 되나니 부즈럽슨 일이오 離婚하는 同時는 싹 쓴코 後日의 運命을 기다릴 거시다.

나는 이러한 거슬 잘 알고 다 覺悟하엿다. 그럼으로 사람들이 내게 對하야

「크면 어대가오. 다 에미 찻는 법이지」

하면 코우슴이 난다. 에미는 차자 무엇하고 子息은 차차 무엇할 거신가. 남은 問題는 내가 돈이 만하서 저의들게 利롭게 해준다면 모르거니와 그러치 안으면 永遠히 남이 되고 마는 거시다. 다만 十朔間십삭간 배 속에 늣코 犧牲희생햇슬 싸름이다. 그도 過去가 되고 보니 한 經驗談에 지나지 안는 거시다.

空想的으로 보이든 모든 거시 다 산거시 되고 마럿다. 向하는 하늘 빗은 놉고 푸르다. 그 地平線 흐린 곳에서나 光明과 希望을 부르짓게 된다. 가삼에 잔득 憧憬하는 내게는 넘으 모르는 世界가 잇다. 거긔서 주저々々하는 不安과 無情心이 生긴다. 알지 못하고 花壇에 발을 듸려노아 甘味한 雰圍氣분위기에 陶醉도 취하엿든 내가 其實 그거시 가시덤불 속 장미花이엇든 거슬 알고 운다. 不幸에서 幸福을 차자.

나는 누구에게 對해서든지 이러케 말한다.

「獨身者처럼 不幸하고도 幸福스러운 者는 업다」

고. 女子는 시집가서 子息나코 아침저녁 반찬 걱정 하다가 一生을 보내는 範圍범위를 쩌나면 不幸이라 한다. 그러나 그 範圍 內에서 갈팡질팡하난 거시 幸福이고 한번 그 範圍를 버서나서 그 範圍 內에 잇는 者를 보라 도리혀 그들이 不幸하고 自己가 幸福된 거슬 늣기나니 날마다 갓흔 生活를[1] 되푸리하는 그 沈滯한 生活에 比較하야 時々刻々으로 變遷변천하난 感覺의 生活을 하는 自己를 보

---

1) 원문대로.

라 얼마나 날마다 그 人生觀이 자라가고 生의 價値를 늣겨가는지 사람은 그 生命이 붓허잇는 동안이 사는 時間이 아니오 感情을 움지기는 거시 사는 거시다. 世上에는 社會에 얽매고 親구 家族에게 얽매고 生活에 얽매어 그 몸을 움치고 쒸지 못하는 者 얼마나 만흐뇨. 이 實로 不幸한 者로다. 한번 獨身의 몸이 되여 보라. 그 몸이 하날에도 나를 것 갓고 짱에도 구를 것 갓흐며 前後左右가 탁 틔여 거칠 거시 업시 그 몸과 마음이 自由롭다. 이런 사람이야말노 그들의 못하난 일 그들의 못하는 生覺을 해놋나니 歷代의 偉人위인 傑士걸사 名作家들의 그 例가 만타 그럼으로 나는 從々이런 말을 한다.

K가 나를 活人햇서 내게는 더 업는 고마운 사람이야. 그가 나를 家庭生活에서 떠나게 해준 짜닭에 帝展에 入選을 하게 되고 突飛돌비한 感想文을 數 篇 쓰게 되엿서 「나는 只今 죽어도 산 맛은 다 보와서 나는 K를 조곰도 怨罔원망치 안아 오히려 고마운 恩人으로 역여진다.」

이러케 말하면서 不幸에서 幸福을 찾게 된다. 如何한 環境이든지 다 내가 善用하록[2] 힘쓰면 不幸中에서 意外에 幸福을 찾는 거시다. 即 第一은 내 自身이 環境을 쏫칠 것 第二는 環境을 내게 쏫게 할 것 第三은 環境을 他處에서 求할 것 이거슬 實行하면 넓은 新天地를 發見할 수 잇고 不幸에서 幸福을 찾기 그다지 어려운 일이 아니다.

如何한 種類의 過失이든지 汚辱오욕이든지 그거슬 익여낼만한 힘만 잇스면 貴重한 經驗 即 燦然찬연한 結晶이 되여 그 사람 몸에 幸福으로 처저잇게 된다.

나는 엇던 사람이 될가

그러케 快活하고 明朗명랑하든 내가 소곰에 푹 저린 사람이 되고 마럿다. 얼이 짜지고 어릿々々하고 氣運이 업고 彈力이 업다. 나이 四十이라 그럴 째도 되엿지만 그래도 甚한 傷處만 아니 밧앗섯든들 그러케 쉽사리 늙을 내가 아니다. 그러나 이런 女子가 되고 십다는 理想만은 언제까지든지 繼續하고 잇다.

남이 理性으로 對할 째 나는 感覺으로 對하자 남이 正義로 對할 째 나는 優雅

---

2) 원문대로.

우아로 對하자 남이 勇氣로 나를 對할 째 나는 應揚응양의 마음으로 남을 對하자.

나는 禁慾 生活을 繼續하자. 心靈의 統一과 健康保存건강보존으로 그는 나의 性質이 冷酷냉혹한 까닭이 아니라 오히려 情熱的인 까닭이다. 나는 一見 嚴格하게 보이나 그는 내가 冷靜한 까닭이 아니라 가삼에 피가 지글々々 끌는 까닭이다. 나는 靈的인 同時에 肉感的이 되고 십다. 自尊心이 强한 同時에 眞實하고 십다. 나는 남의 큰 사랑을 要求한다. 아니 도리혀 큰 사랑을 남의게 주랴고 한다. 나는 스스로 享樂향락하고 남에게 주는 幸福은 豊富하고 深厚심후하고 永續的임에 틀림없을 것이다 나는 남의 연인인 동시에 연인 그대로의 母가 될 거시다. 卽 人生의 幸福을 創始해놋는 거시 나의 一種의 宗敎的 努力일 거시다. 同時에 相對者에게 深奧심오한 責任 觀念과 明確한 判斷을 할 거시다. 나는 언제까지든지 젊은 氣分으로 모든 事物을 魅力매력잇게 맨들 거시다. 그는 恒常 내 生存을 美化하는 까닭이오. 自己의 하는 모든 일이 내 全體로 아는 까닭에 喜悅희열을 늣기는 感이 生긴다.

나는 靈魂의 魅力이 집흔 거슬 알앗고 짜라서 自己 自身의 人格的 優雅로 色彩가 豊富한 新生活을 創造해낼 거시다. 사람 압헤 나갈지라도 形式과 習慣과 束縛속박을 바리고 尊貴함으로서 公的 生活에 對할 거시다. 나는 남보다 말이 적을 거시다. 그러나 그 沈默과 微笑는 말을 만히 하는 것보다 오히려 雄辯일 거시지 아모리 外向은 흐르는 내물과 갓더라도 그 밋츤 堅固견고한 리즘으로 統一이 잇슬 거시다. 幸福으로 빗날 째든지 致命치명을 밧을 째든지 安靜하든지 煩悶하든지 冷酷하든지 情熱잇든지 깃부든지 울든지 엇던 環境에 잇든지 나는 多數의 女子인 同時에 一人에 女子일 거실다.

나는 女子에 對한 男子의 여러 夢想을 한다. 筋肉發達근육발달한 女子보다 여러 方面으로 發達한 卽 永久의 女性다운 女子를 要求한다. 男子 그들은 社會에 나서 複雜 多端다단한 일에 接觸접촉하고 잇다. 그럼으로 感情의 循環순환이 甚하다. 그들이 늣기는 바 悲哀와 孤寂고적은 크다 깁다. 이에 反하야 女子는 單純한 家庭에 潛伏잠복하야 神經質이 될 뿐이오. 其實은 沈滯되고 마럿다. 刺戟性을 要하는 男子에게 不滿을 주게 되는 거슨 勿論이려니와 女子에게 그 責任感을 늣기지 아닐 수 업다. 오 男子 諸位여 엇지하면 滿足을 늣기게 되고 오 女子 諸位여

엇지 하면 滿足을 주게 되랴. 滿足은 오직 마음먹기에 달닌 거시다. 내가 늘 외우고 잇는 釋迦석가의 敎訓

人生無邊인생무변 誓願度서원탁
煩惱無盡번뇌무진 誓願斷서원단

그럼으로 깁혼 悲哀를 가진 女子는 男子의 가심에 一種 말할 수 업는 情緒의 動搖를 깨닷게 하고 不平을 가진 女子는 男子 마음에 견댈 수 업는 苦痛을 준다. (此間十頁略)

내 一生

나는 十八歲 때로붓허 二十年間을 두고 어지간이 남의 입에 오르내렷다. 卽優等 一等 卒業 事件, M와 戀愛 事件, 그와 死別 後 發狂 事件 다시 K와 戀愛 事件, 結婚 事件, 外交官 夫人으로서의 活躍활약 事件, 黃鈺황옥 事件, 歐米 漫遊 事件, 離婚 事件, 離婚 告白書 發表 事件, 告訴 事件 이러케 別々 거슬 다 격겻다.

그 生活은 各國 大臣으로 더부러 宴會연회하든 極上 階級으로붓허 남의 집 거는방 구석에 굴어 다니게 되고 그 經濟는 汽車 汽船에 一等, 演劇 活動 寫眞에 特等席이든 거시 典當局出入전당국출입을 하게 되고 그 健康은 快活씩 하든 거시 거의 痲痺마비까지 이르럿고 그 精神은 聰明총명하고 天才라든 거시 千痴 바보가 되고 마럿다. 누구의게든지 好感을 주든 내가 인제는 사람이 무섭고 사람 맛나기가 겁이 나고 사람이 실타. 내가 남을 對할 때 그러하니 그들도 나를 對할 때 그럴 거시다.

이와갓치 사람 能力으로 할만한 일은 다 當해 보고 남은 거슨 사람을 버린 것 밧게 업다. 엇지하면 다시 내 天性인 純眞하고 正直하고 順良하고 溫柔하고 부즈런하고 聰明하든 그 性品을 차자볼가.

다 運命일다. 우리에게는 사람의 힘으로 엇절 수 업는 運命이 잇다. 그러나 그 運命은 順々이 應從응종하면 할수록 漸々 增長증장하야 닥처오는 거시다. 强하게 對하면 意外에 힘업시 씨러지고 마는 거시다.

어대로 갈가

나는 어느날 散步를 하다가 움집하나를 發見하엿다. 나는 일부러 거적을 열고 그 안을 듸려다 보앗다. 그리고 돌쳐 서々 이러실째 내 입에서는 이런 말이 새엿다.

「너희는 나보다 幸福스럽다. 이런 움집이라도 가젓스니」

「나는 將次 어대로 갈가. 더구나 이번 事件 以後 面目을 들고 나설 수가 업스니」

이러케 중얼거리는 나는 눈물이 핑 돌앗다.

「巴里로 가자」

「아니 故國 山川을 써나서 그 悲哀 고적을 엇지할가」

「아니 갓다가 쏘 빈손으로 오면 다시 彷徨방황할게 아닌가」

「아니 母性愛에 對한 責任은 엇지 할가」

이러케 生覺하고 보니 다시 生覺이 탁 맥킨다.

가자 巴里로 살너 가지 말고 죽으러 가자. 나를 죽인 곳은 巴里다. 나를 정말 女性으로 만드러준 곳도 巴里다. 나는 巴里 가 죽으란다.

차질 것도 맛날 것도 엇을 것도 업다. 도라올 것도 업다. 永久히 가자. 過去와 現在가 空인 나는 未來로 나가자.

무어슬 할가

한 사람이 이만치 되기에는 朝鮮의 恩惠를 만히 입엇다. 나는 반드시 報恩할 使命이 잇서야 할 거시다. 敎育界로 産業界로 商業界로 言論界로 文藝界로 美術界로 人物을 기다리는 이 째가 아닌가. 무어슬 하나 朝鮮을 爲하야 補助치 못하고 어대로 간다는 거슨 넘어 利己的이 아닌가.

아니다. 々々々 내가 잇슴으로 모든 사람의 沈着性을 일케 된다. 크게 말하면 朝鮮 社會에 獨身 異性者들에게 未婚 前 女性들에게 적게 말하면 靑邱 氏에게 그의 後妻에게 四男妹 兒孩들의 兩쪽 親戚들게 親友 사이에 不安을 갓게 되고 沈着性침착성을 일케 된다. 그럼으로 내가 잇는 거슨 害毒物이 될지언정 利로운 物이 되기 어렵다.

나는 手中에 ××圓 가지게 되엿다. 비록 이거시 분푸리의 結實이라 하더라도 내게도 그다지 상쾌한 일이 되지 못하거니와 C의 마음은 오작햇스랴.

「나는 나는 이거슬 가지고 巴里로 가란다. 살너가지 안코 죽으러」

가면서 나의 할 말은 이거시다.

「靑邱 氏여 반드시 後悔 잇슬 쌔 내 일홈 한번 불너주소

四男妹 아해들아 에미를 원망치 말고 社會制度사회제도와 道德도덕과 法律법률과 因習인습을 원망하라. 네 에미는 過渡期과도기에 先覺者선각자로 그 運命운명의 줄에 犧牲희생된 者자이엿더니라.

後日 外交官이 되여 巴里 오거든 네 에미에 墓를 차자 꼿 한송이 쏘저다오」

펄々 날든 저 제비

참혹한 사람의 손에

두 쪽지 두 다리

모두 상하엿네

다시 살어날냐고

발버둥치고 허덕이다

쯧々내 못 익이고

고만 척느러젓네

그러나 모른다

제비에게는

아직 싸듯한 긔운이 잇고

숨쉬는 소리가 들닌다.

다시 仲天에 쩌 오를

活力과 勇氣와

忍耐와 努力이

다시 잇슬지

뉘 能히 알니가 잇스랴 (舊稿에서)

(『三千里』, 1935. 2)

제10부

미술 관계 에세이 ·인터뷰·기사

繪畵와 朝鮮 女子

― 新進 女流의 氣焰

조선녀자는 그림 그릴 만한
텬재를 가진 자가 만히 잇다.

　　(女流畵家 羅蕙錫 女史 談)

　가튼 예술(藝術) 중에도 문학(文學)이나 음학(音學)은 매우 보급이 되야 문예잡
지도 싱기고 음악회도 갓금 열니이나 유독 그림만 이럿케 뒤쩌러진 것은 매우
섭々한 일이올시다. 대체 다른 예술도 그럿치 안은 것은 안니지만은 이 그림에
대하야는 예전부터 「그림을 그리면 궁하니 ……」 그림 그리는 사람은 「환장이
니」 하야 너무 학대와 천시를 하야 왓슴으로 자연 녀자는 커녕 남자들도 이것
을 던문으로 연구하는 이가 드무럿섯습니다. 그리한 결과로 오늘날 와서는 조
선의 고대 예술의 첫째로 쏩히는 그림의 자조를 던할 만한 사람이 드물게 되고
만 것이올시다. 대체 그림은 가튼 예술 중에도 가장 넓히 쏘는 매우 용이히 일
반 사람들에게 깃분 늣김과 아릿다운 싱각을 주는 것이라 우리 인싱에게는 음
악으로 더부러 아울러 필요한 것이외다. 그러함으로 소학교에서부터라도 유치
하나마 창가(唱歌)와 도화(圖畵)는 반다시 가라치는 것이 아니오닛가.
　어느 가뎡에든지 째々로 「피아노」 소리가 울녀 나오거나 미릿따운[1] 풍경화
가 한 장이 걸녀 잇다 치면 그 가뎡의 단락하고 평화롭은 소식은 반다시 그 한
곡조 울님과 한 폭 그림에서 어더 듯고 볼 수가 잇슬 것이라 합니다. 이와 가치
우리 인싱에게 미감(美感)을 가장 보편덕(普遍的)으로 주며 무형한 행복을 누리
게 하는 그림을 엇지하야 그다지 천시를 하얏스며 시(詩) 짓는 부인이나 글시
쓰는 녀자는 더러 잇서도 치식 붓을 드러 화폭을 향하야 아는 부인은 한 사람

---

1) '아릿따운'의 오기.

도 업섯는가? 하는 애석한 싱각이 가삼에 써돌 째가 만슴니다. 그러나 조선녀
자는 결코 그림을 배호지 안으려 하닛가 그러치 만일 배호고자 할진대 반다시
외국 녀자의 능히 짜르지 못할 특뎜이 잇는 실례를 나는 어느 고등 뎡도 녀학
교에서 도화를 교수하는 동안에 발견하얏슴니다. 그러할 쑨만 안이라 학싱들에
게 그림에 대한 자미잇는 이야기나 혹은 자긔가 「스켓취」하려 나아갓쓸 째의
감상을 말할 째에는 일반 학싱들은 매우 자미잇게 듯는 것을 보왓슴니다. 그러
하닛가 아즉 우리의 여러 가지 형편이 조선 녀자로 하야금 그림에 대한 홍미를
줄만한 긔회와 편의를 가로막고 잇스닛가 그러하지 만일 이 압흐로라도 일반
녀자계에 그림에 대한 취미를 고취할만한 운동이 이러나기만 하면 반다시 녀
류화가가 배출할 줄로 밋슴니다. 그리하야 비록 자긔는 힘은 부치고 재조는 변
변치 못하나 수히 단독 뎐람회를 열고 아모조록 일반 부인계에서 만히 와서 구
경하야 쥬도록 하야 볼가 함니다.

(『東亞日報』, 1921. 2. 26)

洋畫 展覽에 對ㅎ야

女流洋畫家 羅蕙錫 女史 談

미술이라 ㅎ는 것은 여ㅎㅎ 국가와 민족을 물론ㅎ고 이 미술이 발뎐된 나라는 문명ㅎ 민족이라 하나니 그러나 문명이라 하는 것은 인셩에 대ㅎ 모든 사업이 발뎐되여야 문명이라 ㅎ겟지마는 문명이 된 나라는 미술이라던지 음악갓흔 기술이 자연히 문명ㅎ 색치를 닉게 ㅎ는 것이다.

져 구라파의 이티리 반도는 빅인종들에 문명덕 근원디인디 이 이티리는 중고 이리로 셔화라던지 음악이며 죠각슐 갓흔 모든 기술이 발뎐되어 금일ᄭ지 그 ᄶᅥ의 문명ㅎ 사젹을 혁ᄼᄼ히 늣겨 두어셔 이티리 디도시에는 유명ㅎ 력사덕 인물의 동상이라던지 혹은 박물관이나 도셔관 갓흔 데에는 유명ㅎ 셔화가 만이 잇스며 ᄯᅩㅎ 우리 됴션에도 빅졔, 신라가 잇던 삼한 시대에는 여사ㅎ 미술이 대단히 발뎐되여 남의 나라에 지지 안이홀 만한 력사덕 자랑거리더니 근리 리됴 오빅년 근은 정치가 그 아담홈을 엇지 못ㅎ엿슴으로 여사ㅎ 미술학자가 잇스면 이는 쇼위 됴션계급 쥬의샹 즁인이 다 샹흔의 대졉을 하엿슴으로 여사ㅎ 미술가들은 그 미술을 연구홀 사상이 업셔지는 동시에 뒤ᄶᅡᆯ아 미술가 전문자들은 업셔지고 이 미술이라 ㅎ는 것은 됴션 셔셩들의 ㅎ 작난거리에 지나지 못ㅎ엿슴으로 결과에 퇴보에 퇴보를 더ㅎ야 금일에는 우리 민족은 미술에 대ㅎ 사상이 아죠 업다ㅎ여도 과언이 안이라 ㅎ겟다. 그러나 근일 문명의 풍도를 맛보게 되는 우리들은 모든 과학즁의 법률이니 정치이니 산업이니 공업이니 ㅎ고 이러ㅎ 과학을 공부ㅎ기 위ㅎ야 외국으로 류학가는 이들이 잇지만은 미술이라 흐는 것은 이상 말흔 것과 갓치 력사뎍 압박 하에 금일에 와서는 미술에 대흔 필요와 관렴이 업게 되엿소이다.

(『每日申報』, 1921. 3. 17)

羅蕙錫 女史의 畵會

女史는 東京美術學校의 洋畵科出身

本社와 京日의 後援으로 來靑閣에셔

경셩 시너 슝이동의 변호사 김우영(金雨英) 씨 부인되는 라혜셕(羅蕙錫) 씨는
일즉이 이 미술계에 사상을 두어 경셩녀자 진명고등학교를 대졍 삼년도에 졸
업흔 후 너디에 건너가 동경 녀자 미술학교 션과(選科)에 립학ㅎ야 일년을 지난
후 동교 사범과에 립학ㅎ야셔 양화의 유화(油畵)과를 대졍 칠년에 졸업흔 후 다
시 됴션에 도라와셔 이 미술에 대흔 관념을 널니 도션 인사들에게 보급식이고
자 ㅎ얏스나 아즉 ᄭᅡ지도 이 미술의 지식과 사상이 업는 됴션 사회임으로 뜻과
갓치 되지 못흔 일이 만음으로 유감으로 지니는 중이나 여하근 자긔 힘 밋치는
디로는 이 미술을 위ㅎ야 활동홀 결심으로 련동에 잇는 뎡신 녀학교(貞信 女學
校)에셔 교편을 잡고 멧히동안 죵ᄉ하다가 작년 여름부터 가뎡사를 인ㅎ야 퇴
직흔 후, 지금은 집에서 흔가히 민일 이 그림 그리기를 본업으로 알고 세월을
보닌다 ㅎ며 미술에 취미를 가지기는 만이 가졋지만은 뜻과 갓치 되지 안는 ᄯᅢ
에는 졍신젹 고통이 비홀데 업셔 다시는 붓을 잡지 안이ㅎ겟다고 결심흔 일이
죵ㄱ 잇다는 말과 ᄯᅩ는 뜻과 ᄀᆞᆺ치 잘 되는 ᄯᅢ는 그 쾌ㅎ기 흔량업다 ㅎ며 여하
근 졍신을 위안식이는 데에는 무엇보다도 이 미술이 효력이 잇는 줄 아는 바이
요 극히 적은 그림은 불과 두서너 시간이면 다 그리고 혹 아참 경치를 그린다
던지 ᄯᅩ는 져녁 ᄯᅢ 경치를 그리고자 ㅎ면 민일 아참이나 져녁 ᄯᅢ가 안이면 안
이 되는고로 이것을 완젼히 맛치기ᄭᅡ지는 약 일기월근이 걸린다 ㅎ며 ᄯᅩ흔 동
씨는 인물화라던지 졍물화보다 풍경에 대단 취미가 잇는 듯ㅎ야 이번 본사 리

청각에 긔최될 뎐람회에 진렬홀 유화도 역시 풍경으로 벌셔 칠십여장 가량이 쥰비가 되엿는대 이번 뎐람회의 목뎍은 됴션 사룸들에게 이 미슐뎍 필요를 알게 ᄒ기 위ᄒ야 본사 리청각을 비러 가지고 오는 십구일부터 동 이십일ᄭ지 양일건에 유화 뎐람회를 열고 일반 인사들에게 관람케 홀 예뎡인대 여하건 미슐뎍 사상이 결핍흔 됴션 녀자로 이와 갓흔 미슐뎍 스업에 열심ᄒ는 것은 진실노 쳐음이며 쏘흔 이번 뎐롬회는 동씨가 졸업흔 후 쳐음이라더라.

(『每日申報』, 1921. 3. 17)

洋畵家 羅蕙錫 女史

— 個人展覽會를 開催

녀자로서 뎐람회는 조선 처음
십구일부터 경성일보사에서

동경미술학교(東京美術學校)의 서양화과 졸업싱으로 변호사 김우영 씨의 부인 라혜석(金雨英 氏 夫人 羅蕙錫) 녀사는 대정 칠 년에 동경에서 도라온 후로 이러 묵々히 삼사개년을 지내오더니 이번 처음으로 개인 뎐람회(個人 展覽會)를 열고 그 동안 오리동안 모혀 두엇든 유회(油繪) 륙칠십 뎜을 진렬하야 일반에게 관람케 하야 양화로는 아즉 적々한 우리 조선에 양화의 엇더한 것인 것을 소개하는 동시에 일반에게 미술(美術)에 대한 관념을 보급 식히고자 한다 하며 회장은 경성일보사의 리청각(來靑閣)이오 긔일은 십구, 이십 량일 간이라 하는대 녀사는 말하되

「나가튼 자가 개인 뎐람회 가튼 것을 열음은 너무 급한 듯 하오나 실상 자긔의 텬재(天才)를 자랑하야 일반 인사에게 뵈입고자 하는 것이 아니라 오히려 자긔의 실력을 널니 사회에 물음에 불과합니다. 동경에서 도라온 지가 벌서 사년이나 되얏사오나 그 동안 직접 간접으로 여러 가지 사정이 잇서々 이러한 시험을 하야 볼 긔회도 엇지 못하얏슬 뿐 아니라 여러 가지 관계로 너무나 오리동안 침묵을 직히어서 엇더케 싱각하오면 매우 우리 양화계를 위하야 미안한 싱각도 잇슴니다. 그리하야 이번에 여러분의 원조를 바다 비록 아름답지 못하나 처음 성적을 여러분 압혜 뵈어 들이고자 하는 바올시다. 구경하여 주시고 만히 만히 가라처 주시기 바랍니다」 하고 살작 미소를 띄웟다.
엇지 힛던지 녀자로서 뎐람회를 열기는 녀사가 조선에서 처음이라 할 것이

오. 또 조선 밀술계[1]에 녀자로는 일류라 할지라 그의 섬々옥수로 가비얍게 붓
을 놀니어 그려 내인 화폭은 완연한 녀성미(女性美) 그것이나 안일가 하며 녀사
는 인물화보다도 풍경화에 취미가 만타 하더라.

(『東亞日報』, 1921. 3. 18)

---

1) '미술계'의 오식.

녀류화가 라혜석 녀사 가뎡방문긔

— 살림을 보살피면서 제작에 열심

명년에는 미술의 왕국
불란서로 류학을 간다고

조선의 일류화가(一流畵家) 라혜석(羅蕙錫)녀사라면 아마 누구나 그 일흠이 귀에 익숙할 것이다. 조선미술전람회가 열릴 째마다 번번이 그의 그림이 입선되엿고 반드시 이등 혹은 삼등의 상품을 밧게 되엿섯스니 독자 여러분의 긔억이 응당 살어지지 안엇슬 줄 밋는다. 나희어려 고국을 쩌나 강호(江戶)에 쓸쓸한 객이 되여 돗는 해 지는 달을 오즉 서양화(西洋畵)연구에 몸을 바처 공부한 그 정성이 헛되지 아니하야 일본 미술학교 서양화 본과(本科)를 우수한 성적으로 졸업하엿고 조선에 도라온후 칠 개 성상을 조금도 게을리 아니하며 집석이 감발로 화구(畵具)를 둘러매고 혹은 평양 혹은 개성 혹은 금강산으로 명승(名勝)과 고적(古跡)을 차저 그림을 그리기에 열심을 다하여 오는 이다 사랑하는 사람을 맛나 쭐가튼 가뎡을 일우고 어엽분 아들 쌀이 슬하에서 가진 재롱을 다 부리는 오늘날도 역시 쓰님업시 그의 작품(作品)을 볼 수 잇스니 대테 그의 가뎡생활은 얼마나 취미가 진진하고 얼마나 예술화(藝術化)하엿슬가? ─ 녀사를 아는 사람마다 한번 그의 살림살이를 보고 십허하는 맘이 가슴에 사모첫슬 터이다 긔자도 긔회만 잇스면 벌서부터 그의 가뎡을 방문하고저 항상 간절한 생각을 가지고 잇섯든 차 마츰 지난 이십일에 우연히 안동현(安東縣)짜를 밟게 되니 가장먼저 발길을 움즉이어 차즌 곳이 즉 리혜석녀사의 가뎡이엿다 안동공원(安東公園)을 엽헤 씨고 즐비하게 느러 선 령사 사택 중에 하나인 이층양옥 ─「벨」을 누르니 긔자가 보고십허 하고 맛나고 십허 하든 감옥사리의 녯 벗이요 그 집의 주인공인 녀사의 얼골이 나타낫다 쾌활하고 다정한 성격을 가진 그는 반가운 악수로 나를 마저 응접실로 안내하엿다 응접실 좌우벽에는 산수화 인물화가 가즈런히 걸리엿고 래년 미술전람회에 출품할 일본령사관과 단풍도 벌서 마추어 노핫스며 이층화실에는 몃 백종이라 헤일 수 업는 가지 각색 그림이 뷔인 틈이 업시 서히엿다[1] 그림에 상식이 업는 나로서는 다만 「아이」「아이」하고 그 찬란함에 놀내일 뿐이엿다 침실에도 그림 식당에도 그림 응접실문, 부엌문, 목욕탕문, 변소문 할 것 업시 류리문마다 모다 거긔 거긔 싸라 각 각 적합한 그림이 그리여 잇섯고 아이들 방에는 자유화(自由畵)가 걸리엿다 「과연 미술가의 가뎡이로구나」하고 혼자 입속으로 은근히 몃번이나 부르짓기를 마지 아니하엿다 집안에 노힌 모든 긔구가 하나도 정돈되지 아니함이 업고 주부가 예술가인 그만큼 모든 것이 예술덕이요 문화덕이엿다 금년에 다섯 살된 미소녀 라열(羅悅)이와 두 살 된아들 선(宣)이가 저녁 째 유치원으로부터 도라오면 적막하든 가뎡에는 사랑의 꼿이 되고 화평한 우슴이 가득하여지는 것이다 누나는 선생이되고동생은 생도가 되여 유치원에 배혼 노래를 부르면 언제나 깃거운 빗을 가진 그 아버지는 빙그레 웃고 어머니는 손벽을 처준다 그리고 어쩐 째는 라열이가 엄마가 되고 선이는 아들이 되여 「우지 말고 나 그림 그리는 것 봐라」하며 조희와붓을 들고 어머니 흉내를 내는 째도 잇다 한다 녀사는 날마다 아츰에 일즉 니러나 남편과 아이들의 차림을 차려주고 낫에는 부즈런히 집안 일을 보살피며 겸하야 그림에 대한 서적을 읽고 혼자 연구하는 터이다 일요일에는 가족이 함끠 모혀 혹은 산보 혹은 친구방문 혹은 친구들을 청하야 집에서 유쾌하게 논다 한다 녀사는 일과(日課)로 정하여 노혼 순서이외에 압헤 일을 미리 당긔여 하여 두고 멋칠동안은 그림을 그리려 다닌다 한다 래년 륙월쯤 대련(大連)에서 개인 미술뎐람회를 개최할 예뎡으로 요사이는 눈 코 쓸 사이 업시 밤에는 늣도록 바누질을 하고 낫에는 그림을 전문한다 한다 그는 긔자를 보고 「내년에 대련에서 한 번 북경(北京)에서 한 번 뎐람회를 열어 보고 성적이 조흐면 좀 더 그림을 연구하러 불란서로 써날가 합니다 아모리 하야도 예술의

1) 원문대로.

왕국(王國)을 차저가지 아니하고는 완전한 예술을 엇기가 어려운 줄 암니다 그러고 아이들교육은 그저 원시덕(原始的)으로 하여 보려 함니다 잇다금 조곰식 감독하는 뎜도 잇지마는 대개는 내여버려 둠니다 한살 반만 되면 젓을 쩨고 짜로재웁니다 음식도 이것은 매웁다 이것은 짜다고 말하지 아니함니다 저희들이 먹어보고 매웁던지 짜던지 하면 먹으라고 하야도 먹지 아느닛가요」 하고 말하더라 아 화평한 가뎡! 행복된 가뎡! 예술의 궁전! 기리 기리 빗나지어다

(『朝鮮日報』, 1925. 11. 26)

녀류예술가 라혜석 씨
— 그림을 그리게 된 동긔와 경력과 구심
십 사년 동안 긴 세월에 쓰님 업는 그의 정력

왜성대에 열린 뎨오회 미술 면람회 서양화부(西洋畵)에 발을 듸려노면 특선(特選)이라는 금짝지가 붓흔 라혜석(羅惠錫)씨의 그림을 차질 수가 잇습니다. 그림에 대하여 수양이 업슴으로 무엇이라고 비평을 할 수 업스나 입선된 서양화 일백 이십 팔 덤에서 다만 열 한 덤 밧게 아니 되는 특선 가운데 씨의 그림을 보게 된 것은 조선 녀자된 우리는 깁버하지 아니 할 수가 업습니다.

씨는 지금으로부터 십사년 전에 아즉 조선 사람들 가운데 서양화(油畵)란 무엇인지 일홈조차 아는 사람이 별로히 업슬 째에 동경 녀자 미술학교(東京女子美術學校)에 입학하여 일화과 조화과 자수과 편물과 이러케 하고 만흔 여러 가지 과 가운데서 특별히 서양화과를 취한 것은 아즉 나희 어린(十七) 당시의 씨로서는 놀나올만치 대담한 일이오 압흘 내어다 보는 식견이 놉핫던 것을 상상할 수가 잇습니다.

씨가 녀자 미술학교를 맛첫슬 째는 지금으로부터 십년 전 아즉 꼿봉오리갓치 어린 처녀이엇습니다. 졸업시험에 출품한 씨의 작품은 수십명 일본녀자 가운데 뛰어나 이것을 심판한 선생은 씨의 장래를 위하여 길히 축복하엿다고 함니다. 그러나 학교를 그와 갓치 우수한 성적으로 졸업하고 고향에 도라온 씨는 자긔의 적적한 주의에 락심하지 아니 할 수가 업섯습니다.

동경가서 무슨 공부를 하엿느냐고 무를 째에 유화(油畵)를 공부하엿습니다 하면 유화가 무엇이오 하고 뭇는 이가 만을 뿐 참 당신은 어려운 공부를 하엿습니다 하는 이는 진실로 맛나보기 어려웟다고 함니다. 그러나 씨에게는 씨의

예술덕 천품(天品)을 리해하는 오라버님이 게셧습니다. 녀사가 락심하고 괴로
위할 째에는 깁혼 위로를 주엇던 것임니다. 그리하여 씨는 오늘날까지 십사년
동안을 아모 지도해 주는 선생도 업시 쏘는 선진자도 업시 오즉 혼자서 그리
고 그리기를 쉬지 아니하여 오늘날과 갓흔 특선(特選)의 영광을 엇케 된 것임
니다.

해마다 느러가는 그의 그림에 대한 생명은 아즉은 우리가 예측할 수도 업스
리만치 양양함니다. 미술 뎐람회가 금년에 다섯 번째 열님니다. 뎨일회에 입선
(入選) 뎨이회에 입사등(入四等) 뎨삼회에 입사등(入四等) 뎨사회에 입삼등(入三等)
뎨오회 즉 금번 특선이 된 것임니다. 이것을 볼 째에 녀사의 그림이 해마다 을
마나 느러가는 것을 우리는 짐작할 수 잇스며 장차 그의 그림이 얼마나 느러갈
지 우리는 쏘한 짐작할 수가 잇습니다.

녀사의 예술덕 천품에 대하여 우리는 존경하는 마음을 금할 수 업는 동시에
쏘한 우리에게 깁혼 모범이 되는 것은 녀사는 지금 일가의 주부로 두 아희의
어머니요 젓을 먹는 아희가 손 끗헤 달렷습니다. 이 덤은 분명히 안해로써 만
족하는 어머니로써 만족하는 현대 일부의 부인네들에게 모범이 되리라고 밋슴
니다.

라혜석 녀사 담

그림을 그리게 된 동긔가 어데 잇느냐구? 그것은 심히 간단하외다 어려서
부터 무엇을 보면 연필로 곳 그리고 십헛고 학교에서도 만중에서 내가 제일
도화를 잘 그린다는 선생의 칭찬을 밧엇스며 학교 뒤 뜰에 잇는 나무나 꼿을
그려다가 선생을 주면 선생이 퍽 칭찬을 하고 잘 그렷다고 그래요 이러한 것
이 동긔가 되엿다고 할까요 그러나 나는 그림을 가라치는 학교가 잇는지 업는
지 그것조차 모르고 잇슬 째에 내 둘재 오라버니가 내가 녀학교를 맛첫슬 째
에 그림을 배호라고 미술학교에 입학을 식혀주어요 오늘날까지 멧번이나 그
림에 대하여 나는 절망하고 락심햇는지 몰름니다 이번 그림에 대해도 내 눈으
로 보면 심히 빈약해 보임니다 그래서 어적게 뎐람회에 가서 내 그림이 남의
그림과 석겨 잇는 것을 볼 째에 참아 마조보지를 못하엿고 보기도 실헛슴니

다. 언제나 참 이 그림은 잘 되엿다 이만하면 만족하다는 그림을 그려볼는지
오

(『東亞日報』, 1926. 5. 18)

美展 出品 製作 中에

一.

다다미 우에서 차게 군 까닭인지 子宮에 炎症이 生하야 허리가 끈허질 듯이 압흐고 同時에 每日 病院에 다니기에 이럭저럭 겨울이 다 지나고 봄이 도라오도록 두어 장 밧게 그리지를 못하엿다. 더구나 내게는 近日 苦痛이 되다십히 그림에 對한 煩悶이 생겨서 畫筆을 들고 우둑커니 안젓다가 고만두고 고만두고 한 째가 만타. 즉 나는 學校 時代부터 敎授 밧는 선생님으로부터 바든 影響上 後期 印象派的인상파적 自然派的자연파적 傾向이 만타 그럼으로 形體와 色彩와 光線에만 넘우 主要視하게 되고 우리가 切實절실이 要求하는 個人性 卽 純 藝術的 氣分이 薄弱박약하다. 그리하야 내의 그림은 技巧에만 조곰式 進步될 뿐이오 아모 精神的 進步가 업는 것 가튼 것이 自己自身을 미워할만치 견댈 수 업시 苦로온 것이다. 이런 째야말로 남의 그림을 만히 볼 必要도 잇고 參考書를 만히 읽을 必要가 잇는 것이다. 그러나 왼 적적한 곳에서 살고보니 그나마 機會를 어들 수 업는 것일다 다만 혼자 애를 태고 태고 할 뿐이오 그러다가 어느 째면 말할 수 업시 조혼 그림을 보고 조와서 허덕어리다가는 섭섭히 꿈을 쌜 째가 만흘 뿐이다. 이와 가티 누구가 식히는 일이나 하는 것 가티 퉁명스럽게 그림 그리는 일을 고만 두리라 하고 斷念을 해보기도 하고 이 以上 進步치 못할가? 아니 못하리라 하고 無才無能을 肯定긍정하야 絶望절망도 하엿다. 그러허다가도 무슨 실낫 가튼 因緣인연줄이 쓰으는대 쌩기면 쌈작 놀라지어 「내가 그림업시 엇지 살나구」하는 생각이 난다. 果然 내 生活 中에서 그림을 除해노면 實로 殺風景이다.

사랑에 목마를 째 情을 늣길 수도 잇고 親舊가 그리울 째 말벗도 되고 귀치안을 째 즐거움도 되고 苦로울 째 慰安위안이 되는 것은 오직 이 그림일다. 내가 그림이오 그림이 내가 되여 그림과 나를 따로따로 생각할 수 업는 境遇경우에 잇는 것일다. 이와 가티 내게서 時時刻刻으로 生하는 感情이 秩定질정되기까지는 製作하고 십지 아니 하엿다. 그리하야 내 自身도 섭섭히 생각하면서도 今年에는 出品을 아니 하기로 作定하엿섯다. 이 말을 집의 사람들과 남편에게 말하엿다. 다 不贊成이엿다. 그러고 出品하라고 勸한다. 나는 그들이 내 感情을 理解해주지 못하는데 對하야 야속하엿다. 무슨 報酬件이나 되는 것가티 決斷코 出品 아니 하겟노라고 反抗하엿다. 남편은 美展에 對한 新聞紙를 오려다 주며 날마다 재촉을 하고 돈을 갓다주며 費用에 쓰라고 하고 살살 나를 달낸다. 나는 그에게 엇재서 出品을 하라느냐고 出品을 해서 入選이 되고 入賞이 되면 무엇이 조흐냐고 그 理由를 무러보고 십헛다. 그러나 말이 입술까지 나왓다가 뭇지를 아니 하엿다. 나는 그의 마음을 짐작할 수 잇는 것가튼 까닭이엿다. 그러고 夫婦의 情이란 이런째 그 아름다운 것을 알 수 잇는 것 가탓다. 그리하야 내 그림으로 하야 한사람만이라도 깃부게 할 수 잇스면 이것이 곳 내 幸福인줄 알앗다. 나는 不然듯 勇氣가 낫다.

혼 그림 속에서 人物 三十 號와 人物 十二 號 캄파스를 내어서 틀에 메웟다. 거긔다가 '제라칭'을 녹여 바르고 말느기를 기다려 亞麻油아마유에 酸化산화 亞鉛아연을 석거 발러 쉬이 말느라고 부엌 마루에 기대 노앗다. 무엇을 하다가도 쌈짝쌈짝 놀라 時時로 부엌에 가서 만저보고 무처보고 하엿다. 實로 이 一面이 눈과 가티 흰 畫布화포를 볼 째처럼 愉快유쾌하고 希望스러울 째는 업다. 그러나 一點의 線이 畫筆에서 써러지는 째로부터 禁斷한 果實을 싸먹은 아담 이보와 同樣동양으로 形形色色의 苦痛이 混淆혼효하야 湧出용출한다. 이와 가티 얼마 아니 하야 그 純白한 畫布는 現實의 世界로 나려와 罪에 罪를 重疊중첩하게 된다.

나는 이러케 고요한 밤에 먼저 構圖를 생각하엿다. 아모 뜻업는 깃붐과 希望에 싸혀 이 생각으로부터 저 생각 저 생각으로부터 이 생각 하는 中에 문듯 조혼 構圖를 엇게 되엿다.

翌日에는 칩고 바람이 大端 하엿다. 그러나 하로를 더 참을 수 업섯다. 三里

나 되는 곳에 잇는 天后宮천후궁을 차저갓다. 果然 豫想하든 바와 가튼 곳을 차자 엇섯다.[1] 곳 鉛筆연필 스켓치를 해가지고 왓다. 오는 길에 支那村지나촌을 지날 째 문득 그려보고 십흔 氣分이 나는 處所가 잇섯다. 그곳도 스켓치를 해가지고 왓 다. 저진 캄파스가 마르는 四日동안 스켓치쪽이 달토록 보고 또 보고 하엿다. 어서 速히 그려보고 십헛다. 밤에라도 잠만 쌔면 엇더케 엇더케 그려보리라 하 는 생각이 작고 連하여 나온다.

三月 初旬부터 美展 出品을 目的한다는 것보다 무엇이 될지 모르는 希望으로 爲先 天后宮을 그리기 시작하엿다.

(『朝鮮日報』, 1926. 5. 20)

二.

「天后宮」의 來歷은 이러하다. 「天后娘娘천후낭낭을 밧든다」는 것이엿스니 이 는 海神의 일홈으로 或은 天妃라고도 稱한다. 宋朝(富迹?)[2] 浦田의 人으로 林原 의 弟六女가 幼時유시부터 神異가 잇섯다. 其 兄이 海上으로 장사하러 다닐 째에 往往 暴風에 遭難조난을 하엿다. 그러자 彼女는 눈이 머러서 神을 불러 救함을 求하다가 二十歲인 꼿다운 나희를 最後로 죽고 마럿다.

其 後 種種 海上에 靈驗영험이 出顯출현함으로 渡海者들이 다 崇祭하야 祈禱를 하면 卽時로 風浪이 자저진다고 한다.

明의 永樂中은 封하야 天妃라 하고 廟를 京師에다가 세우고 後에 이르러 格 을 進하야 天后라 稱하엿다. 이러한 來歷을 參考하야 그 氣分을 描寫해 내랴고 하엿다. 그리하야 今番에 그린 것은 天后宮 本殿을 遠景으로 삼고 出入 中門을 中景으로 正門을 近景으로 한 構圖이엿다. 形體를 取한 後 色彩를 부치게 될 째 에 第一 困難한 것은 實體 大部分이 灰色회색 煉瓦 卽 大部分이 色彩가 寒色한색을 帶하기 째문에 實體에 갓가온 色만 쓰자니 畵面 全體가 넘우 찬 氣分이 돌겟고 또 溫色을 넘우 만히 쓰면 本體의 意味를 이저 바릴 것이라 이것을 中庸하야 그 리기에 좀 생각을 쓰게 되엿다. 第二로 困難햇든 것은 寫生하든 處所가 공교히

---

1) 원문대로
2) 이 부분은 글자가 분명치 않음.

나무 장터가 되여서 나무 팔릴 때까지 멀건이 안저 잇든 中國 쿠리들은 무슨 큰일이나 난 것처럼 압뒤로 數十 名이 쌩 둘러싸고 뒤에서는 뒤리 밀고 六尺이나 되는 큰 키들이 압흘 막어 스면——히 악을 써서 「니야」를 부른다(朝鮮人을 '요보'라고 부르는 일반으로). 그러면 쌈작 놀라 비켜스는 이도 잇고 끈적끈적한 몸을 짝 버틔고 섯다. 그러면 나도 성이 나서 서투룬 淸語로 「점어 니부지더마 오부눙 칸칸 제벤」(내가 저긔를 볼 수 업는 것을 왜 너는 모르느냐) 하고 악을 쫙 쓴다. 그리고 나서는 다시 내 마음을 눙처서 그리랴 하면 쏘 압흘 막는다. 이러케 손과 입이 가티 활동을 하여야만 되는 것이 極히 困難한 것일다. 그럼으로 어느 때면 입놀리기가 귀치 안어서 未盡한 點을 남겨두고 성이 나서 고만 畵架화가를 접을 때가 만타. 實로 내가 내 생각을 해 보아도 無神經者가 아닌가 십고 그다지 성을 냇다 눅켜 보앗다 고만 두리라고 斷定햇다 그 이튼날이 되면 다 이저 바리고 그 곳에 쏘 갓다가 쏘 봉변을 하고 이러케까지 하며 그리랴고 힘쓰는 내가 우숩기도 하엿다 何如間 이러케 아츰 八時부터 十二時까지의 光線으로 四日間을 連하야 단이는 동안에 가진 우수운 일이 다 만헛다.

(『朝鮮日報』, 1926. 5. 21)

三.

그와 가티 그리든 最後의 날에 도라 오는 人力車 上에서 생각하엿다. 그러고 더할 수 업시 愉快유쾌하엿다. 決코 나는 이번 天后宮 그림을 滿足한 그림으로 생각지 아니 한다. 萬一 이것이 入選이 되고 入賞이 되면 엇지 하나 하는 希望보다도 걱정이엿다. 그러나 이번 場所 選擇에 對하여서는 確實이 自信이 잇섯다. 그리하야 그만한 構圖를 생각해 낼만한 머리가 잇는 것을 알 때 무슨 進步性진보성이나 잇지 아니한가 하는 깃붐을 늣기게 되엿다. 그러고 그림 그것보다도 그것을 그리는 동안에 形形色色으로 當한 事實이 나종에 생각하니 다 내가 勝利者가 된 것 가타야 참을 수 업시 愉快하엿다. 이 所謂 다 그렷다는 그림을 집에 갓다가 노코 멀리 보고 갓가이 보고 뒤집어 노앗다가 눈을 새로 해 가지고도 보고 다른 房에다가 노코도 하야 잘못된 것을 알어낼야고 苦心하엿다. 그러나 내 힘대로는 한 것이 남이 가르처 주기 前에는 내 흠점을 아라낼 理가 萬

無하다. 勿論 大體의 欠點흠점이야 몰늘니 업지마는 筆致에 對한 것이야 엇지 고쳐야 조을지를 몰랏다. 空然히 男便더러 보아 달라고 畵生더러 집안 사람더러 보아 달라고 하면 다만 조타고 할 쑨이요 아모 시원한 말 한 마대 드를 수 업섯다. 그와 가티 몃칠을 두고 고치고 고치고 하다가 다시 한 번 實體 잇는 곳에 갓섯다. 이 날은 마츰 陰 四月 初 一日이라 天后宮 全體門을 열어 노앗슬 쑨 아니라 例月대로 하면 陰 初 一日과 十五日 一個月에 兩日間 公開를 하야 모든 사람들이 祭祀제사를 듸리게 되는대 四月은 特別이 八日이 잇고 또 八, 九, 十三日 間은 큰 祭를 듸리며 밧겻 넓은 마당에서는 各 學校 聯合 運動이 잇고 鴨綠江압록강 배 사공은 全部 休業을 하고 여긔 와서 무릅을 꾸러 절을 하며 一年內 無事 渡海무사도해를 祈禱하는 날이여서 安東縣 갓가운 村落에서는 汽車로 徒步도보로 물 밀 듯 하야 이날에 다리고 왓든 兒孩를 일코 울며 날쒸는 女人들이 每年 數가 업다고 하는 날이다. 나도 二 三次 가 보앗거니와 참 볼만한 날이엿다. 그러한 날이 잇는 달이라 그런지 이 초하로날은 天后宮에 잇는 旗발과 燈을 다 내서 꼿고 달고 하엿다. 나는 다 그려노타 십히 한 畵面 全體를 變하야 이날의 光景대로 고쳐 그렷다. 이것이 卽 이번에 出品한 <天后宮>이라 하는 것인데 그래도 未盡미진한 點이 잇섯스나 畵額화액을 씨워 보지 안코는 알 수가 업서 그대로 京城까지 와서 出品 當日에 다시 고첫다. 그러나 아직도 未盡한 點이 잇는 줄 알면서도 運搬운반 最後 時間이 切迫하야 쌱 쩨여서 보내고 마럿다.

(『朝鮮日報』, 1926. 5. 22)

四.

天后宮을 그리면서 사이사이 그린 것이 <支那町지나정>일다. 이것을 그리게 된 動機는 다만 支那 氣分이 充滿하야 잇는 市街요 더욱이 興味를 끌게 된 것은 술집패가 藍色남색, 紅色홍색 合한 것이 주렁주렁 매달린 것이엿다. 그러나 이 市街는 사람의 通行이 第一 煩雜번잡한 곳이라 實吐실토를 하자면 미상불 엄두가 나지를 아니 하엿다. 하루 밤새도록 생각하여 보앗다. 그러고 죽어라 하고 勇氣를 내 보앗다. 前에 鳳凰城봉황성 南門남문 그리든 생각을 하니 무서울 것이 업슬 것 가탓다.

엇더튼 하로 아침 十二 號에다가 그리기를 시작하엿다. 果然 코물 눈물 홀린 兒孩들로부터 암내가 쏘다저 나오는 中國 勞働者들이 삽시간에 우리를 짓는데 精神이 앗득하여젓다. 게다가 滿洲의 名産인 바람이 획획 지나가자 馬車 박휘에 튀여오르는 흙 먼지가 쫙쫙 쑤려 드러오면 한참式 눈을 감앗다가 쓸 째도 잇섯다. 나종에는 입에서 모래가 설썽설썽 씹히고 코에서는 말쏭내 쇠쏭내가 물큰물큰 나온다. 이러케 午前 九時로 十時까지의 光線으로 三日間을 겨우 대강만 寫生해 가지고 더 다니기가 넘우 끔직스러워서 더 못가고 細細한 것은 집에서 고치고 맨들고 하엿다. 只今까지의 筆致와 色彩를 一變하야 卽 只今까지의 元色, 强色보다 間色, 沈色을 써 보느라고 한 것이나 그리기 前에 생각하든 바 小部分은 實現된 듯 십흐나 天后보다도 더 自信이 업스면서도 支那 氣分이 半쯤 出現된 듯 십혼 생각과 家屋의 지붕 가튼 것이 關係처 안케된 듯 십혼 安心으로 美展에 出品은 하엿스나 無鑑査니까 入選이 되엿는지도 모른다.

世上에 受苦 아니 하고 엇는 일이 어듸 잇겟스랴마는 샐 틈 업는 내 生活 中에서 조금式 주서 모은 時間으로 工夫라고 해서 入選이니 特選이니 公開가 되고 보니 無條件으로 바든 그것이 깃부다는 것보다 내 努力에 對하야 愉快한 맛이 한칭 더할·뿐일다. 나는 이러한 것을 일홈지어 幸福이라고 일컷고 십다.

好衣好食에 便한 居處로 一生을 苦로움 없시 지내고 보면 그 무엇에 愉快한 맛을 볼 수 잇스리요 朝夕이 간 대 업다가 품삭 어더 밥 지어 먹을 때 그 맛이 얼마나 달큼할고. 내 그림을 참아 노치 못하는 것은 요런 달큼한 맛이 점점 더 하여 가는 싸닭이다.

(『朝鮮日報』, 1926. 5. 23)

歐米漫遊하고 온 女流畵家

― 羅蕙錫氏와 問答記

◇ 場所 東萊邑 福泉洞
◇ 人物 羅蕙錫씨와 記者
◇ 時日 七月 三日 午前 十一時 三十分

記 아이구 오라간만이올시다

羅 참 그럿습니다 한 四, 五 年된 것 갓습니다

記 그 동안에 불란서에 가서 그림공부를 하신다더니 언제 오시엿습닛가

羅 오기는 今年二月에 왓습니다만은 별로 공부한 것은 업고 그저 구경만 하고
   온 세음입니다

   (그째 그의 엽헤 누은 어린 아희는 쌔드득 쌔드득 하고 울엇다)

記 총망 중에 참 이젓습니다 언제 아기는 또 나시엿습닛가

羅 (빙긋 우스면서) 인제 한 이주일 되엿습니다 이것이 파리(巴里)에서 배여 가
   지고 온 한 긔렴폼이올시다

記 긔렴품 中에는 큰 긔렴품임니다 당신가튼 예술가로서 더구나 예술의 도회
   인 파리에서 배여 나섯스니 큰 창작의 예술덕 긔렴품이올시다 이롬도 엇
   지 그런 긔렴덕으로 지여보시지요

羅 그럿치 안어도 그런 의미로 지엇습니다 불란서가 革命 이후에 모든 것이
   建設이 되엿기 때문에 그것을 의미하야 金建이라고 지엇습니다

記 産後에 무슨 별증은 업시시고 아기가 젓도 잘 먹습닛가

羅 별증은 업슴니다만은 보시는 바와 가티 아희가 태열인가 무엇으로 얼골이
모도 허러서 약을 바르고 밤이면 잠자지를 안코 부댁기기 째문에 나도 잠
을 잘 자기 못하야 정신이 횡하고 젓도 아희날 째마다 귀하야 항상 우유를
먹임니다 (그는 이 째 젓을 먹이다가 다시 싸스불을 켜서 우유를 데윗다) 이 아
희는 다른 아희보다 배일 째나 배고서나 모도 조흔 것만 보고 마음이 유쾌
만하엿으닛가 아희가 근강할 터인데 이럿케 못채임니다

記 아긔는 모도 몃 남매나 됨닛가

羅 아들이 이 아희까지 三兄弟요 쌀이 하나올시다(長女)

記 아이구 아긔 농사는 잘 지엿슴니다 그 농사 하시기에 분주하야 요 근래에
는 신문 잡지에 아모 글도 쓰시지 안코 출입도 잘 하시지 안슴니다 그려

羅 (흐터진 머리를 츠으면서 쏘 微笑를 하고) 별 말슴을 다 하심니다 아희 농사 짓
너라고 출입도 안하고 글도 안 쓰겟슴닛가 본래에 글도 잘 쓰지 안코 근래
에 가뎡 관게로 출입도 못 하얏지요

記 단발은 언제 하시엿슴닛가

羅 歐羅巴를 쩌날 째에 『하리빈』에서 하얏슴니다 본래에 나는 단발을 창성[1]
하얏섯던 차에 더구나 객지에 쩌나고 보니 편리할 듯도 하고 양장하고 가
게 되니 帽子모자쓰는 데 불가불 싹거야 되겟기로 싹근 것이올시다

記 단발을 하시닛가 퍽 편리하시지요

羅 편리하고 말고요 첫재에 머리가 아주 시원함니다

記 그런데 왜 쏘 長髮장발을 하심닛가

羅 구라파에 잇슬 째에는 본국에 와서도 의복 음식까지 다 양식으로 하럇더니
실제 와서 보닛가 역시 어렵슴니다 더구나 디방에 잇서서는 운에 싸르지
안으닛가 머리도 자연 길지 안을 수 업게 됨니다

記 서울에 가서 사시면 쏘 싹그 시겟슴닛가

羅 서울도 별 수 업슬 것 갓슴니다 만일 외국에를 쏘 가게 된다면 꼭 싹겟슴
니다

---

1) 원문대로.

記 몸도 충실치 못하신데 너무 지리하게 말슴을 하야 미안함니다만은 이왕 말
슴을 하니 더 뭇겟슴니다 歐洲에는 언제 가서서 어듸어듸를 보고 오시엿
슴닛가

羅 네―관게치 안슴니다 서울에서 여긔까지 오시기도 하엿는데 안저 말슴이
야 무엇이 수고 되겟슴닛가 쩌나기는 一九二七 年 卽 再昨年 六月十九日에
쩌나서 西伯夷亞^{서백리아} 車를타고 露京^{노경} 모스크바를 지나서 巴里로 直行
을 하얏슴니다 그 곳에서·略 七個月체류하다가 瑞西 제네바에 가서 十徐日
구경을 하고 다시 巴里로 와 가지고 白耳義^{백이의}, 荷蘭^{하란}을 본 다음에 도로
巴里를 왓서 法語를 좀 공부하야 가지고 다시 獨逸에서 略 一個月 구경을
하고 그 다음 해에 伊太伊, 西班牙를 구경하고 다시 米洲로 건너서 紐育^{유욱},
와승톤 其他 멧멧 都市 쏘는 農村 山邑까지 구경을 한 후에 今年 二月二日
에 橫濱에 到著하야 十日에 집으로 왓슴니다. 총히 말슴하면 그 간에 第一
만히 잇기는 巴里이고 그 다음은 米洲요 그 外 다른 나라는 맛치 走馬看山
^{주마간산}가티 다녀서 그저 얼쩔쩔할 싸름이올시다

記 그러시면 巴里에서는 무엇을 하시엿슴닛가 그림 공부를 하신다는 말슴을
드럿섯는데 만히 공부하시엿슴닛가

羅 거긔에도 역시 그저 구경만 한 세음이지요 무슨 특별이 공부야 하얏겟슴닛
가 여가 잇는 대로 그 곳 畫家에 有名한 「빗시에루」라 하는 이의 個人 硏
究所에 가서 하루 멋 時間식 硏究를 하얏슴니다

記 그 동안 그리신 作品은 얼마나 됨닛가

羅 作品이라야 무슨 큰 것은 업고 旅行 中 「스켓치」로 그린 것이 畧七 八十 點
됨니다(벽장 속에 잇는 作品을 나여 뵈엿다)

記 아이구 퍽 만슴니다 그만하면 紀念으로 個人 전남회도 한 번 할만 함니다
어듸 한 번 主催하야 보시지요

羅 생각은 잇슴니다만는 지금은 가뎡 일로 몸이 이럿케 어린 아회에게 억매인
관게로 아모 엄두도 안이 남니다 줌 보와서 東萊나 그럿치 안으면 釜山이
나 或 京城에서 열어 볼가 합니다 만히 후원을 하야 주십시요

記 암 후원을 하야 드리고 말고요 될 수 잇다면 社에 가서 여러 사람과 의론

하야 우리 社에서라도 후원을 하야드릴가 합니다 其 外에 參考로 西洋 사람의 그림은 어더신 것이 업슴닛가

羅 퍽 만슴니다 나는 거긔에 취미를 둔 까닭에 간 곳마다 소위 이름난 그림이라고는 몃 장식 다 어더왓슴니다 이것이 이번 旅行 中에 큰 所得이라 하겟슴니다(벽장에 잇는 그림 축을 쯔내는데 門이 잘 열이지 안어서 내가 暫時잠시 봉죽을 하얏는데 잇는 것이 總點數 約 數百 點되고 아즉 到著치 안은 것이 쏘한 그 가령이 되게다 한다)

記 나는 그림에 門外漢이올시다만은 참 名作이 만슴니다 이것까지 展覽會째에 출품을 하시엿스면 일반에 큰 參考가 되겟슴니다

羅 그럿슴니다 우리 조선에서는 돈을 가지고 살나고 하야도 사지 못할 것이 만슴니다

記 그 外에 쏘 긔념品으로 가지고 오신 것은 업슴닛가

羅 이 그림2) 外에 쏘 熱心으로 모와 온 것은 각국의 우표와 지폐, 畜音機 판임니다

記 네— 그것도 참 조흔 것이올시다 그 中에도 레고트가튼 것을 각국 것으로 고루고루 모시엿다면 한번 드를만 하겟슴니다

羅 인제 서울에 가서 살게 된다면 아시는 여러분을 청하야 레고트會를 한 번 열겟슴니다

記 이번 旅行 中에 第一 조케 보신 것이 무엇임닛가

羅 무엇이던지 우리보다는 다 조흐닛가 어느 것이 특별이 조타고 말슴하기가 어렵슴니다만은 나는 그림에 취미를 두어 그러한 지 伊太利에 가서 羅馬라 하던지 其他 歷史잇는 녯 都市에 가서 古代畫를 볼 째에 퍽 마음이 조왓섯슴니다 名作도 名作이 려니와 古代 것을 그대로 잘 保存되여 잇는 데는 더욱 感心하얏슴니다 그리고 英國과 米國에 가서는 깁흔 山 속까지 道路가 잘 施設된 것을 보고 感心하야 우리 朝鮮의 金剛山 가튼 데도 그와 가티 하얏스면 좃캐다고 생각하얏슴니다

---

2) '그림'의 오식.

記 旅行 中 크게 깨다르신 것은 무엇임닛가

羅 공부상으로 보와서 다른 것보다 그림은 참으로 어렵다는 것과 쏘 조타는
것을 깨다럿습니다 언제인들 그림이 좃치 안코 쏘 그럿케 쉽게 생각한 것
은 안이지만은 그 곳을 가서 여러 사람의 作品을 보니 진 소위 觀於관어 海
者해자에 難爲水난위수로 우리가 입째까지 본 것이라던지 배운 것이란 것은
마치 어린 아희들의 習作과 갓고 쏘 그네들이 공부하는 것을 보면 아모리
名作家라도 낫과 밤으로 붓을 놋치 안코 하루에도 數百 數千장식을 그립듸
다 참 感心하얏습니다 그런데서 그림이란 참으로 어렵고도 조흔 줄을 짐
작하게 됩니다

記 그림을 공부하는 데 東洋사람과 西洋사람과의 비교가 엇더한 것 갓습듸가
재조로나 렬심으로나

羅 재조야 東洋사람이 그네보다 질 것이 업지만은 공부하는 데는 그네의 熱心
과 忍耐力인내력을 참으로 싸르지 못할 것 갓습니다 우리 동양사람들은 공
부를 하다가 조곰만 잘 하면 滿足히 생각하고 조금 잘못하면 아주 落心을
하고 中止하지만은 그 사람들은 그럿치 안습듸다 내가 그 硏究所에서 보와
도 日本 사람은 무엇을 그리다가 마음 대로 잘 되지 안으면 얼골이 아주
변색이 되고 종희를 발긔발긔 찌지며 싸메다(駄目) 째메다하고 붓을 흔히
던지지만은 저 사람들은 결코 그러지 안습듸다 지금 안이 되면 잇다가 쏘
그리고 오늘 안이 되면 내일 쏘 그려서 그여히 조흔 作品을 내고야 맙듸다
東洋 사람 中에도 中國人이 그래도 쓰준이 나아가고 우리 조선 사람도 공
부 중에는 쌔 참어감니다

記 女子들은 엇더합듸가

羅 女子요 참 이번에 보고서 女子의 힘이 强하고 弱者가 안인 것을 確信하얏
습니다 우리가 여긔서는 女子란 나부터도 할 수 업는 弱者로만 생각되더니
거긔 가서 보니 政治, 經濟 其他 모든 方面에 女子의 勢力이 픽은 만습듸다
特히 外交上에 잇서서는 남 모르게 그 內面的 活動力이 굉장합듸다 우리
朝鮮 女子들도 그리하여야 되겟다고 생각하얏습니다

記 여러 곳을 단이는 中에 어듸가 第一 좃습듯가

羅 그것이야 말슴치 안어도 잘 알으시는 바와 가티 아마 巴里겟지요 다만 繁
華번화하다고 하는 것이 안이라 모든 것이 전혀 藝術的으로 되엿슴니다 宮
殿궁전, 城壁성벽, 市街시가, 公園공원 甚至於심지어 農庄농장싸지라도 凡然이 施設
한 것이업고 모다가 그림으로 調和가 되엿슴니다 그 곳에 잇스면 도모지
써나고가 십지 안코 只今에도 자다가 그 생각을 하면 마음이 자연 유쾌하
고 죳슴니다 專門知識을 가진 사람은 누구나 반듯이 한 번 가 볼만 함니다
그러나 그것도 最少한 四 五 年은 잇서야지 우리가티 잠간 단여 오면 그저
活動寫眞 구경한 것 갓슴니다

記 파리 사람은 男女가 모도 流行을 조와하고 過去나 未來는 도모지 생각지
안코 現在 即 그날 그날의 生活만 한다니 그럿슴닛가

羅 참—그럿슴니다 파리 사람은 무엇이던지 保守的이 안이오 革命的임니다
衣食住 가튼 것이던지 風俗이고 무엇이고 그도 珍奇하고 새 것을 조와함니
다 그럼으로 여러 가지가 모도 創作이 만슴니다

記 巴里에서 우리 朝鮮사람을 더러 만낫슴닛가

羅 여러분 만낫슴니다 爲先 先生과 한 敎會에 기신 崔 先生도 거긔에서 만나
섯슴니다. 그는 背景이 조흐시고 平素부터 內國에 信望이 만흐시기 째문에
到處도처에 大歡迎을 바드섯슴니다. 아마—近來 우리 朝鮮사람으로서 外國
에 遊覽유람 中에 內外國人에 큰 待遇대우를 바드신 이는 그만한 니가 업슬
것 갓슴니다 나도 퍽 欽羨흠선하얏슴니다 가시거던 安否하야 주십시요

記 당신은 이 압흐로 그림 공부를 계속하겟슴닛가

羅 아희를 다 길너노코 천천이라도 공부하겟슴닛가

記 今年에 얼마시기로—아희를 다 길은 後면 老婆노파가 다 되시겟는는데요

羅 今年에 三十四 歲올시다만은 西洋 사람들 공부하덧 하면 아즉도 머럿슴니
다 마음은 아즉것 靑春時代의 마음이 그대로 잇슴니다. (下略)

(『別乾坤』, 1929. 8)

美展을 압두고 아트리에를 차저(七)

녀류 화가로서만 아니라 녀류 작가로서도 한 째 우리 문단에 센세이슌을 일으키든 라혜석(羅蕙錫) 녀사를 차저 다방사 골로 갓다. 그 부군을 짤아 년전에 독일, 불란서, 리태리 등 구미 각국 미술의 정화를 두로 삷히고 귀국한 녀사는 풍광이 명미한 동리(東萊) 자턱에서 그 부군과 가티 '캠버스'와 어린애를 벗하고 지내가다 금춘에 다시 서울에 나타낫다. 아직도 이십 전후의 신진들과 달리 검박하게 채린 몸맵시하며 륜곽이 쑤렷한 얼골에는 어드라 업시 사람으로서는 어쩔 수 업는 세월의 자최가 흘럿다. 녀사는 방금 그리다가 만 그림을 듸려다 보면서

— 하나는 다 그리고, 저것은 지금 곤치는 중입니다. 화제는 그양 「어린애」라 하고 십습니다. 보시는 바와 가티 저 등 업힌 어른애는 제 맘에 그리 못 되지 안케 생각나지만 업는 애가 어쩌지 마음에 덜 들어서 지금 곤치는 중입니다. 세월이 갈수록 나어야 할 터인데 도로 퇴보만 되는 것 갓습니다—하고, 평안도 엑센트가 어드라 업시 숨은 분명한 어조로 말하면서 다시 「파리의 화가촌」이란 그림을 보여 주엇다. 록음이 욱어진 속에 크고 적고 놉고 나즌 양옥들이 즐비한 촌락이다.

우리 조선 화가의 생활을 넘어도 잘 아는 나는 이 그림에서 불란서 화가들의 생활을 상상하는 째 미상불 무슨 늦김이 업슬 수 업섯다. — 이건은 려힝 중에 스켓취 판에 그린 것을 다시 느린 것입니다. 외국 것을 보고 오니 눈만 놉하

졋습니다. 큰일 낫세요 ······

하면서 녀사는 외국 화단의 소식을 이야기 하엿다.

(『每日申報』, 1930. 5. 13)

特選作 「庭園」은 歐洲旅行의 선물
― 羅蕙錫女史와 그의 作品

조선화계에 녀자로서는 누구보다도 일즉이 이름을 날린 라혜석(羅蕙錫)녀사는 금번 미술전람회에 작품(서양화) 세 점을 출품하야 전부 입선이 되엇슬 쑨아니라 그중의 정원(庭園)은 특선으로 입상이 되엇다.

녀사는 전에도 특선으로 입선이 되어 씨의 황금시대라는 칭송을 밧든 고비가 잇섯다 몃해후인 오늘날의 새로운 영예는 과연 씨의 그 후의 쑤준한 분투와 노력의 결실일 것이다.

여긔서 녀사는 다시 피여 올르는 꼿다운 시대를 품안에 확실이 마저드리엇다고 보겟다

「특선된 「정원」은 파리(巴里) 「크루니 뮤제웅」 정원인데 이 건물은 二천년된 폐허인 「크루니」 궁전 속에 잇는 정원으로 당대에도 유명한 건물일 쑨아니라 지금은 박물관이 되어 잇습니다. 아페 돌문은 정원 드러가는 문이오 사이에 보이는 집들은 시가입니다 이것을 출품할 째 특선될 자신은 다소 잇섯스나 급긔 당선하고보니 퍽 깃븝니다 그러나 어찌 이것으로 만족하다하겟습니까」

이것은 녀사의 솔직한 감상의 한구절이다

녀사는 이로부터 전 정력 전 생명을 오로지 그림연구에 기울리어 훨신더 레벨을 올리어 볼 생각으로 날로 새길을 닥가나가는 중에 잇다

(『東亞日報』, 1931. 6. 3)

離婚 一週年

― 洋畵家 羅蕙錫氏

　부군(夫君)과 함께 구라파 만유(漫遊)의 길을 떠나 예술의 도시 파리에서 일홈을 떨치고 도라온 라혜석(羅蕙錫)녀사의 리혼한지도 거의 잇해를 마지하련다 귀여운 애기 셋과 안윽한 스윗홈과 딸링을 박차고 떠나 나온 현대의 노라인 녀사의 그후 생활은 엇떠하엿든가?

　「예술(藝術)만이 완전한 것이 안이고 생활 혼자만도 완전한 것이 못되고 생활과 예슬이 합치되는 데서 참된 완전이 온다」는 것이 오늘의 녀사의 회술이다 안동현의 즐거웁든 홈라이푸와 예술의 도시를 차저 순례하든 시절을 회상하며 쓸쓸한 표정을 짓는 녀사는 온 정력을 다 밧처 양화(洋畵)를 그리고 잇다

　지난 가을 동경(東京)으로 건너 가서 미술연구와 그림 그리기에 전력을 다하다가 사월경에 조선 나와서 현재 중앙보육 미술을 맛터 가르치고 한편으로 개인전람회(個人展覽會)를 개최하기 위해 양화를 그린다

　작년 동경서 열녓든 제국미술전람회(帝國美術展覽會)에는 「庭園」이란 그림이 입선이 되여 일본 화계에 격찬을 밧엇섯고 금년 봄에 경복궁에서 열녓든 조선미술전람회에는 「少女」「窓から」「金剛山」의 세 양화가 무감상(無鑑賞)으로 입선이 되여 조선 녀자 화게에만 독보(獨步)로서의 명예를 떨첫슬 뿐 안이라 단연 조선 양화게를 놀내게 하엿다

　지난 여름에는 金剛山 총석정(叢石亭)에 가서 불면 불휴의 노력으로 약 삼 사십 장의 그림을 그리엿다 대개 해금강 농촌 녀자와 그들의 생활 산수 등을 모

델노 삼어 그리엿는데 그 중에는 적은 폭도 만치만 큰 폭이 두 장이나 잇서 특별히 이번 가을 동경서 열렷든 제국전람회에 출품하려든 것이엿는데 불행히도 사숙하고 잇든 집에서 화재가 나서 그 중에 불과 십여 장만 겨우 끄내고는 전부 태워버렷다 한다

「너머 악가운 것들을 태워서 울기까지 햇서요 그리고 놀내서 병이 생겨서 지금은 그림도 천천히 그리면서 쉬고 잇습니다」 라고 한다

오늘의 녀사의 생활은 극히 단조롭다 캠퍼쓰를 대하고 서서 붓을 놀니고 도서관에 뭇치여 글을 읽고 연구하는 것 외에 별노 오락도 유쾌스런 시간도 갓지 안는다 그러나 예술을 향하여 돌진하고 끈임업시 노력하는 위대한 힘은 녀사의 생활을 움직이고 잇다 오래지 안하 개인전람회를 열녀고 하는 외에 앞으로의 생활을 계획하는데 고심하고 잇다

「제 일선에 나서서 활동을 할까?」

「연구와 세련으로서 그림에만 전생을 밧칠까?」

안온하든 생활에서 전환이 되여 새 길을 차즈려는 녀사는 고민과 번뇌의 일년을 지내왓고 앞으로도 계속될 모양이나 하여튼 양화게의[1] 일대 변혁을 일으킬 것은 사실일 것이다

(『新東亞』, 1932. 11)

---

1) 원문대로.

巴里의 모델과 畵家生活

佛蘭西 畵界와 巴里에 잇는 畵家의 生活. 내가 巴里에 滯在체재하기는 겨오 八個月 동안이엇다 그럼으로 以上 問題로 알냐고 애를 썻스나 充分치 못하엿고 不絶이 變하난 畵界를 알기에난 恨이 업난 일이엇다.

佛蘭西洋畵의 略歷

美術評論에 依하면 佛蘭西 繪畵회화는 두 가지 傳統이 잇다고 한다 卽 民主々義인 北方 후탄덴 地方으로부터 드러온 것과 其一은 貴族主義인 南方 伊太利로부터 드러온 것이라 한다 그리하야 이 두 가지 系統으로 佛蘭西 貴族生活과 民衆生活민중생활을 빗최여 볼 수가 잇다.

初 期

佛蘭西에난 十七世紀로부터 十八世紀 그 동안 所謂 로고々式이라는 貴族의 華麗 奢侈에서 날긴[1] 建築의 裝飾 貴族의 肖像畵초상화로 因하야 美術이 發達하엿다 有名한 벨사유 宮殿이 生긴 것도 이째 일이다 이와 가치 佛蘭西 繪畵가 急速히 勃興발흥하게 되엿다. 이 로고々 美術期에 佛蘭西 國民의 獨特한 點을 進展한 畵家 天才 왓도가 낫다.

---

1) 원문대로.

古典派와 浪漫派

그럴 동안 十八世紀로부터 十九世紀 間 다부잇도와 앙그로 가튼 天才가 나서 佛蘭西에 처음으로 다른 畫風을 이르키엿다 同時에 畫風이 判異한 一群의 畫家가 生겻다 卽 前者를 古典派라 하고 後者를 浪漫派라고 하엿다 古典派 그림과 가치 血이 업고 脈이 업고 感情이 업난 그림만으로 滿足할 수 업다 하야 다토는 勇聽용청한[2] 一群의 그림은 衡載的형재적 畫材화재를 取하야 實로 感覺한 그대로 그렷다 더욱이 古典派의 그림은 輪廓윤곽에 重視함에 反하야 浪漫派의 그림은 色彩를 重視하엿다 이 一群의 首領수령이 도라구로아이다.

바루비돈派

이와 가치 古典派 浪漫派가 서로 그 眞을 다토아 잇슬 째 이와난 아모 關係가 업난 것 갓치 巴里 市外인 바루비돈(汽車로 一時間 가령 가는 곳) 이란 寂寞적막한 村에서 從容히 作品에 專念한 一群이 잇섯다 바루비종 村에 풍뎅불노라는 大森林이 잇다 이 森林을 中心으로 모인 畫家 中 後日 著名하게 된 畫家『루소』『고로』『밀네』가 잇다 이들노 하여곰 美術史上 影響을 끼친 거슨 이들이 取한 新技巧신기교 方面이 아니라 그것보다 內的 微妙미묘한 自然 風景의 情緒를 取한 거시다 이르난 곳마다 感激한 情趣를 發見하고 自然에 조찻다 그들의 작품은 質朴하고 愛가 잇다 그들이 後世人에게 暗示를 준 거슨 藝術의 自由性과 自然의 單純化이다.

容實派畫家용실파화가 漫畫家 大壁畫家

以上에 擧한 바루비론派[3]와 同時代에 特徵을 가진 세 畫家가 잇섯나니 卽 寫實主義 先驅者선구자『구루베』와 漫畫家『도미에』大壁畫家대벽화가『쇠반』이 잇다.

---

2) 원문대로.
3) 원문대로.

印象派

一千八百七十四年에 巴里에 어느 寫眞店에서 一團의 第一回 繪畵展覽會가 잇섯다 開催 中 各 新聞紙上에난 各色 評論이 만앗다 그 中 모네의 出品 印象 落日에 對하야 嘲弄_{조롱}하난 意味로 이 展覽會를 印象派 展覽會라고 命名하엿다. 이것이 急傳波_{급전파}되여 世人은 嘲弄的으로 印象派라고 불으게 되엿다.

웨ー 世人은 이가치 空前의 嘲笑를 하게 되엿나, 다름 아니라 當時 佛蘭西 畵壇에는 上에 擧한 古典派, 浪漫派 바루비돈派가 서로 압홀 다토아 자리를 잡고 잇섯다 그런데 이와는 아모 關係업는 派가 生겨 只今까지의 畵家들이 取材하든 名所나 或은 貴人의 얼골도 아닌 山川 市街 工場 卑賤_{비천}한 酒場_{주장}의 女子 等을 그려낸 까닭이엇다.

이 印象派 中 著名한 畵家는 『마네』 『모네』 『삣사로』 『루노알』 『시스레』 『드가』가튼 天才이다 印象派 繪畵의 題材는 從來_{종래}와 가치 歷史的 宗敎的 詩的이 아니다 肉眼에 보이난대로 描破_{묘파}한 것이다 그리고 物體의 色과 色의 調和 對照 交錯_{교착}로 生기난 것이 美에 重視다.

新印象派

光學을 硏究한 것이 印象派라 하면 그 印象派 色彩에 技巧를 加하야 藝術味를 一層 强하게 한 것이 新印象派이다 그 始祖는 쏠시냐구이다.

後期 印象派

印象派 及 新印象派 畵家들이 日光 空氣를 重視하야 自然에서 어든 刹那_{찰나}의 印象을 表現한 反面으로 後期 印象派 畵家들은 그것을 다 밟아 넘어서 全體的으로 自然을 感銘_{감명}하야 그것을 綜合的으로 表現하랴고 하엿다 卽 前者는 客觀的이라 할 수 잇고 後者는 主觀的이라고 할 수 잇다 다시 말하면 印象派나 新印象派는 光線描寫에는 成功하엿스나 人間性을 이젓섯다 이와 가치 後期 印象派의 畵家들은 自我의 表現과 藝術의 本質을 잇지 아니 하엿다 卽 藝術의 精神을 創造的으로 個體化하랴고 하엿다 그들은 古來로 전해 오난 美와 醜의 無

意識한 것을 알엇다 美醜를 超越하야 人情美로 萬象을 凝視하야 人生과 가튼 갑되는 作品을 作하랴 하엿다 그럼으로 그들의 作品은 自然의 說明이 아니오 보고 즐겨할 趣味취미의 것도 아니오 人格의 表徵표징이오 感激이엿다.

後期 印象派의 代表的 畫家가 四人이 잇다

『쎄잔』『고호』『고간』『안리 루쇼』다.

세잔의 說은

「그리난 것은 認識인식이다」

고호의 說은

「그리난 것은 感覺이다」

고간의 說은

「그리난 것은 生覺이다」

루쇼의 說은

「그리난 것은 創作이다」

立體派

一九○八年 秋期 쌀론에 (展覽會) 비카소가 出品을 하자 부락구가 出品을 하엿다 그 째 偶然히 兩人의 思索의 本意가 相合하게 되엿다 이째 이 그림을 본 마지스가 이것을 立體派라고 命名한 것이 派名이 되고 마럿다.

翌年익년 안데쌩당 (展覽會일흠) 四十一號室 全部가 立體派 그림으로 陳列하게 되엿고 翌年 쑤랏셀 (白耳義 首府) 에서 立體派의 展覽會가 開催하게 되엿다 立體派의 着眼點착안점은 이러하다 藝術은 架空的가공적이 아니오 思想이오 意識이다 傳統的이 아니오 解放的이다 概念的이 아니오 科學的이다 線과 色으로 그 動을 그리려 하난 것이다 그럼으로 立體派의 畫面에는 하모니(色彩의 交錯) 무빙 (動) 콤포시숀 (構造)이 滿載만재하엿다.

立體派의 代表者는 비카소(西班牙人)와 부락구다.

野獸派

上에 擧한 後期 印象派의 後를 繼하야 野獸群야수군이라고 이르난 一派가 興起

하야 現在 佛蘭西는 勿論이고 全世界 洋畫界를 衝擊_{충격}하고 잇다.

이 一群의 畫家들은 가삼에 情熱이 타는 靑年들인 만치 旣存의 모든것을 否定하고 오직 쯔러오르난 氣分으로 創作하라는 意氣가 그 人格에나 作品에 나타낫다 이와 가치 그들의 기분 態度 咆哮_{포효}는 마치 無人의 野를 밟난 것 갓다하야 이 一群을 野獸群이라고 命名하엿다.

이 一群의 靑年은 現代 靑年인 만치 科學的修養을 가젓고 自覺의 洗禮를 바다 明朗한 現性과 强한 自我意識이 잇섯다 그리하야 後期 印象派에 對하야 尊敬은 가젓스나 그것을 盲從的으로 繼承할냐고 아니하엿다 畫面에 무슨 魅力을 表現하랴고 하엿다.

다시 말하면 엇더케 直感할가 그 直感한 것을 엇더게 率直하게 明瞭_{명료}하게 表現할가 하난 것이 重要한 點이엇다 그럼으로 그들의 그림은 色이든지 線이든지 明暗의 單純化가 마치 小兒의 自由畫가튼 感이 生긴다 이 野獸派의 代表的人物은 『마치스』요 其 外는 『도란』 『빌나망크』 『쑤피』 마루게, 푸리에즈, 옷도망, 왓도망, 마이요루, 계란, 아스랑, 롯도, 빗세루, 웃쥬리오와 가치 그림에 特異한 個性을 가지고 잇는 畫家들이다.

立體派

野獸派群이 直感을 重視한 結果 넘어 單純化하야 知識을 否定함으로 이에 反하야 모든 知識을 土臺로 하야 美術을 建設하자난 것이다.

未來派

佛蘭西에 立體派의 運動이 잇난 同時에 伊太利에 未來派가 勃興하엿다.

一九○九年에 伊太利에서 『마리넷지』를 中心으로 드리노 劇場에서 처음으로 未來派에 對한 講演을 하고 宣傳을 하엿다 다만 繪畫뿐 아니라 文學 音樂까지라도 包含_{포함}하랴고 하엿다 그들은 傳統을 否認하고 破壞的_{파괴적} 精神을 尊重히 하며 從來 靜的 美를 動的 美로 高唱하엿다 그리하야 오직 力, 疾走, 突擊_{돌격}, 爆發_{폭발}, 閃光_{섬광}가튼 瞬間을 表現하기에 憧憬을 가젓다 卽 主視 向하난 그대로 現在 擧動에 過去 未來를 綜合한 現象을 그리려 하엿다.

이에 代表的 作家는 룻쇼, 바루라이다.

表現派

表現派는 科學的 理智的으로 土臺토대를 삼은이만치 光學을 重視한 印象派나 主視化한 後期 印象派나 知識을 土臺로 한 立體派나 外象의 刹那的 現象을 表現하랴난 未來派 이 모든 거슬 咀嚼저작하야 形々色々의 美點을 取하난 것이다. 이에 代表的 作家는 『샹갈』이다.

抽象派 構成派

露西亞 出生『간데인스키』가 獨逸에 잇서서 抽象的 그림을 그리기 시작하야 一千九百拾一年 歐洲大戰以後 그 形勢가 大端하엿다 이 抽象派는 全然 客觀性을 써나 抽象的 色과 線과 輪廓윤곽을 表現하랴난 것이다 卽 氣分과 直感만이 藝術이라 한다.

이와 가치 그림은 描寫가 아니라 構成이라 한다 그리하야 露西亞 靑年 一團들이 좀더 自由스러운 畵具 材料를 가지고 表現하랴난 것이 卽 構成派이다.

그럼으로 이 構成派에 이르러서는 임이 繪畵가 아니라고 볼 수가 잇다 그러나 그 內容은 範圍가 커서 繪畵 彫刻 工藝美術이 包含하야 所謂 綜合的 藝術 趣味를 맛볼 수 잇난 것이다.

新興藝術

上述한 未來派 表現派 抽象派 及 構成派는 다 外國에서 勃興한 것이나 直接間接으로 佛蘭西 現代 畵界 略歷에 逑하지 아니치 못할 事實이다.

現在 佛蘭西 畵界

現在 佛蘭西 畵界는 上에 擧한 野獸派 一群의 勢力이 크다 卽 비카쇼 부럑, 마치스, 도란等의 그림이 勢力을 占領하고 잇다 其 外 누구든지 獨特한 筆法만 創作하난 同時에는 大家列에 參加할 수 잇다 그 名聲이 全世界에 미츨 수 잇다. 일노 미루어 보면 그림은 亦是 創作이라고 할 수 잇다

個々人의 趣味에 따라 歷代의 名畵를 硏究하난 者도 不少하며 後期印象派의 先祖인 세잔의 그림에 對한 硏究가 만타 要컨대 現在 巴里뿐 아니라 全世界의 畵家를 支配하난 것은 꿀너 (色彩) 하모니 (階調) 무빙 (動) 콤포시슌 (構圖) 이다.

巴里에서 現在 人氣를 쓰난 畵家는 亦是 마치스다, 마치스난 每日 四十餘 點式 그림을 그린다 하며 그 代價는 無限量하다.

展覽會

審査 或은 會員制로 拔選발선 或 陳列을 公開한다 그 展覽會 中 가장 큰 規模로 된 것은 아티스트 푸란세, 쏘시에트 나쇼날, 쌀론 데 주레리, 쌀론 도톤, 及 안데쌩쌩이다.

아티스트나쇼날은 會員制로 每年 春期 公開하며 쏘시에트 나쇼날은 一名 쌀론 쏴랑쌩이라 하야 審査制로 每年 五月에 公開한다 이것은 크라식 (古典式) 畵流를 爲主한 國立展覽會이다 쌀론도톤은 亦是 審査制로 每年 十月로 十一月 間 公開하난 秋期 展覽會인 가장 繪畵의 個性을 重視한다 前者 쌀론 푸란쌩이 日本에 帝國 美術院 展覽會 갓다 하면 後者 쌀론도톤은 日本에 二科 展覽會와 가타하야 그 主旨가 大同小異하게 對立하여 잇다.

쌀론 주레리는 巴里 畵界 一,二流의 畵家들의 會員制요 이 展覽會에는 量이 豊富한 作者가 不少하다 每年 七月頃 公開한다.

안데쌩쌩은 雜品이란 意味로 勿論 何人하고 一年 前에 出願하야 자리만 엇게 되면 出品할 수가 잇난 展覽會이다 그럼으로 이 展覽會에난 各派의 그림이 모혀드러 가장 鑑賞할 價値가 잇난 것이다.

이 外에 個人展覽會 名畵々商에서 公開하난 展覽會는 때를 따라 無數함으로 枚擧매거키 어렵다.

畵 商

畵商은 營利 外에 趣味로도 한다 畵商은 부아시 通에 만흐며 其 外 各處에 畵商이 만타 畵商의 經營은 個人 或은 組合으로 資金을 내 가지고 故人의 名畵든지 現在 名實잇난 그림을 사거나 或은 부탁을 밧거나 쏘난 兩方 言約으로 作品

을 陳列한다 그러면 各方面의 鑑賞家들은 自由로 出入하난 中에 팔니는 수가 만타 專門家들은 每週 一次式 「라써맨파리」라는 冊 廣告에 나난 것을 보고 그 有名한 作品 陳列한 畵商에 出入하며 自己畵道에 硏究한다.

애가데미(硏究所)

애가데미 中에는 몬발나스에 잇난 共同硏究所 그란쇼미에가 잇고 其 外 個人 經營과 밋 敎授 硏究所는 애가데미 로도 애가데미 스캔지나비아, 애가데미 모덴, 애가데미 주니안, 애가데미 란손, 애가데미 콜나로시, 애가데미 루쇼가 잇다.

애가데미 그란쇼미엘은 油畵部 (裸體着衣나체착의) 구로기部 彫刻部가 잇고 時間은 午前部 卽 午前 九時로 十二時까지 午後部는 午後 一時로 四時까지 午後二時로 七時까지 夜間部는 夜 七時로 十時까지 잇다.

애가데미 로도는 로도 先生의 指導下에 個人의 經營하난 硏究所로 亦是 午前部 午後部 夜間部가 잇다. 애가데미 스캔지나비아는 후리에즈 先生의 指導下에 잇서 그 先生의 畵法을 敬慕경모하는 畵家들이 모혀든다.

애가데미 모덴은 다른 個人硏究所와 달너 先生이 評만 해주난 것이 아니다 無時로 先生이 와서 곳처준다 그럼으로 初學者가 만히 간다.

애가데미 줄니안 이 硏究所는 特히 男女部를 싸로 하야 繪畵 彫刻을 크라式的으로 硏究한다.

애가데미 란손은 빕세루 先生이 指導한다

애가데미, 란콜라로시는 빌립先生이 指導요

애가데미, 무쇼는 露西亞人先生의 指導요 此外에도 만히 잇스나 上述한 硏究를 代表的으로 볼 수 잇다.

애가데미 規則

애가데미는 午前 午後 夜 三部로 나누어 各々모임을 갈나 그리게 됨으로 自己만 부즈런하면 終日이라도 工夫할 수 잇스나 사람의 精力이란 어느 程度까지 達하면 실증이 나는 故로 精神을 새롭게 하기 爲하야 間々이 놀기도 한다, 애가데미에 싸라 그 特長이 달나서 콤포시순을 爲主하는 곳 或 線 或 色彩 或 포즈 (構圖) 를 爲主로 하는 곳이 잇서 一週日에 一次式 宿題를 주는 곳도 잇다.

모델 姿勢 時間은 普通 三十分式이오 구로기 할 째에는 一時間 或 四十分式 하고 休息한다 모델은 포즈 잡는대 常識이 잇서서 畫家들에게 大便利를 주고 前次에 하는 포즈와 조곰도 틀님업시 하는 대는 實노 感心하엿다 그리고 오래 잘 참는 것도 如干 便利한 것이 아니다.

研究料는 研究所에 싸러 다르며 一日分 一週日分 一朔分式 任意로 내고 研究 할 수 잇다.

研究하는 方法

畫家들이 巴里에 到着하면 넘어 크고 넘어 만코 넘어 조혼 그림이 만하 입이 싹々 버러지게 되는 同時에 그 研究方法에 彷徨하야 얼마동안은 이곳저곳으로 갈팡질팡하며 그 要領을 取得하기까지 苦心하는 것이다 研究方法은 程度에 싸러 다르겟스나 대개는 이런 方針을 取한다. - 次號繼續 -

(『三千里』, 1932. 3)

巴里畵家生活
— 巴里의 모델과 畵家生活

硏究하는 方法

— (承前) —

第一, 東洋人으로 보면 日本帝展에나 二科쯤 入選될 實力이면 애틀리에를 貰내 가지고 모델을 應用하야 任意의 포즈로 그리면서 間々루불 룩삽불 美術館사이든지 畵商展覽會로 다니며 조흔 點을 取하여다가 參考참고하는 것이다 그리하야 그들은 쌀론 出品 日本 帝展에 特選할 作品을 準備하고 잇다.

第二, 自己 本來 가젓든 實力如何는 不問하고 短時日間 巴里 滯在하는동안 남의 눈에나 내 눈에 띨만한 것을 그리랴고 하면 爲先 自己의 第一 조와하는 畵法과 그 作家를 擇한다. 그리하야 그 先生의 指導하는 硏究所로 간다. 이리 되면 임의 그 先生의 指導대로 筆法을 模倣모방하게되는 故로 先生의 그림과 거의 비슷한 것이 常例이다.

第三, 大家 卽 各 個人硏究所에서 先生의 批評하는 것을 綜合하기 爲하야 一個月 或 二個月 或 一年式 이 硏究所 저 硏究所 곳々이 다닌다. 그리하야 長處만 取해 가지고 自己 것을 맨든다.

何如間 처음 巴里에 와서 美術館에나 畵商에 가서 그림을 보고 나면 너머 엄청나고 自己라는 것은 너머 名色명색이 업서서 一時는 落望이 된다. 마치 명태알 한 뭉텡이가 잇다면 大家의 그림은 그 뭉텡이만 하고 自己라는 것은 그 中에 한알만한 것을 늣기게 된다. 그리하야 畵界의 形便과 要領요령을 收拾해가지고 硏究方法에 進하랴면 如干한 彷徨과 苦心을 要하지 안는다. 그러는 동안에 一二

年쯤은 잠깐 지나가고 대개 자리를 좀 잡으랴면 境遇애 따라 도라가게 되야 要컨대 누구든지 巴里에 와서는 한번 自己의 畵法을 허러가지고 다시 收拾하게 됨으로 원만치 자리잡으랴면 적어도 四 五年 동안은 잇서야 할 것이다.

畵家의 生活

巴里市街에 잇는 畵家가 五萬名이라고 한다. 大槪 外國으로부터 온 留學生 官費生이 만흐나 쏘 그림을 파러서 工夫하는 者도 잇다. 名畵에 對하야 數萬金수만금 던지는 것을 앗기지 안는 사람도 잇는이만치 傑作을 그려내면 數萬金이 生겨 一時에 호화롭게 지낼 수 잇는 同時에 名色이 업스랴면 그 艱難간난함은 말할 수 업서 甚至於심지어 쥐를 잡아서 구어먹도록 慘膽참담하게 된다.

彼等은 社會問題에나 新聞에 나타나는 여러 問題에는 無關心이며 生活이 極히 平和한 同時에 創作에 有意하야 恒常 安靜充實안정충실을 希望한다. 머리를 쓰는이만치 神經質이 普通이며 무엇 하나라도 異常하고 變한 것을 하기 조와하고 보기 조와하며 듯기 조와한다. 畵家의 아침 잠은 有名하니 아침이면 늣도록 자고 이러나서 쌩과 茶로 簡單히 朝飯을 여인後 (或 업슬 째는 먹지 안을 째가 만타) 쑤르즈를 입고 (畵服) 담배를 피여물고 (畵家의 담배는 有名하다) 畵架 압흐로 나가 고개를 기우리고 눈을 둥그려 前日 그린 그림을 보고 잇슬 째 모델이 드러온다. 모델은 裸體 或은 着衣로 모델이 되고 잇스면 畵家는 그리기를 시작한다. 째로는 칼을 들어 畵面을 찌저바리는 수도 잇고 째로는 愉快히 唱歌를 高唱하는 수도 잇다.

正午까지 그리고 모델을 보낸다. 午飯을 自炊로 簡單히 하여먹고 午後에는 머리를 쉬기 爲하야 親舊의 애톨니에를 往訪왕방하든지 雜誌社를 차자 參考品을 찻든지 쏘는 畵商, 展覽會를 차자 苦悶하든 點을 解得해오든지 한다. 工夫에 熱中하는 者면 코피나 구로기로 消費하는 수도 잇다. 이가치 工夫하는 것은 勿論 後日 大家가 될 希望과 必要가 잇슴이나 갓가운 目的으로는 쌀론에 出品할 作品이나 外國사람 가트면 自己나라에 도라가 展覽會할 것을 準備하는 것이다. 그리하야 쌀론 開催日이 臨迫임박하면 畵室에 드럽듸여 그림을 맨들거나 郊外교외 寫生을 하거나 하야 搬入日반입일을 잇지 아니하고 搬入하며 入選 發表日은 아침잠도 깨여 新聞을 들고 憤慨_{분개}하는 者, 或은 父母妻子의 손으로 新聞이 들녀지는 수가 잇다. 作品에 極히 興奮되면 成病 或은 精神錯亂_{정신착란}이 되는 수가 만타. 쌀론에 入選까지 順調로 硏究가 된다면 大概 成功이라고 할 수잇다. 그러나 藝術의 新陳代謝_{신진대사}처럼 甚한 것이 업서 不絶이 工夫를 繼續하여야 하고 如干한 努力을 하지안으면 안된다. 天才보다 努力이 成功할 수 잇다고 본다.

畵家와 娛樂機關

巴里의 市街設備 公園施設 모든 것이 美術的인 것은 勿論이오 演劇, 活動寫眞 어느 것 하나 美術品 아닌 것이 업다 더욱이 畵家에게 새 氣分을 돕게하는 것은 쌘스홀이다. 몬발나스에는 畵家町_{화가정}인만치 갑싸고 質素한 쌘스홀이 만타 바락크 속에 土人種의 樂隊가 제 興썻 엇개춤을 추어가며 날나리를 불고 쌩가리를 쑤드리면 거긔 마처서 男女가 서로 씨고 웃슥ㅅ춤추다가 約 十分間式 불이 써진다. 畵家들은 이와갓치 마시고 興썻 웃고 춤추어 一夜를 지내고 翌日은 후련한 새氣分으로 畵面에 接하게 된다 演劇, 오페라, 活動寫眞을 가보면 어느 것 하나라도 美의 採掘者_{채굴자}아닌 것이 업서 모다 參考하게된다 畵家가 잇서야만 할 巴里요, 巴里는 畵家를 불너온다 畵家뿐아니라 貧者거나 富者거나 愉快하게 놀 수 잇고 나희가 먹엇거나 말거나 어린이 가치 노난 巴里를 뉘 아니 그리워하리요.

畵家와 모델

巴里에서는 모델이라하면 한 美術品과 가치 尊敬을 밧고 잇서 相當한 집 女子라도 體格만 조흐면 모델노 나서나 大概는 無産階級_{무산계급} 女子가 만타 그 品行, 貞操에 對해서는 말할 必要가 업슬만치 되엿다.

그 女子들은 모다 그림에 常識이 豊富하야 畵家에게 同情과 理解를 가지고 잇다. 自己마음에 드난 畵家가 잇고 또 前途_{전도}가 보이난 畵家가 잇다면 自己 힘썻 그 畵家를 도을 뿐 아니라 모델은 自然 아는 사람이 만해서 社交界에 한판을 잡는 故로 自己 조와하는 畵家의 그림을 여긔저긔 紹介하야 팔게 한다. 日本人 藤田氏가 그만치 出世한 것도 모델노 夫人이된 매담·藤田이가 잇는 까닭이엿다. 筆者도 매담 · 藤田을 한번 맛나보앗지만 그 날녑한 것은 만흔 魅力매력을 가지고 잇섯다. 巴里의 잇는 畫家들은 靈肉間 女性의 힘이 아니면 一時도 살 수 업게되고 돈으로 女性을 사는 外에 女性의 힘을 尊敬치 아니치 못하게 된다.

女流畫家 對 男性間도 一般일 것이다.

아! 아! 巴里의 루불, 룩센불 美術館의 無數한 그림을 보고 나면 只今까지 그리든 畫家들은 그림을 집어치우고 同時에 안그리든 사람이 새로 시작하는 것을 記憶할 必要가 웨 업스랴.

實노 藝術家의 머리와가치 호강스러워야 할 것은 업다 무엇에든지 바눌씃만큼 刺戟을 엇게되면 그것이 힌트가 되어 크게 作品에 나타내나니 그것은 幸福스러울째뿐 아니라 不幸할 째 孤寂함에서라도 엇게 되난 것이다. 그럼으로 술을 먹어 醉해도 보고 異性을 씨고 노라도 보고 深山窮村심산궁촌으로 蟄居칩거도 하는 것이다. 그리하야 이 힌트를 어더 興趣에 잇슬 째난 徹夜철야를 하야 製作을 하는 것이오 反面으로 합픔을 하게 되면 붓 한번 쩨기가 슬혀지난째도 적지 아니하다. 그러나 우리는 이저서는 아니될 것이 잇다. 現代는 科學時代인만치 그림도 科學的 傾向이 잇고 生存競爭이 甚한이만치 氣分的 作品보다 實力的 作品을 要求한다. 卽 幸福스러울 째 그림을 그렷섯스나 只今은 그림을 그려 幸福하도록 理智的으로 되여잇고 不絶부절한 努力을 爲하며 深刻심각한 天才를 기다린다.

(『三千里』, 1932. 4)

朝鮮美術展覽會

― 西洋畵總評

덧업는 歲月은 빨니도 지나간다.

怨만코 恨만흔 사람의 歲月이야말로 夢寐中_{몽매중}에 지나는 듯 십다마는 쌔여보니 다시 五月이 돌아왔다. 大衆의 文化를 爲함인지 美術을 獎勵_{장려}함인지 必竟 싸로 쎄여볼 수 업는 必然的_{필연적} 잇서야할 半島 唯一한 美術展覽會는 例年_{예년}에 依하야 이에 開催하게 되엿다

筆者의 作品이 特選할 自信이 確實히 잇섯스나 內容의 複雜한 事情으로 列에 參加치 못함은 多少 섭섭하엿슬쑨 아니라 人間性에 對하야 쏘한가지 맛봄을 늣기면서 招待日에도 발길이 가지지 아니하고 이날 저날 미루다가 三千里社評의 付託을 밧고 가게되엿다.

何如튼 大陸的이고도 男性的이고 積極的인 世界 어느나라에서도 볼수업는 자랑할만한 確實하고 快活하고 淸明하게 푸른물감을 쑥 쑤린듯한 朝鮮의 六月의 하날은 多年間 이리저리 流浪生活을 하든 者에게는 限업는 자릿자릿함을 늣기게되엿다. 景福宮_{경복궁} 뒤담을 지나자 반가운친구를 맛낫다. 그의 첫인사는

「御めで度」(좋은일 잇다면서)

「무엇이」

「愛人이 生겻다지요」

「업다는것보다 多幸하오 그런 勇氣나 잇섯스면 쌔게」

忽忽_{홀홀}히 作別을하고 갈째 이것저것 合하야 微笑를 아니씌울 수 업게되엿다.

光化門을 드러서서 鮮展陳列場을 向하엿다. 마침 第一高女와 淑明女高普숙명여고보 團體가 압흘 서게되여

「아차, 좀 從容히 보럇더니」

하면서 뒤를 짜럇다. 드러서니 爲先 氣分이 조흔 것은 압흘 서든 四君子가 업서지고 嚴肅하고 깨끗하게 陳烈해진 東洋畵가 보인 것이다. 四君子가 업서진 것은 짠살 붓튼 혹 써러진것갓흔 感이 生겻다. 東洋畵에는 亦是 李象範氏이상범씨의 「歸樵귀초」와 自潤文氏의 「蜀葵촉규」가 쒸여나게 조왓다. 各各 畵筆과 色彩의 特色이 잇고 朝鮮味가 잇섯다. 搬入点數 一百六十三点(朝鮮人 五十二点 日本人 七十一点)中 鑑査入選된 것이 五十六点 無鑑査入選이 十四点(朝鮮人 五点 日本人 五点 審査員一点) 前年에 比較하면 搬入点數에 五十四点 鑑査入選에 十一点 無鑑査入選에 七点의 增加가 잇다. 갓흔 畵道이나 門外漢이라 번듯번듯 보고서 西洋畵部를 드러섯다. 第一號 陳列로 水彩畵가 보일째 그닥지 놀날 것은 아니나 例年에 西洋畵部 中間 惑 끗흐로 一部를 占하든 水彩畵가 썩 올러섯군 하엿다

陳列法에 依하면 佳作을 中間 惑 끗흐로 陳列하게 되나 몰니지 안토록 調和 잇게 陳列하는 것이다. 그러나 場所와 設備는 깨긋하고 光線도 조흐나 作品에 싸러 光線 選擇이 不足한 感이 生겻다.

그리고 언듯 보아 展覽會 統一的 精神이 무엇인지 의심나게 되엿다. 그것은 뎃상이나 技巧나 色彩나 構圖를 目標삼은 아모것도 아니오 오직 調和만 되엿스면 擇한 感이 生겻다 그럼으로 健實하거나 調密조밀하거나 强健강건한 內容의 맛이 적고 눈에 번쩍 씌여 조흘 것 뿐이엿다. 이는 遺憾이나마 繼續的으로 力作을 해온 卽 歷史的 作家가 적고 新進作家가 만흔 까닭이 아닌가한다. 다시 말하면 官僚的관료적 展覽會인만치 애가데미크 하지안코 안데빵당式(雜物)이엿다. 世界的 畵壇에서 노시든 李鍾禹氏이종우씨, 林巴氏임파씨, 白南舜氏백남순씨 갓흔 분이 더 精進하사 우리가 要求하는 우리의 靈을 흔들닐만한 大作品을 出品하셧스면 조켓다. 우리는 量보다 質을 要求하고 십고 그리워하는 바이다. 中實이 업고 것만 번주구레한데 실증을 가진者들이다. 單히 그림이 조와서 그릴쑨아니라 그림이 全生命이 되고 全努力이될만한 力作이 잇섯스면 십흐다. 鮮展은

아직 日本에 帝展이나 佛蘭西 쌀론과 갓치 靈이 흔들니고 살이 띨만치 美의 發表가 된 作品을 볼나면 까맛타. 멋 분 作品을 除한 外에는 寫生畵 陳列에 지나지안는다. 筆者도 스스로 붓그러워하는 바이다. 將來는 반드시 그림과 一生을 싸호는 老大家가 잇서 征服할 줄 밋고 깃버하는 바이다. 보라 佛蘭西의 老大家 마치스 비가소 후리에즈 뒤란 갓흔 분의 工夫하는 熱이든지 日本의 岡田三郎助망전삼랑조, 和田英作화전영작, 갓흔 분의 努力은 아직도 靑春을 우슬만흔 精力과 繼續性을 가지고 잇는바 아닌가 그림은 確實이 一生의 일거리요 쏘 그러케 될 수잇고 되게되는 것이다.

나는 目錄을 들고 朝鮮分 作品에 對하야 有意해보기를 始作하엿다.

水彩畵, 李鉉澤氏이[1] 「坂판」은 小品으로 조왓스나 넘우 單調한 맛이 보엿다. 朴命祚氏의 「配水池배수지 附近부근」갓흔 作品이나 中景이 나와보인다. 徐鎭達氏의 「小女彈奏圖소녀탄주도」는 構圖로 보든지 뎃상으로 보든지 小品으로 成功이고 그 익숙한 솜씨는 將來를 企待하게 되엿다.

朴鳳在氏의 「早春조춘의 光광」은 부라망크氏의 影響이 多少 보엿다. 李仁星氏의 「カイユ」는 昨年 出品 作品과 비슷한 것으로 쌕이 조왓고 色彩가 鮮明하며 筆致가 自由스러운 조흔 作品이엿다. 每年 特選됨은 慶賀하는 바이엿다. 柳長星氏의 「싸리아」는 파스데루이엿다. 퍽 쎄리케트한 作이엿다. 金龍祚氏의 風景은 보잘 것 업섯다. 金鳳雨氏의 「日出하는 風景」은 매우 싹싹하고도 不快한 色이엿다. 遠景이 좀 不足한 感이 잇섯다. 俵福子氏의 「싸리아」는 色이 좃치 못하다. 梁達錫氏의 「田園의 愛」는 小品으로 成功이다. 金景嚴氏의 「靜物정물」은 構圖가 좀 滋味업는 듯 십다. 徐東辰氏의 「裏通이통」은 關係치 안타. 黃泳珍氏의 「農村風景」 高錫氏의 「漁船어선」 매우 苦心한 낫이 보인다. 林淳戊氏의 「花」는 그다지 感心할만한 点이 업섯다. 趙樺錫 氏의 「春訪춘방」과 黃海守氏의 「江邊風景」은 좀 단단한 맛이 잇다. 柳錫淵氏의 靜物은 構圖가 滋味스럽다. 李鍾泰氏의 「스토부」는 좀 더 精進하엿스면 십다. 李純鍾氏의 「光化門 朝」는 매우 沈着한 그림이다. 盧鎔奭氏의 「曇日聖塔담일성탑」은 偉嚴 잇는 作品이다. 趙錫鳳氏

---

1) 원문대로.

의 「夕暮석모의 支那町지나정」線을 만히 썻스나 調子가 좀 不足한듯한 感이 잇다. 朴壽根氏의 「春訪」 林淳戊氏의 「風景」은 일부러 缺点을 드러내랴면 잇스나 대개 平凡한 作品이엇다. 徐廷龜氏의 「낙가줄」 하모니가 되지 아니하엿다 金元甲氏의 「靜物」 李鍾舜氏의 「夏의 井戸端정호단」 李光祿氏의 「未來의 畫家」 等은 원만히 쓴 것이 보인다. 咸希一氏의 「日暮里일모리」 初入選者로서 매우 有望한 素質을 가진 분이다. 좀 더 그림이 무엇인가를 生覺해보시기를 바란다. 福間襄복간양씨의 特選作品 「拳을 그린다」는 내가 가장 조와하는 作品이다. 뎃상이 確實하고 色彩가 朝鮮味가 잇다. 昨年 作品을 미루어보든지 氏는 確實히 움지기지 못할 튼튼한 實力이 게신 분으로 尊敬을 마지안는다. 農村 兒童에게 愛着心이 매우 게신 것 갓다. 金振玉氏의 「金泉의 風景」은 매우 아름다운 作品이다. 徐柏氏의 「風景」은 빗이 조왓다. 李丙吉氏의 「靜物」은 無常한 作品이다. 鄭玄雄氏의 「갓바」는 多少 不快한 感을 늣기게 된다. 沈永壽氏의 「우스모노」는 色彩가 濃厚하다. 玉城實氏의 靜物은 特選될 價値가 充分히 잇다. 感이 조흔 作品이다. 鄭玄雄氏의 「花壺화호」 玄利鎬氏의 姓2) 朴性燮氏의 「靜物」은 力作인만치 溫和한 氣分을 내노은 作이다. 洪淳輿氏의 「丘에서 보는 風景」 色調가 잘 洗煉한 作이다. 朴在軾氏의 「木蔭목음」은 過히 感心될만한 點이 업섯다. 洪祐伯氏의 靜物圖3) 李暢圭氏의 「春村」 尹仲植氏의 「初春의 風景」 金義燁氏의 「夏의 鐵道官舍」 李快大氏의 「靜物」은 過한 缺點 업는 平凡한 作品들이다. 李大林氏의 「靜物」 鄭敬德氏의 「아아, 봄이여」 黃憲永氏의 「朝의 普通門보통문」 表現으로서는 未成品갓흐나 그 意圖와 元氣는 感歎하는 바다. 崔淵海氏의 「安孃의 座像좌상」 매우 沈着하고도 調和잇는 作品이다. 氏는 가장 그림을 잘 아시는 분 갓고 現代畫界에 通하신 어른 갓다. 文學的 感傷味가 잇는 健實한 作品으로 觀衆의 注目을 잇끈다. 佛蘭西에서 大家의 作品에 對하는것갓치 반갑고 짯듯한 맛이 돈다. 特選은 當然히 될 것이다. 徐相賢氏의 「或日혹일의 記事기사」는 애쓰신만치 效果가 적어보인다. 짝짝한 맛이 든다. 李相敦氏의 「新綠신록」은 좀 色을 씌운 感이 든다. 李濟商氏의 「K少女」는 매우 理智的 作品이다. 人物姿

---

2) 원문대로, 괄호가 빠졌다.
3) 원문대로, 괄호가 빠졌다.

勢가 넘우 단단하다. 李仁洙氏의 「孤娘」尹承旭氏의 靜物은 平凡한 作이엿다. 李昌銅氏의 「男」은 今年 東京美術學校 最初 本科 卒業生되는 卒業製作이엿다. 勿論 健實한 作品이요 內容이 잇는 作品이다. 정말 男子다운 男子의 偉嚴이 嚴肅히보인다. 압흐로도 만히 力作을 보여주시기를 懇切히 바라는 바다. 玄繼承氏의 「早春郊外조춘교외」 봄날의 氣分이 充分히 表現되엿다. 崔華秀氏의 「雨後우후의 田園」과 「素粧소장」은 眞實된 作品이다. 만히 精進하시기를 바란다. 李東勳氏의 「鴨綠江岸압록강안」 大陸的 氣分이 不足하다. 朴泳善氏의 「엽흐로 안진 女」 매우 애쓰신 作이다. 그러나 뎃상이 좀 不足하지 아니한지 嚴聖學씨의 「自像자상」 柳錫晚氏의 「風景」 李順吉氏의 「自畫像」 모다 過한 缺點 업고 또 長處도 보이지안는 平凡한 作이다. 金辰孫氏의 「風景」 南敏夫氏의 「野菜圖야채도」 그저 그런 作品이다. 李俊實氏의 「風景」도 조흔 作品이다. 曺上福氏의 「曇日담일」은 曇日의 氣分의 表現이 좀 不足하다. 鮮于澹氏의 「繪冊을 보는 男」 매우 애쓰셧겟다. 同情하는 바다. 羅蕙錫의 「金剛山萬相亭금강산만상정」「窓에서」「少女」 自己의 缺點을 잘 안다. 그러고 中實이 업는 것을 붓그러워 하는 바이다. 朴泰鉉氏의 「風景」은 冷氣가 돈다. 吳澤慶氏의 「殘雪景잔설경의朝조」 雪色이 펵 濃厚하다. 그러나 하모니가 좀 不足하다. 金重鉉氏의 「烏路三昧오로삼매」는 아마 이번 展覽會 中에 量으로 보든지 質로 보든지 第一 큰 作일 것이다. 무던이 苦力하셧슬듯 십다. 그러나 사람들의 表情이 매우 갓흔点이 만코 저 便 구석에 선 男兒의 表情은 不自然한 点이 만흐며 뎃상의 不調和부조화가 만히 보인다. 더구나 마루 아래 버서 논 신발들은 넘우 적어서 全體 畫面에서 따로 쩌러저 보인다. 人體 하나를 그리랴도 多數한 時日과 精力이 들거든 이만한 人物과 畫巾화건을 쓰시기에는 無限한 苦心이 게섯슬 줄 알며 尊敬과 同情과 將來의 企待를 가지고 마지안는 바다. 韓長鮮氏의 「猫를 가진 少女」 苦心하신 作品이나 猫와 少女 사이에 愛着心이 不足한 듯 십다. 李鳳商氏의 「風景」 金震容氏 의 「靜物」 金官徵氏의 「船잇는 風景」 圓熟에 達하기 前에 후렛슈한 힘을 感한다. 朴根鎬氏의 「布良風景포양풍경」 좀 變한 手法을 써서 比較的 效果가 보인다. 姜判相氏의 「初夏의 農家」 趙漢相氏의 「初夏」 孫景權氏의 「田園의 風景」도 相當히 苦心한 作이다. 崔德用氏의 「夕陽의 海女」는 健實한 作品이다. 그러나 뎃상이 좀

不足하다. 鄭台文氏의 「錦江금강을 보고」 充實한 作品이다. 朴萬鎔氏의 靜物 좀 어리다. (搬入 總点數一千六点 朝鮮人四百十点 日本人 五百八十四点) 受鑑入選二百五十四点(朝鮮人八十六点 日本人一百六十七点) 西洋人一人 無鑑査入選二十二点 (朝鮮人十一点 日本人十一点) 落選은 朝鮮人 三百十三点 日本人 四百六十点 外國人一点이다. 藝術에는 國境이 업는것이나 各部에 年年이 日本人出品者가 增加되고 朝鮮人出品者가 減少감소되는 것은 섭섭한 일이다.

工藝部로드러섯다 入選作品 五十六点中에 朝鮮人側에는 李男伊氏의 「眞鍮製六角火鉢진유제육각화발」이 쮜여나게 조왓다. 亦是 이에는 門外漢이라 번듯 지나고 마럿다.

無責任하나마 諸氏의 作品을 오래동안 覽眛남매치 못하고 輕率이 評을 쓴 것은 謝罪를 乞걸하는 바이다. 그럼으로 理論이나 學理的 評論이 아니라 瞬間에 感覺한 感想에 지나지 아니한다.

듯는바에 依하건대 選展審査선전심사에 對하야 多少 不平이 잇서 大家 諸氏의 出品이 보이지 아니하엿다. 그 內容을 짐작하지 안는바 아니요 筆者도 多少 不平이 잇스나 그런 內容이 잇스면 잇슬사록 審査員을 놀낼만한 傑作을 出品함도 亦是 상쾌한 일이 아닐는지 靈을 움직이고 피가 지글지글 끌코 살이 펄쩍펄쩍 쮜는 傑作이 그립다.

朝鮮의 美術家는 불상하다. 精神을 統一식힐만한 經濟的 能力이 없고 精神을 循環순환식힐 娛樂機關이 具備치 못하고 創作性을 湧出용출케 하는 남녀 關係가 解放치 못하엿다. 아모리 머리에 긋득 찬 製作慾제작욕이 잇드라도 손이 도라가지를 안케 된다. 그나러⁴⁾ 偉人이 時代를 지을가 時代가 偉人을 지을가 나만 잇지안코 하랴면 못될 理가 업다. 一般大衆이여 그림에 對하야 만히 理解해주기를 바라나이다. 伊太利 文藝復與時代에 메―데이⁵⁾ 一族의 愛護가 업섯든들 人間能力으로서 絶頂에 達하는 多數의 傑作이 엇지 낫스릿가 大衆과 畫家의 關係가 좀 더 密接밀접해젓스면 십흐다.

六月 하날은 아직도 놉다. 夕陽이 될듯말듯한 째 光化門을 나서니 眼前에 羅

---

4) '그러나'의 오식.
5) 원문대로.

列한 萬象은 모다 그림이엿다. 이째에 나는 求景갈째의 나와는 짠사람이엿다.
이러케 타임은 가고 그 타임은 모든 變化를 휩싸고 돈다.

(『三千里』, 1932. 7. 1)

안데팬당式이다*

— 설문·混迷低調의 朝鮮美術展覽會를 批判함

1. 批判·展覽會 全體 統一精神이 없고 안데팬당 展覽會式이엇습니다. 그는 아마 系統的 作家가 적고 新進作家가 많은 까닭인가 하나이다.

感動的作品·福間襄氏복간양씨의 「拳을 그리는 것」이 좋앗습니다. 뎃상이 確實하고 色彩가 特色이 잇엇습니다 金重鉉氏 의 「烏鷺三昧오로삼매」도 좋앗습니다마는 構圖는 좋으나 뎃상이 不足한 것이 遺憾이엇습니다. 亦是 日本人側 山田新一氏산전신일씨의 「베란다」와 松崎喜美송기희미氏의 「蔬菜소채」 圖가 기름을 잘쓴이만치 色彩가 뛰어나게 좋앗습니다.

日本畵의 李象範氏이상범씨 作 「歸樵귀초」도 좋앗습니다.

2. 不滿點·作品에 따라 陳列에 對한 不平이 잇습니다

또 좀 統一的 調和가 업는 것이 不滿입니다.

3. 革新의 方法·速히 推薦制추천제가 實行되기 바라며 推薦者는 永久히 無鑑查무감사될 資格이 잇엇으면 십습니다. 그리하야 審査員까지 無鑑查中에서 나기

---

* 이 글은 다음과 같은 편집취지의 설문에 대한 답으로 씌어진 것이다.
「朝鮮의 美術界는 低調에 써러젓다. 權威없고 不完全한 朝美展을 打倒하라. 이런 소리가 期하지 아니하고 일어나게 되엇다. 우리는 嚴正한 立場에서 美術家 諸氏가본 朝展의 印象을 公開할 義務를 느낀다.

(1) 第十一回朝鮮美術展覽會(今年度)를 보신 批判, 特히 感動된 作品 其他 所感.
(2) 朝美展에 對한 不滿이 잇다하면 어떤 點.
(3) 朝美展 革新의 方法이 잇다하면 무엇.
(4) 一般美術界 振作에 對한 貴方策.」

바랍니다.

4. 振作_{진작}에對한 方策·一生의 일로 삼으렵니다. 氣分的보다 實力的으로 振作
해 볼가 합니다.

(『東光』, 1932. 7)

女子美術學舍

— 畵室의 開放
巴里에서 도라온 羅蕙錫 女史

婦人記者

「문단은 그래도 좀 낫지 美術界는 너무나 침체 상태에 잇스닛가 말할 여지조차 업는 것 갓해」 미술에 對해서 간절히 뵈우고저 하는 M동무는 몃츨 전에 이러한 말을 던지고 실망하는 듯이 얼골색을 곤첫다.

미술에 대하야 문외한인 나엿스나 친한 동무의 실망하는 양을 보고 안타가워한 일이 잇섯다.

그러나 오늘은 내 입으로서 그 동무에게 반가워할 새 소식을 전해줄 것을 깃버 마지 안는다.

壽松洞—새 집들이 만히 서 잇는 놉흔 지대의 한 자리를 차지한 조고마한 木製 二層집 出入門 前에는 「女子美術學舍여자미술학사」라는 크지 안은 간판을 부처 노앗다. 창립된 지 얼마 안되는 관계도 잇겟지만 그 집의 位置가 한적한 지대요 또 그 압헤 쓸닌 길이 마저 行人의 발자최가 드믈어서 아직것 그 간판의 存在가 世上에 널니 퍼지지 안엇다.

그러나 「女子美術學舍」라는 그 偉大한 存在가 알여지는 째는 그의 탄생을 두 손을 들어서 축복하는 이가 만흘 것을 짐작한다.

그러면 인제 그 집의 간판을 부처 노흔 이가 누구인가 우리는 저윽히 알고 십다. 그는 일즉이 東京가서 美術學校를 마치고 또 多年間 佛蘭西 巴里에서 美術에 對한 것만을 全巧[1]하고 歸國한 羅蕙錫 女史다.

巴里에서 도라온 後 帝展을 비롯하야 여러 번 入選의 光榮을 가진 女流畵家

---

1) '專攻'의 오기.

이다.

氏가 이번 女子美術學舍를 創立하게 된 動機는 沈滯되는 朝鮮의 美術界를 爲함이라는데 氏가 女子인 만큼 特히 閨中규중 處女처녀들의 숨은 才操를 발휘식히겟다는 것이라고 한다.

「용서하십시오」約束 업시 침입하는 記者의 소리를 듯고 羅女史가 나온다.

自己가 나오든 방문을 닷치드니 二層으로 引導인도한다.

不自然스러운 충계를 밟아서 畵室 門 前에까지 이르럿다.

畵室門이 조용히 열리자 엇던 中老人 한 분이 안저 잇슴을 발견한 記者는 그것이 사람―實物이 아니고 肖像畵초상화임을 다시 發見할 째까지는 의아한 생각을 버릴 수 업섯다.

「아이구 난 저 肖상화를 웬 영감님인가 하고 드러올 째 깜작 놀낫서요」

「네 그랫슴닛가. 그래도 아직 덜 됫는데요」하는 氏의 얼골엔 만족해하는 빗이 보혓다.

「이것 원 추으서서 엇덕함닛가」

氏는 본래 잘 써는 손으로 꺼진 숫불을 다시 피느라고 애를 쓴다.

나는 한참이나 氏의 써는 손을 물끄럼이 바라보면서 「저 손에서 엇더케 저러한 神秘스런 藝術作品이 創조될가부냐」 늣기는 同時에 그 손의 價値를 普通 손 倍 以上으로 認證인증하엿다.

火箸화저를 던진 氏는 여전히 조용한 語調로.

「갑작이 또 추워젓슴니다」

「네 춥기는 합니다만은 이 방은 별노 추운 줄 모르겟는데요」

「날세가 더우면 괜찬은데요 나는 엇더케 추운지 이럿케 외투를 벗지 못함니다」

회색빗 털외투와 속에 보이는 자주빗 짜켓은 토로이카 탄 北國의 女性을 련상하게 한다.

사실 나도 추위를 타는 셈이엿는데 氏의 畵室에 발을 듸레노흐면서부터 방안 全體 장치에 注意를 쓰을니게 되엿든 까닭인지 이리저리 살피기에 치위도 이것다.

南쪽으로 向한 六 조망에2) 畵板은 말할 것도 업거니와 크고 적은 人形 조각 (석고) 일홈 모를 교묘한 물건 등이 질서업는 듯 하면서도 공교히 자리를 정돈했다.

出品할 것이라는 花瓶화병에 쏫이 完成되여서 弗壇 뒤에 크다라케 노여 잇고 그 압헤는 돌부처 한 분을 뫼시고 어린애 숫곱노리 모양으로 손에 쥐기도 어려운 놋하로 놋춧대들을 느려 노앗다.

어느듯 숫불이 빨갓케 피엿다.

「언제 이 집에 오섯슴닛가」

「한달 전에 왓지요」

「그러면 미술학사도 한달 전에 창립하엿슴닛가?」

「안이에요 간판 부친지 겨우 三日밧게 안됩니다. 巴里로 다시 가려든 것이 친구들 중에 말니는 이도 잇고 쏘 애들 때문에도 주저되고 갓다 온다면 二 三 年 지나야 조선 사정을 알게 되닛가요. 위선 이러한 푸랭을 세워본 것임니다」

「애들이 지금 어대 잇슴닛가?」

「東萊 저의 할머니하고 갓치 잇지요」

氏는 사랑하는 子女들 생각과 한 가지로 그 녯날의 일을 추억하는 듯이 얼골에 쓸쓸한 미소를 쯰워버리고는 가늘게 한숨을 내쉰다. 첨하 쯧테 눈녹는 소리도 쏘한 쓸쓸스럽다.

氏는 말을 이어서.

「나는 녯 일을 도모지 들처내고 십지 안슴니다」 긔자는 미안해서 얼는 화제를 돌여

「지원자가 만슴닛가?」

「아직 몃츨 안 되닛가요 더구나 지금은 그닥지 거기에만 주력하지 안슴니다 鮮展에 出品할 것도 잇고 쏘 초상화 몃개 맛혼 것이 잇서서요. 싀골 잇는 분들이 規約규약을 보내 달라는 편지는 쬐 잇서요」

「仔細한 것은 規約에 잇스닛가 말슴 할것도 업고요 압흐로의 푸랭을 말슴하

---

2) '六조방에'의 오식.

여 주십시오」

「별노 푸랭이 잇겟슴닛가. 規約에 잇는 대로 施行해서 잘 되여 간다면 압흐로 學校를 만들 作定임니다」

「후원이 좀 잇슴닛가?」

「지금은 전혀 업슴니다. 압흐로는 아마 잇슬 듯도 십슴니다」

압 창으로 흘너드는 태양빗은 불단 우에 노힌 금멧씨 초상에 반사되여 더한층 방안을 황홀하게 한다.

「참 독실한 불교신자시드군요」

「네 불교가 좃슴니다. 더구나 나와 갓흔 세상 파란에 만이 부댁긴 사람에게는 다시 업는 위안이라고 생각함니다」

氏는 얼골에 엄숙한 빗을 보이면서 불교에 대한 설교를 시작한다.

「밋어 보십시오. 참 좃슴니다」

「안 밋어지는 것을 밋기만 하면 됨닛가」

「책 좀3) 보시고 곽황사에 단이면 됩니다」

氏는 어듸짜지든지 氏가 발견한 弗敎의 진리를 布敎포교한다. 안저 듯든 내 머리에도 하-얀 수건 쓴 僧侶승려의 긔도하는 양이 써올은다.

나는 그 분위긔를 곤치려고.

「저 초상화는 누구심닛가?」

「대학 교사이라는데요. 누구의 소개로 그리게 되엿서요」

「대략 멧츨이나 그리면 完成되심닛가?」

「쉬면서 천々히 하면 일주일은 걸님니다. 그리는 것이 긋나면 쏘 시작해야 겟슴니다. 선전에 出品할 것도 아직 덜 됏는데요」

「언제지요?」

「五月인데 그 째가 지나야 미술학사 일에 착수하겟슴니다. 지금은 위선 먹을 것 때문에 초상화부터 그레야겟슴니다」

「초상화 하나를 그리면 얼마나 밧슴닛가」

---

3) '좀'의 오식.

「지금 저것(대학교사)은 八十圓을 밧엇습니다」

「상당한데요. 조선에서 그림 그리는 것으로 생활이 될까요」

「글세올시다. 일본서 帝展에 入選햇슬 째는 퍽 경이가[4] 조왓습니다. 엇잿든 한 一千四百圓 가량 손에 드러왓스닛가요. 作品은 '巴里'인데 그것이 三百圓에 팔엿고 그 外에 小品도 만히 팔엿습니다」

「더구나 선생 것은 異彩이채가 잇섯슬 것입니다. 조선 女子라고요」

「多少 그 관게도 잇겟지만 엇잿든 初入選者의 作品은 相當히 人氣가 잇스닛가요」

「언제 쏘 東京 가심닛가?」

「글세요 미술학사의 일을 반쯤 성공한 다음에 巴里에나 갓다 올여고 합니다. 그런데 規約에 잇는 趣意書취의서를 보섯습닛가」

氏의 얼골엔 希望의 빗치 맑게 빗난다. 나는 趣意書에 눈을 보낸다.

「光과 色의 世界! 엇더케 만혼 神秘와 쒸는 生命이 거기만이 잇지 안습닛 가 갑々한 것이 거기서 시원해지고 침々하든 것이 거기서 환하여지고 고달프든 것이 거기서 괴운을 엇고 압흐고 쓰리든 것이 거기서 위로와 평안을 밧고 내 맘것 내 솜씨 내 精神과 내 計劃과 내 希望을 形과 線의 上에 굿세게 나타내는 美術의 世界를 바라보고서 우리의 눈이 씌어지지 를 안습닛가 우리의 심장이 벌써거려지지 안습닛가 더구나 오늘날 우 리에게야 이 美의 世界를 내놋코 쏘 무슨 創造의 滿足이 잇습닛가 法悅법 열의 漲溢창일이 잇습닛가 더구나 더구나 무거운 傳統과 겹々의 拘束구속 을 한써번에 다 쓴코 獨特하고도 偉大한 우리의 潛在力잠재력을 活潑이 發動식혀서 驚異와 慨嘆개탄과 恐縮공축의 大迫대박 萬人에게 끼어질 方面 이 美術의 世界 밧게 쏘 무슨 터전이 잇다고 생각하심닛가 동모의 색씨 들아 오시오 가치 해 봅세다. '쓰러쉬를 가지고 캄바쓰'를 들고 一切의 醜를 義化하기[5] 위하야 一切의 闇黑을 明朗化하기 위하야 다 갓치 어둠 침々한 골방 속으로서 나아오시오 우리의 눈에서 우리의 손 끗테서 우 리의 맨드러내는 薄術박술 우에서 저 흐늘거리는 時代의 神經을 죄여 줍 시다. 갈 바를 몰나서 네거리에 헤매는 萬人間의 新生命 衝動충동을 길이

---

4) '경기가'의 오식.
5) '美化하기'의 오식.

펴도 바름이 업는 久遠의 美로 引導인도하야 봅시다. 나는 변々치 못함니 다. 그러나 여러분은 거룩하시지 안슴닛가. 무거운 짐을 여러분에게 질 머지기 위하야 나는 다만 새벽 널에 우는 닭이 되려 할 뿐임니다. 한거름 압설만한 길잡기 되어야 할 뿐임니다 그리하야 여러분이 짜로 서 가기까지의 작은 집행이가 되려면 그만 그만한 榮光이 다시 업슬 싸름임니다. 나는 간열피지만 여러분은 굿세임니다. 동무야! 색씩들아[6] 時代의 '엔젤'아 새 일할째가 왔다. 와서 갓치 손목을 잡자!」

나는 정렬에 넘치는 취의서를 다— 읽고 남창에 夕陽빗이 기우러 갈 째 氏의 畫室을 나섯다. 것너편 廣場 한 귓퉁의 土幕토막과 花園은 한가지로 봄의 긔운을 마신다.

(『三千里』, 1933. 3)

---

6) '색씨들아'의 오식.

西洋畫家 羅蕙錫氏

― 書畫協展 · 朝鮮美展에 出品하는 女流畫家들

봄 햇빛이 눈이 부시게 화실(畵室)로 빛외어 든다. 넓은 방 벽마다 양화들이 무거웁게 걸려 실내 전람회(室內展覽會)를 연 것 같다.

유리창 옆에는 젊은 어머니가 딸을 가슴에 꼭 끼어안고 내려다 보는 동상(銅像)향노와 촛대를 앞에 놓고 붉은 비단 방석을 깔고 앉은 불상(佛像)이 나란히 서 있다. 모성애! 그리고 불타심! 이 두 가지가 야릇하게도 찾어 간 기자의 마음을 움즉여준다.

「방이 조용하고 밝어서 그림 그리시기에는 퍽 좋겟군요」

「네! 그러기에 날마다 그림이나 그리지오. 이것도 지금 막 그리는 것인데 초상화입니다」 언제나 쓸쓸한 웃음을 입 가에 띄운 씨는 맥없어 뵈는 손길로 그림 그리든 모델인 사진을 어루만지며 대답한다.

「이번에도 서화전(書畫展)과 선전(鮮展)에 출품하시나요?」

「그럼요! 저기 걸린 것 다섯가지는 서화전에 출품하고, 여기 놓인 것 둘은 선전에 할 것입니다」라고 하며 손바닥만큼씩 넓고 크게 아로삭여 푸레임한 그림을 가르친다

「언제 어디서 그리섯나요?」

「뉴욕교(橋)」 저것은 영국 갓을 때 거기서 그린 것이고 「靜物」은 일본 잇을 때 그리고 「나의 여자」는 놀웨이에 갓을 때 거기서 사는 조그만 여자아이 하나를 돈을 주고 모델로 삼어서 그 나라 풍속을 그대로 그린것이고 「마드리드 풍경」은 마드리드에서 그린 것입니다. 대개 삼 사 년전에 불란서로 영국으로 유

롭을 만유(漫遊)하러 다닐 때 그린 것이지오. 「총석정(叢石亭)」만 작년 여름 금강산에 갓을 때 그린 것입니다」

「오! 그럼 작년 제전(帝展)에 출품할 그림을 그리러 해금강 가섯다가 불 나서 온통 태우섯다든 그때 그리신 것이군요?」

「네! 다 태우고 몇 장만 남은 것을 이번에 출품하지오」

「선전에는 어떤 것을 하시구요?」

「『총석정』과 『삼선암(三仙巖)』과 『정물』 하나를 출품할까 합니다마는 특선은 못될 것 같어요. 만일 二, 三일 후에 개성 가 선죽교(善竹橋)를 그리려고 하는데 그것이 다 되면 같이 해볼까도 합니다」

「그런데요! 그림 그리시는 기분(氣分)이 예전 가정생활하실 때와 비교해서 어떳습니까?」

「마찬가지지오 - 단순한 - !」씨의 얼굴에는 검은 구름이 말 없이 덮이우고 나려 뜬 눈이 약간 경련을 일으키는 듯하다. 그리고 깊고 무거운 침묵이 씨의 심뢰를 잘 나타내어주고 잇다 「허기야 애기들이 달리고 생활이 복잡하고 시간이 없어서 애를 쓰든 때에는……」 또 다시 침묵이 계속되어 얼른 화제를 돌려버리고 말엇다.

「그 이야기는[1] 그만 두지오. 그리구요 처음 그림그리기 시작한지는 얼마나 되엇어요?」

우울한 기분에서 약간 벗어나서 씨는 입을 열고 이야기를 계속한다. 「벌서 二十년이군요! 진명학교 때부터 그림 그리기 시작하엿으니까요」

「학교는 일본 미술학교이겟지오 그러면 누구에게서 제일 지도를 많이 받은 셈입니까?」

「소림만오씨(小林萬吾氏)에게서 가장 오래 배윗습니다. 그렇지만 별로 그이의 영향을 내 그림에서 많이 찾는다거나 그이의 것을 모방한 것 같지는 않습니다」

「물론 그러시겟지오. 제일 첫 번 입선(入選)된 그림이 무엇인가요?」

「이름은 잘 기억되지 않는데요! 하여튼 지금까지 통털어 조선미술전람회에

---

1) 원문대로

특선된 것이 대 여섯 번되고 일본제국전람회에 입선된 것이 하나입니다 제전에 입선되엇든 것은 『정원(庭園)』이라는 것이지오」

「구라파 만유(漫遊)하시며 구경하신 효과를 그림에서도 찾을 수 잇습니까?」

「한번 휘—도는 것이 좋긴 하지요 그렇지만……」또 다시 씨의 얼굴에는 추억의 빛이 돌고 우울해지는 감정을 누를려고 한다. 「하여튼 예술을 감상(鑑賞)하는 눈이 훨신 높아지고 리해력이 풍부해지드군요. 그것보다는 난경(難境)에 처하게 될 때에 마음을 돌리는 힘이 많이 생겨요」

「혹시 그림만을 생명같이 알고 지낸다고 해도 하로 종일을 거기에다 허비할 수야 잇습니까? 그림 그린 남어지 시간은 어디다 허비하십니까?」

「대개 그림은 오전 중에만 그리고 오후에는 동무도 찾아가고 활동사진 구경도 갑니다. 요새는 미술공부 하러 오는 학생들이 잇어서 오후면은 가르치기도 하구?」

「그럼 일생을 이렇게 예술에만 받히시렵니까? 고독하시지 않으서요?」

「쓸쓸한것도 일종의 즐거움이랄까요 이 앞으로는 미술학교를 해 나가고 싶은데 경영까지는 할 수 없으니까 다른 이의 힘을 얻고 나는 기술로만 제공을 해서 해 보고 싶어요. 그러나 뜻대로 되지 않는 것은 세상 일이니까요……」

「너무 오래 말슴하시게 해서 피곤하시겟습니다」

맥이 하나 없이 풀린 얼굴 그러나 예술에만은 일단 정성을 다 하는 씨의 앞길을 축복하며 나오니 저녁 햇발이 눈을 부시게 한다.

(『新家庭』, 1933. 5)

美展의 印象

I.

넷날은 滿朝百官_{만조백관}이 出入하든 곳, 三千宮女가 넘나들든 곳, 景福宮_{경복궁} 後園 고적한 森林 사이에 例年에 依하여 朝鮮美術展覽會가 開催되었다. 李承萬 씨의 親切한 請과 한 뭉치 갓다주는 原稿 用紙를 밧은 責任上 避할 수 업시 評을 쓰랴고 招待日에 발길을 돌린 거시다.

農民들은 울고 잇는 감은 初夏의 하늘은 놉고 푸르고 말게 개엇고, 뜨거운 볏은 强하게 그림자가 길가에 처처히 누어 잇다. 二, 三 同伴으로 光化門 긴 담을 휘두돌 제, 會場이 넘어 한적하고 동떠러진 곳에 잇서 美術을 民衆化하기에는 넘어 不便한 感도 업난 것도 아니다.

그러나 시집갈 곳을 찻고 잇는 女學校 卒業生 아가씨들, 求景 조와하는 마님들, 일하다가 노는 日曜日 압서거니 뒤서거니 夫婦 散策, 過去를 잇고 現實에 억매인 民衆에게 이 宮 庭園을 逍遙_{소요}케 함도 無意味한 일은 아닐 것 갓다.

歲月도 빠르다. 朝鮮美術展覽會도 十二回가 되엇다. 量으로 보든지 質로 보든지 昨年이 再昨年보다, 今年이 昨年보다 堅實_{견실}해지는 確實한 事實이다. 그러나 한 가지 遺憾_{유감}되는 거슨 作家와 展覽會와의 連絡을 取한 點이 不足하고 다만 技術 本位가 一貫하여 잇난 거시다. 넘어 그거슬 尊重하여 잇난 것 갓다. 卽 人間愛와 人情味를 包含한 藝術的 機關으로서 넘어 無關心하고 沒人情한 感이 生긴다.

다시 말하면, 審査員의 選擇이라든지 特選者 作家의 待遇_{대우}갓흔 거슨 一層

考慮해 주기를 바라며, 已往이왕 말한 곳이니 말이지만 審査員을 年々 새 先生을 招聘초빙치 말고 한 사람쯤은 갓흔 분으로 定하면 展覽會의 統一的 精神을 맛볼 수 잇슬 거시며, 多少 私情을 보는 패단이 잇슬는지 모르나 各部에 年々 受賞者분 중 가장 堅實한 實力家요 人格者로 審査員을 두난 거시 朝鮮에서 施設시설된 意味로 보든지, 朝鮮人의 體面上으로 보든지, 作家 向上上으로 보아 當然히 잇서야 할 거시다.

其 外, 特選者 待遇에 對하야는 冷靜한 社會狀態와 無刺戟한 四圍 環境과 無實力한 畫家 特權특권인 만치 貧乏한 經濟 狀態에 對하여 一回, 或 二回, 三回 以上 五, 六回까지 特選席에 參加케 됨은 慶賀하는 以上 作家의 눈물이오 피이엇든 거슬 同情 아닐 수 업는 거시다. 萬一의 이러튼 사람이 無鑑査무감사가 되고 落選이 된다면 어느 意味에 잇서서 더 奮發心분발심이 生길지 모르나 弱한 者에게는 얼마나 無常함을 늣기게 될가? 우리 作家는 이거슬 위하여 社會上으로 哀訴하고 십지 안코 個人에게 同情을 要求하고 십지 안은 거시다.

已往 愛好的 動機와 深刻한 理解로 施設된 朝鮮美術展覽會 機關에게 理解를 要求하는 同時에 最上 標準으로 昌德宮賞창덕궁상 入賞者에게는 永久히 無鑑査 資格을 주는 同時에 朝鮮美術展覽會 規程에 씨운 것가치 參與를 囑託촉탁하여 審査員 資格까지 갖도록 하는 거시 展覽會와 作家 사이가 더 親近해지난 感이 生길 듯하고, 俗된 말 갓흐나 作家에게 彈力도 生길 듯하야 次々 實現될 거슬 豫想하면서 空然히 煩燥번조히 生覺이 든다.

우리는 우리 美術의 特色을 要求하는 바인즉 何必 日本의 帝展이나 二科를 標準할 바 아니지마는 帝展과 二科는 東洋美術界의 第一位에 處하고 잇슬 쑨 아니라 朝鮮美術展覽會 審査員이 年々이 帝展과 二科 先生이 오시게 되고, 또 作家들의 修業이 대개 內地서 한 關係上 朝鮮 美術界와 內地 美術界에 關係가 깁고, 自然 連絡을 取하게 되는 것이다.

그런데 帝展과 二科의 特色은 다 各々 固定해 잇스나 鮮展만은 아직 基礎期기초기에 잇서 아즉 特色을 볼 수 업슬 쑨 아니라 文部省에서 帝展 審査員 一人, 二科 審査員 一人을 派遣파견한 것이라든지, 今番 鮮展의 特選席에 帝展的 特色과 二科的 特色이 兼備겸비해 잇는 것을 보아 鮮展은 確實히 帝展과 二科의 特色

을 取한 混同期혼동기라고 볼 수 잇다.

如何間 이러타는 朝鮮的 特色이나 鮮展의 特色이 업는 것은 事實이다. 그리고 帝展이나 二科가 製作期라 하면 鮮展은 習作期로 아니 볼 수가 업다.

(『每日申報』, 1933. 5. 16)

2.

會場에 드러섯다. 爲先 東洋畵部로부터 번듯번듯 工藝部, 西洋畵部를·通觀하엿다. 氣分이 퍽 堅實感견실감을 가지게 되엇다. 그리고 大作과 小作의 差도 잇슬 쁜 아니라 製作과 習作의 差도 잇서 外形으로는 沈着한 맛이 잇지만 內容으로는 作品의 差가 顯著현저하엿다. 그리고 年々이 出品하던 作品이 만히 아니 보엿스며 新進 作家가 不少하야 有望한 靑年作家 中에도 早老한 作品을 보이는 弊害폐해를 痛感통감하엿다. 作品은 作家의 뛰는 感激性이 업스면 寂寞한 거시다. 붓 도라가는 대로 그리난 거시 感激性이 아닌 것은 말할 것도 업거니 넘어 形式만에 終始함은 作家의 感興을 枯渴고갈하게 함이 아닐가 그래도 그 中에 相當히 現實的 傾向을 表現한 作品은 中堅人들의 活躍으로 낫타나 잇다. 卽 無鑑査級의 作品들이다. 이것은 鮮展에 잇서々 깃버하는 바이다. 萬一 이들의 活躍이 업섯든들 鮮展 會場은 鬼哭啾啾귀곡추추의 가을 밤 墓地와 갓햇슬 거시다. 東洋畵部에는 亦是

李象範 氏의 「瘠土척토」와

李用雨 氏의 「秋山幽居추산유거」가 쒸어나게 조왓다. 東洋畵部는 門外漢이라 이에·긋치거니와 西洋畵部 全體를 놋코 優越한 作品을 차지하랴면 特選級을 더듬지 안으면 아니 되게 된다. 그 中에도

金鐘泰 氏의 「坐像」,

李仁星 氏의 「初夏의 光」,

鮮于 澹 氏의 「二人」은 놉흔 水準의 잇는 作品이다. 이것들은 當然히 잇서야 할 特選이다.

金鐘泰 氏의 「坐像」은 쩨자인이 確實할 쁜 아니라 沈着한 色彩로 統一이 잇는 조흔 그림이다. 李仁星 氏의 「初夏의 光」은 가장 東洋的 色彩가 豊富하며 南

方的 氣分이 든다. 構圖로 말하면 畵面이 좀 좁앗다. 좀 속박되는 感을 늣기게 된다. 達筆_{달필}이요 自由스럽다. 每年 水彩畵를 出品하더니 今年은 油畵가 나온 것이 반갑다. 아직 二十歳 된 靑年 畵家로 前道洋々한 것을 더욱 祝賀하는 바며, 前年에 帝展 入選으로 鮮展에는 每年 特選席에 있는 作家이다.

鮮于_{선우} 澹_담 氏의 「二人」은 '렌즈'를 透하여 보는 朦朧_{몽롱}한 藝術寫眞을 보는 感이 生긴다. 陳列_{진열}에 光線을 잘못 取한 까닭인지 深奧한 맛이 적어 보엿다. 이 三人의 作品은 今年 鮮展 洋畵部 中 가장 代表的 作品인 同時에 努力한 作品이다. 人物 配置, 姿勢 等에 注意를 갓게 된다. '폼'도 相當히 表現되얏스나 色彩가 概念的_{개념적}이어서 敏感히 表現되지 못하얏다. 아모 彈力이 업는 畵壇에 活氣가 不足한 거시 遺憾이지마는 佳作은 事實이다. 其 外 無鑑査級에

李馬銅_{이마동} 氏의 「春」, 「松」,

崔淵海_{최연해} 氏의 「平壤의 풍경」, 「女人의 座像」, 「祖母의 像」 等이 잇다.

李馬銅 氏의 「春」, 「松」은 '터치'가 넘어 큰 同時에 變化가 적고 遠近_{원근}이 不足하며 統一點이 不足한 듯하다. 崔淵海 氏의 「平壤의 風景」은 平凡한 作品이엇다. 「女人의 座像」은 表情이 업고 不自由스럽고 不自然스럽다. 三個 作品 中에는 「祖母의 像」이 沈着한 맛이 잇다. 前年에는 좀 더 銳敏_{예민}한 色感을 가지고 잇섯다. 그 '유모아'함도 實로 本格的이엇다.

嚴聖學_{엄성학} 氏의 「C君과 小犬」은 色彩가 흐렸고 C君은 不健康한 少年 갓햇다. 그리고 活氣가 좀 업는 그림이었다. C君의 다리라든지 팔에 입은 衣服이 좀 '가다이'햇다.

洪得順 氏의 「코스튬」은 좀 賤하고 그림 갓지 안코 무슨 彫刻 갓햇다. 陳列上 光線을 잘못 取한 關係上 가슴에 구든 '터치'가 번쩍어려 보여 더욱 '가다이'한 感이 生긴다.

鄭寬澈_{정관철} 氏의 「道」는 別로 特色이 보이지 안는 平凡한 作品인데 하늘 빗이 좀 淺弱한 것 갓다.

金榮和 氏의 「다리아」는 美術이라는 것보다 圖畵式이다.

廉泰鎭 氏의 「村의 春」 이런 거슨 어느 點으로 取하여 入選을 식혓는지 알 수 없다.

權重祿권중록 氏의 「川 잇는 風景」, 色과 線이 한대로 몰니난 것 갓다.

盧植노식 氏의 「밝은 날」 構圖로 보아 그다지 滋味잇는 것 갓지 안타. 마치 小說에 나오는 揷畵 갓다. 그러나 柔順한 色彩다.

權寧俊권영준 氏의 「風景」은 健實한 그림이다.

李俊實이준실 氏의 「風景」은 왼便에 잇는 建物色과 그림자色이 同色이어서 그림자로 보이지 안코 무어슬 짜라 논 것 갓기도 하다. 小品으로 平凡한 中에 損失손실이 업슬 거시다.

吳澤慶 氏의 「曇天담천의 冬朝동조」는 構圖가 어썽가십다.

(『每日申報』, 1933. 5. 17)

3.

尹蓮伊 氏의 「아네모네와 우구레레」는 女流 作家의 作品인 만치 溫柔온유한 '스켓치'의 作品으로 平凡한 作이며 넘어 弱하지 안은가 십다.

洪祐伯 氏의 「聯芳」은 畵面 全體의 '디자인'이 틀렷다. 少女의 머리가 크고 손이 적으며 魚瓶이 압으로 쏠여 보인다.

李善伊 氏의 「皐蘭寺고란사」는 '바렛트 나이프'로 그려 複雜 多端한 色彩이다. 이런 畵題로는 畵面이 넘어 큰 것보다 조고 마케 아담스럽게 그리난 거시 더욱 조흘 듯한 感이 生긴다.

安華火 氏의 「風景」, 眞實한 그림이다. 더욱 精進하기를 바란다.

崔淳八 氏의 「靜物」은 靜物 構圖로는 失敗다. 物件을 넘어 축세워 노아서 '가다이'해 보이고 將次 그리랴고 草잡아 논 것 갓다.

韓相璘 氏의 「風景」은 도모지 무어신 줄을 모르겟다.

尹仲植 氏의 「大洞江 江邊」 솔직하게 苦生만 하엿다. 그림자가 무겁다.

咸元植 氏의 「少女」는 二科 影響을 만히 밧은 것 갓흔데 넘어 일즉 서둘누지 안나 하는 感이 生긴다. 畵想만은 조혼 것 갓다.

尹承旭 氏의 「白花」는 立體가 보이지 안코 平面的 그림이다. 스켓취에 지나지 안는다.

鄭世源 氏의 「靜物」은 沈着한 조흔 그림이다.

李純鐘 氏의 「春의 北岳」은 揷畵式삽화식 그림이다. 平凡하다.

李暘圭 氏의 「開城 風景 習作」, 썽중へ 쮠 것 갓다. 아직 그림이 무어신 줄을 모르는 것 갓다. 만히 工夫하시기를 바란다.

韓長鮮 氏의 「李君의 像」, 이런 畵題는 取하지 안는 거시 조흘 듯하다.

趙錫鳳 氏의 「午后오후의 裏街이가」, 「敦化門을 望」, 그림 全體가 무겁다. 色彩가 單純하고 線을 亂雜히 썻다. 그러나 만히 生覺하고 努力한 作品이다.

李龍河 氏의 「坐像」, '백'이 '가다이'하고 손이 크고 '쩨자인'이 좀 不足한 듯하다.

徐鎭達 氏의 「人物」은 水彩畵이다. '크로키'를 만히 한 솜씨로 達筆이다. 조고리에 그림자가 넘어 애매하고 왼손이 괴발 갓흔 거시 눈에 쩨운다. 前道 有望한 作家로 素質도 充分하고 熱誠이 兼備해 잇스니 將次 大成功이 잇슬 줄 밋는다.

申鴻休 氏의 「葱총 잇는 靜物정물」, 퍽 황당한 그림이다. 作家의 性質을 엿볼 수 잇다.

朴命祚 氏의 「坂道」, 이것도 亦是 小說에 나오는 揷畵 같은 感이 生긴다. 스켓취에 지나지 안는다.

李一石 氏의 「善竹橋」, 二號의 滋味잇는 그림이다. 이런 거슬 展覽會場에 出品하는 勇氣가 장하다. 한 구석에 걸려서 눈에 잘 쯰우지도 아니한다.

鄭玄雄 氏의 「蕩春탕춘」은 平面的 그림이다. 옷빗치 퍽 濃厚하다. 그러나 色彩가 한군대로 몰리는 듯한 感이 生긴다.

李鐘舜 氏의 「膳上 靜物」은 水彩畵인데 色彩가 遠近이 없고 '터치'가 組雜하다. 매우 애써서 그린 그림이다.

李徹浩 氏의 「博文寺 正門」, 遠境이 넘어 强하야 近景보다 압서 보인다. 遠近이 混同한 作品이나 좀 注意햇스면 십다.

李承萬 氏의 「風景」은 面을 硏究하야 그린 그림인 듯한데 調和가 不足하고 艮彩간채[1]의 統一이 업시 이 色 저 色 느러논것 갓하야 번뜻 눈에 쯰우나 한참

---

1) '色彩'의 오기.

보면 無意味한 거슬 알겟다. 何如間 氏는 每日 짜내는 揷畵 外에 正直하고 精力 잇게 工夫해 가시는 거슬 敬服하지[2] 마지 안으며 압흐로도 佳作이 잇슬 줄 알며 다시 特選席에 列하기를 企待하며 밋는다.

兪蘭伊 氏의 「花」, 平面的 그림이다.

鄭敬德 氏의 「溫한 春光」, 멀쑥한 그림이다. 넘어 氣分으로 짜른 것 갓다.

孫景權 氏의 「春의 田園」, 「春來」, 그림이 퍽 어리다. 習作 時代요 寫生期인 것 갓흔 感이 生긴다. 좀 더 精進하시기를 바란다.

李鳳商 氏의 「風景」, 「仁王山 보이는 風景」은 說明이 不足하고 不透明하다.

(『每日申報』, 1933. 5. 18)

4.

東洋畵部

東洋畵가 西洋畵 勢力보다 써러지는 感이 잇스니 그는 點數의 多少에 關係도 잇거니와 이러케 無氣力할 줄은 몰랏든 거시다. 勿論 그 中에는 寶玉보옥과 갓치 빗치 나는 作品도 잇지마는 全體로 보아 低調저조요, 微溫的이라고 볼 수 잇다. 좀 더 活氣가 잇기를 바란다. 何如튼 調和的이어서 누구에게든지 조와할만한 作品이 만히 採用된 것 갓다.

다만 東洋畵는 西洋畵와 달나서 美人畵, 風俗畵, 歷史畵가 存在해 잇다. 元來 東洋畵는 西洋畵처럼 確實하고 '리아리즘'의 基礎기초를 가지고 잇지 안는다. 오히려 '리아리즘'의 基礎를 條件으로 發達한 거시 아니라고 말할 거시다. 그럼으로 東洋畵의 範圍는 現實을 中心으로 삼을 수도 업는 거시오, 널리 過去까지 더 듬게 되난 거시다. 더욱이 視覺 以外의 範圍범위도 例事로 取入하야 繪畵化하기를 躊躇주저치 아니함으로 文學이나 宗敎에 接觸접촉할 쌔가 만타.

東洋畵는 例年에 比하야 別로 進步된 感이 보지 안는다. 다만 一般的으로 大作이 만핫다. 그러나 出品 點數가 만히 주럿다. 將來 進就진취해갈 方向이 보인다. 作家 中에난 眞摯진지한 作品도 不少하다. 李象範 氏의 「脊土척토」와 李用雨 氏

---

2) 원문대로

의 「秋山幽居」는 발서 圓熟한 境地를 보이고 잇다. 現代 朝鮮美術界에 最高峰에 스는 作品인 거슨 누구든지 首肯수긍할 거시다. 氣魂기혼을 感覺하게 하지 안는 바가 아니지만 그러나 一方으로는 內部로부터 押倒압도하는 힘과 熱이 不足하다. 何如튼 精巧정교한 作品이다.

徐相賢 氏의 「兒」, 畵面 全體에 잇는 三兒의 머리가 몸보다 크다. 그런 거시 그림에 무슨 相關이 잇스릿가마는 事實的으로 그린 그림으로서는 어대까지 事實的 그림이어야 할 거시다. 그리고 東洋畵요, 朝鮮 兒孩를 畵題로 삼으면서 日本 饌 장사 '다ㅁ 미'를 그린 거슨 좀 不自然스럽지 안은가 십고, 後輩 敎育上으로도 滋味 업슬가 십다.

白潤文 氏의 「閑庭한정」, 平凡한 作인 中에 흰 꼿과 흰 새의 白色이 서로 衝突되어 보기에 적이 거북하엿다. 새 빗츨 다른 빗으로 하엿더면 엇덜가 生覺 든다.

李用雨 氏의 「春野芳薰춘서방훈」은 '調子'가 조흐나 變化가 업다.

金基昶의 「女」, 뒤 女子의 올혼 손이 적다. 色彩는 濃厚농후하다. 昨年 出品 「鳶연」에 比하야 만흔 進步가 잇다. 人物이 特長인 듯하니 그 方面으로 더욱 精進하기 바라며 귀먹은 不具者로 特別한 素質이 잇는 거슨 얼마나 幸運兒일가. 내 親舊의 사랑하는 아들, 風便에 드르니 내 親舊요 그대의 어머니인 ○○氏[3] 가 作故하엿다니 정말인지. 萬一 事實이라면 故魂이 이번 入選을 얼마나 깃버하엿슬 거시며 그대의 將來를 爲하야 靈感을 通하야 얼마나 도움이 만흘가. 哀痛 中에 力作을 出品함은 그 精力, 그 勇氣에 感服하는 바이다. 아모쪼록 自重自愛하소서.

裴濂氏의 「欲雨」 그림이 集中이 되지 안코 四方으로 散漫해 가는 것 갓다

鄭雲菽 氏 「鶴」, 缺點 업는 그림이다.

金台昊 氏 「山水」, 平凡한 아모 特色 업는 그림이다.

鄭燦英[4] 氏의 「落花遊禽」, 構圖는 滋味잇다. 그러나 새 네 마리가 조곰도 變化 업시 쏙갓다. 이는 아즉 '스켓치'에 鍛鍊이 不足한 것과 構想이 不足한 까닭

---

3) 원문대로.
4) '鄭粲英'의 오기.

이 아닌가 십다.

全美男 氏의 「麗春」, '쌕'에 푸루線이 좀 나젓스면 조켓다. 全體色이 ○5)色인데다가 畵額까지 弱하고 衰하야 그림이 곳 날어갈 듯하다.

曹龍承 氏의 「野圃야포」, 平凡한 作品이다. 잘 記憶이 써올지를6) 아니한다.

白潤文 氏의 「市場에 가는 牧童」, 特色이 보일 듯하며 보이지 안는 그림이다.

金熙舜 氏의 「晴翠청취」, 墨畵다. 바위와 竹의 連絡點이 좀 不足한 듯하다. 그림 全體의 重疊이 不足한 것이 遺憾이다.

李應魯 氏의 「盆蘭분란」, 亦是 墨畵다. 蘭에 變化가 업고 그림이 좀 어린 것 갓다.

鄭海駿 氏의 「牧丹」, 어린 그림이오 스켓치에 지나지 안는다. 配色과 明暗의 '아렌지먼트'에 注意하기 바란다.

許健 氏의 「暮時山家모시산가」, 遠景 山이 强하고 집이 西伯利亞에서 보든 露西亞 農家 小屋 갓다. 朝鮮 農家의 氣分이 적다. 近景이 弱해서 그림이 압흐로 쏠닌다. 아직 東洋畵에 對한 理解가 적은 것 갓다. 만히 보시기를 바란다.

李興鈺 氏의 「秋景山水圖」, 언듯 보기에 그림 갓지 안코 무슨 織物 갓다. 오래 보고 십지 안은 그림이다.

張雲鳳 氏의 「旅愁」, 兩兒에게 旅愁의 表情이 充分히 나타나 잇다. 그림 갓흔 그림이다. 滋味잇는 '모티브'다. 好感을 갓게 된다.

吳周煥 氏의 「어느 밤」, 달 뜨는 黃昏 갓흘진대 欄干난간이든지 人物들이 좀 더 稀微희미해야겟다. 그럼으로 달과 欄干과 人物이 짜로짜로 나서 도모지 統一이 보이지 안는다.

李順行氏의 「幽居」는 中間집이 너무 무겁고 뒤산이 나오는 압이 가벼워서 그림이 압흐로 쏠니는 感이 生긴다. '調子'에 대하여 만히 注意하기를 바란다.

李玉順氏의 「外出際」 柔順한 그림이다 '하모니'도 좃코 狐皮호피의 說明이 充分하고 두루막이 紋이도 攷妙고묘히 그렷다 그럼으로 損失이 업다 短時日 條業으로 特選 列에 參加케 된 것은 그의 才能을 엿볼 수 있다. 將來가 매우 囑望촉망

---

5) 판독불능.
6) 원문대로.

된다. 權九玄氏의 「春姬」는 單間房에 거러 노앗스면 꼭 알마케 조고만 그림이다. 別로 特色을 보이지 안으며 틀을 검은 것으로 하엿스면 그림이 밧그로 나와 보이지 안을걸 하고 부즈럽슨 걱정을 하면서 工藝部로 발길을 드려 노앗다

(『每日申報』, 1933. 5. 19)

5.

工藝品部

工藝品은 今年이 第二回이것만 昨年에 比하야 놀랍게 進步하엿다. 前道의 光明이 보인다. 審査員의 말을 드르면 日本에서도 보지 못하던 거시 잇다고 하여 매우 有望하다고 한다.

工藝品은 實生活과 結合한 거시다. 그럼으로 우리는 다만 美術品으로만 볼 수 업는 거시다. 大體 工藝品은 무어슬 일음일가? 工藝는 美術이다. 卽, 工藝品의 手段과 形體를 비러 美를 表現한 거시다. 다시 말하면 一品 製作이다. 優秀한 作品은 亦是 特選席에 잇는 姜菖奎강창규 氏의 「蒔繪八角菓子盛器시회팔각과자성기」다. 좀 古色을 씌운 거시 美術 工藝品으로 본 審査員의 生覺이 作品도 亦是 古色을 씌웟다. 新鮮味는 업스나 宗敎的인 感을 준다. 何如튼 構成力이 高尙하다.

金鎭甲 氏의 「螺鈿落花仙女花瓶나전락화선녀화병」, 仙女는 江西古墳壁畵강서고분벽화에서 取한 듯하다. 工藝品으로 만들라고 하는 데 失敗가 잇난 듯십다. 그거슨 透彫투조한 技巧가 보이는 거시다.

崔晃載 氏의 「會寧燒花瓶회령소화병」, 沈着한 色이다. 靜物 그리는 데 配置하엿스면 조흘 듯하다. 普通 飾物노는 좀 무겁겟다.

朴燦鎬 氏의 「バカチ 茶盆」, 바가지면 둥글 거신대 납작하게 되엇스니 邊만 바가지요, 底는 다른 板을 대인 것 같다. 그거슨 何如튼 論할 거시 아니오, 朝鮮的 特色이 잇다. 가운대 그린 螺鈿도 滋味잇다. 結果에 잇서々 難이 업난 거시 좃타.

李南伊 氏의 無鑑査 作品 「유로」, 實用的으로 좃타. 形이나 色이 健康한 '모던'이다.

李相順 氏의 「刺繡鏡臺掛자수경대괘」는 取色이 꽉 軟柔연유하다. 農民 美術의 色彩를 띄웟스나 亦是 '부르주아' 宅 거는房 아씨 鏡臺에 걸니난 거시 아울닛 듯.

崔晃載최면재 氏의 「會寧燒瓢形花瓶회령소표형화병」, 構圖力의 活動이 조와 보인다. 色도 좃타. '컨스트럭처'에 贊成이다. '그로테스크'한 魅力이 잇다.

趙基俊 氏의 「螺鈿八卦孝子圖菓子器나전팔괘효자도과자기」, 日本 趣味가 多大하다. '조코렛토'나 '가스테라'를 담앗스면 더 아울닐 것 갓다. 아름다운 作品이다.

張基命 氏의 「螺鈿硯箱나전연상」, 菊花를 螺鈿한 硯箱이다. 支那 것보다 오히려 損失이 잇는 것 갓다. 이런 硯箱은 아모 冊床 우에 노아서는 어울니지 안을 거시다. 亦是 螺鈿이 象嵌한 硯文匣 우에 비단 보료 짜라 논 房이라야 할 거시다. 本來 螺鈿은 光보다 影子를 볼 價値가 잇스니까.

金煥培 氏의 「硝子 婦人用 보단」에 단추는 어듸다 달아야 할 거신지 울긋불긋하야 婦人用이란 것보다 少女用이라난 거시 더 適切하지 안을가. 色彩가 奇麗기려할 쑨이오, 透明物투명물일 쑨이지, 實用上은 別노 有用될 것 갓지 안타.

大體 朝鮮美術界를 客觀的으로 볼 째, 例하면 外國人으로서 볼 째, 누구든지 疑問의문을 가질 朝鮮美術의 本流는 어듸를 엇더케 흐르는가 하는 點이다. 美術界 中心이라고 말하더라도 政治的 勢力을 말하는 거시 아니다. 傳說의 時代的 個性의 理論的 中心點이다. 그거시 매우 不鮮明한 거시다. 展覽會가 아니라 社會 一般 態度에 잇서々도 매우 애매한 点이 만타. 짜라서 便宜的편의적으로 第一 强하게 눈에 비치이는 現想에 이른다면 大誤解다. 엄청난 迷路미로에 써러지고 말 거시다.

例하면 外國人의 눈으로 볼 째, 東洋畵는 興味를 쓰나 西洋畵는 幼稚하다고 할 거시다. 勿論 그 內容이 다르고 議論의논이 다를 거시나 綜合的 印象을 率直솔직하게 말하자면 東洋畵는 滋味잇고 西洋畵는 그다지 興味를 쓸지 안는다고 하나 이는 程度의 如何에 짜른 거시 아니라 그들의 好奇心에 잇는 거시다. 이거슨 如何하든지間에 今番 鮮展에는 東洋畵가 西洋畵에 比하야 損失이 잇는 거슨 事實이다.

(『每日申報』, 1933. 5. 20)

美展의 印象   615

6.

昨年부터 昌德宮창덕궁 賞상과 朝鮮總督조선총독 賞이 잇게 되엇다. 이거슨 美術
奬勵上장려상 얼마나 慶賀할 일인지 모른다. 그러나 昌德宮 賞, 朝鮮總督 金一封
을 밧는 二人, 或 三, 四人이 잇는 同時에 數十人의 畫代가 주러지는 것이다. 그
것은 이 두 賞이 生긴 以後, 當局은 一般 作品에 對하야 賣約, 紹介하는 것이 등
한해진 것이다. 그럼으로 外飾을 보아 樂觀할 바는 아닐 것 갓다.

朝鮮民衆과 美術과는 아모 連絡이 업다. 그는 今月 上旬 開催되엇든 書畫協會
展覽會서화협회전람회 終結을 보아 더욱 切實히 늣기는 바다. 出品 點數 數百點 中
에 一點도 買約된 것이 업슬 뿐 아니라 鑑賞家조차 듬은 것은, 그들 生活狀態를
理解지 안는 바 아니지마는 恨歎한탄을 不禁하는 바이다. 日本人이나 西洋人
中에는 名畫를 蒐集수집하는 者가 잇고 美術家를 奬勵하는 者가 잇는 것은 常識
上으로도 아는 者가 別노 업거니와, 有産者는 個人 享樂觀念향락관념이 업고 無産
者 中에나 多少 理解가 잇슬가 하나 그 亦 實力이 업는 것이다. 何如튼 이 狀態
로 보아 民衆과 美術과의 連絡이 업는 同時에 作家는 作品을 싸하 몬지를 안치
개 할 수밧게 업고, 美術 前線에 서々 彷徨 아닐 수 업게 된다.

今年度 鮮展에 洋畫部, 東洋畫部를 勿論하고 아가대미즈무的 定型 內에 拘束
구속지 안음은 前道가 보일 뿐 아니라 時期가 아직 初步이고 아울러 時代的 思潮
도 잇는 것슬 免할 수 업는 일이지마는 十步를 達하라면 一步, 二步, 九步까지
거러서 十步를 達하는 것이 常例인 것과 가티 쩨자인의 基礎가 不足한 者로 達
筆을 휘둘눈 作品이 만흔 것은 未久에 실증날 것이 明瞭한 同時에 □7)在로도
深奧한 맛이 不足하야 한 作品에 三分間式만 서々 보더라도 밋치 다 보이게 되
고 실증이 나는 것이다. 卽, 自由스러운 伸展신전을 일코 技術을 慣習的으로 驅使
구사함으로 奇術의 廢頹性폐퇴성을 一層 明白히 呈露정로해 잇다. 無内容的으로 出
發하야 技術 中心 至上 高度에 達하엿다. 그럼으로 非伸展的비신전적 段階에 잇
서々 未久에 無慘한 姿態를 露出노출할 것이 豫想된다.

이와 가티 鮮展의 技術이 今日의 잇서서 頹廢하고 明日에 잇서々 希望이 업

---

7) 원문대로.

는 現在의 情態정태는 무엇으로부터 誘導유도함을 밧앗나. 우리는 爲先 官僚美術
관료미술의 傳統的 文化가 創作 生活의 積極性적극성을 喪失하게 한 것을 擧하지 안
을 수 업다. 다음은 技術的 至上主義다. 正統 技術의 發展과 構成의 自由를 阻止
하야 이에 技術의 衰頹쇠퇴, 構成의 萎縮위축, 衰頹의 廣淺광천, 生活感情의 枯渴고갈
等을 暴露해 잇다. 이와 가티 論을 擧할야면 限이 업는 것이다.

會場內에는 倚子 하나이 노여 잇지 아니하야 오래 鑑賞하는 者에게는 大不便
을 늣기게 되는 것은 場所 狹窄上협착상 關係 避치 못할 事情이다. 二 時間 동안
스고 보니 다리가 압하서 고만 나오게 되엇다.

우리 一行은 慶會樓경회루를 向하야 가다가 거긔도 前에 잇든 腰掛요께가 다업
서저서 나무 그늘 아래에서 다리를 쉬이게 되엇다. 넓은 뜰은 욱어진 풀노 차
잇고 人跡은 고요한데 향깃한 풀냄새가 드러오고 눈과 가티 풀々 날니는 풀꽃
은 어대로 와서 어대로 向하는지? (꽃)

(『每日申報』, 1933. 5. 21)

羅女史의 書翰
一 學界文壇

　　半島의 후로-렌스의 稱이잇는 藝術의 傳說的都市전설적도시, 水原에 자리를 잡
은 羅蕙錫女史는 最近에 다시藝術의 길로 一路邁進일로매진하야 그 天分을 닥기
로 작정하고 아담한 三間草堂을 西湖城外서호성외에짓고 매일 캄바스에 彩筆을
돌니기에 분주한데 일전 이러케 새生活로 드러간다는 뜻으로 知友들에게 아래
와 가튼 글을 돌녓다.

　　「나고 자라나든 水原쌍에 二十年만에 다시 도라와 住宅을 定하엿습니다

　　露馬城을 본 後에 水原城을 보는 感想은 이상히도 로맨틱합니다.

　　水原은 八景을 가젓스니 卽 光敎積雪광교적설, 華虹渽澼화홍잔벽, 螺閣待月나각대월,
東山夕烽동산석봉, 屛岩澗水병암간수, 柳川長堤유천장제, 西湖落照서호낙조, 北池賞蓮북지상
연이올시다. 實로 畫題도 만코 散策處도 만습니다.

　　不健康한 몸을 服藥복약으로 靜養정양한 後 다시 社會에 나가 先生님의 指導를
밧을가 함이다 만히 愛護하여 주심을 바라나이다.

　　水原×台×面 池里五五七

(『三千里』, 1935. 3)

제11부

구미 여행기 · 구미유기

쏘비엣 露西亞行

― 歐米遊記의 基―

써나기 前 말

내게 늘 不安을 주난 네가지 問題가 잇섯다 卽 一, 사람은 엇더케 살아야 잘
사나 二, 男女間 엇더케 살아야 平和스럽게 살가 三, 女子의 地位는 엇더한 거신
가 四, 그림의 要點이 무어신가 이거슨 實로 알기 어려운 問題다 더욱이 나의
見識 나의 經驗으로서는 알 길이 업다 그러면서도 突然히 憧憬되고 알고 십헛
다 그리하야 伊太利나 佛蘭西 畫界를 憧憬하고 歐米 女子의 活動이 보고 십헛고
歐米人의 生活을 맛보고 십헛다.

나는 實로 마련이 만햇다 그만치 憧憬하든 곳이라 가게된 거시 無限이 깃부
렷마는 내 環境은 決코 簡單한 거시 아니엿섯다 내게는 젓먹이 어린의까지 세
아히가 잇섯고 오날이 엇덜지 내일이 엇덜지 모르난 七十老母가 게섯다 그러나
나는 心機一轉의 波動을 禁할 수 업섯다 내 一家族을 爲하야 내 自身을 爲하야
드듸어 써나기를 決定하엿다.

釜山鎭 出發

六月十九日 午前 十一時 奉天行 列車로 釜山을 出發하엿다 어머니께서 눈물
을 씌시며 「속히 다녀 오너라」하시고 목이 메여 하시난대 나는 고개를 들지 못
하난동안 汽車는 北으로 向하야 굴너갓다 쌔는 慶北南道에 루발이 甚한 쌔라
아직도 비 올 可望이 全혀 업시 車 속에 扇風機가 若干의 바람을 일울쑨이오 山
野의 樹木은 쓰거온 볏 아래에 숨이 맥혀 한다 午後 一時에 大邱에서 내렷다 多
數의 知友를 맛나 보고 夜 十一時에 大邱를써낫다.

三日間 京城

水原驛에서 多數 親戚을 맛나 보고 京城에 到着하엿다 京城은 知人 親友가 만히 잇는 곳이라 마음이 平和해지고 써나 갈 마음이 업섯다 벗님 中에는 일부러 차저주시난 분 電話로 자조 불너주시난 분 點心을 먹자 저녁을 먹어다오 請해주섯다 二十餘 名 親友들께서 明月舘 支店에서 晚餐만찬을 주섯다.

五十餘名벗님들의 餞送전송에는 或는 목을 붓잡아 다니시난 분 或 목을 얼싸안어주시난 분 或醉, 或 興, 或 淚로一路의 平安을 비려주섯다 夜十一時에 京城을 써낫다.

五日間 安東縣

郭山驛곽산역에서 舍妹사매를 맛나 보앗다 京城서 同伴 餞送해준 崔恩喜氏는 울며 나를 보내준다 나는 매오 고마윗다 그의 貴한 눈물을 밧을만한 아모 忠實함이 업섯든거슬 매오 붓그러워 하엿다 南市驛남시역에서 安東縣 朝鮮人會 代表 一人의 出迎을 맛낫다 安東驛에 到着하니 鮮日人 八十餘名의 出迎출영이 잇섯다 모다 손이 으스러저라 하고 잡아 흔든다.

安東縣은 己往 六個年間 살든 곳이라 눈에 쩨우는 이상한 거슨업섯스나 길가에 잇는 포푸라까지 반가윗다.

實로 安東縣과 우리와는 因緣이 깁다 社會上으로 事業이라고 해본 대도 여긔요 個人的으로 남을 도아 본 대도 여긔오 人心에 對한 쩐맛 단맛을 맛보아 본곳도 여긔다

在滿同胞재만동포의 經濟的 發展은 오직 金融機關금융기관에 잇다하난 見地로 安東에 朝鮮人 金融會가 設立한 後 以來 安東在住 朝鮮人 金融界의 中心機關이 되어잇서 그 前道가 有望하게 우리 눈에 보일 쩨에 無限이 깃벗섯다

總督府와 滿鐵만철에 交涉한 結果 數 百餘 名의 生徒생도를 需用할만한 普通學校가 建設되여 이번에 滿鐵經營으로되여 職員一同의 滿面 喜色희색인거슬 볼 쩨엇지 滿足이 업스랴 過去에 過한 失守업고 現在에 一人의 敵이 업스니 安東縣 여러분의 人心 厚德후덕하신거슬 致賀치하하난 바다.

金谷園 中國料理집에서 朝鮮人會 一同의 送迎會송영회가 잇섯다 實로 百餘 名의 出席은 滿洲에 잇난 朝鮮人 生活로는 듬은 例이엇다

翌日에는 知人을 尋訪심방하고 男便은 岡山 六高 同窓會의 歡迎會에 出席하엿다 저녁에는 三저牧子 一行 音樂會 求景하고 其 翌日에는 一行에 석겨 採木公司 理事長夫人의 招待로 晚餐을먹엇다 翌朝에 告別인사를 마치고 十一時 三十分에 安東을 쩌나 知友 五十餘人의 餞送으로 奉天으로 向하엿다.

奉天

午後 七時에 奉天에 到着하니 舍兄 內外와 數人 知友가 出迎하엿다 一週間동안이나 사람의게 쎄치고 길에 쎗친 몸을 舍兄의 집에서 便하게 쉬이에 되엿다.

奉天은 實로 東三省동삼성의 首府인만치 新舊市街신구시가의 宏壯굉장한 建築이며 城壁의 四大門 宮城의 黃金기와 靑기와 各國 領事舘의 旗발 날니난것 눈에 쪠우난 거시 만핫다.

長春

밤 九時에 長春에 到着하엿다 아마도 호텔 庭園에서 納凉납량을 하다가 남은 時間을 市街 求景으로채웟다.

長春만 해도 西洋 냄새가 난다 新市街는 勿論이오 中國 市街는 奉天이나 安東縣에 比할 수 업시 整頓정돈되고 째끗한 곳이다 露國人이 朝夕으로 出入하난 이만치 露國式 建物이 만코 露國 物品이 만흐며 露國人 區域까지 잇난 곳이다 고무박휘로 된 소리업시 새게 구는 馬車는 中國式 덜컥々々 굴느난 맘만데 馬車와는 別다른 氣分을 늣기게 되엿다 如何튼 長春이란 째끗한 印象을 주난곳이다.

夜 十一時에 靑色汽車청색기차(汽車 全體가靑色이다)를 타게 되엿다.

釜山서부터 新義州까지 每 停車場 白色 正服에 빨간 테두리 定帽 쓴 巡査가 一人 或 二人式 번젹이난 칼을 잡고 所謂 不逞鮮人불령선인 乘降승강에 注意하고 잇다 安東縣서 長春까지는 누런 服裝에 若干의 赤系를 쯰운 누런 定帽정모쓴 滿鐵 地方 主任 巡査가 비스톨 가죽주머니를 革帶혁대에 메여 차고 서서 이것이 비

록 中國이나 汽車 沿線이 滿鐵管割만철관할이라는 자랑과 威嚴을 보이고 잇다 長春서 滿洲里까지는 검은 灰色 무명을 군대々々높여 服裝으로입고 억개에 三等 軍卒의 별표를 붓치고 灰色 定帽 비시듬이 쓰고 日本 維新時代 번린 칼을 사다가 질々 길게 차고 가삼이라도 쩌를듯 한 創劍창검을 쌔 들고 멀건이 休息하고 잇난 中國 步兵 汽車 到着 時와 出發 時에 두발을 꼭 모아 氣着기착을하고 잇다 이거슨 蒙古몽고로 內寢내침 하랴난 馬賊마적을 防禦방어하는 樣이겟다 露西亞 管割 停車場에는 出札口에 鐘이 하나式 매달녀 잇다 그리하야 汽車가 到着되면 其 卽時 鐘을 한번만 짜린다 그러고 出發할 時는 두 번 울니고 곳 회각을 불고 엇더케 할 새 업시 박휘가 움지기々 시작한다 이 鐘소리와 회각 소리는 好意로 取하랴면 簡單明白간단명백하고 惡意로 取하랴면 방정막고 짜부는 것 갓햇다 늘 신한 아라사 사람과는 도모지 調和가 들녀지々를 아니 한다 哈爾濱합이빈 停車場에 到着하니 李象雨氏가 出迎하엿다 그만해도 사람이 그리워 반가윗다 곳 北滿북만호텔에 投宿하게 되엿다.

六日間 哈爾濱

哈爾濱합이빈은 北으로 歐露及 歐羅巴 各國을 通하야 世界的 交通路가 되여 잇고 南으로 長春과 續하야 南滿洲남만주 鐵道와 連絡한 곳으로 世界人의 出入이 不絶하고 露國 革命 以後 舊派 卽 白軍派가 亡命되여 이리로 多數 集合하게 되여 섯다 當時는 世界的 音樂家 美術家 其 外 各 技術家가 만히 모혀 드러 處々에서 조흔 求景을 할 수 잇섯든 거슨 내가 본 事實이다 果然 哈爾濱은 市街가 번々하고 人物이 繁華한곳이다 그러나 道路에 사람머리만콤式한 돌이 쌀니여 굽 놉흔 구두로 거를냐면 매오 힘이 든다 째는 마침 七月 極炎극염에 處한 째라 突發的돌발적으로 검은 구름이 하눌을 덥흐면 大陸的 霪雨마우가 猛烈히 쏘다진다 곳 毛皮 外套라도 입을만치 선々하다가 삽시간에 벗이[1] 쟁々하게 나서 다시 푹々 찐다 午後 四時쯤 나가 보면 形々색々 帽子와 살비치난 옷을 입은 美人들이 길가에 느러섯다.

---

1) 원문대로.

婦女生活과 娛樂機關

婦女生活의 一部分을 쓰면 이러 하다 아침 九時쯤 해 이러나서 食口 一同이 쌍 한 조각과 茶 한잔으로 朝飯을 먹는다 主婦는 광주리를 엽혜 끼고 市場으로 간다 點心과 저녁에 必要한 食料品을 사가지고 와서 곳 點心 準備를 한다 大概는 牛肉을 만히 쓴다 十二時로 午後 二時짜지 食卓에 모혀 안저 閑談으로 盡蕩진탕썻 點心을 먹는다 이 時間에는 各商店은 鐵門을 꼭々 닷는다 그리하야 點心時間에는 人蹟인적이 端絶단절해진다 主婦는 家事를 整頓해노코 낫잠을 한숨 잔다 夕飯은 點心에 남앗든 거스로 지내고 化粧을 하고 活動寫眞舘, 劇場, 舞踏場무답장으로 가서 놀다가 早朝 五 六時 頃에도라온다 婦女의 衣服은 自己 손으로도 해 입지마는 그보다도 商店에 해논 거슬 만히 사서 입는다 冬節에는 夏節 衣服에 外套외투만 입으면 고만이다 여름이면 다림질 겨울이면 다딈이질로 一生을 虛費허비하는 朝鮮婦人이 불상하다.

娛樂機關이 만히 生기는 原因은 求景軍이 만허지는 거시다 그러면 求景軍 中에는 男子보다 女子가 만흔 거슨 어느 社會를 勿論하고 一般이다 西洋 各國의 娛樂機關이 繁昌번창해지는 거슨 오직 其 婦女生活이 그만치 餘裕가 잇고 時間이 잇는 거시다 내가 前에 京城서 어느 劇場 압홀 지나면서 同行하든 親戚에게 말한 짜가 잇다 劇場 經營을 하랴면 根本問題 卽 朝鮮 婦女生活을 急先務급선무로 改良할 必要가 잇다고 實로 女子生活에 餘裕가 업는 社會에 娛樂機關이 繁榮번영할 수 업는 거시다.

印度劇과 英國寫眞을 보고

知友 數人으로 더부러 第一繁榮街에 잇는 商務俱樂部상무구락부 埠頭公園부두공원에를 갓섯다 이 公園은 同胞 崔某와 露國人과의 合資 經營인 關係上 出札口에는 露國人과 朝鮮人 各 一人式 잇섯다.

庭園에는 꼿이 紋의 잇게 피여 잇고 劇場이 잇스며 食道樂식도락 舞踏場무답장이 잇고 저런2) 수풀 사이에는 活動寫眞이 잇서 觀衆으로 채워 잇다 招人鐘초인종이 나자 서고 안고 것고 놀고 하든 사람들이 一時에 모혀 드러 劇場으로 드러

간다 劇場內 椅子에는 入場券에 따라 안게 되엿다 劇은 印度劇이엿다

印度 王子는 佛國 留學을 갓다가 卒業을 하고 온다 印度 國民 全體의 歡迎이 잇섯다 그러나 오직 敎會 門직이가 國法에 外國 出入하는 者는 國賊이라 하엿 다고 王子를 嘲笑조소한다 王子가 佛國美人을 데리고 와서 戀愛哲學을 父王께 알 욀때 父王은 大怒하야 그 女子를 毆蹴구축하는 一面은 朝鮮 社會 過度期를 連想 아닐 수 업섯다

또 하나는 英國 寫眞이엿다 當時 名聲이 자々하든 一流 女優가 公爵의 寵愛총 애를 밧으면서 그것에 滿足지 못하고 一個 賤人천인 魚夫를 사랑한다 그 魚夫는 매우 率直솔직하고 天眞스러웟다 魚夫는 드디어 公爵을 죽이고 十年 懲役징역을 하는 동안에 女優를 잇지 아니하엿다 女優는 一時 惡魔窟악마굴에 빠젓섯스나 魚 夫를 잇지 아니하엿섯다 그리하야 두 사람은 깃브게 맛나게 되엿다 金錢이 萬 能이 되고 外飾이 社交術이 되여 가면 갈수록 不絶한 努力과 眞情한 사굄이 그 리워진다.

松花江 求景

三日은 마침 日曜日이라 日曜日이면 거진 다 松花江으로 모혀든다는 말을 듯 고 求景을 갓섯다.

此岸차안에서 彼岸피안까지 五町오정쯤 되는 濁流탁류를 건넛다 江邊에는 休憩所 가 無數이 잇슬 뿐 아니라 夏節 한 째 避署하는 木板 바락구와 帳幕장막이 깔려 잇다 수풀 우에 眞味 잇는 飮食으로 家族 一同이 즐겨하는 것, 두 다리를 엇겨 노코 두손을 한 대 모아 情답게 속살거리는 戀人 同志 포실々々한 裸體나체로 徘徊하는 女子들 小柳사이로 縱橫無盡종횡무진히 三々五々 作伴하야 거니는 者 太陽島태양도를 덥헛다 實로 이 松花江은 할빈 市民에게 업지 못할 納凉地다.

저녁밥은 朝鮮人會 々長집에서 지냇다 그리고 그 夫人과 求景을 갓섯다 그 는 할빈 온 後 求景이 처음이라 하고 매오 조와한다 나는 언제든지 조흔 求景 만히 한 사람과 다니는 것보다 도모지 求景 못한 이하고 다니는 거슬 조와한다

---

2) 원문대로.

그리하야 그사람이 조와하고 깃버하는 거슬 보면 퍽 愉快하다 이날도 매오 상쾌하엿섯다.

여러 知友와 함께 共同墓地를 求景 갓섯다 正面에잇는 納骨堂납골당 屋上에는 金色 十字架십자가가 번적이고 잇서 멀니서 오는 喪여를 보고 鐘을 울녀 歡迎의 意를 表한다 넓은 墓地에는 形々色々 墓形이 잇고 아직도 푸른 잔디로 잇는 곳은 누구의 主人이 될는지 째를 기다리고잇다 오는 길에는 中國式 建物로 有名한 極樂寺에 들엿다 靑黃色청황색 기와로부터 眞紅色진홍색 壁, 藍色 紋의 燦爛찬란한 强色이엿다 마치 내몸이 그안에 조려지는 듯 십헛섯다.

哈爾濱에서 滿洲里까지 갈 동안에 지낼 準備를 하엿다 六日 夜 八時 十分에 哈爾濱을 써나게 되엿다 우리는 餞送해 주시는 二十餘人의 知友에게 謝意를 表하면서 東支鐵道동지철도 一等室에 오르게 되엇다 中國이 萬國 鐵道會議에 參加치 아니하엿슴으로 滿洲里가서는 와고니 萬國寢臺車로 乘換하게 되엿다 이 線路에는 機關手가 驛長에게 傳하는 싸불랫트의 模樣이 鐵棒과 갓햇다.

汽車는 一面 荒蕪地황무지로 限업시 굴너가는대 左右 수풀 속에는 白色 天然 芍藥이 흐느러지게 피여 잇다 茫々 曠野광야 잔디 우에 靑黃赤白가진 花草 混雜이 피여 잇서 마치 靑色天鵞戎청색천아융우에 鳳凰으로 繡를 논 것 갓하엿다 곳쒸여 내려가 데굴々々 굴너보고 십흔대도 만핫섯다 河川이 드무니 農事에 不適함인가 山岳이 險惡험악하니 넘어오기가 困難함인가 씨고 남은 쌍이거든 우리나 주엇스면 …… 우리 一行은 시베리아 自然에 醉하엿슬 째 엽 콤판드멘트로부터 西洋人의 流暢유창한 獨唱소리가난다 汽車나 汽船 旅行中에 音樂처럼 조흔 거시 업슬 것 갓다 實景을 보고 그거슬 讚美하야 부르는 者야말로 幸福스러올 거시다.

午後 三時에 有名한 興安嶺흥안령을 넘게 되엇다 여긔가 발서 海拔해발 數千 尺이다.

夜 八時에 露支노지 國境인 滿洲里에 到着 하엿다 한 時間 동안 市街를 求景하엿다 國境인만치 軍營이 만코 조고마한 市街地나마 朝鮮人 密賣淫女밀매음녀까지 具備해잇다 여긔서 稅關檢査가 잇섯스나 우리는 公用 旅行券을가진 關係上 언제 엇더케 지냇난지 몰낫다 左便車에서 右便車로 짐을 옴기는 쏘이가 行李 一

個에 大洋 八十錢式 밧는대는 아니 놀날 수 업섯다. (以下 次號 續)

(『三千里』, 1932. 12)

CCCP

― 歐米遊記의 第二

滿洲里 出發

夜 十一時에 滿洲里_{만주리}를 써나와 오니 會社 萬國 寢臺車_{침대차}에 乘換_{승환}하엿다. 車 室內 設備_{설비}는 東支鐵道_{동지철도}와 別다른 거시 업고 다만 一等 콤파드멘 속에 洗面場이 增設_{증설}되여 잇슬 뿐이엇다.

一千九百 二十七年 五月 十五日부터 치파와 모스코 間 急行列車는 滿洲里와 모스코 間 急行列車로 되어 치파에서 乘換하난 거시 廢止_{폐지}되엿다. 同 急行 列車에는 軟床車_{연상차}, 硬床車_{경상차}, 食堂車, 一二等 寢臺車 等이 設備되여 잇다.

西伯利亞 通過

滿洲里에서부터 同行人은 이러 하얏다. 貴族議員_{귀족의원} 惱田氏_{뇌전씨} (南米 쑤라질 行) 衆議院_{중의원} 職員 松本氏_(쎄네바 軍縮會議_{군축회의}의 出席次) 工學士 後藤氏_{후등}씨 (獨逸視察次_{독일시찰차}) 加藤氏_{가등씨} 一行 九人 (里海¹⁾에 싸진 軍艦_{군함} 中에 잇난 金塊를 건지러 가난 길) 安藤_{안등} 醫學博士夫人 堀江高等商業學校_{굴강고등상업학교} 敎授夫人과 中國人劉氏_(伯林大學行) 李氏夫妻_(론돈 옥스포드 大學行) 넘어 오래동안 同行이 되니 모든 行動이 서로 익숙하아진다.

滿洲里에서 旅券_{여권} 檢査를 맛고 汽車는 쏘비에트 聯邦_{연방}의 領域_{영역}으로 드러선다. 蒼茫_{창망}한 曠野_{광야}를 疾走_{질주}하난 동안 處々에 駱駝_{낙타}의 무리 쑤리여 드人의 小屋이 車窓으로 보인다 「오논」 河를 건너 칼부이스카 驛에 到着하니

---

1) '흑해'의 오식.

일노부터 軌道는 複線으로 되여 잇다.

치따驛에 到着하니 午正이나 되엿다. 소낙비가 끈임업시 쏘다지난대 露西亞 農民 婦女들은 머리에 붉은 手巾수건을 쓰고 兒孩를 안고 서서 乘客들이 나와 거니난 것슬 有心히 求景하고 잇다. 이곳은 農産物上 有名한 곳이다. 여긔서 十三 時間 동안 가서 工場이 만흔 우엘네우진스크一에 到着하엿다.

只今부터 有名한 빨갈湖 湖畔호반으로 汽車는 疾走한다. 물은 언제 보든지 반갑다. 그리고 모든 사람에서 親近한 밧을2) 주난 거슨 물논이다. 하물며 茫漠망막한 大平野에 잇난 빨갈 湖水의 景色이랴 支離해 못 견대든 乘客은 車窓에 모다 섯다.

크라스노야스크에 이를냐 할 째 반가운 거슨 松林사이로 敎會의 尖頭첨두가 隱々은은이 보인다. 西伯利亞 雅典아전이라고 하난 다이가를 지나 政治經濟中心地인 노지빌수쿠를 쩌나 옴스크에 到着하엿다. 이 附近에는 씨러진 小屋과 부서진 車輪이 만히 잇서 革命 當時 慘劇의 蹟을 볼 수 잇다. 일노부터 土色이 漸々黑色으로 變하여가고 食物파는 女子들의 服荒복황이 次々 쌧긋하여 지난 거시다.

여긔는 수엘돌후스쿠다 여긔서 露國皇帝노국황제 니콜라이 二世 一家가 悲慘한 最後를 맛치든 곳이니 니콜라이一族은 죽기 前에 이 附近을 逍遙소요하엿든 거시다.

地平線과 蒼天창천이 合한 荒茫황망한 野原에 푸른 잔듸가 一面에 쌀녀 잇고 비단실로 繡수노은 듯하게 白鈴蘭백영난과 붉은 장미 쏫이 석겨 잇섯다. 뭉쑥 갈너낸 白樺백화의 枯木고목 한숨에 쩌처오른 赤松적송은 無限이 만타 흰 빗 검은 빗 석긴 얼눅소 쎄는 목을 느려 한가히도 잇다. 이곳이 冬節이 되여 白雪이 皚々애애한 大平野에 시베리아人이 썰마를 타고 疾走할 거슬 想像 안을 수 업다.

오로라

白樺의 森林삼림우에는 夕陽이 冷々왓다. 왼 하눌 빗이 黃色으로 되엿다가 眞

---

2) '맛'의 오식.

紅色진홍색으로 化하더니 靑灰色청회색으로 變한다. 하눌은 確實이 둥근 形狀이 보이고 晝夜를 分間할 수 업게 되엿다. 하눌은 거울갓치 透明투명하고 眩煌현황하엿다. 그러고 거긔에는 가진 形狀이 다 보엿다 이거시 우리가 불느든 오로라다 우리는 己往 알든 唱歌를 불넛다.

오로라

一, 갈가보다 말가보다
   오로라 (極光)의 아래로
   로서아는 북쪽나라
   끚이업서라
   西矢엔3) 夕陽 타고
   東天엔 밤샌다
   鍾소래 들니노나
   沖天으로서
二, 울야니 넘어 밝고
   가랴니 어둡다
   멀니서 불빗의
   반짝 반짝희
   섯거라 흔 馬車여
   쉬여라 白馬여
   내일 갈 길이
   업난배 아니나
三, 나는 나는 쓴 수풀
   바람 부는 그대로
   흘느고 흘너서
   限업시 흘너

---

3) '西天'의 오식.

낫에난 길 것고
밤엔 밤새것 춤추어
末年엔 어대서
씃을 맛치든

어느 곳에 이르면 下衣를 넓게 만히 입고 붉은 手巾을 머리에 써 느린 지부
스 女子의 쩨가 느러서 잇고 어느 곳에 이르면 蒙古人의 무리가 수염을 씨다듬
으며 점잔이 서 잇다.

停車場마다 그 土地 農民 婦女들이 鷄卵계란, 牛乳, 小豚소돈의 蒸燒증소한 거슬
들고 販賣店에서 旅客에게 사 가기를 請하고 少女들은 野原에 피여잇는 香氣가
놉흔 鈴蘭영난의 束을 가지고 旅客에게 勸하난 特殊한 淸趣청취를 맛보게된다. 汽
車 쏘이가 갓다 주는 씃을, 먹고 남은 간즈메 箭에 쪼저노코 購買구매한 飮食을
卓子 우에 버려 노코 夫婦 마조 안저 먹을 쌔 우리 살님사리는 豊富하엿고 滋味
스러웟다.

모스코에 갓가와 오는 農村一面이 거의 馬鈴薯마령서로 쌀녓다. 沿線연선 左右
에는 乞人이 만코 停車場에는 待合室대합실바닥에 病者, 老人, 小兒, 婦女들이 或
呻吟신음하는 者, 或 우는 者, 或 조는 者, 或 두 팔을 느리고 안진 者, 담뇨를
두루고 바랑을 엽헤 씨고 잇난 慘狀, 露西亞 革命의 餘波가 이러할 줄 엇지 可
히 想像하엿스랴 露國이라면 革命을 連想하고 革命이라면 露國을 記憶할 만치
시베리아를 通過할 쌔는 무어신지 모르게 血腥혈성의 空氣가 充滿하엿다.

모스코바 C, C, C, P

舊 露西亞 帝國 首府 베드로그라쯔는 一千九百十七年 大革命이 잇슨 後 現在
쏘비에트 社會主義 聯邦共和國연방공화국 首府 모스코로 옴기게 되엿다 모스코는
地理上 位置로 보더라도 西歐와 東亞諸國동아제국을 結한 世界大道인 使命을 가지
고 잇다. 오래동안 車中 生活을 하다가 여긔서 나리니 心身이 상쾌하엿다. 露國
通過는 比較的 便利하나 入國 滯在에는 嚴重한 制限이 잇서서 執行委員會집행위원
회 外國旅券課에 가서 居住券거주권을 맛게 되는 故로 旅客들은 될 수 잇는 대로

當日 通過하는 거시 便利하다.

우리는 여긔서 三日間 滯在체재하엿다. 호텔 宿食料며 物價 高騰고등에는 놀나지 아닐 수 업다. 그리고 自動車 탁시는 個人의 所有가 업시 모다 國有가 되고 얼마 잇지가 아니하야 遠近 不顧하고 꼭 거러다니게 되엿다.

모스코바 停車場에 나리면 朝鮮人 朴氏가 잇서서 日鮮人 間에 案內를 請한다. 이 朴氏는 前 露國 住在 韓國 公使舘 參事로 잇든 인대 只今은 案內 營業으로 生活을 維支유지하여간다. 이 朴氏는 日本人을 案內하게 되고 우리는 某 日本人 露西亞 留學生의 案內를 밧게 되엿다.

露西亞美術

爲先 나서난 길노 시주긴 美術舘, 도레자고후 美術舘, 近代 佛蘭西 美術舘, 모로조博物舘 及 革命博物舘혁명박물관을 언듯언듯 보앗다.

로시아 美術은 歷史上으로 보면 조곰도 구속을 바다오지 아니하엿다. 露西亞 文化의 中心이 變動함에 짜라 藝術家들은 中斷되엿든 藝術을 中興시키기에 努力하엿다. 同時에 露西亞 藝術은 諸 外國의 影響을 만히 밧게 되엿스나 本來 가젓든 特質은 依然히 保全하여 잇섯다. 露西亞의 現代美術을 大略 三分派하여 볼 수가 잇다. 第一은 保守派로 革命 前의 傳統을 保守하랴는 技術보다 構想구상에 重要視하는 派요 第二는 東 西洋 美術의 長處를 取하여 自己化하랴는 比較的 進步진보한 派요 第三은 極히 少數이니 構成派 藝術을 民衆化민중화하랴는 一派이다. 其外 모스코派며 레―닌그라드派며 各 地方派도 만히 잇다. 其 中에도 藝術 中心地인 모스코에는 革命 로시아 美術家 協會 四科協會 美術雜誌 記者의 組合이 잇서 年々 展覽會가 旺盛왕성한다.

시주긴과 도레자고쁘 美術舘은 시주긴과 도레자고쁘 個人이 蒐集수집한 歐洲 各國 그림인데 有名한 것이 만하섯다. 近代 佛蘭西 美術舘에는 近代 佛蘭西 畵 界에 有名한 그림은 거의 다 잇섯다. 무엇보다도 모스코 美術舘의 陳列方法진열 방법은 世界에 자랑할 만하다는 世評이 잇다.

구레무링宮殿

눕흔 城壁성벽이 잇고 十字架 屋上이 보이는 구레무링 宮殿 周圍를 도라서 와시류제데휴 寺院을 들어가 우리우리한 裝飾을 精神 노코 보다가 나와서 라포레옹 戰爭 記念 寺院을 보고 다시 나와 國營 百貨商店 속을 휘둘러서 맑게 흐르는 모스코 川을 건너 힌돌노 지은 勞働宮노동궁 아풀 지나서 스즈메가 언덕으로 갓다. 이 언덕에 올라서니 모스코 全景이 眼前에 羅列한 中에 穹隆會堂궁륭회당 屋上의 金色이 太陽에 번적어리어 可觀이엇다.

다시 나려와서 露西亞 現 政府 當局들의 俱樂部구락부 食堂에 가서 밥을 먹고 에레와 公園에서 그닐다가 도라왓다. 아참에 四方 敎會堂으로붙어 鍾소리가 울려 들어온다. 나는 궁금症이 나서 나아가 사람 뒤를 딸아 갓가온 큰 會堂으로 갓다 거긔는 마참 葬式을 擧行하고 잇섯다. 棺 쑥껑이를 열고 兲 속에 싸인 屍體를 公開한다. 勿論 何人하고 들어가서 한번式 듸려다 보고 거긔 祈禱를 울리고 또 여페 잇는 예수肖像초상에 입을 맛추고 나온다.

市街地 어느 敎會堂 正門에는 「宗敎는 아편」 이라고 써 붙엿다. 群衆은 그것을 보면서 그 겨테 잇는 會堂에 들어가 절을 하고 나온다.

모스코 市街는 너절하다. 그리고 무슨 暴風雨나 지나간 듯하야 攻襲공습할 길이 업서 보인다. 사람들은 모다 실컨 매마진 것 갓치 늘신하고 아모려면 엇더랴 하는 厭世的염세적 氣分이 보인다. 男子들은 와이샤쓰 바람으로 다니고 女子들은 모자 쓰지 안코 발벗고 다닌다 內容을 듯건대 悲慘한 일이 만흐며 外國物件이 업서서 國內産으로만 生活케 됨으로 物價가 高騰고등하고 不便한 點이 不少불소하다 한다.

레닌 墓

牛後에는 레—닌 墓를 求景갓다. 公開할 時間 前에는 求景軍구경군이 列을 지어섯다. 左右 門을 지키고 잇는 門番사이로 嚴肅엄숙히 발자국을 가볍게 하여 들어갓다. 地下層階로 나려서서 流瀉유리궤를 해노은 周圍를 돌면서 蒼白창백한 얼골노 從容히 들어누은 레—닌의 屍體를 보게 된다. 이 革命家 레—닌의 屍體에

對하야는 實物이니 아니니 世評이 仔々자자하나 何如間 보게된 것이 光榮이엿다. 여긔 廣場 아페서 나팔소리 북소리 冲天충천에 떠오르고 廣場에는 赤色 旗쌜이 數萬介수만개 날리며 無餘 數萬 群衆 속에는 靑春男女들이 赤色帽子적색모자를 쓰고 赤色넥타이를 느려 馬車 우에 或은 自動車 속에서 팔을 쩌치고 발을 굴너 活氣 잇는 소리로 合唱 或은 獨唱을 하야 북적북적하고 와글와글 하여것다. 이는 英國과 國交 斷絶의 示威 運動이라고 한다 한참동안 구경하다가 써날 길이 밧바 도라갓다.

午後 五時에 모스코를 出發하야 目的地인 佛蘭西로 向하엿다. 露西亞 波蘭파란 사이에 稅關세관에서는 一々히 짐을 가지고 내려가서 調査를 밧게되여 퍽 거북하엿다.

폴난드(波蘭)

폴난드 農村에는 누런 보리가 一面에 쌀려 잇섯다. 거긔는 日本農家와 가튼 집이 間々이 잇서 마치 日本 東海道線이나 通過하는 感이 잇섯다. 野原수풀 우에는 시내에서 沐浴하다가 쉬이는 男女 靑年이 만히 보이고 西洋花草가 無盡藏무진장으로 피여 잇서 이만해도 西洋냄새가 充分이 나는 것 갓고 내 몸이 이제야 西洋에 들어온 것 가튼 感이 生겻다.

여긔서 乘車하는 폴난드 사람들은 男女間에 人物이 동글 납작하고 토독토독하야 모다 貴염성스럽게 生기고 모다 端雅단아한 맛이 잇다.

폴난드는 이번 歐洲大戰구주대전 後에 一個 獨立國이 되여서 國際間에 列하게 되여 政治上이나 通商上이나 文化及 經濟上에 關係를 結하게 되엿다. 名所가 만흔 곳이나 다 못보고 首府 왈소에서 約 一時間 自動車로 求景할 뿐이엿다. 이곳에서 異常히 보이는 것은 鐵道員 汽車 쏘이가 四角帽子를 쓰고 巡査순사는 靑色服裝을 하엿다.

十七日 午後 八時에 왈소에서 乘換승환한 後 十八日 午前 九時 頃 獨逸 伯林을 通過케되엿다. 비가 와서 車窓이 흐려 잘 보이지 아니하나 伯林 停車場에 流滴 天井 穹窿궁륭은 조왓고 處々에 하눌을 쑤를듯한 工場煙筒공장연통은 聳立하여 되고[4] 하눌 빗은 煙氣를 흐렷다.

巴 里

　七月 十九日 午前에 巴里 쌀노드에 나리니 安在鶴 氏와 李鍾雨 氏가 出迎하엿다. 매우 반가윗섯다. 그 둘의 指導로 호텔에 投宿하게 되엿다. 巴里 求景은 길 좀 안 다음에 하기로 하고 所看事소간사가 잇서서 제네바로 가게 되엿다. (以下 次號)

(『三千里』, 1933. 2)

---

4) '잇고'의 오기.

伯林과 巴里

瑞西行

(續)二十七日 午前 八時에 瑞西를 向하야 써낫다 瑞西·佛蘭西 國境 베시가드에서는 携帶品휴대품 檢查 時에 構內 所定 場所로 行李를 가지고 나린다 野原에도 누런 보리가 쌀녀 잇고 거기에는 眞紅色 楊貴妃양귀비꼿이 피여 석겨 可觀이엿다 큐로에서부터 山川이 잇기 始作하더니 景色이 환연히 佳麗가려해진다 여기서부터 제네바湖水로 흘너 地中海로 드러 가는 냇물이 汽車沿線을 끼게된다. 二 三時間을 疾走하는동안에 或 나저지고 或 놉하지며 或 갓가이 보이고 或 멀니 보여 太陽에 번적이는 瀑布도 되엿다가 蔭々靑色의 潭地도 되엿다가 潺々잔잔 藍色의 澤水 되엿다가 石鹼水泡석감수포의 濁源도 된다 絶壁上에나 絶壁下에는 끈임 업시 즐비하야 山川家屋의 調和가 兼備겸비하여 잇다 눈을 멀니하면 보이는 것은 聳立한 山 尖峯이 連續하야 黑色 紫色 紺色이 된다 볼 수 잇는대로 보나 列車 窓으로 보기에는 모든 것이 넘으 간질어윗다 돈넬을 만히 지나나 電氣鐵道이여서 煙氣가 업다 景色에 醉하엿슬 때 어느듯 午後 七時에 제네바驛에 到着 하엿다.

李王殿下

페지나 호텔 四十八號室에 投宿하엿다 夕飯 後에 궁금症이 나서 散步를 나섯다 우리 잇는 호텔 압헤 곳 제네브湖— 瑞西 全國 無數한 湖水 中 第一 큰 湖水가 잇다 湖畔호반에는 한참 茂盛무성한 並木병목이 잇다 그 사이로 夕飯 後에 그리운 男女가 분々하다 처々의 레스토랑에서는 (食堂) 音樂소리가 울녀 나오고 찐 싱 홀 欄干난간에는 電燈 裝飾을 찬란히 꿈여 노코 管絃曲관현곡으로 來客을 請한 다 저편 湖水 欄干에난 鷄卵만한 電球를 줄에 꺼여 굼틀々々 꿈여 노앗다 그거 시 검은 湖上에 비틔여 흔들녀 잇난 夜景이란 말할 수 업시 조아 보엿다 湖上에 는 나직한 다리가 이리저리로 걸녀 잇서 往來人이 不絶하다.

이때는 마침 軍縮會議군축회의가 잇서 나는 日本 全權과 丸山氏 夫妻 藤原氏등원 씨 夫妻를 맛나 깃부게 놀고 點心짜지 짜치[1] 먹엇다.

金剛山을 보지 못하고 朝鮮을 말하지 못할 거시며 日光을 보지 못하고 日本 의 自然을 말하지 못할 거시오 蘇州소주나 杭州항주를 보지 못하고 中國을 말하지 못하리라난 것 갓치 瑞西를 보지 못하고 歐羅巴를 말하지못하리라난이만치 歐 羅巴의 自然 景色을 代表한 나라가 瑞西요 그中에도 第一 華麗하고 사람 雲集하 난 곳이 이 쩨네브다 果然 쩨네브는 文人 墨客의 遊覽地인만치 交通機關이 便利 하야 電車 軌道궤도 從橫 無數하며 自動車 馬車가 市中에 꼭 차서 어느 째 어듸 서든지 타게된다. 實狀실상타고 다닐만한 곳도 아니나 元來 돈 만흔 英米國人들 이 돈 쓰러 오난 곳이라 다른 곳과는 다르다 不絶이 오고 가고 하난 사람들 가 온데는 日本 全權 六十餘 人이 석거 黃人을 만히 볼 수 잇스며 일노부터 來客이 漸々 增加하야 九月 中旬頃에는 絶頂에 達한다고 한다.

瑞西의 名産은 다 아는 바와 갓히 時計다 其外 木影목조와 寶石物보석물 等이 名物인 듯 하야 各色 美妙한 細工은 遊覽客의 발길을 머물게 하고 눈을 쯔을며 마음을 녹인다

夕陽에 호텔에 도라오니 冊床우에 朴錫胤氏박석윤씨의 名啣이 노여 잇다 넘오 意外라 놀라고 반가웟다 未久에 쓰아를 쑤딜더니 朴氏가드러온다 實上 異國에 서 同胞를 맛나 보면 祖上으로부터 밧은 피가 한데 엉키어지난 것 갓흔 感懷감회 가 生겨 나서 感謝함을 더욱 늣기게 된다.

翌朝에는 九時 二十分 發 蒸船증선으로 湖水를 一廻일회하엿다 出發 同時에 甲 板갑판 우에서 管絃曲이 난다 太陽 빗이 흐르난 湖水 우에 둥실々々쩌 音樂 소

---

1) 원문대로.

래에 몸이 싸혓슬 째 아! 幸福스러운 運命에 感謝 아니 듸릴수 업섯고 삶에 허덕이는 故國 同胞가 불상하엿다.

라구구레곤 等地를 지나 몬드로에 上陸하야 附近을 逍遙_{소요}하니 제네브湖水는 一眸_{일모}에 集하엿다 前岸에는 몽블랑 最高峰_{최고봉}이 구름에 둘녀 天空에 聳立_{용립} 하엿으며 左方에는 알부스 連山이 凹凸_{요철}하야 亂立하고 그림자가 湖上에 비처 잇는 美觀은 말할 수 업시 조왓다 果然 山紫 水淸하고 幽邃_{유수} 閑雅_{한아}한 自然美에 奇々妙々한 人功을 加하엿스니 그 景色의 讚美를 무슨 形容으로 表할가

이곳에 古城 쏜이 잇다 이 城이야 말노 쌔이론의 「쏜의 四人」이라난 有名한 歷史的 由緖를 가진 곳이라 四時에 廻程의 道에 入하엿다 白雪과 갓혼 갈메기 쩨가 汽船을 짜르면서 船客들이 던지난 쌩을 밧아 먹는 光景이야말노 可히 볼만도 하엿거니와 支離_{지리}한 줄을 몰낫다 中道에 音樂隊가 올느더니 一曲을 奏하고 그릇을 가지고 다니면서 船客들에게 돈 請求 한다 그들은 一隊를 組織하야 商賣的으로 이 배 저 배로 다닌다.

쩨네브湖水 色의 特色은 綠蔭色_{녹음색}이다 거긔 日光이 쏘이면 黃色이 되여 森林 色과 分間하기가 매우 어렵다 翌朝 三十一日은 日曜日이라 朴氏 外 知人 數人과 佛蘭西 領地 난씨 求景을 갓섯다 여긔도 亦是 湖水가 잇난 佳麗한 곳이엿다 湖畔 廣場 억우러진 나무 그늘 아래에는 數萬群衆이 모혀 拍手 소래 仲天에 쩟다 놉흔 壇上에는 十字架 國旗가 잇고 거기 白髮_{백발} 老人 市長이 賞與式_{상여식}에對한 演說이 잇고 그 아래난 各色 假裝으로 化한 男女 學生이 늘어 안젓다

翌日은 社交界에 有名한 西夫人과 朴公과 同行하야 쩨네브 全景을 볼수 잇다는 싸레븐山을 하얏다[2] 이 사례브山은 佛國과 瑞西 兩國 사이에잇는 조고마한 山인대 兩國이 서로 갓겟다고 말성을 부리다가 必境은 佛蘭西 領地가 되고 만 山이다

오날은 李王殿下씌서 인터라징을 通過하옵신다 하야 殿下난 下車하시면서

---

2) '향하엿다'의 오식.

우리 말삼으로 우리에게 언제 왓너냐고 말삼해주섯다.

午後 八時에 쁘리바자 食堂에서 齋藤재등 總督총독이 殿下끠 晩餐을 올니게 되엿다 兼하야 軍縮會議 各 首席 次席 全權을 爲始하야 方今 會議 關係로 滯在 中인 大使 公使 及 勅任官칙임관을 招待케 되엿다 官等으로 敢히 出席지 못할 우리 夫妻도 參加 되엿다

來賓 七十餘 人 中에는 英國 全權 쑤리지만 (現 海軍大臣)夫妻, 米國全權 레비손氏 夫妻 外 同夫人 等 五 六人에 不過하엿다 夫人이 적을 때는 女子는 上席에 坐할 수가 잇다 그리하야 上官에게 그 夫人으로 하여곰 달련을 알니게 된다

外交官의 外交上 그 夫人이 重要 任命을 가지고 잇는 關係가 이러한 境遇가 만히 잇는 짜닭이다 그럼으로 外交官의 夫人일사록 愛嬌애교가 잇고 난엽하여야 한다 내 右便에는 카나다 代表가 안고 左便에는 英國 次席 全權이 안게 되엿다 이런 坐席에 語學을 能通하엿스면 有益될 紹介가 만흐렛마는 큰 遺憾유감이엿다 語學이란 잘하면 도리혀 缺點이 드러나々 못하면 貴엽게 보아주난 수가 잇다 그리하야 마지면 多幸이오 아니 마지면 우숨이 되여 도리혀 愛嬌가 되고 만다 참 無識한 거시 恨된다.

翌日 夜에난 殿下로부터 勅任官칙임관 以下 二十餘名에게 賜謁사알이 게섯다 우리 夫妻도 또 參席케 되엿다 食後 私談 中에 殿下끠서 나에게 特히 그림을 그려 달라고 하서서 매오 惶悚황송스러웟다

殿下는 英國 皇帝와 인사를 하시러 이날 밤에 써나섯다.

翌日 午後은 丸山 藤原 兩氏 夫妻와 己往 仁川公使로 왓든 佛蘭西 未亡人집에 가서 스기야기로 지내고 나와서 그 길노 三時에 開催하는 軍縮會議 總會에 傍聽하러 갓섯다 會議가 破裂파열되리라고 一般의 空氣는 緊張하여 잇섯다 會場은 어느 호텔 食堂이라 매오 狹窄협착하엿스며 傍聽客방청객은 立錐입추의餘地 업시 꼭 찻다 議長 米國 全權이 趣旨취지를 말한 後 英國 全權의 演說이 잇고 뒤를 이어 아일란드代表의 反對說이 잇섯고 日本 全權及 米國 全權의 演說이 잇고 서로 인사한 後 會議는 破裂되고 마럿다

十二日에 知友 十餘人의 餞送으로 쩨네브를 써나게 되엿다 汽車는 山을 넘

어 쏘 山을 넘고 굴을 나와 쏘 굴노 든다 重疊_{중첩}한 山岳의 사이를 疾走하난동
안 알부스峯을 갓가이 漸々올나간다 大體 瑞西 鐵道는 쌩々 돌든지 언덕을 올
으든지 十分 二十分間式 굴속으로 가든지 景色은 말할 수 업시 좃타 文人 墨客
을 相對로하난이만치 山村 水郷 이르난 곳마다 호텔이 無數하고 登山 電車가
處々에 보인다 汽車 沿線左右 언덕은 솔누 씨슨드시 잔디가 고르고 군대ㅅ말
둑 박은 牧蓄地_{목축지}와 木材를 左右로 아모러캐나 걸저 지은 郷村의 興趣를 내
거니와 붉은 手巾을 쓰고 朝鮮 치마갓치 길게 입은 農家 婦女들이 나무 우에
올너 안저 果實 짜난 形狀도 눈에 씌우게 되엿다 이곳에 石色과 土色은 모다
해다[3] 나무입 사이로 보이는 가는 길 흰빗도 다른 곳에서 보지 못하든 珍景이
엇다.

　일노부터 쑤리엔 湖水를 橫斷_{횡단}하게 된다 이 湖水는 瑞西 特有한 高山이 周
圍에 聳立하야 그 影이 빗치여 잇난 故로 美觀 極致에 達하엿다 汽車는 二時間
동안이다 湖水에 달닐듯한 湖邊으로 疾走하는대짜라 奇峰_{기봉} 出現하고 怪岩_{괴암}
出來하야 靑山 白水 盡할 곳 업슴을 못내 깃버하엿다 째는 마침 夕陽이라 連峰
은 玉雪의 寶冠_{보관}으로 或은 紫色_{자색} 或은 靑色, 或은 赤色으로 變化한다 보난
동안에 煙氣갓흔 雲霧로 싸하버리고 갈길을 밧비하난 帆船이 노질을 자조한다
欄干에 한줄기 낙시를 던저 노코 안진 明媚 淸澄한 風光은 實로 仙女의 노를 자
리라 할 만 하엿다 午後 七時에 인터라징에 到着하엿다

인터라징의 一日

　저녁 먹고 그냥 자기가 악가워서 夜景 보러 나섯다 溪流를 압헤 두고 處々
公園으로 쑴여 노은 一直線의 山속 市街地이엿다 여긔난 特히 夜店_{야졈}이 잇다
名産物 各色 彫刻을 陳列해 노아 길이 쌕々하게 往來하는 來客의 발길을 멈추
게 한다 翌朝에 求景을 나섯다 停車場에는 어된지 모르게 가는 車도 만코 오는
車도 만타 감발을 하고 바랑을 질머지고 작대를 집은 登山軍이 만허 大部分이
學生이오 富豪家_{부호가}들 避暑客으로 大混雜을 일운다

---

3) 원문대로.

우리 탄 車는 아래는 絶壁이오 위는 까막케 보이는 山 속으로 限 업시 急速
히 疾走한다 空氣가 매우 稀薄희박해지고 氣候기후가 매우 치워젓다 瀑布폭포 求
景을 가니 近處는 水泡로 소낙비가 쏘다지고 瀑布는 무섭게 石孔석공으로 쏨어
나온다 그 아래는 무시ㅅ한 絶壁이오 深碧의 潭池가 되여잇다 굴 속으로 난
큰 鐵門 속으로 드러섯다 여긔난 에레베타가 잇서 엽흐로 山을 뚤코 올너간다
이거슨 악가 보든 瀑布의 周圍를 보기 爲하야 빙々 돌아 求景하게 되엿다 白
練백련의 布 翠壁취벽에 부듸치난 白沫玉백말옥을 굴니난 光景이며 빙々 돌아서
다시 石孔이 되여 氣염 잇게 吐토하난 奇泉기천은 天下의 絶景이라 아닐 수 업
섯다

융후라운4)

알브스 山 中 第二 高峯 卽 一萬一千三百四十尺되난 융후라운을 向하엿다
개암이도 能히 게오르지 못할 만한 高峯를 電車를 타고 가만히 안저서 올나
간다 山을 넘어 아이게루山 돈넬에 入한다 長이 七十里나 되난 돈넬노 道中
石室로 된 二三驛이 잇서 매오 奇異하다 山壁을 뚜른 사이로 아래를 급녀보
니5) 아 소롬이 끼친다 皚皚애애한 積雪적설이 千仞천인의 谷에 무처 잇고 처다보
니 융후라우의 淸白한 雪岩이 眼前 咫尺에 낫하나 잇다 疊々 山 中에는 四時
積雪이 잇고 이거시 氷河되고 氷河가 녹어 물노 되고 물이 흘너 瀑布로 쩌러
지고 瀑布가 내려 내(川)가 되고 내물이 흘러 處々에 湖水가 되여 잇난 거시
瑞西의 生命이다 이거슬 보러 各國人이 모혀 들고 이거슬 파러 瑞西 國民이
사러간다.

瑞西는 큰나라 사이에 잇서 政治上으로나 軍事上 過히 할 일이 업스니 天恩
을 입은 自然景色을 利用하야 그거시 收入의 大部分이 된다고 한다 우리 나라
에도 江原道 一帶를 世界的 避暑地를 맨들 必要가 切實히 잇다 東洋人은 勿論이
오 東洋에 잇는 卽 上海, 北京, 天津 等地에 잇는 西洋人을 끌 必要가 잇다 그들
은 每年 巨額을 듸려 瑞西로 避暑를 간다 江原道에난 三防삼방 藥水약수가 잇고

---

4) 원문대로.
5) 원문대로.

釋王寺석왕사가 잇고 明沙十里명사십리 海水浴場이 잇고 內外金剛내외금강 絶勝地가 잇스니 이러케 具備한 곳은 世界上 업슬 거시다.

瑞西는 어느 곳을 勿論하고 景色 조치 아닌 곳이 업다 瑞西 全體가 絶勝地이다 畵題될만한 곳이 無盡藏이엇다 瑞西 누구든지 求景을 나시거든 宿所를 定하지 말고 바랑 하나 질머지고 나시난 거시 조흘 듯 하다 이거시 瑞西를 알기에 第一 上策일다

베룬

瑞西 首府 베룬에 到着하니 午後 七時頃이다

토마스 쿡보다 出迎으로 베룬 호텔에 投宿하엿다 마참 비가 와서 房窓으로 夜景을 보다가 쉬엇다 實上 돈 주고 求景하기도 힘이 든다 一朔間이나 도라다니고 보니 求景만 쉬면 곳 疲勞를 깨닷게 된다 翌朝에난 市內 交通地圖를 들고 나섯다 爲先 美術舘과 博物舘을 차잣다 호텔 門 압헤는 屋上에 十字架가 잇난 議會堂의회당이 잇다

이거시 베룬 名所 中 하나이다 國會議事堂이다 正面을 드러시면 埃及 人形의 彫刻이 마조 서잇고 이것을 中心으로 左右 層階층계가 되어 잇다 거긔에는 후로 곳 입은 身守신수 조흔 案內者가 잇서 빙々 돌아 다니며 門을열고 說明을 해 들닌다 室內에난 議會 當時에 쓰난 椅子와 冊床이 秩序잇게 노혀 잇고 大統領 坐席은 비단 쏘프트로 꿈여 잇다 秘密議會에 쓰난 小室도 만타 中央 集會室에난 古代 風俗畵가 壁 全部에 그려잇다

瑞西는 立憲共和國으로 上下兩院이 잇서 上院은 四十四人이오 下院은 普選보선에 依하야 百九十八人 議員이 잇스며 大統領은 每年 選擧하게 되고 國家의 重大事件은 國民投票로 決定하게 된다. (上의 寫眞은 제네바의 李王璧下)

言語는 固有한 國語가 업시 獨逸에 接한 곳은 獨逸語, 佛蘭西에 接한 곳은 佛語, 伊太利에 接한 곳은 伊太利語를 使用한다 이 나라난 아름다온 自然을 가진 이만치 極히 平和하다 그리하야 殺人이라든지 强盜事件이 殆無태무하다고 한다 쏘 國家의 財政이 比較的 鞏固공고하다

瑞西美術

瑞西의 美術은 美術史 中에도 名色이 업신이만치 아직 世界的으로자랑할만한 名畵 업다 陣烈한 點數가 上下層에 約 九百 點이나 되난거슨 何如間 小國民으로서의 努力을 볼 수 잇다 作品年代는 十六世紀 末로부터 現代에 至하기까지나 그 이상이 確實치 못하고 色彩가 濃厚농후치못하엿다마는 가진 自然이 佳麗한지라 風景畵풍경화가 만하섯고 絶勝地가 만하섯다 近代畵 中에는 아직 成熟치못하나마 마치스 그림 影響을 밧은 거시 만타 大作品도 四 五個 잇스며 古代 織物직물도 잇섯다 우리것은 무엇세든지 붓그럽지 아닌거시 업스나 小國民 情況을 比較 아닐수 업다 거긔서 나와 礦物광물 陳列舘으로 드러섯다 알부스 産出인 形々色々의 礦石物이 만핫다

午後에난 馬車를 타고 市街地 求景을 나섯다 市街地 周圍는 溪流로 둘너잇고 울둑 소슨 丘陵구릉에 森林이 욱어저서 都市라는 感 보다 郊外갓흔 氣分이 만핫다 交通은 매우 煩雜번잡하엿스며 往來人 中에는 다른 都市에서 보지 못하든 老夫人들의 古代式 衣服이 間々눈에 쯰윗다 建物은 大槪 退色되색해 잇고 道路 左 右側은 다른 都會地갓치 並木이 잇난거시 아니라 各 商店 처마 씃이 길어서 人道가 되엿다 그리하야 아모리 太陽이 쪼이더라도 더웁지 아니하다 道路 中間々々 小規模의 女神, 銅像이 잇서 그 水器에 一滴일적 又우 一滴일적 쩌러지난 거슨 말할 수 업시 平和로운 調和를 이르킨다 예수 가시 晜旒冠면류관 模樣으로 된 寺院 正面 壁에 半 肉彫육조인 人物 彫刻은 東洋的 色彩를 보이고 잇섯다

歷史的 博物舘에 갓다 石器 土器 時代 生活 方式은 東 西洋이 大同小異한 듯 십헛다. 도라(오)난 길에 사람들의 뒤를 짜라 森林 속으로 드러섯다 廣場이 잇고 多數의 男女가 잇서 술과 菓子를 먹고 잇난 納凉地납량지이다 압헤는 넓은 내가 흐르고 놉게 水底 瀑布를 맨드러 노앗다 거긔서 다시 거러 무어시나 또 神奇한 거시 걸녀들가 하고 둘네々々 보는中에 登山車를 맛낫다 대관절 거긔 탓다 거긔는 公園이 잇슬쑌이엿다 조곰 逍遙소요하다가 도라왓다.

다시 巴里로

夜 十一時에 巴里에 到着하엿다 十一時만 되면 탁시가 不過 얼마 아니되여 困難하다 賃金도 倍가 된다 本來 巴里는 무어슬 배우러 온 것 갓흔 感이 잇서 別로 求景할 맛이 업고 速히 住所를 定하고 不便한 佛語를 準備하랴고 하엿다 우리는 다시 旅行을 하엿다.

白耳義

八月 二十四日에 白耳義를 向하야 巴里 北停車場에서 써낫다 佛蘭西에난 稅關 調査가 업고 白耳義백이의는 잇다 行李 調査에난 다바고와 조고렛이 업너냐고 한다.

白耳義 農村은 佛蘭西 農村과 大同小異하다 退落한 建物이 만코 都市 갓가이 갈사록 歐洲 大戰의 影響으로 毀傷훼상한 흔적이 만코 衰殘쇠잔한 氣色이 보엿다 大陸的 氣分도 업고 牧場도 업고 山과 小川과 沼가 多少 잇슬뿐이다.

쑤랏셀

午後 五時 三十分에 首府 쑤랏셀에 到着하엿다 택시 賃金이 元價에 倍를 加한다하야 놀납게 빗쌋다 停車場은 宏大굉대 壯麗장려하며 플냇홈은 市街地보다 一段 놉하 巨大한 圓穹狀원궁상을 이루엇다.

翌朝에는 토마스 쿡 自働車로 市街地 求景을 나섯다 案內者는 적어도 五 六個國々語를 能通하야 손님대로 各 國語로 說明을 한다 建物構造 設備가 佛蘭西와 달나 宏大하고 土地 起伏이 만코 丘陵, 池沼가만타 整然한 建物은 各種 工場이다 工業國인 面目을 보인다 建築 格式의 豊富한거슨 佛蘭西 以上이다 白樺백화의 綠色녹색과 煉色 倂用한 거슨 아람다웟다.

博物館에는 다이구의 「아담 이부」 부레게레으의 「窓 압헤 섯는男子」 투안의 「天使와 隱者」의 그림이 잇섯다.

우이릿스 博物館에는 「크리스드 勝利」 「兒孩의 宿」 우오다로의 「獅子」 「十九世紀 革命」 「沐浴 할냐는 女子」 「秘密의 부르지짐」 「處女의 敎」 「크리스도의 졸음」의 그림이 잇섯다.

名所 中 世界의 第一가는 建物노 裁判所가 잇다 案內者에게 裁判하난 것도 世界의 第一이냐고 무즉[6] 그거슨 모르겟다고 한다.

(『三千里』, 1933. 3)

---

6) '무른즉'의 오식.

矢의 巴里行

― 歐米 巡遊記 續

巴里라면 누구든지 華麗한 곳으로 聯想연상하게 된다. 그러나 巴里에 처음 到着할 째는 누구든지 豫想예상 밧긴 것에 놀나지 안을 수 업슬 것이다.

爲先 日氣가 어둠침々한 것과 女子의 衣服이 黑色을 만히 使用한 것을 볼째 첫 印象은 華麗―한 巴里라는 것보다 陰沈음침한 巴里라고 안할 수 업다. 其實은 오래々々 두고 보아야 巴里의 華麗한 것을 조곰치 알아낼 수 잇는 것이다.

道路의 設備

巴里는 에투알(凱旋門개선문)(星이란 意味)을 中心하고 별과 갓치 길이 쌧처낫다. 그리고 建物이 三角形으로 되여 자못 아름답다. 길 모통이 집 壁에는 반드시 同里 地名이 써 잇서 길 찾기는 누구나 한 발자욱만 잘못 듸듸면 方向이 全혀 달너진다. 어데를 가든지 道路 左 右便에는 並木이 잇고 中央은 車馬道차마도로 목침만큼 한 나무로 模樣잇게 쌀고 左右에 人道가 잇고 거기에는 每間에 하나式 水道가 잇서 아침마다 물을 쏩아 길을 씨서나려 瑠璃유리갓치 되여 잇다. 中央에는 반드시 歷史的 人物의 銅像 金像 或 神像 噴水器분수기가 잇서 中心點을 取한 것이 그림의 構圖와 갓다.

公 園

쑤아드불논이를 爲始하야 룩삼불 公園 루불 庭園 外 市街地 中央에 設備되는 公園 언덕에서 보면 巴里 市街는 森林 속에 싸혀잇다. 園內에는 놀기 조흔 못이 잇고 噴水가 잇고 競馬場이 잇고 各色 遊戱유희 器具가 잇서 午後가 되면 男子가 逍遙소요하며 女子들은 어린이들을 대리고 바누질을 가지고 와서 놀다가 도라가는 것이 常例가 되여잇다.

룩삼불 公園內에는 歷代 有名한 皇后와 女詩人들의 彫刻조각이 羅列나열해 잇스며 男女 裸體나체의 彫刻으로 有名한 것이 만히 잇스며 그 彫刻 形狀 與否에 짜라 花壇을 만드러노아 마치 美術舘을 徘徊배회하는 感이 生긴다.

交通機關

市街에는 電車 쩌스 택시가 잇서 無時로 通行하며 電車에는 아라비아 數字가 씨여잇서 넘버만 차저타면 便利하고 택시(乘合승합 自働車자동차)에는 메돌이 잇서 말을 通치 못하더라도 메돌에 나온 數字대로 돈을 주게 된다. 市外에는 汽車만한 電車가 잇서 日曜日 갓혼 째는 滿員만원이 되여잇거니와 巴里에 有名한 것은 메트로(地下車)다. 쌍 밋흐로 四層으로 車가 노여잇슬 쑨 아니라 一線은 세임江 밋흐로 다닌다는 말을 드르면 누구든지 고지듯지 안을 것이다. 地下車 停留場마다 사기조각으로 싸흔 圓形은 깨끗도 하거니와 쌍속 길이 차질 수 업시 複雜하게 되엿다. 一仙(九錢)만 내면 巴里 市內 어느 곳을 勿論하고 쏜살갓치 태워다주며 地下車에는 메트로보리스 會社 經營하는 線과 놀슈드社에서 經營하는 線 두 線이 잇서 메트로 線 車는 쑤라운色이오 놀슈드 線 車는 그린色으로 分間할 수 잇다.

娛樂機關

巴里 市內에 잇는 無數한 劇場 活動寫眞舘활동사진관은 華麗하고 露骨的노골적이오 背景, 色彩, 人物, 衣裝의장이 모다 藝術的인 것으로 世界에 자랑하는 바이다. 著名한 것은 劇場으로는 오페라, 오페라 코믹크(喜劇場), 콤메듸 푸란셰즈(舊劇), 오데옹(國立劇場), 가지노파리, 물랑루즈, 쑬발지탈니앙이오, 活動寫眞舘으로는 고몽쌜나스가 第一 크다. 하로는 물랑루즈에 구경갓섯다. 裸體의 一女가 銀系은계의 衣와 靑綠의 衣裳의상으로 쒸여나와 輕快하게 춤을 추고 羽衣우의를 둘느고 붉은 새털을 머리에 꼿고 金色 구술을 번적이는 女神의 群像들이 左右 二人

式 응등이를 흔들며 노래를 부르면서 나온다. 場面은 七色 五色 錦襴금란, 銀襴 은란의 衣裳이 煌홀하며 大袍는 얼골을 파뭇고 大袴는 땅을 덥고 길에 느린 털 부채 作闌감갓흔 조고마한 雨傘우산을 휘둘느며 左右에 갈녀서잇고 中央의 女 神은 駝鳥毛타조모의붓채를 휘둘느며 筋肉的근육적이오 珍奇한 藝術的인 춤을 추 고 同時에 群像군상은 방울달닌 小太鼓소태고를 흔들며 應하면서 춤을 춘다. 나 는 이 希臘式희랍식 肉體美에 醉하지 안을 수 업스며 또 이 時代 銅版畵동판화의 影響을 만히 밧은 遠近法과 色彩와 焦點을 取한 構圖法구도법에 눈이 아니 쩨일 수 업섯다.

活動寫眞舘 고몽쌜나스를 차자갓다. 바닥은 全部 紫朱자주 우단이 깔려잇고 天井은 金色 彫刻이 찬란하고 間々이 막녜십色에 비춰이는 올간이(風琴풍금) 쌍 속에서 솟아오르며 左右 壁에 달닌 쌔이불 올간으로는 가진 音曲이 새여 나와 觀客의 몸을 싸고 돈다.

娛樂機關이 만키로 有名한 곳은 몽말트라는 곳이니(自由의 市라는 意味) 이곳 을 가보면 歡樂환락의 巴里 氣分을 充分히 맛볼 수 잇다. 루이 王朝로부터 敎養 을 밧은 藝術的 氣分이 普遍보편됨으로 조곰도 卑劣비열함이 업고 美術的 感興이 잇서 愉快하다. 輕快경쾌한 美人들이 不絕히 來往내왕하는 이곳을 보고야 巴里는 華麗한 곳이라고 아니할 수 업다.

노톨담카도릭크 寺院

노톨담은 十九世紀 初 建物로 正面 크라式과 後部 부라만데式 로마式 고마式 의 루넷상스 代表的 建物이오 美術史上에도 有名할 쑨 아니라 쎅토 유고가 그 屋上에서 「레미졔부류」를 썻다는 곳이다.

이 建物을 中心으로 세임江이 홀너잇서 島가 되여잇고 元來는 巴里라는 곳이 이곳 쑨이엿다고 한다. 이 寺院에는 富豪家貴族부호가귀족들의 敎人이 만코 代々 僧侶들의 使用하든 寶物보물과 파폴늬온[1]及 妃 쪼셉빈 調度品조도품 裝飾品장식품 을 保藏보장해 노앗다.

---

1) '라폴늬온'의 오식.

쌍데옹

쌍데옹은 룩삼불 公園 압헤 잇는 新希臘式신희랍식 建物이다. 여기는 國家의 功勳이 만흔 偉人이나 世界的 文豪家문호가 政客들의 屍體를 葬死하는 共同墓地 이니 여기 드러가는 사람은 대개 國葬이오 當時 大統領이 屍體를 옴겨논단다. 여기 무덤 中 重要한 人物은 社會 哲學家 짠다크 룻소, 詩客 쌕도유고, 政治客 싸루소 政治客 兼 雄辯客웅변객 짠죠테스, 文學家 볼놀쎌及 에밀 졸라다.

에벨탑

이 塔은 全部 銅으로 맨든 塔으로 에벨이란 사람이 設計하엿다 하야 그 일홈 을 取하엿다.

一千九百年 萬國만국 博覽會박람회 時 세운 것으로 高가 三百메돌 가는 世界 第一 가는 塔이다(百六十五間) 에레베타로 올나서 보면 巴里 全景이 灰色으로 보이고 세임江이 가는 씌와 갓고 巴里 八百八街가 다 보인다. 아래는 一面이 公園이 되여 잇고 巴里 어느 곳에서든지 이 塔이 아니 보이는 곳이 업다.

앙발늬드 라팔륜墓

앙발늬드는 성치 못하다는 意味로 戰爭時 부傷한 사람을 爲하야 루이 十四 世紀末에 建築한 것이다. 屋上은 穹窿궁륭이오 墓는 建物 中央 地下室 한層 깁게 巨大한 赤黑色 代理石의 쑥겅이 덥혀잇고(伊太利 피자에서 가저온것) 內部에는 宗敎畵, 英雄畵가 잇스며 碑石에는 라팔륜의 遺書유서가 써 잇다. 「내가 死後에 巴里 中央에 뭇치기 所願이니 이는 내가 사랑하는 佛蘭西와 佛蘭西人을 써나 지 안으려 함이라」하엿다. 前後左右에는 侍女시녀 仙女들의 彫刻이 擁護옹호하 고 잇다.

한편 二層에는 陳列舘진열관이 잇서서 歷代의 軍器와 戰時 使用하든 無數히 찌 저진 國旗가 만히 잇다. 거기에는 우리가 崇拜해오는 짠다크의 乘馬 銅像이 잇 섯다.

博物館及 美術館

無數한 博物館이 잇스나 古代品 陳列舘으로난 클눈이뮤젬이 잇고 近代邑²⁾ 陳列舘으로는 루불 博物館이 잇고 古代 美術館으로난 루불 美術館이 잇고 近代 美術館으로난 룩삼불 美術館이 잇스며 彫刻으로난 로단뮤젬이 잇다.

루불 博物館

루불 博物館은 루불 宮殿이니 세임江邊에 잇서 콩골도와 凱旋門을 압헤둔 世界 第一 華麗한 곳이다. 이 宮殿은 一千二百四年에 필닙오가스트王이 建設하고 其後 촬네스 五世가 增築 하엿다가 다시 부란세스 五世가 루네상스式 宮殿으로 改築개축한 거시다. 이 博物館 中 美術館部가 有名하다.

따듯한 봄날 아지랑이가 씨엇슬 째 루불 宮殿 庭園 周圍에 花壇을 도라 女神像 噴水에 발을 멈추고 歷代 人物 彫刻을 처다보며 左右에 욱어진 森林 사이로 逍遙하랴면 이야말노 別有天地별유천지 非人間비인간이다.

크루니 博物館

내가 머물고 잇든 호텔 近處에 담 한쪽만 남고 기와집웅 한구통이만 남은 千年前 建物 宮殿이 잇다. 여긔 十三世紀 物品을 陳列회³⁾ 노앗스며 大槪 佛蘭西 物品이 만코 有名한 거슨 「女子의 허리씌」니 이거슨 女子 陰門에 錠정을 씨우는 模型 貞操帶정조대이다. 戰國時에 男子가 出戰 後 女子의 品行이 不正함으로 出戰 時 쇠를 잠그고 간다.

庭園에는 當時 꿈여 노앗든 彫刻이 或은 褪色퇴색하고 或은 팔 쩌러지고 다리 부러지고 코가 이그러진거시 여긔 즐비햇스며 當時 宮殿 沐浴湯목욕탕이엿든 場所에난 푸른 익기가 씨여 자못 옛날을 追憶하게 된다.

---

2) '近代品'의 오식.
3) '陳列해'의 오식.

루불 美術館

日曜日에 밀루이는 群衆 사이에 끼어 루불 美術館을 차잣다. 거울과 갓히 비취이는 大理石 바닥 우으로 거러갈나면 左右에는 彫刻을 羅列해 노앗스니 其中 著名한 거슨 미로의 「쎄너스, 勝利의 女神」「오가스파스 像」「오구다비오 胸像흉상」「가라가라帝 胸像」이 잇다. 階上계상 正面에서 첫인사를 밧난 胴體동체 希臘 女神은 美趣미취 絶頂에 達하얏다. 繪畵 第一室노부터 次第차제로 볼나면 希臘, 伊太利, 和蘭, 西班亞, 佛蘭西 各室이 잇다. 其數가 千餘點에 達하나 其中 著名한 거슨 지마부에와 좃도의 「마돈나」 짜부인치의 「안나봔나」 라푸아엘의 「聖母」「聖家庭」 고로의 「春」 지시안의 「쥬비다」「女와 免」 聖 요한의 「洗禮」, 루이니의 「사로메」 반다이구의 「차레스 第一世」가 잇서 觀客들이 머리를 숙이게 된다. 루벤스 室을 거쳐 二層 別室노 갓다. 여긔는 大槪 十九世紀 印象派 代表的 作品이 二室에 陳列하여 잇다. 세잔의 傑作中 一인 「능금」과 「카루다노룸」 모쇠의[4] 「印象」 시레, 데갈 드 마네의 作品이 三個式 잇다.

地下室노 나려가면 彫刻이 數千介 羅列해 잇다. 勿論 希臘, 伊太利에서 가저온 거시 만핫다.

룩삼불 美術館

이 美術館은 룩삼불 公園 안에 잇다. 出入門 前에난 左右로 彫刻이 잇고 陳列館 內部 廊下낭하에는 通行路만 겨노코[5] 白色 或 黑色, 或 黃色의 大理石 石膏석고, 花岡岩화강암의 女神, 男身, 幼兒體유아체가 陳列해 잇서 어느 것을 먼저 보아야 조흘지 눈이 황홀해진다. 十室로 된 繪畵를 보기 始作한다. 十九世紀로 二十世紀 名作을 陳列해 노앗다. 印象派의 三大祖 세잔, 고호, 고간의 그림이 만히 잇고 모네, 마네, 비사로, 시스레, 놔반 等의 名作이며 二十世紀 畵家로는 불나망크 웃쓰리오, 아스란 等 다 各々 그림의 特色이 보인다. 살론 美術 展覽會에서 推遷, 特選 或 受賞을 하면 곳 國寶가 되어 룩삼불에 드러가고 여긔서 十年이 되

---

4) 원문대로.
5) '남겨노코'의 오식.

면 루불노 음가게[6] 된다.(以下 次號 續)

---

[6] '옴겨가게'의 오식.

伯林에서 倫敦까지

— 歐米遊記의 續

獨逸行

夫君은 임이 三朔 前에 伯林에 가서 滯在中체재중이엇다. 나는 十二月 二十日에 쌀노듸를 쩌나 伯林을 向하야 獨行하엿다. 車 속에는 獨逸 사람이 만히 탓다. 「야야」 소리는 佛蘭西人의 「위」와 英國人의 「애스」보다 다른 어쿠수수한 맛이 돈다. 國境국경에서는 旅行券여행권 調査가 甚하엿다. 山間 小驛이 만흐나 乘降客승강객이 드물고 山과 갓치 싸힌 짐이 만핫슬 뿐이다. 獨逸 農村은 土地의 利用이 佛蘭西보다 낫다. 그리고 間々이 라인江 支流가 흐르는 것은 아름다웟다. 森林이 만흔 中에도 白樺가 만히 보인다.

翌日 午後 七時에 伯林 驛에 到着하엿다. 택시를 타고 夫君 宿所를 차저가서 짐을 쓰를냐 할째 停車場에 헷거름 치고 夫君과 S君이 드러온다.

째에 伯林市는 積雪적설노 因하야 雪風이 甚하고 寒氣한기가 酷혹하엿다. 一朔間 잇섯스나 훗옷으로 外出하기가 치워서 別노 求景도 아니하고 重要한 것만 보앗다.

伯林道路

勿論 電車 쩌스 택시 地下車는 不絶이 往來한다. 通行指導 巡査는 방맹이를 들고 휘둘누며 四街里사가리 通에는 반드시 架空에나 地下에 電氣燈을 해노아 붉은 불이 나스면 進行하고 푸른 불이 나스면 停止하게 되엿다. 모든 것이 科學 냄새가 난다.

카이젤 居住하든 宮

歐洲 戰爭時 天下를 움직이든 카이젤이 住居하든 宮이다. 二層에는 皇帝室 皇后 居室 謁見室알현실 化粧室이 잇고 皇帝 皇后의 使用하든 器具가 잇다. 建物이 意外에 狹小협소하고 內部도 簡素간소하엿다.

宮殿 압혜는 國會 議事堂압 銅像은 비스막크의 英姿영자이엿다.

포스탐 宮殿(離宮)

巴里 近郊에 벨사유 宮殿이 잇는 것과 가치 伯林 近郊에 포스탐 離宮이궁이 잇다.

포스탐은 부란덴부루구州 首府다. 하우엘湖上에 놉게 노인 우일헴橋를 건너 우일헴 一世의 銅像과 兩側은 八基 부르샤 軍人 銅像이 보인다. 포스탐 市街地는 穹窿궁륭의 寺院이 만코 退落퇴락한 氣分이 充滿하엿다. 共同 食堂에서 點心을 먹고 다시 求景 次로 나슬때 푸리데릭 大王 當時 一日에 一次式 울녀 百姓의 人心을 收拾수습하든 鍾 소래가 놉히 울녀나온다.

公園 正門을 드르스니 左右에는 銅像이 軍隊군대와 갓치 整列해 잇고 째는 마침 降雪강설 後라 銀世界를 이루엇고 忠臣 烈士의 肖像에는 木板으로 가리워서 볼 수 업섯다. 文學者 音樂家들의 記念像도 만핫다.

丘陵 頂上에 建設된 푸리데릭 王의 設計 산스우스 離宮에 이르럿다. 이 宮은 凡 百八十年前 建物노 規模라든지 內部 裝飾이 佛蘭西 벨사유에 比할배 아니나 房마다 色彩와 裝飾이 달낫다. 孔雀間공작간, 琥珀間호박간, 벳고間이 잇다. 王 自身이 哲學家요 美術家로 博識하야 建物 內 外部의 設計를 다 하얏단다. 이 離宮에는 特히 女子 出入을 嚴禁하고 王은 讀書에 沒頭하엿다 한다.

庭園에는 王이 사랑하든 개의(犬) 墓가 잇고 風車풍차집이 하나 남아 잇스니 이 宮을 建築할 째 이 風車집을 허를냐니까 風車 主人이 哀乞하며 이것으로 家族이 사러가노라함으로 王은 許諾허락한 그것이 只今까지 잇다.

마루크 博物館, 舊 博物館, 新 博物館, 國民畵堂, 뚜리데리히쓰記念 博物館을 보앗스나 特別한 것이 업섯고 오직 前二者에는 古器物 彫刻이 만코 後二者에는

繪畫가 만핫스며 푸리데리히쓰 記念 博物館에 루반, 반다이크, 지시안의 그림이 만핫다.

伯林 舊市街를 求景갓섯다. 나콜나이 當時 宮殿이엿든 조고마한 집과 나진 人家, 좁은 道路는 果然 今日의 獨逸 文明에 比較 아닐 수 업다. 뿌리데리히쓰 윌니암 宮殿은 윌니암 一世 宮殿으로 室內에 金銀·寶石을 만히 陳列해 노앗다.

音樂會 求景

獨逸에 有名한 音樂會에 求景 갓섯다. 演奏는 쎄도벤과 와고니 作曲인대 樂壇에는 數百 群衆이 나와 管絃曲관현곡을 合奏하니 觀客의 마음은 서늘해지고 몸은 沖天충천으로 써오르는 感이 生겻다.

크리스마스(耶蘇 誕生 記念日)

크리스마스가 갓가오니 處々에서 솔나무 참나무를 썩거다 팔고 잇다. 이날 저녁에 伯林서 第一 큰 中央會堂으로 求景을 갓섯다. 堂內에 裝飾한 크리스마스 투리, 男女 코러스의 淸雅청아한 讚美 소리에 싸힌 몸은 幸福스러웟다. 이날은 正月을 兼한 祝日이라 贈與物증여물이 甚하고 食卓은 盛宴을 베풀고 술을 서로 勸하며 興껏 논다. 主人 女人은 죽은 남편 生覺을 하고 운다. 人情은 東 西洋이 다를 것이 업다.

섯달 금음날

이날은 一年 中 마즈막 가는 날이라하야 歐羅巴 各國에서는 크게 記念을 한다. 食卓식탁에 盛饌성찬을 차려 노코 느러 안젓다가 밤 十二時를 치면 祝盃축배를 논흐며 同時에 各 禮拜堂으로서는 鍾 소래가 나고 琉璃窓유리창으로는 色종이를 던저 이집 窓에서 저집 窓까지 걸치도록 하고 누구에게 對하여서든지 新年 祝賀를 한다. 그리한 뒤에 모다 길노 나가서 춤을 추든지 카페에서 茶를 먹든지 異常한 帽子모자, 怪異괴이한 衣服을 입고 왓다갓다하는 者 허리라도 부러질드시 쌀쌀 웃는 女子, 男子가 女子를 쏫차다니며 입맛츠랴면(이날 밤은 누구에게든지

입맛을 수가 잇다) 女子는 꼿챙이로 찌르는 소리를 하며 쫏겨 다라나는 光景 大
混雜대혼잡을 이루며 道路에는 사람이 쌕쌕하게 往來하고 길바닥은 가진 色종이
가루가 발에 채운다. 이러케 이날 밤을 길가에서 새우는 것이 歐羅巴 各國의 風
俗이라 한다.

오페라

活動寫眞舘에도 가보앗스나 오페라 求景을 갓섯다. 마침 칼멘 오페라가 잇서
서 집벗섯다. 내가 第一 조와하는 오페라이엇다.

獨逸人은 理想主義고 忠實 親切친절하며 强한 名譽心이 잇고 元氣 잇는 活動
性이 잇스며 堅忍不拔견인불발의 意思와 組織的조직적 計畫的 性質이 잇고 自己 犧
牲의 念이잇고 强한 義務의 念과 服從心복종심이 잇다고 한다.

一月 四日에 獨逸을 쩌나 다시 巴里로 도라왓다.

英國 倫敦行

七月 一日 午前 十時 三十 六分에 쌀 쌍 나잘에서 出發하야 午前 一時에 도바
海峽을 건너 삡에 내렷다. 連絡線으로 五時 十分에 늬우해분 卽 英國땅에 나렷
다. 入國하기가 매오 싸다라운 것 갓하야 旅行券及 行李행리 調査가 甚하엿다. 汽
車를 타고 六時 四十三分에 삑토리아 停車場에 到着하엿다. 거긔는 임의 와잇든
夫君과 Y君이 出迎하야 매오 반가윗섯다.

市街地에 눈이 쩨우는 것이 二層으로 된 電車와 붉은 쩌스이엿다. 建物은 얏
고 가벼워 보인다.

倫敦 市街地

倫敦 建物은 退落한 灰色 煙瓦집이 만코 古都市인만치 整頓정돈이 되지 아니
하야 집은 된대로 아모러케나 쑥쑥 박아논것 갓했다. 市街는 各々그 階級을
쌀아 商業 中心部, 政治 中心部, 工業 或 農業, 쏘는 富者 或 貧者의 中心部로
區別해 잇다. 道路는 全部 카나다에서 가저온 土木으로 쌀고 市內에는 電車가
업고 市外에만 잇스며 二層쩌스는 無數히 往來하고 地下鐵道도 잇다. 市民 七

百萬名 住宅은 모다 別庄式별장식이오 庭園업는 집이 업다. 殖民地식민지에서 째서 온 것으로 市街地 施設이 모다 豊富하다. 處々에 共同 便所는 地下室노 되여 잇다.

公 園

公園은 全部 돈덩어리다. 道路만 남겨노코 잔듸며 花草의 培養배양은 規模가 컷섯다.

하이드팤

이 公園은 론돈 中央에서 조곰 西北에 잇다. 박킹가무 宮殿 附近 廣場에 連續한 그린막과 비가델街를 격거 相接하고 反對 方向으로 갠싱돈 가즌에 連햇다. 樺화, 槲곡, 山手欅산수거 等이 만히 잇고 그 아래는 全部 잔듸여서 男女 靑年들은 서로 끼고 두러누어 全景이 마치 누에 잠자는것 갓다. 通行人은 別노 놀니난 일도 업시 너는 너요 나는 나라는 態度로 지나가고 만다. 日曜日에는 有名한 野外演說이 잇스니 聽衆청중은 平靜평정하야 理智로 批判은 하나 感情으로 興奮흥분은 되지 아니한다. 公園에 왓다는 感보다 市外村에 온 感이 生긴다.

큐싸든

큐싸든은 世界的으로 손 꼽는 公園이다. 自然 그대로 두어노코 꿈여노앗다. 世界에 第一 크고 좃타는 植物苑이 잇스니 溫室에는 茂盛무성하게 培養한 巨大한 芭蕉파초, 棕櫚종려 等이 잇스며 로즈 까덴에서는 香氣가 쏨어나오고 휩차게 자란 綠陰芳草녹음방초며 싹근 머리 갓흔 수풀 모다가 豊富한 맛이 돈다. 이 公園은 쪼지 第三世가 某 貴族의 庭園을 사가지고 그것을 後에 離宮을 삼은 것인대 日英 博覽會째 遺物은 日本 五重塔이 보인다.

이 公園 近處에 大理石 놉흔 塔이 잇스니 여긔는 世界的으로 有名한 詩人, 畵家, 法律家, 彫刻家 等의 彫刻이 잇고 일홈이 씨여잇다. 우리 一行 三人은(夫君, Y, 나) 二層 쩌스를 타고 倫敦의 中央地인 촤이닝크로스를 지나 中國飯店에서 저녁을 먹으며 疲困피곤한 다리를 쉬엇다.

켄싱돈까든

이까든은 하이득팍과 隣接하야 옛날에는 貴族公園귀족공원이엿섯다. 古木이 鬱蒼울창하고 動物園, 帝室 植物苑이 잇다.

聖 쎄임스팍

이 팍은 팍킹그 宮殿 前面에 잇서 規模가 적으나 處々에 廣場이 만타 英國王室 離宮의 跡적으로 廣大하고 幽邃유수한 公園이다. 學校 兒童을 데리고 와서 野外 敎授를 하는것 庭球 或 野球 等의 試合이 잇다. 女子 巡査가 이리저리 다니며 巡廻순회하고 잇다.

로얄 애가데미

여긔는 近代畵를 陳列해 노앗는대 로얄 애가데미에서 入賞한 그림을 모흔 것이다. 印象派的 影響을 만히 밧은 것 갓하야 佛國에 比하면 一世紀쯤 뒤쩌러진 感이 生긴다.

씩토리아 알바트뮤젬

이 뮤젬은 女皇及 皇婿황서의 威勢위세, 餘德을 記念하기 爲하야 建設한 것이다. 小品이 만핫스며 注意할 것은 風景畵의 始祖로 佛蘭西 十九世紀 印象派에게 大影響을 끼치고 美術史上 著名한 地位를 가지고 잇는 콘스탄불의 作品이다. 光線의 方向과 構圖와 色彩가 活氣잇섯다. 콘스탄불 그림을 코피하기 爲하야 數次 다녓다.

쑤리디스뮤젬

이 뮤젬은 百七十年 前에 사한스로 卿의 所藏品소장품을 사서 國有로 맨든 것이 基礎가 되여 埃及애급, 希臘, 羅馬, 日本, 中國 物件이 만히 蒐集수집하여 잇다. 特히 希臘 彫刻이 만히 잇다.

나쇼날 가라티[1]

이 畫廊은 佛蘭西 루불畫廊[2]만치 크다. 歷代의 伊太利 美術이 만코 現代 合國[3] 作品이 만히 蒐集하여 잇다. 其中에는 라푸아엘의 「마돈나」 렌부란드의 「老婆노파」 짜부인치의 「巖窟中암굴중의 處女처녀」 반다이크의 「頭巾두건의 老人」 산오스다드의 「化學者」 지시안의 「森林中 戲弄희롱」 고야의 「處女」도 잇고 구레고의 「肖像畵」 지시안 진도렛도의 그림도 만핫다.

肖像畵 陳列舘

英國 繪畵中 肖像畵를 世界的으로 認定한다. 肖像畵가 約 三千點 잇섯는대 모다 細密히 그린이다.[4]

英國 博物舘은 陳列 方法과 利用 方法이 巧妙교묘하며 豊富한 標本표본과 蒐集에는 놀낫다.

우에스트민스타

우에스트민스타에는 有名한 議會堂과 寺院이 잇다. 이 寺院에는 歷代 皇帝와 巨人들의 墓로 充滿하엿다. 其中에는 섹스피어의 墓도 잇다. 쏘 여긔서 歷代 皇帝 戴冠式대관식을 擧한다.

그리니취 天文臺

테임스江 밋흘 쭌 돈넬을 지나 그리니취 天文臺천문대를 차자갓다. 地球의 零度가 英國 卽 그리니취 天文臺로부터 지나갓다. 正門 前에 標準표준 時計가 걸녀잇고 各별을 보아 時間을 마초이는 큰 望遠鏡망원경이 잇서 벼개를 베고 드러누어 보도록 되여 잇다.

---

1) 원문대로.
2) '畫廊'의 오식.
3) '각국'의 오식.
4) '그린 것이다'의 오식.

우인자離宮

이 離宮은 론돈 西方 約 二十 마일되는 놉흔 丘上에 잇는 建物로 全部 石造요 十四世紀 建物인대 前方은 테임스江 上流를 격거잇다. 元來 寺院이엿섯고 女皇 쌕토리아가 난 곳이란다. 門을 드러스면 女皇을 記念하기 爲하야 지은 禮拜堂과 聖 죠지 禮拜堂예배당이 잇스며 라폴레온 一世의 寢室도 잇다. 또 여긔서 各國 皇帝가 宿泊하고 잇섯다.

옥스포드와 겜부리지 大學

夫君이 夏期하기 講習會강습회에 參席하기 爲하야 옥스포드를 차자 갓다. 옥스포드는 古學文의 都市인만치 建物이 退落하고 希臘, 羅馬式 建物인 寺院이 處々에 보인다. 何如間 짜듯한 市街地로 印象이 되엿다. 겜부리지는 가보지 아니 하엿스나 이 두 學校는 쏘드, 演劇, 音樂을 잘 한다고 한다.

救世軍

우리 잇는 집 主人 과부 夫人이 救世軍구세군 信者임으로 이 집에는 大佐대좌, 中佐중좌가 잇고 出入하는 사람들도 救世軍 士員들이 만핫다. 그럼으로 自然 主日날 그들을 짜라 救世軍 本營본영을 구경하게 되엿다. 救世軍은 英國에서 처음 一千八百六十三年에 쑤스 大將이 軍人制로 맹긴 것이다. 勿論 布敎가 目的이나 社會事業도 만히 한다. 病院도 잇거니와 墮落타락한 女子들의 나은 私生兒를 爲하야 孤兒院이 잇다. 여긔 幹事로 日本人 山室軍平氏의 令孃이 잇서 尋訪심방한 일이 잇섯다.

英國人

英國人은 寡言과연 沈着침착하고 高尙고상하며 自制力자제력이 만타. 規則的이고 强한 意思와 活動力이 잇스며 强固한 意志와 奮鬪的분투적 精神을 가지고 外部에 對하야 自己를 肯定하고 他人에게 屈服굴복하는 것을 즐겨하지 아니하며 空理 空想을 즐기지 아니하고 언제든지 實際的실제적 利益 그것도 自己利益 쑨 아니라

公共의 利益을 重하게 안다. 英國人은 蒐集慾이 만하서 幼時부터 대개 世界 郵票及 金錢을 모은다. 또 卷煙권연갑 속에 名地 寫眞이 한장式 잇는대 이것도 모은다.

론돈에는 乞人걸인이 만하 處々에 燐寸인촌을 가지고 섯는 者 樂器를 가진 者 人道에 안저 地面에 色촉으로 섹스피아의 詩 鳥類조류 等을 쓰고 그려 行人에게 보이고 돈을 달난다.

론돈에는 酒場주장이 만흔대 客의 半數는 女子의 出入이 만타.

론돈 名物은 濃霧농무이니 白晝백주에도 캉캄하야 電車 通行이 停止된다고 한다.

비가도리 촤닝크츠스通

國立 美術館 압헤 英雄 넬손의 銅像동상이 冲天충천에 놉히 잇스며 廣場 左右에 는 海軍省, 外務省, 內務省, 印度省, 商工務省, 陸軍省, 大藏省대장성, 農業局, 水産局, 地方 政務局이 잇스며 警視廳경시청 入口에는 威儀위의를 正肅정숙하게 한 騎馬기마 巡査가 往來를 監視감시하고 잇는 것이 一 偉觀이며 總理大臣官邸총리대신관저는 十이라고 하면 누구나 다 안단다. 옥스퍼드 슈츄릿이 唯一한 廣場이며 建物은 모다 煤煙매연으로 古色蒼然고색창연하다. 후로코트에 씰크하트로 가는 사람 대개는 株式 取引店취인점 外交員, 론돈 市場 官邸에 出入하는 所謂 쌘틀맨이다.

템스江은 淸流를 豫想하엿더니 濁流탁류, 黑色 물에는 놀낫다.

내가 론돈 滯留할 동안 英語를 배호기 爲하야 女先生 하나를 定햇다. 方今 六十 餘歲된 處女로 어느 小學校 敎師요 獨身生活을 해가는 가장 元氣잇는 조흔 할머니엇다. 팡크허스트 女子 參政權 運動者 聯盟會々員연맹회회원이오 當時 示威 運動시위운동 째 幹部이엿섯다. 只今도 女子의 權利 主唱만 내노면 熱心이다. 그는 이러한 말을 한다. 「女子는 조흔 衣服을 입고 맛잇는 飮食을 먹는 것을 節調절조하야 銀行에 貯金을 하라 이는 女子의 權利를 찾는 第一條目조목이 된다」 나는 이 말이 늘 이치지 아니하고 英國 女子들의 先覺에 尊敬아닐 수 업다.

八月 十五日에 巴里로 다시 도라갓다. (以下 次號 續)

(『三千里』, 1933. 5)

西洋 藝術과 裸體美

― 歐米 一週記 續

안도아브

(承前) 商業 中心地인 안도아브에 이르럿다. 建物이 宏大^{굉대}하고 매오 奢侈^{사치}스러윗스며 煩雜하엿다. 有名한 가세도랄이브 市廳 압헤 미라브像이 잇다. 여긔서 鐵과 琉璃와 金剛石 細工이 産出하야 全世界에 波及한다.

이곳에서 出生하야 西班亞 公使로 가서 畵界에 多大한 影響을 끼친 世界的 畵家 루벤스의 三百年 祭라고 하야 市中이 써들석하다.

和蘭으로

암스토루담

中路에 歐洲 第一 長橋인 브에덱을 건너 和蘭 第一 大都市인 암스토루담에 到着하엿다. 停車場에는 威氣 勇々한 男女 小兒가 列을 지어 合唱을 하고 지나난 거슨 매오 愉快하엿다.

和蘭은 凸感은 업고 凹感이 잇다. 平坦^{평탄}한 野原을 疾走^{질주}할 째 물 냄새가 나고 地面이 나져진다. 川이라 하면 흐르난 물이 업고 湖라 할진대 주위에 山이 보이지 안코 바다도 아니나 四方에 山이 보이고 水車는 古色蒼然^{고색창연}한 것 新鮮한 것이 잇서 아모리 보아도 厭症^{염증}이 아니 난다.

佛蘭西式 白耳義 獨逸式 和蘭이라 한다. 貨弊^{화폐}도 兩國들 사이에는 通用이 된다 한다. 兩 强國 사이에 잇는 兩 小國이야말노 幸이라 할가 不幸이라 할가 호텔은 아참 밥을 끼어 一日分으로 치는 거슨 다른 歐羅巴 風俗과 다르다.

다른 곳은 먼저 陸地가 잇고 그 中에 川도 잇고 湖水도 잇스나 이곳은 먼저 물이 잇고 다음에 陸地가 잇스며 거긔 사람이 사는 것 갓흔 感이 生긴다. 大部分은 물가온대서 배에서 산다.

물이 언덕 우에 달듯달듯한 캐날이 이리 도라가도 가로 흐르고 저리 둘녀가도 시로 흘너 이 캐날에서 저 캐날노 지나가는 배를 爲하야 人道橋마다 놉고 둥근 貌樣이 되여 屈曲굴곡이 매오 甚하다. 市中에는 바눌 쏘저논듯한 돗대로 이 便에서 저 便길 사람이 잘 보이지 안는다. 그 캐날 우에는 큰 배도 만히 잇거니와 朝鮮의 改良 신 갓흔 小船이 無數한 사람을 시러 옴기고 잇다.

씽헐이 캐날 언덕 우에는 退色한 古代 建物이 形々으로 서 잇서 마치 建築 標本處 갓햇고 그거시 좁은 캐날 우에 썩기어 비최잇는 거슨 쏘한 美觀이엿다.

美術館

美術舘의 規模가 比較的 컷스며 作品 中에는 루벤스 반다이크 作이 만핫고 佛蘭西 印象派 畵家들의 作도 不少하엿다. 더욱이 注目할 거슨 水彩畵수채화 中에 有名한 거시 만핫다. 比較的 小品이 만핫고 펜畵 에징구畵 파스테루畵가 不少하엿다.

말켄도 求景

翌朝익조에는 遊覽船유람선 中 一客이 되여 和蘭 古代 風俗이 아직 그리로[1] 잇다는 곳 말켄 島를 向하야 쩌낫다.

배가 좁은 캐날(小溝)을 지나 바다 便으로 向할 쌔 閉門하엿든 人道 橋를 열고 지나는 光景도 좃커니와 水色이 黑色이오 캐날 左右 언덕은 綠色 잔듸가 一面에 쌀니우고 赤色적색 煉瓦製연와제 農家가 處々에 잇고 牧畜地에는 검은 소가(牛) 목을 길게 느려 잇스며 系線을 느려노은 것 갓흔 水流 얼마나 아람다윗스라 말노 南畵派의 一大 極致를 兼한 一幅의 畵面이엿다. 水面보다 놉흔 거슨 普通 想像못할 事實이엿다. 船上에서 野原을 볼 째는 野原이 휠신 나저보이고 물

---

1) '그대로'의 오식.

이 넘칠듯々々々한 危感을 늣기게 된다.

암스토루담 名物로 有名한 치스를 여긔서 맨든다. 그 工場을 求景하엿다. 中道에서 내려 一千四百二十年 建物로 남아잇는 敎會堂을 구경하엿다. 배가 말켄島에 到着하니 우리가 그림 中에서 흔이 보든 實物 卽 흰 곡갈을 쓰고 허리를 잘녹 매고 치마를 넓게 입고 나막신 신은 少女들과 붉은 저고리를 짤게 단추를 만히 달아 입고 통이 넓은 검은 빗 바지에 두 손을 찌르고 덜걱々々 나막신 소리를 내는 少年 무리가 마조 나와 寫眞을 박이라고 성와갓치 請求하고 寫眞을 백힌 다음에는 손을 내밀어 돈을 請求하여 가지고 도라서々 比較하며 쌧죽々々하난 조와하난 야단이다. 風俗을 보히는 거시 全혀 商賣的상매적이엇고 英米國人들이 다니며 버릇 가라치는 거시 이거시엇다. 그들의 生活制度는 極히 元始的이엿고 매오 陋臭누취하엿다. 房窓은 古代 木窓이 그대로 잇고 寢臺는 골방에 넙직이 寢床침상을 해노코 門을 닷게 되엿다.

夕陽에 도라올 째 흰 갈매기 쎄는 陸地 갓가온 거슬 告하고 언덕 우으로 各國々歌의 노래를 불너 들니는 거슨 쏘한 爽快상쾌하엿다.

海芽

海芽해아는 和蘭의 首府이거니와 朝鮮 사람으로 잇치지 못할 記憶을 가진 萬國平和會議가 잇든 곳이다.

一千九百十八年 海芽에서 開催된 萬國平和會義에 出席하엿든 李儁이준 氏가 當會席上에서 憤死분사한 곳이다. 異常한 鼓動고동이 生기며 그의 孤魂고혼이 잇서 우리를 맛나 含淚함루하는 것 갓흔 感이 生겻다. 그의 山所를 무르나 알바이 업서 찻지못하고 다만 京城에 게신 그의 夫人과 令孃의게 繪 葉書를 記念으로 보냇슬 쑨이다.

翌日은 不幸이 日曜日이라 다 閉門을 해서 다만 입구 字로된 有名한 平和會議堂 마당에서 그닐고 國際 裁判所 看板만 처다보고 왓다.

美術館

十七世紀 和蘭 天才 畵家 후란스 하루스와 렘부란드의 傑作을 아니 차질 수

업섯다. 十七世紀 各國 天才畵家들은 伊太利에 雲集하엿스나 렘부란드만은 鐵通철통같히 自己 獨特한 才質로 世界的 肖像畵家가 되고 마럿다. 그의 作品은 歐米 各國 美術舘이 업는 곳이 업스나 이 海芽 美術舘에는 그의 傑作 中 하나인「解剖學校해부학교」가 잇다. 醫士가 가위를 들고 方今 解剖를 할냐고 할 째 周圍에 섯는 硏究者들은 各々 恐怖心공포심과 憂慮心우려심을 가지고 잇는 瞬間순간을 그린 大幅의 一面이다.

밤에는 짠스홀에 求景 갓섯다. 男女가 모다 假裝가장하고 짠스를 하는 求景은 壯觀이엿다 翌日에는 海水浴場으로 갓다 모래 우에 設備해 논 海水浴바락구와 물 가온대 잇는 音樂堂 어대로 보든지 端雅단아한 맛이 잇다.

午後에 海芽를 써나 巴里로 向하엿다. 山도 언덕도 업는 牧畜地 만흔 和蘭 農村에로 돌 째에는 圓形이오 쉴 째에는 十字形인 水車場이 處々에 보이고 系線의 水流는 논언덕 境界線을 지어 이리로 저리로 얽매어 잇다. 얼마나 平和스려온 나라인가

英貨幣 一磅
和蘭 十一기루로 五十三센트
紙幣 一, 二, 五, 十, 二十五, 四十, 六十, 百, 二百, 五百기루로(후로린이라고도한다)
銀貨 二, 五, 法, 一, 法, 二十五센트, 十센트
白銅 五센트, 銅貨 二十五센트, 一센트, 0.五센트

巴里 求景

巴里라면 누구든지 華麗한 곳으로 聯想하게 된다. 그러나 巴里에 처음 到着할 째는 누구든지 豫想 밧긴 것에 놀나지 아닐 수 업슬 거시다. 爲先 空氣가 어두침々한 것과 女子의 衣服이 黑色을 만히 使用한 거슬 볼 째 첫 印象은 華麗치 안엇다.

藝術史上에 價値잇는 寺院

一. 聖 데니 寺院(St. Denis)

이 寺院 압헤 廣場이 잇서 古色蒼然한 全體를 볼 수 잇다. 이거슬 歷史上으로 參考하건대 로마네스쿠 風의 寺院 建築이 크라式으로 變遷변천하는 第一 階段에 잇는 美術史上 珍貴한 거시다. 前面 示塔시탑은 코식크式 特徵이 採用해 잇고 寺內는 무거운 柱와 적은 窓이 잇서 조고마한 光線으로 겨오 압흘 分間케 된다.

二. 聖 에디메듸옹 寺院(St. Etiemedu)

쌍데옹 左方 背後에 잇는 寺院이다. 이거슨 一千五百十七年으로 四十一年까지 竣成준성한 코식크式 三角形 建物이다. 入口 裝飾은 루네상스式이오 內部는 窓이나 天井이나 穹窿形궁륭형이 크라式으로 되여 이와갓치 考와 形의 矛盾된 二 樣式으로 同一 建築에 採用한 거시다.

三. 聖 슐빅 寺院(St. Salpice)

이 寺院은 十七世紀에 레브라난 사람이 設計한 거신대 其後 十八世紀에 후로렌스 建築家가 다시 設計하엿다 한다. 前面은 上下 兩階양계로 分切해 잇고 內部 右便 쵀펠에는 도라구로아의 壁畫벽화가 잇다.

四. 마돌린 寺

이 寺院은 라폴레온 第一世가 勝利한 意味로 建設한 거신대 希臘式 建物이다. 內部는 컹컴하나 거긔에 잇는 風琴은 巴里에서 第一가는 거시라 하며 有名한 彫列[2] 繪畫를 置藏치장해 노코 寺院 外部 周圍에는 有名한 사람의 肖像 彫刻이 잇다.

---

2) '彫刻'의 오식.

애가데미 쭈란세즈(漢林學院)

이 會는 本來 社交界에 有名하든 매담 데 레 가미에가 中心이 되어 當時 各派의 爭鬪쟁투가 잇든거슬 融化융화식히고 四十人 會員制로 組織이 되엿는대 現在 佛蘭西 高等 知識 階級上 大 勢力을 點하야 이 애가데미에서 佛蘭西 字典자전을 맨드러 내고 佛蘭西 말의 檢定검정을 한다.

에투왈

상젤리제 一直線으로 가면 에투왈 即 凱旋門이 잇스니 佛語에 별(星)이란 意味다. 라팔레온 一世가 一千八百五年 大戰 勝 記念으로 세운 거시다. 이 에투알을 中心하고 巴里 市內는 十二 廣路광로로 放射방사되여 올나가 보면 참 아름답다. 前後에는 戰時 狀況이 彫刻해 잇고 아래는 歐洲 戰爭時 無名 戰死人을 爲하야 香爐향로가 되어 잇다.

콩콜도

우리가 흔이 듯든 不夜城불야성은 即 이 콤쿨트이니 世界에 第一 華麗한 廣場이다. 여긔 루이 十六世의 斷頭臺단두대가 잇고 中央에는 라팔륜이 가저온 埃及碑애급비가 沖天을 자를 듯시 서 잇다. 검은 銅 女神들이 밧치고 잇는 噴水가 잇고 周圍에는 마돌린 寺院이 잇스며 右便으론 루불 宮殿이 보이고 左便으론 凱旋門이 보여 그 쌍젤리제 通은 自働車가 左往右來하야 織物과 갓치 雜踏混沌잡답혼돈한 거슨 그 美 極致에 達하엿다. 어느 것 하나라도 루이 王朝의 影響이 업는 거시 업다.

그랑쌜네及 쌫틔쌜네

金色 女神이 沖天에 쩌 잇서 行人의 尊敬을 밧고 잇는 알넥산드 三世橋를 건너가면 一千九百年 萬國 協覽會[3] 쌔 建設한 그랑쌜네와 쌫틔쌜네 두 큰집을 보

---

3) '博覽會'의 오식.

게 된다. 이 두 建物에는 無時로 開催되는 各種 展覽會가 잇고 그랑쌀네에는 春秋 開催되는 美術 展覽會가 (쌀농 데 쑤랑당 쌀논 도톤) 잇서 數萬 名의 畵家及 觀覽客의 발길에 달고 잇다.

茶 店

市內에는 한 집 걸너 가예가 잇스니 疲困한 몸을 쉬일 째 머리를 쉬일 째 이 카페에 드러가 茶 한잔을 싸러 노코 半日이라도 消日할 수 잇나니 或 密會로도 利用하고 或 冊을 읽거나 或 片紙를 쓰거나 或 親舊와 이야기하거나 社交 機關처럼 되여 잇다. 一般 歐米人의 性格은 動的이여서 一時라도 가만히 잇지 못하고 또 社交的이라 겻해 사람 업시는 못 견대 한다. 巴里 市中 第一 큰 茶店은 라꾸불 카페와 카예 톰이 잇스니 夜半에 가보면 人種 展覽會와 갓치 모혀드러 壯觀이며 카페 톰은 畵家 만은 몸발나스에 잇서 늘 滿員일다.

쌘싱 홀

쌘싱 홀은 無數할 쑨 아니라 왼만한 으래스토랑에서는 저녁밥을 먹고 依例 한번式 춤을 추고 가게 된다. 女子들의 거름거리 싸지라도 쌘싱하는 것 갓다는 말도 잇거니와 勿論 何人하고 쌘싱하지 못하는 사람이 업다. 茶 한잔만 사 들고 안지면 남들 추는 춤은 실토록 볼 수 잇고 自己도 마암대로 출 수가 잇다. 또한 愉快하고도 體格이 조와지는 것 아닌가 한다.

쎌나늬스 共同墓地

十一月 初 一日 祭日에 求景 갓섯다. 大統領 벨엑쑐스 墓地를 爲始하야 正面에는 客死한 屍들의 彫刻이 잇고 火葬하는 사람은 壁에다 灾를 집어노코 일홈을 써 노앗다. 數萬수만 群衆군중은 오고 또 가고 그 얼골에는 눈물의 흔적이 보인다.

벨사유, 그란도리아 宮殿

赤 大理石 柱, 그린도 風의 廻廓회곽4), 森林, 噴水, 花園, 石像, 王朝 遺物 實노

이 루이 十四世 時代는 藝術의 隆盛융성 時代이엇슬 뿐 아니라 그 藝術的 魂은 佛蘭西人의 쎄긋까지 백혀 잇다.

二億 幾千萬圓으로 建設된 이 華麗한 宮殿이 只今은 公開物이 되고 마럿다. 內部의 裝飾에는 獨逸 和蘭 西班亞에 對한 勝利의 意味를 包含하고 루이 十四世를 民族의 至高者, 藝術 科學의 保護者로 推仰추앙하엿다. 其中에 거울 房은 有名한 거시다.

一千七百八十三 年에 北米 合衆國합중국 獨立 調印을 하고 十八世紀 佛國 革命時 共和 條約을 하고 一千八百七十一年 普佛보불 戰爭전쟁 後 부르샤 王 윌니암 第一世가 獨逸 聯合 統一을 完成하야 卽位式을 擧하엿고 歐洲大戰 以後 一千九百十九 年에 講和강화 條約조약의 調印도 여긔서 햇다.

百貨店

百貨店은 處々에 無數하나 가장 著名한 거슨 마가잔 루불, 가레리라푸아엘, 싸랑당, 쏭말쇠가 잇서 各々 特色을 가지고 잇다.

巴里人은 輕快 氣敏하며 코스모포리탄이다. 夏節은 避暑가는 사람 或 덧문을 닷고 香水를 쌕리고 小說이나 보고 낫잠자는 者도 잇다. 佛蘭서 樹木은 가지가 쏫々하야 屈曲이 업스니 朝鮮과 갓치 荒風황풍이 업는 까닭이다. 緯度위도가 寒帶한대 갓가이 잇는 연고인지 木葉이 鮮綠하고 葉和하여 害蟲이 업다.

由來 佛蘭西는 中央 集權의 나라 一國의 繁華번화 文明에 集中되야 巴里를 除하고는 國內 변々한 都市가 업다. 巴里에서 한 발만 내노면 貧弱하고 殺風景살풍경하니 健全한 文明 健全한 國家라고 말할 수 업다. 오직 物價가 싸고 人心이 平等 自由며 施設이 華麗함으로 모혀드는 外國人의 享樂場향락장으로 되어 잇다.

裸體美는 오직 彫刻 뿐 아니라 郵票, 紙幣지페, 金錢금전까지에라도 잇게 된다. 佛蘭西 國旗가 自由(白色), 平等(靑色), 博愛(赤色)과 가치 巴里의 空氣는 이 세가지 充滿하엿다. (次號 續)

(『三千里』, 1933. 12)

---

4) '廻廊'의 오식.

情熱의 西班牙行

— 世界一週記 續

O 三日間 쌍센바스틔안 壁署地[1]

八月二十五日 午前 九時에 西班牙를 向하야 쩌낫다 翌朝 九時에 西班牙 壁署地[2]로 有名한 쌍셀바스틔안에 到着하엿다

市街地 中에 海岸이 잇서 施設이 꽁장하엿다 길에난 다마루라난 나무의 並木이 잇서 자못 柔軟유연한 맛을 주며 아람답다 平常時난 市民이 五萬名인대 夏節에 난 倍, 二倍되여 호텔마다 滿員이다 호텔 飮食은 오리부 기름 料理가 만하 비위가 傷하엿다

O 鬪牛場

西班牙의 鬪牛는 다 아난 바와 같이 有名한 거시다 쏠 도된 소를 캄캄한 倉庫속에 느어 두엇다가 門을 여니 쮜여 나와서 四方으로 威氣 좃케 쮜여다닌다 爲先 騎馬技師가 二三次 創으로 썰너 숨을 죽인 後 金銀色服과 帽子를 쓴 技師가 벌건 보를 들고 色종이로 마른 꾜칭이를 三對소[3]의 등성머리에 꼿고 다시 칼 가지고 숨구멍을 찌르니 소난 發狂을 치다가 피를 吐하고 걱구러저 죽는다 아, 그러면 觀客들은 악들을 쓰고 손바닥을 치며 貴夫人에게서난 花環이 쩌러지고 북적북적한다 萬一 소가 죽지 안는 時는 사람이 진 거시 되어 觀覽席관람석으로 붙혀 方席이 풀々날여 技師를 째리며 외친다 째에 짜라서는 技師가 三四人式 죽어나가는 수가 잇단다 아, 柔順유순하고 正直하고 勤實근실한 소난 技妙한

사람의 技術에 놀님을 받아 最後를 마치고 만다

翌日에난 終日 비가 와서 午前에 海水浴 좀 하고 房 속에서 지냇다 夜 九時에 써나 首府 마들리드로 向하엿다

○ 마드리드

午前 九時에 마드리드에 到着하야 나쇼날 호텔에 投宿하엿다 西班牙는 地理上으로 歐羅巴 西便에 잇스나 上古神話에 依하면 皮膚上피부상으로난 歐羅巴라고 할 수 업다난 곳이다 西班牙半島는 生기々가 소와 갓고 쏘 바다가 둘너서 여러 나라가 侵入하랴면 쉬웟섯다 그리하야 西班牙가 最初의 世界的 門口가 되엿고 루네상스 以後로 米國의 港路가 되어 잇고 恒常 西北쪽 사이에 戰場地가 되어 잇섯다

西班牙 사람은 짠 나라 사람과 달나 地理的으로 世界的 門이 되여 오고가고 하난 人種이 만하 希臘種, 로마種, 보헤미아種 외 雜種이 만핫다

西班牙 婦女는 머리에 모자를 쓰지 안코 黑色網糸흑색망사를 쓴다 머리가 검고 키가 적으며 얼골이 둥굴고 푸군하며 검고도 熱情잇는 눈이 검은 網糸 속으로 으슥이 빗쳐보이난 거슨 말할 수 업시 아람다웟다 西班牙 女子는 반드시 사랑의 報酬보수를 한다는 傳說도 드른 바 잇서 더욱 有心히 보엿다

아가시아 森林우에는 靑籃色청람색 强한 光線이 쏘여 잇고 그 사이로난 白色 石造建物이 보이고 芭草파초가 너그러진 가운데는 女神 銅像이 處處에 잇고 氣 염차게 吐하는 噴水 가에는 웃통 버신 勞動者 幼兒들이 한참 무르녹은 메론을 벗겨 들고 안저 맛잇게 먹고 잇다 아직도 原始的 氣分이 만코 道路에난 흙먼지가 만하 歐羅巴 中에난 보지 못하는 東洋的 色彩가 잇스며 馬車가 만코 勞動者가 만흐며 乞人이 만타

米國을 發明한 콜놈브스가 西班牙人이오 오페라로 有名한 칼멘이 西班牙 女子다

○ 西班亞藝術

西班牙의 藝術은 매오 多數 多樣허나 이는 地理上으로나 모든 關係上 여러 種

類가 侵入한 까닭이다 作品으로난 先輩가 後輩에게 傳하난 努力이 잇슬 쑨 아니라 往々天才가 나셔 世上을 놀내게 한다 上古붙허 여러가지 美觀을 가지고 中世記 暗黑時代에 조고마한 불꼿을 가젓다가 近世에 와셔난 指導者가 되엿슬 쑨 아니라 歐羅巴 各國이 沈潛침잠하엿슬 째 西班牙에난 큰 畵家를 가져 大自慢이엿다 當産 西班牙 그림은 强하고도 靈惑的영혹적이엿다 또 民間으로난 形容할 수 업난 神秘的이엿다

고야는 幾 千年 前 西班牙 祖上이 가젓든 原始的 無邪氣무사기한 氣分과 幻想을 現代에서도 오히려 主張할 만 하다난 것을 案出하엿다 우리난 그러한 오리 지날을 認定할 수 업스나 西班亞의 繪畵는 歷史的 系統이 確實하다난 거슨 明言할 수 잇다

十四 世記 째 東方의 影響을 만히 밧앗고 後年에 天才 구레고가 나셔 뒤를 이엇고 後人 畵家 中에난 伊太利 후로렌스派의 影響을 만히 밧은 者도 잇다 쫀 二世 時(王政時代 十六世記)는 全般 注意가 伊太利로 向하야 留學하난 者 或 大家의 그림도 가져왓다 그 째 露馬法王로마법왕이 大畵家를 西班牙로 外交官으로 보냇다

그리하야 十八世記에난 國民的 藝術이 全盛時代가 되여 伊太利에서와 佛蘭西 畵家들이 이리로 배호러 왓다.

宮殿(Palacio Real)

名所 中에 하나인 宮殿求景을 갓다 規模가 그다지 크지난 아니하나 內部의 置裝은 亦是 아람다온 거시 만핫다 四方壁이 모다 繡요 훌능한 天井畵도 만핫다 食堂 門에난 有名한 동기호테 一面이 織物노 되여 잇다 나오다가 寺院 하나를 보앗다 최펠 여섯이 잇고 中央최펠에난 예수의 事蹟이 그려 잇고 出入門에난 아람다온 木彫가 만히 삭여잇다

고야의 墓

市外에 잇난 고야의 묘를 電車를 타고 차자갓다 이 建物은 前에 寺院인대 고야의 傑作 天井畵가 그려 잇다 그리하야 世界人이 모혀듬으로 고야에 屍體를

여기다가 옴겨 노코 엽헤 이와 쏙갓흔 寺院을 지여 노앗다 中央은 墓요 左右 최펠에는 고야의 傑作 「說敎者의 群衆」이 그려 잇다 이 그림은 필닙 四世가 好色家이여서'어느 寺院에 美人잇다난 말을 듯고 侵入하랴고 할 째에 寺內로서 僧이 十字架 들고 막으러 나오난 거실다

고야는 숫 장사의 아들노 바위에 숫으로 그림을 그리고 잇섯다 이 才能을 본 어느 僧이 擇하야 그를 工夫 식혓다 十五歲붓허 방탕하야 女子로 因하야 殺人 까지 하엿다 伊太利에도 가 잇섯고 鬪牛士도 되고 가진 짓을 다 하얏다 그럼으로 그의 作品은 柔順한 것과 悲慘한 것이 兼하엿다 畵面에도 이거슬 잘 表現식혓다

고야는 晩年에 視力이 衰弱해지고 귀머거리가 되고 貧乏빈핍하야 版畵를 描할냐고 一千八百二十八年 五月에 祖國을 써나 멀니 젹막한 南佛蘭西 보루도에 寓居우거하엿다가 波蘭 만흔 八十二歲를 最後로 마치고 마럿다 그는 죽엇다 그러나 살앗다. 그난 업다. 그러나 그의 傑作은 無數히 잇다 나는 이 墓를보고 그 위에 그 傑作을 볼 째 理想이 커것다 부러웟고 쏘 나도 可能性이 잇슬듯 生覺낫다 처음이오 쏘 最後로 보난 내 발길은 좀체를 돌쳐시지를 아니 하엿다 내가 이갓치 感興해 보기난 前後에 업섯다.

○ 劇場求景

밤에난 舊劇을 차자 갓다 길도 거의 알다십히 하야 차츰〜 차자간 거시 올케 드러섯다 劇場 近處에난 너절한 사람이 만핫고 괴짝 우에 노코 파는 行商人도 無數하엿다 마치 朝鮮에 全羅道나 慶尙道 갓햇다 劇場門이 열니니 서로 압흔 다토고 악을 쓰고 쩌데 밀고 야단이다 다른 歐羅巴에서 보지 못하든 幼兒들을 다리고 와셔 울고 찌고 한다

劇은 舊劇이엇다 中國衣服과 恰似흡사하고 소리를 쌔서 노래하난 거슨 日本에 浪花節낭화절갓혼 感想이 낫다 西班牙 춤으로 有名한 가스다니엣드(竹筒죽통을 두 손에 들고 쌱〜 소리를 내며 추난 춤) 춤도 잇섯고 쌱지를 쳐서 추는 춤도 잇섯다 亦是 歐羅巴 各國에서 보지 못하든 異彩가 잇섯다

○쑤라도 美術館 印象記

巴里 상젤리제를 模作_{모작}하엿다는 가스데리아나를 東으로 거르면 시베스
廣場 갓가이 가아도쟈 停車場 집웅이 보인다 國王의 戴冠式_{대관식}과 結婚式을
行하난 상헤로니모寺 尖頭_{첨두}가 보이난 곳에 데이로 公園의 靑葉을 뒤로한
赤煉瓦_{적연와}와 白水成岩으로 된 놉흔 建物이 보인다 歐州에 三大畵廊이 잇스
니 卽 巴里루불, 倫敦 나쇼날 가라리 마드리드 쑤라드 美術舘이다 入口 正面
에 잇난 고야의 銅像과 側面에 잇는 베라스게스 銅像이 곳 보인다 歷史에 依
하면 中世記 終까지 此處는 塵捨場_{진사장}이다 其 後 大路가 되여 王族 貴族들의
散步場이 되엿고 貴族의 令孃과 公爵들과의 아람다온 사랑을 속살거리난 場
所가 되엿섯다 촬스 三世는 博物舘을 치우기 爲하야 現在 美術舘을 建設하엿
다 베파스게스4), 무이오 에로 구레고, 고야 等 天才가 次第로 輩出하야 現在
世界에 듬은 各美術舘5)을 作成하엿다 量으로나 質노나 實노 世界的 美術舘이
다 마드리드난 다른 都會와 갓치 내놀만한 寺院도 업고 傳說도 歷史的 아모
것도 업시 이 都會를 차자 世界人이 모혀드난 거슨 오직 이 쑤라도 美術舘이
잇는 까닭이다

나는 이 美術舘 안에 발을 듸더놀 째 過度한 企待로 하야 心藏은 쮜엇다 가
벼운 衝動_{충동}이 내 몸에 波及하엿다 現在 西班亞가 가지고 잇는 가장 偉大한 作
品은 다 이 建物 中에 잇는 것시 안닌가 萬若 鬼才 베라스게스 고야 구레고 비
에라 其 外 許多한 名匠 傑作을 失할 것 갓흐면 西班亞는 무어슬 가지고 자랑하
랴난고

正面으로 드러가면 긴 房이 보인다 左便에는 伊太利派室이 잇서 라우아엘 그
림과 따부인치의 죠콘다가 잇다 古代畵 陳列室은 地下室이오 正面室에난 西班
亞가 生한 만흔 天才의 作品이 잇다 베라스게스의 「宮殿生活」「記錄」「스루반
의 陰鬱_{음울}한 僧侶」 等 에로 구레고의 神秘的 그림 고야의 피 흘니난 戰爭畵 모
다 古時代의 生活記錄이나 現在 우리와 같흔 心思를 가젓고 苦痛을 하엿고 感激

---

4) 원문대로.
5) '名美術館'의 오식.

하야 生을 營하여 왔다

고야의 「粹한6) 女子의 裸體圖」「一千八百八年 五月二十三日 事件」戰爭畵, 로베스 筆노 된 고야의 肖像畵 「十字架上의 基督」이 잇다 某 日本人이 고야의 그림을 코피하랴고 三年 동안을 다녓스나 코피를 못하엿단다 實노 고야의 巨腕거완은 在來 繪畵에 對한 排戰이오 新時代의 曉鍾효종이엿섯다 畵廊 中央에서나 從容히 四方을 보면 一鍾7) 莊嚴 靜肅한 感이 生기며 우리의 마암은 現世에서 멀니 써나 全혀 別世界로 끌고 간다

구레고난 우리가 住居하넌 世界의 人物과 事物을 그리지 안니 햇다 사람의 靈을 그렷다 그럼으로 구레고의 그림은 肉眼으로난 알 수 업고 마암으로 感味하여야 한다 그는 黑色을 만히 썻다

구레고는 고야보다 二百年 前에 나셔 미게란졔로와 라우아엘 傳說을 第一노 破하엿다 (次号 續)

(『三千里』, 1934. 5)

---

6) '醉한'의 오식.
7) 원문대로.

巴里에서 紐育으로
— 世界—週記(續)

드레도 살든 집을 차저

　드레도는 마드리드에서 汽車로 一時間 간다 드레도는 西班牙 中 古市일 뿐
아니라 希臘人희랍인으로 여긔 住宅을 두고 一生을 畵界에 從事종사한 에루 구레
고의 살든 곳이다 世界 各國人이 西班牙의 美術을 차저올 때에는 반드시 이곳
에 들너 구레고의 獨特한 筆法을 보고 或 배와가는 者 其數 年 年 增加증가한다
여긔난 古代建物 寺院이 不少하고 또 아라비아人이 六百年동안 살든 집들이 잇
고 그림 애가데미가 잇스며 드레도의 살든 집이 잇서 陳列舘처럼 되여잇다 구
로도의 作品이 無數히 陳列해 잇다 거긔서 어느寺院에 잇난 드레도의 傑作 하
나를 구경하엿다 길가에 써러저 가는 집이 잇스니 여긔서 동기호렌 쓰든 집이
라 한다 아, 어뛴지 모르게 西班亞는 神秘的 내암새가 흐른다 歐羅巴 다른 나라
에서 보지 못하든 藍靑色남청색 하눌 쓰거운 볏 아래 흙을 밟으며 도라올새 멀니
보이난 古城은 希臘의 建物 갓고 푸루게 흐르난 물 左右便에는 무슨 式인지 이
상스러운 土壁토벽 門이 잇서 그 近處는 絶景을 일우어잇다 午后 七時 車로 도로
마드리드로 도라갓다 얼마나 愉快한 一日이엇든고 翌朝 午前 九時에 마드리드
를 떠나 佛蘭西로 向하엿다

다시 巴里 到看

　車 中에는 西班牙人이 만핫다 엇지 말이 만흔지 몰낫다 西班牙人은 一般이
말이 만탄다

　우리는 일노붙터 本國으로 도라갈 準備를 하게 되엿다 배표를 사고 날字를

調査해 노앗다 歲月도 速하다 어느듯 一個年 半이 지나갓다 구경도 만히 하고 돈도 만히 썻다 大體 얻은 것이 무엇인가 아직 비빔밥 갓하야 뒤서를차릴 수 업다 잇는 동안 利用할 수 잇는대로 利用한 것은 自身에 붓그럼이 업다

누구든지 巴里에 와 잇다가 巴里가 조흔 곳인 줄 아난 날은 쩌나기 실혀한다 그리하야 먹을 돈은 업고 가기난 실코 하면 가진 慘劇참극 悲劇비극이 다 생긴다 그런 사람들은 無責任하고 氣分的으로 살며 남을 속이고 쌔앗기를 例事로이 한다 巴里自體난 아람다온 곳이나 外國人들이 버려놋난 것이다 果然 巴里 人心은 自由 平等 博愛가 充分하야 누구든지 愉快히 살 수 잇스며 이곳을 쩌날 째는 마치 愛人 압흘 쩌나는 것 갓다

나는 巴里를 다 알지 못한다 그러나 쩌나기가 실헛다 좀 더 잇서서 그림硏究를 하랴다가 여러 事情으로 因하야 米州를 들녀 도라가기로 作定하엿다

九月 十七日 午前 九時 五十分에 쌍 라잘 停車場에서 數人의 知友 餞送으로 米國을 向하야 쩌낫다 얼마나 만히 巴里消息파리소식이 귀에 젓고 얼마나 만히 巴里를 동憬하든 그것도 過去가 되고 마럿다

大西洋을 건너 米國 紐育싸지(七日間)

午后 三時 半에 체브에 到着하야 午后 五時 四十分에 小船을 타고 七時 半頃에 世界에 第二位로 가는(第一位는이리에 후란세) 마즈스틱 英米 배를타고 米國 紐育뉴육을 向하얏다

마즈스틱中에서 지낸 生活

마즈스틱은 總 屯數 五萬 六千六百 二十一屯되는 總 定員이 一等만 A, B, C, D, E, F의 等級이 잇스며 一等 人員 八百七十名 二等人員 七百三十人 三等人員一千 三百十六人 合計人 二千六百三十六人이다 設備는 寢床, 衣欌의장, 테불, 긴椅子, 적은 椅子, 洗面器세면기, 男女下人 招人 단초가 잇다 處處에 살롱 卽 應接室응접실이 잇고 스목킹우 룸, 客室, 娛樂室, 으레스토랑, 遊戲室, 水泳室, 兒童遊戲室아동유희실, 圖書室이 잇고 禮拜堂이 잇서 큰 호텔갓흔 感이 生긴다

船中에는 乘客들이 消日하는 遊戲 器具가 잇다 二日에 한번式 競馬가 잇다

(맨든 말을 입분 女子들이 各色 帽子를 쓰고 나와서 한 女子가 號數 부르는대로 옴겨 노아 먼저 써러지난 者가 勝利가 된다) 짠스(舞踏무도)가 잇고 活動寫眞이 잇스며 演劇이 잇고 테니스, 쌤쏭, 輪投윤투, 덱기꼴푸, 덱기비리야드, 碁, 將棋, 쑤리지, 마장, 힛지아지 等이 잇다 낫에난 낫대로 놀고 밤에는 밤대로 놀 수 잇다 果然 그들은 싱싱한 身體로 愉快히 논다 어느 것 하나 부럽지 아닌 것이 업다

日氣가 明朗하야 上下天光이 푸르럿난대 검은 波濤파도가 군대군대 白色點으로 번적이며 雄壯한 마즈스틱은 氣運차게 七日間 다라난다 二十三日 午后 二時에 米國 合衆國 紐育 港口에 到着하엿다 張德秀氏장덕수씨와 尹弘燮氏윤홍섭씨가 出迎하야 반가이 맛낫다 밤에난 인터나소날 하우스에 가서 金瑪理亞先生김마리아선생을 맛나 반가윗다

紐育市

紐育은 hudsoan[1] 河口 中央에 잇는 小島로 地理 風致풍치 共히 優秀한 一大 良港양항이다 最初에는 和蘭화란 植民地식민지이여서 New amsterdam이라고 일컷든 것이 後에 英國에 讓步양보하게 된 以來 紐育이라고 改稱하엿다 百年 前에는 人口가 겨오 十萬에 不過하고 市街는 Manhatan島 南端 一部에 不過하든 것이 只今은 이 全島 對岸에 Brooklyn Luny Islana島 等 周圍주위 都市를 倂하야 大紐育을 成하엿다

紐育은 人口가 九百 萬名 되는 世界 第一 大都인 同時에 三人 압헤 自動車 一臺式 잇다는 自動車 만키로도 世界에 第一이오 집 놉기로도 世界에 第一이여서 世界의 第一되는 것이 無數하며 世界에 第一되는 것을 자랑하는 곳이다

道路는 南北과 東西로 分列해 잇서 것기가 매오 쉬우며 左右에는 數十層 집이 잇서 하눌을 直面으로 밧게 볼 수 업다

紐育市는 北米의 商業 及 財界재계에 中心地인 同時에 世界 商業 及 金融금융의 中心地이다 商工業에 活潑한 것 船舶선박 出入의 頻頻빈빈한 것 貿易무역의 巨額인 것 모든 것이 世界에 第一되는 곳이다 市中 大建物 中에는 三十層 집이 二十餘

---

1) 원문대로.

個가 잇서 每日 執務者집무자가 二萬餘 人이다 就然 一小街를 成하고 잇다 市의 中樞중추 망하당과 對岸 렁크島 間에 架設가설한 四大 鐵橋철교는 長이 二十町 內外잇서 軍艦군함이 橋下로 自由로 出入하게 된다 飛行機가 郵便物을 配達한다 모든 事業에 世界 第一을 標語표어로 하는 米人은 참으로 文明 精粹정수의 權化권화한 大都市를 여기 建設하엿다

求景할 곳은 만흐나 그 中 中央公園 河畔公園하반공원Grant tomb 文豪Washgton Irving2)의 舊地 動植物園동식물원, 劇場 等이잇다

여기에는 歐洲 各國에서 移住하야온 民族이 만하서 자못 復雜하다 廣大한 土地 豊富한 物資물자 稀薄희박한 人口 自由스런 空氣 歐羅巴人을 끌게 되엿다

米人의 性格은 進就的진취적 冒險모험의 氣象기상이 잇스며 旺盛한 富의 獲得慾획득욕과 獨立 自由心이 만타 平等을 主張하며 勞働을 貴히 역이고 快活하고 樂觀的이며 機械利用기계이용을 잘하고 共同作業을 重視한다 諧謔해학을 조와한다

인터나쇼날 하우스

이 집은 우리 處所에서 갓가이 잇섯는대 有名한 록구후에드氏가 外國人 六十七個國 留學生을 爲하야 獨力으로 建設한 寄宿舍이다 設備가 完全하며 氣分이며 風紀풍기가 코스모폴니탄이다

컬넘비아大學

이 大學에는 朝鮮人 留學生이 만흐며 圖書館 及 寄宿舍 밋 各部의 施設이 大規模대규모로 되어 잇고 數 千名의 學生을 需用하고 잇는 곳이다

Woolwod belding3)

이 집은 五十八層이다 一名 摩天樓마천루라 하야 紐育 獨特한 壯觀 地上에 잇스니 聳立용립하기가 七百五十呎이다 에레베다로 頂에 올나가 보니 아랫집들은

---

2) 원문대로.
3) 원문대로.

마치 석냥 구비 올녀 논 것 갓햇다

Metroporis musim[4]

이 畵廊에는 미게란체로의 彫刻이 만코 古代畵도 만핫다 現代畵는 佛蘭西 그
림이 不少하여 米國人의 作品은 英國것 보다 調子 나하 보엿다

저녁에는 朝鮮조선 禮拜堂예배당에 가서 김치씨라귀 국을 먹엇다

Rusbelt 出生家[5]

루스벨트의 紀念日이라 하야 求景 가섯다 루스벨트 누이의 講演을 爲始하야
各處에서 온 祝電 朗讀낭독이 잇섯고 來賓들의 演說이 잇섯다

大統領 選擧 投票

맛참 우리집 갓가이 잇는 投票箱에 投票하는 구경을 하엿다

New york times

늬우욕 타임스난 紐育에 第一 큰 新聞社 뿐 아니라 全米州 內에 第一 큰 新聞
社다 이날은 各地에서 來到하는 投票 數爻들이 新聞社 外壁에 報告한다 無餘 數
萬 群衆이 立推의 餘地가업시 드러서 後補者의 일홈과 投票 數爻가 發表될 째마
다 或 拍手로 或 喝采로 고함을 치고 엇던 女子는 엉엉 소리처 울기도 한다 最
後의 勝利는 누구에게 이를는지

Blask park

市外에 잇는 公園이니 안에 動植物園이 잇다 知友 一人으로 더부러 一日을
愉快히 散策하엿다

---

4) 원문대로.
5) 원문대로.

paramount 活動寫眞舘

이 活動寫眞舘은 人員 需用되기와 建物노 世界 第一이란다 內部 置裝이란 形言할 수 업시 조왓고 規模가 컷다 파라마운트社製 映畵는 世界 各國에 波及되는바다

自由神

이것은 바로 紐育 港口 入口에 세운 女子 銅像이니 沖天에 놉히 서 잇다

와신톤(Whastong)[6]

펜실베니아 停車場에서 와싱톤으로 向하야 쩌낫다 米國 車에는 等數가 업고 每 一人 前에 하나式 椅子가 잇다 연線 은 中部地方과 달나 森林도잇고 人家도 잇고 道中 큰 都市는 필나돌피아 마루지모아 유니용 等이 잇다 沈着한 市街地도 적고 汽車內도 乘客이 적엇다 米國 農村은 歐羅巴에 比하면 적막하다 와싱톤 停車場은 쌔긋하엿다 commoielei에 投宿하고 韓小濟氏와 金度演氏를 맛낫다

舊 韓國 時 韓國 公使舘

世上은 좁고 사람은 갓갑다 여긔저긔서 親한 親舊를 맛나게 된다 우리 一行 韓小濟氏 夫妻 우리夫婦 金度演氏는 韓小濟氏 宅 自家用 自働車로 쑤라이브를 하엿다 가다가 멈치고 가라치는집은 卽 舊 韓國 時代 駐米 韓國 公使舘이엇다 조고마한 洋屋 正門 우에는 太極의 國表가 희미하게 남아 잇다 異常히 반갑기도 하고 슬푸기도 하엿다

美術舘(Art musem)[7]

이 美術舘에는 미게란체로의 彫刻 코피가 만코 그림도 만핫다 고로의 作品은 本國 佛蘭西에 잇는 것 보다 佳作이 만핫다 돈이 만흔이만치 外國것이 만타

---

6) 원문대로
7) 원문대로

링컨記念牌(Lincon Memou)[8]

黑奴 解放의 革命祖 아부라함 링큰을 爲해노은 全部 大理石造의 建物이다 入口 正面에 링큰의 銅像이 잇고 庭園에는 못이 잇서(油塔) 이 倒影이 비치어 잇는 光景은 말할 수 업시 아람다윗다

와싱통 記念牌(Washiton Memori)[9]

와싱톤 碑는 링큰 紀念塔과 對立하여 잇는 高 五百五十五후도 되는 尖碑이다

Whit-house[10]

大統領官舍는 全部 白色으로 되어 잇서서 白堊舘이라 한다 이 官舍와 繼續된 집에는 歷代 大統領 夫妻의 肖像과 밋 그들이 쓰든 器具가 잇서 公開한다 比較的 簡素하다

中央圖書舘

一千八百 九十六年에 議會에서 建設하야 一千八百 九十八年 十二月에 公開하엿다 普通 文學 冊이 三萬 三千卷이오 外國語 冊도 不少하며 總 冊數가 一百 四十一萬 七千四百 九十九卷이오 그림 十三萬 三千五百 九十七點이 잇서 世界에 第一 큰 圖書舘이라 하며 各 地方에 分舘도 만히 잇다고 한다

議會堂(bapitol)[11]

이 議會堂은 카피톨 언덕 우에 잇는 故로 카피톨이라고 名稱한 것이다 衆議院, 元老院, 大審院이 잇스며 室內에는 와싱톤, 링큰, 푸랑클닌, 콜놈보스 等 各人의 肖像畵가 잇고 獨立戰爭 壁畵 中에는 合衆國 成立 當時 憲法에 調印한 各州 代表者의 肖像이 잇다 仝會議 圖書舘 內에는 獨立 宣言書와 合衆國 成立 時

---

8) 원문대로
9) 원문대로
10) 원문대로
11) 원문대로

憲法과 獨立宣言書에 싸인한 사람들의 寫眞이 잇다

콩고리드 쳐치(Church)

이 會堂에 大統領이 每 日曜日 禮拜보러 온다기에 求景 갓다 大統領이 드러올 쌔나 나갈 째 群衆은 모다 起立한다

徐載弼博士

와싱톤을 쩌나 中道 filnatolpio에서 나렷다 自働車로 市外 閑寂한 곳이 잇는 病院을 차자 갓다 應接室에 안젓스라니 强壯한 中老人 徐博士가 나와 반가이 握手하여 준다 우리는 잠간동안 朝鮮問題에 對하야 討論한 後 病院 求景을 하고 거기를 쩌낫다 늬우욕에 到着하니 深夜 一時엿다

Tausagwing day[12]

이날 卽 十一月 二十九日은 各 學校가 놀고 各 事務를 폐하고 Tuke 卽 七面鳥를 구어 가지 먹으며 즐겁게 논다

耶蘇誕日 Chistmas day

昨年 크리스마스는 獨逸서 보앗다 今年 크리스마스는 米國서 보게 된다 이날은 家家戶戶에 소나무와 가진 裝飾品을 다 해 노코 즐겁게 논다 나는 朴夫人과 함믜 第一 큰 會堂에 가서 求景하엿다 밤에는 朝鮮 耶蘇教會에 求景갓섯다

紐育出發

正月 十二日 夜 九時 二十分 車로 여러 고마운 親舊들의 餞送으로 紐育을 쩌낫다 親舊 中 一人의 送別詩가 이러하엿다

동쪽하눌이 밝지 못함이어,
새벽 잠이 깁헛도다

---

12) 원문대로.

나무에 불이 붓지 못함이여
큰 물에 오래 저젓도다
란초의 지초와 갓치 남이어
초부가 모르고 버히리로다
저긔 가는 一雙의 외로온 기럭아
쉬지 말고 바로 가라
네 뒤에 적은 배와 바람이
옷 저질가 하노라
일홈 업는 사냥군이 넘어 만흠이어
오히려 포수난 놀고먹도다
초장에 물이 마름이어
언제나 비가 나릴고
내물이 한편으로 흘너감이어
농사에 큰 방해로다

十日間瀑布

외로온 한 쌍의 靈魂은 좁은 뱃속에서 一夜를 지낫나 外景은 白雪이 世界이
엇다 쌔베로에서 乘換하야 午前 十一時에 나이갈 瀑布에 到着하엿다 Cata met
house에 投宿하엿다

(『三千里』, 1934. 7)

太平洋 건너서(故國으로)*

— 歐米遊記 續

나이가라 瀑布

이 瀑布는 이리 大湖로 붙어 와서 리오湖에 落下하는 壯大無邊장대무변의 大飛流대비류(水面 三百尺)이다.

市街地는 文人 黑客을[1] 相對로 하는이만치 施設이 煩雜번잡하고 交通機關이 四通八達케 되여 잇다. 左右 商店에는 土人 風俗 玩物완물들의 産物이 陳列되여 그 原始的 藝術品에 마암이 쓸니게 된다. 雪風에 견딀 수 업고 발이 쩌러저나갈 듯하다 우리는 택시로 憧憬하든 라이갈瀑를 求景하러 나섯다. 森林이 욱어진 公園을 드러시니 衫삼나무에 엉키어 잇는 눈이 나무 全體가 되고 그거시 白森林이 되어 果然 壯嚴한 自然美를 보이고 잇다. 임의 듯든 바와갓치 라이갈 瀑布 廣은 넓기도 하며 無故한 (hill)노[2] 되여잇다. 라이갈瀑가 된 川은 合衆國과 架奈陀 便이 되여잇다. 卽 合衆國 이리 湖水가 加奈陀가나타 온다리오 湖에 落流하는 景인대 中央에 山羊島가 잇서々 瀑布를 兩分하야 其一은 아메리카 瀧농이오 他一은 加奈陀에 屬한 馬蹄瀧마제롱이다. 그거시 크게 어름판이 되고 쏘 고도름이 되여잇는 우으로 나려쓰는 光景이란 絶美하고 더우이 밤에는 이루미네슌으로 비초이여 가진 燦爛한 色彩로 나타나는 光景 西伯利亞 通過 時에 보든 오로라와 같은 一種의 짠 景色을 내고 잇다. 사람은 自然을 偉大하게 맨들지마는 그

---

* 목차에는 이 글의 제목이 「太平洋건너서 故國으로」로 되어 있으나 본문에는 「太平洋 건너서」라고 줄여져 있어 목차의 제목을 살려 넣었다.
1) '墨客'의 오식.
2) 원문대로.

힘은 自然에서 나오고 自然 創造에게로 도라가고 만다. 거긔서 우리는 새 아람다운 거슬 엇고 또 볼 수 잇다. 瀑布의 光景은 米國便보다 加奈陀便이 正面이라고 하야 觀客들은 반드시 그곳으로 求景간다. 우리는 每人 五쌀나式 내고 鐵橋 卽 國境을 건너 英國 領地 加奈陀로 가서 보앗다. 果然 絶美 極致에 達하엿다

라이갈瀑 陳列館

歐米 各國에는 어느 곳을 勿論하고 조고만한 市街地라도 반드시 陳列舘진열관이나 博物舘이 잇서 土地 狀況을 紹介하고 잇다. 여긔에 陳列舘이 잇서 本土 人種의 原始的 生活 狀態를 動 植 礦 各種으로 陳列해 노앗다.

活動寫眞 求景

寫眞은 모다 本土 人種의 原始生活 狀態이엿다. 白人과 土人 酋長추장의 쌀과 婚姻하야 사는 거시엿다. 그들은 이러케 말한다. 戀愛는 神의 불꽃이다 모든 거슬 美化하고 淨化한다. 散文的인 우리에게 詩를 준다. 大地에 草芽초아를 돗게하는 밤 이슬이다. 사람 魂에 脈薄맥박을 돗게 한다. 人生에게 빗을 빗초이고 希望을 준다. 戀愛를 體驗한 사람이 아니면 참 人生의 魂의 속을 듸려다 보앗다고 할 수 업다. 그 사람 自身이 人生을 尊貴하게 살 수 업다. 아마 眞의 사랑은 靈 쑨 아니오 肉쑨만도 아니라 靈肉 사이에 잇서 神과 人間 사이에 徒來하는[3] 거시다

이럭저럭 九日間이나 싸듯한 房 속에서 閑養한양햇다 二十一日 午前 七時 五十分 車로 이곳을 써나다

六日間 市俄古

치카고는 人口 二百五十萬을 가진 米國 第二의 大會요[4] 世界에서 屈指굴지하는 大商工業市다. 미시간 湖(Michigan)에 面하야 沿岸線연안선이 길 쑨 아니라 運河가 잇고 六大 停車場이 잇서 物資가 集散하야 工業의 盛大한 거슨 紐育 以上이

---

3) '往來하는'의 오식.
4) '大都會'의 오식.

라고 한다.

市街는 區劃 整然하야 地上及 高架電車고가전차는 縱橫종횡으로 疾走한다. 交通이 至便하여 幽수 閑雅公園한아공원이 多數 잇서々 Lincoln Park, Jackson park 等은 世界 有數한 公園이라 世界 第一稱 잇는 maskal field department stor 유니옹 屠牛場도우장 뮤니시바루 棧橋 부루만 會社 等이 잇고 其外 美術舘, 博物舘, 치카고 大學이 잇다.

와싱톤 公園 入口애 大石像이 잇스니 「時泉시천」과 時神의 彫列5)이다. 世界 最大의 溫室이 잇서 熱帶열대 草木이 鬱蒼울창해 잇다.

Blackstone Hotel

이 호텔은 치카고 第一가는 호텔 쑨 아니라 世界에 第一 큰 호텔이란다 房이 三千個요 二十六層이다. 內部에는 取引所를 爲始하야 各 商店이 잇고 쌘스場 理髮所이발소 販賣部과가 잇서 마치 市場 갓고 旅客에게 房表방표라는 거슨 마치 停車場에서 票파는 갓치6) 數十介가 잇다.

art musime7)

어느 곳을 가든지 반드시 美術舘을 보게 되는 거슨 무슨 義務갓치 되엿다. 그림 中에는 伊太利 古代畵의 코피가 만앗다. 近代畵로는 佛蘭西 印象派 畵家 中 고간 고호 세잔 루노알 시실리 비사로 데갈 거시 잇고 現代 그림으로난 마치스 웃쓰리오 루소 데한 것도 잇섯다. 彫列8)에난 미케란제로 作品이 三介 잇섯다.

二日間 그랜드케이용

치카코를 쩌낫다. 異常스러온 방아가 보이고 雪山이 멀니 보이며 土城과 같

---

5) '彫刻'의 오식.
6) '것 갓치'의 오식.
7) 원문대로.
8) '彫刻'의 오식.

은 赤土山이 雄大하게 野原을 숙숙 막어 잇서 土種의 土窟 生活을 聯想식힌다. 넓은 들에난 머리만 흰 소가 고개를 느리고 잇스며 石炭과 같은 조악돌 異常하게 눈에 쩨우고 原始的 土人의 小屋이 군대군대 잇다. 中間 停車가 매우 오래서 十分 或 二十分式하여 그동안 土人種들의 手工을 求景할 수 잇고 또 살 수도 잇다.

怪異한 景致로 有名한 그랜드키이용에 나럿다 에루 도바루 호텔에 投宿하엿다.

瑞西의 景色이 입부고 적다 하면 米國 自然 景色은 크고 잘 生겻다.

캐이용은 峽谷협곡의 意味요 層岩층암과 深 一哩 廣 一哩의 岩石 斷層은 마치 印度에 잇는 비라밋도 갓하야 千仞 底에서 無數하게 突立하엿다. 그거시 夕陽에 비최일 쌔는 自然에 影色한 것 갓하야 一見 매우 雄大하다. 谷底곡저에 光線에 反射되는 倒影도영이며 코로라도 河가 흘너 銀紐은뉴를 일은 美觀 또한 形言키 難하다. 岩石 自身이 아람답다. 光線에 싸러 그 色이 靑, 灰, 黃, 赤으로 變한다. 그리하야 太陽의 威嚴과 自然을 確實하게 形體上으로 볼 수 잇다. 土人들은 이곳을 天國으로 通할 길이라고 한단다.

여긔서 一泊하고 翌日 午後에 每人 十二 짤나式 高價票를 사가지고 自働車로 山岳의 中央点과 終点까지 長距離를 往來하엿다. 眺望臺조망대 잇는 곳마다 내려서 보는 山岳의 奇岩怪石기암괴석은 壯觀이엿다.

도라와서 行裝을 차려 가지고 午後 八時에 이곳을 쩌낫다.

二日間 로스안젤스(羅府)

여긔서 通한 列車 內에는 旅客의 安慰와 娛樂을 注意하야 寢臺車침대차 食堂車식당차 展望車 等 設備가 完全하야 展望車에는 骨牌室골패실 書籍閱器室서적열기실[9] 接客室 展望室이 잇서 모다 美麗 優秀한 장飾을 하여 노앗다.

羅府는 恒常 暖和하고 아람다운 都會로 密柑[10]밧 所在地 野菜市場야채시장 花市場 等이 著名하다 또 米國 東部人들의 避暑地이다 日本에 大阪과 같이 四圍에

---

9) '書籍閱覽室'의 오식.

10) '密柑'의 오식.

遊覽地유람지가 만하서 어대든지 電車로 갈 수 잇고 數多한 海水浴場地가 잇다 鐵橋는 線路에 油를 바르고 燃料연료는 石油를 쓰는 故로 塵埃진애 煤煙매연 等이 업서 便利하다

市街地는 道路 左右에 키 크고 입사귀 큰 파레무並木이 잇서 그늘저 잇서 市街는 파레무 나무 속에 파뭇처 잇다.

Holewood[11]

이곳은 世界的 有名한 活動寫眞활동사진 휠님 製造所이다. 우리가 求景할 째는 마침 俳優들이 나와서 撮影촬영하는 現狀을 보이고 잇섯다. 背景으로 使用하는 設備설비는 굉장하엿다.

九日間 요세미데, 마리보자 大森林

冬夏節에 觀光客 避署客피서객 避寒客피한객을 爲하야 特別 列車를 公園 入口 에루 보다루까지 오게 한다. 乘合自働車승합자동차로 마셋도 溪流계류를 씨고 간다. The ahwohrel 호텔에 投宿하엿다.

此 公園은 秀麗한 山嶽 瀑布 溪流 及 奇岩으로 되엿나니 에루가비단 부라이 다부엘으 리봉 스리부라자 等 瀑布는 著名하다.

마리보자 森林은 요세미데에서 每日 自働車가 往來하난대 直經 十五呎으로 三十呎까지 高四百呎 大樹로 된 大森林으로 世界에 有數한 곳이다.

이 公園은 三十五年前에 公開한 곳으로 米國 內 數多한 公園 中에 第一位를 点하고 잇다. 이 山의 特長은 四季가 다 조와 春에는 비가 적고 눈이 녹어 瀑布의 물이 굴거지고 夏節은 平地의 더위를 避하야 都會人들이 小屋生活소옥생활을 하고 秋에는 紅葉이 아람답고 冬은 춥지도 아니하면서 積雪이 만하 스켓과 스키노리에 조흔 곳이다.

호텔은 印度式 建物노 內部는 全部 멕기스코 쩨자인을 하고 織物직물을 깔고 . 壁에는 印度 사라사를 거러노아 一器 一品 藝術品 아닌 거시 업다. 눈은 푹푹

---

11) 원문대로.

쏘다 저 먼 山은 흐려지고 갓가온 樹木은 그 形狀이 完然해진다. 거긔 高貴한 사슴쎄가 입을 눈우에 박고 그니난 거슨 쏘한 보기 조왓다. 스키 團體인 女子들은 모다 쌍스를 입고 活潑이 논다. 土曜日 夜마다 쌘스會가 잇서 求景스러웟다.

여긔 廣場에는 二千五百尺이나 되는 요세미테 瀧농이 冲天에 白布를 친것 갓치 내리쏘다진다. 여긔난 싼스場 音樂堂 水泳場 郵便局 圖書室 學校 病院 硏究室 販賣部 等이 잇고 數百 木造 小屋이 잇스며 事務所 食堂 休憩所휴게소를 具備한 建物이 잇다 더욱이 博物박물이 잇서 所産品을 陳列해노아 觀客에게 趣味와 實益실익을 준다.

六日間 샌푸란씨스코(桑港)

桑港상항은 九十萬人을 가진 米國 太平洋 岸의 大都會地로 四時 天候 봄과 갓다. 米國 太平洋의 關門이오 隣接인접 灣來만래의 諸民를[12] 倂병하야 人口 百五十萬이오 日本 中國 印度 豪州 等地의 貿易船은 朝夕 散集산집하야 東西 文明의 接續點이다. 市街 南端남단에 二子山이 잇서 一望 遊覽에 째를 지나면 三方海에 抱하고 高屋 羅列한 區를 내려다 보면 色彩 찬란한 一大 파노라마의 展開한 佳景을 觀賞할 수 잇다. 太平洋 岸에는 世界 第一인 延長 五哩나 되는 金門大公園 數千 遊覽客으로 덥히난 후리이야스가 大遊泳場 西部 學術에 中心인 加州大學 부레시데오 兵營 日本 茶菓店 音樂堂 植物苑 動物苑이 잇다. 촤이나타운은 구란도街와 바식구지가 街間에 잇서 東洋美術品을 만히 蒐集하야 매우 發展하고 잇다.

金門 公園

桑港灣 入口를 가라처 金門이라고 한다. 여긔 金門公園이 잇서 草, 池, 花壇이 巧妙히 끔여 잇고 美術舘, 溫室, 遊戲場, 動物園이 잇고 日本式 庭園로[13] 잇다. 여긔서 좀 가면 太平洋 岸 一大 絶壁이 잇고 海豹岩이 잇서 海豹해표가 無數히 나와 안진 것도 亦是 求景스럽다.

---

12) 원문대로
13) '庭園도'의 오식.

太洋丸을 타고 太平洋 바다에 썻다

二月 十四日에 太洋丸을 타고 橫濱횡빈을 向하야 太平洋 上에 썻다

太平丸은 歐州 戰爭 째 獨逸서 쌔서 온 日本 第一 큰 배가 進航진항을 짜라 船은 黑湖를 順하야 速力으로 進行한다. 물인지 하눌인지 하눌인지 물인지 分別 업시 太平洋 中을 간다. 멧칠 가다가 救命胴衣구명동의를(life jaccet) 허리에 매고 風浪時 避亂하는 練習을 한다.

船客에 對한 船員들의 待遇대우는 一視 同仁이엿다. 船長 以下 船員들의 親切한 待遇는 遺憾이 업섯다.

船內生活

太洋丸 一等室 設備及 그 生活이다. 室內는 左右 對立 寢臺 二個가 잇고 女下人 男下人이 잇서(Birl, coy)[14], 女子用에는 썰 男子用에는 쏘다. 沐浴은 每朝 하게 된다. 朝 起寢後기침후 카피를 마시고 朝飯을 먹고 텍기에서(甲板) 놀냐면 茶를 가지고 온다. 四時에 茶菓가 잇고 七時 半 라발에 夕飯을 食한다. 一等 食堂 婦人 談話室 喫煙室끽연실 散步甲板 圖書室 遊戱室 水泳室 兒童室 應接室 理髮所 洗濯室세탁실 兒童 遊戱室이 잇다. 運動 曲目은 쎙쏭 輪投 텍기꼴푸 텍기피리야드 碁기 將棋장기 쑤리지 마장 等으로 夕飯 後에 쌀논에서 依例히 노름 시작이 되고 낫에도 甲板 우에서 얼마라도 自由自在로 作亂하게 된다. 그리하야 二萬二千 噸 되는 배는 二千 名의 船客을 실코 쉴새업시 다라나며 그 우에서는 平地에서 하는 모든 動作을 하고 지낸다. 째로난 長大 緩慢완만하게 빗징구로(上下) 쏘는 로링으로(縱橫) 動作하는 소리가 나고 째로난 驟雨 去來하며 刻々으로 아람답게 推移하는 雲影이 보인다. 甲板 캐빈에(臥椅子와의자) 누어 小說도 보고 或 엽해 안진 客과 談話함도 상快하다. 水天彷彿한 渺茫묘망한 波濤 속을 화살과 갓치 뚤코 가난대 지나가는 飛魚비어의 群 不絕히 追船從走추선종주하는 信天翁신천옹 或은 海豚해돈 一隊 浮遊부유하는 鯨魚경어 等 壯觀장관이엿다 一 二次 海洋 中 他 汽船과

---

14) 원문대로.

遭遇할째 兩便 全員이 甲板 우에서 歡呼_{환호}하는 소리 互相 氣笛을 부러 安否를 信號하는 景 實노 人情美의 表現이며 特히 月夜에 紳士 淑女 家族同伴 或은 戀人 同志 三々五々 덱기에 逍遙하는 光景 또한 詩가 되고 만다.

活動寫眞 音樂會 演劇이 낸[15) 차례 잇스며 最終日에 船員 一同의 出演 演劇이 잇섯다.

曲 目
手 品　東洋背辯慶
劍 劇　國定忠治三數
滑 稽　쌘스
春 劇　春駒二幕
滑 稽　萬歲
曲 藝　東洋背辯慶

船內 新聞

無線 電信으로 通한 各國 消息은 船內 新聞이 되여 每夜 食卓에 一人 前에 一枚式 報告한다. 이와갓치 海上에 써서 世界 各國의 朝夕 變更을 알수가 잇다.

運動競技

長時日 한 배 안에서 起居를 갓치 하는 동안 內外 乘客은 故舊_{고구}와 갓치 親密해진다. 餘興 日程을 定하고 船客 中에서 任員을 選立하고 또 그 長技대로 競技者를 擇하엿다. 一同은 우숨과 興으로서 幸福스러운 一日을 보낸다.

스기야기로 日本 料理

二十五日夜 夕飯은 스기야기 料理가 잇다는 飛報가 널넛다. 다々미를 甲板우에 쌀고 나이프와 혹구를 내버리고 和服으로 게다로 적갈을 집어 스기야기와 正宗으로 食事를 하게 된다. 그 珍味 말할 수 업섯다. 太平洋 물결은 배머리

---

15) '네'의 오식.

를 치고 또 친다.

布哇着 호노루루[名 하와이]

布哇群島포왜군도는 마치 演劇 中에 나타나는 中幕과 갓다. 桑港상항서 乘船한지 一週日만에 陸地 卽 四時 開花 啼鳥제조하는 布哇에 寄港하는 好感은 一生을 두고 잇기 어려울 것 갓다. 同 市는 米國 領地지마는 東洋人이 만코 더욱 우리 同胞가 만히 居住하는 곳이다.

하와이 群島는 하와이를 爲始하야 九島와 小數의 無人 小島로 되여 잇다. 通稱 하와이는 傳說에 나타나는 布哇 最初 發見者 하와이로아의 일홈으로 지은 거시다.

하와이는 洋々한 太平洋 上 十字路에 位하야 一方 亞細亞 大陸 他方 아메리카 大陸을 보고 南方을 濠洲에 面하고 멀니는 파나마 運河를 通하야 太平洋 縱斷종단 橫斷횡단 船舶선박에게 給水給炭하는 港으로 著名하며 其外 海底電信局해저전신국 無線 電信局의 所在地로 重要한 곳이다.

하와이는 軍事上으로도 米國의 前哨전초로 緊要地긴요지요 海 陸 雙方의 要害요해를 固守하고 잇다. 眞洙灣 軍港이 잇고 샤후다 兵營 스코쀼이르도 兵營 等이 잇다.

하와이는 더욱이 東西文化의 接觸点이여서 凡太平洋 諸會議 發祥地요 東西 國際的 人種問題 出發地인 同時에 四季 氣候 溫和하야 漫遊地 保養地로 理想的이다.

가메하마 第一世 銅像

킹街 布哇縣 裁判所 庭前에 잇는 가메하마 第一世 銅像은 캬부돈 쿡크 布哇 發見 紀念 百年祭 째 가라가우아王이 建設한 거신대 像은 伊太利 후로렌스에서 鑄造주조한 거시다.

가메하마王은 布哇島를 統一하야 가메하마 王朝를 樹立한 酋長이다. 그째붓허 今日까지 金色眩徨금색현황한 英傑영걸의 像을 나타내고 잇다.

누아누파리

市의 東北 七哩所에 잇는 누아누파리는 가메하마 第一世가 布哇 統一 最終戰을 하든 古戰場이다. 同所는 千仞絶壁^{천인절벽}의 奇勝地^{기승지}요 여긔서 부는 바람은 世界 第三位 風速^{풍속}이라고 稱한다.

쓴지부르丘

市 中央 山中에 突出한 海拔^{해발} 五百 呎의 死火山으로 頂上에는 噴火口^{분화구}의 흔적이 남아 잇다. 昔日 此島의 酋長이 加哇에 遠征할 時 만흔 分捕品^{분포품}과 婦女子를 生擒^{생금}하야 凱旋祝宴^{개선축연}을 開할 時 突然히 山이 울니고 噴火하엿다. 그 生靈이 춤을 추어 慘酷한 酋長을 警戒하엿다는 傳說이 잇다.

이 丘上에 올너서면 하와이 市는 勿論이오 에와 耕地 眞洙灣 軍港 와이바후 아이에아 耕地 等 遠望이 優秀하다.

따이야몬드 렛도 巡廻16)

짜이아몬드 헷도는 古噴火口의 蹟으로 只今은 米國 陸軍 오아우 要塞地^{요새지}의 一이라 한다. 여긔서 곳 와이기々 海岸을 갈 수 잇다.

와이기기 水族館

布哇 近海에 잇는 모―든 珍魚^{진어}가 잇스니 五彩 七色의 魚族 蒐集한 곳으로 世界에 著名한 곳이다.

비숏부 博物館

豪族 챠레스 비숏부氏가 亡妻(王女)를 紀念하기 爲하야 여러가지 公共事業에 投資하엿다. 其中 이 博物舘은 가장 價値잇는 곳으로 內壁에 溶岩 珍材를 爲始하야 부루네상族의 器物 生物 或 太古 生活 狀態 模型 彫列17) 等 網羅^{망라}해노아

---

16) 원문대로.
17) '彫刻'의 오식.

南洋民族見學남양민족견학으로 가장 便利하다

하와이 出航

出航 時間이 되니 下陸햇다 모혀드는 船客 及 餞送客전송객으로 大端이 複雜해
진다. 花來[18] 배에 걸친 色紙 목에 걸친 목도리(植物 열매를 쩨인 것) 파는 사람
사는 사람 사서 가는 사람 사람 목에 걸처주는 사람 야단법석이다. 喇叭나팔을
불고 餞送人이 나리고 陸地에서는 손진도리 或 엇던 하와이 女人은 隊를 지어
서々 춤을 추고(하와이춤) 노래를 하야 一大壯觀을 이르고 만다. 배가 쩌난다. 裸
體의 土人들은 船客들이 던지는 돈을 물구나무 서々 집어가지고 나오고 엇던
者는 배 위로 올나와 돈을 거두어 가지고 물 속으로 쩌러진다. 쏘한 구경거리
엇다. 아, 배는 다시 海洋에 쩟다.

last night

船內 生活에 最後 夜가 되엿다. 食卓에는 선물과 各色 帽子가 各々 노혀잇다.
모다 帽子들을 쓰고 안젓다. 船長의 人事가 잇슨 後 米國 大使館 參事舘 夫人의
主禮下에 萬歲 三唱이 잇섯다.
　食卓은 各々 官等대로 定席하나니 우리는 主人 事務長을 爲始하야 朝鮮 拓殖
會社척식회사 課長 野田氏 夫妻도 잇섯다.

橫濱 到着

排水噸數배수톤수 二萬 二千噸되는 太洋丸은 桑港서 橫濱까지 距離 五千 五百
十哩를 十七日 만에 午後 二時에 無事히 到着하엿다. 阜頭부두에는 人山人海에
迎接人이 보엿다. 손을 들고 소리를 질너 甲板 우와 陸地 사이에 인사가 잇다
우리를 마지러 온 사람은 楊在河氏와 金澤辰氏이엿다. 매우 반가윗섯다. 下船하
야 東京으로 가서 新宿 호텔에 投宿하엿다.
　東京 집은 모다 바락그 갓고 道路는 더럽고 사람들은 허리가 새우등갓치 꼬

---

18) '花束'의 오식.

부라지고 氣運이 업서 보엿다.

一週日間 東京

李王殿下이왕전하를 爲始로 知人 親友들을 차잣다. 或 午餐오찬을 주는 자 晩餐만
찬을 주는 자 歡迎이 자못 컷다. 十日 午後 九時 三十分 車로 東京驛을 써낫다.
아아, 내 가삼은 쉴새업시 두군거린다. 東海道線 中에 疾走하엿다. 歐米 景色에
比하면 山高水麗한 맛이 잇스나 氣分이 적고 淸雅청아하고 佳麗가려하다.

釜山着 東萊歸來

十二日 午前 八時에 釜山에 到着하엿다. 親戚 一同과 老母와 三兄가 나왓다.
나는 꿈인지 生時인지 눈물도 아니 나오고 感想이 이상스럽다. 自働車로 東萊
에 도라왓다. 一年 八個月 前에 보든 버섯과 갓흔 집 몬지 나는 길 原始 그대로
잇다. 다만 사람이 늙고 컷슬 뿐이다. 무엇보다 老母의 氣運이 조코 三男妹가
健康한 거슨 多幸한 일이다.

아, 아, 憧憬하든 歐米 漫遊도 지나간 過去가 되고 그리워하든 故鄕에도 도라
왓다. 일노붙어 우리의 前道는 엇어케 展開하랴는고 － 씃 －

(『三千里』, 1934. 9)

伊太利 美術館

내가 巴里 잇슬 동안 남편은 歐羅巴 各國을 視察시찰하고 伊太利만 남겨노코 왓다. 그리하야 三月 二十三日에 伊太利를 向하야 美術을 차자 나섯다.

伊太利는 美術의 나라 그 美術은 古代 羅馬時代로부터 十七世紀에 이르도록 世界的 名聲을 가지고 잇섯다. 十五世紀 前後 文藝문예 復興期부흥기에 잇서서 伊太利 美術은 建築 彫刻이 잇섯고 特히 繪畵는 前古無比한 隆盛時代융성시대이엿든 거슨 누구나 다 아는 바다. 實로 러네상스 期의 伊太利 繪畵는 人間 能力이 絶頂에 達하엿든 것이다. 그럼으로 美術史上 만은 페지를 点領하는 것이 伊太利 러네상스 期 繪畵요 世界的 製作品으로 保藏보장해 잇는 것이 그째 繪畵요 歷代의 名畵家들이 그째 繪畵의 影響을 만히 밧은 것이오 只今 畵家들이 伊太利를 차자가는 거시 모다 그째 그림을 보기 爲함이다.

佛蘭西 村落에도 봄이 왓다 나무가지에는 푸른 입이 돗아오르고 나무 아래 그늘에는 풀꼿이 쌀여잇고 앵도꼿 복송아꼿 배꼿이 피여잇다. 農夫들은 雙馬쌍마를 몰아 밧을 갈고 잇고 (歐羅巴에서는 흔히 말을 쓴다) 군대々々 보이는 褪色한 붉은 벽돌집 庭園에는 빈틈업시 菜蔬와 花草가 심어잇다.

밀란(Milan)

밤 十一時에 佛蘭西와 瑞西 國境과 午前 三時에 瑞西와 伊太利間의 國境을 지나게 되여 변々히 잠을 못잣다. 말둑을 꼬저 노코 이 便은 어느 나라 저 便은 어느 나라 하며 服裝복장이 突變돌변한 稅關々吏가 웃적々々 드러서서 셔슴업시 旅行券과 行李 調査를 한다. 나라마다 달는 服裝도 한 求景거리다. 午前 六時 三十分에 드듸어 밀난에 到着하엿다.

밀난은 人口가 百萬이나 되는 伊太利 全國 都會中 第二位에 處하는 곳일다. 뿐만 아니라 商業 中心地일다. 市街의 設備며 建築은 별다른 点은 볼 수 업섯스나 눈에 찍우는 거슨 婦女의 人物일다. 顔色안색이 붉고 輪廓이 正確치 못하며 表情이 純眞한 듯하고 毛髮모발이 眞黑色진흑색이 만타 風聞에 依하면 婦女들은 多産하야 十二 三兄弟는 普通이라 한다. 우리는 길에서 知人을 맛낫다. 그는 花岡氏라는 東京人인데 昨年에 瑞西 뱰룬에서 活動寫眞 求景갓다가 알게된 사람이다. 이런 곳에서는 黃人種만 맛나도 눈이 번적 찍운다.

돔(Duoms)

이 寺院은 世界에 第一 간다는 절일다. 이 절은 北方에 聳立용립한 알브스山과 그 壯大함을 比較하기 爲하야 세웟다는 傳說이 잇는 이만치 白大理石으로 된 壯麗장려한 建築건축일다. 長年의 工事와 論爭으로 一千三百八十六年에야 完成되엿다하며 北方으로 輸入해온 所謂 고틱式(窓이 쏸족쏸족하게 된것)과 本來 잇든 伊太利式(窓이 穹窿式궁륭식)과의 南北兩式의 混血兒혼혈아로 美術史上 有利한 參考品일다. 不定한 形狀의 白色의 錐針추침이 無數히 突出하야 그 壯大함은 놀납다.

寺內를 드러스니 大規模로 된 飾窓식창에는 各種 模樣과 僧侶의 모자이구(流璃 조각을 마추어 細工한 것)가 燦란하게 색여잇다. 이 모자이구는 紀元 五世紀 藝術노 有名한 비잔式이다. 寺內에는 解部해부 彫刻조각으로 有名한 聖바돌노마(S. Bartolomea)가 잇다.

산다(St), 마리아(Maria), 델(della), 그라지(grazia)

이 聖母 寺는 市街 中 한편에 잇다. 簡素한 堂上은 多角形의 穹窿노 되고 이 地方에서 만히 나는 赤煉瓦적련와의 褪色한 壁은 滿洲에서 만히 보던 記憶이 새로워젓다. 이 聖母寺를 차저서 世界 各國人이 밀란에 들니는 것은 이 寺에 한 僧舍一室에 잇는 世上에 둘도 없는 寶物, 레오날도 다빈치의 壁畵「最後의

晩餐」이 잇는 까닭이다.

入場料 五리란(六十錢)을 내고 堂內에 발을 듸듸어 노앗다. 過分한 企待와 緊張에 가삼은 鼓動이 甚하엿다.

果然 畵面을 對할 때, 不知中 머리가 숙여젓다. 그러고 只今까지 印刷物노 보아오든 것과 判異한 것을 볼 때 깃벗섯다 이 그림은 溫氣와 또 一時 其 室이 兵營의 廐舍구사로 使用할 때 無時로 窓門을 열고 한 關係로 매우 剝落 破損하여 젓다. 室內에 滿員인 各國 鑑賞客들은 그 眞趣를 알냐고 望遠鏡으로 惑은 紙孔으로 보너라고 야단들이다. 萬古의 傑作 「最後의 晩餐」 압헤 섯는 群衆의 心理는 하나가 되고 만다. 그 氣分은 崇嚴하엿다. 中央에 作者의 肖像이 잇서 群衆의 마음의 절을 밧고 잇다. 이 寺院은 伊太利 最初 建物 寺院이라 한다.

레오날도 다빈치와 [最後의 晩餐](Leonardo da vinci(1452~1510))

레오날도 다빈치는 문예부흥기 偉才 中 一人이다. 代々 풀로렌스 名門家의 庶子로 幼時부터 學問을 좋아하고 硏究心이 富하엿다. 壯年에 이르러 鋼鐵을 飴와 갓치 느릴 만한 巨人이요 獅子와 갓흔 勇猛을 가진 同時에 비닭기 갓흔 柔和한 마음을 兼備하엿다. 當時의 사람들이 「完人」이라고 불늘 만치 各 方面으로 能치 못한 것이 업는 驚嘆한 天才이엿다.

一千四百八十三年에 어느 侯爵의게 招待을 받아서 밀란으로 (플로렌스에서) 왓섯다. 그리하야 여긔서 四年 동안을 두고 그린 것이 이 聖母寺에 잇는 「最後의 晩餐」이다. 이것은 예수가 明日은 로마 官吏에게 잡혀가서 十字架에 못 박히게 되는 其 前夜, 十二 使徒와 晩餐을 갓치 하면서 「이 中에 한사람이 나를 파럿다」하니 그거슬 드른 使徒들은 서로 의심을 내는 瞬間의 悲劇的 光景을 그린 것이다. 從來 「最後晩餐」이란 畵題를 趣한 畵家가 만엇섯스나 레오날도 다빈치만치 그 情緖를 그려낸 그림이 업다고 한다.

엽흐로 긴 食卓 滿場에는 感情의 波動이 물결과 갓치 퍼저 잇고, 波浪 中央에 잇는 예수는 조곰 고개를 돌여 두 손을 벌니고 잇서 巨人의 悲劇的 運命을 보이고 잇다. 先生을 판 유대가 놀나는 表情이며 여러 사람의 視線이 中央에 잇는 예수에게 와 天井에 統一하여 잇다. 이 그림에서 十六世紀의 色彩를 볼 수 잇다는 것이다.

共同墓地(Cemeteries)

토마스 쿡 自動車로 다다른 곳이 共同 墓地이엇다. 鐵 난간을 드러서면 러네 상스期 偉才 畵家 미게란제로의 設計로 되엇다는 墓堂이 잇고, 그리로 드러서 穹門을 나서니 各種 希臘窿[1] 露馬式의 墓碑 石棺 彫刻이 잇다. 엇던 것은 男便 屍體엽헤 고개를 숙이고 안즌 夫人 엇던거슨 夫人의 棺 압헤 남편이 손을 가삼 에 대고 잇는 것 어머니 무덤 압헤 어린 男妹들이 우러러 보는 것 넓은 쓸에는 白色大理石 或은 花岡岩으로 그 죽음에 對한 悲劇을 彫刻으로 表現해 노앗다. 部分的으로 보면 ──히 落淚낙루를 不禁하겟스며 全體로 보면 可히 美術品에 醉 한 듯한 感이 生겻다.

이 墓地는 世界의 第一가는 藝術的 價値가 잇다 한다.

黃昏도 되엿슬 쑨 아니라 토마스쿡 自働車가 재촉을 해서 凱旋門은 自働車 우에서 보앗다. 이 凱旋門은 巴里 凱旋門개선문보다 規模가 적엇스나 彫刻과 模樣 이 大同小異하엿다. 北으로 古城塔고성탑이 보이는 中間公園 森林을 빙빙 도라서 왓다 이날 밤에는 有名한 스칼나 劇場 演劇求景연극구경을 갓다.

스칼나(Sccra)[2]

스칼나라면 劇場建物로나 여긔서 하는 오페라로나 世界에 第一인 것은 누구 나 다 안다. 그리하야 이곳에 各國 歌劇 硏究者들이 數萬名 모여든다. 朝鮮의 故 尹心悳윤심덕 氏도 이곳을 憧憬동경하다가 쯧을 이루지 못하고 作故한 것이다. 定 員이 三千 六百名이라고 하는이만치 劇內가 넓고 劇外形은 後期에 建設된 巴里 오페라에 比할 수 업시 平凡하며 劇內場의 置裝은 巴里 오페라의 天井畵나 彫 刻과 갓치 산듯한 맛이 업스나 色彩라든지 規模가 深味가 잇섯다. 果然 出演하 는 背景이며 出演하는 數百人의 衣裳의상 表情 歌曲, 音聲 나로서는 巴里에서나 伯林에서 보지 못한 嚴然엄연한 거슬 보앗다. 거긔 안저 그것을 보는 나는 無限

---

1) 원문대로.
2) 원문대로.

이 幸福스러웟다.

여긔 와서 硏究하는 日本 女優 原信子氏는 不遠間불원간 여긔 上演하리라 한다.

뿌레라 갈라리(Brera garari)3)

翌朝에 市中에 잇는 뿌레라 畵廊화랑을 차자 갓다. 여긔 陳列해논 그림이 七百五十点인데 이거슨 대저 十五世紀로 二十世紀 外지의 代表的 作品일다. 其中에 有名한 것은 루이니(Luini)의 「薔薇苑장미원의 聖母」와 레오날도다빈치의 「救主」와 만데냐(Mantegna)의 三代 傑作 中의 하나인 「예수의 屍體와 聖女들」 과 벨린니(Bellini)의 「聖母의 結婚」일다.

벨이니의 作은 溫雅온아한 感情과 深奧한 魅力에 富하다. 其 一例가 이 「薔薇苑의 聖母」이다. 濃厚한 色 사이로 써오르는 桃色도색 사람의 마음을 끌지 안코는 마지 안는다. 그 聖母에 나타난 美는 婦人의 美를 表現하는데 有名한 라파아엘이나 지시안에게서 보지 못할 美를 볼 수 잇다.

레오날도다빈치의 「救主」는 作者가 不分明하엿든거시 其後 여러 鑑賞家의 評으로 레오날도다빈치의 作으로 確定된 거신대 이 그림은 基督이 人間에 對한 悲哀와 救世에 對한 苦悶의 表情을 充分히 나타낸 거시다. 이 畵廊 中에 特別히 홍겁 뚝겅 덥허 노앗다. 그만치 作者에게나 作品에 對하야 敬意를 表한것 갓헛다.

만데냐의 「예수의 屍體와 聖女들」도 잇다.

이것을 注目하게 되는 바는 그 技術이나 덥흔 白布의 複雜한 주름살이며 예수의 屍體를 縮面축면으로 그린 것이다. 이 그림을 側面으로 볼째는 長臥장와하게 보이는 奇妙한 技術이 잇다. 두손을 무겁게 느러틔린 屍體의 形態며 그 엽헤서 哀痛하는 聖女들의 表情을 볼째 짜라서 눈물이 나올 듯하다.

벨린이는 베니스 派의 大家로 그 作品 中 有名한 그림이 이 「信仰」이다. 聖母가 基督의 屍體를 쎠안고 슬퍼하는 그림이다. 이 畵題를 取한 畵家가 만헛섯스

---

3) 원문대로.

나 벨린이이와 갓치 聖母의 悲哀비애의 感情을 表現해 낸 사람이 적다고 한다. 蒼白창백한 基督의 屍體 거긔의 쌤을 대고 우는 聖母의 聖愛와 悲哀가 極한 表情 絶望하면서 聖骸성해를 붓들고 잇는 요한 全畫面에 찬 白色調, 輪廓의 쪽쪽한 것 모다 宗敎的 高尙한 感情이 表現해잇다.

라푸아엘 삼도의「聖母의 結婚」

예루살넴의 多角形 穹窿 寺院을 背景하고 新婦 마리아와 新郎 요셉이 對面해 서잇고 그 가온대 大僧이 서서 두사람의 손을 쥐게 하며 요셉이 妻女에 손에 반지를 씨우랴고 하고 잇다. 마리아를 擁護옹호해잇는 여러 妻女들은 羨望의 表情이 充滿하고 요셉 편에 잇는 拒絶을 當한 求婚 靑年들은 絶望의 苦痛에 못견대서 막대기를 썩는 者 참아 볼수 업서 고개를 도리키는 者가 잇다. 여러가지 (枚)는 부즈러지고 한가지만 요셉으로 因하야 꼿이 피엿다. 이와갓치 요셉과 마리아는 公衆에 압헤서 法律上 正式 結婚式을 擧行거행하는 것이다.

베니스에서(Vnice)4)

午前 九時 四十分에 밀란을 떠나 베니스로 向하엿다. 밀란에서 베니스까지 사이에 론바루지 平野에 麥畑맥전과 牧場이 繼續하엿섯다. 湖水를 끼고 한참 돌더니 約 一時間이나 물 가온대로 進行한다. 매오 이상스러웟다. 未久에 到着하는 베니스 停車場도 亦是 물 가온대요 풀냇홈을 나서니 亦是 運河로 압히 탁 터진다. 듯든 바와 갓치 베니스는 水鄕이로다 호텔을 定하고 市街地 求景을 나섯다.

베니스는 島가 大小 百 十七이오 運河가 百 五十이오 橋가 三百 七十이라고 한다.

검게 흐린 溝渠上구거상에 옷칠한 棺과 갓흔 곤도라(배일홈) 쩨운 水鄕을 想像해 볼 째 쏘 그 우에 검은 쉬얼을 둘너 발등까지 주렁주렁 덥흔 이곳 婦女의 風俗을 볼째 일즉이 베니스는 東洋的 黃金調의 多色하고 濃厚농후한 景趣경취를

---

4) 원문대로.

가진 곳으로 들넛스나 베니스는 黑色 베니스로 첫 印象이 되엿다. 그러고 全體를 包圍한 氣分은 墓田묘전에 漂流표류하는 陰濕음습한 神秘의 내음새이엿다. 그러나 褪色한 朱黃色, 연粉紅色, 灰褐色인 壁色은 色彩를 좀 써 보앗다는 내 眼目에 親近한 맛을 주엇다.

베니스는 바다 속에 잇는 水鄕으로 全部 築을 싸코 運河가 道路가 되여 골목이 全部 물이오 棧橋잔교가 名産이랄만치 이르는 곳마다 다리다. 그럼으로 이곳에서는 車馬는·藥에 쓸냐도 엇을 수 업고 交通槪關은 全部 小蒸汽船소증기선과 곤도라다. 風流로는 조흐나 풀이며 흙이며 庭園은 도모지 볼 수가 업고 狹窄한 市街는 終日 日光을 보지 못할 곳이 만엇다. 二三日 지나는 旅容으로는 趣味잇게 볼 곳이오 永住하기에는 넘어 不安될듯 하엿다.

翌日은 아참 일즉이 곤도라를 타고 산말크(中央地)로 갓다 멀니 들니는 물결 우에 흰갈맥이 쎄는 쩟다 안젓다 무엇을 차자 몰고난 다시 휩처 떠오른다. 나는 이런 꿈나라에 와서 배를 타고 안저서 冥想에 쌔젓섯다.

果然 살말크에는 宮殿이 잇고 (A)塔이 잇고 寺院이 잇고 英米國人을 相對로 陳列해논 華麗한 商店이 잇다.

산말크 廣場 長은 九十六 間 幅은 四十五 間 바닥에 代理石과 案山岩으로 된 것을 보면 往時의 華麗와 富貴와 權力이 얼마나 하엿든 것을 알 수 잇다.

산말크 寺院·內部 裝飾이 東洋式으로 有名하다.

도지 宮殿(Dalace of The Dogos)[5]

이 宮殿은 八百四十四年 建物인데 後期 꼴式에서 러네상스에 入하는 過渡期과도기에 建築을 說明할 수 잇다는 建物일다. 十五世紀 十六世紀 間에 增築증축을 하엿고 二次나 火災를 當하엿다 한다. 以前 伊太利 共和時代 大統領官舍대통령관사로 使用하엿섯고 當局者들의 集合處집합처이엿다 한다.

이 建物이 歷史的 價値를 가젓슬 쑨 아니라 여긔 잇는 畵廊[6]에 陳列된 그림은 伊太利 러네상스期에 入하는 한 階段을 가진 價値 잇는 그림이 잇다. 其中에

---

5) 원문대로.
6) '畵廊'의 오식.

는 리조의(Rijzo) 그림이 만코 지시안의 것과 (第十五圖, 진도렛도(Tin'oretto)의「聖 가데리나」(第十六圖) 진도렛드, 베로네스, 바자노 等 合作으로 Paradise이 잇스니 이 그림은 人物 만히 씬 그림으로 世界에 第一가는 것이다. 天井畵는 진도렛도의 作으로「天國의 榮光」이 잇다.

看守간수가 指導하는 대로 드러시니 캄캄한 石獄석옥 속이다. 어느 나라 監獄이든지 自由를 束縛속박해 놋는 것은 一般일다. 우리나라 前 보두청 貌樣으로 上壁에 조곰 뚜러논 것 外에는 밥 주는 구멍밧게 업다. 木造도 아니오 四方壁이나 쌍바닥이나 모다 돌이다 그 밋흐로 물 흐르는 소리가 난다. 死刑 罪囚를 이 바다에 미러느엇다 한다. 宮殿과 監獄과 連해 노은 다리는 愁歎橋수탄교라고 일홈한이만치 天國과 地獄이 相續한 感을 늣기게 한다.

塔(Companile)[7]

宮殿에서 나오니 소낙비가 쏘다지고 四方 寺院 鍾閣으로부터는「산다 마리아 노벨」의 鍾소래가 울녀 바다 물결소리에 合하고 만다. 부드럽게 날나드는 비닭이쩨는 어엽븐 입으로 아장 아장 거러 觀客들이 주는 무엇을 주어 물고는 할김할김 치워다 본다 大廣場에 퍼저잇든 비닭이 쩨는 一時에 몰겨 屋上으로 올나간다. 이 아니 別有天地 非人間이랴 精神업시 서서 보다가 暴雨를 避하야 宮殿압헤 잇는 塔으로 올나갓다.

暴風雨가 甚하야 오래 머물지 못하고 暫間 둘러보앗스나 베니스의 全景은 實노 水世界이엿다. (次號續)

(『三千里』, 1934. 11)

---

7) 원문대로.

伊太利 美術紀行(前號續)

싼말크寺院(Iianzzetta di San Marco)[1]

이거슨 十二世紀建物노 곤도라를 保護하기 爲하야 세운 寺院이라 한다. 寺內
에 기둥들은 希臘 곤스탄치노풀에서 가저 왓다 하며 全部 白大理石造로 참 莊
嚴하다. 寺內 寺外 地面은 全部 大理石 모자이구이여서 그것만해도 한 훌늉한
美術品이 成立되여 잇다.

天井畵는 新約全書신약전서의 馬哥마가의 行蹟이 그려잇다.

美術館(Museum Arthaeologic)[2]

이 建物은 前에 共和時代 大統領의 官舍이엿다 한다 조흔 그림도 만핫스나
別로 歷史的 價値를 가진 거슨 업섯다 다만 바올노의 「마돈나」가 有名하다 쑨
이엿다.

나와서 求景할 곳을 찻다가 마침 英國人 觀光團이 지나난 거슬 보고 그 뒤를
짜랏다 골목으로 한참 가더니 어느 조고마한 二層 집으로 올나간다 이 곳은 임
의 案內者들과 內約이 잇서 觀客을 引導하난 所謂 名産品 賣店이엿다 英 米國人
이 頻繁히 出入하난이만치 奢侈品이 만핫다 일즉붓허 東方諸國과 交通을 열엇
든 이 貿易港무역항은 옛날붓허 細工物의 産地로 有名하엿다 그리하야 목에 걸치
는 줄에 찌운 구슬까지 모다 大理石 細工物세공물이다 異常한 꿈과 갓혼 이 都市

---

1) 원문대로.
2) 원문대로.

를 回憶하기 爲하야 한 物件의라도 사가지고 가고 십흔 强한 執着心집착심이 生겨 발길이 얼는 쩌러지々 아니하엿다.

싼말크寺院(St. Mark)

이거슨 共和時代 國立寺院으로 여긔셔 大統領의 戴冠式을 하고 共時 官吏들이 禮拜예배를 보든 곳이다 여긔도 진도렛도의 그림이 두 장 잇셧다 여긔 온 後 畵題는 豊富하나 連日 降雨강우와 쏘 求景으로 因하야 마음만 안타가워 할 쑨이오 한 장도 못 그렷다 이날은 마침 볏도 나고 하기에 小品 一個를 그렷다 傑作을 볼째난 그리면 곳 그갓치 될 듯 하나 그리고 보면 生覺하든 것과 判異하다 이럴 째마다 大家와 傑作에 對한 尊敬이 더하여 간다 그림은 感覺的인만치 果然 어려온 거시다.

博物館(Gallei a Arte Moderna)3)

이거슨 一千九百二年 建物노 여긔셔 每年 一次式 四月로 十月까지 國際展覽會를 開催한다 現代 繪畵로 가장 有名한 거시 만흔 中에 내가 前에 冊에셔 만히 보아오든 쌔스틔짜의 「帳幕」이 잇다 其外 巴里 로단 뮤셈에 잇난 것과 갓흔 로단의 (Rodin) 「가리市民」과 「默思」가 잇다 여러나라를 도라다니난 中에 巴里는 마치 故鄕과 갓치 生覺이 되여 이 作品만 보아도 매오 반갑다.

帳幕의 白布의 描畵를 奇妙하게 한 것과 라꾸아엘의 「聖母昇天」 지시안의 「크리스도의 昇天」 진도렛도의 「크리스도의 最後」 베로네스의 「蜘蛛지주의巢소」와 「處女」 베루니의 「마돈나」가 잇셧다.

아가데미畵廊(Akademie)4)

이 畵廊에는 陳列해진 繪畵가 七百五十餘 點이 잇다 大部分은 베니스派의 大家의 그림으로 作者 中에는 歷史的 人物이 만타 여긔셔 베니스派의 特色과 其後 풀로렌스派의 特長을 比較해 보면 專門家전문가에게는 큰 興味 잇난 材料를

---

3) 원문대로
4) 원문대로

엇게된다 이 中에 가장 代表的 그림으로난 밸닌니의 「聖母」와 「싼말크 寺前 行列」이 有名하다 지시안의 「아담 이부」와 칼바시오의 「사셸드스의 敬拜경배」(C)가 잇다.

베니스派畫와 풀로렌스派畫의 比較와 그 代表的 作家

베니스派의 繪畫는 풀로렌스와 中伊太利 諸派에 比較하야 뒤져서 發達되엿다 그러나 다른 派와 달느게 베니스派에는 特長을 發揮발휘하야 러네상스 美術史 中에 獨特한 地位를 點領점령하고잇다.

풀로렌스派 繪畫의 特長은 線으로된 輪廓의 完成과 肉體의 描寫와 運動의 表現에 잇서 高雅고아한 氣品으로서 全體를 調和한 거시오 베니스派 繪畫의 特色은 色彩를 重要하게 역여 明暗의 色調와 光線의 陰影으로 畫面에 깁흔 맛을 加하야 人間美와 人情愛를 表現해 온 거시다 그럼으로 油畫의 新 描法은 後者가 適當하게 되어 잇다.

그리하야 베니스난 繪畫가 만히 發達된 곳이다. 베리니 베니스 繪畫의 러네상스 風으로 發展되기난 十五世紀 末에 베리니 兄弟로붓허 始作되엿다 베리니 繪畫 中에 가장 有名한 그림은 아가데미 畫廊에 잇난 「싼말크寺前 行列」이다.

元來 베니스난 商業貿易을 生命으로 아는 都市인만치 市民共和의 政治를 理想으로 삼앗다. 市 中央인 싼말크 寺에서 行하난 宗敎的 祭式제식은 市民全體의 祭式이 되엿슬거시다 그럼으로 이 베리니의 그림은 十五世紀 베시스5) 風俗畫풍속화로도 볼 수 잇난 거시다 베리니의 壯年장년의 氣力이 漲溢한 「聖母」는 基督기독을 안고 잇난 거신대 聖母는 超俗的초속적 氣分보다 人間的 親近한 맛이 잇다.

틔에볼느의 「十字架의 發見」이 잇다 이런 그림과 갓치 베니스 繪畫 中에는 市의 光榮을 記念하는 歷史的 그림이 만타 이와갓치 都市生活과 美術의 關係는 베니스에서 만히 볼 수가 잇난 거시다.

지시안은(Tiziano) 베니스에 居住하는 畫家로 베리니의 弟子이엿스며 百歲백세까지 長壽장수하면서 老衰노쇠를 모르고 그림을 그린다 한다.

---

5) 원문대로.

지시안이 當時 얼마나 그 名聲과 畵界 地位가 잇섯든 거슨 氏가 不幸이 黑死病으로 死去하엿슬 째 全 베니스 市民은 哀悼의 意를 表하고 또 當時 黑死病者는 寺院 內에서 葬儀를 嚴禁함도 不拘하고 元老院의 命令으로 후라리 寺內에 莊嚴하게 埋葬매장한 거슬 보더라도 알것시다.

지시안은 만흔 女性을그린 畵家이다.

特히 豊富히 圓塾한 中年女性을 질겨 만히 그렷다 氏의 그린 女性의 肉體美에는 勇熱용열한 健康이 잇다 實노 色彩의 畵人이[6] 할만치 色彩의 深味심미와 詩的 講造[7]가 잇다 作品中에는 「祭壇제단」과 「聖女昇天」과 「聖女와 聖子」 等이 잇는대 모다 明確한 感想과 氣品에 富한 沈着이 잇다.

진토렛토(Tintoretto)와 그의 作品

진도렛도난 베니스派 最後의 名聲을 가젓든 鬼才귀재다 氏의 畵室 壁에는 미게한제로[8]의 輪廓 「지시안의 色彩」하고 標語표어를 써 붓치고 工夫를 하엿다 한다 그가 지시안의 弟子로 넘우 暴行을 하다가 쏫겨나와서 그갓치 熱心으로 工夫를하야 놀날만치 大作品 「最後의 審判」「天國」「聚마루고[9]의 奇蹟」 等을 次第로 그려냇다 이 中에 「天國」은 놀날만치 커서 世界上 最大繪畵최대회화로 일홈이 낫다 氏의 特長은 生命의 躍動약동을 그대로 畵面에 表現해 노코 聖傳이든지 神話든지 歷史든지 모다 運動體로 그려내고 또 日常生活의 裏面을 그리기에 도움을 두엇다 그리하야 그 表現方式에는 大筆觸대필촉을 使用하야 光線을 適確적확이 그려 明暗의 對照를 强調하야 從來 잇든 溫穩온은한 그림에 動搖동요와 活氣를 加한 新表現法이엿다.

도라와서 레스토란(食堂)에 가 伊太利 名産으로 有名한 마가로니와 生鮮으로 저녁을 먹엇다 질기고도 맛이 붓는 마가로니도 먹어보지 못하든 맛이 잇거니와 이 運河에서 잡은 生鮮 맛은 生前에 이즐 것 갓지안타 旅勞여로의 疲困도 夫

---

6) '畵人이라'에서 '라' 탈자.
7) 원문대로.
8) 원문대로.
9) '聖 마루고'의 오식.

婦 마조 안져 食事할 째는 멀니々々 물너가고 한갓 團樂_{단락}의 幸福이 잇섯슬 뿐이다.

노렌스에서10) (Florence)

午前 七時 五分 車로 풀노렌스로 向하엿다 듯든 바에 依하면 伊太利는 光線의 나라이요 光線이 업고난 伊太利風의 感이라든지 美術의 美를 알수 업다 하는대 쩌난 以後 不幸이 連日 降雨로 하야 陰濕한 日氣에 아모 愉快_{유쾌}한 맛을 모르겟다 게다가 八字에 업시 모양을 내너라고 얿게11) 입고 왓더니 寒氣_{한기}로 자못 不快하다.

풀노렌스난 一名 쫠노렌자라고도불는다. 그 意味는 花라 하야 쫠노렌스를「花都_{화도}」春都_{춘도}라고 불는다.

쫠노렌스는 北으로 알바니 山脉_{산맥}과 南으로 갼지 山脉이오 그 사이로 아루노 川이 조용히 흘느고 잇다 그리하야 아루노 내 뒤 언덕에서 내려다 보면 풀노렌스 全 都市는 숫으로 덥혀 잇다 果然 花都라고 부름이 適切_{적절}한 名詞이다.

그러나 우리는 다른 곳에도 다 잇난 이 숫을 쩍그러 온 거시 아니다 이곳에서 피여 이곳에서 시러진 近世文化의 第一 花都를 차자온 거시다 實노 中世紀의 文化가 열니고 人間能力이 絶頂에 達한 藝術의 숫이 이곳에서 피엿다.

우리는 몬져 이곳에 왓든 어느 友人의 紹介로 바로 아루노 내를 압혜 둔 호텔에 投宿하엿다 川邊_{천변}으로 向한 一室에 드럿다 그만치 거럿스면 나렴직도 하렷마는 求景 專門하기에도 매오 疲困해젓다 寸分을 액겨 도라다니든 求景도 오날은 室窓으로 바라보난 거스로 半日을 消費_{소비}하엿다 마진便 언덕 우에는 수풀이 우거지고 아래 古城 터가 잇고 거긔 웃둑 셔 잇난 미게란졔로의 設計함이 잇다 그 아래로 十餘 間 幅이나 됨직한 아루노川의 濁流_{탁류}가 잇다.

쫠노렌스는 藝術의 市街라 市街를 것는 거슨 마치 美術館을 것는 것 갓다 어느 建物 어느 寺院 어느 門 어느 窓 어느 彫刻이 藝術品 아닌 거시 업다 勿論 우리는 이 맛을 보러 왓겟지마는 저 아루노 내물로 生育_{생육}한 쌴데 미게란졔로

---

10) '쫠로렌스'의 오식.
11) '엷게'의 오식.

좃도 마샷지오 뵤지지에루 드나렌루等 鬼才의 자피를[12] 보러 온 거시다 그들이 只今 내가 밟고 잇난 짱을 밟앗겟지 할 째 不知不覺 中 異常이상한 歡喜를 늣기게 되엿다

翌朝에 市內 地圖를 들고 各 陳列舘을 차자 나섯다.

크로세 寺院(Lauti Cio e)[13]

이 寺院은 풀노렌스코派의 設計로 有名한 寺院이다 前面은 色 大理石으로 簡素간소하게 된 伊太利 코식쿠式으로 되엿다 압 廣場에는 짠데의 石像이 잇다 寺內는 어둠컴컴하엿다 後面에 잇난 베루지 禮拜堂과 바루지 禮拜堂예배당을 차자 좃도의 壁畵벽화를 보러 드러서니 不具者의 僧이 다리를 절눅어리며 說明을 하겟노라고 짜라다닌다 伊太利 全國 有名한 畵廊에는 이러케 商賣的상매적의 案內者가 잇서 觀客을 苦롭게 한다.

一千二百十二年에 앗시지의 聖子 후란지에스코는 布敎하기 爲하야 弟子 一團을 쭐노렌스에 보냇섯다 八年 後에 聖 도미니고도 亦是 이곳에 布敎하기 爲하야 一團을 보엇다[14] 그러나 이 두 派는 다 달넛스니 후란지에스코 一派는 緇衣치의를 입는고로 黑僧이라 하고 도미니고 一派는 白衣를 입어 白僧이라하엿다 黑僧의 布敎는 「實行」 卽 「動하라 일하라」한 거시오 白僧의 布敎는 「靜하라 省하라」한 거시엇다.

이 바루지 禮拜堂과 바루지 禮拜堂에 잇는 壁畵 좃도의 傑作은 上에 擧한 一은 후란지에스코의 一生 行蹟을 主題로 그리엇고(三十圖) 一은 基督及기독급 使徒사도의 事蹟사적이 그려 잇다 其外 에로의 「音樂」이 보기 조왓고(第三十一圖) 미라노의 作品과 인틸데다의(三十三圖) 「마리아의 婚姻」이 매오 조와 보엿다.

同 寺院 內에난 有名한 伊太利 人의 紀念墓가 만히 잇섯고 미게란제로의 紀念톰도 잇섯다.

---

12) 원문대로.
13) 원문대로.
14) 원문대로.

近代畵界 鼻祖 좃도와 그의 畵風(Gitto)[15]

伊太利 쏠로뎅스 市外에서 엇던 날 어느 羊치난 少年이 自己가 몰고 온 羊쎄를 돌우에 그리고 잇섯다 이쌔에 一大畵家가 지나면서 보다가 그 筆才에 놀나 곳 自己의 弟子를 삼앗다 이 少年이 卽 後日 近世畵家근세화가의 鼻祖비조가 된 좃도요 大畵家는 그의 스승 지마부에이엿다 그리하야 좃도가 二十五歲에 그린 傑作이 앗시지 寺 壁畵에 잇난 「聖 후란지에스코의 生涯」다 이거슨 只今까지 잇난 嵌入 細工的 畵風에 對한 큰 革命이엿다 이와갓치 좃도의 그린 人物에는 肉이 잇고 生命이 잇고 性格이 잇고 人과 人사이에 感應이 잇서 全體가 現實的이오 人間味가 잇고 戱曲的희곡적 活氣활기가 잇다난 評이 잇다.

좃도는 彫刻家조각가인 同時에 大建築家대건축가이엿다.

우후이지畵廊 (Galeria Uffizi)[16]

이 畵廊에는 그림만 四千點 陳列해 잇난대(刻[17]도 그만치 잇다) 量으로 보든지 質노 보든지 世界에 第一가는 美術舘이라 한다 歷代의 傑作이 만흔中에도 가장 有名한 거슨 지마부에의 「마돈나」와 좃도의 「마돈나」(第三十五圖) 보지々에루의 「비너스의 誕生」(第三十六圖)과 「春」(第三十七圖) 미게란제로의 「聖族성족」(第三十八圖) 안드레의 「마돈나」(第三十九圖) 라쑤아엘의 「마돈나」(第四十圖) 지시안의 「베니스와 戀愛」(第四十一圖) 립피의 「마리아」(第四十二圖) 혼데오레의 「예슈 誕生」(第四十四圖)이 잇다 果然 그들의 그림은 입으로는 말을 하난 듯 하고 눈으로난 웃난듯 或은 우는 듯 하며 살은 쮜난 듯 하고 피가 끌는 듯 하엿다 넘어 만하서 보고 나니 모다 그거시 그것 갓다 그의 確實한 輪廓, 單純한 듯 하고도 複雜한 色彩 明暗의 調和, 입이 버러질 쑨이엇다.

紀元 三百年 前 伊太利가 도리에져 쩨너스의 像과 紀元 二百年 前에 맨든 猜시의 石像이 잇다 十六年間동안 맨든 黑大理石흑대리석 모자이구도 잇다.

---

15) 원문대로.
16) 원문대로.
17) '彫刻'의 '彫' 탈자.

그러고 미게란제로의 作인 「日과 夜」「黎明여명과 夕暮석모』 大理石 彫
刻이 잇다.

보리公園에서 보면 후로렌스 全市가 보인다 여긔 미게란제로의 像이
잇다.

(『三千里』, 1935. 2)

아오 秋溪에게

― 羅蕙錫氏 旅中消息

安東縣과 哈爾賓합이빈에서 보낸 편지는 바덧슬 듯 하다 나는 지금 有名한 「싸루가이」湖畔을 通過하는 中이다 듯든 바 以上의 絶勝地다 이곳은 京城 九 十月의氣候다 午前 二時에 日出하고 午後 十時에 日暮한다 낫에 잠을 자는것 가태서 좀 異常한 感이 잇다 地平線이 蒼天과 合한 듯 한 荒蕪地에는 鈴蘭꼿이 반직이고 羊群양군과 牛群우군이 한가히 거닐고 잇다 그 윽한 이 한폭의 그림은 네가 恒常 말하든 집터를 聯思연사하게 한다 이곳에서 모든 友人과 한 잔의 술을 난호고 춤이나 추워 보앗스면 「모스코」에는 四十日 到着이란다 目的地 巴里짜지는 아즉 三分의 一을 조금 지내왓다 한다 싯흐로 暑中 健康을 빌 쑨

七月五日 네 兄 晶月은

(『朝鮮日報』, 1927. 7. 28)

구미(歐美) 시찰긔
― 불란서 가정은 얼마나 다를가

불란서 가정은 얼마나 다를가(가)

내가 여긔 쓰는 것은 불란서(佛蘭西)이의[1] 한 가정을 소개하랴고 하는 것입니다 즉 내가 몸담어 잇는 집의 생활 상태를 보고 늣긴대로 쓰겟습니다.

파리안의 소약(小弱)국 민족을 위하여 세운 인권옹호회(人權擁護會)가 잇습니다. 이 회에서 매년 일차혹은 림시로 각국대표자가 모여 소약국민을 위하여 회를 엽니다.

작년십이월에도 백이의(百耳義)수부 「쓰라밀」에서 개최되엇습니다 즉 「살네」씨는 이 회의 부회장이오 이 삼 개소 고등중학교 철학교수요 유명한 저작가입니다 일본에는 세 번이나 갓다왓고 중국 조전도 잘 압니다. 더욱히 삼일운동 쌔에 여러 가지 사건을 목격한 후 조선에 만흔 리해를 갓는 친구가 되엇습니다 일전에는 씨는 어느 사람에게 광화문을 헐엇다는 말을 듯고 대분개하야 긔사를 썻다 합니다 조선 일본의 긔행문 쓴 책이 학교 교과서로 쓸만치 유명합니다

이집설비

이집은 파리 「상나잘」 정류장에서 전차로 이십오분간 밧게 아니 걸리는 파리 갓가운 시외니오 별장 만키로 유명한 「러베지네」라고 하는 곳에 잇습

---

1) 원문대로.

니다 시외니만치 수목이 만코 이집 정원도 왜 넓읍니다 정원에는 놉흔 고목이 군데군데 서잇고 푸른 잔듸우에는 백색초화가 피여잇고 욱오러진 수풀엉겨올르는 덩굴 작약화(芍藥花), 월개화 등 꼿이 피어잇고 그 여패는 채소밧이 잇서 딸기, 감저, 상추, 파, 콩이 심겨잇습니다 또 한편 마당에는 톡기, 비듥이, 밀봉을 길릅니다 그리하야 꼿 썩거 방에 장치하고 채소 쓰더 반찬하고 가축잡아 고히로 씁니다 이 외형 차림차림만 보아도 얼마나 재미잇습니까

집은 조그마합니다 마는 집에 들어서면 주인이 세계일주하면서 사다가 노은 각국 물산 업는것이 업습니다 중국 것 조선 것 일본 것 그 외 인도 영국것을 벽에 걸어노코 장속에 늘어노코 탁자우에 언저 노앗습니다 정문을 들어서면 문 하나만 열면 식당입니다 거긔를 거처서 들어서면 주인의 서재 겸 응접실로 쓰는 비교적 넓은 방이 잇습니다 위선 눈에 번쩍 쌔우는 화덕 위 거울주위를 쑤민 중국 물산, 무덕, 수복, 래사(武德, 壽福, 來沙)이라는 글자가 쌔우고 방 주위에는 고문전(古文典)을 위시하야 백화전(白話傳) 남의 작물(作物) 자긔의 작물로 쏙쏙 찻습니다.

(『東亞日報』, 1930. 3. 28)

불란서 가정은 얼마나 다를가(나)

그러고 책상우에는 편지가 산가티 싸혓습니다 이 집 아이들은 각국우표 모는 것이 금년래로 이천장이라 하는데 이것이 다 너의 아버지에게서 어든것이냐고 물은즉 그러타고 합니다 이것만 보아도 이 사람이 사교계에 얼마만한 지위에 잇는지를 알겟습니다 돌오 나와서 식당을 거처 정문 마즌편으로 주방이 잇습니다 이층에는 부부 공동침실 목욕방 화장실이 잇고 삼층에는 두 딸의 방, 팔세된 남아의 방이 짜로 짜로 잇습니다 그러고 주인부부의방은 그럴듯하게 점쟌케 차려잇고 딸의 방은 산듯하게 차려잇고 소아의 방은 벽색 의자 의장 등이 모다 홍색원색을 썻다 색채교육을 암시하고 그외 동요 동화 잡지 완구물로 잔쓱 늘어노아 잇습니다 여긔서 혼자 자고 자긔 것은 제가 다―합니다

가벌(家閥)과 식구

불란서 가벌이 어찌되엇는지 상식을 엇지못하야 확실히 모르겟스나 이 집은 볼래 리온(第二都會)에서 잇다가 쉴네씨와 부인부터 「싸리지아」(巴里出生人)이라 합니다 식구는 부부, 세 아들, 두 딸인데 성년된아들들은 방금 영국가서 해항회사와 전긔회사에 사원으로 잇스며 이 집에는 본식구 오인과 객으로 나하나 쑨이다

가정의 구성

이 집쑨아니라 여러사람의 말하는 것을 종합하며 구라파 각국의 가정으로 보면 례외도 잇겟지만 일반으로는 량친과 미성년자로 성립된다고 말할 수 잇다 그리하야 보호자와 피보호자의 가정임으로 별로 의사가 충돌될 싸닭이 업습니다

남녀간에 성년이 되면 자긔의사를 당당히 주창하고 쏘 남자는 돈 벌 줄 알며 녀자도 될 수 잇으면 자립적으로 살아가며 그러치 못하고 부모의 보호를 밧는다 하드라도 과히 간섭지 안는 것이 례입니다 이집 장녀도 이십 세된 청년인데 사교계든지 접빈하는 태도가 십팔세된 아오와 판이하며 쏘 량친은 단련을 시킵니다 그리고 자긔주의 주창을 당당히 세웁니다

(『東亞日報』, 1930. 3. 29)

불란서 가정은 얼마나 다른가(다)

주부의 권위

어느 나라든지 중류 상류의 점쟌은 집은 남자가 내정에 간섭지 안는 것이 보통이 아닙니까 이집에도 내정에 관한 일에는 절대로 주부의 권위가 잇습니다 아이들을 어머니가 쑤지즈면 뒤에서 아버지가 말리는 것은 동서양이 갓습니다 그러나 결코 무식하게 말리는 것이 아니라 가티 아이를 쑤지저 가면서도 말리는 것입니다 이 집 부인은 열렬한 녀권주창자(女權主唱家)로 쏘 잡지에 긔고하는이만치 늘 독서를 합니다 매우 점쟌코도 다정스

러운 녀자입니다 날마다 하는 일은 아츰에 일어나서 가축(家畜)에게 밥주기
와 편물 재봉 독서 사교입니다 자식을 만히 나서 길르고 살림살이를 오래
한이만치 역시 간혹 보통 이상감상적인 째도 업지아니하야 잇습니다 이것
은 동서양 녀자를 물론하고 사람의 진을 째는 살림살이를 격근 녀성에게
는 면치못할 사실일가 합니다

부부생활

이 집 주인은 오십 여세나 되엇으나 아즉도 건강하고 부인은 사십오륙세
되엇스나 다산한이만치 낡엇습니다 그러나 그들의 사이는 어찌나 조흔지
객창생활을 하는 자로는 볼 수 업슬만 합니다 부부생활에는 삼시긔(三時期)
가 잇답니다 청년긔에는 정으로 살고 중년긔에는 례로 살고 로년긔에는 의
로 산다고 합니다 이 부부는 벌서 의로 지낼 시긔 엇마는 정으로 삽니다
남편은 늘 부인의 상을 엿보아 깃브게 말해주고 걸핏하면 입마추기 단둘이
레스—도랑(식당)에 가기며 연극장에 가시 지방연설 하러가는데 동반하야
가기 초대 바더 가기 일시라도 떨어져지내는 일이 업습니다 아이들은 오히
려 따로 둡니다 석반 후에는 다 각각 밤인사를 마추고 방으로 올라가고 부
부 단 둘이 서재실에서 남편은 신문을 읽어들리고 부인은 그 녀페 안저 편
물을 하고 잇습니다 그리고 종일 한 것과 다음날 지낼 것을 상의합니다 그
러고 쏘 자긔 방으로 둘이 자랴 들어갑니다 우리는 여긔서 한가지 생각할
것이 잇습니다 구라파 각국인의 생활은 전혀 성적(性的)생활이라고 볼수 잇
습니다 더구나 파리가튼 세계적 화려한 도시 가튼 곳은 오래의 자극과 유
혹이 만흡니다 이런 사람들의 리면을 보면 별별 비밀이 다—잇겟지만 하여
간 일부일부주의 더구나 부부란 서로 사랑하고 앗긴다는 의미가 확실히 나
타납니다 아모래도 자유스러운 곳에 참사랑이 잇는 듯 십습니다 이들인들
간혹 언쟁하는 것쯤은 업스릿가마는 하여간 전체로 보아 얼마나자미잇는지
몰르겟습니다

(『東亞日報』, 1930. 3. 31)

불란서 가정은 얼마나 다른가(마)

인가도덕(隣家道德)

내가 류하든 집 엽집에는 이집 어린아이만한 녀자아이가 잇서 하로종일 두 아이는 울을 터처노코 즐겁게 놉니다 그것을 매일 주의하야 보앗습니다 참 동양사람으로는 상상도 못할 일이엇습니다 두 아이가 종일 울타리를 가운대 두고 노는데 이쪽 아이는 저쪽으로 넘어가지안코 저쪽아이는 이쪽으로 넘어가지 안핫습니다 이집 아이들만 그런지 모르지만 넘우나 아이들의 긔운을 주리는 것 가타서 좀 언짠엇습니다 개인주의 사상이 그네들을 그러케 구속햇는지 문명의 절정에 달하면 이러한가 십허 공연히 슯헛습니다

쏘한 인가도덕상 호의(好意)를 표할만한 일도 만헛습니다 그런데 이 두 아이는 입학준비로 날마다 오후에는 한 시간씩 이 집 부인에게 글을 배웁니다 글을 배울 째가 되면 저쪽 집 아이가 갓가운 울타리 터진 곳으로 나오는 것이 아니라 멀리 돌아서라도 반듯이 정문(正門)으로 드러옵니다 그러고 이 시간 외에는 두 집 아이가 서로 출입하는 일이 업습니다 참 이상하고도 박정한 일입니다

하녀(下女)

이 집뿐 아니라 하녀 부리는 집은 다 오전 아홉시로부터 오후 일곱시까지 와서 로동하고 돌아갑니다 이집 하녀는 남자와 작별하고 어린 산애아이를 더리고 벌이를 다니는 녀자이엇습니다 그런데 구라파 각국에서는 로동부인을 위하야 아이를 마타보는 곳이 곳곳에 잇습니다 그리하야 아츰 로동하러 갈 째 아이를 갓다 맛기고는 오후 일하고 돌아갈 째 차저가지고 갑니다 맛기는 갑은 곳곳이 다릅니다 이 얼마나 로동부인을 위하야 얼마나 편리한 긔관인지 조선에도 차차로 안잠자기를 시간으로 부리는 법과 등에 업고 여페 안고 일하지 안토록 마타보아주는 곳이 잇기를 바랍니다 이도 근우회(槿友會)의 한 일 쩌리가 단단히 될가 합니다 말이 좀 달러젓습

니다 이집 하녀도 그런 곳에 아이를 맛기고 와서 한 시간에 삼십 전씩 밧고 종일 쉴 새 업시 일을 합니다 그러다가 오후 일곱 시만 되면 뒤도 아니 돌아보고 자전차를 잡아타고 자긔의 집으로 돌아갑니다

(『東亞日報』, 1930. 4. 1)

하남(下男)

정원(庭園)을 거두고 뜰 쓸고 채소 각구는 하남이 잇습니다 이 하남은 두 주일만에 한번씩 와서 일합니다 볏치 쩡쩡히 난 날에도 채소를 쑥쑥뽑어 모종을 냅니다 저것이 살가 하고 며츨 두고 보면 넘려업시 파릇파릇하게 살아갑니다 암만해도 무슨 비결이 잇고 전문상식이 잇는 것 갓습니다 물론 외모는 조선의 하남처럼 너절해 보입니다

불란서 가정은 얼마나 다른가(바)

세탁과 의복

이 집뿐 아니라 일반 가정의 규측상 월요일에는 쌜래를 합니다 (혹 토요일에 하는 집도 잇다고 하지만) 이 집에는 매우 경편한 세탁긔구가 잇서서 너코 돌르기만 하면 제절로 째가 빠지게 되엇습니다 이것을 주의해 보든 중 사가지고 가고 십흐나 넘우 커서 어쩔지 몰읍니다 의복을 쌀아서 말려 가지고 풀을 도모지 하지 안습니다 물만 쑴어 가지고쌘쌘하고도 푸군푸군한 널판 우에다가 노코 다림이를 런방 가라가며 혼자 눌러 다립니다 구라파에 와서 더구나 가정에 들어와 보니 조선의 급선무로 개량할 것은 의식주(衣食住)입니다 그러타고 전부 양식화하자는 말이 아닙니다 좀 긔를 펴고 살도록 여유를 맨들어야 하겟습니다 그러나 남자가 실행하랴면 녀자가 불응하고 녀자가 실행하랴면 남자가 불응하고 또 남녀가 합의되면 사회제도에 눌리고 실로 생각하면 짜마득합니다

방식은 다르나 인정은 갓다

방식은 다르나 인정은 갓다 남의 가정의 내정을 말하는 것이 실례일는지 모릅니다 쏘 그들이 알면 노할지 모릅니다 더구나 단시일에 가정이라고는 이 집 밧게 몰으니까 더 쓰지 안켓습니다 그럼으로 나는 불란서 가정의 생활방식이 다 이러타고는 단언하지못힙니다 그 직업과 취미에 쌀하서 그 가풍과 방식이 다를 것입니다 그러나 여긔에 내가 본것으로는 일반 가성이 질서잇게 규례가 쏙쏙 쌔인 것은 사실일가 합니다 살어가는 방식이야 우리와 다르지만 인정이야 다를것이 업습니다 남자는 역시 남자요 주부는 역시 주부며 녀아는 녀아 소아는 소아 동서양 인정이 다를것이 업습니다 노할 째 노하고 깃버할 째 깃버하는 것이 조금도 다름 업습니다

내가 본 각 가정의 비교

나는 지금까지 조선가정은 내가 경험해본 바요 그외 일본가정은 한울안에서 살어보고 중국가정을 종종 구경하고 로국인 가정도 좀 넘겨다 보앗고 독일가정에서 이삼주일 지내보고 그러고는 불란서 가정입니다 미국에 영국가정 미국가정을 비교해보고 그 배면에 잇는 사회를 보면 사회가 더—진보된 곳에는 가정이 더 규례가 쌔워잇고 가정이 문란한 사회는 쏘한 들 진보된 것을 보앗습니다 그러고 보니 승거운 말슴가트나 개인과 가정과 그 사회는 서로 참연적 단계를 가지고 잇습니다 그리하야 개인이 긴장해 잇으면 일가정이 질서가 잇고 일가정이 규례가 쌔면 그 사회가 진보해 잇습니다 다시 사회측으로부터 생각해보면 문명이 극도에 달하고 보면 가정이 부득이 규례가 쌔워지고 일개인이 부득이 자긔 살 생각만 하게 되는 것이 아닌가 합니다 그런 가정이 지금 내가 잇는 불란서 가정이라하면 우리는 장차 개인으로부터 출발하야 사회에 도착해야 하겟으니 얼마나 한 차이가 잇습니까 조선에도 전문지식을 가진 녀성으로 가정에 전력할 쑨만 아니라 당당한 주의 주장으로 실행하는 것은 가히 존경할만 한 사실입니다

巴里市外 쎈느강下流에서

(『東亞日報』, 1930. 4. 2)

구미(歐美) 시찰긔

1. 안동 현에는 조선인의 학교와 금융 긔관도 잇다

류월 십구일 열한시. 봉천 행으로 부산을 출발하얏습니다. 어느듯 긔차는 북을 바라보고 굴러갑니다. 째는 경북도(慶北道)에 한발이 심할 째라 전답에는 몬지가 일고 도모지 비 올 가망이 업스며 차ㅅ속의 선풍긔가 약간의 바람을 일을 쑨이오, 산야의 수목은 쓰거운 볏 알애에 숨이 막혀 하는 것 가탓습니다.

◇ 안동(安東)에서 오일 간

대구와 경성서 잠간 거처서 이십 삼일 아침에 곽산(郭山) 역에서 사매 지석(芝錫)이 승차하자 다시 남시(南市) 역에서 다시 남행 열차로 가게 되엇습니다. 남시까지 안동 조선인회 대표 한 사람의 출영이 잇섯고 신의주에서 안동 조선인 회장과 우리 집에 잇는 학생이 승차하얏습니다. 오전 열한 시에 안동 역에 도착하니 조선 사람, 일본 사람 팔십 여 명의 출영이 잇서 모다 손이 으슬어저라 하고 붓잡어 흔들며 진정으로 반기어 주엇습니다. 려관은 안동 호텔로 정하얏습니다.

안동은 긔왕 육 개년 간 재근하든 곳이라 눈에 찌우는 이상한 것은 업섯스나 좀체 다시 못 올 줄 알앗든 곳이 구 개월만에 오게 되니 길가에 섯는 보드나무까지 반가윗습니다. 중국 인력거꾼은 아즉도 나의 얼굴을 닛지 안코 벌쎄가티 안력거를 몰고 달려들엇습니다. 실로 안동현과 우리와는 인연이 깁흔 곳입니다. 소위 관리생활로 드러선 초보가 여긔요, 사회상으로 사업이라고 해본 데도 여긔요, 개인적으로 남을 도아본 데도 여긔입니다. 인심에 대한 쓴맛 단맛을 처음으로 맛보아 온 곳이 여긔입니다. 사교상에 좀 익숙해진 것도 이곳이며 성격상으로 악화해진 것도 이곳입니다.

재만동포의 경제적 발전은 오직 금융긔관에 잇다는 안동의 조선인 금융회가 설립한 후 이래 안동에 사는 조선인 금융회의 중심긔관이 되어 잇서 그 전도가 유망하게 우리 눈에 보일 쌔에 어찌 아니 깃브겟습니까.

총독부와 만철에 다니며 교섭한 결과 어느 곳에 내노아도 자랑할 만한 조선인 보통학교 건축이 생겨나 수백 여 명의 생도를 수용하는 중이며 이번에 만철 경영으로 되어 그 직원 일동이 만면 희색인 것을 볼 쌔 어찌 만족을 늣기지 안흘 수 잇겟습니까. 그런데 만주에 거주하는 조선 사람의 생활이란 일정한 주소를 가진 사람이 적습니다.

(『東亞日報』, 1930. 4. 3)

2. 아름다운 청개와에 황금긔가 날린다

그 이튿날에는 서양 가서 닙을 조선의복을 준비하얏습니다. 명색이 없는 우리 의복을 세계적으로 소개하고 십고 화가(畫家)들의 단조해진 눈을 새롭게 하야 주고 십흔 호긔심도 업지 안핫습니다. 다음날에는 동숙하게 된 음악가 일행과 채목 공사 증선으로 압록강(鴨綠江)에서 오전을 허비하게 되엇습니다. 쌔는 마침 음력 그믐께라 조수(潮水)가 탁류되어 만강(滿江) 중이엇습니다. 남편 강안은 조선이오, 북편 구안(口岸)은 중국으로 된 인연 깁흔 압록강 상에 오래간만에 다시 뜨게 되니 감개무량하얏습니다. 이날 석반은 채목 공사 리사장 부의1) 사택에서 지내게 되엇습니다. 늘 늣기는 말이지만 일본 상류계의 부인네들의 예의는 참 까다로운 것입니다. 삼년간이나 안는

---

1) 원문대로.

법, 차 가져오는 법, 차 내는 법, 차 딸으는 법 즉 작법(作法)과 다도(茶道)를 배와 가지고 그것이 몸에 배어서 일동 일절이 법 아닌 것이 업습니다. 나는 이 법을 따라가랴고 처음에는 좀 흉내를 내엇습니다마는 남의 흉내를 낸다는 것은 큰 어리석은 일로 생각하얏습니다. 그리하야 나는 실례되지 안는 범위 안에서 내 고집을 세워왓습니다. 이것은 오견일는지 몰으나 일본 상류계급의 부인 자리는 태반이 허위와 의식(儀式)에 얽키어 좀체 그 진정한 뜻을 알 수 업습니다. 하고 싶은 말을 참고, 먹고 싶은 것을 못 먹고, 압길을 서로 사양하는 데 시간을 보냅니다. 나가티 생긴 대로 살랴고 하는 자에게는 이런 좌석이 과히 유쾌치 못합니다.

◇ 봉천

다음날 아침에 고별인사를 마치고 열한시 삼십분에 안동을 써나 봉천으로 향하얏습니다. 여기서 제일 맛있다는 청국 료리를 어더먹고 봉천시가를 구경하얏습니다. 봉천은 기왕 두 차례나 본 일이 있어 전에 비하면 도로가 매우 정돈되어 전차까지 놓여 잇습니다.

봉천은 실로 동삼성(東三省)의 수부인 만치 신구시가의 굉장한 건축이며 성벽의 사대문 궁성의 황금기(黃金旗)와 청긔와, 각국 령사관의 긔ㅅ발이 날리는 것 눈에 쩨우는 것이 만핫습니다.

(『東亞日報』, 1930. 4. 4)

3. 부산서 장춘까지에 순사 복색이 가진 각색

밤 아홉시에 장춘(長春)에 도착하얏습니다. 아마도 호텔에 들어 차표를 부탁하고 그곳 정원에서 바람을 쏘이다가 남은 시간은 시가 구경으로 채웟습니다.

장춘만 해도 쐐 서양냄새가 납니다. 신시가(新市街)는 더 말할 것도 업거니와 중국시가도 봉천이나 안동보다는 휠신 정돈되고 깨끗합니다. 로국 사람이 만히 드나드는이 만치 로국식으로 지은 집이 만코 로국 물품이 만흐며 로국인 구역(國域)까지 잇는 곳입니다. 고무바퀴로 된 마차가 만흔데 소리 업시 날새게 굴으는 품이 중국식 덜컥덜컥 굴르는 「맘만데」 마차와는 별다른 긔분을 줍니다. 어쩌튼 장춘은 깨끗하다는 인상을 주는 곳입니다.

밤 열한 시에야 파란 긔차(이곳 긔차는 전체가 푸른 비침니다)를 탓습니다.

여긔까지 오는 동안에 순사의 복색이 곳을 딸흔 것을 퍽 흥미 잇게 보앗습니다. 부산서부터 신의주까지는 정거장마다 힌 정복에 빨안 테두리 정모 쓴 순사가 하나씩 둘씩 번적이는 칼을 잡고 서서 혹시나 그들의 이르는 바 부정선인(不逞鮮人)이 오르내리지 안는가 해서 주의하고 잇는 것을 보앗습니다. 안동서 장춘까지는 누런 복장에 붉은 줄 두세 오리를 쩨운 누런 정모를 쓴 일본 만철 지방 주임순사(滿鐵 地方 主任 巡査)가 피스톨 가죽 주머니를 혁대에 매어 차고 서서 이것이 비록 중국 짱이나 긔차 연선(沿線)이 만철 관할이란 자랑과 위험[2]을 보이고 잇습니다. 장춘서 만주리(滿洲里)까지는 검은 빗 나는 회색 무명을 군데군데 누벼 복장으로 입고 엇깨에다는 삼등 군졸의 별표를 부치고 회색 정모를 비스듬이 쓰고 칼을 질질 쓸리게 차고 곳 가슴이라도 찌를 듯이 창검을 쌔들고 멍하니 휴식하고 서 잇는 중국 보병이 긔차가 도착할 째와 쩌날 째에는 두 발을 쏙 모아 긔착을 합니다. 아마 이것은 몽고(蒙古)로 침입(侵入)하랴는 마적(馬賊)을 막자는 것이겟지요. 파란 긔차는 이튿날 아츰 여듭 시에 「할빈」(哈爾賓)에 도착하얏습니다.

(『東亞日報』, 1930. 4. 5)

4. 사람의 머리 통만한 돌들이 쌀려 잇다

합이빈 (哈爾賓)

합이빈은 북으로 로서아와 구라파 각국을 통하야 세계적 교통로(交通路)가 되어 잇고 남으로 장춘과 련하야 남만주 철도와 련락된 곳으로 세계인

---

2) '위엄'의 오식.

의 출입이 끈치지 안코 로국 혁명 이후 구파, 즉 백군(白軍)파가 망명되어 이리로 다수 집합하게 되엇습니다. 당시는 세계적 음악가, 미술가 그 외 각 기술가가 만히 모여들어 처처에서 조흔 구경을 할 수 잇섯든 것은 내가 본 사실입니다. 과연 합이빈은 시가가 홍성하고 인물이 번화한 곳입니다. 그러나 도로에 사람의 머리통 만큼씩한 돌이 쌀려 굽 놉흔 구두로 걸을랴면 부라질 하기에 매우 힘듭니다. 시가는 아즉 정돈 못 되고 비교적 더러웁니다. 이 칠월은 극히 더운 때라 돌발적으로 검은 구름이 한울을 더프면 대륙적 소낙비가 맹렬히 쏘다집니다. 곳 털외투라도 닙을 만치 선선하야지다가 삽시간에 볏이 쨍쨍하게 나고는 다시 폭폭 씁니다. 오후 네 시쯤 나가보면 형형색색으로 된 모자와 살이 비치는 옷을 닙은 미인들이 길이 메이게 지내갑니다. 처음 볼 째에는 넘우 혼란해서 눈이 압하집니다.

부녀생활과 오락기관

어느 곳을 물론하고 빈부의 차등이 잇는 동시 그 생활을 어찌 일치하게 볼수 잇겟습니까. 다만 내가 본 하얼빈 부녀의 생활의 일부분을 쓰고저 합니다. 아츰 아홉 시쯤 해서 일어나서 식구 일동이 쌍 한 조각과 차 한 잔으로 조반을 먹습니다. 주부는 곳 광주리를 녀페 씨고 시장으로 갑니다. 점심과 저녁에 필요한 식료품을 사 가지고 와서 곳 점심준비를 합니다. 대개는 우육을 만히 써서 우리 나라 곰국가티 고기를 속에 너코 이삼 시간씩 곱니다. 그리하야 열두 시로 오후 두 시까지 식탁에 모여 안저 한담으로 진탕썻 점심을 먹습니다. 이 시간에는 각 상점에도 철문으로 꼭꼭 닷습니다. 그리하야 이 동안은 시가에는 인적이 단절해집니다. 그러고 주부는 가사를 정돈해 노코 낮잠을 한숨 잡니다. 오후 일곱 시로 여덜 시까지 저녁밥을 대개 점심에 남겻든 것으로 지내고 나서는 화장을 하고 아홉 시부터 외출하야 활동사진관, 극장, 무도장으로 가서 놀다가 새벽 오륙 시에나 돌아옵니다. 부녀의 의복은 대개 상점에 만히 해 거러 논 중에서 맞는 대로 사 닙고 동절에는 오즉 하절 의복에 외투만 닙으면 고만입니다. 이것을 볼 째 녀름이면 다림질로 겨울이면 다듬이질로 일생을 허비하는 조선 부인이 불상하게 생각하지 안흘 수 업섯습니다.

(『東亞日報』, 1930. 4. 6)

5. 참을성 만흔 독일사람 과학 냄새 도는 백림시가

◇ 독일

독일은 과학과 음악쑨 아니라 문학도 불란서와 아플 다토며 그 나라 사람은 질소하고 참을성이 만코 회복성(回復性)이 왕성하다고 합니다. 독일의 수부 백림(伯林)에는 물론 전차, 쩌스, 지하차(地下車)가 쓴힘업시 오고가고 하야 대도회지의 긔분이 농후하얏습니다. 길거리에서 가장 눈에 씌우는 것이 불란서 파리(巴里)에서 보든 순사가 방맹이로 통행지도를 하는 것이 베를린 도로 네 거리에서는 반드시 가공(架空)에나 지상에 전긔 등을 해다러 노코 붉은 불이 나스면 진행하고 푸른 불아 나스면 정지하야 매우 경편하고 바라보기에도 경쾌하얏습니다. 보이는 모든 것이 과학냄새가 나고 더욱이 일본서 독일 제도를 만히 배워간 것을 잘 알 수 잇섯습니다.

쏘 한 가지 우스운 말을 들을 수 잇습니다. 베를린에 살찐 녀자가 만흔 것은 그들은 쩨-루를 마시는 까닭이라는 것입니다.

구라파 각국에서는 섯달 그믐날 밤이 참 찬란합니다. 일년 중 마지막 가는 날이라 하야 크게 기념하는 것입니다. 식탁에는 마침 성찬을 차려 노코 늘어 안젓다가 밤 열두 시를 치면 축배를 난후는 동시에 각 식당으로서는 종소리가 나고 류리창으로는 색조히를 내던저 이 집 창에서 저 집 창까지 걸치도록 합니다. 그리고 아모에게 대해서든지 서로 신년 축하 인사를 합니다. 그리한 뒤에 모다 길가로 나가서 춤추는 집에서 춤추는 자 먹는 자 이상한 모자와 의복으로 차리고 길거리에 나서서 술 주정하는 남자 허리가 부러질 듯이 깔깔 웃는 녀자들이며 남자가 녀자를 쏘차다니며(이날 밤은 경관의 임의가 업단다) 입마치랴면 녀자는 쏘챙이로 찔르는 소리를 하며 쫏겨 다라나는 광경, 대 혼잡을 일웁니다. 도로에는 사람이 쌕쌕하게 왕래하며 길바닥은 가진 색조히 가루가 발에 채웁니다. 이러케 이날 밤을 길가에서 새우는 것이 서양 각국의 풍속이라 합니다.

(『東亞日報』, 1930. 4. 9)

6. 열정인 서반아 부녀 갓 대신 검은 망사를 써

◇ 서반아(西班牙)

서반아는 지리상으로 구라파 서편에 잇으나 상고 신화(神話)에 보면 피부상으로는 구라파라고 할 수 업다는 곳입니다. 서반아 반도는 생기기가 소와 갓고 쏘 바다가 들려서 여러 나라가 침입하랴면 대단히 쉬운 곳으로 과거에 흔히 전선지가 되엇섯다고 합니다.

서반아 사람은 쌴나라 사람보다 지리적 영향을 만히 바더 지리적으로 세계적 문이 되어 오고 가고 하는 인종이 만핫고 전쟁이 만핫든 관계로(예수교 전쟁) 희랍종, 로마종, 보헤미아종 여러 잡종이 만흡니다.

도로에는 몬지가 만코 마차가 만흐며 로동자가 만흡니다. 이곳 부녀는 머리에 갓을 쓰지 안코 흑색 망사를 씁니다. 머리가 검고 키가 적으며 얼굴이 푸군푸군한데 검고도 열정이 덧는 눈이 검은 망사 속으로 으슷이 비처 보이는 미(美)란 참 말할 수 업시 아름다윗습니다. 일즉이 서반아 녀자는 반듯이 사랑의 보수를 하고야 말며 그 불과 가튼 열정은 구라파 다른 녀자들에 비할데 아니라는 말을 드럿든 바라 더욱 유심히 아니 볼 수 업섯습니다.

아가시아 삼림 우에는 쪽빗색 강한 광선이 쏘여 잇고 거긔에 백색 석조(石造) 건축물 파초가 너그러진 가운데는 녀신 동상인 처처에 잇고 긔염차게 토하는 분수가에는 우통 버슨 로동자 유아들이 한참 물으녹은 「메론」을 볏겨들고 안저 맛잇게 먹고 잇습니다. 아직도 원시적 긔분이 만코 더구나 길에는 흙 몬지가 만하 구라파 중에는 보지 못하든 동양적 색채가 충만하얏습니다.

그러고 서반아의 투우(鬪牛)라면 누구나 그곳의 유명하고도 고유한 것으로 아는 바입니다. 투우장이 열릴 쌔마다 관람인은 수만 군중이 물밀 듯 합니다. 쏠 도친 소를 캄캄한 창고 속에 느어 두엇다가 문을 여니 쒸어나와서 사방으로 위긔조케 달려 돌아다닙니다. 위선 긔마 긔사가 이삼차 창으로 찔러 숨을 죽인 후 금은색 복과 모자를 쓴 긔사가 나와서 생조치로 바른 꼬챙이를 대 여섯 개 소의 등성머리에 꼭고 다시 창을 가지고 숨구멍을 찔으니 소는 발광을 치다가 피를 토하고 걱구러져 죽음니다 이 째에 관객들은 손 바닥을 치고 악을 써서 긔사의 용감스러운 것을 찬양합니다 유순하고 정직하고 건실한 소는 긔묘한 사람의 긔술에 놀림을 밧다가 최후를 마치고 맙니다. 만일 소가 창으로 세 번 찔은 후에 죽지 못할 째에는 사람이 진 것이 되어 관람석으로부터 방석이 풀풀 날러 오며 관람객이 긔사를 째리며 외침니다. 째에 짤하서는 투우하다가 불행히 긔사가 삼 사 인썩 죽어 나가는 수가 잇답니다. 서양인의 참혹성에는 긔가 막혓습니다. ―쯧―

(『東亞日報』, 1930. 4. 10)

伯林의 그 새벽

— 異域의 新年 새벽

    나는 일찍 파리에서 8개월을 지내고 그 뒤 두해동안 구미만유(歐美漫遊)를 하는 중에 한번은 독일 베를린에서 새해를 맞게 되고 또 한번은 미국 뉴욕에서 새해를 맞은 일이 잇엇습니다.

    구미 각국은 크리스마스에 새해 겸한 축하가 잇고 선물이 잇어 크리스마스와 '송구영신'의 구별을 할 수 업을 만치 되어 잇습니다.

    그러므로 축하편지에는 으레이 둘을 겸해 쓰는 것입니다. 十二월 초순만 되면 각 상점 점두에는 소나무가 늘어서고 그 속에선 프레센트를 팔고 프레센트 아시(夜市)까지 열리어 부녀들은 덜덜 떨면서도 한 짐씩 사 갑니다 그리하여 그이들로 길이 메이는 것입니다. 과연 그 광경은 볼맘적 합니다.

    섯달 그믐날 밤입니다. 나 잇든 집 주인부인은 맥주(麥酒)를 사가지고 들어 오드니 언 손을 화덕에 쪼이며 훌적훌적 웁니다. 나는 깜짝 놀라 오다가 어대 상햇느냐고 물엇습니다. 옆에 잇든 S군이 눈짓을 합니다. 나는 S 곁으로 가서 귓속 말로 웨 그러느냐고 물엇드니 「죽은 남편을 생각하고 그러니 가만두시오」합니다. 나도 어느듯 눈물이 돌앗습니다. 그 부인은 우리 세사람을 위하여 눈물을 멈추고 테불 위에 꽃을 꽂고 촛불을 켜놓고 맥주와 포도주를 차려놓고 고기를 준비해 놓습니다.

    우리는 죽— 둘러 앉어서 이런저런 이야기를 하며 그 부인을 웃기며 잇엇습니다.

    그믐날 밤 열 두시외다. 조용하든 밤은 사방으로서 울려 나오는 성 마리아교회 종소리로 요란한채 또한 엄숙해집니다. 주인 부인은 술잔을 듭니다.

우리도 들엇습니다. 모두 일어서서 새해 축하를 하엿습니다. 주인부인은 불이낳게 부엌으로 달아납니다. 우리는 그 뒤를 좇아갓습니다. 마침 준비해 놓앗든 납을 불에 녹이며 스푼과 찬물을 가저오드니 우리들에게 다 각 각 한 숫갈식 그 녹은 납을 떠서 찬물 그릇에 넣으라 합니다.

그랫드니 그는 찬물 속에 굳어지는 납의 모양을 보고 너는 부자가 되겟다 너는 애인이 잇겟다 너는 성공을 하겟다하고 점을 처줍니다. 어찌나 재미스러웟든지오

이웃집 유리창이 다 열립니다. 사람들은 몸을 창에 걸치고 색지(色紙) 끈 아풀을 던저 이 집에서 저 집에 걸치도록 하고 새해축하들을 합니다. 악을 꽥꽥 쓰며 깔깔거리고 웃습니다.

나는 S군을 졸라 중앙시가로 구경을 나갓습니다. 이게 웬일입니까. 발에는 색종이가 퍽퍽 걸려 걸을 수가 업고 사람이 너무나 빽빽하여 지나갈 수가 업습니다. 취한 사람, 곡갈 쓴 사람, 꽹과리 두드리는 사람, 북치는 사람, 이리 닥치고 저리 닥처 수라장을 일우엇습니다.

이날은 어떤 남자든지 어떤 녀자에게나 키쓰를 할 특권이 잇다 합니다. 그리하여 쫓아가는 남자, 쫓겨가는 녀자, 이리 툭 튀어나오고 저리 툭 튀어갑니다. 깜짝깜짝 놀랄만치 꽥꽥하는 소리가 옆에서 뒤에서 앞에서 납니다. 나는 같이 가든 S군에게

「어떳소 여보 부럽지 않소? 내 특허할 터이니 당신도 한번 실행보구려」

「해볼까?」

어울리지 않는 행동으로 어떤 녀자 하나를 쫓아갑니다. 녀자는 소리를 지르며 쫓아갑니다. 그리고 돌아서 오는 그와 나는 마주첫습니다. 서로 잠깐 서게 되자 S는 깔깔 웃으며

「재미 잇는걸」

「그래 어떠케햇소」

「그년 소리를지르고 달아나기에 정말인가 햇드니 …… 그리고는 떨어저야지」

두 사람은 깔깔 웃엇다. 웬일인지 웃은 죄가 나렷는지. 웬 남자가 내 어깨를 툭 칩니다. 나는 깜짝 놀라 달아낫습니다. 쫓아옵니다. 날아납니다.

할 수 없이 붙잡혓습니다. S는

「그것 보 나를 놀리드니 죄가 나럿지」

그리고 두 사람은 그들의 흥겨워 노는 것을 옆으로 버려두고 집으로 돌아올 때는 어대서 온지 알 수 없는 적막과 애회가 머리 속을 채웁니다. 눈을 감고 먼 고국의 쓸쓸한 풍경을 그려보는 때 소리 없는 한숨이 목구멍을 감돕니다.

그러는 동안 환락의 밤은 새어 버렷습니다.

(『新家庭』, 1933. 1)

巴里의 어머니날

　파리여자라면 사치나 하고 놀기나 잘 하는 줄 알지만 그렇지 않다. 알뜰 살뜰하게 요밀조밀하게 앙실방실하게 아양도양하게 사접시를 깨트리게 깔 깔대고 깨가 옥실옥실 쏟아지듯 속살거려 사람 그것이 곳 그대로 예술품 이어서 실증이 없고 고통을 잊고 비애가 없는 그날 그날 새거분을 창작해 내는 파리 가정의 주부생활이다.

　이 날은 어머니의 날이다. 내가 잇든 집 어머니는 아침에 일즉 일어나드 니 앵무새 울 듯 「좋은 날이다. 우리 가족」 하며 남편과 자녀에게까지 뺨 에 키스를 하고 생글생글 웃는다.

　아침 밥 후에 다 각각 먹은 그릇을 내다 놓으며(이 집 규측은 자치제다) 「아 맛잇엇다. 어머니 고마워요」 한다.

　남편은 약소국민회 회석(弱小國民會會席)으로 딸들은 학교로 나는 연구소 로 나갓다. 늘 혼자 집 보고 잇는 일곱 살된 아들에게 큰 집을 부탁하고 어머니는 항렬에 참가하기 위하야 나간다.

　연구소 밖에서는 와글와글하는 소리가 난다. 화필을 던지고 뛰어나가 보 앗다. 알룩달룩, 얼숭덜숭, 욹웃붉웃, 푸릇파릇한 모자, 옷, 넥타이 목도리로 꾸민 늙은 부인 젊은 부인 입분 부인 미운 부인 키 적은 부인 키 큰 부인 다정스럽고도 한만스럽고 쾌활스럽고도 아담스러운, 잇는대로 말하고 마음 껏 웃으며 한 걸음 두 걸음씩 걷는대로 끊일 줄 모르는 이야기[1]야말로 묵

---

1) 원문대로.

묵히 다니는 동양풍으로 보아 수다하다고 아닐 수 없다. 항렬은 쌍 젤리즈를 통하야 개선문을 나서 뿌아 듸 불론으로 들어서 울창한 삼림 사이 넓고 푸른 잔디 우에 무려 수천 명의 엔젤은 범나뷔 놀듯 뛰고 눕고 끼고 안고 제 흥대로 넘논다. 혹 싼 보에서 혹 넣엇든 주머니에서 혹 포켈 속에서 포도주 산드윗치, 비스켈, 캬라멜, 쵸코렛을 펼처 놓고 너 먹어라 나 먹자 떼어 주고 쪼개 주고 갈라 주고 부어 주어 마음껏 힘껏 다 먹은 후 항렬 앞에서 불고 오든 군악소리 마춰 서로 끼고 춤을 춘다. 노래를 부르고 코 노래를 내고 뺨을 짝짝 때리고 등어리를 특 특 두듸리고 팔둑을 서로 꼬집어 흥껏놀고 나니 황혼도 다 되엇다.

단장 부인의 지휘를 따라 항렬은 다시 정리되자 말자 산회를 고한다.

三三五五 짝을 지어 긔차로 지하차로 택시로 다 각각 스윝홈으로 향한다. 그들은 제각기 다 자긔의 깃븐날을 긔념하기 위하야 어린 자녀들에게 줄 선물을 사러 상점을 갸웃갸웃 한다. 우리 집 주인 부인도 주렁주렁 무엇을 사 들고 들어 오드니 집 본 아들에게 키스하고

「내 사랑하는 아가 수고햇지?」

하며 한 봉지를 내어 준다. 거기에는 밝안 옷 입은 대장 인형이 들어 잇엇다. 남편에겐 고은 넥타이, 두 딸에겐 명주 손수건, 내게는 「쥬비」(小人形)을 주엇다. 그리고 키스를 하고 마치 十七, 八 세된 어린의같이(四十여세된 부인이나)좋아하고 깔깔대고 참새같이 지저귄다.

이같이하여 파리의 어머니날은 즐거움 속에서 지나간다. 지금도 긔억되는 그날!

(『新家庭』, 1933. 5)

밤거리의 祝賀式(歐)

「佛蘭西의 五月」이란 題로 써보내라 하섯스나 一年 八個月동안 歐米 漫遊만유 中 두번 正月을 마지하엿스나 한번은 獨逸독일 伯林에서 한번은 米國 紐育뉴육에서 지냇슴으로 不幸이 佛蘭西 正月은 보지 못하엿습니다. 그러나 歐米 各國의 風俗 習慣이 大同小異하외다.

朝鮮의 正月이 둘인 것과 갓치 歐米 各地에는 그리스마스와 正月 두 가지가 잇서 대개 그리스마스를 盛況성황으로 지내고 나종에 正月을 지내게 됨으로 어떤 거시 정말 正月인 줄을 몰르게 됩니다.

그리하야 푸례센트는 대개 그리스마스에 하고 맙니다. 푸례센트의 盛況은 甚하야 全 家族끼리 親舊끼리 家庭끼리 社會끼리 야단々々입니다. 그리고 쏘나스를 타 가지고는 夫人의 구두 夜會服야회복으로 大部分 虛費하고 家族을 爲하야 消費함은 東西洋이 一般입니다.

섯달 금음날은 全市民이 밤을 새웁니다. 食卓식탁에 飮食 술을 베프러 노코 家族이 둘너 안저 祝杯축배를 난호고 萬歲를 부르다가 十二時 울니난 同時에 四方에서 鐘소리 敎會堂 鐘소리가 욱니자 一濟히 이러나서 잔을 난호고 춤을 춥니다. 그러자 窓門을 열고 이 집에서 저 집으로 거는집에서 압집으로 색종이를 걸치고 느림니다. 그리고 新年 祝賀를 합니다. 납을 녹여 물속에 집어느코 그 굿어나오는 형상을 보아 一年 재수를 봅니다. 그거슬 보고 웃고 조와하고 실심하고 낙망하고 합니다. 그리고 밧그로 나가 中央 市街로 모혀듭니다. 거긔는 수라장이 되여 술 취하야 비틀거리는 자 곡갈을 쓰고 북을 치고 썽충々々 뛰는 者 이날은 아모에게라도 키스를 해도 관계업다 하야 남자가 녀자를 쏫차 가면 녀자는 악을 쓰고 다라남니다. 나는 伯林서 어느 친구와 갓치 구경을 갓다가 내가 농담으로

「여보 부럽지 안소 한번 행해보는 거시 어떳소」

「글세 작난 좀 해볼가」

한 여자를 쏫차가 키스를 햇습니다. 나는 멀건이 서서 구경을 하다가 어느 독일 남자에게 붓잡혓습니다. 나 잇는대로 그 사람이 드러오다가 쌀々 우스며

「저것 보게 나를 놀니더니 자긔가 벌을 밧는구나」 하엿습니다.

酒店에 滿員 카페에 滿員 軍樂군악을 쑤듸리고 픽々 씨러지고 성충々々 쒸고 서로 붓잡고 밀모치고 야단임니다. 길바닥은 종이 부스럭이가 발에 툭々 채임니다. 이러케 날이 새도록 도라갈줄을 몰으게 남녀노소 혼동하야 지냄니다.

正月에는 新年會 家族會 親友會 等을 열어 或 마짱 或 트람프 或 遊興으로 날을 보내고 밤을 새우고 웃고 춤추고 합니다. 旅行 中 호텔 生活로 말도 변々히 모르고 길도 잘 모르고 놀 곳도 모르고 招待도 別노 밧은대 업고 침기도 하야 別로 正月이라고 特別한 求景한 거시 업서서 以上 멋가지로 썼슬 뿐입니다.

(『中央』, 1934. 2)

多情하고 實質的인 佛蘭西 婦人

─ 歐米 婦人의 敎養잇는 家庭 生活

　　내가 佛蘭西 巴里에 잇슬 때 마침 古友先生이 와 게셔서 有力한 사람의 紹介로 通辯 한 사람을 다리고 나와 三人이 市外 汽車를 타고 小弱 國民會 副會長 쌀네氏 宅을 차자 갓습니다 그곳은 京城서 永登浦 갈만한 距離의 別莊 많은 곳이라 氏의 宅도 쌀네氏 장인이 도라갈때에 준 別莊이라 합니다 大門에서 줄을 잡아다리니 미리 約束한 터이라 쌀네氏가 親히 나와 門을 엽니다 門을 드러서니 左右로 樹木이 鬱蒼하고 잔디 우에는 가지 꼿이 다 피여 잇고 개소리 닭소리가 모다 납니다 단아한 洋屋집 門을 열고 드러스니 수々하고도 점잔은 부인이 마종을 나와서 冊이 山갓치 싸히고 가진 骨董品 各國 國旗를 모아노흔 書齋로 引導합니다 兩氏 사이에는 政談이 잇슨 後 쌀네氏는 日本에 두 번 갓다 온 感想中 櫻花와 日本 女子의 姿態가 조터란 말 朝鮮에 한 번 갓다 온 感想中 칼춤 추는 것을 볼 때 칼갓치 무서운 物件을 춤으로 藝術化한 거슨 그만치 朝鮮民族이 善良하고 平和스러운 것을 알게됩니다 하는 말을 滋味잇게 들엇는데 氏는 特히 朝鮮에 好感이 잇섯고 同情을 만히 가지고 잇스며 一千九百十九年 事變을 잘 알고 잇섯습니다.

　　夫人은 佛蘭西 女子參政權 運動會々員으로 家庭에 充實한 賢母良妻요 社會上 堅實한 活動家입니다 이날 놀고 가서 其後 한 번 다시 갓슬 때 佛蘭西家庭에 가잇기를 願하엿더니 두 말 아니하고 自己 집에 와 잇스라고 하엿습니다 나는 깃버서 곳 이사를 하엿습니다 때에 夫君은 獨逸 伯林에 가 잇슬 때입니다 以來 三個月 동안 쌀네氏 家庭과 起居 食事를 갓치 하게 되엿습니다.

이 집 家庭은 五十餘歲된 쌀네氏 四十餘 歲된 夫人 十八 歲된 딸 七 歲된 아들 나 여섯 食口이엇습니다. 집은 木製로 實用的일 뿐입니다. 아래層은 書齋 兼 應接室과 食堂이 잇고 쌀네氏가 旅行 中에 蒐集한 南洋産物을 주렁주렁 매달어 노은 二層에 올라가랴면 내 房이 잇고 夫婦房이잇스며 沐浴室 化粧室이 잇습니다 三層에는 裁縫室이 잇고 幼兒室이 잇서 壁 椅子 冊床 冊欌 모다가 眞紅色으로 꿈이어 色의 敎育을 하고 잇습니다

아침이면 딸 둘이 먼저 이러나 보리 죽과 茶를 갓다 주면 자리 속에서 먹고 나서 洗水를 하고 쌀네氏는 會場 或 學校로 夫人은 自己 事務所로 딸들은 中學校로 나는 硏究所로 나가면 終日 집은 七歲된 男兒와 개가 보고 잇습니다 저녁때 도라오면 개가 먼저 짓고 어린애가 三層에서 들창門을 열고 「누구요」하는 것은 果然 사랑스럽데다 점심은 보통날은 벤도를 싸가지고 가고 日曜日이나 祭日은 女雇人이 自動車를 타고 와서 해만 주고 뒤도 안 도라보고 다라남이다.

저녁 밥상에는 家族이 늘어안집니다 내 자리는 언제든지 主賓席 쌀네氏 右便에 안게 됩니다

쌀네氏는 친절하게 「매담 김 오늘 그림 잘되엿습니가」

하면 夫人은 얼른,

「그럼요 오늘 그려왓는대 썩 잘되엿든걸요 빗세루의 영향을 만히 받엇겟지요」

이러게 話題가 시작되면 남편은 친구들과 지내든 이야기 夫人은 同侔들과 일하든 이야기 딸들은 길에서 보든 이야기를 손짓 발짓 코짓 눈짓을 하며 흉내를 내면 가족들은 허리가 부러지도록 웃고 때로는 내 서투른 佛語가 東問西答 하는대 깔깔 웃게됩니다 이럴때마다 쌀네氏는 내가 무참이 역일가봐 시침이 딱 떼고 눈을 내리뜨고 우숨을 참고 잇습니다 지금도 그 생각을 하고 때때로 우슬 째가 잇습니다

저녁 밥 後에는 或 庭園으로 散步도 하고 或 피아노를 치고 춤을 추기도 합니다. 나도 主人이나 夫人과 짝하야 춤을 추고 조와하면 主人 夫婦는 퍽 조와햇습니다 또는 라듸오를 듯기고 하다가 夫人이 時計를 보고 「時間

이다」 하면 딸들과 나와 아들은 主人 夫婦에게 키스로 인사하고 다 各々
방으로 도라가고 夫婦는 書齋室에 남아 잇습니다 하로저녁은 궁금하기에
부엌에 물을 떠 먹으러가는 체 하고 서々 보앗습니다 夫婦는 비둘기갓치
붓터 안저서 무슨 이야기를 그러케 속살거리는지 자미가 깨가 쏘다질 듯
하엿습니다 그날 지낸 일을 서로 고해 바치는 것 갓습니다 그들 압헤는
그날 新聞의 여러 가지가 노혀잇습니다 이와 갓치 어대로 보든지 和樂한
家庭이엿습니다. 特別히 夫人의 家庭生活을 말슴하면

아양보양하고 앙실방실하고 요밀조밀하고 알뜰살뜰한 불란서 부인 中에
는 점잔코 수々하고 침착하나 어된지 모르게 매력을 가진 부인이니 強弱
이 兼備하야 물 샐 틈 없이 규레가 꼭 째이게 살님사리를 하고 염증이 나
지 안코 신산스럽지 안흔 생활이 즉 藝術이 되고 마럿습니다 남편에게 多
情스럽게 子息들에게 嚴肅하게 親舊에게 親切하게 奴僕에게 厚하게 家畜
에게 慈悲스럽게 구는 대는 感服지 안을 수 업고 더욱이 家風이 學者의
生活인만치 質素하고 自治制이라 主人 以下 어린이까지 洗水물도 自己가
떠다 하고 밥 먹고 난 그릇까지 다 各々 부엌에 내다 놉니다 때々로 쩨아
틀(劇場)오페라 씨네마 招待狀이오면 개에게 집 잘보라고 부탁하고 門을
닫아 걸고 求景을 갑니다 求景을 다하고 오다가 카페에 드러가 茶나 飮食
을 먹고 도라옵니다. 어린이는 조와서 경중경중 뛰면 어머니는 그 뺨에 키
스하고 아버지는 빙그레 우스며 내 엽흐로 와서 가만히 「조선 어린이들도
저러치요」 합니다 나는 떠듬떠듬하는 말로 「위 라무의미쇼즈」(녜 꼭 갓습
니다)

하고 깔깔 우섯습니다 딸 둘은 컴컴한 길가에서(外部인 故로) 只今 본
연극을 흉내내며 서로 붓잡고 춤을 춥니다. 쌀네氏는 손벽을 치며

「트레비안 트레비안」(잘한다 잘한다)합니다 이갓치 이 家庭의 空氣는 언
제든지 明朗하고 愉快합니다 夫人의 社會的 生活을 잠간 말슴하면

夫人은 每朔 雜誌 新聞에 寄稿할 뿐아니라 女子 參政權에 대한 冊도 著
述하엿습니다 그 新聞 雜誌冊에 싸인한 것만 보고 感服하엿슬 뿐이오 內
容을 읽을 줄 모른거시 큰 遺憾이엿나이다 夫人은 集會 宴會에 자조 出入
이 잇섯느대 夜會服을 입고 나서는 반드시 내 房에와서

「내 모양이 엇덧소」 하고 엽흐로 살짝 도라스며 애교를 부릴 때는 왼몸이 웃슥해지도록 집어삼키고 십헛습니다 반드시 夫婦同伴이며 도라올 때는 우수운 作亂감을 사가지고 와서 食卓에 노코 家族들을 웃킴니다 理論캐기 조와하는 내가 萬一 言語를 能通할진대 所得이 많엇슬 것이나 任意로 못한 것이 큰 遺憾이외다

끝으로 子女敎育에 對한 말슴을 하면

대개 巴里 女子들의 衣服은 갑싼 감으로 兒孩를 묘하게 하여 입히니 그 考案에는 놀라지 안흘 수 업습니다. 이집 딸들도 日曜日에는 마루바닥에 衣服 감을 펴 노코 外套를 말라 지어 입고 나슨다든지 帽子를 만들어쓰고 나스면 어느 商店에서 사온 것이나지지 안어서 巴里 女子는 爲先 自己가 생긴 貌樣을 알아 가지고 제 體格 제 얼골과 調和잇게 해 입어서 사람 그것이 卽 藝術品인 것은 루이十四世의 眞髓가 佛蘭西 國民性에 꼭 백혀잇게 된 것이외다. 어린아들과 동갑인 女兒가 엽집에 잇습니다 아해들 노는 것을 가보니 울타리를 뚤코 자리를 펴고 이쪽 아희는 이면에서 저쪽아희는 저편에 안저 손과 입이 왓다 갓다 할 뿐인 것을 볼 때 과연 隣家 道德이 甚한 것을 알겟습듸다 이 男兒는 明年 봄이 高等小學校 入學期라하야 準備로 每日 한 時間式 어머니가 國語讀本을 가르치는대 엽집 女兒도 갓치 배옴니다 時間이 되면 반드시 正門으로 드러와서 반드시 正式으로 인사하는 것을 볼 때 異常스러히 보입듸다 그리고 男兒는 어렷슬 때부터 男子란 觀念을 느어 주어 朝夕으로 밥 床 볼 때 食器를 씨스면 행주질 치는 것 치운 아침에도 층층대 걸네질을 치게 합니다

그리고 家畜은 개 닭 토끼 고양이 等이니 夫人은 아침마다 이러나는 대로 모이를 주고 씨다듬고 키스하고 病이 나면 안탁갑게 어루만지고 합니다

只今도 一年에 한번式 年賀狀을 하야 安否를 알고 이번에도 年賀狀이 길게 왓는대 한번 朝鮮 求景을 오겟다고 하엿습니다.

(『中央』, 1934. 3)

佛蘭西 家庭은 얼마나 다를가

　내가 여긔 쓰난 것은 佛蘭西人의 한 家庭을 紹介하고저 하난 것이다. 即 내가 몸담어 잇든 집의 生活 狀態를 보고 늣긴대로 쓰고저 합니다.

　巴里 안에 小弱國 民族을 爲하야 세운 人權인권 擁護會옹호회가 잇다. 이 會에서 每年 一次 或은 臨時임시로 各國 代表者가 모여 弱小 國民을 爲하야 會를 연다.

　昨年 十二月에도 百耳義백이의 首府 쑤랏셀에서 開催되엿섯다. 即 이집 쌀네 氏는 이 會의 副會長이오, 二三個所 高等中學校 哲學校 教授요 有名한 著作家이다. 日本에난 세번이나 갓다 왓고 中國, 朝鮮도 잘 안다. 더욱이 여러가지 事件을 目見한 後, 朝鮮에 만흔 理解를 갓는 친구가 되엿다. 日前에는 氏는 어느 冊에서 光化門을 헐엇다는 거슬 보고 거기 대한 記事를 썻다 한다. 朝鮮과 其他 記行文 쓴 冊이 學校 教科書로 쓸만치 有名하단다고 한다.

이 집 設備

　이 집은 巴里(쌍나쥘) 停留場에서 電車로 二十五分 間밧게 아니 걸니는 巴里 갓가온 市外니 別莊별장 만키로 有名한 레베지네라고 하는 곳에 잇다. 市外니만치 樹木이 만코 이 집 庭園도 쐐 넓다. 庭園에는 놉흔 高木이 군대군대 서 잇고 푸른 잔듸 우에는 百色 花草가 피여 잇고 욱어진 수풀 엉겨올느는 덩굴 芍藥花작약화, 月桂花 등 꼿이 피여 잇고 그 엽헤는 채소밧이 잇서 쌀기, 감저, 상추, 파, 콩이 심겨 잇다. 또 한편 마당에는 톡기, 비둘기, 蜜蜂밀봉을 기른다. 그리하야 꼿썩거 房에 장치하고 菜蔬 쓰더 반찬하고 家畜 잡아 供物노 쓴다. 外形 차림차림만 보아도 얼마나 滋味잇는지!

집은 조고마하다마는 집에 드러서면 主人이 世界一週하면서 사다가노은 各國 物産업난 것이 업다. 中國것 朝鮮것 日本것 其外 印度것 英國것을 壁에 걸어 노코 장 속에 늘어 노코 卓子 우에 언저 노앗다. 正門을 드러서서 門 하나만 열면 食堂이다. 거긔를 거처서 들어서면 主人의 書齋 兼 應接室노 쓰는 比較的 넓은 房이 잇다. 爲先 눈에 번쩍 씌우는 화덕 위 거울 周圍를 꾸며 논 中國 物産, 「武德무덕, 壽福수복, 來沙내사」이라는 글자가 쪄우고 房 周圍에는 古文典을 爲始하야 百話傳백화전 남의 作品 自己 作品으로 쪽쪽 찻다.

그리고 冊床 우에는 片紙가 山가티 싸혀 잇다. 이 집 아이들은 各國 郵票 모는 것이 今年內로 二天 張이라 하는대 이것이 다 너의 아버지에게서 어든 것이냐고 물은즉 그러타고 한다. 이것만 보아도 이 사람이 社交界에 얼마만한 地位에 잇난지를 알 것이다.

도로 나와서 食堂을 거처 正門 마즌 便으로 廚房이 잇다. 二層에는 夫婦 共同 寢室침실 沐浴房목욕방 化粧室화장실이 잇고 三層에는 두 쌀의 房, 八歲된 아들 房이 짜로짜로 잇다. 그리고 主人 夫婦의 房은 그럴듯하게 점잔케 차려잇고 쌀의 房은 산뜻하게 차려잇고 小兒의 房은 壁, 倚子, 장 等의 色이 모다 紅色, 茶色을 썻다. 色彩 敎育을 暗示하고 其外 童謠동요 童話동화 雜誌 玩具物노 잔쓱 늘어 노아 잇다. 여긔서 그 아희는 혼자 자고 自己 것은 自己가 다 한다.

家閥과 食口

佛蘭西 家閥이 어찌 되엿는지 常識을 엇지 못하야 確實히 모르겟스나 이 집은 本來 리온(第二都會)에서 잇다가 쌀네 氏와 主人으로 붓어 「싸리지 안巴里 出生人」이라 한다. 食口는 세 아들 夫婦, 두 쌀인데 成年된 아들은 方今 英國 가서 海航 會社와 電氣 會社에 社員으로 잇스며 이 집 本食口 五人과 客으로 나하나 뿐이다.

家庭의 構成

이집 쑌 아니라 여러 사람의 말을 綜合하여 歐羅巴 各國의 家庭으로 보면 例外도 잇겟지만 一般으로는 兩親과 未成年者로 成立된다고 말할 수 잇다. 그리하야 保護者와 被保護者피보호자의 家庭임으로 別로 意思가 衝突될 까닭이 업다.

男女間에 成年이 되면 自己 意思를 當々히 主張하고 또 男子는 돈 벌줄 알며 女子도 될 수 잇스면 自立的으로 살아가며 그러치 못하고 父母의 保護를 밧는다 하더라도 過히 干涉간섭을 밧지 안는 거시 例이다. 이 집 長女도 二十歲된 成年인대 社交界든지 接賓접빈하는 態度가 十八歲된 아오와는 쌴판이다.

家風

이 집 家風은 質素질소하고 秩序 잇고 精神을 쓰는 이들인 만치 조용한 거슬 조와한다. 그러고 主人 以下 小兒쌔지 自治的일다. 자고 난 이불도 다 各々 치우고 먹고 난 그릇도 다 각々 들고 나간다. 衣服, 帽子도 다 각々 맨들어 입는다. 八歲된 男兒가 살님사리를 다 하다 십히 朝夕 째면 상보기, 누이들이 설거지하면 행주치기, 아참에 이러나면 層々대 걸내질 치기, 食口들 다 나가면 집보기, 果然 놀날만치 저 할 일을 꼭々 하고 만다. 이와 갓치 어려슬 째붓허 獨立心을 養成하고 空으로 먹고 놀거시 아니라는 거슬 가라친다. 그러고 밤에 잘 째나 아참에 이러나서 內外 입 마초고 兒孩들이 兩親에게 입 마초어 잘 잣느냐, 잘자거라 인사를 꼭꼭 한다. 勿論 자는 時間, 이러나는 時間, 食事 時間은 一定한 時間일다. 朝飯은 자리 속에서 茶와 쌍으로 겨오 여우고 点心은 토기 잡고 겨란 삼고 살나다 해서 飽食하며 저녁은 남은 것슬 가지고 그럭저럭 먹는다. 낫에는 다 各々 散在해 잇다가 저녁 밥 째면 食卓에 느러안저 終日 보고 듯고 한 거슬 그대로 흉내내여 웃킨다. 째로는 내가 잘못 알아 듯고 쌴전을 하면 主人 內外는 우슴을 참너라고 애를 쓰고 애들은 쌀쌀 웃는다. 라지오로 音樂을 드르며 食事를 하고 食後에는 딸이 피아노를 치며 춤도 춘다. 午后 四時 茶時間 外에는 絶對로 間食이 업다. 때로는 家族 一同이 演劇 求景을 간다.

主婦의 權威

어느 나라든지 中流, 上流의 점잔은 집안은 主人 男子가 內庭에 干涉치 안는 거슨 上例이다. 이 집도 그러하야 主婦의 權威가 絶對로 잇다. 兒孩들을 어머니가 쭈지즈면 남편은 슬슬 쭈지즈며 말닌다. 이집 主人은 熱々한 女權 主張者요, 雜誌에 寄稿기고를 만히 하난이만치 늘 讀書독서를 하고 잇다. 날마다 하는 일은 아참마다 家畜가축에게 밥 주기와 編物편물, 裁縫재봉, 讀書, 社交이다. 子息을 만히 길느고 살님사리를 오래 한이만치 때때로 큰 소리가 날 째도 잇다. 이는 東西洋 女子를 勿論하고 사람의 진을 쌔는 살님사리를 격근 女性에게는 免치 못할 事實인가 한다.

이 집 主人은 五十餘歲나 되엿으나 아직도 健壯건장하고 夫人은 多産한 이만치 날것다. 夫婦 사이는 三時期가 잇다 한다. 靑年期에는 情으로 살고 中年期에는 禮로 살고 老年期에는 義로 산다고 한다. 이 夫婦는 義로 살 時期이엇마는 情으로 산다. 남편은 늘 夫人의 낫츨 엿보아 깃부게만 해주고 입 마초기, 레스트랑에 가기며 演劇場 가기, 地方 演說하러 가면 同伴하여 가기, 一時라도 쩌러지는 일이 업다. 兒孩들은 오히려 짜로 돈다. 夕飯 後에는 다 各々 밤 인사를 마초고 房으로 올너가고 夫婦만 書齋室서재실에 남어서 남편은 新聞을 일켜 들니고 婦人은 그 엽헤서 編物을 하고 잇다. 그러고 終日 지낸 일, 내일 할 일을 相議하고 잇다. 그러고 자러 드러간다. 歐羅巴人의 生活은 全혀 性的 生活이라고 볼 수 잇다. 더구나 巴里 갓치 外世 刺戟과 誘惑이 만흔이랴. 이들의 內面을 보면 別々 秘密이 다 잇겟지만 外面만은 一夫一婦 主義로 서로 사랑하고 앳기는 거슨 事實이다. 아모려도 自由스러온 곳에 참 사랑이 잇는 듯 십다.

(『三千里』, 1936. 4)

제12부

인터뷰·좌담 ·설문 응답·기타

羅蕙錫女史 世界漫遊

─ 二十二日 京城驛 出發

녀류화가 라혜석(羅蕙錫)(三二)씨는 예술의 왕국 불란서를 중심으로동서양 각국의 그림을 시찰코저 오는 이십이일 밤 열시 오십 분 차로 경성역을 써나 일년 반 동안 세계를 일주할 예정으로 금일 오전 일곱시 사십오분 경부선 렬차로 동래(東來)자택에서 입경하야 방금 조선호텔에 톄제 중인 바 녀사는 시베리아를 횡단하야 먼저 로농 사회주의 곡화국련합(勞農社會主義 共和國聯合)인 적색 로서아(露西亞)를 거처 장차 영길리(英吉利) 독일(獨逸) 이 태리(伊太利) 불란서(佛蘭西) 백이의(白耳義) 오디리(墺地利) 화란(和蘭) 서반아 (西班牙) 정말(丁抹) 락위(諾威) 토이기(土耳其) 파사(波斯) 첵크 섬라(暹羅) 희랍 (希臘) 미국(米國) 등을 순회 할터이라 하며 녀사는 조선 호텔로 방문한 긔 자를 향하야 매우 다정한 우슴을 씌우고

「일년 반이라는 짜른 세월에 무슨 공부가 되겟습닛가 마는 남편이 구미 시찰을 써나는 길인고로 이 조흔 긔회를 리용하야 잠간잠간 각국의 예술 품을 구경만 아는것이라도 적지 안흔 소득이 잇슬 줄 밋고 가는 것이올시 다 이왕 먼길을 가는길에 여러 해 동안 잇서 착실한 공부를 하여 가지고 돌아오고 십지마는 어린아이를 셋식이나 두고 가는 터임으로 모든 것이 뜻과 가티 되지 못합니다」하더라 (사진은 라혜석 녀사)

(『朝鮮日報』, 1927. 6. 21)

설문 응답[*]

一. 答을 避함니다

二. 장차 조흔 時機 잇스면 女性運動에 나서려 함니다

(『三千里』, 1930. 5)

---

[*] 설문에 대답한 것이다. 설문내용은
  ① 선생은 민족/사회주의자 입니까?
  ② 선생은 실행가/학자가 되겠습니까?
  ③ 선생은 사상상 누구의 영향을 가장 많이 받았습니까? 엿다.

友愛結婚 試驗結婚

▲ 日時 四月二日 午后 三時
▲ 場所 京城 仁寺洞에서 會見

▲ 記者=우리들이 결혼하는 목덕이 사나히면 자긔의 안해를 쏘 여자이면
자긔의 지아비를 엇는데 잇습니까 혹은 자긔의 혈통을 계승하여 줄 아
돌3) 쌀을 엇는데 잇습니까

▲ 羅女史=그야 한 개의 지아비 혹은 안해를 엇는데 잇겟지요 자녀는 부
산물에 불과한 것인 줄 압니다

▲ 記者=그러면 「성욕」과 「생식」은 전연히 짠 물건이 되어야 하켓슴니다그
려

▲ 羅女史=전연 짠 것이라고 할 수는 업스나 그러케 혼동할 수도 업는 물
건이겟지요

▲ 記者=그러면 결혼의 主되는 목적이 이미 지 안해를 엇는데 잇다면 만
일 그 결혼이 잘못이 되엇든 것이 판명되는 날이면 물론 離婚이혼하여야
할 것이 아니겟슴니까

▲ 羅女史=그래야 하겟지요 그러나 離婚이란 그러케 쉽사리 되는 것이 아
닌즉 그 결혼이 과연 행복될 것이냐 엇저느냐를 알기 위하야 최근에 구
라파에서는 試驗結婚시험결혼이라 것이 제창(提唱)되는 줄 압니다.

---

3) '아들'의 오식.

▲ 記者=삼십 년동안 살어 보다가 실흐면 갈나지고 조흐면 偕老同穴해로동
혈하는?

▲ 羅女史=그러치요

▲ 記者=조선에 그러한 結婚方式이 適合하리까요

▲ 羅女史=一部 尖端첨단을 거러가는 새 夫婦들은 벌서 그를 實行하고 잇
지 안어요 그러케 보이드구만요

▲ 記者=試驗結婚의 特色은 무엇임니까

▲ 羅女史=이미 試驗이니까 그 結果에 對하야 어느便이나 絶對的의 義務
를지지 안치요 쉽게 말하면 리혼한다셤4) 치드래도 慰藉料위자료니 貞操
蹂躪정조유린이니하는 문데가 붓지 안켓지요 合意를 前提로 한 結婚은
離婚할 權利를 처음부터 保留하여 조흔 것이니까요

▲ 記者=그러한 새 道德을 현대의 만흔 女學生들에게 가르치엇스면 조켓
슴니다 性敎育이라 하면 敎育者들은 生理的 方面만 가르칠 줄 알엇지
思想上 道德上의 새로운 길은 가르칠 줄 모르는 모양이니까 이것이 現
代의 큰 病弊인 줄 압니다.

▲ 羅女史=同感임니다 兩性問題에 잇서서 生理上 方面을 科學的으로 가르
치는 것도 조켓스나 오히려 그보다도 더 根本的으로 假令 産兒制限이
엇더타든지 試驗結婚이란 엇던 것이라든지 하는 道德上 思想上의 啓蒙
을 식히는 것이 더욱 必要한 일로 敎育者의 注力은 그곳에 몰녀와야 올
흘 줄 압니다

▲ 記者=그러니 産兒制限가튼 方法을 必要로 하는 그 試驗結婚은 頻々한
離婚을 막는 길도 되고 男女 性의 離合을 헐신 自由스럽게 하는 效果가
잇슬 것이겟슴니다

▲ 羅女史=그러타 할 것이겟지요(下略)

(『삼천리』, 1930. 6)

---

4) 원문대로.

살림과 育兒

― 그들 趣味

畫家 羅蕙錫 女史

녀류화가 라혜석(羅蕙錫) 씨라 하면 세상이 다 아는 바이다. 긔다는 그의 일홈을 들은 이래 그는 어쩌한 사람이며 키는 얼마나 하고, 몸집은 얼마만 하고, 얼굴이 긴지 둥그런지 보지는 못하고 다만 어렴풋하게 그의 모습을 그려보왓다. 사람의 마음이란 이상한 것이다. 그를 찾저 가면서도 그의 모습을 그려보고, 쏘 나의 상々과 가타엿스면 하는 무조건의 요구를 혼자 하엿다.

그를 방문하엿슬 째는 그날 해가 거의 칠분 쯤 지난 째이엇다. 방에서 바느질을 하고 잇던 그는 긔자가 방문하엿다는 소리에 나와 마져주엇다. 얼골…… 눈…… 코…… 입…… 몸…… 내가 상々한 그와는 조곰도 갓지 안엇다. 하여간 내가 상々한 씨보다는 더 한층 진중하고, 쏘 부드러우며 애정이 잇섯다. 어듸인지 말할 수 업시 짜쯧한 곳이 잇섯다. 것흐로는 아모 자미가 업는 듯 갓흐면서도 깁히 드러갈사록 새록새록 자미잇는 그이이엇다.

그 풀린 듯하면서도 정기가 흐르는 눈은 여류작가로, 쏘 화가로, 가정주부로의 모든 수완과 재질이 잇다는 것을 말하는 듯 하엿다. 그는 평안도 액센트가 약간 섞인 어조로 말하엿다.

「예술은 나의 일평생의 위안이오 쏘 생활의 전부라고 하여도 과언은 아닙니다. 그것이 나의 취미요, 나의 직업입니다. 그만큼 내가 조와하는 짜닭에 아이가 넷이나 되는 금일까지도 틈을 맨드러 붓대를 들며, □바스를[1] 둘러매고 산과 들로 쮜여다닙니다. 참으로 극성이지요 누가 식히면 하겟습니까. 그러나 한 번 붓을 잡으랴면 그것이 그러케 상수롭지 안은 듯하여요 남의 어머니 노릇을 하는 나로서는 쉬운 일은 아닙니다. 붓을 들고 한참 열중하게 그리며 쏘 거진 연구를 하얏다가도 어린애가 울게 되면 그저 집어 내던지고 젖을 먹여야 합니다. 그런고로 가만히 생각하면 그림 그린다는 것이 욕이지요 그러나 저는 나의 예술을 위하야 어머니의 직무를 잇고 십지는 안습니다. 물론 그림을 그린다든지 글을 쓰는 것도 나의 취미이겟지만, 어린애를 지르며 바느질을 하고 살님을 하는 것도 퍽 자미 잇습니다.

만약에 나에게 어린아이들의 쌩긋쌩긋하고 웃는 얼골과 엄마 엄마하고 불녀주는 기쁨이 없다면 도모지 생활이 건조무미하면서 살지 못할 것 갓습니다. 어린애처럼 귀여우며 매일 실치 안코 볼수록 귀여운 것이 어듸 쏘 잇슬까요!」(사진은 라혜석 여사)

(『每日申報』, 1930. 8)

---

1) 원문대로.

名流부인과 산아제한

一. 구타여 産兒制限이라 이름 질 거시 아니라 아이 아니 들만치 조심합
    니다 그 方法은 不自然히서 말하기 실습니다

二. 내 몸이 第一 所重합니다

三. 아들 三兄弟 딸 하나입니다

四. 新聞은 朝鮮 中外 兩 新聞입니다 雜誌를 게속히 보고 십흐나 조곰
    나다가 고만 두난 것이 朝鮮文 雜誌의 特性임으로 늘 보난 거슨 업
    고 닥치난대로 봄니다

(『三千里』, 1930. 8)

羅蕙錫女史의 長篇

東京留學生時代에 『女子界』란 雜誌를 創刊하야 晶月이란 號로써 短篇小說을 만히 쓰든 畵家 羅蕙錫女史는 最近에 畵筆을 드는 餘暇에 솟아오르는 創作慾을 참을길 업서 『金明愛김명애』란 長篇小說을 執筆하야 벌서 거지 반 脫稿하야 春園에게 보내엇다하는데 이것은 女史의 自敍傳에 該當한 것으로 例를 찻자면 『三宅二す子』의 「僞はれろ未亡人(속이는 미망인)」의 一篇에 雙壁이 되지안을가

이 小說이 發表된다면 才華의 이 女流畵家를 싸고 도든 諸 男性의 愛慾史도 隱現은현할 것이어서 興味盡々할것이라 할진저

(『三千里』, 벽신문 1933. 11)

晚婚 打開 座談會
— 아아, 靑春이 아가워라!

出席諸氏　李光洙, 羅蕙錫, 金基鎭, 金岸曙
本 社 側　金東煥

1. 엇재서 결혼들을 아니하는가

記　者　종로 네거리에 삼십분동안만 서서 가고오는 청년남녀들을 보면 얼
　　　　골 빗갈이 거칠고 눈에 정채가 업고 긔분이 우울하여 다니는 이가
　　　　대부분임니다 쪼 몸가짐이 느릿느릿하여 물찬 제비가튼 스마-트한
　　　　점을 발견할 수 어려운 이가 대부분임니다.
　　　　이러케 우울과 퇴색한 빗쌀에 잠긴 청년들을 아라보면 대개가 결혼
　　　　아니한 남녀들임니다 결혼하여야 할 년령에 처하여 잇스면서도 독
　　　　신으로 지내는 이 불행한 남녀 이분들을 다소라도 건지어 줄 도리
　　　　가 업슬가 하여 오늘 저녁 이 모임을 만든 것임니다.
　　　　몬저 엇재서 현대의 청년들이 결혼을 아니하는가요 쪼는 못하고잇
　　　　는가요.
李光洙　여자들 생각은 잘 모르겟스나 남자들로 말하면 첫재 저혼자 살기
　　　　도 어려운 세상에 안해까지 어더가지고는 생활을 도모지 하여 나
　　　　갈 도리가 생기지 안으니 대개 금년이나 명년이나 하고 해마다 늑
　　　　자추다가 그만 혼긔를 일코 마는 이들일걸요.
羅蕙錫　그러한 점도 잇겟지만 묘령의 녀성들로 말하면 선배들이 시집가서

사는 것이 대개 행복스럽지 못한 꼴을 구경하고 낫스니싸 그만 진 저리가 처서 애당초부터 결혼생활에 들 생각을 하지안는 싸닭이 만치요 실상 교양이 놉흔 신학문 밧은 남녀로서 결혼에 들어 행복 한 살님을 하는 이가 멋낫 되어야지요. 통게로 싸저 본다면 행복 한 이보다 불행하게 된 이가 더 만안가요.

金 億　그야 교양의 유무보다 오히려 부부의 성격 차이가 죄가 만켓지요 대개 신식결혼 그 물건을 보건대 결혼조건으로 드는 것이 아름다 우냐와 학식이 잇고 업고와 돈이 잇고 업고를 생각하여 보지만은 누구 하나 서로 성격의 조화를 염두에 두는 이가 잇는 듯 십지 안 슴니다 이러닛싸 맛지 안는 부부가 되어 그 결혼은 멋날 아니 가 서 파탈이 생길밧게 더 잇서요 그러닛싸 이 점을 두려워서 현대 남녀들이 결혼회피한다고 하면 그는 세상을 잘못보는 탓이겟지요.

金基鎭　그러치요 선배의 결혼이 납밧스니싸 나도 아니하겟노라! 하는 리 유는 당치안을 줄 아러요 그야 실패한 사람도 잇겟지만 그 반면에 행복스럽게 사는 사람도 엇더케나 만타구요. 그보다도 현재의 적 령긔(適齡期)에 잇는 청춘남녀들이 결혼을 하지 아니하고 잇는 싸 닭은 주위의 사정이 결혼할 생각을 당자에게서 쌔앗는 싸닭이지 요. 그것은 순전히 경제적 리유지요. 생활할 길을 일허버린 사람 이 늘어가는 째에 의식주의 보장을 주지 안코 엇더케 만혼의 폐해 를 제거하려들겟슴니싸 문제는 근본에 늘 귀착이 되어요.

2. 리혼한 남성을 써리는가

記 者　알겟슴니다, 그러면 이러케 개괄적으로 막연하게 시집장가 아니드 는 리유를 말하지 말고 어듸 한쪽 편 한쪽 편씨 구체적으로 의론 을 좀 하여 봅시다 엇재서 여자들은 녀학교까지 졸업하여 놉흔 교 육을 밧어가지고도 올드미쓰로 늙을가요

金基鎭　갈 곳이 엄스니싸! 즉 남편가음이 업스니싸! 넘고 실상 처지니싸 요. 실로 오늘은 신랑가음이 업나 봅데다 스무살로부터 삼십남짓

한 청년남자로 어느 누구가 본처 업는 이 잇겟슴니까 부모의 강제 명령이건 무에 건 다 이미 조혼한 터이지요. 그래도 중학교 혹은 전문학교 대학교가튼 데에 아직 결혼 아니하고 공부하는 청년들이 잇기도 하지요 그러치만 그런 분들은 이미 열 륙 칠세 째에 자긔네 선배되는 사람들이 결혼의 불행을 늣기고서 부모에 반항하고 제도를 원망하면서 지내든 경험을 제 눈으로 충분히 가지고 잇스니까 자긔만은 그런 불행을 다시 계속치 말려고 단단히 결심하고 오직 학문에만 전심하는 뜻 잇는 사람들이지요 그분들이 대학을 마치고 그러고 조흔 직업을 엇기까지는 결혼 할 생각은 염두에도 두지 안을 터이니까 그런 학창에 잇는 미혼 남성을 녀학생들은 「하스」로 마지할 생각을 하기어렵지요 그러타고 첩으로 가기는 실흐니까요.

記　者　그 반면에 일단 이혼한 남성들이 결혼시장에 쏘 엇더케나 만흔 줄 아심니까.

金基鎭　그야 잇지요 그러나 확실하게 이혼한 남성이 얼마나 될가요 민적상으로 아조 제적 수속까지 한 남성이? 그는 이문이지요

記　者　제적까지 된 남성이면 신녀성들은 환영하는가요.

金基鎭　그러나 봅데다 이것저것 다 나무래고는 갈 곳이 잇서야지요 쏘 엄밀히 말하면 리혼한 남성들은 다 불상한 시대의 희생자들이니까요 동정이라도 할 점이 잇지요.

쏘 내가 아는 범위로는 예전에는 짜님 가진 부모들이

「내 쌀을 첩으로 주다니 내 쌀을 리혼한 사내에게 주다니!」

하고 천길만길 쒸더니 최근에 와서는

「이혼한 자리는 엇대요 아모개네도 모다 그러케 주드구만」

하고 양해합데다 그리고 리혼 쑨 아니라 남편될 분에게 아들 쌀 잇는것도 이제는 쩌리지 안은 경향을 보이고 잇습데다

羅蕙錫　그는 그래도 이혼한 자리면 엇대요 동정(童貞)이 처녀성 리상은 될수 잇겟지만 절대 유일의 조건은 아니 될 것이외다.

당자에 대하야 사랑만 늣길 수 잇다면 그로 모든 문제가 해결될 것이요.

李光洙　그러치요. 여성 여러분이 남성을 보는 관점만 달너진다면 해결될 문제지요.

金基鎭　그리고 앗가도 말하엿지만 녀성에 대하야 이혼이라 함은 한평생 밥 주고 옷 입혀 주고 가치 산보 다녀주는 것으로 일생을 취직하는거나 다름이 업지요 그러니 누구나 결혼하고 십허하지요 지금 웬간한 가정을 보면 녀학교는 졸업하엿는데 옵바는 실직하고 집안 살님은 나날이 말이 아니되고 하니 현실 속에서 속을 태이고 잇지요 그래서 어서 하로 급히 결혼하고 십흔 열망을 누구나 다 가지고 잇는줄 암니다.

記　者　그러면 남성들은 엇재서 결혼을 아니합니까 결혼생활이란 불행한 것일가요.

李光洙　나는 최근에 서양소설을 본 것이 잇는데 제목은 「푸리(free)-」라 하엿더구만요 내용이 엇던고 하니 남편이 자기 안해 병을 극진히 간호하다가 그 안해가 맞々내 죽어버려요 그째 그남자는 긔막히게 슬픈생각이 나야 올켓는데 의사가 죽엇다고 선언하는 그 순간에 「아이 인제는 푸리- 되엇구나 즉 해방 되엇구나 자유 되엇구나! 하는 생각이 용솟음치더라 합데다. 안타싸운 가정의 안해의 등살로부터 해방되는 것이 퍽으나 깁브든가 봐요 이 소설이 현대 남성의 심리를 용하게 포촉하여 그려낸 줄 아러요.

羅蕙錫　실상 행복보다 불행한 결혼이 만흐니싸요 그리고 독신생활을 주장하는 이가 훨신 만허젓어요.

金岸曙　이 모양대로 가면야 결혼 긔피하는 사람, 늣게 결혼하려는 사람이 작고 만허질 짜름일걸요.

3. 엇더케 하면 타개할가?

記　者　그러면 엇더케 하면 이 만혼풍조를 타개할 수 잇슬가요 엇든 의학

박사의 말을 드르니까 결혼을 늦게 하는 것이 조치 못하다고 해요
사람이 우울해지고 적막해지고

金岸曙 그야 그러치요 아무리 왁살마진 올드미스라도 이성을 안 뒤부터는
나근나근하여지고 여자다워지니까요

羅蕙錫 그러나 현대의 독신 녀성들은 음악이라거나 예술 방면에 쏠려서
모든 우울을 피하려는 노력이 보여요 서양가트면 짠스도 씨우겟
지만

記 者 요컨대 경제 방면과 선배의 결혼에서 본 환멸 째문에 결혼을 아니
하는 남녀도 잇겟지만 그보다도 훨신 大多數는 結婚하려 해도 그
機會가 업는 싸닭이 아니가요.

羅蕙錫 사실 결혼시장이란 것도 업지요.

記 者 잇다면 지금은 백화점과 학교 쑨이지요 그중에도 녀학교는 남성들
이 자유로 출입할 수 업스니까 공々연한 결혼 모개소가1) 되잘 수
업고 다만 백화점이 잇는데 그곳 숍프 썰(賣子)들은 누구나 볼 수
잇스니까 쏘 그 숍프, 썰들이 대부분이 상당한 교육을 밧은 이들
이니까 그 백화점에 가서 마음에 드는 녀성을 골느는 남자들이 퍽
으나 만허젓다고 합데다 언젠가 미쓰고시(三越)의 중요 간부의 말
에 자긔네 백화점의 「賣り子」들은 취직하여 이 삼개월만에 대개
결혼하여 버린다 해요 그러케딜 결혼이 용이히 된다고 합듸다.
쏘 이것은 일본 이약이인데 일본잡지에서 보니까 판급(阪急)으로
유명한 실업가인 고바야시(小林一三)이란 분이 동경 은좌에다가 은
좌씻다(銀座喫茶)라는 깃쟈 홀―을 신설하엿는데 이 홀에 드러와 일
하는 웨트레쓰는

1. 전부 처녀일 것
2. 교등녀학교를 맛찻슬 것
3. 용모가 아름다울 것

---

1) 원문대로.

이라하야 독신 남자들로 안해를 구하고 십혼 사람은 이 차 홀에 이르러 자유로 교제할 수 잇도록 합니다. 이것이 현대에 알맞은 연애시장(戀愛市場) 결혼시장(結婚市場)이 될 줄 암니다 조선서도 엇더케 이러한 신식 시설이 잇서 자유로 교제하고 자유로 선택하는 길을 내여주면 조켓는데 엇더케 생각하심니까

金岸曙 나는 남녀교제의 긔회가 막혀저 잇지 안타고 봄니다 엇잿든 여자 한 사람만 알게 되면 거기 짜라 여자의 친구인 여러 여자를 알게 되니사 남자 역 그러치요.

羅蕙錫 인격 잇는 「마담」의 로력이 잇서야 올켓지요.

記 者 중학교부터 아조 남녀공학제를 쓰면 엇더케 될까요.

羅蕙錫 실현하기 어려울걸요.

李光洙 공학 아니한다 하여도 긔회 잇는대로 학원의 문호(學園의 門戶)를 개방하엿스면 조켓서요 학교의 음악회 운동회 기타 여러 가지 모임으로 이성과의 접촉할 긔회를 만드러주는 것은 조흘 줄 암니다.

金基鎭 쏘 사회에서는 문학자이면 문예 애호자들끼리 음악애호가는 음악 애호자들끼리 모아 자유로 이약이하고 토론하고 하는 자리를 만히 만들어 주엇스면 조켓서요.

金岸曙 그러치요 그러한 정도의 모임에 위험을 늣길 도학 군자는 이제는 이 새상에 존재하여 잇지 안을 터이니까요.

4. 녀성의 미는 퇴락하지 안는가

記 者 녀성의 미가 점점 전만 못하지 안는가요 녀학교를 가 보아도 한반에 한두분은 경국의 미인이 잇기도 하지만 대부분은 넷날과가치 유아한 고전미도 업고 얼골이 살풍경하게 생긴이가 만흔 듯 해요 녀성에 미모(美貌)란 생명(生命)이니짜 그 인체의 공원(人體의 公園)이 아름답지 못하면 아모리 그분에게 고등한 학식과 덕성이 잇다 하여도 시언치 안케 평짜되지 안어요.
그런데 근대녀성의 미가 평균적으로 퇴보하는 듯 하지 안슴니까

金基鎭　퇴보라고는 절대로 볼 수 업지요. 근대녀성은 실로 철(鐵)과 돌로
　　　　다진 입체적 도시의 건축물에 잘 조와되게2) 그 체격이나 용모가
　　　　발달되고 잇서요 훨신 유쾌한 현상이어요.
金岸曙　그러치요 녯날보다 쮜여난 미인도 만허젓거니와 일반적으로 보아
　　　　도 용모가 미학적으로 만히 발달되어 잇서요.
　　　　아마 압흐로도 어욱 발달될 것이요 녀성의 용모는 물질문명의 발
　　　　달에 싸라서 더욱 발달될 걸요 더구나 근대녀성의 못이 참으로 조
　　　　와요 녯날 조선서는 옷감 옷빗을 반드시 순색(純色)으로 썻는데 근
　　　　래에 와서는 화초(花草)문의를 노은 것을 만이 입고-그 빗갈로 안
　　　　입는 것이 업지요 훨신 보기 조와요.
金基鎭　그러치 안어도 조선녀자의 의복제도란 원래 세계에서 웃듬으로 치
　　　　게 아름다운데다가 옷감까지 조흔방면으로 발달되니 녀성의 전체
　　　　적 미는 훨신 나아간다고 보는 것이 올흘걸요.
李光洙　체격도 그러치만 현대녀성은 눈이 조와요 재조와 지예가 찬듯한 언
　　　　제든지 신선하게 보이는 그 눈이 끗업시 조와요 눈 뿐만아니라 얼
　　　　골 젠체에 써도는 민첩하고 총명하고 사랑스러운 그 표정이 조와요.

5. 멋살부터 만혼이라 할가

記　者　조선서는 멋 살만 너무면 벌서 늙은 총각 늙은 처녀라 하는가요.
羅蕙錫　여자는 스물세넷이 결혼적령긔(結婚適齡期)이니까 그 째를 너무면
　　　　누구나 노처녀 축에 들게 되지요.
記　者　녀성으로 가장 성적 충동을 늣끼는 째는
羅蕙錫　역시 앗가 말한 이십 삼사세 째 시집가고 십혼 째 이성이 한숫 그
　　　　러워지는 째일걸요
記　者　남자는
金岸曙　삼십까지가 결혼적령긔겟지요 그째를 넘으면 늙은 총각 중에도 상

---

2) 원문대로.

늙은 총각이 될걸요.

金基鎭 지금 처지로는 사내로 삼십 넘도록 잇는 사람이 만허요. 여자도 이 십 사 오세를 넘기는 이가 만흘걸요.

記 者 결혼난 완화책으로 리혼한 남성을 환영하도록 하는 풍조를 놉힐수 잇다면 미혼녀성을 만히 해소식힐 수 잇슬 줄 아러요. 남자편에서도 일단 시집 갓다가 도라온 여자라도 색시와 가튼 태도로 마저준다면 훨신 결혼난이 해소되지 안켓서요.

金岸曙 결국 그것은 「氣持ち」문제인데 암만하여도 어느구석엔가 쎄름한 점이 잇슬걸요.

金基鎭 어느 생물학자의 말을 듯건대 일단 딴 남성을 접한 여자에게는 그 신체의 혈관의 어느 군대엔가 그 남성의 피가 석겨잇지 안을 수 업대요 그러기에 혈통의 순수(血統の純粹)를 보존하자면 역시 초혼이 조흔 모양이라 하더군요.

金岸曙 제 자식 속에 딴 년석의 피가 석겨거니 하면 상당히 불쾌한 일일 걸요. 여자측은 엇더케 생각하는지 몰라도.

記 者 장시간 이러케 말슴하여 주서3) 감사합니다.

(『三千里』, 1933. 12)

---

3) 원문대로.

朝鮮에 태여난 거슬 祝福으로 압니다
― 설문 · 조선에 태여난 것이 幸福한가 不幸한가

理 由

幸福은 富를 得하엿을 째나 地位를 求하엿슬 째나 學問을 取하엿을 째가 아니라 事物과 事物 사이에 神이 往來하는 一念이 되엿슬 때입니다 그런데 이 一念이 될 째는 깃부고 즐거울 때보다 슯흐고 苦痛스러울 때가 質노나 量으로나 만습니다 朝鮮 사람의 몸과 마음은 煩憫의 뭉텡입니다 卽 一念으로 가질 때입니다 이 一念 中에서 興하든지 亡하든지 決斷이 나는 것이니 只今이 엇지 행복되지 아니릿가

(『三千里』, 1934. 5)

내가 서울 女市長 된다면?

一. 電車 西大門線과 麻布線 間, 東大門線과 淸凉里線 間, 光熙門線과 王十里線 間을 一區域으로 變更할 政司를 하겟삽니다.

二. 朝鮮人 市街地도 本町通본정통과 갓흔 電氣 시설을 하도록 하겟삽니다.

三. 女性團體를 組織하야 時勢 思想 矯風교풍에 對하야 統一的 思想과 行動을 갓도록 하겟삽니다.

(『三千里』, 1934. 7)

羅蕙錫氏에게서 「巴里의 女性」을 듯는다
— 그 뒤에 이야기하는 제 여사의 移動座談會

場所 孝悌洞 羅蕙錫氏 私室
日時 初冬 어느날 午後 七時
人物 羅蕙錫氏와 記者

記者 참 오래간만입니다. 제가 어렸을 때 水原서 뵙고 인제 처음입니다.
    오늘 선생께 巴里의 女性에 대해서 몇 말슴 듯고저 하야 찾어왔습니
    다.

羅 巴里 이야기는 하도 울렸는데 또 울리란 말슴입니까? 그나마 벌서 단
    여온지가 六年이나 되니까 긔억도 망연합니다.

記者 그러시겠습니다. 대체로 파리의 女性을 보신 감상이 어떠하십니까?

羅 아당스럽고 앙실방실하고 아양도양하고 유모어가 있으면서 「앗사리」하
    고 그렀습니다.

記者 巴里 令孃들의 男女交際는 어떠합니까? 가령 말슴하면 朝鮮처럼 結
    婚같은 것을 前提하고서 交際가 됩니까?

羅 男子니 女子 하는 것보다 人間과 人間의 交際 形式입니다. 그러는 동
    안에 戀愛問題도 생기게 되지요만은 그들은 자긔의 人生觀이 鮮明하
    니까 처음부터 印象이 언잔거나 人格에 疑心스러운 점이 있으면 딱
    交際를 拒絶합니다 실미지근하지는 않습니다. 다시 말하면 자긔 人生
    觀에 맞지 않는 사람에게는 처음부터 交際할 마음을 먹지 않습니다.

記者 令孃들은 그렇다하드라도 靑年 가운데 不純한 마음을 가진 者가 많

지 안습니까? 朝鮮에서 보는 것처럼

羅　女子와의 交際를 好奇心이나 獵奇心으로 하는 이도 있겠지오, 巴里에
　　는 獨身 靑年이 많기 때문에 公園이라거나 또는 거리에 유혹이 많습
　　니다. 要컨대 巴里의 男性은 誘惑에 「우마이」하고 女子는 그 「誘惑」
　　에 빠지는 것이 「우마이」합니다. 다시 말하면 「誘惑」에 「우마이」하게
　　빠지고 교묘하게 피한단 말입니다

記者　거기도 貞操蹂躪 慰藉料 請求 소송이 흔합니까?

羅　있지요. 男子가 女子를 유혹하는 것이 世界共通이니까요. 男子는 能動
　　的이나 만큼 女子는 거긔 끌리다 破綻을 當하면 자연 그런 問題가
　　생기지요 그리고 男子가 대개 敗합니다.

記者　家庭에서 女子에게 男女의 交際를 장려시킨다지요.

羅　그렇습니다. 여자가 열여덟 살쯤 되면 女子의 동무를 불러서 社交界
　　에 떼뷰－를 시킵니다 내가 잇든 집의 딸이 열여덟이였는데 그렇게
　　하든군요.

記者　거긔 대한 선생의 감상은?

羅　맞당한 일이죠 何如튼 男子다 女子다 하는 것을 초월하야 한 사람으
　　로서 「쓰씨아우」하는 것은 필요한 일입니다. 男女의 교제는 구속하면
　　구속할수록 더하게 됩니다. 그리고 구속이 없으면 호긔심이 사라지고
　　진정한 교제가 생기는 것입니다. 말하자면 女子를 더 怜悧하게 하고
　　男子도 또한 그렇게 됩니다.

記者　未婚한 男子는 女子를 神秘롭게 역임으로 하야 로맨틱한 일이 자조
　　發生된다고 생각하는데요 선생은 어찌 생각하십니까?

羅　未婚時代의 그런 것은 한 本能이겠지요 그러나 한 女子를 擇한다면
　　마음의 中心點이 잽히게 되어 진정되지만 그렇지 안으면 精神的 動
　　搖를 딸아 이리저리 遊動하게 되고 發端도 생깁지요.

記者　巴里의 女性은 貞操觀念이 弱하다든데 선생은 어떻게 생각하십니까?

羅　적습니다. 적은 反面에 强한 사람이 많습니다. 지독스럽게 强하고 潔
　　癖을 갖인 이가 있습니다. 그런데 대체로 外國에서 온 女子라든가 或

은 客地에 나와 있는 女子가 貞操觀念이 없지 정작 파리, 쌍들은 貞
操觀念에 强합니다.

記者 巴里를 또 간다시는 風聞이 있는데?

羅 몰르지요. 어떠케 될지요 …… 늘 가고 싶기는 합니다. 나의 過去와
現在와 未來에 대해서 좁다란 朝鮮에서는 빤히 내다 보이고 있습니
다. 過去와 現在를 淸算하고 未來를 開拓해 보려고 하면 암만해도 朝
鮮을 떠나야 할 것을 잘 압니다. 그러는데는 五 六千圓 돈이 있어야
않겠어요. 그러나 그 돈이 어듸 있습니까?

記者 巴里에서 나오시든 當時 조선에 대한 第一 큰 감상은?

羅 전에 어느 雜誌에 썼었지요. 좁고 답답하고 갑갑한 것만 느껴집듸다.
그리고 사람이 무섭고 세상이 무섭고 돈이 무서운 것을 절실하게 느
꼈습니다.

記者 지금도 그림을 그리십니까?

羅 요새는 늘 불건강해서 그리지 못하고 있습니다. 더구나 그 사건 있은
뒤에 감기를 알코 나드니 귀가 몹시 아퍼서 늘 病院에를 단이고 있
습니다. 고민을 너무해서 그 탈인가 보아요.

記者 선생의 미래에 대한 希望은?

羅 그림의 創作生活입지요.

記者 再婚은?

羅 이런 늙은 사람을 누가 다려갑니까? 朝鮮의 結婚生活은 二重 三重의
부담이 있어서 拘束이 너무 甚하지요. 말하자면 自己 犧牲이라고까지
할만큼 자긔 個性은 꺾꺼지고만 마니까요.

記者 더 들려 주실 말슴은 없으십니까?

羅 요컨대 人生의 創作性은 男女交際에서 납니다. 그러니까 창작생활을
하는데는 一男一女가 꼭 붓잡고 있는 것보다 自由로운 交際를 하는
것이 氣分循環도 되고 創作性을 지어 주는 것일가 생각합니다. 歐羅
巴사람이 進取的인 것은 그것이 모다 男女交際의 循環性을 認定해주
어 創作性을 북도듬으로 부터입니다 그리고 人間的으로 男女交際가

어렸을때부터 練習되여 한 習慣性이 되어서 그들의 交際는 우리가 理想까지 삼을만큼 純粹한 것이 있습니다. 男女交際에 있어서 너는 男子 너는 女子하고 마음에 區分이 되는 때는 그때는 交際를 떠나 로맨스로 밖구어지는 때입니다.

記者 그러면 生活은 結婚生活을 希望하지 않으십니까!

羅 自己犧牲을 하야까지 結婚生活로 만들어 가고 싶은 맘은 예전에도 지금에도 없습니다. 나의 한 가지 希望만은 人間으로 自由스럽고 그리고 나의 마음껏 藝術의 創作으로 精進해보고, 싶을 뿐임니다. 그리고 요전 事件으로 世上에서 욕도 많았다지요. 다시 생각해보면 나의 잘못이였어요. 웃은 일임니다.

記者 이야기를 좀 더 듯고 싶습니다마는 편치않으시다니 이만 失禮합니다. 각금 찾어뵙겠습니다.

羅 쉬이 이집에서 옴겨 가겠습니다.

記者 그러시면 그때 住所를 아리켜 주시면 고맙겠습니다.

(『中央』, 1935. 1)

제13부

부록

廉想涉 「追悼」
羅蕙錫 신문조서
崔麟氏걸어 提訴―原告는 女流畵家 羅蕙錫女史

<소설>

追悼

廉想涉

1

여성잡지의 신문광고에서 『고(故) S여사와의 해후기(邂逅記)』라는 목차가 눈에 띄울제 가슴이 선뜻하였다. 이십여년간 풍편으로만 소식을 들을뿐이오 그 오라버니를 만나도 근황(近沉)을 물어보기가 저편에서 대답하기에 거북해 할까보아서 주저되어 신지무의 하고 지내왔던 터이다.

(허어! 죽었어! ……)

입속으로 중얼거리며, 그럴 리는 없겠지마는 취미잡지라 고인과 만났다는 제목만 보아서는 저승에서 만나서 푸념이나 넋두리를 들었다는 따위의 그런 실없은 기사는 아닌가 염려도 되었다.

그러나 사람을 보내서 잡지를 구해다 놓고도 선뜻 읽어 보기가 귀치않아서 며칠을 내버려 두었다. 좋은 소리를 썼거나 언짢은 소리를 썼거나 읽기가 싫은 생각이 들었다. 애끼는 친우나 동기의 죽은 얼굴을 참아 들여다 볼수 없는 듯이 잔인하고 참혹한일같이 생각되는 것이었다. 이 십여 년이나 종적이 묘연하여도 무심히 내버려 두었던 옛친구가 고인이 되었다는 사실 앞에 새삼스럽게 놀라고 뉘우치고 마음 아파하는 자기의 변덕을 돌려다 볼 겨를도 없이, 다만 가엾은 생각만이 앞을 서는 것이었다.

그후도 얼마동안 잡지를 갖다가 둔 것조차 잊었다가, 그 잡지사의 여기자 X양을 만나서

「S여사얘기 난 잡지 받으셨어요? 하하하 노래(老來)의 심경을 짐작하겠습

니다. 하하하」

하고 다소 실없은 인사를 하기에,

「그야 늙고 젊고가 있나. 친한 옛날 친구가 작고한 걸 알구서 궁금치 않을까요」

하고 가벼히 변명을 하고 돌아와서 X양이 뚱겨준 김에 잡지를 찾아내서 읽어보았다. 읽어가노라니 S여사의 모습이 완연히 나타나서 반갑다는 것, 그보다도 필자의 순실하고도 극진한 그 필치와 심정이 걸려서 유쾌하고 내가 못한 일을 대신하여 준 듯이 고마운 생각도 드는 것이었다. S여사와 나 사이에는 남이 짐작하듯이 연애관계와 같은 그림자는 미진도 비춘 일이 없고 무슨 세속적 은의가 있는것도 아니나, 구의(舊誼)를 생각할 제 생전에 한번은 찾았어야 의리가 되었을텐데, 그것을 대신해 준 듯이 생전의 소식을 한끄트머리라도 전해준 것이 고마운 것이다. 그러나 나도 S여사에게서 받은 유작(遺作)을 몇십년 떠돌아 다니는 동안에 잃어버린 것이 아깝지마는, 그 글의 필자가 S여사를 절간 암자로 찾았을 때, 기념으로 받았던 「파리」에서 그린 나체화를 간직지 못하고 있다는 말은 섭섭한 노릇이다. 비록 연은 끊어졌을지 몰라도 여사에게는 자녀가 있으니 거기에는 혹여 유작들이 남았을지? 생각하면 쓸쓸한 일이다.

2

S여사가 「파리」에서 돌아와서 그 오라버니와 함께 나를 신문사 사무실로 찾아주고 간지 며칠 후라 때 마침 개최중인 조선미술전람회장에서 만나자는 전화를 걸어 온 일이 있었다.

「두시쯤해서요 나오실 수 있어요? 그럼 전람회에서 만나뵈요 사람 눈이 시끄러우니 어디서 기다릴게 아니라 구경하며 화랑(畵廊)을 돌다가 만나뵙죠」

마치 숨어 만나는 애인끼리의 「란데뷰」를 약속하는 듯한 전화다. 웬일일구? 하며 미소가 저절로 떠올라왔다. 어렸을제 동경(東京)에서 L씨와 함께, 셋이서 산보하다가 헤어질 때, L씨가 무슨 영화인가 새로 나왔다고 내일 구경가자고 발론하니까, 나더러 가겠느냐고, 묻기에 난 안가겠다고 하니까,

마치 열대여섯된 곧이 곧대로인 처녀처럼

「그럼 나두 그만 두겠어요」

하고 툭 쏘아버리던 그 말이 무슨 중대한 뜻이나 있는 듯이 달갑고 고맙게 들리던 그런 정도의 친밀에서 한걸음 더 나가 본 일이 없는 사이건마는, 저편이 이성이니만치 기탄없이 조방한 수작이나 행동에 가다가는 도리어 이편에서 찔끔하지 않을 수 없기도 하였다.

전람회장의 화랑을 중턱께쯤 들어가서 S여사와 마주쳤다. 상긋 웃으며 원광으로 아른체를 하는 여사의 곁에는 R군이 작반하여 있었다. 대체 S여사의 웃음을 「상긋」이 라고 표현하는 것은 너무 선이 간엷힌 느낌이다. 그렇다고 벙긋 웃거나 벙싯 하는 표정도 아니다. 그만치 여사는 중성에 가깝다, 열정적이요 정력이 있어 보이고 이지적이요 타산적이요 현실적인 믿음직한 누님 타잎의 인물이다. 그 열정적인 일면이 예술로 걸고 갔을 것이나 때를 만나고 사람을 만났더라면 여걸이라고 일컫게 되었을지 모를 것이다. 하여튼 좀 큰듯한 입을 빼뜨름이 담을고 비웃는 듯한 그런 표정이었다.

「좋은 건 우리 눈에도 좋아뵈지만, 대관절 어디가 어떻게 좋은지?」

「분석적으로 전문적 비판보다두 그저 아름답다 마음에 든다는 그것만으로 족하지 않아요?」

순수한 예술가의 입장으로 여사의 평범한 이 말이 옳다고 생각하였다.

나는 R군이 농담을 연발하는데 장단을 맞출뿐이요, S여사와는 별로 이야기가 없었다. 그래도 S여사의 태도나 표정에는 아무런 우울한 그림자도 보이지 않고 도리어 「파리」로 떠날 때의 들먹들먹하고 화려하던 기분보다는 침착한 데가 보여서 세 사람 사이에 빚어내는 기분이 평정하니 좋았다.

전람회에서 나와서는 낙원동 R군의 집으로 갔다. R군은 S여사의 동향 친구이니만치 S여사와 작반이 되었거나, 또는 귀로에 자기 집으로 청하는 것은 무슨 계획적 의도가 있는 것이 아니라 자연스러운 경로였다. 나로서도 S여사가 귀국 후에 잠깐 인사로 찾아주어서 만났을 뿐이니 이런 좌석에 모여서 이야기할 기회를 얻은 것이 다행하다고 생각하였다. 그러나 다만 하나 의아한것은 어째서 아까 전화로, 이목이 번다한데 이상히 보일 것 같으니 화랑에서 우연히 만난것 같이 해달라 라고 부탁하였던가 하는 것이었다.

「그래 신혼초의 가정재미가 어때요? 난 만년 총각으루 인제 절깐에 들어가 중이나 되시나? 하는 그런 생각이었는데…… 당신이 장가를 가구 가정을 가졌다는 건 아무래두 어울리지 않는 외도 같은 생각이 들어.」

무슨 이야기 끝에 S여사는 이런 웃음의 소리도 하는 것이었다.

「그런걸 조카사위를 삼겠달젠 언제구!」하며 나도 마주 웃었다.

「허허허 Y군이 중의 상이란말을 듣고 보니 따는 그래. 하지만 조카사위가 되지 못하고 말은 화푸리로 하는 말이겠지.」

R군도 그 내 평을 잘 아느니 만큼 껄껄 웃으며 장단을 맞추는 것이었다.

내가 삼십이 넘도록 일본에만 왔다 갔다하고 장가를 들지 않는 것을 보고, 친구들은 병신인가 싶어도 하였지마는 S여사는 가끔 만나는 족족 어서 몸 담을 데를 마련해야지 팔다 남은 찌꺼기 모양으로 저러고 어쩌느냐고 애를 쓰던 끝에 자기의 어떻게 되는 먼 촌 조카벌 되는 「신녀성」이 일본서 고등사범을 졸업하고 나왔는데, 혼인을 해보라고 소개를 하고 교제를 시키려고 애를 쓴 일이 있었다. 창경원 꽃밭으로 따라 다니기도 하고 청요리집으로 맞추기도 하였으나 남 보기에는 그럴 듯이 「로맨틱」하여도 기실은 그땟 풍조로 아직도 「신녀성」이란 이름에 콧대가 높고 그 중에도 일본 가서 교육을 받고 코 위에 매달린 눈이 워낙 한칭 드높고 보니 돈 없고 술이 고래라는 평판이 자자한 삼십총각쯤 눈에 찰 리가 없었다. 신랑감에게는 친절한 누님이나 신부감의 눈에는 부전부전한 아즈머니로 보였을 것이다. 보기 좋게 퇴짜를 맞고 뒤통수를 친 셈이나, 나 역시 이왕이면 「센쓰」가 예민하고 당당히 맞설만한 진정히 현대의식에 눈뜬 발랄한 이성이 아니라면, 차라리 가정부인―동양적인 미덕을 갖춘 살림꾼이 필요하다고 생각하기 때문에 별 애착도 없이 흐지부지해 버렸지마는 하여튼 그런 문제로 S여사가 「파리」로 떠날 무렵에는 한칭 더 왕래가 빈번하였던 것이다. 그러던 것이 일년만에 귀국해보니 고자거나 만년총각으로 늙을 줄 알았던 내가 장가를 가고 몇 달 있으면 애아버지가 될것이라는 말에 신기도 하고 한편으로는 좋으면서, 아무도 점유(占有)하지 않은 자유로히 사귈 수 있는 마음에 드는 이성 친구를 하나 뺏긴 듯안 느낌이 없지 않은 눈치같이 보였다. 그것은 이성친구끼리 느끼는 엷은 질투인듯 싶기도 하였다.

「나, 형편 봐서 일본엘 좀 갔다 올까봐」

청요릿상에[4] 들어와서 다시 좌정하고 나니까, S여사는 화제를 바꾸려는지 하고 싶은 이야기를 비로소 꺼내는 것인지 이런 소리를 불쑥 하였다.

「그건 왜? 아ー니, 젖멕이가 가엽지 않은가. 오래간만에 엄마를 만났는데 또 떼 두고 가면……」

여사가 「파리」로 떠날제 젖멕이야 암죽이나 밥으로 기를 수 있었지마는 돐이 지났을가 말가한 것을 유모와 시어머니한테 떠 맡기고 간것을 알기 때문에 하는 말이었다. 남편인 K씨가 구라파 출장을 하게 된 절호(絶好)한 기회를 놓지지 않으려니까 이러한 무리도 단행하였던 것이다. 그러나 보통 가정상식으로, 더구나 삼 십년 전 그때의 관념으로 구식 촌 노부인인 시어머니의 눈에 그런것이 마땅할리 없고, 그런것도 최후의 파국(破局)을 수습하지 못하게 만든 한 원인이었을 것이다. 또 그러나 양화를 그리는 예술가 며느리를 안맞아 들였으면 모르거니와 그림 그리는 사람 처놓고 남편이 「파리」를 간다는데 따라 나서고 싶어하지 않을 수 없는 것도 무리가 아니었다.

「그래, 지금 생각대루 뚝 떠나서 잠간 관망하고 있는것두 좋아. 뭐 그렇게 어렵게 복잡하게 생각할것은 없어」

매사에 뼈지게 주장이 없는 R군이 옆에서 이런 소리로 동경행(東京行)의 결의를 찬성하고 위로와 함께 격려하는 것이었다. 그러나 나에게는 모든 사정이 일향 통치 않았다. 무엇 때문이냐고 묻기도 거북하였다. K씨와의 가정생활의 내용은 조금도 모르는 일이요 알려고도 하지 않았지만 어딘지 꽉 자리가 잡힌 것 같지 않고 늘 위테위테한[5] 예감을 가지고 바라보던 나는, 무슨 「트러블」이든지 생긴거로구나 하는 짐작은 하면서도 다잡아 재쳐 물어보려고는 하지 않았다. 이런 점에 가서는 퍽 이기주의 인듯도 하지만, 대답하기 거북한 문제며는 면대해서 묻기도 어렵고, 남의 가정 공파나 부부싸움에 타고들 묘리도 없기 때문이었다.

---

4) 원문대로.
5) 원문대로.

그러나 이편이 어름어름 하고 눈치만 보는 이상으로, S여사는 의외라는 표정으로 내 기색만 간간히 살피는 것이었다. 나중에 S여사가 동경으로 건너가 앉은 뒤에 적색 계열의 신문에서, 상투수단이겠지마는, 대대적으로 폭로기사를 발표하여 「파리」에서 일어난 N씨와의 사건이 알려진 뒤에야 비로소 짐작이 났던 것이었다. 그러고 보니 그날 S여사가 나를 청한 본의는 「파리」생활 일년의 구활(苟活)을 펴자거나 일본으로 떠나는 작별인사를 하려는 것보다도, 첫째는 세간의 소문과 비판을 나를 통하여 들어보자는 것이요, 두째는 나의 의견도 듣고 의론을 하자던 심산이었던지 모른다. 어쩌면 고립상태에 빠진 그때 처지로 나에게서 위안의 말을 듣고 싶었던지도 몰랐다. 그러나 감감히 소식을 모르는 나는 일향 통치 않는 벽창호요 적극적으로 묻고 나서지도 않으니, 무에 신신한 이야기라고 제풀에 발설할 수도 없어서 S여사는 얼마쯤 실망한 듯이 나의 얼굴만 치어다 보던 것이었다. 남의 눈을 끄리면서 만나자고 전화를 걸고 단둘이 만나기를 기하여 R군을 동반하고 한 주도한 행동도 그뜻을 알 수 있었고 또 그만치 절박한 심경에서 나온 일이었던 모양인데, 애초에 내 평을 전연 모르고 또 알려고 덤벼들지 않은 것은 좋았다 하드라도 그 경우에 되나 안되나 의론의 대거리를 하여주고 한마디 위안의 말이라도 못한채 영원히 길이 갈린 것은 섭섭한 노릇이다. 그러나 그날 헤어질때까지도 S여사의 표정이나 행동에서는 그런 사색도 찾아볼 수 없었다. 도리어 전보다 침착하고 커다란 걱정에 맞닥드려서 정신을 바짝 차린 그런 해맑안 표정이었다. 그만치 난관에 봉착하여 허둥대거나 휘둘리는 사람이 아니었다. 그러나 나쁜 의미로 대담하다거나 후안무치하다는 것이 아닌 것은 그가 절간에 숨어 여생을 마친 것으로 알 수 있는 일이다. 기승스럽고 남성적인데가 있고 팔짜가 세다고 하겠지만 그렇기에 그러한 파국에 빠지고 만것이요 또 그렇기에 여성해방의 여명기(黎明期)에 예술을 들고 앞잡이로 나서서 패배와 희생에 일생을 바치고 만 것일 것이다.

3

쉬 또 한번 만나자는 막연한 인사를 교환하고 헤어진채, S여사가 동경으로 향발하였다는 소식을 얼마 후에 R군에게 들었다. 그러자 뒤미쳐 신문에 N씨 사건이란 것이 나타났다. S여사가 그것을 예감하고 미리 도피행(逃避行)을 한 것은 아니겠지마는, 하여간 잘되었다고 생각하였다. 그러나 일이 이렇게까지 되는 것이 다만 절통할뿐이지어떻게 수습하는 도리도 없고 K씨를 찾아 가 본대야 공연한 참견 같아서 내버려두는 수 밖에 없었다.

그런지 두어달쯤 지내선가 마침 아내가 해복한 뒤에 돌연 동경에서 S여사의 편지와 함께 어린애와 산모에 대한 선물이 소포로 왔다. R군이나 누구나 편지 끝에 알려주어서 그랬던지 산삭이 불원하다는 것을 귀담아 들어 두었다가 보낸 것인지도 모르겠으나 하여간 의외였고 반가우면서도 한편으로는 쓸쓸한 생각이 없지 않을 수 없었다. 그만큼 마음이나 기분의 여유를 가졌는가 싶어서 다행하면서도 가엾은 그 정경을 생각하면 가슴이 뭉클하였다.

「이건 왜 보냈수?」

아내는 소포에서 나온 베비복과 어린애 털모자를 만저거리면서 신통치 않은 낯빛이었다. 그 신문기사로 해서 몹씨 경멸하는 어기이기도 하지마는, 나와의 과거에 대하여 의하해 하는데는 질색이었다. 몰리해(沒理解)한 것은 어쩌는 수 없지마는 까닭없는 오해에는 억울하고 화가 났다.

편지를 가만가만히 뜯어보고 앉았던 아내는,

「십년 전 동경 시절에는 상당한 로오맨쓰가 있었던 모양이지?」

하고 코 웃음을 친다.

진재 후의 동경의 거리도 예전 그대로 라고 쓴 끝에 십 년 전 학생시절이 그립다고 쓴 말에도 무슨 의미가 숨었는가를 맡아내려고 애를 쓰는 아내였다.

「S에게는 동경이 남 달리 그리운데요, 학생시대의 추억이 간절할 수 밖에!」

이 말을 아내가 알아 듣도록하자면 장황한 설명이 필요하였다.

S여사의 제일 화려한 시절에는 C씨와의 약혼시대였을 것이다. 와세다(早稲田)에 춘원(春園), 미다(三田=慶應)에 C씨라고 일컬을만치, 나에게는 외우(畏友)였지마는 그의 장래의 촉망은 컸던 것이다. 불행히 요절(夭折)하지 않았더라면 반드시 문학가로서 대성하였을 천재였다. C씨의 요절이 오늘날 S여사의 불행의 씨를 뿌려놓았던 것이라 하여도 과언이 아니었다. 연애에서 약혼이 성립된 것이 아니라 약혼에서부터 출발하여 열렬하고도 화려한 사랑의 꽃이 만개되었던 것이었다. 재자 가인이라 하기 보다도 재자와 재원(才媛)의 천정배필로 사랑의 꽃만 피운 것이 아니라, 예술의 꽃이 피었을 쌍벽이였었다. C씨만 살았었던들 행복한 일생을 큰소리 내지 않고 깨끗이 마쳤을 S여사였었다. 그러나 불행히 애인을 잃고 난 S여사는 인생관이 돌변하였었다. 인생의 모든 희망을 예술에 붙이고 예술을 애인삼아 붙들고 다시 일어서면서부터 실제 생활면의 있어서는 무척 타산적이요 실질적이었다. 실제적 타산적으로 골라잡은 상대자가 K씨였었다. 사랑의 상대자이기 보다는 평범한 남편을 구하였고, 자기의 예술을 살리고 생활의 안정과 보장을 위하여 「파트나」로서 K씨를 택하였던 것이다. 여기에 메꾸기 어려운 틈이 있었고 옆의 사람의 눈에 위태롭게 보이는 불안정감을 주는 것이었다. 정신적으로 감정적으로 빈틈없이 꼭 째인 결합이란 보통 부부생활에 있어 용이한 일이 아니기는 하지마는, 이 부부에 있어 더욱 그러한 것 같았다. 평범한 세속적인 관리의 생활과 예술적 충동을 살려는 사람의 내부적 생활 사이에 얼만한 이해와 교섭이 있었을까는 능히 짐작하고도 남음이 있었을 것이요, 관리의 아내로서 또는 예술가로서의 자기 자신의 생활 사이에 적지 않은 모순도 있었을 것이다.

「홍고—모도마찌(本鄕元町)에서 기꾸사까죠 까지의 그 거리를 걸어보는 것도 무한한 감회의 실마리를 자아내는 것이었읍니다. 그때 계시던 하쓰네관(初音館)은 집도 간판도 눈에 띄우지 않아 섭섭합디다요…….」

모도마찌(元町)에서 기쑤사까죠(菊坂町)까지의 거리는 S여사에게 C씨와의 가지가지 로오맨쓰를 자취없이 기록하여둔 감회의 거리이지마는, 나에게도 향기로운 추억을 일깨주는 거리였다. C씨가 작고한 뒤 얼마 있다가 K씨와의 약혼 시대였다고 기억되거니와, 대개는 L씨가 끼워서 우리가 만나면 산보하던 코오쓰도 그 거리였던 것이다. 내가 있던 「하쓰네관」이란 하숙에는 S여사가 나 없는 사이에 단 한번 찾아 왔다가 명함을 두고 간 일이 있어서 지금도 잘 기억하고 있는 모양이지마는, 「기꾸사까죠」의 S여사의 숙소에는 한번도 찾아가 보지 못하고 말았다. 수집은 생각부터 앞을 서서 감히 그런 엄두를 내지 못하였던 것이다.

S여사가 내게 다녀간지 三, 四일만에 K씨가 있는 T시에서 붙인 그림엽서를 한 장 받았었다. 관서지방(關西地方)으로 스켓취여행을 떠나는 작별을 하려고 지난 길에 들렀더라는 것이었으나, 이것이 내가 S여사에게서, 아니 여성에게서 받은 첫 편지였다. S여사는 공허를 느끼는 마음의 한 구석을 메꾸기 위하여 나에게 정신적 위안과 깨끗하고 생신한 우정을 요구하는 눈치였었다. 나이는 한둘살 차이 밖에 아니되지마는, 스물을 겨우 넘어선 나에게는 저만치 치어다 보이는 노성한 범하기 어려운 존재였고 그만치 존경하는 누님이기도 하였다. 또 그는 나를 발랄한 귀여운 손아래 오래비로 여겼던지 몰랐다. 그러기에 내 첫아들을 축복하여주고 보지도 못한 아내에게 손아래 올케에게나 대하듯이 비단스타킹을 선물하여 준 것이었다. 지금 생각하면 그의 가정적 파탄이나 사회적 지탄(指彈)은 별문제로 그거 그지 없이 그 마음이 고맙고 그리울 뿐이다.

그러나 원체 인사성이 부족하고 교제에 등한한 나는 S여사의 마음먹고 보낸 선물에 답장도 쓴다 쓴다하며 미루미루하고 있는 동안에 어느날인지 태평로 길거리에서 S여사와 딱 마주쳤다.

「아, 언제 오셨에요?」

반갑고 너무나 의외인데에 두사람의 손길은 무심코 마주 잡히었다. 요새 같은 시대와 달라서 이십여년전에 노상에서 남녀가 손길을 마주 잡는다는 것은 해괴한 일이었을 것이다. 그러나 그것이 우리에게는 자연스러운 감정의 표백이었었다. S여사의 아니 아내 아닌 여성의 손길을 잡아 보기란 주석에 모시는 여성 빼놓고는 전에 없는 일이었으나 가정에서—남편에게서 해방된 자유로운 몸이 된 S여사는 거리낌 없이 나의 손을 덥썩 잡았던 것이다. 전번과 같은 근신의 눈치가 없는듯도 하였으나 돌변한 여사의 처지와 환경에 마음이 쓰리니만치 나도 무심결에 애무(愛撫)의 손길을 기탄없이 내 놓은 것이었다. 부부의 약속과 의리로—또는 사랑의 입증으로 정조를 요구하는 것은 당연한 일이요, 어느세대 어느세계에 내놓기로 S여사를 옳다고 옹호할 사람은 없겠지만, 그 정경을 생각할제 제삼자로서는 책망이 앞서기 보다는 입맛이 쓴 동정부터 가는 것이었었다.

그는 명랑히 웃는 그 목젖에 경련이 일어나서 벌렁벌렁 떨리는것을 참아 마주 보기에 가엾고 딱하였었다. 심신의 과로(過勞)가 생리적 이상(異狀)을 일으켰고나 하는 생각이 머리에 퍼뜩 떠오르면서, 그것이 무엇보다도 버리고 나오지 않을 수 없는 자녀에 대0한 애착과 심로에서 온 증세 같아서 한칭 더 마음이 흐려지고 아팠다. 여사는 남편에 대한 것 보다는 자녀에 대한 애정이 더 깊었던 것을 짐작할수 있었고, 또 그와 같은 성격으로는 열정이 정신적으로는 예술에, 실생활면에서는 자녀에게 기우러지는 것이 당연하다고도 생각되는 것이었다.

「그래, 지금 어디 계셔요? 편지를 한다면서 무신했읍니다만 한번 종용히 만나뵈야 하겠는데……」

만난댓자 별로 신신한 이야기가 나올것도 아니겠고, 아물치도 않은 상처만 건디릴 것 같아서, 실상은 조용히 만나는 것을 피하고 싶었다.

「차차 아시게 되겠죠. 내가 인제 가볍죠. 전화를 걸든지……」

저편도 정신이 어수선하여서 모든 것이 수습되기까지는 아무도 만나고 싶지 않다는 눈치였다. 이 노상의 해후가 S여사를 마지막 만난 것이었다. 어쩐지 몇 번이나 돌아다 보아지면서 그 목이 울렁거리는 것이 딱하고 마음에 걸리면서도, 반가운 생각에 한창동안입가에서 미소가 사라지지 않았었다. 그때 S여사는 서른댓쯤 되었을 것이다.

4

병중의 여사를 암자로 방문한 인상기를 쓴 그 젊은 화가의 방문이 어느땟 일인지 그때 홍조(紅潮)를 띤 열굴이 아직도 곱더라 하니 그후 얼마나 더 생존하였는지는 몰라도 머리가 세지 않고 얼굴에 주름이 깊어지기 전에 곱다랗게 돌아갔을 것이요, 그랬다면, 차라리 다행한 일이라고도 생각한다. 얼른 대답이 아니 나올 때 눈을 한참 감았다가 뜨고 수작하더라는 것을 보면 전에 없던 버릇이니 매우 수척하였거나 신경이 간엷어진 관계이겠지마는, 그 특징 있는 입모습에 미소를 띠우면서 사람이 그립던 끝에 낯은 설어도 선배를 찾아주는 젊은 동지를 얼마나 반가히, 맞아주고 위로가 되었을가 눈 앞에 선히 보이는 듯싶다.

한팔을 못쓰게 된 것은 벌써 내가 마지막 만났을 제 목젖에서부터 일어난 경련으로 미루어 그러리라고 짐작되는 바이거니와 그 젊은 화가가 찾아갔던 이튿날 서리아침에 잔설(殘雪)을 밟고 법당 근처에서 사생하는 신래(新來)의 진객을 보러 나가다가 미끄러져 넘어진 동티로 기동을 못하더라는 구절을 읽을제, 이왕이면 좀 더 현세에서—현실에서 초연하지 못하였던가를 아깝게 생각하면서도 측은한 마음을 이길 길 없다.

그후의 그의 생활이 어떠하였으며 그의 세상을 떠나는 마지막 광경이 어떠하였는지? 아아, 저 건너다 보이는 언덕길을 혼자서 타박타박 쓸쓸히 기어올라가는 그의 뒷모양을 바라보고 섰다가, 차차 차차 곱아드는 등성이 길목을 홀떡 넘어서 자취마다 스러진 뒤의 인생의 공허와, 적막이 자위 없이 가만히 가라앉는 것 같다.(癸巳十一月十八日)

(『新天地』, 1954. 1)

羅蕙錫 신문조서

대정 팔년 삼월 십칠일
조선총독부 재판소 서기 山縣一男
조선총독부 검사 山澤佐一郎

피고인 羅 蕙 錫

위 피고인에 대한 보안법 위반 사건에 관하여 大正 八년 三월 一八일
京城地方法院 검사국에서

朝鮮總督府 검사 山澤佐一郎
朝鮮總督府 재판소 서기 山縣一男

열석한 후, 검사는 피고인에 대하여 신문하기를 다음과 같이 하다.
문 성명 · 연령 · 신분 · 직업 · 주소 · 본적지 및 출생지는 어떠한가.
답 성명 · 연령은 羅蕙錫, 二四세
　　신분 · 직업은 무직.

주소는 경성부 雲泥洞 三七번지.

본적지는 앞과 같은 곳.

출생지는 京畿道 水原郡 水原面 新豊里

문 위기 · 훈장 · 종군기장 · 연금 · 은급 또는 공직을 가지고 있지 않은가.

답 없다.

문 이제까지 형벌에 처해졌던 일은 없는가.

답 없다.

문 그대는 東京美術大學 졸업생인가.

답 그렇다. 나는 東京에 大正 二년에 갔다가 도중에 一년 동안은 집에
와 있었으며 다시 가서 작년 三월에 졸업하고 四월에 귀국하여 현재
집에서 혼자 그림 연구를 하고 있다.

문 미술학교에 가기 전에는 어느 학교를 졸업했는가.

답 進明女子高等普通學校를 졸업했다.

문 金마리아를 아는가.

답 東京에서 함께 있었기 때문에 알고 있다.

문 그대는 三월 三일에 그와 함께 梨花學堂 기숙사에 갔었는가.

답 그렇다.

문 그대가 권해서 갔는가.

답 아니다. 교회당[貞洞]에서 함께 만났는데 그가 가자고 해서 갔었다.
그래서 梨花學堂 朴仁德의 방에 갔던 것이다.

문 몇 사람이 모였는가.

답 朴仁德 · 黃愛施德 · 金마리아 · 金하르논 · 孫正順 · 安秉淑 · 安淑子 ·
申체르뇨 · 朴勝一과 또 한 사람 성명을 모르는 사람과 나 도합 ──
명이었다.

문 孫正順은 어디 사람인가.

답 梨花學堂 학생이다.

문 安秉淑은 어디 사람인가.

답 中央會堂 유년부 선생이다.

문 安淑子는 어디 사람인가.

답 현재는 시베리아에 있는데 일본의 京都 사단에 소속해 있는 廉중위의 아내이다.

문 金하르논은 어떠한가.

답 梨花學堂 선생이다.

문 朴勝一은 어떠한가.

답 그도 梨花學堂의 선생으로 생각된다.

문 申은 어떠한가.

답 그 사람도 마찬가지로 그 학교의 선생이다.

문 그때 무슨 말이 있었는가.

답 마리아가 먼저 입을 열어 어제 남학생들은 먼저 독립운동을 시작했는데 여자 쪽은 어떻게 하면 좋겠느냐고 하니, 黃愛施德이 대답하기를 우선 세가지로 구별하여 하기로 하는데, 그 첫째는 보인 단체를 조직하여 조선의 독립운동을 하고, 둘째로는 남자 단체와 여자 단체와의 연락을 취할 것, 셋째는 잘 몰랐으나 내 해석으로도 남자 단체와 여자는 개인개인이 연락을 취하는 것이었다고 생각된다. 그래서 나는 첫째와 둘째에는 찬성했으나 셋째까지 곧 승낙하지는 않았다. 그리고 그 때 黃은 임원을 정하자고 말했으나 나는 그대로 가만 있었다.

문 그때 활동 비용에 관해서 무엇인가 말한 것이 있지 않은가.

답 孫正順이 그러면 어떻게 움직이느냐 하니 누군가가 우선 돈이 필요하다고 말했으나 마침 예배가 끝날무렵이어서 다른 사람이 오는 것 같았으므로 말을 끝냈다. 그리고 헤어질 때에 돈은 개인개인이 어떻게든지 마련하자고 했고 그 달 四일에 또 회합할 것을 약속하고 헤어졌던 것이다.

문 그때 金마리아가 이 모임은 영구히 존속시켜야 하므로 회장 등을 선

임하자고 했다는데, 어떠한가.

답 그렇다. 그것에 대하여 누군가가 찬성했으나 四일에 결의하기로 하고 헤어졌다.

문 그대는 四일에 함석했는가.

답 나는 三일 오후 八의 기차로 자금 조달을 위하여 開城·平壤 방면으로 떠났었다.

문 開城에서 어떻게 했는가.

답 貞華女塾의 교장 李正子를 방문하여 지금 京城에서는 여자 단체를 조직하여 독립운동을 하기로 되어 있으니 만약 이곳에서도 그런 일이 있으면 통지하고 연락을 취해 달라고 말했던 바, 그는 찬성은 하지만 교장으로서 참가할 수는 없다고 하였다. 그래서 물러난 다음 四일에 平壤으로 갔다.

문 누구를 방문하여 어떻게 말했는가.

답 貞進女學校의 여교원 朴忠愛를 방문하여 李正子에게 말한 것과 같이 말했던 바, 자기는 관헌의 주목 대상이 되어 있으므로 움직일 수가 없으나 가능한 대로 참가하겠다. 그러나 기대를 하지는 말라고 하였다.

문 그렇다면 開城·平壤에서는 자금을 얻을 수 없었는가.

답 그렇다.

문 朴忠愛와 한번 만세를 불렀다는데, 어떠한가.

답 그렇지 않다. 朴忠愛가 三월 一일에 平壤 어디에선가 자기는 만세를 한번 불렀다고 말했을 뿐이다.

문 그대는 李正子와는 어떤 관계인가.

답 그 사람은 모르나, 그의 질녀가 京城의 女子高等普通學校에 와 있어서 그가 우리 이웃집에 있었는데, 그가 三월 三일에 돌아가게 되어 함께 가서 소개를 받았던 것이다.

문 朴忠愛는 어떠한가.

답 水原學校에 있을 때 동창생이었다.

문 언제 京城으로 돌아왔는가.

답 五일 아침에 돌아왔다.

문 四일의 회합 결과를 누구에게서 들었는가.

답 八일에 黃愛施德을 安淑子의 집에서 만나 그 사람에게서 들었다.

문 黃은 무엇이라고 하던가.

답 단체를 조직하기로 되어 나와 黃과 金마리아·朴仁德 등 四人이 간
    사를 맡고, 朴仁德은 주로 학생 쪽을 돌보기로 되었는데 자세한 것은
    다음 번에 얘기하겠다고 하면서 헤어졌다.

문 그대는 위 간사가 되는 것을 승낙했는가.

답 그때 승낙은 하지 않았다. 아무래도 다음에 만나서 상의 하겠지만 내
    가 없을 때 정해서는 곤란하다고 말했었다.

문 그때 黃愛施德은 자금은 간사가 조달하기로 하고, 여학생은 조선이
    독립할 때까지 휴교하도록 각 학교에 교섭하기로 되어 있다고 했다
    는데, 어떠한가.

답 그런 의미의 말을 들었다고 행각되나, 자세히 말한 것은 아니었다.

문 黃愛施德은 현재 어디에 있는가.

답 동문 안에 있는 京城日報社에 출근하고 잇는 方台英의 처제이므로
    그가 알고 있으리라 생각된다.

문 朴仁德은 二일에 무엇인가 의견을 말했는가.

답 말했는지도 모르나, 기억에 없다. 그리고 말하겠는데, 내가 開成이나
    平壤에 갔던 것은 한 개인으로 간 것이지 二일의 회합 결과로 가게
    되었던 것은 아니다.

문 그대는 예수교를 믿는가.

답 그렇다. 소학교 때부터 믿었는데 大正 一二월 東京의 朝鮮敎會에서
    조선인 목사에게 세계를 받았다.

문 그대는 總督 정치에 대하여 어떻게 생각하는가.

답 정치에 대해서는 모른다.

피고인 羅蕙錫

위 綠取한 바를 읽어 들려주었던 바, 틀림없다는 뜻을 승인하고 다음에 자서하다.

大正 八년 三월 一八일

조선총독부 재판소 서기 山縣一男
조선총독부 검사 山澤佐一郎

(『한민족독립운동사 자료집』 14, 국사편찬위원회, 1991)

崔麟氏걸어 訴訟

— 原告는 女流畵家 羅蕙錫女史
貞操蹂躪, 慰藉料 請求

　　十八일오후네시경에 경성 지방법원민사뷔서긔과(京城地方法院)에는 녀류
미술가(女流美術家)로 유명한 라혜석(羅蕙錫)녀사가 원고(原告)가 되고 천도교
신파(天道敎新派)의 두령인 천도교 대도정(大道正) 최린(崔麟)씨가 피고(被告)
가 된 위자료(慰藉料)—만二천원 청구의 소송(訴訟)이 제긔되엿는데 그 소장
에 긔록된 위자료 청구의 리유를 소개하건대 대개 다음과 갓다

　　『원고는 이른바 조선의 량반(兩班)인 상류가정에서 생장하야 보통학교(普
通學校)와 고등녀학교(高等女學校)와 동경녀자 미술학교(女子美術學校)를 졸업
하고 대정십년경에 경도제국대학(京都帝大)출신으로 전안동현 부령사(前安東
縣副領事)로 잇든 김우영(金雨英)씨와 결혼하야 소화三년까지 三남—녀를 나
코 리상적가정을 일우어가지고 살엇는바 소화二년에 이르러 원고는 미술
연구를 목적하고 남편되는 김우영씨와 불란서(佛蘭西)류학을 하게되여 동년
七월경부터—년반동안 블란서 파리(巴里)에 체제하였는바 남편되는 김우영
(金雨英)씨는 법학(法學)을 연구하기 위하야 백림(伯林)에 二三개월 체류하게
되엇다 그러자 피고 최린씨는 천도교대도정(大道正)으로 정치시찰(政治視察)
을 하기 위하야 세계만유(世界漫遊)를 하는 길에 파리에 와서 원고부부와
서로 맛나게 되자 이역(異域)에서 동포를 맛나매 친형제를 맛난 듯 반가운
중에 최린씨와 남편김우영씨는 평소부터 친형재가티 지내왓섯기 때문에
김우영씨는 백림류학을 가면서 최린씨에게 원고를 보호해달라는 부탁까지
하야 원고는 피고를 한 보호자로 신뢰하고 마음노코 함께 각지로 유람과

시찰을 단엿다 이리하든중 피고는 원고의 연약한 것을 긔화로 하여 때때로 유혹의 추파를 보내엇는데 원고는 피고를 모든 것의 지도자로 미덧기 때문에 별반 이를 의심도 하지 안엇다 그리든중 소화三년 十一월 二十일 밤에 원고는 피고와 가티 몹시 「에로틱」한 오페라를 구경하고 숙소인 「쎌넥트 호텔」로 돌아왓는데 피고는 그때 원고를 미행(尾行)하야 숙소까지 따라왓다 비상히 흥분된 기색으로 원고에게 정교요구를 강요하얏스나 원고는 이것을 완강히 거절하얏다 그때 피고는 자긔의 지위와 명예로서 원고를 설복케 하엿슬뿐 아니라 원고 장래의 일체를 보증한다는 약속을 하고 만약에 말을 듯지 안흐면 위험상태에 빠질 것이라고 긔세를 보이어 할수 업시 정교를 허락하야 그후 수十회의 정조유린을 당하엿다

일이 이가티 되매 원고는 피고인 최린씨에게 만약 이 일이 탄로가 되면 나는 남편되는 김우영씨에게 리혼을 당할 것이니 이 일을 어찌하면 조흐냐고 한즉 피고 최린씨 말이 염려마라 모든 뒷 일은 내가 책임을 질 것이오 곳 그대와 김우영간의 협의상 리혼(協議上離婚)을 하도록 하여주마 하고 조선으로 돌아와 리광수(李光洙)씨의 알선으로 협의상 리혼을 하얏는데 김우영씨와 완전히 리혼이된 후에는 피고 최린씨가 일체 생활을 돌보아주겟다든 전언(前言)을 이행치 아니할 뿐아니라 원고가 모든 고민을 이저버리기 위하야 미술연구를 목적하고 금년 四월에 불란서 류학을가고저 려비 천원을 청구한즉 그것마저 거절하고 일체 생활을 돌보아주지 아니하야 정신상 고통도 크거니와 김우영씨와 사이에 리혼이 된 결과 생활의 방도가 업슴으로 여러 가지로 고통되는바 만허 그 위자료로 一만二천원을 청구한다』는 것이다.

(『조선중앙일보』, 1934. 9. 20)

나혜석 연보

1896 구한말 고종연간인 건양1년(1896) 4월 28일(호적 날짜) 나주 나씨 나
기정(羅基貞)과 수성 최씨 최시의(崔是議)의 5남매 중 넷째, 딸로서는
둘째로 태어났다(호적상에는 맏딸 계석(稽錫)이 등재되어 있지 않으나 수
원의 갑부 최기환과 일찍이 결혼, 출가하였다). 큰오빠 홍석(弘錫), 작은
오빠 경석(景錫), 그리고 여동생 지석(芝錫). 아버지 나기정은 구한말
사법관을 거쳐 시흥군수를 지냈고 한일 합방 후 용인군수를 지냈으
며 자녀를 모두 일본에 유학시킨 수원지방의 대표적인 개화관료이
었다. 나주 나씨 가문은 당하관의 품직을 지속해가면서 착실하게
자산의 축적에 성공한 재지사족(在地士族)이었다. 혜석의 초명은 '兒
只'(아기)였고 진명여학교 입학시 명순(明順)으로 이름을 고쳤으며,
진명여고보 졸업시 혜석(蕙錫)으로 다시 개명하였다. 본적은 수원군
수원면 신풍리 291번지(지금은 수원시 장안구 신풍동 45번지 일대, 2000
년 2월 나혜석기념사업회는 이곳을 나혜석의 생가터로 확인 공개한 바 있
다.)이다.

1906(11세) 4월 수원 삼일여학교(현 매향여자정보고등학교, 1902년 미국 북
감리교 여선교회 M F 스크랜튼 선교사에 의해 개교) 동생 지석과
함께 입학. 이때부터 교회에 나감.

1910(15) 6월 수원 삼일여학교 졸업. 9월 1일 서울 진명여학교 입학, 동생
지석과 함께 기숙사 생활.

1913(18) 3월 28일, 진명여자고등보통학교를 최우등으로 졸업. 학적부를 보면 전 과목 거의 10점 만점을 받고 있다. 급장을 지냈고 일본으로 유학을 갔다고 기재되어 있다.

4월 15일, 둘째 오빠 경석의 배려로 일본으로 유학, 도쿄사립 여자미술학교 서양화부 선과 보통과 1학년(4년 과정)에 입학. 둘째 오빠 경석은 1910년 일본 도쿄고등공업학교에 유학하였고 당시 일본 사회주의의 영향하에 재일 한국인 민족운동에 조직적으로 참여하는 등 일찍이 사회운동에 눈을 뜬 사람이었다. 입학시 나혜석의 주소는 도쿄 神田區 今川小路 2의2 三好辰次 方.

1914(19) 1월 학교 기숙사로 입사. 10월 28일 淀橋町 柏木 979番地 中川 方으로 전거(轉居). 12월, 도쿄 조선인 유학생 잡지 『학지광』 3호에 최초의 글 「이상적 부인」을 발표. 당시 일본에서는 여성문예동인지 『세이토(靑鞜)』를 중심으로 여성해방과 신여성운동이 활발하게 소개되고 있었는데 나혜석에게 많은 영향을 미친 듯하다. 『세이토』 관계자 중에 동경여자미술학교 졸업생이 3명이 있었다. 여성비평 「이상적 부인」에서 나혜석은 혁신으로 이상을 삼은 카추샤, 이기로 이상을 삼은 막다, 진의 연애로 이상을 삼은 노라부인, 종교적 평등주의로 이상을 삼은 스토우 부인, 천재적으로 이상을 삼은 라이죠 여사, 원만한 가정의 이상을 가진 요사노 여사 등을 부분적으로 숭배하는 이상적 부인으로 들었다. 오빠 나경석의 친구인 최승구와 연애관계. 서울 사립 보성학교를 졸업하고 일본으로 건너가 5년제 세이소쿠(正則)영어학교(현 정칙학원고등학교)를 졸업한 후 게이오대(慶應大)에 재학 중인 최승구는 장래가 촉망되는 문학도였으나 조혼한 아내가 있어 나혜석과 맺어지기 어려웠다. 『학지광』 같은 호에 최승구는 「감정적 생활의 요구」와 「남조선의 신부」를 발표했다.

1915(20) 1월, 아버지의 결혼 강요로 학교에 돌아가지 못하고 여주공립보통학교 교원으로 1년간 근무. 월급을 모아 학비를 마련, 11월 15일 복학했으나 학교에 다니지는 못함. 12월의 주소는 東大久保町 357번

지 志村 方. 12월 10일 아버지 나기정 사망.

1916(21) 봄(정월대보름 어간)에 고흥으로 가서 고흥군수로 있는 형 승칠의 집에서 요양 중인 최승구를 만남. 이때의 일을 수필로 쓴 「영원히 이저주시오」(『월간매신』 1934. 3)를 보면 나혜석은 약 열흘간 머물고 도쿄로 돌아와 도착편지를 보낸 5일 후 최승구의 사망전보를 받았다. 아버지의 타계와 최승구의 사망이 연이은 셈. 최승구는 전남 고흥군 남계리 오리정 공동묘지에 묻힘. 4월 1일, 서양화 고등사범과 1학년으로 복학. 여름 김우영이 수원 집으로 옴. 나경석의 권유로 두 사람 교제.

1917(22) 3월, 『학지광』에 조선여자도 주의 주장을 뚜렷이 하여 사람같이 되어 보아야겠다는 내용의 글 「잡감」을 발표 4월 1일 사립 여자미술학교 학제 변경으로 고등사범과 제3학년이 됨. 7월, 『학지광』에 남존여비의 시대에서 남녀평등의 시대에 이르기까지 여성지위의 변화를 서양의 관점에서 약술한 뒤 공부한 것을 속히 행동화하자는 내용의 「잡감―K언니에게 여함」 발표. 같은 달, 도쿄여자유학생친목회 기관지인 『여자계』 창간호에 최초의 여성소설 「부부」를 발표했을 것으로 보임. 사생상(寫生箱)을 든 미술학도 나혜석의 모습이 전영택의(『여자계』 2호) 글에 나옴. 여름 귀향길에 교토에 들러 김우영 만남. 졸업 작품으로 가모가와(鴨川) 주변을 그리려 교토에 머물기도 함. 12월 도쿄여자유학생친목회가 회의를 열 때 주로 사용했던 도쿄 조선인교회에서 조선인 목사로부터 세례를 받았다.

1918(23) 3월 『여자계』 2호에 나혜석의 대표작이자 문학사적 가치를 지닌 단편소설 「경희」 발표. 원고 길이가 2백자 원고지 125장이며 여성 지식인이 주인공으로 구성과 문장 등에서 완벽한 현대 단편소설의 양식을 구사한 소설. H.S란 필명으로 시 「광(光)」도 발표. 3월 사립 여자미술학교 졸업, 졸업앨범에 주소가 朝鮮 京城 益善洞 33-2로 되어 있다. 4월 귀국. 졸업 작품은 미술학교 화재로 남아있지 않음. 재학 시절 교내에서 문학 활동을 했을 법 하나 이 역시 자료가 남

아있지 않음. 김우영은 교토 제국대학 법학부를 졸업하고 변호사 자격을 얻기 위하여 계속 일본에 머무름. 4월, 귀국해서 모교인 진명여학교에서 교편을 잡았으나 8월경에 건강이 안 좋아 그만두고 운니동 37번지 집에서 그림 공부를 함. 9월 『여자계』 3호에 애국의식을 담은 편지 형식 단편소설 「희생한 손녀에게」 발표.

1919(24) 1월 21일부터 2월 7일까지 『매일신보』에 '섣달대목'이란 주제로 4회, '초하룻날'이란 주제로 5회 모두 9점의 만평 연재. 이 그림이 나혜석의 그림으로서는 처음으로 등장하는 것이다. 여성시각으로 그린 연말연시의 풍속이란 점에서 최초의 페미니스트 만평이기도 함. 곁들인 생동감 있는 문장도 일품. 3월 2일 박인덕(이화학당 교사), 신준려(이화학당 교사), 황애시덕(동경여자의학전문학교 학생), 김마리아(정신여학교 출신 동경여학원재학생) 등과 3·1운동에 여학생 참가 계획 의논. 4일 개성과 평양으로 가서 자금 모금과 만세운동의 확산을 위해 이정자, 박충애 등을 만나 의논했으나 성과는 없이 돌아옴. 5일 아침 이화학당 학생들이 만세를 부른 사건으로 8일경 이화학당 식당에서 체포되어 5개월간 옥고를 치른 뒤 증거 불충분으로 면소되어 8월 4일 풀려남. 삼천리지의 기사에 의하면 김우영은 변호사 자격을 얻자마자 귀국했으나 나혜석의 공판 날짜가 지나 변호할 기회를 놓쳤다. 정신여학교 미술교사로 재직. 12월 어머니 최씨가 사망.

1920(25) 1월, 조선노동공제회 기관지인 『공제』 창간호에 시대정신을 반영한 판화 <조조(早朝)> 게재. 농촌에서 밭을 갈며 일하는 현장을 그리고 있으며 먼 지평에서는 해가 솟아오르는 장면을 담고 있다. 브나로드 사상을 담은 경향적 색채가 느껴진다. 4월 10일 서울 정동예배당에서 김필수 목사 주례로 김우영과 결혼. 김우영은 근대적인 여성의 사고를 존중하고 사랑했던 사람이었다. 결혼 후 신혼여행으로 최승구의 묘를 찾아가 비를 세우고 돌아왔다. 4월 『신여자』 제2호에 판화 <저것이 무엇인고> 게재. 숭이동에 거처를 마

련, 여름에 근무하던 정신여학교 사직. 6월, 「4년 전의 일기 중에서」를 『신여자』 제4호에 발표. 동지에 「김일엽선생의 가정생활」을 그린 4장의 목판화 게재. 7월 『서광』에 「부인문제의 일단」 발표. 자신의 임신을 받아들이기 어려워 갈등, 2개월간 일본에 가서 공부하고 오겠다는 청을 김우영이 받아주어 도일, 이때 처음 공부다운 공부를 하였다고 함. 이때의 공부가 다음해 전시회를 여는 도약으로 이어진 듯.

1921(26) 1월, 『폐허』 제2호에 시 「사(沙)」, 「냇물」 발표. 2월 『동아일보』에 미술에 대한 일반 대중의 관심을 일깨우면서 특히 조선여자들에게도 미술적 재능이 있음을 역설한 「회화와 조선여자」 발표. 3월 2일부터 3회에 걸쳐 『매일신보』에 연재된 「인형의 가」에 삽화 그림. 이 삽화에서 나혜석의 필치는 보다 섬세하면서도 속도감이 있고 회화적 형식을 보다 중시하고 있다. 함께 시 「인형의 가」 발표. 3월 19일~20일 임신 9개월의 무거운 몸으로 경성일보사 내청각에서 유화 개인 전람회를 열었다. 전시작품 6, 70여 점. 5천 명의 인파가 몰렸고 비싼 값에 그림이 팔렸다는 기록이 있으나 이 전시회 출품작은 아직 전해지는 것이 없다. 미술이 발전된 나라의 민족이라야 문명한 민족이라 할 수 있다는 내용의 글 「양화전람에 대하여」를 『매일신보』에 발표. 4월 1~3일 제1회 서화협회 전람회에 유화 출품. 4월 29일 첫딸 출생. '김'우영과 '나'혜석의 '기쁨'(열)이라는 뜻으로 이름을 김나열(金羅悅)이라고 지음. 7월, 『신가정』 창간호에 소설 「규원(閨怨)」 1회분 발표. 『신가정』의 속간호가 나오지 못해 소설 미완. 7월 『개벽』에 역시 시대정신을 반영한 판화 <개척자> 게재. <조조>보다 강약의 조절이 이루어지면서 한결 세련된 구성을 보여준다. 9월 김일엽의 「부인 의복 개량에 대하여—한 가지 의견을 드리나이다」에 반박하는 글 「김원주 형의 의견에 대하여—부인복 개량문제」를 『동아일보』(9. 21~10. 1)에 연재. 의복 개량의 문제를 미와 실용 양면을 고려하여 개량해야 할 것을 주장하고 있다. 9월, 남편의 임지인 만주 안

동현에 이주, 일본 외무성 관리인 부영사 부인으로 안정된 생활.

1922(27) 3월, 안동현에 여자야학 설립을 주도했다. 6월, 조선총독부 주최의 제1회 조선미술전람회 유채수채화 분야에 출품, <춘(春)이 오다>, <농가>가 입선했다. 이 분야에서 입상은 없고 입선만 61명이었는데 그중 조선인은 나혜석 외에 고희동과 정규익이 있었다. 같은 달 입센 작, 양백화 역으로 출간된 『노라』에 나혜석 작사 백우용 곡의 「노라」 악보가 실렸다.

1923(28) 1월, 아이를 임신해서 출산, 돌이 되기까지 자신이 겪은 여성체험을 진솔하게 술회한 「모(母)된 감상기(感想記)」(『동명』, 1923. 1. 1~1. 21)를 발표했다. 이 글의 가치는 본능으로 알려진 모성애가 결코 본능이 아니라는 것을 체험을 통해 증언한 데 있다. 3월, 백결생이 「모된 감상기」를 비판하는 「관념의 남루를 벗은 비애」를 발표하자 이에 반박하는 글 「백결생에게 답함」(『동명』, 1923. 3. 18)을 발표했다. 이 반박문에서 펼친 나혜석의 문장론은 수준급이다. 3월부터 터진 의열단 사건(황옥 경부 사건)에 나혜석, 김우영 부부가 도움을 주었다가 곤욕을 치렀다. 나혜석의 민족의식 및 사회의식을 엿보게 해주는 사건이다. 4월, 『부인』 4월호에 「『부인』의 탄생을 축하하여」를 발표. 6월, 제2회 조선미술전람회에 <봉황성의 남문>이 4등, <봉황산>이 입선했다. 이 제2회 조선미술전람회에는 조선인 심사위원이 빠져 출품거부 소동이 있었다. 6월, 평양 기생 강명화의 자살에 대한 평론 「강명화의 자살에 대하여」(『동아일보』, 1923. 7. 8) 발표. 서울의 갑부 장모씨의 외아들과 사랑에 빠졌다가 장씨 집의 반대로 두 사람이 자살한 사건을 보고 자기의 연애를 신선화(新鮮化)하려는 허영심의 결과라고 날카롭게 비판하였다. 당시 유행하는 자유연애 사상에 대한 비판이 담겨 있다. 7~8월 염상섭이 『동아일보』에 소설 「해바라기」(나중에 「신혼기」로 개제)를 연재하였다. 9월, 고려 미술회에 발기 동인으로 참가(정규익, 방영채, 나혜석, 강진구, 백남순). 11월, 『신여성』에 「부처간의 문답」 발표. 체험을 통한 남녀평등 문제가

제기되어 있다. 염상섭의 제2창작집 『견우화』에 표지 그림 <견우화>를 그림.

1924(29) 6월, 제3회 조선미술전람회에 <추의 정(가을의 뜰)> 4등, <초하의 오전>이 입선했다. 7월 <만주의 녀름>(『신여성』, 1924. 7) 발표. 만주의 여름 묘사가 압권이다. 「1년 만에 본 경성의 잡감」(『개벽』, 1924. 7) 발표. 음악회, 미술전람회, 토월회의 연극 등을 보고 쓴 글인데 그의 신랄한 비평에 놀라지 않을 수 없게 된다. 8월, 「나를 잊지 않은 행복」(『신여성』, 1924. 8) 발표. 자기를 잊지 아니하는 가운데에 여자의 해방, 자유, 평등이 있는 것이라고 역설. 이해 말엽에 첫아들 선(宣)을 낳음.

1925(30) 5월, 서울에 옴. 제4회 조선미술전람회에 출품한 <낭랑묘> 3등 입상. 11월 「조선일보」 최은희 기자가 안동현 나혜석의 집 방문, 집에 수많은 그림이 걸려 있고 나혜석은 빈틈없는 솜씨로 살림을 하면서 그림을 열심히 그리고 있다고 전함. 나혜석은 다롄(大連), 베이징(北京)에서 전시회 개최를 계획 중이라고 함.

1926(31) 1월, 자신의 육아방법을 소개한 「내가 어린애 기른 경험」(『조선일보』, 1926. 1. 3)을 발표. 나혜석의 진취적인 육아방법이 주목된다. 같은 달 「생활개량에 대한 녀자의 부르지짐」(『동아일보』, 1926. 1. 24~1. 30)을 발표. 우리의 생활이 개량되기 위해서는 남성이 우월의식을 버리고 여성을 인격적으로 대해야만 가능하다는 내용. 4월 단편소설 「원한」(『조선문단』, 1926. 4) 발표. 남성들의 축첩 행각에 희생되는 구여성의 비극을 그린 것. 5월, 제5회 조선미술전람회에 출품한 <천후궁(天后宮)>이 특선, <지나정(支那町)>이 입선했다. 5월, 동아일보에 인터뷰 기사 「그림을 그리게 된 동기와 경력과 구심」(『동아일보』, 1926. 5. 19) 실림. 어려서부터 그리기를 좋아하였고 학교에서도 제일 도화를 잘 그린다는 칭찬을 받았으며 오라버니가 미술학교에 입학을 시켜주어 화가가 되었다고 하였다. 조선미술전람회에 특선한 <천후궁>과 <지나정>의 제작과정을 실감나게 쓴 「미전 출품 제

작 중에」(『조선일보』, 1926. 5. 20~23) 발표. 이 글의 분위기도 그렇지만 초기의 민중의식이 반영된 판화의 작업과는 달리 결혼 이후 선전 입상작 등 이 시기의 작품들은 부르주아적 자유주의의 분위기가 풍긴다는 평가를 받기도 한다. 이는 안정된 결혼 생활과 선전이라는 제도적 틀에 충실한 데서 오는 것으로 보인다. 6월 「내 남편은 이러하외다」(『신여성』, 1926. 6) 발표. 남편 김우영의 성격이 소개되어 있다. 6월6일 『시대일보』에 시 「중국과 조선의 국경」 발표. 12월 19일 둘째 아들 진(辰) 낳음.

1927(32) 3월에 만주 안동현 살림을 정리하고 귀국하여 동래 시집에서 세계일주 여행 준비. 4월 야나기하라 부처 동래로 나혜석 부부 방문. 5월 제6회 조선미술전람회에 출품한 <봄의 오후>가 무감사 입선. 「경성 온 감상의 일편」(『동아일보』, 1927. 5. 27) 발표. 이 글에서 나혜석은 신세대들의 사치와 허영과 대유행인 연애에 대하여 매우 비판적인 견해를 펴고 있다. 파리에 가기 전 나혜석의 의식을 엿볼 수 있는 듯. 6월 「예술가의 생활」을 『청년』에 발표. 6월 19일 오전 11시 부산진을 출발하여 봉천행 기차로 구미 여행길에 오름. 나열, 선, 진의 세 아이를 칠순의 시어머니에게 맡기고 떠나는 길이라 시어머니가 "속히 다녀오너라" 목메어 하시는데 고개를 들지 못하였다고 한다. 대구, 수원, 서울을 들러 곽산, 남시, 봉천, 장춘, 하얼빈을 거쳐 시베리아 횡단 열차를 탔다. 모스크바 관광 후 부산을 떠난 지 한 달 만인 7월 19일 파리에 도착했다. 그곳에 유학 와 있는 안재학, 이종우 등이 출영하였다. 27일 스위스에 가서 군축회의 총회 방청객으로 참가, 영친왕도 만났다. 7월 바이칼호반을 지나면서 조선일보의 기자 최은희에게 보낸 엽서 「아우 추계에서」(『조선일보』, 1927. 7. 28)가 발표됨. 8월 14일 파리로 돌아옴. 8월 24일 벨기에와 네덜란드를 관광. 헤이그에서 이준 열사의 묘를 찾아보려 했으나 찾지 못해 대신 이준 열사의 부인과 딸에게 그림엽서를 보냄. 파리로 돌아와서 나혜석은 야수파의 화가인 비시에르의 화실에 다니면

서 그림 공부를 했다. 김우영은 법률을 공부하기 위해 베를린에 머무름. 10월, 한국 유학생들이 주최한 환영회에서 처음 최린을 만났다. 11월 11일 최린과 프랑스인 살레의 집을 방문했다. 살레는 세계 약소민족회의 부회장으로 나혜석은 3개월간 이 살레의 집에 하숙하면서 미술공부를 하게 된다. 최린과 함께 파리 관광을 하는 등 자주 동행을 하다가 11월 20일 최린과 셀렉트 호텔에 묵게 된다. 12월 20일 남편이 있는 독일 베를린으로 갔다.

1928(33) 1월 1일 베를린에서 새해를 맞이했고, 4일 파리로 돌아왔다. 1월 10일 최린은 파리를 떠나 동유럽과 시베리아를 거쳐 조선으로 돌아감. 3월, 김우영과 이탈리아 관광. 7월, 영국에 있는 김우영에게 가서 영국을 관광하고 영국 여성 참정권 운동에 참가했던 여성으로부터 영어를 배우면서 여성 참정권 운동에 대해서 현장감 있는 이야기를 들음. 8월 15일 김우영과 함께 파리로 돌아옴. 스페인 관광. 9월 17일 미국을 향해 파리를 떠남. 9월 23일 미국의 뉴욕항에 도착했다. 장덕수와 윤홍섭이 출영하였다. 그날 밤, 인터내셔널 하우스로 가서 김마리아 만남. 워싱턴에서 구한국시대 주미 한국공사관을 보면서 이상히 반갑기도 하고 슬프기도 한 느낌을 받음. 필라델피아에서 서재필을 만남. 12월 말 뉴욕의 재미 조선인 송년 파티에서 김우영이 친일파로 몰려 피습당하는 사건이 있었다.

1929(34) 나이아가라 폭포, 시카고, 그랜드캐니언, 로스앤젤레스, 요세미티, 마리포사 대 삼림을 거쳐 2월 14일 샌프란시스코에서 배를 타고 귀국길에 오름. 하와이를 거쳐 17일 만인 3월 3일에 요코하마 항에 도착. 1주일 정도 도쿄에 머무른 뒤 3월 12일 부산에 도착함. 김우영은 무직자로 변호사 개업 준비를 하느라고 서울에 머물러 있고 나혜석은 동래에서 6월 20일 셋째 아들 건(健)을 낳았다. 혁명과 건설의 도시 파리의 산물임을 기념하여 이름을 '건'으로 지었다고 한다. 8월, 「구미 만유하고 온 여류화가 나혜석 씨와 문답기」가 『별건곤』에 세련된 모습의 인물 사진과 함께 실림. 기자 차상찬이 쓴 이

탐방 기사에 나오는 최린과의 관련 대목이 문제가 되었다. 9월 23~24일 이틀간 수원성 내 남수리 불교 포교당에서 '구미 사생화 전람회'라는 제목으로 전시회를 열었다. 구미 여행 중 그린 그림과 수집한 그림(복제품)을 함께 전시했다고 한다. 『동아일보』수원지국 주최, 『중외일보』수원지국 후원.

1930(35) 1월, 아이 병간호에 정신이 없다는 「애아병간호」(『삼천리』, 1930. 1) 씀. 이즈음 나혜석의 경제적 형편은 곤궁했으나 시삼촌의 가족들까지 떠맡는 극도의 어려운 처지에 듦. 여기에 파리에서 있었던 나혜석과 최린의 연애에 관한 소문이 조선 사교계에 퍼져 나가면서 나혜석과 김우영의 관계가 악화되어 감. 3월 말 구미 여행담을 쓴 「불란서 가정은 얼마나 다를까」(『동아일보』, 3. 28~4. 2) 발표. 4월, 「구미 시찰기」(『동아일보』, 1930. 4. 3~4. 10) 발표. 5월, 『매일신보』에 「미전을 앞두고 아뜨리에를 차저」(5. 13)라는 인터뷰 기사가 실렸다. 인터뷰에 비친 나혜석은 검박하게 차린 몸맵시하며 윤곽이 뚜렷한 얼굴에는 어디라 없이 세월의 자취가 흘렀다고 하여 파리에서 돌아온 화려한 모습은 찾아볼 수 없다. 6월, 제9회 조선미술전람회에 <아이들>과 파리의 풍경을 그린 <화가촌>이 입선했다. 이 무렵 나혜석을 만난 염상섭은 이때 벌써 나혜석의 건강이 좋지 않은 것 같았다고 하였다. 6월 인터뷰 「우애결혼, 시험결혼」(『삼천리』, 1930. 6)에서 나혜석은 이혼의 비극을 막기 위해 시험결혼이 필요하며, 시험결혼 기간 동안에는 산아제한이 필요하다는 전위적인 결혼을 소개하고 있다. 같은 지면에 실린 「만혼 타개 좌담회」에 참석하여 노처녀가 많이 생기는 것은 행복한 결혼보다 불행한 결혼이 많기 때문이라는 의견을 말하고 있다. 『매일신보』(6. 6) 「살림과 육아」라는 인터뷰 기사에서는 그림을 그리거나 글을 쓰는 것도 중요하지만 아이들이 없다면 삶의 의미가 없을 것 같다는 소감을 말하고 있다. 7월, 「파리에서 본 것, 느낀 것」(『대조』, 1930. 6 · 7 합병호) 발표. 9월 「젊은 부부」(『대조』, 1930. 9) 발표. 「젊은 부부」에서는 지극히 평범한

부부의 모습에 감동하면서 일남 일녀가 만나 서로 사랑한다는 것처럼 굿 앤 파인한 것은 없다고 쓰고 있어 이혼을 강요당하고 있는 당시 나혜석의 쓸쓸한 심경이 엿보이는 듯하다. 이 무렵 김우영은 방탕한 생활을 하면서 나혜석에게 이혼을 해주지 않으면 간통죄로 고소하겠다고 위협했다. 시댁 식구들까지 합세하여 가해오는 압박을 이기지 못하고 나혜석은 이혼서류에 도장을 찍는다. 11월 20일 김우영이 이혼신고서를 부청에 제출, 이혼은 성립되었다.

1931(36) 3월, 김우영은 신정숙과 혼인 신고했다. 김우영의 결혼 소식을 들은 나혜석은 동래로 가 네 아이와 함께 자살할 생각도 했지만 실행에 옮기지 못하고 집을 떠난다. 가족과 집 등 모든 것을 한꺼번에 앗기고 정처 없이 떠도는 삶이 시작된 것이다. 5월, 제10회 조선미술전람회에 <정원>이 특선, <작약>과 <나부>가 입선했다. 6월, 동아일보 인터뷰에서 「특선작 「정원」은 구주여행의 선물」(『동아일보』, 1931. 6. 3)이며 출품할 때 다소 자신이 있었으나 당선하고 보니 퍽 기쁘다고 함. 특선에서 얻은 자신감으로 제전에 도전하려고 여름 한 달 동안 금강산에 머물면서 그림을 그렸다. 여기서 『매일신보』의 사장을 지낸 아베 요시에(阿部充家)와 박희도를 만나 이들과 함께 압록강 상류 일주 등 여행을 했다. 봉천에 가서 전람회를 연 후 가을, 제국 미술원 전람회 출품 준비를 위해 간 도쿄 역에서 우연히 최린과 마주쳤다. 이 만남이 어떠했는지는 기록이 없어 알 수 없다. 10월 일본 제12회 제국미술원전람회에 <금강산 만선암>과 <정원>을 출품, <정원>이 입선했다. 아베 요시에는 나혜석이 제국 미술원 전람회에 출품하고 입선하는 데 많은 도움을 주었다. 11월, 도쿄에 있으면서 제전 입선 후의 소감인 「나를 잊지 않는 행복」(『삼천리』, 1931. 1. 11)을 발표했다. 이미 한 번 발표했던 글이나, 제전에 입선을 한 후 다시 한 번 자신을 잊지 않도록 다짐하는 뜻에서 재수록을 하고 있는 것으로 해석된다.

1932(37) 1월, 도쿄에서 쓴 「아아 자유의 파리가 그리워」(『삼천리』, 1932. 1)

발표. 사람과 돈과 세상, 이 세 가지가 무섭다고 썼다. 조선인의 생활로 들어서려면 농촌생활의 정도부터 살아볼 필요가 절실히 있었다고도 했다. 이혼 후 가부장 중심의 사회가 보여주는 제도적 도덕적 억압을 절실히 실감한 후의 심경일 것이다. 4월, 일본에서 돌아와 잠시 중앙보육원에서 미술 교사로 근무함. 「파리의 모델과 화가 생활」(『삼천리』, 1932. 3. 4) 발표. 파리 미술계를 개략적으로 소개. 6월, 제11회 조선미술전람회에 <소녀>, <금강산 만상정>, <창가에서>가 무감사 입선되었다. 7월, 「조선미술전람회 서양화 총평」(『삼천리』, 1932. 7)과 「앙데팡당 식이다—혼미 저조의 조선미술전람회를 비판함」(『동광』, 1932. 7)을 발표했다. 「조선미술전람회 서양화 총평」에서 자신의 작품이 특선될 자신이 있었으나 내용의 복잡한 사정으로 열에 참여치 못해 섭섭하다고 써서 무감사 입선에 대해 서운함을 표시하였다. 여름, 다시 금강산 해금강에서 가을의 제13회 제국미술원 전람회에 출품하기 위해 그림을 3, 40점 그렸는데 머무르고 있던 집에 불이나 10여 점밖에 건지지 못했다. 이때 놀라서 병도 얻었다. 11월, 「이혼 1주년—양화가 나혜석 씨」(『신동아』, 1932. 9)라는 대담 기사에서 이혼 후 그림에 전력을 다하고 있는 나혜석이 오래지 않아 열 전람회를 위해 그림을 그리고 있다는 근황을 전하고 있다. 12월부터 1934년 9월까지 『삼천리』지에 9회에 걸쳐 구미 여행의 기행문 「구미 유기」 연재. 세계여행은 나혜석의 그림 세계에도 영향을 미쳐 야수파와 입체파 등의 회화적 실험 등 표현의 폭을 넓히게 하였고 원숙한 감성의 표현을 가능케 하였다. 이 시기의 그림으로 <파리 풍경>, <스페인 국경>, <파리 교외 풍경>, <무희>, <스페인 항구> 등이 남아 있다. 『계명』 12월호에 삽화 <이상을 지시하는 계명자>를 그렸다.

1933(38) 1월, 「화가로 어머니로 나의 10년간 생활」(『신동아』, 1933. 1) 발표. 어머니로서, 외교관 부인으로서, 화가로서, 파리의 자유인으로서, 독신 생활인으로서 자신의 생활을 되돌아보는 글인데 이 글에 사흥서

원이 등장, 불교에 심취해 가고 있음을 드러낸다. 「백림의 그 새벽」(『신가정』, 1933. 1) 발표. 구미 여행시 베를린에서 맞았던 크리스마스와 신년의 풍속을 쓴 글. 2월 4일 서울 종로구 수송동 146의 15호에 '여자미술학사'를 열었다. 이혼 등 심적 타격으로 수전증이 생겨 왼팔이 부자유하면서도 미술 개인 지도를 하는 한편 선전 출품작과 주문 받은 초상화를 그렸다. 기독교 신앙을 가졌던 나혜석은 이 여자미술학사의 방에 불단을 차려놓고 있었다. 이혼 후 그는 불교로 개종하고 있다. 「모델—여인일기」(『조선일보』, 1933. 2. 28)를 발표. 역시 미술학사를 운영하는 중의 하루를 그린 것이다. 친구들과 어울려 안국동 선학원에서 밥 먹는 이야기가 나온다. 4월, 「원망스런 봄밤」(『신동아』, 1933. 4)을 발표. 자신의 슬픈 오늘이 바로 최승구가 가버린 봄밤부터 시작되었음을 안타까이 회억한다. 5월, 「파리의 어머니날」(『신가정』, 1933. 5) 발표. 파리 어머니날의 풍경을 그렸다. 같은 달 탐방 기사 「서화 협전·조선 미전에 출품하는 여류 화가들」(『신가정』, 1933. 5)이 실렸다. 이 글에서 5월의 제12회 조선미술전람회에 작품을 2점 출품할 예정이라고 했는데, 입선자 명단에 나혜석의 이름은 없다. 이 인터뷰에서 2, 3일 후 개성에 가 선죽교를 그릴 예정이라 하였는데 가을에 그린 그림 <선죽교>가 남아 있다. 조선전람회에 대한 평인 「미전의 인상」(『매일신보』, 1933. 5. 16~5. 21)을 썼다. 10월, 「연필로 쓴 편지」(『신동아』, 1933. 10)를 발표. 도쿄 유학 시절 일본인 화가 사토(佐藤)가 자기를 연모하면서 일으켰던 사건을 회상하여 쓴 것인데 같은 내용이 「나의 동경 여자미술학교시대」(『삼천리』, 1938. 5)에도 나온다. 12월, 자전적 장편소설 『김명애』를 써서 이광수에게 보였다(『삼천리』 12월호 「동정단신」)고 하는데 발표되지 못한 채 원고로 보관되어 오다가 6·25전쟁 중 일실된 것으로 알려짐.

1934(39) 1월 4일 『조선중앙일보』 현상공모 '우스운 이야기' 부문에 콩트 「떡 먹은 이야기」가 당선되어 상금 2원을 받는다. 2월, 「밤거리의 축하식—외국의 정월」(『중앙』, 1934. 2)을 발표. 「백림의 그 새벽」과 유

사한 내용이다. 3월 「다정하고 실질적인 불란서 부인—구미 부인의 가정생활」(『중앙』, 1934. 3)을 발표. 파리에서 하숙하던 집 주부 살레 부인의 생활을 소개하고 있다. 5월 「날러간 청조」(『중앙』, 1934. 5) 발표. 수원에서 삼일여학교를 다니던 시절 삼일학교를 다니던 남학생에게 오빠 나경석이 후일 나혜석과 혼인하라는 말이 계기가 된 인연을 이혼을 한 후 추억해보는 안타까운 글. 7월 「여인 독거기」(『삼천리』, 1934. 7) 발표. 여자가 혼자 사는 일의 어려움을 쓰고 있다. 8월, 1932년 여름 총석정 해변에서 외롭게 그림을 그리던 중 만난 한 여성과의 즐거웠던 시간을 회상하면서 동시에 아들이 없어 시앗을 보는 여성의 슬픈 이야기를 담은 「애화 총석정 해변」(『월간 매신』, 1934. 8)을 발표했다. 8~9월, 「이혼 고백장」(『삼천리』, 1934. 8~9)을 발표했다. 김우영을 만나서 연애하고 결혼하고 이혼하기까지 10여 년을 솔직하게 회고하고, 여성에게만 일방적으로 희생을 강요하는 도덕과 제도와 인습을 비판하였다. 9월 19일 변호사 소완규를 통해 최린에게 처권 침해, 정조 유린에 대한 위자료 12,000원을 청구하는 소송을 제기, 이 사건이 9월 20일자 『조선중앙일보』와 『동아일보』에 보도되었다. 나혜석은 소를 취하하는 조건으로 최린으로부터 수천 원을 받았다고 한다. 11~12월, 「이태리 미술관」, 「이태리 미술기행」(『삼천리』, 1934. 11~12) 발표.

1935(40) 1월, 「그 뒤에 이야기하는 제 여사의 이동 좌담회」(『중앙』, 1935. 1)에서 자유로운 남녀교제가 창작성을 지어준다고 주장. 2월 「신생활에 들면서」(『삼천리』, 1935. 2)를 발표. 이혼 후의 생활을 정리하면서 새로운 삶을 계획하여 본 글. 이혼 후 겪고 있는 고통을 솔직하게 쓰고 조선을 떠날 수밖에 없는 이유를 적고 있다. "정조는 법률도 도덕도 아니고 오직 취미다" "사 남매의 아이들아, 에미를 원망치 말고 사회제도와 도덕과 법률과 인습을 원망하라. 네 에미는 과도기에 선각자로 그 운명의 줄에 희생된 자이었더니라"라는 유명한 문장이 나오는 글이다. 3월, 시 「앗겨 무엇하리 청춘을」(『삼천리』,

1935. 3) 발표. 2월쯤 집을 수원으로 옮겼다. 수원 서호 근처(臺埠面 池里 557)에 집을 마련하고 복약으로 정양한 후 다시 사회에 나가 일하겠다는 서한을 돌렸다. 6월, 『삼천리』에 「구미 여성을 보고 반도 여성에게」 발표. 미국, 프랑스, 독일, 이탈리아, 스페인, 러시아 등 구미 각국 여성의 특장을 소개하고 그들이 누리는 높은 사회적 지위와 활동 그리고 가사에서 해방되어 있는 점을 강조하면서 우리 조선여성도 이들의 생활과 의식을 본받아야 할 것을 쓰고 있다. 「이성간의 우정론—아름다운 남매의 기」를 발표. 한 남성에게 실신함은 만인 남성에게 실신하는 것이라며 신의 있게 옛 친구와 우정을 유지하는 이야기. 7월, 「나의 여교원 시대」 발표. 여주 공립보통학교 교원시절에 만난 I와의 이야기가 담겨 있다. 8월 24, 25 양일간 예산공회당 2층에서 <나혜석여사개인미술전람> 개최, 조선중앙일보 예산지국 주최. 9월, 전남 광주에 살고 있던 김우영과 신정숙 사이에서 아들 무(武)가 태어났다고 알려졌으나 아들 김진 교수의 책 『그땐 그길이 왜 그리 좁았던고』에 이는 근거 없는 이야기라고 나옴. 10월, 「독신여성의 정조론」(『삼천리』, 1935. 10) 발표. 수원에서 사는 나혜석의 모습이 담겨 있다. 10월 24일 서울 진고개(지금의 충무로)의 조선관 전시장에서 <소품전>을 개최, 200여 점을 전시했으나 관심을 끌지 못했다. 역시 이 시기의 소품들의 내역도 전하지 않는다. 첫 아들 선, 폐렴으로 열두 살의 나이로 요절. 11월, 희곡 「파리의 그 여자」(『삼천리』, 1935. 11) 발표. 최린과의 연애사건을 파리와 뉴욕 그리고 귀국 후 원산 해수욕장을 무대로 해서 재구성한 것이다. 귀국 후 최린과 나혜석, 두 사람의 대화가 등장한다는 점이 흥미롭다.

1936(41) 1월, 「영미 부인 참정권 운동자 회견기」(『삼천리』, 1936. 1) 발표. 영국에서 영어를 배우던 여성이 팽크허스트 부인 참정권 운동 단원 중 하나여서 그들에게 들은 이야기를 썼다. 4월, 「런던 구세군 탁아소를 심방하고」(『삼천리』, 1936. 4) 발표. 미혼모와 사생아를 위한 시

설을 보고 쓴 글이다. 「불란서 가정은 얼마나 다를까」(『삼천리』, 1936. 4) 발표. 1930년 『동아일보』에 실린 내용과 비슷하다. 12월, 단편소설 「현숙」 발표.

1937(42) 4월, 「애정에 우노라─화필을 안고 산간유곡 3년의 심회를 기한다」를 『삼천리』에 썼다고 하나 해당 잡지 찾지 못함. 5월, 「나의 동경여자미술학교시대」(『삼천리』, 1937. 5)를 발표. 4학년과 2학년 시절의 에피소드 두 가지를 쓰고 있다. 10월, 단편소설 「어머니와 딸」(『삼천리』, 1937. 5)을 발표했다. 겉구조는 김선생이 하숙하고 있는 하숙집 어머니와 딸의 갈등을 그린 것이나 속구조는 여성해방의식을 지닌 진취적인 신여성 김선생이 하숙집 주인 아주머니와 같은 보수적인 여성들로부터 저항을 받는 내용이다. 김일엽의 기록에 의하면 이 해 시어머니의 부음을 듣고 동래로 달려갔으나 김우영의 완강한 거부로 상청에서 쫓겨나는 수모를 당했다. 시어머니는 "어린것들에게는 어미밖에 없으니 나 죽은 다음에는 제 어미를 도로 데려다가 아이들을 기르게 하라"고 간절한 유언을 남겼으나 김우영은 이 유언을 지키지 않았다. 나열, 진, 건 등 아이들, 광주로 가 아버지와 함께 살기 시작. 이 해 말 김일엽을 찾아 수덕사 견성암으로 갔으나 끝내 여승의 길을 택하지는 않는다. 12월, 모윤숙의 영적인 연애관을 논박하는 「영이냐, 육이냐, 영육이냐」(『삼천리』, 1937. 12. 上旬號)를 발표. 진정한 연애란 영과 육이 일치해야만 가능하다고 함.

1938(43) 8월, 「해인사의 풍광」(『삼천리』) 발표. 해인사 아래 홍도여관에 묵으면서 해인사 경내와 주변 경관과 해인사의 역사 연기설화 등을 자세히 쓰고 있어 불교에 깊이 심취해 있는 나혜석의 모습을 읽을 수 있다. 이 글이 나혜석이 남긴 마지막 글이다.

1939(44) 1월, 김우영은(전해 7월 신정숙과 이혼) 기독교 여성운동가인 양한나(양귀념)와 다시 결혼했다. 수덕여관에 머무르고 있는 나혜석에게 충남 홍성 출신의 젊은 화가 고암 이응노가 찾아와서 동료 화가로서 교분을 나누었다.

1940(45) 9월, 김우영은 총독부 참여관(參與官)으로 승진하여 충청남도 산업
      부장이 되어 1943년까지 대전에서 살게 되었다. 김우영과 아이들이
      대전에 사는 동안 나혜석은 종종 아이들이 다니는 학교로 찾아가서
      아이들을 만나 보았는데 이 사실을 안 김우영은 경찰을 시켜 나혜
      석이 아이들을 만나는 것을 막기도 했다고 한다.

1941(46) 화가 이승만을 찾아가서 맡겨둔, 구미 여행시에 사왔던 그림들을
      찾아간 적이 있다.

1943(48) 윤범모의 책을 보면 수덕사 만공스님과 함께 서산군 간월암에 가
      복원불사에 그림 <독서>를 판 돈 500원을 시주했다고 함. 9월, 김
      우영은 충남 산업부장직을 그만두고 총독부의 농지 개발 영단의 이
      사, 중추원 참의가 되어 양한나와 서울 돈암동에서 살게 되었다. 나
      혜석은 아이들이 보고 싶어 돈암동으로 찾아가곤 했다.

1944(49) 수덕사를 떠난 나혜석은 아이들이 있는 서울에 자주 나타났다. 개
      성에서 학교 선생을 하는 딸 나열을 찾아갔으나 미리 연락을 받은
      하숙집 주인이 만나지 못하게 막음. 서울의 오빠 집에 가서 건넛방
      에 숨어 살다가 오빠에게 들켜 쫓겨나기도 했다. 10월 21일 올케의
      주선으로 서울 인왕산 청운 양로원에 맡겨졌다. 심영덕이라는 이름
      으로 들어갔다가 나고근(羅古根)으로 고쳤다고 한다.

1947(52) 이화여대에서 미술을 공부하고 있던 젊은 시절의 화가 박인경이
      안양의 경성보육원에서 나혜석을 만났고 나혜석이 자서전 같은 것
      을 쓰고 있는 것을 청서해주기도 했다.

1948(53) 12월 어느 날 저녁 무렵 후암동 박화성의 집으로 나혜석이 찾아와
      "모쪼록 건투하세요. 다 풀지 못한 우리들의 한을 풀어주기 위해서
      라도 오래오래 살면서 많이 써주셔야죠." 하였다 함. 관보는 12월
      10일 원효로 시립 자제원(지금의 용산경찰서 자리)에서 사망한 것으로
      기록하고 있다. 그러나 나혜석이 어디서 숨을 거두었는지 자세히
      알려진 바 없다.

1949   1월부터 반민특위의 활동이 본격적으로 시작되어 "반민법" 해당자

들을 검거하여 재판에 회부하기 시작함. 1월 13일 최린 검거됨. 1월 23일 김우영 검거됨. 2월 7일 이광수 검거됨. 3월 14일자 『관보』에 나혜석 사망 사실이 공고되었다.

1954 1월, 염상섭이 나혜석의 죽음 소식을 듣고 나혜석에 대한 추억을 더듬으며 그를 추모하는 소설 「추도」를 발표했다(『신천지』, 1954. 1). 7월 김우영이 신생공론사에서 자신의 회고록인 『회고』를 발행했는데 자신의 부인이었던 나혜석에 대해서는 단 한 마디도 언급하지 않아 나혜석에 대해 끝까지 서운함을 품고 있었음을 짐작하게 한다.

1958 4월 16일 김우영 사망.

1974 이구열이 『여성동아(女性東亞)』에 연재한 『에미는 선각자였느니라』(동화출판공사, 1974) 출간. 이구열은 풍부한 자료와 치밀하고 성실한 각주로 실증적 작업을 통해 나혜석을 스캔들의 주인공이 아니라 근대의 선각자로 부각하는 데 성공하였다. 이 책은 나혜석을 처음으로 자료를 통해 조명한 중요한 책으로 도덕적으로 파멸한 신여성이라는 오해를 딛고 나혜석이 선구적 여성 지식인으로, 최초의 여성 화가로 새롭게 태어나는 계기가 되게 하였다.

1980 김종욱이 나혜석 전집 『라혜석—날아간 청조』(신흥출판사, 1980)를 편찬 간행. 이구열이 나혜석의 글을 소개하는 데 역점을 두었다기보다 나혜석의 일대기를 위해 자료들을 인용하고 있었다면 김종욱은 나혜석의 글들을 전집 형식으로 편찬하여 나혜석 자료 접근을 쉽게 하게 하였다는 공로가 있다.

1988 한국여성문학연구회 창립 심포지엄에서 서정자 교수가 나혜석의 소설 「경희」, 「회생한 손녀에게」를 발굴, 처음으로 학계에 보고하였다. 주제논문 「나혜석 연구」. 나혜석은 소설 「경희」와 「回生혼 孫女에게」로 인하여 명실상부한 최초의 여성작가라고 평가.

1990 서정자 편저 『여성소설선 I』에 나혜석의 소설 「경희」 최초 재수록 공개.

1995 4월, 나혜석의 고향인 수원의 장안갤러리에서 나혜석 탄생 100년

기념 <나혜석 예술제>를 화가 이경근이 주최. 장안갤러리에서 <나혜석 생애와 예술전> 열림.

12월 정월나혜석기념사업회 발족, 회장에 유동준(한국단미사료협회 회장), 상무 이경근(화가).

1997   수원시에서 <제1회 나혜석 여성 미술대전>이 개최됨. 이후 매년 1회 공모전과 초대전이 개최되고 있음.

1999   4월 27일, 정월나혜석기념사업회 주최 나혜석 탄생 103주년 기념 <제1회 나혜석 바로알기 국제심포지엄> 개최. 12월 10일, 나혜석 서거 51주기 추모 <나혜석 바로알기 제2회 심포지엄>과 <나혜석 자료전> 개최.

2000   나혜석, 문화관광부에 의해 '2월의 문화인물'로 지정됨.

1월 15일~2월 7일, 예술의 전당에서 <나혜석 생애와 그림전>(예술의 전당, 정월나혜석기념사업회 공동주최).

1월 15일, 21일, 22일, 예술의 전당 영상회의실에서 <나혜석 2000년 2월 문화인물 선정기념 나혜석 바로알기 제3회 심포지엄>(정월나혜석기념사업회 주최).

1월 15일, 이상경 편집교열 『나혜석 전집』(태학사) 발간.

2월 15일, 이상경, 나혜석 평전 『인간으로 살고 싶다』(한길사) 발간.

2월 23일~4월 23일, 수원 미술전시관에서 수원시와 정월나혜석기념사업회 공동 주최로 <나혜석의 생애와 그림전>.

2월 26일~3월 26일, 코리아 아트 매니지먼트와 정월나혜석기념사업회 공동 주최로 부산에서 <나혜석의 생애와 그림전>.

5월 1일~5월 28일, 대전 종합신문과 정월나혜석기념사업회 공동 주최로 대전에서 <나혜석의 생애와 그림전>.

6월 7일~7월 9일, 극단 춘벽이 정운봉 작 연출로 수원 '춘벽'에서 <선각인간 나혜석> 공연.

6월 24일, 나혜석이 문화인물로 선정되면서 정부 시책의 일환으로 수원시 인계동에 '나혜석 거리' 조성 준공 축제. 나혜석 거리에는 나혜석 실물대 조형물, 만남의 광장 1개소, 분수 1개소, 가로수 52주 트리 형태 가로등과 열주 22개, 벤치 등 12개소 갖추어 수원의 새 명소로 등장.

10월 16일, 극단 산울림이 소극장 개관 15주년 기념으로 유진월 극본, 채윤일 연출 <불꽃의 여자 나혜석> 공연.

11월 1, 2일, 양일간 제일화재 세실극장에서 차범석 극본 공호석 연출로 신세계극단 물레가 <화조―나혜석 불새되어 날아가다> 공연.

2001 2월, 정월나혜석기념사업회 간행, 서정자 편으로 『원본 정월 라혜석 전집』(국학자료원) 발간.

2003 『정월나혜석기념사업회 학술대회 논문집 1』 발행.

2005 세계여성학대회 개최기간에 이화여대 포스코관에서 제8회 나혜석 바로알기 국제 심포지엄.

2009 『정월나혜석기념사업회 학술대회 논문집 2』 발행.

2011 1월 수원시에서 나혜석 생가 복원 계획을 발표.

1월 정월나혜석기념사업회가 수원시와 나혜석학술상을 제정.

4월 정월나혜석기념사업회 학술대회 발표논문을 뽑아 엮어 『나혜석, 한국 근대사를 거닐다』 출간(엮은이 윤범모, 박영택, 서정자, 송명희, 김은실, 김형목, 푸른사상사).

정월나혜석기념사업회, 수원시와 7월 24일 제1회 나혜석 학술상 수상자로 최우수상 서정자 초당대 명예교수, 특별상에 이구열 미술평론가를 선정, 시상.

12월 23일~2012년 2월 26일 수원박물관에서 나혜석 특별전 <나는 나혜석이다> 기획 전시.

2012 나혜석, 수원시 브랜드 인물로 지정.

9월 1일 나혜석학회 창립. 11월 17일 제1회 학술대회.

12월 30일 나혜석학회 저널 『나혜석연구』 창간호 발행.

2013 4월 27일 <나혜석 바로알기 제16회 심포지엄> 개최.

10월 29일 수원사(전 수원 포교당)에서 정월나혜석기념사업회 주최 나혜석서거 65주기 추모 강연회 전야제를 가짐.

11월 10일 나혜석의 생가 근처인 수원시 행궁동 주민센터에서 한 달 앞당겨 서거 65주기 추모 강연회 개최.

11월 정월나혜석기념사업회 간행, 서정자 편으로 『원본 나혜석 전집』(제2판) 발행.

나혜석의 저작목록(발표순)

「理想的 婦人」	『學之光』 1914. 12	여성비평
「雜感」	『學之光』 1917. 3	여성비평
「雜感—K언니에게 與홈」	『學之光』 1917. 7	여성비평
「夫婦」	『女子界』 1호, 1917(미발굴)	단편소설
「경희」	『女子界』 2호 1918. 3	단편소설
「光」	『女子界』 1918. 3	시
「回生혼 孫女에게」	『女子界』 3호 1918. 9	단편소설
「4년전의 일기 중에서」	『신여자』 1920. 6	수필
「부인문제의 일단」	『曙光』 1920. 7	여성비평(미확인)
「繪畵와 朝鮮 女子-新進 女流의 氣焰」		
	『東亞日報』 1921. 2. 26	미술에세이
「洋畵 展覽에 對ㅎ야」	『每日申報』 1921. 3. 17	미술에세이
「人形의 家」	『每日申報』 1921. 4. 3	시
「내물」	『廢墟』 제2호 1921. 4	시
「砂」	『廢墟』 제2호 1921. 4	시
「閨怨」	『新家庭』 1921. 7	단편소설
「婦人 衣服 改良 問題—金元周 兄의 意見에 對하야」		
	『東亞日報』 1921. 9. 29~10. 1	여성비평
「노라」	『노라』 (영창서관) 1922.6	노래가사
「母된 感想記」	『東明』 1923. 1. 1~21	페미니스트 산문
「百結生에게 答함」	『東明』 1923. 3. 18	여성비평

「『부인』의 탄생을 축하하여」		
	『婦人』 1923. 4.	여성비평(미확인)
「康明化의 自殺에 對하여」	『東亞日報』 1923. 7. 8	여성비평
「夫妻間의 問答」	『新女性』 1923. 11	페미니스트 산문
「만주의 녀름」	『新女性』 1924. 7	수필
「一年만에 본 京城의 雜感」		
	『開闢』 1924. 7	수필
「나를 잇지 안는 幸福」	『新女性』 1924. 8	페미니스트 산문
「내가 어린애 기른 경험」	『朝鮮日報』 1926. 1. 3	수필
「생활 개량에 대한 여자의 부르지짐」		
	『東亞日報』 1926. 1. 24~30	페미니스트 산문
「怨恨」	『朝鮮文壇』 1926. 4	단편소설
「美展 出品 製作 中에」	『朝鮮日報』 1926. 5. 20~23	미술에세이
「京城 온 感相의 一片」	『東亞日報』 1927. 5. 27	수필
「내 남편은 이러하외다」	『新女性』 1926. 6	수필
「예술가의 생활」	『青年』 1927. 6	(미확인)
「中國과 朝鮮의 國境」	『時代日報』 1926. 6. 6	시
「아오 秋溪에게」	『朝鮮日報』 1927. 7. 28	구미여행기
「愛兒病看護」	『三千里』 1930. 1	수필
「佛蘭西 家庭은 얼마나 다를가」		
	『東亞日報』 1930. 3. 28~4. 2	구미유기
「구미(歐美)시찰기」	『東亞日報』 1930. 4. 3~10	구미여행기
「끽연실」	『三千里』 1930. 5	수필
「파리에서 본 것, 느낀 것-사람이냐 학문이냐」		
	『大潮』 1930. 6, 7 합병호	수필
「名流 婦人과 産兒制限」	『三千里』 1930. 8	설문응답
「젊은 夫婦」	『太潮』 1930. 9	수필
「나를 잇지 안는 幸福」(제전 입선 후 감상)		
	『三千里』 1931. 11	페미니스트 산문
「아아 自由의 巴里가 그리워—歐米漫遊하고 온 後의 나」		
	『三千里』 1932. 1	페미니스트 산문

「巴里의 모델과 畵家生活」

　　　　　　　　　　　　　『三千里』 1932. 3　　　　　미술에세이

「巴里畵家生活」　　　　　　『三千里』 1932. 4　　　　　미술에세이

「안데팬당식이다―昏迷低潮의 朝鮮美術展覽會를 批判함」

　　　　　　　　　　　　　『東光』 1932. 7　　　　　　설문응답

「朝鮮美術展覽會―西洋畵總評」

　　　　　　　　　　　　　『三千里』 1932. 7. 1　　　　미술비평

「소비엣로시아행」　　　　　『三千里』 1932. 12　　　　구미유기 1

「畵家로 어머니로―나의 十年間 生活」

　　　　　　　　　　　　　『新東亞』 1933. 1　　　　　페미니스트 산문

「伯林의 그 새벽」　　　　　『新家庭』 1933. 1　　　　구미여행기

「CCCP」　　　　　　　　　『三千里』 1933. 2　　　　구미유기 2

「모델―女人日記」　　　　　『朝鮮日報』 1933. 2. 28　　수필

「伯林과 巴里」　　　　　　『三千里』 1933. 3　　　　구미유기 3

「원망스런 봄밤」　　　　　　『新東亞』 1933. 4　　　　수필

「꽃의 巴里行」　　　　　　『三千里』 1933. 5　　　　구미유기 4

「美展의 印象」　　　　　　『每日申報』 1933. 5. 16~21　미술비평

「巴里의 어머니날」　　　　　『新家庭』 1933. 5　　　　구미여행기

「伯林에서 런던까지」　　　　『三千里』 1933. 9　　　　구미유기 5

「연필로 쓴 편지」　　　　　『新東亞』 1933. 10　　　　수필

「서양예술과 나체미」　　　　『三千里』 1933. 12　　　구미유기 6

『김명애』　　　　　　　　　미간행 1933. 12　　　　　장편소설(원고일실)

「떡 먹은 이야기」　　　　　『朝鮮中央日報』 1934. 1. 4　콩트

「밤거리의 祝賀武歐」　　　　『中央』 1934. 2　　　　　구미여행기

「多情하고 實質的인 佛蘭西 婦人―歐米 婦人의 敎養잇는 家庭 生活」

　　　　　　　　　　　　　『中央』 1934. 3　　　　　구미여행기

「영원히 이저주시오」　　　　『月刊每新』 1934. 3　　　　수필

「朝鮮에 태어난 것을 행복으로 압니다」

　　　　　　　　　　　　　『三千里』 1934. 5　　　　설문응답

「정열의 서반아행」　　　　　『三千里』 1934. 5　　　　구미유기 7

「날러간 靑鳥―연애와 결혼문제」

　　　　　　　　　　　　　『中央』 1934. 5　　　　　수필

「女人 獨居記」	『三千里』 1934. 7	수필
「파리에서 뉴욕으로」	『三千里』 1934. 7	구미유기 8
「내가 서울 여시장 된다면」	『三千里』 1934. 7	설문응답
「哀話 叢石亭海邊」	『月刊每申』 1934. 8	수필
「離婚 告白狀―靑邱氏에게」	『三千里』 1934. 8~9	페미니스트 산문
「태평양 건너서 고국으로」	『三千里』 1934. 9	구미유기9
「伊太利 美術館」	『三千里』 1934. 11	구미여행기
「伊太利 미술기행」	『三千里』 1935. 2	구미여행기
「新生活에 들면서」	『三千里』 1935. 2	페미니스트 산문
「앗겨무엇하리 청춘을」	『三千里』 1935. 3	시
「羅女史의 書翰」	『三千里』 1935. 3	미술관계편지
「歐米 女性을 보고 半島 女性에게」		
	『三千里』 1935. 6	여성비평
「異性間의 友情論―아름다운 男妹의 記」		
	『三千里』 1935. 6	수필
「나의 여교원 시대」	『三千里』 1935. 7	수필
「獨身女性의 貞操論」	『三千里』 1935. 10	여성비평
「巴里의 그 女子」	『三千里』 1935. 11	희곡
「英美 婦人 參政權 運動者 會見記」		
	『三千里』 1936. 1	여성비평
「倫敦 救世軍 托兒所를 尋訪하고」		
	『三千里』 1936. 4	여성비평
「블란서 가정은 얼마나 다를가」		
	『三千里』 1936. 4	구미여행기
「玄淑」	『三千里』 1936. 12	단편소설
「애정에 우노라……」	『三千里』 1937. 4	(미발굴)
「나의 여자미술학교시대」	『三千里』 1937. 5	수필
「靈이냐 肉이냐 靈肉이냐 靈肉이 合한 戀愛라야한다」		
	『三千里』 1937. 12	여성비평
「海印寺의 風光」	『三千里』 1938. 8	수필

나혜석의 그림목록

회화

<농가>	선전도록 유채	1922년	제1회 입선.
<春이 오다>	선전도록 유채	1922년	제1회 입선.
<농촌 風景>	캔버스에 유채 27x39cm		개인 소장.
<滿洲 봉천 풍경>	합판에 유채 23.5x32.5cm	1923년대	개인 소장.
<봉황산>	선전도록 유채	1923년	제2회 입선.
<秋의 庭>	선전도록 유채	1924년	
			제3회 4등 입상.
<初夏의 오전>	선전도록 유채	1924년	제3회 입선.
<娘娘廟>	선전도록 유채	1925년	
			제4회 3등 입상.
<天后宮>	선전도록 유채	1926년	제5회 특선.
<支那町>	선전도록 유채	1926년	제5회 입선.
<봄의 오후>	선전도록 유채	1927년	
			제6회 무감사 입선.
<金雨英 초상>	유채	1927년 무렵	개인 소장.
<裸婦 습작>	유화	1927년 무렵	
<舞姬>	캔버스에 유채 39x33.5cm	1927~28년대	
			국립현대미술관 소장.
<파리 風景>	목판에 유채 23x33cm	1927~28년대	
			개인 소장.

<스페인 國境>	목판에 유채 23.5x33cm	1928년	
			개인 소장.
<불란서 마을 풍경>	유채 30x45.5cm	1928년	개인 소장.
<스페인 해수욕장>	캔버스에 유채 32.5x43cm	1928년대	개인 소장.
<仁川 風景>	합판에 유채 15x22cm		개인 소장.
<自畵像>	캔버스에 유채 62x50cm	1928년대	개인 소장.
<녹동 풍경>	유채	1929~30년 무렵	
			개인 소장.
<어린이들>	선전도록 유채	1930년	제9회 입선.
<畵家村>	선전도록 유채	1930년	제9회 입선.
<裸婦>	선전도록 유채	1931년	제10회 입선.
<庭園>	선전도록 유채	1931년	제10회 특선.
			제12회 제전 입선.
<芍樂>	선전도록 유채	1931년	제10회 입선.
<善竹橋>	목판에 유채 23x33cm	1933년대	개인 소장.
<소녀>	선전도록 유채	1932년	
			제11회 무감사 입선.
<창가에서>	선전도록 유채	1932년	
			제11회 무감사 입선.
<金剛山 萬相亭>	선전도록 유채	1932년	
			제11회 무감사 입선.
<다솔사>	합판에 유채 54x69cm		개인소장.
<화령전 작약>	목판에 유채 34x23cm 1934년		
			리움삼성미술관 소장.
<水原 西湖>	목판에 유채 30x39cm	1934년대	개인 소장.
<별장>	목판에 유채 22.5x33cm	1935년	개인 소장.
<海印寺 石塔>	합판에 유채 32x33cm	1938년 즈음	개인 소장.
<불란서 교외 풍경>	캔버스에 유채 8호		개인 소장.
<봉황성의 남문>	선전도록 유채	1923년	
		제2회 4등 입상 개인 소장.	

판화

<早朝>	『공제』	1920. 1.
<개척자>	『開闢』 13호	1921. 7.

만화

<저것이 무엇인고>	『신여자』	1920. 4.
<김일엽 선생의 가정생활>	『신여자』	1920. 6.

표지화

<廉想涉작품집>	『견우화』	1924년.

만필

<섣달대목>	『每日申報』	1919. 1. 21.
<섣달대목>	『每日申報』	1919. 1. 30.
<섣달대목>	『每日申報』	1919. 2. 1.
<초하룻날>	『每日申報』	1919. 2. 2.
<초하룻날>	『每日申報』	1919. 2. 3.
<초하룻날>	『每日申報』	1919. 2. 4.
<초하룻날>	『每日申報』	1919. 2. 6.
<초하룻날>	『每日申報』	1919. 2. 7.
<경성역에서>, <전동식당에서>		1932(?).
<계명구락부에서>		
<총석정 어촌에서>	?	1932.

삽화

<인형의 家>	『每日申報』	1921. 3. 2~5.
<이상을 지시하는 계명자>	『계명』	1932. 12.

정월의 당당하고 도도한 부활!

정월 나혜석 선생은 여성으로는 최초의 유학생으로부터 서양화가·여성소설가·시인에서 세계일주·서울전시회를 최초로 개최한 화려한 경력이 뒤따릅니다. 최초란 것이 꼭 중요한 것만은 아니지만 앞선 인물이면서 선각자라는 데서 그 의미는 대단한 것입니다. 그것도 캄캄했던 조선조 말기 한일합방이 있은 직후이니 한 세기 전의 일들입니다.

18세 어린 나이로 「이상적 부인」을 발표하여 그 당시는 상상조차 어려운 여권을 주창하고 3·1독립운동에 가담하여 5개월 옥고를 치르기도 했습니다. 일제하에서 많은 지식인들의 변절이 있었으나 정월은 그러지 않았습니다. 뛰어난 필력과 화려한 명성으로 일거수일투족은 항시 신문 기사화됐습니다. 그러나 1927년 파리에서 있었던 최린과의 염문설로 인한 1930년의 이혼은 그 시대가 전연 용납하지 않아 삽시간에 버림받은 여인이 됐습니다.

그래도 정월은 당당했습니다.

동서고금 초유의 "이혼고백서"를 발표합니다.

그때 4남매 아이들을 향하여 유언 아닌 유언을 남겼습니다.

"4남매 아이들아 너희들이 외교관이 되어서 프랑스 파리에 오거든 에미 무덤에 장미 한 송이를 꽂아다오."

"에미를 원망치 말고 사회제도와 도덕과 법률과 인습을 원망하거라. 너의 에미는 과도기의 선각자로 운명의 줄에 희생된 자였드니라."

정월은 그 당시만 해도 파리에서 그림을 그리고 그곳에서 묻히려 했던 것입니다.

수덕사·마곡사·해인사를 거쳐 다솔사로, 승려이기는 거부하면서도 수도생활을 하고 그 뒤로는 양로원과 보육원을 거쳐 현 서울 용산구청 자리에 있던 서울시립 자제원(慈濟院)에서 이름 모를 여인·행려병자로 사망 처리됐습니다. 잊혀진 여인으로 말입니다.

1896년 꽃 피고 새 울던 화사한 봄날 4월 28일 경기도 수원에서 태어나 1948년 눈보라치고 삭풍이 몰아치던 추운 겨울 12월 10일 52세에 그렇게 운명한 것입니다.

그러나 정월은 새 천년 여성 최초의 "문화인물"이 됐습니다. 최초라는 기록이 또 하나 늘어났습니다. 정월은 드디어 더욱 당당하고 도도하게 부활한 것입니다.

지난 1995년 10월 정월 탄생 100주년을 기하여 1996년 "문화인물"로 선정하여 줄 것을 정부에 요청했으나 이미 선정이 끝난 상태였음을 알려왔던 일도 있었습니다.

우리 기념사업회는 1999년 재차 정월의 2000년 문화인물 선정을 요청했습니다. 그간에 두 번의 나혜석 바로알기 심포지엄을 개최하여 중앙지·지방지 모두 대서특필하고 TV, 라디오도 함께 깊은 관심을 갖고 수원에 와서 여러 번 촬영하고 방영했습니다. 문화인물 선정을 위한 만반의 준비를 한 것입니다.

1996년 정월의 생가터를 찾는 중 체비지(替費地로 약 10여 평이 있음을 확인하고 이곳에 생가터 비를 세우기로 추진하였습니다. 1995년 미술의 해에 정부와 미술의 해 조직위원회에서 선정, 마련한 정월의 기념표석도 그 자리에 안치하기로 하고 수원시와 상당한 단계까지 협의하여 실현 단계에 이르렀으나 안타깝게도 추진기간 중에 체비지 공매대상에 포함돼 매각되는 사태가 발생하였습니다. 그 후 수원시에 정월의 생가터 일대 약 300평을 매입하여 생가 복원 또는 기념관 건립을 하여줄 것을 요청하여 수원시는 우선 약 200여 평 매입 예산을 시의회에 의결요청을 하였으나 2002년 월드컵 개최로 축구장 건설에 따른 방대한 예산이 필요한 관계로 유보되어 아직까지 실현을 못 보고 있습니다.

이번 발간된 『원본 정월 라혜석 전집』은 정월을 보다 올바로 평가하고 정월의 도도하고 당당함을 엿보게 될 것입니다. 전집 발간이 당초 계획보다 많이 지연됐습니다.

우리 기념사업회는 이 아무개 교수분과 1999년 초 전집 발간을 추진하여 출판사까지 선정하고 지난 2000년 1월 하순경 발간을 목전에 두고 전집 앞표지에 정월나혜석기념사업회 발행과 이 아무개씨 책임편저임을 명기토록 해야 한다는 우리 기념사업회 의견과는 달리, 맨 뒷면 간기(刊記)에만 정월나혜석기념사업회 발행이라고 표기해야 한다는 이 아무개씨 주장으로 정월 나혜석기념사업회가 나혜석 전집을 발행할 수 없게 되었음은 매우 유감스러운 일이 아닐 수 없었습니다.

불행 중 다행히도 정월의 소설 「경희」를 최초로 발굴한 서정자 교수께서 편집교열을 맡고 국학자료원이 인쇄를 맞게 되는 새로운 출발을 하게 된 것입니다. 우리

기념사업회가 『원본 정월 라혜석 전집』을 늦어도 2000년 2월 문화인물 기념으로 발간할 것이라고 많은 분들이 알고 계셨기 때문에 이렇게 늦게 전집이 출간케 된 사연을 간략히 알려드립니다,

그간에도 언제 발간되느냐는 많은 분들의 문의와 격려에 이제야 답하게 됐음을 이해하여 주시기 바랍니다. 전화위복이란 단어는 이런 경우를 대비해 만들어졌나 봅니다.

이번 발간된 전집을 먼저 정월 나혜석 선생의 영전에 올립니다.

전집 발간에 깊은 관심을 가져주신 많은 분들과 정월을 아끼고 사랑하는 모든 분들께 그간의 격려와 후원에 깊은 감사의 뜻을 표합니다.

2001년 2월

晶月羅蕙錫記念事業會

會長 兪東濬

새 천년의 화두 나혜석

나는 일제강점기 여성소설 연구로 박사논문을 쓰면서도 나혜석의 작품을 연구대상에 포함하지 않았다. 그때까지 읽을 수 있었던 나혜석의 소설 「원한」, 「현숙」만으로는 나혜석을 30년대 여성작가와 함께 논의하기에 미흡하다고 느꼈기 때문이다. 여성학회에서 박용옥 교수가 지나는 말처럼 내게 잡지 『여자계』를 한번 보라고 일러주었다. 나는 이 말을 잘 간직하고 있다가 박사논문을 끝낸 후 잡지 『여자계』를 찾아 나섰다. 박사논문과 함께 썼던 아세아 여성문제연구소 논문 「근대여성의 문학활동」에서 나는 이미 나의 연구대상에서 나혜석을 제외한 것을 후회하게 되었던 것이다. 잡지 『여자계』는 우리 여성문학사에서 그만큼 중요하였다.

여러 대학 도서관을 뒤지다가 연세대 도서관에서 이 잡지를 발견하고 나혜석의 소설 「경희」와 「회생한 손녀에게」를 찾아 읽던 감격을 무엇에 비길까? 나혜석의 단편 「경희」는 그토록 현대 단편소설로 그리고 최초의 페미니즘 소설로 손색이 없었다. 더구나 「회생한 손녀에게」는 우리 10년대 문학사가 갖지 못한 애국 저항의식을 담고 있지 않은가. 나는 이 두 작품과 나혜석이 썼다고 추정되는 『여자계』 1호의 소설 단편 1편(「夫婦」), 그리고 「원한」, 「현숙」 그리고 미발굴된 작품 「규한」(「규원」이 발굴되기 전 나혜석의 작품으로 「규한」이 있다고 알려져 있었다), 「정순」을 합하면 나혜석이 연구대상으로 또 여성작가로 자격이 충분하다고 보고 1988년 7월 7일 부산에서 열린 한국여성문학연구회 창립 기념 심포지엄에서 주제논문으로 「나혜석 연구—그의 1910년대 단편소설을 중심으로」를 발표하였다. 그 이후 갑인출판사에서 기획한 일제강점기간 여성작가의 소설선집 『한국여성소설선 I』에 나혜석의 단편 「경희」를 수록 공개하였다. 나혜석 소설의 발굴과 여성작가로서 나혜석에 대한 재평가는 여성문학계 및 페미니즘 비평계에 적지 않은 충격을 주었다. 이후 나혜석에 대한 연구 열기가 그것을 대비한다.

지난해 1월 정월나혜석기념사업회 유동준 회장으로부터 전화를 받았다. 나혜석 전집 편집을 맡아줄 것과 그것도 빨리 내어달라는 요청이었다. 좋은 여성문학 연구자가 많이 나온 차제에 내가 나설 일이 아닌 것 같아 사양하였으나 유 회장의 부탁은 간곡하였다. 이상경 교수가 편집 교열한 나혜석 전집이 출간된 시점이라 다시 전집을 낸다는 것이 의미가 있는지 의문이기도 하였다. 나혜석에 대해서는 이상하게 끌리는 점이 있어 나혜석의 처녀작에 대한 논문을 쓴 지 얼마 되지 않은 참이기도 하였으나 작품 연구 이외에 나혜석에 대한 조사는 진명여학교와 도쿄 여자미술학교에 학적부 열람을 해본 정도이었기 때문에 내가 무슨 보탬이 될 일을 할 수 있는지 망설여졌다. 그러나 원본을 내는 일이라면 연구자들을 위해서 의의가 있는 작업이라는 생각에 편집의 책임을 맡았다. 오식이나 오기도 살려둔 채 원본으로 나혜석의 글을 읽는 것은 역시 나혜석의 육성을 듣는 듯한 새로운 감회가 있다.

내가 나혜석 소설 연구 논문을 쓰면서 참고한 자료는 이구열의 『에미는 선각자였느니라』(동화출판공사)와 김종욱 편 『라혜석―날아간 청조』(신흥출판사)이었다. 문학작품만 원전을 찾아 읽었고 나머지는 현대 표기법에 맞추어 편집한 자료집을 보면서 논문을 쓴 것이다. 원전을 읽지 않고 논문을 쓴 것이 찜찜하였다. 그런 점에서 원본 자료집 발간은 한 작가를 연구하는 데 큰 도움이 된다. 최근 발간된 이상경의 『나혜석 전집』역시 현대 표기법으로 교열한 자료집이고 보면 『원본 정월 라혜석 전집』 출간은 매우 의의가 있다 하겠다.

나혜석을 학구적 자세로 최초로 접근한 이구열 선생은 『에미는 선각자였느니라』에서 정확한 고증과 실증적 자료 제시로 나혜석을 스캔들의 주인공으로부터 학술 연구대상으로 승격시켰다. 김종욱 선생은 『라혜석―날아간 청조』에서 나혜석 작품을 모아 전집을 펴냄으로서 독자들이 나혜석의 작품을 쉽게 접할 수 있게 해주었다. 이상경 교수는 『나혜석 전집』에서 위 저서를 아우르면서 「母된 感想記」, 소설 「鬪怨」, 「어머니와 딸」 등 새 자료를 발굴하고, 주석을 첨부하여 나혜석을 보다 잘 이해할 수 있도록 배려하였다. 『원본 정월 라혜석 전집』은 위 세 저작에 빚지면서 제작되었으며 따라서 글과 그림 등을 총망라하여 가장 많은 자료를 원본으로 수록한 전집이 되었다. 나혜석 연구가 이제 기초적 단계를 지나 본격적 단계로 접어드는 시점이므로 이 원본 전집 출간은 연구자들에게 크게 도움이 될 것으로 생각한다.

빨리 출간을 서둘러 달라는 유 회장의 부탁에도 불구하고 작업은 어언 1년이 걸리고 말았다. 원본을 구하는 일과 새로운 자료를 하나라도 보태보려는 노력에, 많은 한자를 어떻게 처리할 것인가 고민하느라 시간이 많이 갔다. 한자 때문에 한글전용세대 독자들이 읽을 수 없다면 책 출간이 무슨 의미가 있을까. 그러나 한글로 낸다면 원본의 의의는 사라지는 것이니 이를 어찌할까. 거기에 한 자 한 자 대조하는 원본 대조 교정, 이를 몇 번이고 되풀이하다 보니 이래저래 일이 늦어지게 된 것이다. 결국 한글 토를 다는 선에서 원본의 한자를 그대로 살려 출간하기로 했다. 너무도 당연한 이 결정을 그처럼 오래 끌었다는 것이 이제는 이상하기만 하다.

새로 발굴한 자료가 별로 없는 것이 아쉽기는 하나 유 회장님의 말씀처럼 다음 판본에서 좀 더 찾아 보태기로 하고 원본을 내는 것만으로 보람을 삼는다. 글의 배열은 나혜석이 최초의 페미니스트 작가이자 여성비평가임을 감안하여 소설, 시, 희곡 외에 여성비평과 페미니스트 산문, 구미 여행기 그리고 미술 관계 에세이 등으로 나누어 보았다. 이런 분류로써 나혜석 문학의 여성문학적 입지와 미술인으로서의 위상이 뚜렷해지지 않을까 생각해본다. 연구자들의 편의를 위하여 발표순으로 글을 다시 배열한 작품목록을 첨부하였다.

고향이 같다는 것 외에 아무런 관련이 없는 유동준 회장의 평생에 걸친 나혜석에 대한 애정이 정월나혜석기념사업회가 되고 나혜석 바로알기 국제 심포지엄이 되고 나혜석 전집 발간으로 이어짐을 볼 때 그의 향토사랑과 문학에 대한 열정에 감동하지 않을 수 없다. 지금도 한용운의 『님의 침묵』 서시를 줄줄 외우는 문학청년 유동준 회장, 이런 분을 가지고 있는 작가 나혜석은 행운아이고 고향 수원은 행복한 도시이다. 나혜석 연구자가 한 개인으로라면 평생에 걸쳐야 이룰 수 있는 나혜석에 대한 연구를 세 번의 심포지엄으로 이미 알찬 결실을 해놓았고 앞으로도 계속 연구 성과를 내놓게 할 터이니 나혜석 연구는 앞으로 더욱 깊고 또 넓어질 것이다.

그림은 진위(眞僞) 여부가 불확실한 작품일지라도 나혜석의 그림이 아니라는 평가가 내려진 것이 아니면 일단 모두 한자리에 모아놓았다. 게재한 작품 중 진위 논란이 있는 작품은 <이화원>, <강변>, <스페인 항구> 등이다.

파인 김동환의 자제 김영식 선생의 도움으로 소설 「어머니와 딸」의 원본을 구할 수 있었던 것과 새 발굴작품 나혜석의 연애관 「영이냐 육이냐 영육이냐, 영육이 합한 연애라야 한다」를 실을 수 있게 된 것에 마음 깊이 감사드린다. 아단문고 하영휘 선생으로부터도 자료 도움을 받은 데 대한 감사의 말씀을 드린다.

1년 동안 나혜석의 글을 읽으면서 지나다보니 나혜석에 푹 빠진 느낌이다. 새 천년 벽두에 문화인물로 선정된 나혜석, 그리하여 예술의 전당에서 생애와 그림전이 열린 화려한 화가이자 작가인 나혜석, 그 나혜석이 고향인 수원시 인계동에 조성된 나혜석 거리 아담한 돌 벤치에 무명 치마저고리를 입은 모습으로 실물대로 앉아 있다. 그는 진정 새 천년의 주인공이 되기에 부족함이 없다. 새 천년의 화두 나혜석을 생각하면 해부용으로 자신의 몸을 기증하는 거룩한 사람들이 떠오른다. 그는 기꺼이 자신의 삶을 인류를 위하여 던져주었다. 삶 앞에 거짓이 없었던, 그러기에 이 세상에서 고통을 받을 수밖에 없었던 나혜석, 그에 대한 연구는 인류의 삶이 존속하는 한 끝나지 않을 것이다.

『원본 정월 라혜석 전집』을 간행하도록 하여주신 정월나혜석기념사업회 유동준 회장님께 감사드리며 출판을 기꺼이 맡아주신 국학자료원 여러분께도 깊은 감사를 드린다.

2001년 2월
서정자

■ 엮은이 소개

─ 晶月羅蕙錫記念事業會
정월나혜석기념사업회

정월나혜석기념사업회(회장 유동준)는 매년 4월 28일 탄생을 기려 나혜석 바로알기 심포지엄을, 12월 10일 서거를 애도하는 추모행사를 개최하고 있다. 매년 나혜석학술상을 제정하여 시상하고 또한 초중고생을 대상으로 한 백일장 을 개최하여 나혜석을 기리고 있다.

서울시 영등포구 신길동 1367-1 부운빌딩 5층
전화 02-835-3060   010-3746-0718
E-mail. boo3456@hanmail.net
        37dongjun@hanmail.net

─ 서 정 자

숙명여자대학교 국어국문학과 졸업 동 대학원 박사과정 졸업, 문학박사.
초당대학교 명예교수(현). 박화성연구회장(현), 나혜석학회장(현).
 저서로는 『한국근대여성소설연구』(국학자료원, 1999), 『한국여성소설과 비평』 (푸른사상, 2001), 『우리문학 속 타자의 복원과 젠더』(푸른사상, 2012), 공저로 『디아스포라와 한국문학』(역락, 2012), 『박화성, 한국문학사를 관통하다』(푸른 사상, 2013) 등 다수. 편저로 『한국여성소설선』(갑인출판사, 1991), 『원본 정월 라혜석 전집』(국학자료원, 2001)등이 있다.